網內人

陳浩基 著

來自行家的一致好評！

如果說陳浩基的《13・67》是建築在香港「動的歷史」上的推理小說的話，那《網內人》就是建築在「靜的歷史」上的推理小說——透過一宗看似網路欺凌導致的自殺事件，帶出流動通訊科技和互聯網的發展、和周邊的生態。緊湊的追查過程不在話下，就連對VC投資細緻的描寫也讓我驚嘆不已，裡面悉心安排的融資計劃，說不定明天就會有VC以此為藍圖去投資！

島田莊司推理小說獎首獎得主 **文善**

讀陳浩基的小說，總是一種多重的愉悅：他說故事的技巧極好，而故事的背後，則有著對於當下社會問題與不變人性的深度思考。更令人驚喜的是，在以上的種種關卡下，浩基還能編織出縝密、可信而美妙的破案邏輯。討論網路霸凌的《網內人》，正是這樣的一本小說。在網路已然無遠弗屆的今日，這是一本無論網外人網內人都應該要閱讀的作品。

推理評論家 **路那**

閱讀本書有好幾個理由：學習駭客技術、瞭解網路生態和新媒體操作，或知道在香港可以去哪裡找到好吃的雲吞麵，當然，還有和作者鬥智。我賭你無法破解最大的謎團！

香港類型小說作家兼編劇 **譚劍**

CONTENTS

本作品純屬虛構，與現實的人物、地點、團體、事件無關。

序章

阿怡今早八點離家上班時並沒有想過，今天會是改變她人生的一天。

她本來以為，面對一年以來不絕的苦難，只要咬緊牙關、安分守己，總有一天會否極泰來。她深信運氣是個公平的使者，一個人遇上壞事，將來自然會遇上好事。然而現實卻是反覆無常，上天喜歡跟世人開玩笑，開很殘酷的玩笑。

黃昏六點多，阿怡拖著疲憊的身體，一邊盤算著家中冰箱裡剩餘的材料還夠不夠弄成二人份的飯菜，一邊從專線小巴站步行至屋邨大樓。近年物價漲得教人吃不消，阿怡還記得，以前一斤豬肉不過賣二十多元，今天付相同的金額卻只能買半斤。那個「以前」，也不過是七、八年前，這幾年間菜市場裡不管菜還是肉通通漲價了一倍以上，可是普羅大眾的薪水卻沒變過。阿怡很明白，食材價格飆漲不是批發價上升那麼簡單，她曾聽過一位上了年紀的鄰居戲言，說「香港人吃的不是糧而是磚」——自從屋邨的商場和菜市場被政府賣給私營企業後，商戶便面臨加租的壓力，商販為了增加收入付昂貴的租金，自然將負擔轉嫁到顧客身上。

冰箱裡應該還有幾兩豬肉和菠菜——阿怡想。將它們弄成薑燒肉片炒菠菜，另外加一盤蒸水蛋，正好是一頓簡單又富營養的晚飯。跟阿怡相差八歲的妹妹小雯自小喜歡吃蒸水蛋，每逢家中材料不足，阿怡便會用兩個雞蛋蒸出一盤又軟又滑的水蛋。撒點蔥花、加點醬油，端上餐桌毫不失禮。而最重要的是這菜色夠便宜，過去阿怡一家經濟拮据之時，雞蛋幫助她們度過不少難關。

雖然家裡夠材料做晚餐，可是阿怡仍在盤算該不該去菜市場碰運氣。阿怡不喜歡家裡冰箱半點儲糧也沒有，大概是家庭環境使然，她做事總是有備無患、精打細算。而且，不少菜販會在收攤前減價，現在去逛逛，說不定能撿便宜，明天不用再為這問題傷腦筋。

「嗚——」

一輛警車赫然從阿怡身邊疾馳而過，在尖刺的警笛聲提醒下，阿怡的思緒從菜市場某半價攤販回到現實。她放眼向前一看，才察覺居住的奐華樓前方聚集了一群市民。

是發生了什麼事嗎——阿怡暗自想道。她仍保持原來的步調，慢慢往前走。阿怡不是個喜歡湊熱鬧的人，唸中學時就被不少同學暗罵她離群、孤僻、書呆子。阿怡從來沒為此感到不快，她認為每個人都有選擇前路的自由，勉強自己配合旁人的看法，只是另一種愚昧。

「阿、阿怡！阿怡——」在為數十餘人的人群中，一個頭髮鬈曲、身材略胖、年齡大約五十上下的大嬸慌張地向阿怡招手。阿怡認得對方，那位姓陳的大嬸是跟她一樣住在二十二樓的住客，平日在走廊碰面會點頭打招呼，可是除了知道彼此的稱呼、偶爾寒暄幾句外，兩人沒有什麼來往。

雖然二人相距不遠，陳大嬸仍向阿怡跑過來，伸手抓住阿怡胳臂，往大樓的方向拉過去。阿怡聽不清楚陳大嬸說的話，除了聽懂自己的名字外，阿怡覺得對方嘴巴吐出來的，似是某國的方言，又像是一串串梵文咒語。阿怡花了好幾秒才明白陳大嬸是因為恐慌而令說話含糊不清，而當她了解這一點後，她從對方的話中聽到「妹妹」兩個字。

在夕陽餘光映照下，阿怡走到人群旁邊，看到那怪異的光景。

眾人圍住的，是平時空無一物的水泥地，就在奐華樓正門前方十數公尺外。可是今天那位置上，有一個穿白色校服、十來歲的女孩仰臥著，散亂的頭髮半蓋著臉龐，暗紅色的液體在脖子旁形成一個小水窪。

那不就是跟小雯同校的校服麼——這是阿怡的第一個念頭。

兩秒後，阿怡才醒覺，在地上一動不動的少女，就是自己的妹妹小雯。

躺在冰冷的水泥地上的，就是自己的家人。

唯一的家人。

剎那間，阿怡覺得周遭的事物好陌生。

這是作夢嗎？這是作夢吧——阿怡轉頭望向身邊的人。他們都是熟悉的臉孔，但這一刻卻又很陌生。

「阿怡！阿怡！」陳大嬸抓住阿怡肩膀，用力搖了兩下。

「小……小雯？」阿怡吐出妹妹的名字，意識上卻無法將地上的人形物體跟自己的妹妹聯繫起來。

小雯這時候該在家裡，等待我回家煮飯給她吃啊——對阿怡來說，這才是「正常的現實」。

「退後一點，退後一點！」一位穿著整齊制服的警察走進人群之中，示意眾人往後退。與此同時，兩個推著擔架床的救護員從後方走來，經過阿怡身邊，在小雯跟前蹲下。

年長的救護員伸手探了探小雯的鼻息，再用指頭按壓對方左手手腕，然後從口袋掏出筆型手電筒，一邊用左手掀起小雯的眼瞼，一邊用右手的手電筒往小雯的瞳孔照射。這串動作不過數秒，可是，阿怡覺得救護員的每一個動作，都像是電影定格一樣。

阿怡感覺不到時間流逝。

或者換個說法，是阿怡的潛意識企圖阻止自己面對接下來的情景。

救護員站直身子，向推著擔架床的同伴、以及在旁邊隔開人群的幾位警員，搖了搖頭。

「請各位往後退，別妨礙警方調查……」警員說著這句時，兩位救護員表情肅穆，緩緩從小雯身邊離開。

「小、小雯？小雯！小雯！」阿怡甩開抓住自己雙臂的陳大嬸，往倒地的小雯衝過去。

「小姐！」一位高個子警員眼明手快，攔腰抱著阿怡。

「小雯！」阿怡邊掙扎邊回頭看著警員，焦躁地說：「那、那是我妹妹，請救救她！」

「小姐，妳先冷靜一點……」警員企圖安撫阿怡，但他知道，他的話不會有任何效果。

「請、請救救她！那邊的救護員先生！」臉色蒼白的阿怡忽然往另一邊轉身，向著正注視著自己的兩位救護員喊道：「為什麼你們不扶小雯上擔架床？快一點啊！快點救小雯啊！」

兩位救護員佇立在救護車旁，一臉無奈。年長的救護員很想告訴阿怡事實，但即使每天面對生離死別，他這一刻也不忍心說出任何會傷害面前這二十來歲的女生的話。

「小姐，妳是她的姊姊嗎？請妳先冷靜一點……」抱住阿怡的警員嘗試用柔和的語氣說道。

「小雯——」阿怡再次回頭，望向地上宛如人偶的少女，卻發現另外兩位警員拿著墨綠色的防水塑膠布和金屬支架，正在小雯身旁組合小帳篷，蓋住小雯的身體。「你、你們在做什麼？停手！給我停手！」

「小姐！小姐！」

「別蓋住她！她還有氣息！她一定還有心跳的！」阿怡無力地向前傾，本來攔住她、防止她破壞現場的警員，變成扶著她的唯一支力點。「快救她！請你們救救她……我求求你們救救她……那、那是我的妹妹，是我唯一的妹妹啊……」

在這個平凡的星期二黃昏，觀塘樂華邨奧華樓前方的空地上，平日喜歡高談闊論的街坊鄰里都靜默下來，在冰冷的屋邨大樓之間，只餘下一位姊姊的悲愴哭聲不斷地迴盪著，恍如風聲般鑽進每個人的耳朵裡，遺下一點一滴、無法梳理的悒鬱。

第一章

1

——令妹是自殺的。

當阿怡在沙田富山公眾殮房聽到警察說出這句時，她不由得激動地爭辯，口齒不清地吐出「不可能」、「你們根本沒好好調查」、「小雯才不會自殺」之類的話。負責案件的程警長是個年約五十、髮鬢帶點花白的瘦削大叔，雖然外貌帶點痞子氣，眼神卻透露了他老實人的本性。面對阿怡近乎歇斯底里的反應，他倒能平心靜氣，以低沉穩重的聲線安撫對方，並說出令阿怡無法反駁的話。

「……區雅怡小姐，您『真的』認為您妹妹不是自殺的嗎？」

阿怡很清楚，縱使她不想承認，小雯有充分的理由尋死。畢竟小雯在過去半年所受的壓力，已超出了一個十五歲女孩能承受的範圍。

而這一切，要從區家多年的不幸談起。

阿怡的父母生於上世紀六〇年代，是新移民的第二代。自一九四六年國共內戰開始，每月有大量難民從中國大陸湧進香港，而其後共產黨取得政權、改革制度、發動政治運動等等，亦導致入境人數有增無減。阿怡的祖父母是從廣州偷渡來港的難民，當時香港社會需要大量廉價勞動力，對偷渡者幾乎來者不拒，於是他們落地生根，獲得居留權成為香港人。縱使得到留港的資格，這些「新香港人」的生活大都相當艱苦，從事體力勞動工作，工時長、薪水低，居住環境更是惡劣；然而那時候香港正值經濟起飛，所以只要吃得了苦，仍有改善生活的機會，有些人更能乘著浪潮，白手興家，躋身成功人士之列。

可是，阿怡的祖父母抓不住這些機會。

一九七六年二月，筲箕灣愛秩序灣木屋區發生大火，上千間木屋遭焚毀，令三千多人無家可歸。阿怡的祖父母都在這場大火中喪命，他們遺下一個十二歲的孩子，亦即是阿怡的父親區輝。區輝在香港沒有其他親人，結果投靠了另一位在火災中失去了妻子的鄰居。這位鄰居有一個七歲的獨生女，女孩名字叫周綺蓁，她便是阿怡的母親。

因為家境清貧，區輝和周綺蓁都沒有機會接受高等教育，為了幫補家計，兩人未成年便投身社會工作。區輝在貨倉當倉務工人，而周綺蓁在茶樓當侍應生，雖然每天為生活奔波，但他們沒有抱怨，反倒感到微小的幸福——區輝與周綺蓁相戀，已到談婚論嫁的地步。他們於一九八九年趕及在周綺蓁的父親因病去世前完婚，算是圓了長輩一個心願。

就像是先人庇佑，之後數年，區家似乎擺脫了厄運。

周綺蓁和區輝婚後三年，誕下一個女嬰。周綺蓁的父親在中國大陸時是知青，肚裡有多少墨水，離世前留下遺言，說將來孫子出生，男的要叫「頌朗」，女的便叫「雅怡」。「雅」有高尚、美好之意，而「怡」則代表了和悅快樂。區輝一家三口租住土瓜灣一棟舊樓的小單位，生活上捉襟見肘，但尚算窮得快樂。區輝每天下班回家，看到妻女的笑靨，便覺得別無所求。周綺蓁持家有道，阿怡文靜乖巧，區輝一心為家庭多賺幾分錢，好讓孩子他日唸大學，不用跟自己和妻子一樣，只唸完中三便要找工作。區輝和周綺蓁都知道，彼一時，此一時，香港社會愈來愈看重學歷，七、八〇年代只要肯吃苦便有工作，但往後的日子可不能用過去同一把尺來量度。

當阿怡六歲時，區輝更獲得幸運之神眷顧——他們一家輪候多年的公屋終於有回音。

香港寸土寸金，地小人多，居住一直是香港人面對的生活難題。政府雖然有提供公共房屋，讓低收入家庭以低廉的租金租住，但因為供不應求，申請者可能要等上好幾年才獲得接納。區輝在一九九八年收到房屋署通知，他們獲分配觀塘樂華邨奐華樓的一個單位。這對區家來說是一場及時雨，在亞洲金融風暴影響下，區輝就職的公司大幅裁員，而區輝也是其中一人。即使他的老闆介紹他到另一間公司工作，薪水卻大不如前，他正為阿怡上小學的學費與雜費發愁，房屋署的來信簡直是天降甘霖。公屋的租金比私人房屋的低一大半，如此一來，區家只要省吃儉用，還能夠多存一點錢，以應付日後所需。

搬進樂華邨兩年後，周綺蓁再次懷孕，為區家多添一位成員。區輝二度當爸自然喜不自勝，而阿怡亦漸漸懂事，知道自己當了姊姊，要更努力替父母分擔。由於岳父仙遊前只留下一男一女兩個名字，區輝不知道如何替二女兒取名，於是他向鄰居一位退休老師請教。

「叫『雅雯』如何？」老先生跟區輝在奐華樓前方空地的一張長椅上聊著，「令嬡叫『雅怡』，我們沿用『雅』這個字，而『雯』就是有花紋的雲彩。」

區輝循老先生指示，抬頭一看，夕陽斜照下的彩霞映入眼簾。

「區雅雯……真是動聽的名字啊。還好有黃老師你在，我這個老粗抓破腦袋也想不出這麼漂亮的名字啦。」

因為區家變成四人家庭，奐華樓的單位就顯得略微狹窄。奐華樓的單位是為了二至三人家庭設計，室內沒有房間間隔，如今人數增加，區輝可以申請換屋，搬到大一點的房子。不過，房屋署回覆說房屋供應緊張，無法在樂華邨甚至原區找到適合四人居住的單位，如果要搬的話，只能選擇大埔或元朗。區輝跟妻子商量，周綺蓁笑著說：「我們在這兒住慣了，搬到老遠的話，你上班麻煩，雅怡又要轉校，划不來。我們這兒再擠也不及我們當年在木屋區那麼擠吧？」

周綺蓁就是如此一位樂天知命的婦女。對妻子的說法，區輝搔搔頭髮，找不到反駁的理由，雖然他心想孩子上中學後，還是得讓她們有自己的房間，他聽聞這有助小孩獨立成長。

然而區輝沒料到，他根本沒機會看到兩個孩子上中學。

二〇〇四年，區輝遇上嚴重工業意外身亡，終年四十歲。

經過一九九七年的金融風暴，以及二〇〇三年的疫症爆發，香港經濟受到嚴重打擊，不少企業老闆為了省減營運成本，將業務外判，或以合約形式招聘員工，逃避資方應負的責任。大企業以低價聘用小公司負責某些工作流程，而小公司亦可能從中取利，將作業再分拆外判給更小型的公司，由於這種層壓式的僱傭關係，勞工的薪水被大幅削減，可是由於不景氣，工人們害怕飯碗不保，只能默默承受剝削。區輝輾轉在這些小型外判公司工作，跟其他工人搶奪有限的職位空缺，可幸他在貨倉就職多年，考取了俗稱「剷車」的叉式起重車的駕駛執照，這正是他的求職利器。除了物流業要聘用懂駕駛和操作剷車的司機，貨櫃碼頭亦有同樣的需求，不過剷車司機的工作不是搬運貨物，而是「拉纜」。在大型貨櫃碼頭，泊岸貨輪的纜繩既粗且重，無法用人手牽拉固定在繫纜墩上，必須使用剷車代勞。為了增加收入，區輝身兼兩職，不但在九龍灣的貨倉負責搬運貨物，更在葵涌貨櫃碼頭當「拉纜員」。他想趁自己還有氣力時多賺點錢，畢竟年紀愈大身體便愈不中用，他日即使想多兼幾份差事也力有不逮。

二〇〇四年七月一個下著毛毛雨的黃昏，葵涌四號貨櫃碼頭的主管發現有一輛剷車不見了。他向工人們查問後，發覺失蹤的不止剷車，還有一名拉纜員。在一眾工人和警衛搜索下，一位六十歲的吊機操作員說看到區輝駕著剷車經過Q31區後沒回來，於是主管帶人到該區尋找。他們在岸邊一個繫纜墩上發現異樣──繫纜墩左方有明顯的刮痕，旁邊地上有黃色的塑膠碎片。工人們一看便認得，那些碎片來自碼頭的剷車。

主管慌忙報警，在消防隊潛水員花了半個小時搜索後，證實了工人們不安的猜想。區輝出了意外，連人帶車掉進海裡，身體卡在車架與起重叉之間，而車子半埋在十二公尺深的海床上。當碼頭工人使用吊機將沾滿淤泥的剷車吊上水面時，區輝已回天乏術。

阿怡失去父親時只有十二歲，而小雯更只有四歲。

深愛的丈夫猝逝，周綺蓁肝腸寸斷，但她沒有讓自己陷入哀傷之中，因為她知道兩個女兒以後只能依靠這位母親。

按道理，區輝因公殉職，遺屬應該可以依勞工法例獲得六十個月薪金的賠償，這樣周綺蓁一家三口還可以利用這筆保險金撐幾年。可是區家的噩運再度降臨，彷彿區輝離世只是一連串不幸的開始。

「嫂子，我不是不想幫忙，但公司只能付這個數目。」

「牛哥，阿輝替你們宇海拚了命工作，每天天未亮便出門，晚上回來時孩子都睡了，兩個女兒也沒機會跟他多見幾面，如今他出了事，我們孤兒寡婦無依無靠，公司卻只能拿出這丁點錢？」

「唉，嫂子，公司環境也不好，搞不好明年便要結業，到時連這筆錢也付不出來啊。」

「為什麼要宇海老闆出這筆錢？阿輝不是有什麼勞工保險的嗎？錢該由保險公司付啊？」

「阿輝的保險……似乎過不了公證行一關。」

牛哥是區輝在公司的前輩，跟周綺蓁見過幾次面，所以宇海起卸運輸姓鄧的老闆吩咐他當中間人，跟周綺蓁「洽談」。根據他的說法，公司雖然有替區輝購買勞工保險，但保險公司委託公證行調查意外後，認為保險並不適用。最主要的原因是，區輝在發生意外時已過了他的輪班時間，亦無法證明他當時駕駛剷車是執行職務；此外，墜海的剷車經過檢驗證實沒有任何故障，所以不能排除區輝在駕駛時因為「個人健康問題」失去知覺、導致意外的可能。

「他們的說法是，搞不好阿輝下班後貪方便，開剷車代步，經過Q31區時隱疾發作，令剷車掉進海裡……我甚至聽到有人說要追究損毀剷車的責任。不過老闆說，做人不能落井下石，阿輝在公司沒功勞也有苦勞，即使保險公司不賠也得做點什麼。這筆『恩恤金』是公司的心意，價碼是小了點，希望嫂子勉為其難收下它吧。」

牛哥將支票遞給周綺蓁時，周綺蓁的手一直在發抖。那句「追究損毀剷車的責任」令她氣忿得快要哭出來，可是她知道牛哥為人耿直，只是轉述所聞，把脾氣發洩在對方身上並無好處。那份「恩恤金」只等同區輝三個月薪水，對區家面臨的財務困境，不過是杯水車薪，沒有什麼幫助。

周綺蓁隱約覺得，牛哥接了一樁苦差，老闆似乎隱瞞了什麼，可是她沒想到如何為自己和女兒爭取權利，最後只好接過支票，向牛哥道謝。

周綺蓁的直覺是對的。

區輝工作的外判公司的財務，不至於像牛哥口中那麼糟糕，雖然那也不是謊話，因為這些小公司只要遇上一、兩筆壞帳，就能動搖根基，在毫無先兆下倒閉並不稀奇。為了保障工人權益，以及防止因為大額意外賠償拖垮公司，法例規定所有公司必須為員工購買保險，由保險公司承擔相關的風險，即使有員工受傷或殉職，也不會影響該公司的財務狀況。

然而，周綺蓁不曉得的是，儘管區輝的老闆不用付錢，他也不希望保險公司賠償巨款。因為這樣會影響公司的「信用額」。

只要賠償個案成立，即便付款的是保險公司，也會令投保的企業信用額受損，往後保險公司便會要求該企業付更高的保險費。周綺蓁就是不明白這個道理，以為資方會替員工向保險公司爭取最大補償，殊不知對方是一丘之貉。

香港的榮景，就是建立在被犧牲的草根階層之上。大企業剝削小企業，小企業剝削工人，在老闆們眼中，商業利益比個別工人的家庭前途更重要，哪怕那丁點利潤不過占這些老闆們財產的萬分之一。

周綺蓁為了照顧家庭，生孩子後已沒有全職工作，只偶然在相熟的洗衣店打打零工，賺點外快。既失去家中的經濟支柱，又沒有足夠的賠償金應付生活開支，周綺蓁只好母兼父職，重操故業，回到茶樓當侍應生。可是十年過去，物價飛騰，工資卻跟十年前沒分別。眼見月薪不夠自己和女兒餬口，她只好另找兼職，一星期裡有三天到便利店值通宵班，早上六點下班後，睡不夠五個鐘頭又要到茶樓工作。

不少鄰居勸周綺蓁辭職，申領綜援，可是周綺蓁一口拒絕。香港社會福利署有一項「綜合社會保障援助計劃」，讓有經濟困難的家庭申領救濟金，並且會依家庭狀況提供補助金及特別津貼。

「我知道我現在的收入只比綜援金額多一點，假如我辭職拿綜援，便可以全心投入照顧雅怡和雅雯。可是，你教我以後如何教導她們要當個有承擔、有責任感的人？」

周綺蓁回答鄰居時都不動氣，笑咪咪地反駁對方的建議會為小孩立壞榜樣。

而這些言行被阿怡一一看在眼底下。

面對父親離去，剛升上中學的阿怡受到很大的打擊。區輝曾答應過女兒，說趁著阿怡小學畢業後的暑假一家到澳門玩三天，沒料到來不及兌現承諾便撒手人寰。阿怡本來就是個內向的孩子，經歷了生離死別變得更沉默寡言。不過她並非悲觀消極，母親樹立的榜樣令她了解到即使現實再殘酷也得正直堅強地活下去。因為周綺蓁每天忙於工作，家事就由阿怡一手包辦，諸如打掃清潔、買菜煮飯，以至照顧四歲的妹妹起居飲食。才不過十二、三歲，阿怡已懂得照顧家庭，甚至曉得如何省錢，以有限的家用維持生活所需。阿怡每天下課後不得不拒絕同學的邀請，缺席課外活動，久而久之，她跟同學們的關係愈趨疏離，甚至被視作孤僻的怪人，但她毫不在意──她比同齡的孩子成熟，知道自己的責任。

跟阿怡相比，小雯的成長卻似乎沒有受父親早逝影響。

在母親和姊姊的庇蔭下，小雯就像一般孩子一樣無憂地長大。有時阿怡覺得自己好像太寵妹妹，但只要看到小雯天真的笑臉，她又覺得姊姊寵妹妹是天經地義的事。小雯偶爾頑皮耍性子，惹得阿怡板起臉孔責罵她，但每當阿怡急得哭出來──畢竟她只是個中學生──小雯便會反過來哄姊姊，噘著嘴摸著阿怡的臉龐親暱地說「姊姊別哭」。有時周綺蓁深夜下班回家，會看到兩個女兒吵嘴後和好抱著一起睡的樣子。

對阿怡來說，五年的中學生涯過得很不容易，但她還是熬過了，班中成績更是名列前茅。她的會考分數足夠她升讀預科[1]，班導甚至認為她往後能進一流的大學，但無論老師們如何勸說，她都不為所動，決定中五畢業後便出社會工作。在父親去世那一年，阿怡已做了這個決定，無論成績如何，她也會放棄讀大學的機會，為的是分擔母親一個人賺錢養家的責任。

「媽，我出來工作，多一份收入，妳便可以輕鬆點了。」

「怡，妳難得有機會升預科，就不要放棄。錢妳不用擔心，我頂多多接一份兼職……」

1.二〇一二年以前，香港沿用英式的五年中學、兩年預科、三年大學的教育制度，之後才改成今天的「三三四」。

「媽！別說了，妳再這樣操勞，遲早熬出病來。過去兩年為了我的學費妳已經很辛苦，我可不能讓妳再為我未來的學費費心啊。」

「也不過多兩年罷了，我聽說大學有什麼資助計畫，到時學費就不成問題吧？」

「不，大學雖然有學費借貸，但畢業出來工作，那筆錢還得要還的。今天的大學畢業生起薪點不高，更別說我唸文科，可以選擇的職業就更少，到時找到一份低收入的工作，每月要還錢，餘下能給妳的家用就更少了。而且我升學的話，未來五年家裡還是只有妳一份收入，五年後大學畢業，扣掉還款後我能給妳的也不多，搞不好妳還要再撐五、六年。媽，妳今年四十了，難道妳要繼續這樣瞎忙到五十歲嗎？」

周綺蓁對阿怡的話反應不來。她不知道阿怡為了說服自己，這番話已演練了快兩年，她當然無反駁的餘地。

「可是，我現在就職的話，一切便不同了。」阿怡繼續說。「一來我不用等五年便能收到第一份薪水，幫忙解決日常開支，二來我不用欠政府一筆學費，三來，我能趁年輕累積工作經驗。而最重要的是，只要我們好好工作，到小雯中學畢業時，我們應該已有一筆儲蓄，小雯便不用面對我今天的煩惱，可以全心全意唸書，甚至到外國留學也無問題。」

阿怡一向不擅長說話，但這番由衷之言卻說得十分流利。

周綺蓁最後同意了阿怡的想法，畢竟客觀而言，阿怡的話很有道理。不過，周綺蓁心裡很難受，覺得自己很不中用，要大女兒為小女兒犧牲前途。

「媽，相信我，一切都是值得的。」

阿怡中五畢業時已作好出路打算。因為要看家和照顧妹妹，阿怡只能以閱讀做為消遣，而由於家貧，她看過的書籍大都是從圖書館借閱的。基於這個背景，她很希望能在圖書館就職，而結果亦遂其所願，她成功申請到圖書館助理員的工作，在銅鑼灣東部的香港中央圖書館上班，成為康文署的合約僱員。康文署全名「康樂及文化事務署」，負責統籌香港的康樂體育及文化藝術相關的活動和服務，包括管理公共圖書館。

雖然阿怡打的是政府工，她卻不是公務員，沒有公務員特有的福利。香港政府為了節省開支，一如其他私人企業，捨棄聘用長期員工，改以合約形式招請職員——合約通常為期一至兩年，完結後員工便自動解聘，資方不用考慮裁員帶來的麻煩與虧損，遇上不景氣時便讓員工「自然流失」，好景時則跟員工續約，控制權在僱主手上。事實上，政府也有將部分工作外判給私營公司，所以在公共圖書館裡工作的人，可能只是某小公司的兼職員工，而他們的待遇比合約僱員更差。阿怡就職後知道這情況，不由得想起父親的不幸遭遇，在圖書館的一些老保安員身上，彷彿看到當年父親的影子。

不過阿怡沒有不滿，即使職位低微，她的月薪也差不多有一萬塊，這大大改善了區家的環境，周綺蓁亦能辭去兼職，減輕壓在身上多年的重擔。雖然周綺蓁仍到茶樓上班，但留在家中的時間較長，而照顧唸小四的小雯的責任，便漸漸從阿怡轉回母親周綺蓁身上。圖書館的工作是輪班制，阿怡在家的時間不定，跟妹妹的相處時間變短，起初小雯還經常抓住一臉倦容、剛下班回家的姊姊談天說地，可是後來她似乎接受了姊姊工作忙碌的事實，不再那麼黏人。阿怡一家的生活逐漸變得正常，她和周綺蓁不用再為財務和家庭責任煩心，她們似乎苦盡甘來，失控多年的生活終於回到正軌。

可是安穩的歲月在阿怡開始工作後第五年終止了。

去年三月，周綺蓁在茶樓的梯間絆倒，右腿股骨骨折。阿怡接到通知後焦急地向上司請假，匆匆趕到醫院，而她沒想到，在醫院等著她的，是更駭人的噩耗。

「周女士不是因為跌倒而骨折，而是反過來因為骨折而跌倒的。」主診醫生對阿怡說。「我懷疑她患上多發性骨髓瘤，要再做詳細的檢查。」

「多發性什麼？」阿怡聽到這個陌生的詞語，感到異常錯愕。

「多發性骨髓瘤……血癌的一種。」

兩天後，阿怡在充滿恐懼的等待中，得悉了診斷報告。周綺蓁患了癌症，而且已是末期。多發性骨髓瘤是一種免疫系統疾病，由於漿細胞異變，產生骨髓癌細胞，在身體多處的骨頭裡形成癌組織。如果發現得早，患者可以存活五年以上，也有病發後成功治療活十年以上的病例；可是周綺蓁的病況已是末期，化學治療和移植造血幹細胞等等也不會有效。醫生估計，阿怡和小雯的母親只有不到半年的壽命。

其實周綺蓁早察覺身體有毛病，只是一直沒理會，把骨髓瘤的病徵——例如貧血、骨痛、肌肉無力——當成工作時間太長導致的關節炎和過勞等等。事實上，就算她曾因為關節痛求診，醫師也只當成一般的軟骨退化和組織發炎來治理，畢竟多發性骨髓瘤多發生在年老的男性身上，在四十餘歲的婦女身上發病，頗為罕見。

阿怡沒想到母親會患上絕症。在阿怡眼中，周綺蓁就像《百年孤寂》裡老邦迪亞的妻子易家蘭一樣堅強，即使活不到一百多歲，也一定會成為一位壯健的老人家，看著子孫長大獨立。當她細心察看病榻上的母親時，她才驚覺年近五十的母親不再年輕，多年的操勞將身體磨蝕掉，眼角的皺紋就像枯乾樹皮上的龜裂一樣深刻。她握著母親的手默默流淚，可是周綺蓁卻表現得泰然自若。

「怡，別哭。還好妳堅持中五畢業便工作，我現在走，至少不用擔心妳們兩姊妹吃得飽不飽，穿得暖不暖……」

「不，不，那才不好……」

「怡，答應我，妳要堅強一點。雯雯是個纖細的孩子，以後便得由妳照顧了。」

對周綺蓁來說，死亡並不可怕，尤其她知道丈夫在彼岸正等著她。她唯一放不下的，就只有兩個女兒。

結果比起醫生的估計，周綺蓁更早離世。兩個月後，她因為血鈣濃度過高引起併發症，腎衰竭和心臟病發死亡。

在母親的葬禮上，阿怡忍住了眼淚。這一刻她完全體會了母親送別父親的心情——即使再哀傷，即使再悲慟，她都要堅強地撐住，因為往後小雯能依靠的就只有自己。

在小雯身上，阿怡看到十年前的自己。那個失去父親、眼神空洞徬徨的自己。

阿怡覺得，小雯因母親病逝所受的打擊，比當年自己失去父親更大。阿怡本來就不愛說話，但小雯一向開朗，在母親離世後變得話少內向，反差尤其明顯，跟以前判若兩人。阿怡還記得以往一家人快快樂樂吃晚飯的情形，小雯總愛在餐桌上談學校生活，諸如哪位老師在早會說錯話出糗、班長向導師打了什麼小報告、班上流行什麼無聊占卜話題，說得口沫橫飛。那些愉快的片段，恍如隔世之遙，如今小雯在餐桌上只低頭默默地扒飯，如果阿怡不主動打開話匣子，小雯會在吃完飯後吐出一句「我吃飽了」便離開座位，再縮回自己的「房間」面無表情地滑手機。自從阿怡外出工作後，周綺蓁改動了傢俱位置，利用櫃子和書架分隔出兩個小小的空間，好讓女兒們有一點隱私。

——先給她一點時間吧。

阿怡如此想。她不想逼妹妹改變，尤其小雯正值十四歲的尷尬年齡，阿怡理解到硬要這個年紀的孩子克服內心的悲傷只會適得其反。阿怡深信，不久小雯便會走出陰霾。

的確，小雯在母親病逝半年後漸漸回復昔日的神情，阿怡也看到妹妹偶爾露出笑容，只是她們沒想到，家族的不幸並沒有因為母親離世而終止，命運將她們導引至更嚴苛的處境之中。

2

二〇一四年十一月七號下午六點多，阿怡接到意外的電話後，憂心忡忡地趕到九龍城警署。警員領她走進刑事調查隊的辦公室，身穿校服的小雯正由一名女警陪伴著，坐在房間角落的一張長椅上。阿怡甫看到小雯，立即趨前抱住妹妹，可是小雯沒有回應，只是茫然地任由阿怡緊緊的擁著自己。

「小雯——」

阿怡放開妹妹，正想發問，小雯卻像是終於回過神來，反過來抱住姊姊，將臉孔埋在對方胸口，淚如雨下。她哭了近十分鐘，情緒漸漸平服，身旁的女警便對她說：「妹妹，妳不用害怕，妳姊姊也在這兒了，妳就將事發經過告訴我們吧。」

阿怡從小雯眼中看出她還有一絲猶豫，於是緊緊握著妹妹的手，暗暗鼓勵。小雯望向女警，再瞧瞧桌上填上了自己名字和年齡等資料的口供紙，呼出一口氣，小聲地、斷斷續續地說出一個多小時前的事。

小雯在油麻地窩打老道的以諾中學就讀。以諾中學鄰近九龍華仁書院、真光女書院、基督教信義會信義中學等等，位於油麻地學校區，雖然學生成績不及華仁或真光等名校，但也算是區內熱門的教會學校，加上校方提倡利用網路、平板電腦等「科技噱頭」協助學習，在學界小有名氣。小雯每天上學，必須先搭一程專線小巴從樂華邨到觀塘地鐵站，再乘半個鐘頭的地鐵到油麻地站，下課就反過來搭地鐵到觀塘站轉乘小巴。雖然以諾中學下課時間是四點鐘，但小雯有時會在課後留在學校圖書館做家課，所以在十一月七號這天，她比平時晚了一點回家，五點左右才離開學校。

從九月開始，因為有香港市民反對政府提出的選舉改革方案，發起示威抗議，而當政府動用防暴警察鎮壓民眾後更令形勢一發不可收拾，大量不滿的市民湧上街頭，佔領堵塞金鐘、旺角和銅鑼灣的主要馬路，癱瘓部分地區交通。由於路面的公共交通工具改道及停駛，市民紛紛改乘地鐵，於是地鐵乘客暴增，尤其在上下班的繁忙時間，月台上塞滿等了兩、三班車仍未能乘搭的市民，車廂裡更擠得令人透不過氣，別說好好抓住扶手吊環，大部分人連轉身也做不到。乘客只能背靠背、胸貼胸、踮起腳跟站立，隨著列車加速減速向前或向後挨過去——不過因為太擠，倒不用擔心跌倒，車廂裡連讓人倒下的空間都沒有。

小雯在油麻地站上車後，只能站在第四卡車廂盡頭的位置，緊貼著左邊車門。觀塘線列車只有旺角站和太子站在左面上下車，往後的車站乘客都是使用右邊車門，所以列車經過太子站後，小雯便等於站在車廂一個死角。她一直習慣站在這個位置，因為她要到觀塘站才下車，待在這角落便不用每個站移動身子讓位給乘客進出車廂那麼麻煩。

根據小雯憶述，她是在列車剛離開太子站時察覺異樣的。

「我……我覺得有人摸了我一下……」

「摸了妳哪一個部位？」女警問。

「屁……屁股。」

小雯結結巴巴地說明，她當時抱著書包，面向車廂外，不知道背後站著什麼人，但她覺得有人用手摸了她屁股一下。她回頭瞄了瞄，卻沒看到特別的人，只是一張張平凡的面孔。除了幾個跟同伴聊天的外國人、一個站著打瞌睡的矮胖上班族和一個大聲講電話的鬈髮大媽外，其他人都低頭自顧自滑手機。即使車廂中擠得要命，人們還是不願意放過片刻使用手機上社交網站、聊天、看影片或玩遊戲的機會。

「我、我一開始想我可能誤會了……」小雯以蚊子般的聲音說：「車廂很擠，或者是有人想從口袋掏手機，不小心碰到我……可是隔了一陣子，我發覺……嗚……」

「那人在摸妳屁股嗎？」阿怡問。

小雯緊張地點點頭。

在女警的追問下，小雯脹紅著臉，描述她被猥褻的過程。她感到那隻手正緩緩地搓揉著她的右邊臀部，於是緊張地伸手護著後方，但因為車廂太擠，她擋不住那隻手。她無法轉身，只能扭過脖子用眼神警告色狼，可是她轉過頭，卻不曉得犯人是背貼著她的西裝男，還是旁邊一個禿頭的老翁，抑或是站在她視線死角的某人。

「妳沒有呼救？」阿怡問道，可是話剛離開嘴巴她便後悔。這句話太有責怪的味道。

小雯搖搖頭。

「我……我怕惹麻煩……」

阿怡不是不能理解。她也曾在地鐵上目睹色狼侵犯其他女生的案件，可是女生呼救、抓住色狼後，旁人反而以鄙夷的目光端量那位受害者，而犯人更大聲嘲諷道：「妳以為自己是什麼偶像明星？我犯得著摸妳的奶子？」

小雯停頓了數分鐘，像是整頓心情後，再緩緩說出案情，女警便將她的話記錄在口供紙上。小雯說她陷入混亂期間，那隻手的觸感突然消失，正當她鬆一口氣，以為對方收手時，那隻手竟然掀起她的校服裙，直接摸她的大腿。她感到一陣噁心，就像被蟑螂蟲子爬上身子，可是這時她動彈不得，只能焦躁地期望那隻手不會往上爬。

當然她的願望落空了。

那色狼直接摸上小雯的屁股，手指勾著內褲邊緣，指頭朝私處緩緩移動。小雯害怕得不敢作聲，只能不斷用手壓下裙襬，嘗試擋住侵襲。

「我、我不知道他摸了多久……我只在心裡不斷祈求他快停手……」小雯邊說邊發抖，阿怡卻只感到心痛。

「……然後，就是阿姨救了我。」

「阿姨？」阿怡問。

「有幾位熱心的市民逮住色狼了。」女警向阿怡說。

就在列車快到九龍塘站的時候，一位大嗓門的大媽突然在車廂中朝著小雯身後大喝了一聲。

——你！你在幹什麼！

喊話的人正是小雯之前提過那位大聲講電話的大媽。

「……當阿姨大嚷時，那隻手便霎時抽走了……」小雯戰戰兢兢地說。

事實上，當大媽高聲呼喝後，車廂裡陷入一片混亂。

「我說你！你剛才在做什麼？」

大媽衝著小雯右後方一個高大的男人喊道，兩人相隔兩、三個乘客。那男人年約四十，膚色蠟黃，臉上顴骨凸出，鼻子扁嘴唇薄，眼神有點猥瑣。他身穿一件不太光鮮的藍色襯衫，跟皮膚的顏色形成強烈對比。

「妳叫我？」

「就是你！我問你剛才你在做什麼？」

「我做了什麼？」

男人神色有點緊張。就在他答話同時，列車駛進九龍塘站月台，車子停定後，右邊車門緩緩打開。

「我問你，你這色狼剛才是不是在摸這位妹妹！」大媽向小雯瞄了一眼。

「妳神經病。」男人甩一甩頭，想隨著下車的乘客們離開車廂。

「你別跑！」大媽擺出一副毫不退讓的姿態，趁著乘客移動騰出空間，往前逼近，一手抓住男人的手臂。「妹妹，妳說，剛才是不是有人摸妳屁股？」

小雯咬著下唇，眼神游移著，不知道該不該說實話。

「妹妹，妳別怕，大姊我當證人！妳說出來就好！」

小雯慌張地點點頭。

「妳們都是神經病！別阻我下車！」男人喊道。其他乘客一一注視著他們，甚至有人按下了求助按鈕，通知車長車上出了狀況。

「我親眼看到的！你別抵賴！跟我們一起上警局！」

「我、我不過是不小心碰到她罷了！她這種貨色，誰會特意摸她屁股啊！妳再抓住我，我告妳非法禁錮！」男人一手推開大媽，想往車廂外逃跑。可是他沒料到門旁看熱鬧的群眾中有一個彪形大漢，他一轉身便被抓住。

「先生，無論你有沒有做過，還是先到警局較好。」穿無袖T恤的大漢語帶威嚴地說。

在這片混亂中，小雯靠在車廂角落，被其他乘客以不同的目光注視著——有的是出於同情、有的是出於八卦、有的更是出於獵奇。尤其一些男乘客的視線令她感到不舒服，就像被問「妳剛才被摸了嗎？」、「感覺如何？」、「覺得羞恥嗎？」、「有沒有爽到？」之類的話。她雙腿一軟，跌坐在地上，開始啜泣。

「妹妹妳別哭，有大姊我替妳出頭……」大嗓門的大媽仍在說著。

大嗓門大媽、彪形大漢和另一位見義勇為的白領女性都到了警署做筆錄。根據大媽的說法，車廂裡所有乘客都忙於滑手機，就只有她察覺小雯神色有異，在石硤尾站乘客上下車時，從人群之間瞥見小雯的校服裙被掀起，屁股正被人抓住。她想該不該沉默，等到列車駛進九龍塘站才來個抓賊拿贓，上前逮住犯人，但看到小雯驚惶的表情，於是提早喝止色狼。事實上，有幾個乘客在大媽喊話後用手機拍攝影片，將車廂中的衝突完整地記錄下來——在「人手一機」的今天，鏡頭無處不在，只要在人群中發生丁點不尋常事，都會有人留下影像紀錄。

被捕的男人叫邵德平，四十三歲，是黃大仙下邨一間文具店的店東。他在警署否認指控，不斷強調他只是不小心碰到小雯，對方是因為在油麻地站跟自己有過紛爭，含恨在心誣蔑自己。依他的說法，小雯曾光顧車站的便利店，付帳時花了很長時間，害不少顧客排隊等候，邵德平當時排在小雯後方，出言責罵了幾句，小雯不甘示弱還擊，後來在車上重遇，對方便虛報猥褻陷害。

警方從便利店店員口中得知二人之間的齟齬屬實，店員記得邵德平當時很火大，小雯離開後他還向店員抱怨「今天的年輕人通通是『廢青』，一味搞亂香港，無事生非」，但卻無法證明小雯對邵德平懷恨而誣告對方。相反，邵德平的舉動正好顯示他是犯人——他在警員到場前企圖下車離開現場，態度惡劣，而且他根本不該在九龍塘站下車，他的家和店子都在黃大仙。根據調查，邵德平當天下午約了朋友在油麻地見面，分手後他該回到店子接替妻子顧店，他完全沒理由提前兩個站下車。

「妹妹，妳看看這份口供有沒有錯誤或妳不同意的地方。」女警將筆錄放在小雯面前。

「假如沒有問題的話，請妳在這兒簽名作實。」

小雯提起原子筆，不安地在簽名欄寫上了名字。這是阿怡第一次看到警方的口供紙，簽名欄上方印著的證人聲明——「本人明白所作口供而明知其為虛假或不相信為真實者，本人有遭檢控刑事罪行之虞」——令她覺得好沉重，畢竟就連自己也鮮少在法律文件上簽字，而未成年的小雯卻要獨自承擔這種法治社會規條下的責任。

小雯在事件後再度變得寡言，而阿怡也不懂得如何安慰她，只能說「不用怕，姊姊替妳出頭」、「那混蛋會受法律制裁」之類的門面話。為了陪伴小雯，阿怡向上司請了兩天假，但由於半年前為了辦理母親後事，阿怡已把事假限額差不多全用光，所以她無法多待在妹妹身邊，只能每天下班後盡快回家。

隨著案件進入司法程序，媒體也有零星報導，以「少女A」做為小雯的代號。有記者爆料，指邵德平經營的文具店也有販賣一些書刊，包括一些以校服少女為主題的日本寫真集，同時又點出邵德平有攝影嗜好，經常跟其他「龍友」[2]約模特兒私拍，暗示他對未成年少女有特殊癖好。當然這類型的風化案只占報紙的一小角，關心的讀者也屈指可數，畢竟這種案件幾乎每天發生，而且報章雜誌仍以鋪天蓋地的篇幅集中報導佔領運動和相關的政治新聞。

二月九日審訊正式開始，邵德平被控一項「猥褻侵犯」罪，違反香港法例第200章《刑事罪行條例》第122（1）條。被告否認控罪，辯方律師更以媒體「大幅披露負面消息」有機會導致審訊不公，申請永久終止聆訊，不過被法官駁回。法官安排案件在二月底續審，而阿怡獲檢察官告知小雯需要上庭，但檢方可以安排視像作供，或是在法庭上設置屏障遮蔽。對此阿怡更是擔憂，在法庭上，小雯必須獨自接受盤問，而辯方律師一定會毫不留情地問及案發細節及個人隱私。

不過阿怡的擔心是多餘的。

在二月二十六號的審訊開始時，被告邵德平忽然改口認罪，所有證人毋須作供，只等待法官閱覽被告的精神報告及相關資料後量刑宣判。三月十六號法官宣判，參考過往案例被告該入獄三個月，但由於邵德平認罪及表示後悔，刑期減去三分之一，只判入獄兩個月，即時執行。

阿怡以為，一切都事過境遷，接下來小雯會忘掉傷痛，慢慢回復。只是她沒想到，逼使妹妹走上絕路的噩夢，會在邵德平入獄一個月後才展開。

四月十號，星期五，就在小雯十五歲生日前的一個禮拜，一個名為「花生討論區」的香港網路論壇上出現了一篇文章。

文章標題是「十四歲賤人害我舅父坐監」。

kidkit727發表於2015-04-10 22:18

十四歲賤人害我舅父坐監!!

今天我眞是不能再忍，要爲我舅父說句公道話！

我舅父今年四十三歲，跟舅母在黃大仙開文具店，每天辛勤工作，就是賺點小錢養家。我舅父學歷不高，只唸到中三便輟學，但爲人正直，一直在文具店打工，就是因爲爲人誠實有禮，舊老闆才會退休前將店舖轉讓給我舅父。我這個舅父從不說謊，取價公道，街坊都能保證，可是他被一個十四歲賤人冤枉，現在在坐監。

2. 攝影愛好者的簡稱，「龍」源自「沙龍」（Salon）。現在「龍友」一詞帶貶義，多指那些只熱中於拍攝女模特兒、有不良企圖的男性。

事緣去年十一月，在觀塘線的地鐵上，有一個十四歲的女學生，指我舅父侵犯她，摸她屁股。我舅父根本沒有做過！那個女學生只是想報仇！我舅父在搭車前，在油麻地站的便利店買菸，排在那女學生後面。那女學生好像是買電話卡的增值券，但付款時卻一直掏不出足夠的零錢，伸手在書包一直找，連累後面的隊伍愈來愈長。我舅父看不過眼，說了句「快點吧，後面還有很多人在等，沒錢便讓我們先結帳」，怎料對方轉頭狠狠的瞪我舅父，嘴裡唸唸有詞，我舅父自然再罵了幾句「沒教養」、「不知道父母長什麼樣子」，她便乾脆擺爛無視我舅父。人家說「無聲狗」才會咬人，那賤人就是例子，她被我舅父追罵時一聲不吭，結果在列車上用這惡毒的方法來報復，陷害我舅父。

本來我舅父沒做過，自然不會認罪，但有記者以偏頗的角度來報導，令我舅父舅母很震驚。我舅父喜歡攝影，可說是唯一嗜好，但因爲家中不富有，器材也只是便宜貨和二手貨。他有一些攝影書放店子賣，也有跟一些同好去拍拍風景和人像，結果呢，報紙卻把他描寫成戀童癖，拍照其實是爲了佔模特兒便宜。拜託！我舅父的文具店賣幾十款不同的攝影書，記者只拿其中一、兩本校服少女寫眞集做文章，又把一年頂多兩、三次集體約模特兒拍照聚會放大成每個月找人援交似的！

我舅父很擔心這些報導會影響法官的看法，而且他知道他被那賤人冤枉時，做了一件蠢事，就是想逃跑。律師告訴他，因爲他企圖逃跑，加上事主未滿十六歲，就算他明明清白，法官也很可能判他有罪，假如他認罪還可以減刑，但不認的話，他就要負上「逼」事主上庭作供的責任，法官可能會認爲他沒有悔意，加長刑期。我舅父本來就想堅持，可是最後還是屈服了。我舅母身體不好，舅父擔心她一個人吃苦，寧可盡早平息事件。自從那些胡說八道的報導刊登後，舅母每天開店都被人指指點點，我舅父很愛我舅母，所以爲了她寧願自己蒙冤坐牢，向不公義的裁決低頭。

這樣一個愛妻顧家的好男人，又怎可能在地鐵上對女學生毛手毛腳啊！

案情根本有不少疑點：

一、我舅父身高一米八十，那女學生身高不到一米六十，二人相差足足二十公分。根據警方筆錄，原告指我舅父掀起她的裙子伸手摸她屁股，但我舅父的手應該很難放得這麼低，旁人又沒有察覺吧？

二、我舅父想逃跑，根本是人之常情，試問誰被莫名其妙、惡形惡相的人冤枉，會乖乖地任人魚肉？香港現在是非顛倒，有強權無公理，白的可以被說成黑的，有理根本說不清！

三、警方說受害人未滿十六歲是嚴重事件，那爲什麼不即時收集微物證據？如果我舅父摸過那女學生的內褲，手指上應該有衣物纖維，而對方的內褲上也會沾上我舅父的手汗，可以檢驗DNA吧？

最重要的是，我舅父才不會如此愚蠢，冒著家庭、事業和人生全毀的風險，去侵犯一個姿色平庸的未成年少女啊！

本來我舅父認了罪，想平息事件，我就該順他的意，讓事情早日了結，但我今天碰巧知道一些消息，令我無名火起。

我有朋友查出那個十四歲女學生的背景，原來她在學校是個卑鄙小人，喜歡搬弄是非，表面上對人親切，實際上算計著每個人。她曾搶人男友，搶到手玩厭後便拋棄對方，所以她沒有知心朋友，同班同學都不願意親近她！她又跟校外一些不良分子來往，未成年便喝酒，說不定還有嗑藥、援交。

聽她的同學說，她在單親家庭長大，去年老母更死了，沒長輩管教她，所以性格變得更頑劣。依我看，她根本就是把不滿發洩在他人身上，在地鐵演這一齣戲，讓自己成爲楚楚可憐的弱者，騙取他人同情。但我舅父有什麼錯啊？爲什麼爲了滿足妳的私利私慾，要犧牲我舅父和家人的幸福啊？

對不起，舅父，我知道你想息事寧人，但我就是吞不下這口氣！

這篇〈十四歲賤人害我舅父坐監〉在討論區發表後，不到一天便成為站內最熱門文章，網友們紛紛將它轉貼到臉書和其他社交網站。佔領運動期間，警方經常被市民質疑濫權、使用過度武力、與黑社會勾結，司法制度被抗議者指為政權服務打壓民主訴求，在這種社會氛圍下，花生討論區的網友一面倒支持貼文者，指責司法不公、警察搜證不力，認為邵德平含冤入獄，並對「少女A」口誅筆伐，聲言要公開她的身分。翌日，在同一個討論區裡，有用戶在網路上挖到小雯的照片並張貼出來，更公開了小雯的姓名、就讀學校和居住的屋邨。由於公開披露刑事案件中未成年受害人資料違反法例，討論區管理員很快將公布小雯個人資料的帖子刪除，但管理員再快也不及廣大的網民手快，那些照片和校名等等已被人存檔，其後有部分網民故意刪去一、兩個字規避法律，以「油麻地以X中學的賤貨區X雯」或「樂X邨十四歲人渣X雅雯」來稱呼小雯，發表批評辱罵的文章，甚至用修圖軟體把小雯的照片製作合成圖，大力醜化和嘲諷。

阿怡只鍾情閱讀，可說是個電腦盲，加上缺乏朋友，社交網站或網路論壇對她而言就像是陌生的國度，在圖書館因工作關係學會使用電郵信箱已是她的極限，所以當她從同事口中知道事件時已是文章發表三天之後的週一，而她此時才察覺小雯週末躲在家裡神不守舍的原因。阿怡家中有一台蒙塵的電腦，是安裝網路時一併購買的便宜貨，因為屋邨住戶數目大，電訊服務商推出的網路方案月費都較便宜，阿怡就職第二年、家中財務不太緊張時，周綺蓁抵不過推銷員的勸誘，「為了小雯有更好的學習工具」而辦理寬頻服務了。結果那台黑色的桌機幾乎沒用，倒是小雯升中學後買了一支廉價智慧型手機，經常用家中的Wifi上網。

在同事的平板電腦上讀畢整篇文章後，阿怡感到怒不可遏，對文中像「嗑藥援交」的抹黑與不實指控更是惱火，但冷靜下來、了解事情嚴重性後，阿怡也慌了手腳，不知如何是好。她想打電話給妹妹，可是想到妹妹上課中難以接電話，於是阿怡只好致電校務處，找小雯的班導袁老師。袁老師也剛從其他教師口中知道網路流傳著那些謠言，說學校已採取行動，成立小組應付。

「區小姐您放心，雅雯今天在教室沒什麼異樣，我會好好留意她，也會安排社工跟她談一下。」在電話裡，袁老師跟阿怡說。

下班後，阿怡歸心似箭，想好好安慰妹妹——縱使她不知道該說什麼話——可是小雯的反應卻在阿怡意料之外。

「姊，我不想談。」小雯淡然地說。

「可是……」

「我今天已被老師疲勞轟炸了一整天，我不要再談。」

「小雯，我想……」

「我不要談！總之不要再提！」

小雯的態度令阿怡吃了一驚——阿怡已忘了，對上一次小雯發脾氣是何年何月的事情。

剛讀完文章時，阿怡堅信邵德平外甥寫的內容全是鬼話。她猜對方為了替親人掩飾醜行，不惜弄虛作假，誇大那些微不足道的疑點，讓邵德平看似無辜，令他脫罪。為了吹捧邵德平情操如何高尚，對方甚至大力抹黑小雯，模仿文中的一句話，就是「為了滿足邵德平的私利私慾，犧牲小雯的幸福」。然而，當阿怡回家發覺小雯態度有異後，她不禁有所動搖——縱使她不相信妹妹會砌詞陷害他人，但文中描寫小雯的部分，會不會有百分之一的真實性？

疑惑就像槲寄生的種子，一旦撒下，會在不知不覺間依附一個人的心靈，愈長愈大。

除了那篇文章外，網路上的言論亦教阿怡失眠。

阿怡在同事的指導下學懂了瀏覽討論區和社交網站，於是每天趁小雯睡著後，偷偷打開家中那台過時的電腦，細閱網民的留言。縱使阿怡中學時代因為獨來獨往、不擅交際聽過不少冷嘲熱諷，了解一般人也有陰暗的一面，她從沒想過，在網路上這黑暗面會以幾何級數的規模膨脹、壯大，形成猶如巨獸一樣的怪物，將理性吞噬。

——我操！香港就是充斥這種黑白不分的事，只要裝可憐便騙到法官

——這種貨色你也操得下啊？

——姿色平平，但我可以

——不過是個援交妹，三百便有交易

——倒貼三百我也不要，根本是公廁

——這爛貨應該要人道毀滅

阿怡無法想像，自己的妹妹會成為一群陌生人公開品頭論足、攻擊辱罵的對象。明明跟小雯素未謀面，可是這些網民卻一副熟悉妹妹的態度，將他們的想像強加在她身上，然後再大肆抨擊嘲弄。那些留言中不乏卑污齷齪的言辭，彷彿透過光纖網線，他們就有自由以任何猥褻

的下流話來評論他人，即使對方只是個未成年的小女孩——或者反過來說，就是因為小雯未成年，他們認為法律過度偏袒，所以他們更需要「公正」地維護正義。

除了這些無恥骯髒的論調外，各討論區亦有不少人充當偵探，研究案情，更有「心理專家」分析小雯誣陷他人的動機，然後言之鑿鑿地指出她有什麼心理毛病和人格缺陷。偶然有些網民以持平的角度來發表意見，但往往被他人以無禮的話語反擊，令討論朝著人身攻擊和無意義的謾罵發展。

阿怡覺得，她就像看見最赤裸裸的人性，以最不堪的姿態呈現眼前。

而且，小雯更無辜地被捲進這個漩渦之中。

往後的兩個禮拜，阿怡家裡彌漫著一股不安穩的空氣。媒體因為討論區的文章再次關注案件，而且規模比之前還要放大數倍。阿怡和小雯不止一次被記者叩門造訪，不過由於小雯堅拒談話，這些記者只有吃閉門羹，有些記者就跑去黃大仙下邨追訪邵德平的妻子，結果也是一樣，邵太太為了躲避記者，不得不讓文具店暫停營業。報章雜誌對事件作多方面報導，有附和網民指責司法有漏洞的，也有責難這種網路公審等同霸凌的。不過無論正反，都改變不了一項事實，就是小雯被迫成為公眾人物，受大眾注視，每天她上學下課，也會被認得她的人指指點點。

而面對種種壓力，阿怡卻無計可施。

阿怡想過讓小雯暫時請假，可是小雯對此很抗拒，說要維持正常的日常生活，不容許生活節奏被那些「無聊的事」打亂。阿怡感到無能為力，但在家裡她不願意在小雯面前露出軟弱的一面，所以只好按捺著反覆的心情，堆起笑容以正面的態度鼓勵妹妹。事件發生後，阿怡不止一次在上班期間躲在洗手間裡默默流淚。

踏入五月，媒體報導減少，網民逐漸對事件失去興趣，小雯的舉止談吐也漸漸回復平日的模樣。雖然小雯這陣子明顯消瘦下來，眼神有點不穩，但阿怡猜妹妹既然能堅強地熬過這三個星期，往後一定能克服。她想小雯的說法果然有道理，維持日常生活，就是抗壓的最好藥方。

可是她錯了。

在阿怡以為一切都回復正常之時，小雯從二十二樓的家躍出窗口，跳樓自殺了。

阿怡不相信妹妹會自殺，因為對她來說，事情該逐步平息，生活該漸漸重上軌道，而不是突然失控到如此地步。

「小雯不會自殺！一定是有匪徒尾隨她，然後下殺手……」阿怡在殮房竭力反駁程警長的「自殺」說法。

「不，我們有充分證據能證明令妹是自殺的。」程警長說。

事發當天，阿怡的鄰居陳大嬸正好約了師傅修理家門，他們親眼看到小雯五點十分回家，當時只有她一個人，而且他們還有跟小雯打招呼。而六點零八分，即是小雯跳樓的一刻，有兩位互不認識的安華樓住客目擊整個過程。安華樓正對著奐華樓，黃昏時分，有不少長者喜歡坐在窗前眺望街景，恰好有兩位居民看到小雯打開窗，攀過窗緣，一躍而下的經過。其中一位長者更嚇得昏倒，另一位則大叫家人報警。他們都明確指出，小雯跳樓時身後沒有任何人，她是自行攀出窗口跳下的。更重要的是，樂華邨曾發生多起高空擲物事件，警方為了找出犯人以及杜絕這些問題，在好幾棟大樓的屋頂安裝了監視器。其中一台監視器拍到小雯自殺的過程，影片和證人的口供完全吻合。

事實上，阿怡確認家中沒有任何打鬥掙扎的痕跡，她打開家門時，房子裡跟平日一樣——除了小雯不在之外。阿怡亦理解，現實不是小說，不可能有兇手使用詭計將謀殺偽裝成自殺——即使真的有，也不可能發生在小雯這個平凡的十五歲小女孩身上。

唯一的疑點，是小雯沒有留下遺書。

「其實沒留下遺書的自殺案也有不少，有些人會因為一時衝動尋死，那便來不及寫遺書。」程警長緩緩地說：「區小姐，令妹這幾個月受到這麼大的壓力，就跟我過去遇過的案例很相似。請您相信警方的調查，您家的事件不久前鬧得這麼大，我們辦事不會馬虎的。」

阿怡心底明白，任何一個十五歲的女孩子被這龐大的輿論壓力輾過，亦很可能走上自毀之路，但她就是無法接受。她無法接受這種飛來橫禍，要小雯被不明來歷的霸凌殺死。她痛恨網路每一個不負責任、隨便發表言論的網民，他們茶餘飯後亂寫的幾個字，卻匯聚累積成比斷頭台更鋒利的刀刃。小雯就像每天被陌生人凌遲，身上的血肉被一片一片的撕下來，慢慢折磨至死。

阿怡想向網路上有份殺害小雯的人討回公道，但她知道那不可能做到。任憑她再努力，也不可能將那些兇手逐一清算。

「那……那麼，兇手就是寫文章的人！那個邵德平的外甥！就是他害小雯自殺的！」阿怡咬牙切齒地說。

程警長嘆了一口氣，說：「區小姐，請您節哀順變。我明白您現在很忿怒，但我們無法為您妹妹討回公道，一個人被輿論逼得走投無路，公權力難以處理。您說那篇文章的作者是兇手，但您頂多只能民事控告對方誹謗，畢竟對方只是發表言論……不過您妹妹已過世，我也不知道您能否代為提告。區小姐，我想將來您可以找律師尋求法律意見，但現在您需要的是心理輔導。我認識提供喪親輔導服務的志願機構的社工，可以替您聯絡，他們都是專業人士，您跟他們談談，讓他們跟進一下，會較容易走出低谷。」

縱使程警長言之有理，阿怡就是聽不入耳。她拒絕了對方的好意，敷衍地接過一些介紹志願組織的單張，內心仍然充滿忿恨與無奈。

小雯死後兩個禮拜內，阿怡獨自辦好一切殮葬手續，諸如從殮房領取小雯的遺體、到殯儀館安排喪禮、預約火葬事宜等等。她沒想過，去年安葬母親的經驗，今天會派上用場。小雯的喪禮上賓客稀少，場面冷清，反而靈堂外聚滿記者，阿怡不下一次被問到「妳現在心情如何？」、「妳對妹妹自殺有什麼感想？」、「妳認為網民是殺人兇手嗎？」等不識相問題。有雜誌在小雯自殺後，以〈十五歲少女跳樓——以死控訴？還是畏罪自殺？〉作專題報導，封面一角印著打了馬賽克的小雯照片，阿怡經過報攤看到時，差點有衝動把整疊雜誌撕掉。

在阿怡眼中，記者和網民根本沒兩樣。假如說網民是兇手，那為了銷量、以「公眾知情權」之名剝奪小雯片刻寧靜的記者就是幫兇。

去年周綺蓁的喪禮尚算熱鬧，她就職的茶樓的同事和老闆、平日碰面閒聊的街坊鄰舍、甚至住在土瓜灣時認識的舊友都有出席弔唁，就連區輝的前輩牛哥也有到場致意；相比之下，前來送別小雯的賓客卻只有寥寥幾位。最令阿怡不解的是，直到黃昏都沒有小雯的同學前來弔喪，到場的只有小雯的班導袁老師。

「難道……小雯在學校真的被排擠嗎？」

阿怡想起討論區那篇文章，形容小雯在班上沒有朋友的一段。

不可能，一定不可能，小雯這麼健談活躍，才不可能沒有朋友——坐在家屬的座位上，阿怡愈來愈不安。她不是害怕小雯沒有朋友，而是怕那篇文章的內容是事實。

幸好七點半的時候，兩個穿校服的學生釋除了阿怡的疑慮。

一位短髮的女生由一位男同學攙扶著，緩步走向靈前鞠躬。阿怡看到對方雙眼紅腫，顯然之前哭過。阿怡對他們的樣子有點印象，她記得前年的聖誕節前夕小雯由兩位同學陪伴回家，說小雯在派對中身體不適，當晚母親還通宵照顧小雯。他們這次沒有跟阿怡說話，只默默地點頭，然後便離去。其後還有一位學生到場，阿怡想，也許因為喪禮設在週四，小雯的同學們翌日要上課，所以只能派代表出席。

完成喪禮、火化遺體，將骨灰安放到跟父母相鄰的骨灰龕後，潛藏阿怡內心的悲愴感再一次湧出來。過去兩星期她一直為小雯的後事奔波，沒有空閒給她胡思亂想，如今一切已完結，面對空蕩蕩的房子，阿怡只感到黯然神傷。她凝視著家中的每個角落，彷彿可以看到昔日家人共聚的日子——小雯小時候會蹲在沙發前的地板上玩布娃娃，母親會在廚房炒菜，而父親會坐在阿怡身旁以洪亮的聲音跟母親說家常話。

「小雯……媽……爸……」

晚上，阿怡只能懷抱著回憶中的美好片段，孤獨地入睡。

那些貧困但愉快的美好片段。

可是，幾天後信箱裡的一封信，剝奪了阿怡心靈的最後一個綠洲。

房屋署通知阿怡，她要遷離奧華樓的單位，離開這個充滿回憶的家。

「區小姐，請您明白，我們只是公事公辦。」在何文田房屋署總辦事處的會客室，一位房屋事務主任對阿怡說。為了提出反對，阿怡約了房屋署的職員見面。

「我、我自小便住在現在的家，為什麼要我搬？」

「區小姐，恕我直話直說。」主任邊翻著文件邊說：「您目前只有一個人住，而奧華樓的單位是提供二至三人家庭使用，按房屋署規定，一人戶家庭單位不能超過二十平方米，您現在是『寬敞戶』，不符合配房資格。當然我們會提供新的一人單位給您。」

「可是這、這是我的家啊！只有在這個家我才能想起我的家人啊！」阿怡激動地質問道：「因為我的家人都死了，你們便要趕走我嗎？房屋署就是這麼不近人情嗎？」

「區小姐，」架著金邊眼鏡、西裝筆挺的主任抬起頭，直視著阿怡雙眼，「我很同情您的處境，不過您知道目前有多少家庭在輪候公屋嗎？我們不盡快處理每一個個案，那些家庭就只能繼續住在更狹小、更不堪的房子裡。您說我們『不近人情』，那您無視那些苦等多年還未『上樓』的大眾，不就是『自私自利』嗎？」

阿怡臉上一陣紅一陣白，無法反駁對方。

「區小姐，其實我們也不是那麼『不近人情』，我們會讓您再住三個月，您亦有權從我們提供的名單中選擇新的居所。」主任每次開口，都以「區小姐」作開頭，就像不斷強調問題出在阿怡身上。「雖然新住所的地點可能偏遠，例如新界元朗或北區，但都是新落成的屋邨，配置比樂華邨好。有新消息我們會再通知您，如果您打算短期內離開香港，記得聯絡我們。」

房屋事務主任的態度暗示著會面完結，請阿怡離開。

阿怡無奈地站起來，正要轉身離去，主任摘下眼鏡再說：「區小姐，您別看我好像高薪厚祿，其實我一樣為每個月的房貸頭痛。今天連死過人的私人樓宇也一樣索價幾百萬，香港就是如此一個居住環境惡劣的城市。在這兒生活，我們只能逆來順受，世事未必盡如人意，凡事別那麼執著就好。」

回家途中，阿怡心裡的積鬱與怒氣，被主任最後一句話全引了出來。對方的話，就像教自己認命，接受上天安排的一切。

父親的意外、母親的病症、妹妹的自殺，全是上天的旨意，凡人不可違逆，也無能違逆。

阿怡不知道，當她坐在巴士上時，她的表情是如此駭人——她眉頭緊皺，雙眼通紅，牙關緊咬，就像憋住很大委屈，即將爆發。

——我才不會認命！

阿怡回憶起在殮房跟程警長見面時的心情。

那股混著不忿、苦澀、悽愴的複雜情感。

——那麼，兇手就是發文章的人！那個邵德平的外甥！就是他害小雯自殺的！

我要跟邵德平的外甥見面——阿怡腦海中冒出這個念頭。

阿怡不知道跟發那篇文章的人見面有什麼意義，或者該說，她不知道見面後她該怎麼辦。是要責罵對方是冷血的兇手？逼對方到小雯的靈牌前叩頭認錯？痛毆對方一頓？還是一命抵一命，要對方用性命來償還？

但阿怡知道，這是她唯一想做的事。是她證明自己「不認命」的方法，是對殘酷現實的微不足道的反抗。

阿怡的同事Wendy有親戚開偵探社，去年她們在圖書館處理一箱陳舊的偵探小說時，阿怡曾聽Wendy提起，於是阿怡向Wendy打聽請偵探調查要多少花費、對方接不接這個委託。阿怡要求的調查其實很簡單，就是查出邵德平的外甥是什麼人，在哪兒上班或上學，確認對方長相，然後阿怡找天「突襲」對方，面對面跟對方說清楚。這跟一般的品行調查差不多，而且邵德平之前被媒體廣泛報導，要查探就更容易。

「這種調查一般收費三千塊一天，五至六天會完成，其他開支實報實銷，收費合共大約二萬元。區小姐您是Wendy的同事，我也很同情您的遭遇，我收便宜一點，二千一天就好，您準備一萬二千左右就可以了。」一年約五十、姓莫的偵探跟阿怡初次見面時說道。雖然母親和妹妹的喪事花了不少錢，但阿怡本來預留給小雯將來唸書的儲蓄再無用處，目前還餘下八萬多元，這項委託自然成立。

四天後，六月五號黃昏，阿怡收到莫偵探致電相約見面，說有事要報告。

「區小姐，」在偵探社的社長室裡，助理放下給阿怡的咖啡並離開後，莫偵探凝重地說：「我們在調查上遇上一點麻煩。」

「是……錢方面嗎？」雖然莫偵探外表老實，但阿怡猜對方是不是想坐地起價。

「不、不，您誤會了。」莫偵探微微一笑。「我先說一下，這案子是我親自調查的，平時抓姦抓多了，難得有一樁有意義的委託，我就沒讓手下辦，過去幾天我跟助手到黃大仙邵家附近查探。其實第二天我已查到消息，但為了確認真確性，我再花了兩天。」

「你已找到邵德平的外甥？」

「這正是我說的麻煩。」莫偵探邊說邊從文件夾取出一疊照片和文件。「邵德平沒有姊妹，是獨子。」

「嗯？」阿怡有聽沒有懂。

「邵德平根本沒有外甥。」莫偵探指著幾張偷拍照片。「邵德平父親四年前已去世，目前跟妻子與七十歲的母親同住在黃大仙下邨龍吉樓十樓，他沒有姊妹，所以沒有人會叫他『舅父』。他也沒有表姊妹或堂姊妹，唯一的表弟已移民澳洲多年，我查過對方沒有子嗣——不過就算有，也該稱他做『表伯父』而不是『舅父』吧。」

阿怡目瞪口呆地瞧著莫偵探。「那這個寫文章的『外甥』到底是誰？」

「不知道，就連邵德平一家都不知道。」

阿怡驚訝得無法說話。

「我從一位跟邵老太相熟的鄰居口中確認過，他們毫無頭緒。」莫偵探聳聳肩。「我也很奇怪為什麼有人會假冒邵德平外甥寫這種炒作文章。我曾懷疑是他的老婆甚至是邵老太寫的，可是如果是她們寫的，她們應該會趁記者採訪時為老公和兒子平反，而不是閉門不見。」

「莫先生……那麼你能替我找出貼文的那個『kidkit727』嗎？」阿怡盯著桌子上的照片和文件，問道。

「這個就有點困難了。」莫偵探嘆一口氣。「我這家偵探社接辦的是傳統調查，想揪出隱藏在網路後面的傢伙，我們沒有相關技術，頂多只能從表面歸納一些特徵。我稍稍調查過那個討論區，覺得這事件有太多古怪之處——這個kidkit727只在花生討論區貼了這一篇文章，而且帳號是同日新建立的，貼文後也沒有再登入，他的存在，彷彿就是單純為了替邵德平伸冤。區小姐，我只能推理到這兒了。」

「莫先生，如果你要我付再多的調查費，我也願意……」

「不是啦，」莫偵探打斷阿怡的話，「真的不是錢的問題。事實上，因為這次調查沒有成果，我不能收尾款了。當然您先前付的四千元訂金我也不能退，畢竟我可以不收費，我的助手可不能做白工。我莫大毛在這行算是有點信譽，能做的會盡力做，沒辦法的，可不會多收一塊錢。」

「這……」阿怡茫然地瞧著莫偵探，再將視線放在桌上的幾份文件上。一股無力感從胸口湧往四肢，令她覺得一切都是徒勞。房屋署那位主任的話再次浮現。

——在這兒生活，我們只能逆來順受。

「區小姐，您別難過。」當阿怡看到莫偵探遞面紙給自己時，才發現自己的眼淚正撲簌撲簌地沿著臉龐落下。

「我……我真的只能認命嗎？」阿怡對莫偵探說。她其實不是想問對方這個問題，只是忍不住將心聲說出口。

莫偵探瞧著阿怡，露出一副欲言又止的神情，然後他搔搔頭，從面前的名片盒取出一張名片，用原子筆在上面寫了幾個字。他放下筆後，伸手似要將名片遞給阿怡，動作卻又在中途止住，像是猶豫著該不該把東西交給對方。良久，他呼了一口氣，把名片放在阿怡面前。阿怡看到那是莫偵探的名片，但上面用綠色原子筆寫著一個地址，地址下方寫著兩個字。

「這是？」阿怡問。

「區小姐，假如您真的想查出那文章的作者，您可以到這地址，找這個人。」

「這是名字？『阿涅』？」

「對。他是專家，尤其擅長高科技的調查。但他個性乖僻，未必肯接受您的委託，即使肯接，我也不知道他會開什麼價碼。」

「他也是一位偵探？」

「算是。」莫偵探苦笑了一下。「不過是無牌經營的。」

阿怡不由得皺一下眉。

「無牌的？那……可靠嗎？」

「區小姐，當您遇上不能解決的事情，要委託他人調查，您會找誰？」

「找……你？」

「對，找『偵探』。」莫偵探再笑了笑。「但您有沒有想過假如我們偵探遇上解決不了的事情，我們會找誰？」

阿怡愣了愣，低頭將視線放在面前名片上。

「……這個『阿涅』？」

莫偵探沒有回答，不過他的笑容確認了阿怡的說法。

「再強調一次，我不知道他接不接您的案子，不過您給他看我這張名片，我想多少有點幫助。」莫偵探用指頭點了點桌上的名片。

阿怡撿起名片，感到有點不可思議。到底這個阿涅有沒有莫偵探所說那麼厲害，阿怡還是心存懷疑。不過，莫偵探沒跟她說「認命吧」，反而給她送上一絲反抗的希望，這對阿怡來說已難能可貴。

離開偵探社時，莫偵探親自送阿怡到大門。

「區小姐，我剛才漏說了一件事。」

「什麼？」阿怡站在門前，回頭問道。

「我有想過另一個可能——發那篇文章的人另有目的，跟邵德平無關。」莫偵探以嚴肅的語氣說：「那作者想針對的，是您的妹妹。他寫文章不是為了洗脫邵德平的罪名，而是蓄意製造對您妹妹不利的輿論，所以明明是陌生人，卻裝成邵德平的外甥，增加自己言論的合理性和正當性。換言之，對方根本無意替邵德平平反，只是單純想抹黑您妹妹，令她受不了壓力精神崩潰。」

莫偵探的話，猶如一把冰冷的利刃直刺阿怡的靈魂。她感到一陣寒意從背後竄上。

「假如這是事實，」莫偵探呼了一口氣，「也算是一種謀殺吧。」

2015-05-05 星期二

「！！！」
已讀　20:05

「那女的死了！！！」
已讀　20:05

「那女的死了！！！！！！」
已讀　20:05

「？」
20:06

「區雅雯！！！！她跳樓自殺了！！！！！！」
已讀　20:07

「http://news.appdaily.com.hk/20150505/realtime/a72nh12.htm
【即時新聞】樂華邨十五歲少女墮樓亡」
已讀　20:07

「怎麼辦？？」
已讀　20:07

「回答我啊！！！！」
已讀　20:10

「別擔心」
20:12

「不會追查到我們這兒的」
20:14

「真的嗎？不過我們殺了人啊！！！！！」
已讀　20:14

「我們哪有殺人？我們只是公開了一些事實」
20:16

「不要胡思亂想」
20:18

「還在嗎？」
20:23

「我現在來找你」
20:25

第二章

1

阿怡站在西營盤第二街一棟六層高的唐樓外，瞧著門牌，一臉困惑。

「一百五十一號……是這兒吧？」

阿怡重複看著名片上那個手寫的地址，以及唐樓大門旁那個油漆褪色到幾乎看不到的阿拉伯數字。在她面前的唐樓似乎有七十年以上的歷史，灰色的外牆因為年久失修顯得破破落落，也令人懷疑它本來是白色的，只是被灰塵和廢氣熏成這種醜陋的灰黑色。二樓屋簷的邊緣水泥剝落，露出鏽跡斑斑的鋼筋，教人擔心站在它下方會被掉落的碎片砸傷。大樓門口沒有鋼閘，也沒有信箱，就是一個長方形的出入口，裡面只有一道往上延伸的樓梯，通往陰暗的二樓。大樓沒有名字，門口只有一個寫著「151」的門牌，而那個「5」字的下半部已差不多消失了。

與莫偵探會面翌日的早上十一點，阿怡依照名片的地址，來到港島西環這棟大樓前。她本來以為自己會找到一棟商業大廈，到她離開西營盤地鐵站、走進第二街，看到一棟棟陳舊的樓房，她才赫然想到莫偵探給自己的地址不可能是外表光鮮的商業樓宇——因為對方說過，這個「阿涅」是「無牌偵探」，那自然不可能光明正大地在商業大廈開業。

問題是，眼前的樓房跟想像中相差太多太多了。

阿怡覺得，這棟唐樓根本不像是有人居住的。破落的外表不是令她這樣想的原因，而是這建築物散發出一股廢屋的氣息。阿怡抬頭一看，除了頂樓外，各層的窗戶都緊緊閉上，另外也看不到窗口有裝冷氣機。在一百五十一號大樓對面有另一棟外牆泥黃色的五層高唐樓，只要拿它作比較，便很容易看出相異之處——黃色唐樓各層都有安裝不同大小、不同牌子的冷氣機，窗框也各有不同，三樓和五樓的窗外更安裝了晾曬架，上面掛著大大小小的T恤、褲子和被單。一百五十一號就像被棄置多年，會被遊民、不良少年、吸毒者或幽靈據為己用的房子。它跟一般廢屋的分別只有窗子玻璃沒破，以及門口沒有以木板封掉。

「這唐樓要拆掉重建吧？」阿怡心想。

她環視四周，想知道自己是不是弄錯了地址。第二街是一條微斜的街道，位於西營盤的舊區，雖然街道東西兩端盡頭有一些簇新的高樓大廈，但一百五十一號所在的位置附近，都是一些頗具歷史的舊樓，而且街上的店子很少，跟相隔兩條街、熱鬧人多的皇后大道西大相逕庭。一百五十一號兩旁和對面的十餘個店面之中，除了一家紙品行和兩家五金行外，其餘店子都拉下了閘，不知道那些是空置的店面還是店主休息不開門。街上也人煙稀少，馬路很窄，只容許雙線單程行駛，可是目前有一輛黑色的廂型車停在阿怡身旁數公尺外，擋住了其中一線。阿怡開始擔心莫偵探不小心寫錯了地址給她，或許是門牌號碼弄錯，也許是街名寫錯——畢竟跟第二街平行的兩條街道分別叫第一街和第三街，多寫一筆或少寫一筆，這種無心之失倒很常見。

正當阿怡躊躇著該走進面前的昏暗梯間，還是到第一街和第三街瞧瞧一百五十一號是什麼樣子時，響亮的腳步聲引起她的注意。在那道陰沉的一百五十一號樓梯上，有一個婦人正緩步走下來。

「不、不好意思，請問這是第二街一百五十一號嗎？」阿怡見機不可失，趁著婦人走出門口時，趨前問道。

「是啊。」身穿深色服裝、看外表大約五十餘歲的婦人回答。婦人上下打量著阿怡，而阿怡這時候才留意到對方提著一個紅色膠桶，裡面放著一些清潔劑、手套和打掃工具。

「請問妳是住客嗎？我想問一下，六樓是不是……」

「妳要找阿涅嗎？」

婦人的話，令阿怡確認名片上的地址沒錯。

「六樓沒錯，」婦人湊過頭瞄了阿怡手上的名片一眼，友善地笑了笑，「這棟樓每層只有一個單位，妳走上去便會看到，不會找錯啦。」

阿怡向婦人道謝後，對方便往水街的方向離開。阿怡瞧著陰暗的樓梯間，心想既然那住客——或是鐘點女傭——認識阿涅，那準沒錯。阿怡懷著忐忑的心情，一步一步往上走，一方面她不知道這個阿涅能不能幫助她，另一方面，梯間的環境和光線也令她頗不安，每次走到轉角，她都彷彿覺得會有可怕的東西忽然跳出來嚇她一跳。

緩緩地走完五層樓梯，阿怡來到六樓。正如婦人所說，這棟唐樓每層只有一戶，六樓樓梯旁就只有一扇白色的木門，門外有一道鋼閘。從外表看來，這門沒有什麼特別，就是平凡的、隨處可見的唐樓住宅單位大門。木門和鋼閘上沒有貼任何東西，既沒有「偵探事務所」的招牌，也沒有寫著「出入平安」的紅紙或門神的畫像。門旁有一個黑色的門鈴按鈕，樣子很古老，就像是上世紀六、七十年代一直用到今天似的。

阿怡確認了牆上寫著「六樓」兩個字，然後伸手按下門鈴。

「噠噠噠噠……」是很古老的門鈴聲。

等了十數秒，門後沒有動靜。

「噠噠噠噠……」阿怡再按。

再等了半分鐘，大門還是緊閉。

不在嗎——阿怡心想。然而她隱約聽到門後傳來窸窸窣窣的聲音，感覺上室內有人。

「噠噠噠噠噠噠噠噠噠……」阿怡按住門鈴不放，那串擾人的門鈴聲就像機關槍似的，一聲聲打在鼓膜上。

「夠了！」鋼閘後的白色木門突然被打開一線，半張臉孔在門縫露出來。

「您、您好！我是——」

「砰」的一聲，大門再次關上。

阿怡一臉錯愕。門後再次陷入沉默，於是阿怡再次按下那發出噪音的按鈕。

「我說夠了！」門再次被打開，這次那面孔稍微多露了一點。

「涅先生！請等一下！」阿怡嚷道。

「不用『請』，我今天不見客！」對方邊說邊關門。

「我是莫偵探介紹來的！」眼看木門快要關上，阿怡情急之下吐出這一句。

「莫偵探」這三個字似乎有點效果，對方的動作止住，再緩緩地拉開木門。阿怡從口袋掏出名片，隔著鋼閘遞給對方。

「該死的。莫大毛那混蛋又丟什麼鳥事給我啊……」接過名片後，門後那人打開了鋼閘，讓阿怡走進屋內。

踏進房子裡，阿怡才清楚看到這傢伙的外表，而這是繼目睹一百五十一號大樓外觀後，她今天所受的第二個衝擊。這男人看樣子約四十歲，個頭不高，身形也不壯碩，就是很平凡的普通人身材，甚至可以說有點瘦。他頂著一頭像鳥巢般的亂髮，瀏海蓋過眼眉，髮尖垂在一雙無神的眼睛前方，跟那個尚算高挺的鼻子構成一種微妙的違和感。他的嘴唇上下和下巴滿佈鬍碴，加上他身上那件沾滿污跡、縐巴巴的灰色T恤，以及那條褲管邊緣脫線的藍白色格子七分褲，活脫脫一副草根階層的形象。阿怡在屋邨長大，見過不少這種外表不修邊幅的街坊，她記得陳大嬸的老公以前就是這模樣，每天陳大嬸扠著腰罵老公沒出息，陳大叔卻只自顧自地喝啤酒。

阿怡將視線從對方身上移開後，屋子裡的環境教她再次暗吃一驚。她腦海只浮現兩個字：「狗窩」。

大門旁堆著一堆堆雜物，有報紙雜誌、衣服鞋襪，還有大大小小的瓦楞紙箱。經過玄關後，大廳一樣雜亂無章，跟玄關正對著的牆前放了兩個大書架，書架上歪歪斜斜地塞滿書本，書架前方的圓桌上則放著三個鞋盒大小的木箱子，裡面塞滿電線、電路板和阿怡沒見過的電子零件。桌子旁的每張椅子上也放置了東西，其中一張的座位上堆疊了十數片光碟，另一張更誇張，座位上放的是一個上下顛倒、外殼發黃的舊式電腦螢幕。

在大廳左方的角落有一張辦公桌，案頭同樣是一片狼藉，紙張、文具、書本、喝光了啤酒罐、幾個麥果營養棒的包裝袋、兩台筆記簿電腦，蕪雜地散落在桌上各處。辦公桌前有兩張相對的墨綠色沙發，上面分別擱著一支電吉他和一個粉紅色的行李箱，而沙發之間有一張小茶几，這大概是房子裡唯一一件表面沒放雜物的傢俱。辦公桌右方有一個組合櫃，上面有一套看來有點年紀的音響，架子的空隙都塞滿ＣＤ、黑膠唱片和卡式錄音帶，而最下方的一格放了一個電吉他音箱，電線像毛線球般打結，整整一大團擱在地上。櫃子右面有一棵高約一公尺的觀葉植物，植物後面的牆上有一扇偌大的窗戶，雖然損蝕的百葉窗簾放下了一半，猛烈的陽光仍能從窗口照進室內。在陽光映照下，阿怡看到室內很多傢俱和擺設上都沾滿灰塵，窗前的地板上還有一攤攤污跡。

——一個住在這種狗窩裡、蓬頭垢面的男人會是名偵探？

阿怡差點想將心裡的話宣之於口。

「請、請問您是涅先生嗎？我……」

「妳先坐著，我剛睡醒。」男人答非所問，打了個呵欠，光著腳往玄關旁的洗手間走過去。阿怡回頭張望一下，找不到可以坐的位置，只好直愣愣地站在沙發旁。

洗手間傳來沖廁聲和盥洗聲，阿怡稍稍探頭，發現洗手間門沒關，不禁轉身瞄向房子的另一邊。書架旁邊有一扇門，門沒有關上，阿怡看到門後是臥室，裡面有一張被褥凌亂的睡床，床邊一樣填滿混亂的箱子、衣物和塑膠袋。整個環境讓阿怡覺得很不自在，雖然她沒有潔癖，但這房子差不多可以跟那些「垃圾屋」一較長短，只是因為唐樓的樓層高度較高，所以感覺上還有些許活動空間，降低了窒息感。

而另一個令阿怡覺得不自在的理由，正從洗手間走出來。

「妳呆站著幹什麼？」那邋遢的男人一邊搔著腋下一邊向阿怡說。「我不是叫妳坐著等我嗎？」

「請問您是涅先生嗎？」阿怡想確認對方的身分——事實上，阿怡期望對方否認，並跟她說「那位厲害的偵探剛好不在，我只是他的室友」。

「叫我『阿涅』，我很討厭什麼『先生』。」阿涅揚了揚阿怡之前給他的名片。「莫大毛不是如此寫著嗎？」

阿涅撿起沙發上的吉他，放到一旁，再一屁股坐在沙發上。他瞧了瞧阿怡，用眼神示意叫她把行李箱移開。阿怡只好照指示做，她抓住行李箱的手把一拉，才發覺箱子很輕，裡面應該是空的。

「莫大毛叫妳找我，有什麼事？給妳五分鐘說明。」阿涅整個人軟癱在沙發上，擺出一副漫不經心的態度，再打了個呵欠。

看到對方傲慢的樣子，阿怡幾乎想掉頭而去，離開這個令她倒胃的狗窩。可是她的理智成功壓下她的情緒。

「我、我姓區，我想委託您替我找一個人。」

阿怡簡略地說明了事件——包括小雯在地鐵被猥褻，被告上庭後改口認罪，伸冤文章在花生討論區出現，網民霸凌，記者追訪，然後就是小雯自殺。

「我委託了莫偵探調查，想找出邵德平的外甥，讓我跟他當面對質……可是莫偵探調查後，發現邵德平根本沒有姊妹，這個外甥並不存在。」阿怡從手袋掏出莫偵探給她的報告書，遞給阿涅。阿涅接過後瞄了幾眼，再翻了幾頁，然後將文件丟在茶几上。

「以莫大毛的資質，查到這兒已是極限吧，嘿。」阿涅以嘲弄的語氣說道。

「莫偵探說他沒有技術單憑討論區一篇貼文找出作者，所以他叫我找您。」阿怡其實對阿涅輕視莫偵探的態度很反感，畢竟莫偵探是願意向她伸出援手的好人，不過一想到莫偵探對阿涅的能力讚譽有加，不禁猜想阿涅可能給過莫偵探很多幫助。

「這樣的委託我不接。」阿涅斬釘截鐵地說。

阿怡怔了一怔，緊張地說：「為什麼？我連願意付多少錢都未說……」

「太簡單，所以不接。」阿涅站起身子，擺出送客的姿態。

「太簡單？」阿怡不可置信地瞪著阿涅。

「簡單，很簡單，超簡單。」阿涅表情毫無變化，淡然地說：「我對無聊的案子沒興趣。我好歹幹的是『偵探』，不是『技術員』，只要按既定程序便能完成，不用思考的低級委託，我從來不接。我的時間很寶貴，可不會浪費在這種垃圾案件上。」

「垃、垃圾案件……？」阿怡感到被侮辱，只能訝異地重複對方的刻薄評語。

「對，垃圾，無聊、沒意義的垃圾。這種事情每天都發生，人人也因為一點雞毛蒜皮的小事想挖出躲在網路某角落的人來報復，假如我連這種水平的委託也接受，我就比電話公司的客服更不如。莫大毛肯定又感情用事，我明明說過別將狗屎垃圾丟過來，我可不是他的清道夫……」

阿涅這番話，令一直克制著的阿怡終於爆發：「你、你根本是做不到，所以才藉故推搪吧？」

「嘿，想用激將法嗎？」阿涅沒被阿怡惹怒，反而露出笑容。「這類案子就是簡單到我閉上眼也能完成啊。我告訴妳吧，所有討論區伺服器都有IP紀錄，我只要幾分鐘，便能打開花生討論區的後台，抽出那個檔案。然後把目標IP位址丟進資料庫，反向搜查出ISP，再從ISP的登入紀錄篩選出用戶端的實際地點。妳以為警察調查那些在網路散佈言論、號召非法集會事件很困難嗎？根本是易如反掌。警方能做到的，我就沒可能做不到。」

阿怡對什麼「伺服器」、「用戶端」全不理解，但阿涅的從容，讓她感覺到對方說的是實話。然而，這番話令阿怡更火大，既然如此簡單，替她找出kidkit727只是舉手之勞，偏偏阿涅卻拒絕委託。

「這麼簡單的話，那我委託其他人吧！」阿怡也站起來，不甘示弱。

「區小姐，妳弄錯了。」阿涅囂張地說：「這件事『對我來說』很簡單，不見得對其他人而言一樣簡單。依我看，在香港能駭進花生討論區伺服器的駭客大約有二百人，但能完全不留痕跡、不會暴露行蹤的，只有不到十個。我先祝妳好運，找到那十個人之中其中一位幫妳——啊，不對，是九人之中的一位，畢竟我已拒絕妳了。」

阿怡這時候才察覺，阿涅是坊間所謂的「駭客」，是那些躲在網路陰暗處，僅靠移動指頭便可以攫奪天文數字般的金錢，以及竊取公眾人物隱私用作威脅勒贖的電子罪犯。

這個認知令阿怡內心一抖，對面前這個不起眼的男人心生畏懼，可是她一轉念，發覺對方正是幫助自己的最佳人選。為了不讓小雯死得不明不白，阿怡按捺住脾氣，硬著頭皮再次提出請求。

「涅先……阿涅，請您替我查一下，我實在無計可施，您拒絕的話，我不知道該上哪兒找幫助了。」阿怡低聲下氣地說。「您要我下跪或幹什麼，我也願意，我受不了小雯被一個不明人物害死……」

「好。」阿涅突然拍了一下手掌。

「好？」

「五分鐘已過。」阿涅走到辦公桌後，將掛在椅背的紅色運動外套穿上。「請妳離開，我要外出吃早餐。」

「可是……」

「妳不走，我便報警說有神經病擅闖民居。」阿涅站在玄關，穿上一雙涼鞋，打開了大門和鋼閘，下巴朝門外努了努。

阿怡沒辦法，只好撿起茶几上的文件，塞進手袋離開房子。她不知所措地站在梯間，但阿涅帶上門，完全無視身後的阿怡，沿著樓梯往下走。

看著阿涅的背影，阿怡內心的那股無力感再次浮現。在這道昏暗的唐樓階梯上，阿怡每往下走一級，心情就往下沉一分。縱使莫偵探說過阿涅不一定接受委託，她沒想過被對方拒絕之餘，還要遭到這種無禮的對待。阿怡有種無論自己如何掙扎、終究逃不出上天預設的命運的感覺，阿涅的羞辱，不過是上天對自己的一種警告，叫自己別妄想反抗。

房屋署主任那句「逆來順受」再次在她的耳邊響起。

從陰暗的梯間步出大街，刺眼的陽光教阿怡從抑鬱中覺醒。當她把手放在額前遮擋光線時，一陣急促的腳步聲從左方傳來。

「你們——唔！」

就在阿怡眼前，阿涅忽然被兩個男人抓住。那兩個男人一高一矮，高個子相貌較年長，身材健碩，兩條手臂比阿怡的大腿還要粗壯，其中左邊手腕上面紋著一條龍，一看便知道不是善類。矮個子外表雖然不及紋身漢那麼嚇人，但那一頭左右削薄的金髮和緊身T恤，不難令人聯想到他是混黑道的古惑仔。

紋身漢從後擒抱著阿涅，再用右手臂勒住他的脖子，壓住氣管往後拖行，令他無法大聲呼救。金髮男則往阿涅腹部打了兩拳後，跑回停在路旁的黑色廂型車旁，扶著車門讓紋身漢拖阿涅上車。

目睹這突如其來的一幕，阿怡反應不過來，腦袋一片混亂。然而她沒有機會細想。

「D哥，那女的好像跟這傢伙一起的？」金髮男望向阿怡。

「一併抓走！」

聽到紋身漢的吆喝，阿怡來不及逃跑，便被一個箭步衝前的金髮男抓住手腕。

「放開我！」阿怡大叫。

金髮男一手捂住阿怡的嘴巴，再用力把她揪住，往廂型車的方向摔過去。阿怡差點絆倒，只是金髮男沒有放手，直接將阿怡推上車。

「開車！」金髮男一關上車門，紋身漢便大叫道。

阿怡跌進車裡時，理解到目前的處境——紋身漢和金髮男九成是向阿涅尋仇的黑道，而自己則是「連帶損害」，是被殃及的池魚。她拚命反抗，但金髮男用手按住她的肩膀，又用膝蓋壓著她的大腿，教她動彈不得。她跟金髮男對上眼，看到對方目露兇光，一副要揍她的樣子，更嚇得魂不附體。

對了！還有阿涅——阿怡猛然想起身旁還有阿涅。阿怡想，既然阿涅是莫偵探推薦的人物，應該遇過不少這種場合，他一定身手不凡，就像李查德筆下的傑克李奇一樣，能拯救自己逃出生天。阿怡回頭望向阿涅，期待看到他跟紋身漢扭打在一起——

「咳……」

阿涅坐在座位上，身體前傾抱著腹部，辛苦地乾吐著。車廂裡兩排座位面對面並排著，紋身漢坐在阿涅正前方，跟阿怡一樣露出驚訝的神色。縱使他們不知道，他們不約而同地想著同一句話：「你這傢伙未免太遜了吧？」

「咳……媽的，下手真重……」阿涅吐著不知道是胃液還是口水的液體，再往後挨在座椅上，臉色蒼白。紋身漢和仍箝住阿怡的金髮男面面相覷，不懂得如何應對。一般來說，這時候被擄的人應該在掙扎，而他們便要用拳頭甚至動刀動槍威嚇對方。

「……你就是阿涅吧？我們老大老虎哥要見你。」就像索盡枯腸也找不到合用的狠話，紋身漢只好板起臉孔，如此說道。

阿涅沒回應，只是緩緩伸手進外套左邊的口袋。紋身漢見狀立即衝前按壓住阿涅的左手，罵道：「你別輕舉妄動，我——」

「不用緊張，我不碰就是。」阿涅舉起雙手，一副投降的樣子。「你自己拿吧。」

「什麼？」紋身漢不明白阿涅在說什麼。

「咳……口袋裡的東西，麻煩你自己拿一拿。」阿涅指了指他的外套左邊口袋。

「嘿，想收買我嗎？」紋身漢不懷好意地笑了笑。他記起了偶爾遇上的情況——有些目標人物會用錢求他放人一馬。他才沒有這麼笨，畢竟事情傳到老大耳中，自己便吃不完兜著走。

紋身漢伸手插進阿涅的口袋，抽出一個白色信封。他本來以為是鈔票，可是信封薄薄的，裡面頂多只有一、兩張紙。他把信封反過來，在看到信封正面的時候，他臉色大變，就像白天看到幽靈一樣。

「這、這是什麼！」紋身漢嚷道。

「D哥，怎麼了？」金髮男緊張地問，壓制著阿怡的力度減了幾分。

「我問你！這是什麼！」紋身漢沒理會金髮男，揪住阿涅領口，焦躁地問。

「咳，就是給你的信啊。」阿涅乾咳了一聲，淡然地說。

「我不是說這個！你為什麼知道我的名字！」紋身漢再把阿涅的衣領揪緊一點。

阿怡這時瞥見紋身漢手中的信封，信封面用藍色原子筆寫著「吳廣達」。

「你打開便知道了。」阿涅回答道。

紋身漢將阿涅推回座位，緊張地撕開信封。信封裡掉出一張照片，阿怡和金髮男看不到內容，但他們都看到紋身漢的臉色一下子發白，眼睛睜得老大。

「你——」

「你別亂來。」阿涅的話煞停了再次想衝前的紋身漢。「我手上有這照片，自然代表我有所準備，就算你現在把我埋進水泥丟入后海灣，我在外面的夥伴們會替我辦事，那照片一樣會曝光。」

「D哥，發生什麼事？」金髮男放開阿怡，趨前向紋身漢問道。

「沒有！什麼都沒有！」紋身漢緊張地將信封和照片塞進褲袋。

金髮男一臉狐疑，反覆瞅住阿涅和他的前輩。

「你也有。」阿涅從另一邊口袋掏出另一個信封，遞給金髮男。阿怡這回看得清楚，信封上寫著「黃子興」三個字。

「你——你為什麼知道我的——」金髮男也一樣，看到信封上有自己的名字時一臉錯愕。他接過信封，打開看到裡面後，臉上的血液倒流，內心發毛。阿怡伸長脖子，看到信封裡也是一張照片，照片的主角正是金髮男，他挨在一張棕色的沙發上，雙目緊閉，右手手邊有一個啤酒罐，似乎睡得正熟。

「你這混蛋！」金髮男丟下阿怡不管，在狹小的車廂中用手臂架著阿涅的脖子，喝道：「你為什麼能走進我家！這照片你什麼時候拍的！你不說我便殺死你！」

紋身漢從後拉住金髮男，令阿怡傻眼。她不知道為什麼那壯漢竟然反過來幫阿涅解圍。

「咳咳……現在的小鬼真衝動，開口閉口便打呀殺呀。」阿涅摸著發紅的頸項，說：「黃子興……還是你想我叫你的綽號『黑仔興』？沒關係吧。你別管我什麼時候走進你那個像豬欄的住所，趁你熟睡時站在你面前替你拍照，你該擔心的是我可以在你全不知情、毫無防備的時候接近你，那麼你有沒有想過你每天喝的啤酒是不是普通的啤酒？吃的泡麵是不是普通的泡麵？你藏在廁所水箱的『貨』，會不會被換成普通的止痛藥？」

「你！」金髮男仍想衝上前掐住阿涅。

「我真的動手的話，你有九條命也不夠死。」阿涅突然換上一副瘋子般的神情，湊近金髮男的臉，直視著對方雙眼。「我可以趁你熟睡時挖掉你的雙眼、割掉你的腎臟，亦可以在你的飲用水裡放弓形蟲，讓它們寄生在你那人頭豬腦裡，慢慢把你的腦袋吃掉。你別以為替老大掃過幾個場子便代表自己很有種，要比狠比瘋的話，你遠不及我。你可以在這兒幹掉我，但我保證你往後會生、不、如、死。」

在這一刻阿怡才察覺，車廂裡形勢逆轉了。本來被武力壓制的阿涅，在短短幾分鐘之內反過來變成威脅者。紋身漢和金髮男的眼神流露出恐懼，彷彿現實中出現他們無法理解、無法控制的異常事物。

「還有，開車姓余的那個！」阿涅向著車頭嚷道：「給我回去屈地街，在來記麵家外面停車！你不照做的話，我可不保證五分鐘後荃灣明育幼稚園會不會發生什麼離奇的意外──」

廂型車急促煞車，阿怡幾乎摔在地上。

「你、你──你敢動我女兒半條頭髮……」廂型車司機轉過頭，緊繃著臉，怒氣沖沖地說。

「我怎麼不敢？」阿涅回復木然的表情，說：「姓余的，你有正當職業不幹，跑去替這些人渣當車手賺外快，惹禍累及妻女是你活該的。你聰明一點的便立即掉頭，遲個一秒鐘的話，我愛莫能助。」

車子此時停在上環干諾道西信德中心附近的路邊，姓余的司機焦灼地盯著紋身漢，紋身漢說：「照他的話做。」

不到五分鐘，廂型車回到西營盤，在屈地街附近停下。在這短短的車程裡，阿怡感到車廂裡彌漫著一股迷離的氣氛，令她無法了解這個詭異的處境。她本來該是被牽連的局外人，是半個被害者，但她又覺得自己好像站在加害者的一方。紋身漢和金髮男一直沒說話，只以畏懼不安的眼神盯著阿涅，彷彿只要一把視線移開，阿涅──和阿怡──便會變成張牙舞爪的魔物，把他們吞噬。

「這個，拿去。」剛下車，阿涅從褲袋掏出第三個信封，遞給車上的紋身漢。

「這是？」紋身漢有點猶豫，不知道該不該接。

「給你們老大的。」阿涅說：「你們今天交不了差吧？把這個拿回去，給張永承那廝，他便不會怪你們，你們之後也不用來麻煩我。」

紋身漢半信半疑地接過信封，可是阿涅沒放手。

「不過我奉勸你們別看內容。」阿涅嘴角微微上揚。「好奇心的代價可以很大，你們犯不著拿自己的賤命作賭注。」

紋身漢和金髮男愣住。阿涅放開信封，不管他們，將車門關上，再拍了車身兩下，示意司機開車。

眼看著車子遠去，阿怡仍未清楚剛才發生什麼事。

「涅、涅先生……」阿怡開口想問，卻不知道從何問起。

「妳還佇在這兒幹啥？我就說我不接妳的委託，請妳另找高明啦！」阿涅皺了皺眉，一臉嫌惡。他的態度令阿怡有種錯覺，剛才的事不過是一場夢，他們只是搭便車從第二街來到屈地街而已。

「不，我、我想問，剛才發生了什麼事？」想起被硬推上車的一刻，阿怡猶有餘悸。

「妳是豬頭嗎？那還不明顯？就是黑道來找碴啊。」阿涅輕描淡寫地說。

「為什麼他們要對付你？你對他們幹了什麼？」

「沒幹什麼，只是某個吃了虧的笨蛋奸商找黑道出頭罷了。『老虎哥』張永承是灣仔黑道的新頭目，剛接任不久，做事不知分寸……」

「那為什麼他們會放過我們？」阿怡打斷阿涅的話，問道。

「任何人都有弱點，只要抓住對方的弱點，便任由擺佈。」阿涅聳聳肩。

「什麼弱點？你給那個紋身男人的照片是什麼？」

「他搭上了老大的老婆，那是床照。」

阿怡驚訝地盯著對方。

「你怎拿到的？」阿怡頓了一頓，想到另一個更奇怪的點。「不，他們都對自己的名字被寫在信封上感到驚訝，你是預先知道他們要來抓你的嗎？」

「當然了，黑道做這種事情，一定會先部署，就像偵探跟蹤調查一樣，這叫『踩線』。他們在我家附近盯梢了一整個星期，我再笨也不會不察覺。」

「那你怎知道他們的名字？甚至查出他們的背景、潛入他們家中拍照？他們不是隨處可見的古惑仔嗎？」

「小姐，我十五分鐘前不是說過嗎？」阿涅冷笑一下。「要鎖定、查出一個人的背景，對我來說易如反掌，不過是雕蟲小技。其餘是商業機密，我才不要告訴妳。」

「既然你掌握了他們的弱點，為什麼還要被他們押上車，不一開始便拿出來威嚇他們？」阿怡想起自己被金髮男推上車時仍心有餘悸。

「先給對方一點甜頭，讓他們以為自己擁有主導權，還擊時便更得心應手，能製造更大的傷害。妳沒聽過『欲擒故縱』嗎？」

「可是——」

「小姐妳煩不煩啊？我要說的到此為止，會面結束，謝謝指教，一路順風。」阿涅擺擺手，轉身走進旁邊一家麵店。

「嗨！阿涅！怎麼一整個禮拜不見你啦！」貌似老闆的人向阿涅嚷道。

「最近忙嘛。」阿涅笑道。

「照舊嗎？」

「不啦，老闆，剛才吃了兩拳，有點反胃。來一碗淨雲吞就好。」

「呵，哪個笨蛋有眼不識泰山居然槓上你了……」

阿怡站在店外，看到阿涅和麵店老闆談笑風生，跟之前在車上露出狡詐兇悍的表情判若兩人。麵店的店面很小，座位不到十個，而且正值午飯時間，坐滿客人，阿怡不知道該不該跟著進去。猶豫了一會，阿怡理解到繼續苦纏只會自討沒趣，於是沿著屈地街，往地鐵站的方向離開。

然而她剛坐上列車便後悔了。

他一定能替我找出害死小雯的人——這個想法，在阿怡腦海中揮之不去。尤其看到阿涅輕而易舉地擺脫危機，比那些黑道早一步佈好整個局，神乎其技地挖出素未謀面的陌生人的隱私，那麼，找出kidkit727並且知道他的動機一定不難。

阿怡知道，她一天找不出真相，一天心裡就有一根刺。

而且，她覺得自己有責任去找出這個真相。

2

往後一個星期，阿怡每天都往西營盤跑。因為上下班時間不定，有時她上班前特意先到西區一趟，有時就在下班後到訪。阿怡再次上門找阿涅時，按了很久門鈴也沒有回應，她不知道對方是不是剛好外出，但第三次拜訪，她就肯定阿涅是特意拒見，請她吃閉門羹。六月八號星期一黃昏，阿怡走上那道昏暗的樓梯，在六樓的鋼閘外按了多次門鈴後，室內傳出吵鬧的音樂聲。她愈大力拍門，喇叭的音量便愈大，可想而知阿涅是要用音樂聲蓋過阿怡的騷擾。阿怡站在門外等了三十分鐘，同一首英文搖滾樂曲便重複播足半個鐘頭。到阿怡放棄離開，走到街上時，耳朵仍充滿著急促的鼓聲和不斷重複的歌詞。她猜阿涅有心嘲弄她，因為那句歌詞是「You can't always get what you want」——「妳不會永遠得到妳想要的」。

阿怡擔心她每次找阿涅，對方也會製造噪音或用其他方法趕她走，遲早引起樓下的住客注意，她便可能被當成騷擾者，不曉得會不會惹上警察。為了避免這事發生，她只好待在街上，企圖趁阿涅外出或回家時攔截對方，再盡力說服他接受委託。可是阿怡在第二街守候多時，始終沒遇過阿涅。她每天等待時都會抬頭望向六樓的窗戶，但無論白天或晚上、窗子打開或關上、室內開了燈還是關了燈，她都從來沒見過阿涅靠近窗邊。

即使每天耗上兩、三個小時，阿怡也沒有打算放棄。她深信總有一天會逮到阿涅，雖然見面後如何說服他，她毫無頭緒。

六月十二號黃昏，阿怡下班後直接趕到第二街，繼續她的「守株待兔」。這天下著滂沱大雨，阿怡的褲管全濕掉，但她仍撐著傘，一邊站在路邊燈柱下大口咬著從麥當勞買來充當晚餐的漢堡包，一邊盯著一百五十一號的門口。就在她盤算著這晚該不該冒雨通宵等待——因為她翌日放假——的時候，她的手機響了。她狼狽地從手袋掏出那支用了差不多十年的舊式Nokia手機，發現沒有來電號碼顯示。

「喂？」

「請妳別在我家附近晃來晃去，好礙眼。」

阿怡定了定神，才發覺手機傳來的是阿涅的聲音。

「涅、涅先生？為什麼你有我的號碼？」阿怡訝異地問。

「就說是商業機密。」

「涅先生，請你聽我說，」阿怡決定不管自己的號碼怎麼曝光，只想到機不可失，要趁這個對話機會請求對方調查。「我求求你，你開什麼條件我也應承，我只想請你給我一個名字而已……涅先生，我這輩子只有這個請求，請你……」

「妳別那麼多廢話，我可以接受委託。」

「涅先生，請你再三考慮，我——咦？」阿怡突然發覺，阿涅的回覆跟她想像的不一樣。

「你剛才說……接受委託？」

「妳給我上來，就看妳付不付得起錢。」阿涅說罷便掛了線。

阿怡既驚且喜，三口併成兩口把漢堡包吞掉，再一口氣跑上六樓。她還沒按門鈴，阿涅便打開大門讓她進去。阿涅的外表跟之前沒兩樣，一樣是不修邊幅，只是臉上的鬍碴少了點，阿怡想他可能刮過。

「涅先生——」

「『阿涅』。」阿涅一邊關上門，一邊不快地說。他的語氣就像老闆命令下屬似的。

「是，是。」阿怡覺得自己卑躬屈膝，但為求目的，這點自尊可以放棄。「阿涅，你願意接受委託，替我找出那個kidkit727嗎？」

「就看妳能不能付我開的價錢。」阿涅走到辦公桌後，坐在椅子上。

「多少？」阿怡緊張地問。她將濕漉漉的雨傘擱在玄關門旁，跟著阿涅來到桌子前。

「不多，八萬二千六百二十九元五角。」

阿怡聽到這個價碼，愣了一愣。八萬多找一個人固然很貴，但她又想，假如阿涅是要她知難而退，大可以開一百萬、一千萬，那她一定付不出來。

可是，為什麼阿涅開的數目這麼零碎？

就在阿怡對此感到不解時，一個畫面在她腦海閃過。

「八萬二千六百二十九元五角，不就是……」阿怡結結巴巴地說。

「對，就是妳的帳戶裡的全部財產。」

阿怡想起，今天早上在ATM提款時看過結餘，數字正是82,629.5。

「你……你怎……」阿怡欲言又止。她很清楚，阿涅一定是用某種方法駭進她的銀行帳戶，看過她的戶口結餘，這一刻她有種自己赤身露體，被面前這個粗鄙的男人看光光的錯覺。她也同時理解，金髮男和紋身漢在信封上看到自己的名字時有什麼感覺了。

「那妳付不付？」阿涅挨在椅背上。

「付！」阿怡沒半點猶豫。阿怡心想，難得阿涅回心轉意，不抓住這黃金機會，天曉得對方之後會不會反口拒絕。

阿涅露出笑容，伸出右手。「好，握手為憑。我幹的不是什麼正當生意，別奢望我跟妳簽什麼合同。」

阿怡踏前一步跟阿涅握手。雖然阿涅身材單薄，手勁卻不弱，阿怡覺得手上傳來一股力度，令她覺得對方一定能找出害死小雯的始作俑者。

「我不收頭款，妳必須先付全數，我才開始工作。」阿涅再說道。

「無問題。」阿怡爽快地回答。

「而且我只收現金。」

「現金？」

「對，一是妳付我比特幣。」阿涅邊說邊示意阿怡坐在辦公桌前的一張椅子上。「但我猜妳根本不懂什麼是比特幣吧？」

阿怡點點頭。她從新聞聽過名字，可是她完全搞不懂那是什麼。

「現金是要連零錢也準備好嗎？」阿怡問。

「對。少一毛錢我也不接受。」

「明白了。」阿怡點點頭。「不過……」

「不過什麼？有不滿便拉倒。」

「不，我只是想知道為什麼你會改變主意。」

「區小姐，妳知道我為什麼開這個價碼嗎？」阿涅反問道。

阿怡搖搖頭。

「因為我想確認妳是不是真的把這件委託當成最重要的事。」阿涅說。「妳沒半分遲疑。我過去遇過很多委託人，我一提出要他們全部財產，他們便打退堂鼓。連自己都沒有執念，卻想要我這個外人賣命偵查，這不是很混帳嗎？」

「所以……你這幾天其實是在試探我？」阿怡問。

「嘿，我最好是這樣的一個好心人啦！」阿涅冷笑了一下。「我肯接受委託，是因為我發現妳的案子比我想像中有意思。只是假如妳沒有半點覺悟，重視金錢多於案件，那再有意思我也不會幫妳。」

「有意思？」阿怡不明所以。

「有意思。如果只是我上次說過那種用常規手段便能找到目標的無趣案子，我打死不接，妳在街上等到腐爛發酵長蘑菇我都不管。」阿涅撥開案頭上一個「金龜嘜」帶殼花生的包裝袋和兩個啤酒罐，打開了一台筆記簿電腦，把螢幕轉向阿怡。畫面上顯示著的，正是花生討論區裡那篇〈十四歲賤人害我舅父坐監〉的版面。

「這是當天花生討論區的登入資料，上面記錄了各用戶的登入位址。」阿涅點開另一個視窗，上面有一排排密密麻麻的文字，是一個試算表文件。

「你……你已經替我查過了？」阿怡有點意外。

「小姐，妳弄清楚，我不是『替妳』查過，而是我百無聊賴，好管閒事地去瞄一眼。」阿涅以嘲諷的語氣說：「即使我查到對方的名字、年紀、住址、職業或祖宗十八代是誰，我也無意告訴妳。」

阿怡心裡罵了一句，可是她沒有發作，畢竟她知道阿涅是能夠替她找出kidkit727的人，心想姑且忍一忍。

「這個便是kidkit727的ＩＰ。」阿涅指著一串數字——「212.117.180.21」。

「ＩＰ是什麼？」

阿涅以看到珍禽異獸的眼神瞧著阿怡。

「妳不知道什麼是ＩＰ位址？」

「我不懂電腦。」

「原始人。」阿涅不屑地啐了一聲，再說：「ＩＰ位址全名Internet Protocol Address，中文是網際網路協定位址，簡單來說，就是你進入網路時用來辨認機器位置的編號。就像你到銀行或醫院會先領號碼牌，當你連接上網路，網路服務商便會委派一個獨一無二的號碼給你，你在網上瀏覽網站、打電動、跟他人聊天，都是由這號碼來辨識。」

「討論區也要用？」

「我就說，『進入網路時便會獲得這號碼』，要在討論區留言，討論區的伺服器——呃，討論區的『機器』也會記下留言者的ＩＰ位址。只要有ＩＰ位址，便能逆向追查到留言者的電腦在哪兒。這妳明白了沒有？」

阿怡緊張地點點頭。「所以你已知道kidkit727發文章的實際地址了？」

阿涅苦笑了一下。

「知道，在盧森堡中部城鎮斯泰因塞爾。」

「歐洲？」阿怡吃了一驚。「kidkit727不在香港？」

「不，那傢伙耍了點小手段。」阿涅指著螢幕上那串ＩＰ位址。「這個位址是一個Relay。」

「Relay？」

「中文大概譯作『中繼站』吧。要在網路上隱瞞自己的身分，有很多方法，其中最簡單而有效的，便是使用中繼站。用戶先連上外國的電腦，再經那台電腦連到目標網站，於是目標網站只會記下外國電腦的位址，不知道那台外國電腦會將訊息再傳一次，回去真正的用戶機器上。」

「那我們不是只要在盧森堡那台電腦上找出當天的使用紀錄，便能知道kidkit727的真正ＩＰ位址嗎？」

阿涅揚起一邊眉毛。「看來妳也不太笨。妳說得對，理論上可以這樣做，但實際上做不到。」

「為什麼？」

「因為我肯定這傢伙用了不止一個中繼站。盧森堡這個ＩＰ，老早在我的資料庫中有紀錄，是一般駭客常用的中繼站之一，而這個中繼站屬於Tor Network……中文叫『洋蔥路由網』。」

「『洋蔥』？」

「名字由來涉及網路原理，詳情我便不提了，總之這是一個龐大的匿名網路。不少人使用它純粹為了瀏覽『暗網』，亦即是那些提供地下資訊如色情或販賣毒品的網站，但實際上，Tor的研發原點是為了讓用家在網路上隱藏行蹤。想使用Tor來瀏覽網站，最方便的方法是使用一款叫『洋蔥瀏覽器』的自由軟體，它能自動在全球數千個中繼站裡跳躍，所以即使我駭進盧森堡的電訊商，拿到當天的紀錄，仔細比對那個ＩＰ在該時段的每一段通訊，我應該會發現使用者的位置在美國、法國或巴西之類，同樣的調查要再重複數次，經過多重中繼站才有可能找出用家的真正位置。然而只要當中有一個中繼站沒留下紀錄，我們便沒有線索繼續追蹤下去，相比之下，『大海撈針』還較容易一點。」

阿怡聽到這比喻，不由得感到洩氣。

「既然ＩＰ調查碰壁，我便嘗試找其他線索。kidkit727在貼文當天才註冊花生討論區，」阿涅指著螢幕上某一行，「使用的電郵信箱是rat10934@yandex.com。yandex.com是俄羅斯一家提供免費信箱的網路公司，申請不需要用手機簡訊驗證，我肯定這也是那傢伙隨意登記的免洗電郵地址。」

阿涅將食指橫移，沿著kidkit727的一行掃往右手邊，停在其中一欄上面。

「更值得可圈可點的是，這個kidkit727還很小心地抹去另一筆資料。用戶瀏覽網站，瀏覽器會提供一串透露了用戶機器特徵的文字給對方，這串文字叫『User Agent』，它會讓對方的電腦知道你用的是微軟視窗還是蘋果麥金塔、是手機還是平板，甚至連瀏覽器和作業系統的更新版本號碼都知道，例如Windows NT 6.1就是微軟視窗七的代號，OPiOS便代表了這是蘋果iOS上的Opera瀏覽器。可是花生討論區記錄下來的，kidkit727的User Agent只有一個字。」

阿怡看到，畫面上在HTTP_USER_AGENT一欄裡，有很多很長很複雜的英文字和數字，夾雜著Mozilla/5.0、AppleWebKit、Chrome之類的詞彙，但kidkit727的一行中，那一格只寫著「X」。

「X？」

「從來沒有這麼短的User Agent的，這是用戶人手輸入的文字。有些瀏覽器可以讓用家改變這串文字，偽裝成其他平台或瀏覽器，洋蔥是其中一款。」

「可是，你說洋蔥是『其中一款』，他也可能使用其他瀏覽器？或者他沒有使用『多重中繼站』的技術，只是用了『一重』呢？」

「區小姐，妳還沒明白啊。」阿涅倚在椅背上，十指互扣放在案頭。「無論他是不是使用洋蔥，他很明顯做了一件事──他刻意消除自己的腳印。這個kidkit727是在發文當天才註冊成為花生討論區的用戶，他只登入了一次，發了一篇文，之後再沒有活動紀錄，而他登入和發文時，居然使用了中繼站的技術，連自己使用哪種瀏覽器、什麼平台電腦的資料也預先抹去，幾近完美地隱瞞自己的身分。假如他發文的目的是為了替邵德平伸冤，為什麼要花這些多餘工夫？他這樣做，根本就是在說『我深知這文章會引起軒然大波，甚至會引人追查我的身分，但我不想曝光』。」

阿怡這時候終於追上阿涅的想法，不由得愣住。

「寫這文章的人，是有心製造事端，而且他更有I.T.背景，懂得多少電腦技術。」阿涅說。「現在唯一的問題是，到底這個神秘人是真心想替邵德平洗白，還是想引發網路霸凌，借事件迫害妳妹妹？」

2015-05-21 星期四

「我回到家了。」
已讀　21:41

「爸問我為什麼這麼晚回家，
我說跟同學一起溫習。」
已讀　21:43

「他以為我去了找你。」
已讀　21:44

「我是殺人凶手吧？」
已讀　21:51

「你又胡說什麼」
21:53

「那傢伙跳樓是她自己的決定」
21:53

「與其他人無關」
21:54

「而且喜歡憑空捏造，誣告別人的傢伙，本來就該死」
21:55

「真的沒有人能查出我們嗎？」
已讀　22:00

「你怎麼又提這個」
22:01

「我肯定查不到」
22:02

「你要相信我的技術」
22:03

「就算警察要查也束手無策」
22:04

「嗯。」
已讀　22:05

「不過我有一件事沒對你說……」
已讀　22:06

第三章

1

「南哥，老闆在瞪你。」

施仲南聽到身旁的馬仔悄聲說道，連忙將手機塞進褲袋。

「南哥你整天滑手機，是跟女朋友說悄悄話吧？」馬仔笑道。施仲南聳聳肩，不置可否。

在旺角惠富商業中心十五樓的一間辦公室內，施仲南一如其他員工，對著電腦工作。不過所謂「其他員工」，也只有四個人而已。撇開老闆不計，這間叫做「GT Technology Ltd.」的公司僅有五名職員，六百平方英尺[3]的辦公室裡除了一間小小的會議室外，就只有一個共用空間，連老闆也沒有私人的董事長室。然而，這種間隔正合這間公司的性質——一如歐美的科技公司，開放式辦公室已是主流。用戶超過三億的社群網路服務推特的創辦人之一傑克·多西不但沒有房間，他甚至沒有辦公桌，他說只要拿著平板電腦，四處也是他的工作空間。

當然在施仲南眼中，他的老闆李世榮遠遠及不上多西，只是個差劣的模仿者而已。縱使李老闆有遠大的志向，期望公司能發展成跨國企業，但無論才能、遠見和洞察力他都不足。李世榮本來繼承了家族生意，在中國大陸經營一間小型紡織工廠，但因為多年虧損，他便把心一橫賣掉祖業，改在本地開設科技公司。

GT Technology Ltd.開業約一年，主要業務是營運一個叫「GT網」的社交網站。施仲南

3. 約十七坪。

和馬仔負責開發與維護網站，是公司裡僅有的技術人員。其餘三位員工，分別是圖像設計師Thomas、網站管理員兼客戶服務主任阿豪，以及老闆的行政助理Joanne。施仲南進公司後一直懷疑，大學剛畢業的Joanne的真正職位是老闆的「貼身」助理——是有多「貼身」就不言而喻了。

比施仲南年長兩歲的阿豪對老闆跟Joanne的關係倒不以為然。「噯，雖然老闆比Joanne老了差不多兩輪，但男未娶女未嫁，他們有什麼關係干卿底事。況且公司有個正妹養養眼，不是賺到嘛？」

施仲南固然同意阿豪的說法，只是心裡有多少不甘。雖然Joanne沒有模特兒的臉蛋和身材，但勝在青春，在充滿臭男人的辦公室裡尤其突出，施仲南與她初見面不免產生覬覦之心。然而他從阿豪口中得知，李老闆近水樓台先得月，Joanne上工一個月，二人便暗地裡搞曖昧，施仲南就只能打消念頭。他很清楚，職場上上司的女人可碰不得，尤其他想保住工作的話。

縱然公司裡只有六人，GT網是本地過去半年異軍特起的社交網站。GT網結合了社交網站與討論區的特色，讓用戶交流、討論各式各樣的興趣與話題，而它最矚目的特點是「八卦買賣」，這也是網站名字的由來——Gossips Trading。網站設立虛擬貨幣「G幣」，容許用家交易，而交易的貨品是「八卦消息」。不同於一般要付指定金額虛幣才能閱讀帖文的討論區，GT網的消息價格不是由發文者決定，而是以其他用戶的點擊率和評分自動調節高低。就像股票市場買賣，有爆料價值的、涉及明星偶像的，價錢便會飆漲，相反無聊沒趣的，價格便會掉到谷底，甚至變成所有用戶都能閱讀觀看的免費訊息。

「阿南，馬仔，影片串流的測試完成了沒有？」就在施仲南收好手機後，李老闆走到他們的座位旁，問道。

「基本上已完成，下星期可以開放作Beta測試。」馬仔回答。GT網支援上傳圖片，但要在帖子中附上影片，便要使用外連的第三方網站，例如Youtube、Vimeo或優酷之類。使用第三方的服務，便表示用戶可以繞過GT網直接到其他網站觀看影片，這對GT網的核心概念「買賣八卦」明顯有嚴重矛盾，削弱了用戶以虛幣交易的意願。

「事關重大，盡快讓它上線。」

雖然GT網已上線數個月，但目前仍處於公開測試運行階段，不少功能仍有待改進。李老闆曾說過，GT網必須具備三個決定性的功能：虛擬貨幣的交易、深入的檢索系統和獨立的短片串流。前兩者大致上已經完成，現在就欠最後一項而已。

檢索系統是施仲南的得意力作。和一般單純搜尋關鍵字的討論區或Wiki系統[4]不同，GT網不但搜索文字標籤和內文，更能夠判斷出類似及相關的搜尋結果，就像用戶搜尋某男演員的緋聞，系統會連帶找出跟他過去有關係的女性的八卦消息。施仲南很清楚這功能背後的威力——在網路社群興盛的今天，每個人都有成名十五分鐘的機會，平凡如餐廳裡食客的小紛爭、巴士上情侶打情罵俏、街頭的滑稽表演，都很可能被上載到GT網，一旦被數據庫記錄下來，就變成永不磨滅、可以翻查的歷史。施仲南知道「起底」已成為網路常態，每個人都擔心自己的隱私被侵犯，但反過來它也可以成為武器，讓掌握這套遊戲規則的人坐收漁利。

「開發手機版App的評估如何了？」李老闆轉向施仲南，問道。

「要開發跨平台的App，我們可以用Cordova，基本上把我們手機網頁版作簡單改動，便能生產出iOS版和Android版的App。可是如果要開發『原生App』，我便反對。我們人手不足，不可能在短期內完成。」施仲南回答。「原生App」是指那些為特定平台設計、以該平台

4. 一種網路上供多人共同編撰的文字網頁系統，維基百科（Wikipedia）便是使用這種系統建立網路百科全書的例子。

指定的程式語言和模組編寫的軟體，功能較全面，但開發時間更長。

「人手的話不用擔心，幸運的話，我們很快可以擴充規模。」李老闆一臉樂觀，拍了拍兩人的肩膀。「我現在去開會，明天你們準備影片串流組件給我看。」

李老闆離開辦公室後，馬仔問施仲南：「為什麼老闆說人手不用擔心？公司賺大錢嗎？」

「你不知道老闆去開什麼會嗎？」施仲南反問。

馬仔搖搖頭。

「老闆最近跟生產力局的人員開會，聽說那邊有個什麼計畫，安排一些ＶＣ評估本地的小型創意科技公司。」

生產力局全名生產力促進局，是香港的一間公營機構，負責協助企業發展，提高國際競爭力。生產力局裡有資訊科技業發展部，ＧＴ網這種「網路創意產業」正是他們的服務對象之一。

「什麼是ＶＣ？」馬仔問。

「Venture Capital。」施仲南白了馬仔一眼，心想對方就職科技業居然不知道這名詞。

「就是那些會投資新興企業，以小博大的融資公司。」

「啊，是『創投基金』嘛。那我就知道了，就像幾年前9GAG[5]獲二千萬注資的例子？」

「最好有二千萬啦。」剛巧經過二人身後的阿豪插嘴道。「有一千萬，我們也可以搬新辦公室，然後聘請幾個人替我應付那些找碴的麻煩用戶查詢了。」

「這世上有很多錢多到用不完的ＶＣ，難保有一、兩個傻瓜願意送二、三千萬給我們，」施仲南笑了笑，「當然他們能否回本就是後話。」

「嘿，所以你認為ＧＴ網根本沒有價值嘛？」阿豪乾脆拉來一張椅子，坐在二人身旁，問道。

施仲南瞄了瞄在辦公室另一角的Joanne，確認這個「老闆的眼線」在講電話，聽不到自己的話後，再壓下聲線說：「不是沒價值，是欠缺營利能力，容易被市場淘汰。目前網站試運行，網民的G幣都只是以站內貢獻程度發放，並未以真金白銀交易，自然覺得買買賣賣好好玩，將來讓他們『課金』購買G幣，到底他們會有多投入呢？而且更重要的是我們無法令有價值的八卦消息留在網站內，假如是夠勁的爆料，恐怕消息出來後，半天便會被轉貼到花生討論區或臉書了。」

「這要看你們嘍。」阿豪聳聳肩。「假如影片能夠加密，令用戶難以將消息轉載到其他公開網站，人們自然願意花G幣買來看。就像付錢看娛樂雜誌的感覺吧？」

施仲南心想，不懂編程的人總會說出這種不負責任的話。阿豪把「影片加密」說得簡單，但實際上，只要用戶能在螢幕看到片段，便有方法把它擷取下來，再上載到Youtube或臉書。

「其實就算沒加密，說不定也能賺到錢啦。」馬仔指了指案頭的iPhone。「蘋果推出網購音樂前，不少評論者都認為不可能成功，因為會有盜版問題。但結果大眾也願意付費購買正版音樂，即使有盜版，仍無損公司的利潤。」

「我還是有所保留。」施仲南說。「要看八卦，到花生討論區的八卦版便行了，那邊還是免錢的。」

「這是因為GT網未普及罷了，人家花生討論區每個月有三千萬點擊，假如我們能追到這數目，光是廣告收入就有足夠盈利。」阿豪說。

5. 以分享笑話及搞笑圖片為主的社交網站，於二〇〇八年由五名香港人創辦，是少數成功打進國際市場的香港網路服務。網站名字來自粵語「搞GAG」諧音。

「『假如』我們能追到這數目。」施仲南重複阿豪的話，但強調了最開始的兩個字。

「這我也同意南哥的說法，」馬仔轉過身子，面向阿豪，「人家花生是業界龍頭，恐怕我們花十年也追不上。就像前陣子那起十四歲女學生懷疑冤枉猥褻事件，如果那篇伸冤文章不是貼在花生討論區，大概不會那麼注目。」

「這個也是無可奈何啦，誰叫人家搶了頭香，十年前已開業，用戶多自然威力大。」阿豪攤攤手。「可是反過來說，那事件正好代表了GT網有發展潛力啊，你們想一下，就算文章先在花生發布，假如負責起底的網軍將那女學生的資料在我們這邊公開，那一定能吸引群眾踴躍註冊成為會員，再付G幣一睹內幕。」

「豪哥，那女學生上個月自殺死了，說不定她真的在地鐵被侵襲，所以才會以死證明清白，這種死人財，賺了也損陰德啊。」馬仔皺了皺眉。

「馬仔，你太嫩了。」阿豪擺出一副老氣橫秋的姿態，像說教似的。「世間財沒有分什麼積陰德或損陰德，錢就是錢，Money is money。就像股票市場，你趁高位賣出賺錢的股票，接貨的投資者被套牢，帳面虧一大筆，那你說算不算賺骯髒錢？如果你堅信因果報應，那你又怎麼知道那女學生跳樓自殺，會不會也是報應？假如每件事也要衡量因果，那說不定你今天開發的程式，導致他日某個家庭發生悲劇，你又要負責嗎？所以我說，錢能賺便去賺，只要不犯法、不會被控告便可以賺。花生討論區還有成人徵友版，一大票援交妹假徵友真賣身，花生從這版面的點擊數獲取盈利，不就跟皮條沒分別？但法律一天不禁止，他們就能理直氣壯地賺錢啊！在這個城市裡，唯有強者才能生存，我們不想成為被剝削的一群，就只有成為剝削他人的階層，別天真地以為什麼『好人有好報』，這種想法已經過時。這是香港的法則，是資本主義、市場定律下的黃金法則。」

縱使阿豪說得振振有辭，馬仔還是不同意這功利至上的看法。

「我始終覺得涉及人命的，是另一回事……」馬仔嘀嘀咕咕，無法義正詞嚴地反駁阿豪。他轉向施仲南，問道：「南哥，你有什麼想法？你覺得這樣做正確嗎？」

「嗯……我覺得你們都有道理啦。那女學生自殺是她的決定，要旁人負責的話，那就是整個社會的責任。」施仲南打圓場道：「那種事情待發生在我們GT網時才辯論吧，我們目前要做的，是完成這平台的功能。」

阿豪嘁嘁嘴，表情就像在說「你這牆頭草」，再站起來回到自己的座位。馬仔也轉身面向螢幕，再次在鍵盤上飛快地打字，鍵入一行行程式原碼。

馬仔和阿豪都不知道，施仲南這時在心底鄙笑了一聲。

他們可不知道，當他們侃侃而談，說著那女學生事件的前因後果與道德責任時，元凶就近在眼前。

2

自從出獄後，邵德平外出都戴上帽子。因為這樣做可以減少眼神接觸，而且在帽舌掩護下，旁人也不會留意到他緊張兮兮的目光。

雖然回家已有一個月，他依然沒有回文具店顧店，工作全交給妻子。就在他出獄前十天，那個女學生居然自殺了，記者們自然不會放過採訪他的機會。為了逃避這些見獵心喜的食人魚，邵德平只好躲在家中，閉門不出。

幸好事隔一個月，記者們陸續消失，餘下的只是街坊鄰里的白眼。邵德平偶然出外吃午飯，但他都會避開人多繁忙的時刻，而且放棄光顧多年的黃大仙下邨熟食檔，改到稍遠的大成街街市附近的茶餐廳。以前他習慣邊走邊張望，對穿得清涼的女生行注目禮，如今他只會低著頭急步走。

「豆腐火腩飯，熱奶茶。」這天下午兩點，邵德平走進大成街近啟德花園5座一家叫幸福茶餐廳的食店，甫坐下便向夥計說道。

邵德平悄悄地環顧四周，察看有沒有認識的人。事件發生後，他發現了很多人的真面目，過去掛著笑臉要他打折算便宜一點的街坊熟客，有些在路上遇上他會特意轉身迴避，有些則會說些難聽的話令他急步離開。文具店的生意雖未算「一落千丈」，但也大受影響，加上租金上漲，家中財務比以往更艱難。近幾個月差不多少了一半客人，邵德平老婆每天回家也抱怨，唸得他耳朵長繭。

「這個黃臉婆……」邵德平在心裡嘀咕。遙想當年老婆年輕時尚有幾分姿色，邵德平被唸也能當成夫妻情趣，可是如今太太人老珠黃，口出罵言只教他覺得像潑婦罵街。過去他就經常被老婆埋怨，說他在文具店賣那些日本寫真集意識不良有礙觀瞻，他就以「攝影藝術妳懂個屁」當擋箭牌——固然，他心裡想的是另一回事。男人好色有什麼不對？只是他沒料到，這些書冊成了他人攻擊自己的口實，成了暴露他本性的證據。

不過最令邵德平氣憤的，是那些從事地區工作的議員。數年前他曾為一位親政府的建制派議員助選，努力向鄰里和顧客拉票，文具店至今仍貼著支持議員的海報，可是東窗事發後，他向那議員求助，希望對方打幾個電話到報館和雜誌社「打點一下」，減少記者的滋擾，對方卻跟自己劃清界線，就像邵德平會令他的從政生涯蒙上污點似的。

兔死狗烹、鳥盡弓藏，政客的嘴臉比川劇的變臉變得還要快。邵德平充分體會到世態炎涼，不過他再惱火也無處宣洩，只能生自己的悶氣。

邵德平的目光掃過店內每一位客人，感到一丁點欣慰。今天這家茶餐廳裡，沒有半張認識的臉孔。

「咦？」當邵德平望向左邊時，他看到一個提著相機的男人在鄰桌坐下。他第一個反應是以為自己被那些可惡的記者纏上，可是他定睛一看，便知道自己誤會了。那是一台黑色的、有點歷史的雙鏡反光相機，沒有記者會使用這種老古董。

因為那台相機實在少見，邵德平不由得多看了兩眼。即使夥計送上奶茶，他仍盯著那台雙鏡相機不放。

「先生。」相機的主人突然對邵德平說。

「怎、怎麼了？」

「可以給我你桌上的糖盅嗎？」那男人指了指邵德平眼前放砂糖的罐子。邵德平看到對方面前有一杯熱咖啡，桌上卻沒有糖盅。

邵德平將糖盅遞給對方，眼睛仍不時偷瞄放在桌上的相機。

「謝謝。」男人接過糖盅，倒了兩茶匙糖後，將糖盅歸還。「先生你也喜歡攝影嗎？」

邵德平沒想到對方主動問起，他猜自己盯著看的樣子一定太著跡。

「嗯。那是Rolleiflex 3.5F嗎？」邵德平問。

「不，是2.8F。」

邵德平聞言暗吃一驚。德國祿萊公司是相機名廠，雙鏡反光相機系列Rolleiflex更是攝影愛好者的至愛古董機之一。3.5F是常見的款式，數千港幣便能買到，而外型相似的2.8F則較罕有，狀況良好的動輒賣上萬多元。

「你也有玩雙反機？」那男人問道。

邵德平搖搖頭。「太貴了。我的錢頂多夠買海鷗4B。」海鷗4B是中國上海生產的雙反相機，只賣數百塊錢。

「海鷗就算了吧，外型尚可，照片拍出來沒有味道。」男人笑道。

「去年有朋友想出售一台二手Rolleicord，開價一千五百，我差點便買了。」邵德平說。Rolleicord是祿萊公司另一系列的雙鏡相機，比Rolleiflex便宜。

「Rolleicord也挺好喔。那為什麼沒買？」

「過不了老婆那一關。」邵德平苦笑道。「女人就是煩，我多買幾卷底片，她也囉囉嗦嗦，不給我好臉色看。」

「底片？你沒玩DSLR？」DSLR是數位單眼相機的簡稱。

「沒有，我只有一台Minolta X-700加兩支鏡頭。」

「哦，X-700，不錯嘛。」那男人點點頭，似是認同邵德平的選擇。「但現在數位機是主流，我兩者也有玩。」

「好一點的數位單眼太貴啦。」

「網路上有些論壇不時有二手貨出讓，有時會撿到便宜。」男人說。「要我給你網址嗎？」

邵德平搖搖頭。「算了吧，我不太懂電腦，網路論壇什麼的我都不懂。而且聽說玩數位機要配一台高性能的電腦，我沒有這種閒錢。」

「玩照片後製弄特殊效果才要那種配置高的電腦。你家沒有電腦嗎？」

「有是有，但我和家人都很少用。幾年前被推銷有線電視時一併買下的，我只懂得用來下象棋和看PPS影音。」邵德平問：「玩數位機真的不用貴價電腦嗎？」

「不用，只用來儲存和觀看照片的話，再古老的機種也可以。」那男人說。「不過買相機後倒要替電腦安裝一些軟體……你有朋友或鄰居懂電腦嗎？」

「唔……如果是簡單的，他們也能夠幫忙……」邵德平想起兩位興趣相同的友人，可是他出獄後沒再聯絡，他也不知道自己會不會變成不受歡迎人物了。一想到這裡，邵德平不禁打消念頭，說：「還是算了，我買新相機的話，我老婆一定大吵大鬧。」

「嘿，這就沒辦法了。」

二人聊到這時，夥計送上飯菜，他們便停下對話，自顧自的吃飯。飯後沒有繼續話題，邵德平也不想在茶餐廳逗留太久。

「我先走了。」邵德平說。

「嗯，再見。」那男人啜了一口咖啡，向邵德平點點頭。

邵德平慢步回家時，不斷想著相機的事。自出獄後，他第一次覺得腳步輕鬆，沒有繼續為家庭、為那女學生、為獄中的生活感到抑鬱恐懼。雖然聽起來很荒謬，他決定犒賞自己，不管是數位相機還是海鷗牌雙鏡相機，他想多買一台。

老婆要罵要埋怨就由她吧——邵德平領悟到，人生在世，就該順天聽命，及時行樂。

3

「邵德平是個爛人。」阿涅剛開門便對阿怡說道。

星期五晚上阿涅答應阿怡調查後，翌日早上阿怡便到銀行將八萬多元存款提出，交給阿涅。銀行出納員看到她一口氣清空帳戶，擔心她遇上騙子，再三詢問，阿怡只能笑著保證她是提款自用。事實上，阿怡也有想過，把款項給阿涅搞不好跟送錢給騙子沒分別，就算阿涅一直說沒結果，阿怡也無可奈何。阿涅收下鈔票——和零錢——後說調查有結果會主動打電話給阿怡，會面不到一分鐘便趕阿怡離開，阿怡回家後才想起自己沒有阿涅的聯絡方法。她按捺著忐忑的心情，嘗試說服自己阿涅會很快聯絡她，可是銀行職員那句「小姐妳不會遇上騙徒吧」和莫偵探那句「他是專家」在她內心不斷交戰。

將錢全付給阿涅後，阿怡身上只餘下錢包中本來有的一張百元紙鈔、儲值約五十塊的八達通卡[6]以及口袋中的十數元零錢。在阿涅接受委託前一天，阿怡到過超級市場購物，家中糧油雜貨尚算充足，然而距離發薪日還有半個月，餘下日子就算她每餐只啃泡麵，上下班的交通費再省每天也花二十元，她可不能不上班，而且她這個月還未交水費電費。阿怡有點後悔沒辦理信用卡，假如她現在一卡在手，至少不用為接下來兩星期的生活發愁——她一直奉行母親的教導，對「先使未來錢」[7]十分抗拒，所以即使有一份穩定的職業，仍拒絕了所有信用卡推銷員的勸誘。她覺得現代經濟就像海市蜃樓，連沒有收入的學生都能拿到一、兩萬信用額，為了獲得更大的利潤，商人和銀行家不斷誘騙年輕人走進這個「借款——還款」的循環，而目前的繁榮景象，隨時會像砂粒堆成高塔，剎那間坍落崩毀。

週六下午回到圖書館值班時，阿怡向同事Wendy借幾百塊應急。因為阿怡不是「月光族」，Wendy不免感到奇怪，問及原因，阿怡卻支吾以對，只說一時周轉不靈。

「嗯，這兒八百，妳下月才還我吧。」Wendy從錢包掏出所有百元鈔票。

「咦，我只想借五百……」

「行啦，難得妳也有『周轉不靈』的時候。不過有什麼事情不妨跟我說啊。」

Wendy兩年前從沙田圖書館調職到中央圖書館，比阿怡年長五歲，為人健談外向，滿腔熱忱，事實上阿怡有點受不了她那種過度熱情的性格；Wendy每次約大伙兒去吃飯看電影，阿怡都會藉詞推搪，缺席聚會。然而這時候Wendy的熱心卻救了阿怡一把，在她無助之時願意伸出援手，也讓她心裡好過一點。只是，Wendy的話令阿怡想起早上銀行職員的疑問，她覺得自己就像《警訊》[8]裡那些詐騙案例中的愚蠢受害者。這令她更在意阿涅的調查進度，每天不時檢查手機，擔心錯過了阿涅的聯絡，可是一直杳無音信。

三天後，她終於按捺不住了。

六月十六號星期二，她下班後再次來到西營盤，打算找阿涅詢問進度，然而當她走到第二街時又猶豫起來。

「我會不會太白目了？萬一惹他不高興，他會不會敷衍我，甚至中止調查？」阿怡站在街角，裹足不前。明明自己是付錢的「客戶」，她卻對阿涅有種莫名其妙的畏懼感，就像青蛙與蛇，對方是恍如天敵般的存在。

她躊躇了十分鐘仍沒立定主意，手機卻突然響起來。

「既然來到便上來，別在我家附近徘徘徊徊，妳遲早會被當成跟蹤狂給抓進警局。」阿涅說完便掛線。

這通電話令阿怡驚訝地張望四周。她只站在街角，還沒有靠近一百五十一號，照道理阿涅不可能從窗口看到她，但阿涅就是知道她來了附近。雖然感到不解，阿怡還是急步走進阿涅居住的唐樓，一口氣走上五層樓梯。

6. 香港使用的拍卡式電子付費系統，類似台北的悠遊卡。初期只用於交通工具，後來擴展至不少商店，顧客可以用來購物付費。

7. 粵語俚語，就是先使用未來的金錢的意思。

8. 香港電台電視部與香港警察公共關係科自一九七三年起共同製作的電視節目，內容為介紹警察部門以及宣揚撲滅罪行訊息，並會以短劇形式重演案件。

「邵德平是個爛人。」阿涅剛開門便對阿怡說道。「不過他跟kidkit727無關。」

「什麼?」阿怡沒想到阿涅劈頭第一句話不是問她為什麼再來煩他，而是說出跟調查相關的事情。

「邵德平跟發文者沒有瓜葛。」阿涅讓阿怡坐在從雜物堆中勉強騰出座位的沙發後，繼續說：「莫大毛的報告有提過邵德平也不知道誰貼文，但那傢伙始終是文章的中心人物，所以我有必要親自跑一趟。」

「跑一趟?你不是用電腦去找出對方的隱私嗎?」阿怡問。

「有些事情，直接問一句會更簡單。」

「你見過邵德平?還直接問他?他不會說實話啊。」阿怡一臉不解。

「區小姐，人是很奇怪的動物，只要讓對方卸下心防，對陌生人透露的會比對家人說的更多。」阿涅邊說邊將一台雙鏡相機放在阿怡面前。「我跟監了兩天，昨天假裝成普通的攝影愛好者，在茶餐廳跟邵德平聊了幾句。」

「你、你直接問他『你是不是kidkit727』?」

阿涅噗哧一笑，說:「這樣就連三歲小孩也不會上當吧。我就是跟他聊聊相機而已。」

阿怡伸手拿起眼前的相機，仔細打量，問道:「這樣子便能知道他跟kidkit727無關?」

「首先，邵德平、他老婆和他老媽對電腦或網路都是門外漢，邵德平親口對我說他只用電腦來下象棋和看PPS網路電視，我之前查過他們家寬頻和手機的網路使用紀錄，確認那是實話。他們一家裡面，不可能有會考慮『如何在網路討論區消除腳印』的人。我也引導他回答我另一個問題，看看他有沒有相熟朋友是電腦專家，但結論是沒有。」

阿怡認真地聆聽著阿涅解釋。

「其次，邵德平自己和他的交友圈子的政治立場都跟那篇文章有矛盾。」阿涅繼續說：「假如邵德平是主謀，或是他的家人朋友想以那篇文章替他平反，文章的寫法會有所不同。」

「政治立場？」

「邵德平曾替『保皇黨』的議員助選，他的文具店仍貼著海報，而且根據法庭紀錄，油麻地地鐵站便利商店店員供稱，邵德平曾抱怨今天的年輕人都是『搞亂香港的廢青』，可見他的政治立場傾向保守。」阿涅將辦公桌的筆電放到茶几上，畫面仍是花生討論區的那篇文章。「可是，這文章的作者是個自由主義者，而且頗年輕，會用上一些時下流行的反抗用語。例如『香港現在是非顛倒，有強權無公理，白的可以被說成黑的，有理根本說不清』和『向不公義的裁決低頭』，這些用語都不會出自保守派之口，若然保守派要寫，至少會省略『強權』和『不公義』這種帶政治色彩的詞語。正所謂物以類聚，邵德平周遭有這種跟他取向南轅北轍、卻又願意為他鳴不平的親人朋友的機會，微乎其微。」

「就算有這兩點支持，世事總有例外啊？」阿怡反問道。「說不定邵德平就是碰巧認識一位電腦專家，跟他臭味相投，於是邵德平請對方用這種方法為自己洗白呢？用詞什麼都可以是計謀啊？」

「好，我們就假設kidkit727是個聰明絕頂、跟我一樣思慮周詳的高手，懂得在字裡行間加入偽冒的文筆，還要沉得住氣，只發了一篇文章便沒有繼續在討論區搧風點火。」阿涅一臉自負地說。「然而這位高手卻笨到不等邵德平出獄，在情況最難控制的時候貼文了。」

「最難控制？」

「假如妳是邵德平，妳會選擇自己仍在蹲苦窯、老婆和老媽被記者圍攻、自己束手無策的時候叫那位高手朋友貼文，還是會等到自己出獄可以直接受訪、透過鏡頭陳情的時候才演這一齣戲？」

阿怡聽到這兒才理解阿涅的意思。

「邵德平和他老婆的關係不如文章所說般恩愛，但邵德平可不會蠢到做出妨礙自己文具店經營的事。他不在時，他老婆獨力顧店，而文具店是他家唯一收入來源，他在出獄前為自己鳴冤只會得不償失。況且，假設邵德平像一般人期望利用媒體出風頭換取名利，他也該等出獄後，香港媒體只有三分鐘熱度，一個月後新聞便冷掉了，他那位『聰明』朋友kidkit727不會不懂得這道理。」阿涅頓了一頓，說：「更重要的是，如今妳妹妹自殺，邵德平面對的只有更多的白眼與責難，如果他真是主謀，這次他可說是損己害人，一拍兩散。」

阿怡聽到阿涅提及小雯，心中泛起一陣難過。

「所以……」阿怡強忍住內心的疼痛，對阿涅說：「犯人的真正目的是要對付小雯嗎？」

「沒錯，這是目前較大的可能。當然在沒有任何實質證據支持下，不能否定任何可能性。」

「既然邵德平跟kidkit727毫無瓜葛，他為什麼不向記者說出來？」阿怡問。

「他可以說什麼？」阿涅笑道：「說『我其實沒有外甥，但有一個我不認識的神秘人替我辯護，減輕我的罪責』嗎？這只會愈描愈黑，令自己被記者和大眾咬住不放。」

阿怡想了想，覺得阿涅的話有道理。

「說起來，見過邵德平後，那篇文章有令我覺得不解的地方。」阿涅收起笑容，將雙手交疊胸前。

「不解是指……」

「文章關於邵德平的描寫，有些很確切，有些則很誇大。」阿涅指了指阿怡仍拿著的相機。「文章提到邵德平喜歡攝影和只有二手相機的事都是事實，我也有去過他的文具店觀察，店裡的確有不少專門的攝影書刊發售，雖然我不知道事發後他是不是收起了更多的美少女寫真集，但至少以那些專門雜誌的出版日期和種類來看，邵德平對攝影的濃厚興趣倒是貨真價實。而且他能跟我這個陌生人詳談古董相機型號，更證明他不是掛羊頭賣狗肉的門外漢……對了，我勸妳放下我那借來的相機，它市值二萬五千，摔壞了妳賠不起。」

阿怡瞠目咋舌，相機差點脫手掉落。她連忙將相機放回茶几上，生怕弄掉半個零件。

「可是，文章說到邵德平的夫妻關係便失實了。」阿涅挨在辦公桌邊，說：「文中提到邵德平愛妻顧家，因為擔心妻子吃苦，寧願坐牢，盡快平息事件，那通通是屁話。邵德平出獄後一直沒回文具店上班，因為害怕被鄰里指指點點，終日宅在家裡，完全沒有承擔的勇氣。他只讓老婆獨個兒顧店，負責一切日常工作，可是他心底毫不領情，還跟我這個萍水相逢的路人甲埋怨說他老婆不准他買相機。」

「那到底為什麼文章半真半假？」阿怡問。「能寫出真實部分，便證明作者認識邵德平，不會跟他無關啊。」

「妳有沒有仔細讀過文章？妳不覺得內容帶著某一種味道嗎？」

「哪一種味道？」

「嫌犯請律師辯護的味道。」

阿怡愣了一愣。

「隱惡揚善，將對自己有利的事實全列舉出來，像夫妻關係這種自由心證的便盡力誇大，反正邵太太說一句『我們很恩愛』，控方也難以反證，那簡直像是庭上陳詞的要點。我懷疑文章作者跟邵德平的辯護律師有多少關係，不過從利害得失上計算，他的律師才不會插手做這種不但無益更有機會害自己名譽受損的蠢事。」阿涅從辦公桌上一堆紙張中抽出一頁，說：

「替他辯護的律師叫Martin Mak，是業界小有名氣專打刑案的律師，平時有辦一些社區法律講座和提供免費法律諮詢，會做這種粉飾門面的事情的人，不會耍小手段危害經營多年的『品牌』。」

「不是那個律師所為，也可能跟他有關吧？」

「話是沒錯，可是跟律師交手很麻煩。」阿涅聳聳肩。「那條線我也會跟，但我目前最想調查的，是另一條線。」

「哪一條？」

「妳妹妹。」

阿怡心中一凜。

「區小姐，妳不想碰這一塊吧？」阿涅以一副事不關己的口吻說：「按目前的線索顯示，那作者的目的是傷害妳妹妹的可能性最大，不管他是跟妳妹妹有私怨，還是單純認為邵德平被妳妹妹誣陷於是用這方法替天行道。要追查下去，便要知道區雅雯生前的一切——她的交友關係、她的私生活、她的想法，以及跟她結怨的人。」

「小雯只有十五歲，哪有什麼結怨啊！」

阿涅冷笑一下。「妳別那麼天真，今天十四、五歲的女孩子擁有的秘密，隨時比成年人更多，人際關係複雜得不得了。社交網站、即時通訊工具冒起，十來歲的孩子也能輕易加入成年人的世界，以往私鐘妹[9]要靠馬伕[10]才能賣淫，現在卻變成『個體戶』，使用軟體或網站直接跟嫖客聯絡。有些孩子入世未深卻不懂裝懂，以為援交只是拖拖手、逛逛街，結果最後半推半就被顧客搞上床，甚至被偷拍照片、影片，淪為被長期威脅的受害者，又因為擔心自己提供援交在先不敢向他人求助，一直隱忍，而家人還愚蠢地以為那些反常行為只是青春期的情緒問題。文章裡說妳妹妹喝酒、嗑藥、援交，妳敢不敢直視我雙眼，說一句『小雯才不是那樣子』？」

阿怡跟阿涅對上眼，想說出阿涅要她說的話，可是她想起小雯喪禮上只有數名同學來弔唁，話到喉頭便說不出來。在小雯死後，她才察覺自己並不是很了解妹妹。因為她下班時間不定，她從來沒懷疑過小雯下課後是否準時回家，或者是不是真的如妹妹所說，有時晚歸是因為在圖書館溫習做家課。小雯會不會趁自己不注意時，跟某些不良分子來往？會不會有不能跟家人訴說的秘密？有沒有可能利用那短短的空檔，從事某些不道德的工作賺取零用？

自從小雯離世，那顆埋在阿怡心底名為懷疑的種子，已經不知不覺地長成纏繞心靈、蠶食信賴的毒藤。

面對阿怡退縮的樣子，阿涅沒有咄咄逼人，他放鬆語氣說：「區小姐，要找出幕後黑手，妳便要接觸妳妹妹生前的事，包括一些妳可能不想知道的事情。妳有沒有這種覺悟？」

聽到這個問題，阿怡反而沒有猶豫，答道：「有。無論如何，我都要揪出那個害死小雯的兇手。」

「好吧，那妳回家看看妳妹妹有沒有留下什麼日記、筆記之類……妳妹妹有沒有電腦？」

「沒有，她只有一支智能手機。」

「那拿她的手機給我，現代人機不離身，光從手機可以徹底了解一個人。」阿涅說。

「你不親自到我家看看？」

9. 香港俗語，指賣淫的少女。
10. 香港俗語，即皮條客。

「小姐，跟蹤邵德平已耗了我兩天，妳別把我當成妳的私人助理，指示我如何工作。」阿涅回到辦公桌後，坐進他的辦公椅。「妳依我說的去做就是。妳要找我可以打這個電話號碼，但我不保證會接，有重要事情便留下口訊，我有空自然會回覆。」

阿涅向阿怡遞上一張便條，上面有八個用鉛筆寫的數字。

阿怡接過字條後，阿涅伸手指向大門，示意會面結束。雖然阿怡仍想追問，但見了幾次面，她漸漸摸清阿涅脾氣，死纏下去只會換來尖酸刻薄的譏誚。不過，在回家途中她卻想起另一件事——阿涅固然嘴巴不饒人，但他沒有敷衍搪塞，隨便說句「仍在調查中」了事，反而很認真地跟自己討論案情。阿怡記得莫偵探說過阿涅個性乖僻，果然所言不虛。

「姑且繼續相信他吧。」阿怡邊瞧著手中的字條邊想。

為了節省交通費，阿怡沒坐地鐵，改乘便宜一點的電車、渡輪和巴士。她這幾天只有上班才會搭地鐵，畢竟上班得要準時，回家晚一點卻沒有關係。阿怡回到樂華邨的家時，已是晚上十點。

打開電燈，阿怡連衣服也沒換便走到櫃子後，亦即是小雯的「房間」裡。小雯逝世後，阿怡一直沒有處理小雯的遺物，小小的書桌、書櫃、為了節省空間而架在衣櫥和書櫃上方的臥床等等，一切都保持原貌。阿怡小時候有和母親一起處置父親遺物的經驗，去年母親病逝，她也強忍住淚水，將母親的舊衣服收好，但如今她實在無法以相同的心情去整理小雯的東西。小雯的班導袁老師曾於五月尾打電話給阿怡，請她到學校接收小雯遺留在置物櫃的一些參考書和作業簿，可是阿怡推說暫時沒空，一直拖著，因為她害怕睹物思人。

阿怡拉開書桌抽屜，翻開書架上的課本和筆記本，可是沒有找到日記之類的東西。抽屜裡放的都是中學女生的小玩意、化妝品、裝飾和文具，書架上的書冊不過是課堂用的筆記，以及一、兩本教女生打扮的流行雜誌。阿怡連衣櫥裡放內衣的角落也找過，沒有發現。書包裡面放的也只有課本而已。

「為什麼連記事手帳也沒有？」阿怡覺得奇怪。她想，小雯就算沒有寫日記的習慣，至少會有用來記下瑣事的手帳吧——

「啊，對了，是手機。」

阿怡拍一拍額頭。因為她仍使用摺疊型的舊式手機，習慣用紙本記事，所以一開始只想到小雯採用相同的做法。而她這時才想到，智慧型手機已經具備記事功能，現代人大都將傳統手帳和通訊錄等等電子化，用手機取代。

然而，阿怡找不到小雯的手機。

阿怡清楚記得，小雯平時會將手機放在書桌的右上角，那個角落上方還掛著充電器，可是目前那位置空空如也。阿怡翻開床鋪，也沒找到那支紅色的手機。

細心一想，阿怡更發現，自從小雯死後，她一直沒看到那手機。

阿怡連忙掏出自己的電話，按下小雯手機的號碼，可是擴音器只傳來留言信箱的機器聲音。事實上，這天距離小雯自殺已有一個多月，手機的電池早耗光了，根本不可能會響。

「該不會……手機一併掉出窗外了吧……」

阿怡一直不敢猜想小雯自殺一刻的樣子，但因為找不到手機，她不由得作出聯想。可是假如小雯自殺時手機在身上，它該掉落在小雯著地位置附近，既然警方和管理員都沒有通知阿怡，阿怡便想這可能性不大。

那麼，手機到底在哪兒？遺留在學校嗎？

她掏出阿涅給她的字條，按下號碼，打算將情況告訴對方。

「您現在在6144865l的留言信箱，請在『嗶』聲後下口訊……」又是毫無感情的機器聲。

「喂、喂，我是區雅怡，我依照你說的找過了，可是沒找到日記，手機也不知道放哪裡去了……嗯……你可以親自來看看嗎？」阿怡結結巴巴地留下口訊，再按下掛線的按鈕。

阿怡再仔細找了一遍，小雯的錢包和鑰匙串也在，就是沒有手機。

這一晚，阿怡睡得比之前更差。她老惦掛著手機的事，而阿涅一直也沒有回覆。翌日早上鬧鐘響起時，她覺得自己好像沒睡過。雖然她照常上班，在圖書館櫃台替市民辦理借書還書的手續，可是由於她心不在焉，光是上午已出錯數次。她的主管見狀，便叫她負責將歸還書籍上架，減少惹怒他人的機會。

午休時，阿涅仍未回覆，她便再打一次電話。結果依然是留言信箱。

直到晚上回家，阿怡的手機還是沒有任何來電。

「喂，我是區雅怡，阿涅你聽到留言後可不可以回覆我？」

阿怡在留言信箱留下一條語氣有點倔的口訊。雖然阿怡有求於阿涅，但她心想，既然他給了自己號碼，好歹也該回覆一下吧。

這一夜還是沒有半點回音。早上七點阿怡醒來時，打開手機，卻看到意外的標示。她收到一條簡訊。

「妳這不長眼睛的笨蛋真的已把整間房子掀起來找一遍？」

發訊時間是兩個多鐘頭前的凌晨四點三十八分。阿怡看到簡訊內容後，頓時睡意全消，覺得自己被阿涅小看了。小雯死後，阿怡只要靜下來便會胡思亂想，唯有靠工作才能暫時忘掉傷悲，她在家裡便以家務來填滿生活的空檔，無時無刻打掃家中各處；只是為免觸景傷情，她沒仔細整理小雯的物品，除此之外，房子上上下下她都很清楚，如果小雯的手機放了在廚房的架子上，或是電視機旁的抽屜裡，甚至是塞了進沙發的夾縫，阿怡不會沒見過。她很想用簡訊反駁阿涅，但她還是冷靜下來，決定先忍一忍。

一天的工作過去後，阿怡八點多離開圖書館，準備直接到阿涅的家跟他理論，或者硬拉他到自己的家，證明自己不是他想像中那麼冒失。但當她要搭電車到港島西區時，她才想起一件事。

家裡有一個角落，自從小雯自殺後，阿怡一直無法直視。

就是小雯一躍而下的那扇窗戶。

那扇窗戶在洗衣機旁邊，阿怡這陣子洗衣服都感到不自在，因為她彷彿看到小雯扶著洗衣機，踏上旁邊的摺疊椅，再推開窗子，往外一跳的過程。

「對了，小雯自殺前一刻，會不會仍拿著手機？」阿怡想。

為了確認想法，她放棄找阿涅，先回樂華邨的家。回到家後，她一鼓作氣，走到洗衣機前，壓抑著內心的不安，仔細檢查四周。

當她跪下，將臉貼在地板上時，她看到了。

小雯的手機就在洗衣機底。

阿怡驚訝地伸手去拿，但她的手太粗，觸不到。她焦急地找可以把手機摳出來的工具，可是間尺不夠長，家中又沒有合用的鐵枝。她扭頭看到幾個金屬衣架，於是匆忙將其中一個拆開拗直，然後忍住顫抖，將手機勾出來。

繫著附貓咪吊飾手帶的手機的玻璃螢幕有一道明顯的裂痕，似乎它曾被摔到地上。阿怡按了一下開關鈕，可是手機沒有反應，她心頭一沉，不由得擔心它是跌壞了。她三步併成兩步衝到小雯的書桌前，將手機插上充電器——她試了三次才成功插上，不是因為她不懂得如何使用充電器，而是她的手抖得無法將兩者順利接起來。

「嗶。」

手機的LED燈亮起，畫面出現一個充電中的符號。看到手機正常運作，阿怡不禁緩一口氣，但腦海同時冒出一堆疑問。她回頭望向窗戶，猜想手機掉到洗衣機下的理由——是小雯把手機丟下的嗎？可是除非用力甩，否則手機不可能掉進洗衣機下的啊？還是掉到地上後，不小心踢倒，令它滑到那個地方？又或者手機是沿著洗衣機和牆壁間的縫隙掉落，於是卡到洗衣機下面？

到底小雯自殺前發生什麼事？

阿怡想不到原因，可是她放棄繼續深究，總之找到手機就好。雖然手機仍在充電中，她按下電源鈕，畫面隨即亮著，出現手機品牌的開機畫面。阿怡不懂得操作，但她想至少打開來看看。

不過她接下來就發現無法繼續，因為她不知道手機的密碼。

畫面顯示了九個排成三列三行的圓點，阿怡模仿她見過的樣子，用指頭把圓點連結起來，可是畫面出現了「圖樣不正確」的提示。她試了幾次後，一籌莫展，只好放下手機，讓它繼續充電。

「阿涅是駭客，他應該懂破解吧。」阿怡想。

阿怡本來打算立即拿著小雯的手機去找阿涅，可是她冷靜下來後，她發覺現在出發的話已經太晚，半夜回家車費很貴，而且她著急地去找阿涅，搞不好對方接過手機後，還是愛理不理的丟在一旁，那麼翌日下班後再找阿涅——兼當面催促他——大概會更好。

「我找到小雯的手機了，明天我下班後會帶給你。」阿涅依然沒有接聽電話，阿怡只好再次對著機器說話。

這天晚上，阿怡夢見小雯。

在夢裡，小雯盤腿坐在沙發上，一如平日般滑手機。阿怡跟她談了幾句，她也回答了幾句，可是內容是什麼，阿怡在夢醒時全想不起來。

她只記得小雯的笑靨。

早上起床時，阿怡擦掉眼角的淚痕，梳洗穿衣後，將充滿電的手機塞進手袋裡，離開住所往圖書館上班。

「阿怡，我說，妳最近神不守舍，真的還好嗎？」午飯後，在員工休息室內Wendy對阿怡說。

「嗯，只是有點事情掛心罷了。」阿怡回答道。

「是調查的事嗎？我堂姑丈仍未替妳查到結果嗎？」Wendy的堂姑丈便是莫偵探，她不知道阿怡已被「轉介」到個性彆扭的駭客偵探那兒去。

「已經有些進展了。」阿怡不欲多言，模稜兩可地回答。

「假如是金錢上的困難，我也可以幫忙。」Wendy認真地說。自從小雯出事後，Wendy就更關心阿怡。

「妳幾天前借了我八百塊，已經足夠了。」

「我堂姑丈是不是開天殺價了？堂姑媽一向疼我，我可以跟她告狀，要堂姑丈再收便宜一點……」Wendy掏出手機，打算透過Whatsapp向莫偵探的老婆打小報告。

看到Wendy輸入密碼，打開手機，阿怡整個人愣住。她腦海中閃過一個畫面——那是小雯滑手機的片段。她本來以為是昨晚夢境中的一幕，但她赫然發現那不是。

那是小雯生前，在家替手機解鎖時，阿怡無意間瞥見的一刻。

左下角、正下方、右下角、正中、左上角。

阿怡緊張地掏出小雯的手機，按記憶輸入圖型密碼。畫面上沒有出現「不正確」的提示，取而代之的，是成功登入的操作畫面。

然而，阿怡並沒有因為這突破而欣喜。或者該說，她有那麼短暫的一刻覺得高興，可是隨著她看到畫面上的文字，她感到五臟六腑一下子顛倒過來，頭皮發麻。她按了畫面一下，上面顯示的文字更令她心跳加速，幾乎窒息。

「Wen、Wendy，請妳替我向、向主管請半天假……」阿怡抑制著顫抖，向Wendy說。

「怎麼了？阿怡，妳還好嗎？」

「我、我現在有急事要早退，麻、麻煩妳替我善後……」阿怡說罷，提起手袋將小雯的手機丟進去，無視Wendy的呼喚，頭也不回地衝出圖書館大樓外。

阿怡沒有用過智慧型手機，所以她不知道在主畫面中那個四邊形的東西叫「Widget桌面小工具」，她更不知道那是Google旗下電郵服務GMail的小工具。不過，就算她不知道那是什麼，上面顯示的摘要資訊已足夠驅使她伸手按下，讓她看到完整的郵件內容。

那可憎的內容。

寄件者：kid kit <kidkit727@gmail.com>
收件者：Nga-Man <aungamanman@gmail.com>
日期：2015年5月5日18:06

主旨：Re：

區雅雯：

妳有勇氣去死嗎？妳不過想重施故技，換取其他人同情吧？但這次妳的同學不會被騙了。妳這種人渣，死不足惜。

kidkit727

2015-05-21 星期四

「不過我有一件事沒對你說……」
「我寄了email給區雅雯……」
已讀　22:07

「這會有麻煩吧？」
已讀　22:07

「可能」
22:09

「你用什麼方法寄的？」
22:10

「有沒有用我教過你的那些方法？」
22:11

「就是隱藏網路行蹤的方法」
22:12

「有。」
已讀　22:15

「那就OK」
22:16

「別擔心」
22:17

第四章

1

「所有人給我聽好！明天一律穿正裝上班！今天下班前將自己的桌子清乾淨，把與工作無關的私人物件全部收好！還有，那些寫真偶像、制服美女、AV女優的桌布全給我換掉，假如我明天上午檢查時看到有什麼會損害公司形象的，扣薪水五百！」

在「GT網」的辦公室內，李老闆接過一通電話後，緊張地向部下喊道。雖然他一臉張皇，但各人都看出他表情中那絲亢奮。

「老闆，怎麼了？」阿豪問道。

「明天有VC來參觀！有新加入生產力局計畫的外國VC對我們有興趣，可能會注資！」李老闆大嚷。施仲南和馬仔也暫停手上的編程工作，轉身望向老闆。

「這世上真的有傻瓜耶。」馬仔小聲地向施仲南說。

「哪家外國VC？」施仲南向老闆問道。

「你們聽到別嚇一跳——是美國的SIQ！」

施仲南、阿豪和Joanne聞言跳起，可是馬仔和設計師Thomas沒有反應。

「南哥，SIQ是很有名的公司嗎？」馬仔問。

「Thomas是平面設計師，他不知道情有可原，但你好歹是個工程師，拜託你給我多留意一下業界新聞吧！」施仲南坐下後，對馬仔苦笑著說。「SIQ是美國數一數二專門投資網路科技企業的創投基金，跟安德森·霍羅威茲[11]齊名……」

「安德森什麼的又是什麼？」

施仲南覺得自己對牛彈琴，於是乾脆回答一句「總之是很富有很有眼光的投資基金公司」。事實上，他理解老闆緊張的原因——SIQ派員參觀，可說是千載難逢的機會。SIQ全名是SIQ Ventures，而公司名字的三個英文字母，分別代表三位創辦人：司徒瑋Szeto Wai、井上聰Inoue Satoshi和凱爾昆西Kyle Quincy。一九九四年左右，仍在洛杉磯加州大學唸書的日裔電腦天才井上聰發明了嶄新的圖像壓縮演算法，令電腦在有限頻寬下能夠傳輸更多圖像，改革了網路的發展方向。他跟同校的司徒瑋在矽谷成立了軟體公司「同位素科技Isotope Technologies」，研究圖像、影片與音訊的演算法與軟體開發，其後更涉足無線通訊的加密技術，公司擁有數百項專利。透過司徒瑋高明的商業手腕，同位素科技的專利技術應用於各間大型的軟硬體企業產品之中，這令井上和司徒兩人不到三十歲便擠身矽谷最具影響力科技人才之列，亦令他們獲取上億元的利潤。二〇〇五年，井上和司徒夥拍美國企業家凱爾昆西，建立創投公司SIQ，投資支持中小型的創新科技企業。就像另一家著名的創投公司安德森·霍羅威茲[11]投資推特和臉書獲得巨額回報的例子，SIQ在幾年之間，從最初的四億美元資本急促成長至接近三十億。

對李老闆來說，GT網固然不可能跟從事科研的同位素科技相提並論，但他的確有不切實際的幻想，期望自己能像井上或司徒那樣子，攫取巨大的財富與名聲。施仲南多少有察覺老闆的奢望，而他對此嗤之以鼻，畢竟四十多歲才賣掉祖業、從紡織廠換跑道到網路事業的傢伙，的確沒可能成為科技新貴。事實上，施仲南自己也有野心，希望能創辦屬於自己的公司，成為下一位馬雲或賴利佩吉[12]。

「至少我是科班出身，跟李世榮這種敗家子不一樣。」施仲南想。

施仲南畢業後輾轉在小公司上班，目的就是以小博大。以他在大學的成績，他其實夠資格到大企業謀事，可是他很清楚自己的弱點，知道在大企業工作，獲上司青睞提拔的機會微薄，他不願意默默拚搏十數載、人到中年才稍嘗成功的滋味。在員工不到十人的小公司工作，除了較容易巴結老闆外，亦有更多出人頭地的機會。

就像眼下的情況，他有機會跟ＳＩＱ的要員見面。

他無意協助他看不順眼的李老闆說服ＳＩＱ投資，但為了自己，他一樣全力以赴。假如能令ＳＩＱ的高級幹部留下良好印象，說不定他日有機會合作，獲得一筆豐厚的創業資本。他曾聽說，某本地的創投基金幹部跟一位企業創辦人喝了一次咖啡，便決定投資數百萬美元。在科技業界，投資者往往願意押注在人才或概念上，只要能讓對方認同能力，窮小子也有可能搖身一變，成為下一位天之驕子。施仲南覺得，這就是他一直等待的機遇。

「嘿，老闆居然會被ＳＩＱ相中。大概世上有些人天生好運，就算敗了死鬼老爸整間工廠，只要隨便伸手，一樣能莫名其妙地接到天降橫財。」下班時，阿豪在升降機裡跟施仲南說。「馬仔九成又會說什麼積陰德所以好人有好報吧。」

施仲南從不相信因果報應。多年來，他看過心術不正的人耍手段盡得漁利，見過溫馴的傢伙蒙冤受屈被欺壓。雖然沒有宣之於口，施仲南鄙視軟弱的傢伙，只是社會強迫每個人當「好人」，他才無奈接受。他很清楚社會規條的虛偽，官員、富商滿嘴仁義道德，不過是用來掩飾自己真實一面的煙幕，法律只是用來壓榨平民、讓既得利益者受惠的工具。比起什麼「積

11. Andreessen Horowitz，美國著名創投公司，於二〇〇九年成立。創辦人之一馬克・安德森（Marc Andreessen）於一九九四年成立網景通訊公司，生產著名瀏覽器Netscape，網景的成功曾令他登上時代雜誌封面。

12. Larry Page，Google公司創辦人之一。

陰德」，施仲南更相信人要靠自己——假如世上真的有業報，他早該嘗到苦果，但現實就是比他幹過更多壞事的人也能平步青雲，他自然可以理直氣壯地認定「人不為己天誅地滅」才是硬道理。

翌日早上九點，GT網的一眾員工已準備就緒，在辦公室等候貴賓到訪，施仲南更相信人要靠自己——即使李老闆知道訪客會在十一點後才來臨。公司一向採用彈性上下班時間制度，施仲南不時在早上八點多便回到公司，相反阿豪和Thomas習慣十點後才上班，今天在李老闆一聲令下，他們只能提早回來。

平日衣著隨便的Thomas今天穿上不稱身的西裝，不時用手指調整領口好讓自己透透氣，而Joanne則穿上白色襯衫和黑色西服套裙，跟平時一味展現青春亮麗的韓風OL穿搭截然不同。施仲南倒沒有特別換裝，因為他每天都穿襯衫上班，今天只加上了領帶和外套。雖然李老闆向來容許員工穿便裝上班，施仲南覺得自己好歹是個軟體工程師，上班就該有工程師的模樣。他認為一個人的日常衣著像宅男，就會一輩子當沒出息的宅男。

「南哥，我的英文不好，萬一SIQ的人問我問題，你一定要幫忙啊。」平日穿得像宅男的馬仔一臉忐忑地說。馬仔投身職場不過兩年，就像不少唸電腦的理科生，他的文科成績一向平平，英語會話更是弱項。

「你別擔心，對方如果問及技術問題我會全部代答。」施仲南表現出一副可靠的前輩姿態，馬仔連忙點頭稱好。馬仔完全沒想到施仲南心裡想的是另一回事——跟SIQ人員對談的機會，施仲南壓根兒沒想過拱手相讓給後輩。縱使二人在公司的職級相若，施仲南從來沒視馬仔為搭檔，對他來說，馬仔只是辦公室裡一件工具而已。萬一工作上出了什麼差錯，施仲南知道自己會反面無情地令馬仔背黑鍋、當替罪羊。當然，他不會將這想法表露出來。

接下來的兩個鐘頭裡，辦公室一片死寂，跟平日渙散的氣氛大相逕庭，眾人精神緊繃，沒有人有心情跟旁邊的人說半句閒話。施仲南也無心工作，他雖然打開了編寫程式的工具，眼角卻一直瞄著螢幕角落的小時鐘，數著距離十一點的每分每秒。

「叮咚。」

門鈴響起的瞬間，辦公室內眾人都不禁正襟危坐，李老闆更緊張得從座椅上站起來。Joanne看到老闆的舉動，立即離開座位往大門走過去——她很清楚即使公司再小，也不能讓老闆親自開門迎接，否則便顯得太寒酸了。

施仲南、馬仔和阿豪等人雙眼沒離開自己的電腦螢幕，但都豎起耳朵，留意著大門那邊的動靜。他們聽到Joanne用英文跟訪客打招呼，不過接下來卻是廣東話的回答。

「我們約了李世榮先生十一點見面。」一把清脆的女聲說道。

「這、這邊。」Joanne也換回廣東話。

訪客踏進辦公室後，施仲南忍不住轉頭一窺究竟。來訪者有兩位，在前方跟Joanne走在一起的是一位身材嬌小、相貌出眾的棕髮女性，看樣子不到三十歲，五官同時帶著東方人與西方人的特徵，大概是一位混血兒。她和Joanne一樣穿著整齊的套裝，不過她沒穿裙子，下半身是一條黑色的西褲，給人一種精明幹練的感覺。她沒有提公事包，只拿著一台灰黑色的iPad，這讓她更顯得俐落。因為對方是美女，施仲南不由得多瞧幾眼，可是當他將目光移到她身後的男人時，這男人比美女更抓住他的視線。

那男人看起來比施仲南年長十歲左右，身穿一套灰色的西裝，黑色領帶配襯著白色的袋巾，散發著年輕才俊的氣息。他鼻梁上架著一副無框眼鏡，眼神帶著自信，加上那雙劍眉跟清爽自然的髮型，令人想起電影《麻雀變鳳凰》的李察吉爾——或者該說，是「亞洲版」的李察吉爾。這男人擁有黃皮膚和黑色頭髮，是位亞洲人。

然而施仲南無法移開目光的原因，不是因為對方帥氣。他覺得這男人的樣子有點面善。

「您們好，我是GT Technology的Richard Lee。」李老闆離開座位，趨前迎接，跟那對俊男美女握手。

「您好，」混血美女先開口，伸手擺出介紹身邊人的手勢，「這位是SIQ Ventures的司徒瑋。」

李老闆聞言，下巴差點掉到地上，而施仲南更是整個人幾乎從座位跳起。這時候施仲南終於理解為什麼他對那男人有印象──他曾在外國的科技新聞網站見過對方的舊照片。井上聰和司徒瑋二人近年甚少曝光，ＳＩＱ開記者會都由凱爾昆西亮相，但十多年前同位素科技發跡時，他們也有接受矽谷一些媒體訪問，他們的照片更是業界趣談──井上永遠是一副隨興的書呆子形象，老穿短褲和Ｔ恤，但年紀差不多的司徒卻打扮得老氣橫秋，西裝筆挺。兩人合照，就像商人老爸帶著唸高中的兒子，當中落差之大，引人發噱。

施仲南仔細打量司徒瑋的外貌，確認對方就是記憶裡的相中人。他可沒想過，ＳＩＱ居然會派董事會的第二號人物，來跟這間只有五名員工的小公司的老闆見面。

「司、司徒先生，幸、幸會。」李老闆結結巴巴地用英語說道。因為緊張的關係，他將「Nice to meet you」說成「Nite to miss you」。

「跟我說廣東話便可以了。」司徒瑋說。雖然口音有點不純正，但每個字都說得很清楚。「我父母是香港人，我小時候在香港唸過小學，沒有忘掉廣東話。」

「啊、啊，幸會幸會，久仰久仰。」李老闆詞不達意，戰戰兢兢地跟對方交換名片。

「司徒先生……是ＳＩＱ創辦人那位司徒先生嗎？」

「正是，上面寫的職銜可不是假話。」司徒瑋微微一笑，指了指名片。「不過我每次參觀公司時，對方都會問我這個問題。」

「請、請恕我冒昧。」李老闆被這位貴賓殺個措手不及，本來準備好的阿諛之詞也說不出半句。「我沒想到大名鼎鼎的司徒先生會紆尊降貴，大駕光臨我們這家小公司。」

施仲南心想，李老闆這時就像古代的九品芝麻官拜見朝廷一品大員一樣，哈腰欠身，抓破腦袋挖出一切能運用的奉承詞語，委實難看得很。

「只是碰巧而已，我剛好來港度假探望朋友。這幾年業務都交給凱爾，我已移居東岸，平時頂多跟他們開一些簡短的視像會議。不過這種半退休的生活也太苦悶，所以偶然碰上有趣的案子，我會親自處理……」司徒瑋笑道。「在網路時代，公司規模和潛力不一定成正比，當初我跟井上創辦同位素時，也不過只有四個人罷了。有時小公司的營利能力比大公司更驚人，事實上，比起那些有數百名員工的企業，我對職員不到十人的公司更感興趣。人才是貴精不貴多的。」

「啊，那真是敝公司的榮幸。我們先進會議室，讓我介紹一下敝公司的業務和前景？」李老闆揚揚手，示意兩位訪客跟隨他。

在司徒瑋和李老闆等人走進會議室後，阿豪飛快走到施仲南的座位旁，悄聲說：「老天，竟然來了最大尾的？那個真的是ＳＩＱ的創辦人嗎？」

「沒錯，我看過照片。」施仲南點點頭，再打開瀏覽器在搜尋引擎鍵入司徒瑋和井上聰的名字，搜尋結果之一便是那幅「宅男與紳士」的舊照片。

「南哥，點進官網看看吧。」馬仔指著結果中的ＳＩＱ官網連結，說道。

施仲南點了滑鼠一下，SIQ Ventures的官網便展現在他們眼前。網頁沒有華麗的互動式設計，主頁反倒像新聞網站，列了一則則附帶圖片的文字消息，內容包羅萬象，像分析手機社交軟體的發展方向、美國國防部與矽谷合作的例子、虛擬實境的前景趨勢、電玩工業的市場起伏，甚至有連施仲南也看不懂的「量子電腦的潛力」。

「為什麼ＳＩＱ的網頁有『作品集』的選項？」阿豪指了指畫面右上角。

「『Portfolio』也可以譯作『投資目錄』。」施仲南答。他點了那個選項，瀏覽器便列出一長串的公司名單，包括公司簡介、執行長名字和連結。那些公司名字中，不乏施仲南熟悉的網路服務企業。

「按『團隊』瞧瞧吧！」馬仔說。在「Portfolio」旁便有「Team」的選項。

ＳＩＱ的團隊成員數目比施仲南想像中少，畫面顯示出來的大約有四十多幅照片，不過他回心一想，也許網頁列出來的，只是部分高級幹部。ＳＩＱ的人員分成幾類，先是投資部門，然後是市場策劃、技術顧問和行政顧問等等。一家完善的ＶＣ不會單純將錢送給被投資的公司便了事，而會視對方為合作夥伴，提供技術上和經營上的意見與幫助。

「看，司徒瑋。」施仲南將滑鼠指標移到投資部門下方的一張圓形照片上。照片中司徒瑋一樣是西裝筆挺，反而其他照片的主人翁都穿得較簡便，很多男士也沒有結領帶。

「卡。」

會議室傳來開門聲，阿豪立即閃身回到自己的座位，馬仔也趕緊回頭埋首鍵盤當中。施仲南立刻按下Alt-Tab，換回編程的工作環境，然而從會議室出來的只是Joanne，她往茶水間替客人沖咖啡。

Joanne回到會議室後，阿豪和馬仔沒有再走到施仲南身邊搭話，但施仲南還是對司徒瑋很感興趣，於是切換到瀏覽器繼續閱覽ＳＩＱ的資料。他點了點司徒瑋的照片，瀏覽器彈出新的網頁，他仔細一看，發覺是司徒瑋在商業社交網站LinkedIn的頁面，上面記載著司徒瑋的工作經歷。因為內容沒有任何特別，他很快關掉LinkedIn的版面，繼續瀏覽ＳＩＱ的公司資訊。

施仲南一邊看，一邊暗罵自己大意。昨天聽到李老闆說ＳＩＱ派人到訪，他只反覆演練對方可能問及技術內容時的英語應對，完全沒想起應該先查一下ＳＩＱ的背景，好讓自己表現出比老闆更熟悉ＳＩＱ，令對方留下印象。不過亡羊補牢，未為晚也，只要抓住司徒瑋跟李老闆開會的空檔，現在仍可以多多少少吸收一點ＳＩＱ的相關知識。

就在施仲南花了接近二十分鐘，參閱ＳＩＱ的投資名單以及團隊成員資料時，會議室的門再度打開。他連忙按下瀏覽器的縮小按鈕。

「司徒先生，請容我介紹一下敝公司的優秀團隊。」李老闆搓著雙手，向施仲南他們的座位走過來。「這位是我們的技術總監Charles Sze，旁邊是首席軟體工程師Hugo Ma。」

施仲南聽到這兩個洋名，差點反應不過來。的確他的英文名是Charles，但他除了對某些女生會用這名字作自稱外，平時沒有人如此稱呼他，而他更不知道原來馬仔叫Hugo。不過，比起這兩個洋名，「技術總監」和「首席軟體工程師」更令施仲南哭笑不得——公司裡只有他們兩個程式員，掛這麼大的頭銜，還不是四手包辦所有最低階的工作？

「您好。」施仲南和馬仔先後跟司徒瑋握手。在握手時，施仲南留意到對方襯衫袖口繡了「Szeto」的字樣，旁邊繫著白銀鑲黑色琺瑯的袖扣。

李老闆接著向司徒瑋介紹Thomas和阿豪，當然一樣用上「美術設計總監」和「用戶體驗設計師」之類的職稱。

「我對貴公司的系統較有興趣，」司徒瑋轉向施仲南和馬仔，「比如說，ＧＴ網的伺服器能否應付比目前多一百倍的用戶數目？有沒有考慮到平行分流？尤其你們很快會提供影片串流服務，伺服器和資料庫的壓力會大增，這會大大影響用戶的體驗。」

「這方面我們有準備。」施仲南說道。「用戶上載影片後，系統會將影片切割成三十秒的碎塊，這樣能減輕伺服器的下載壓力，亦能防止用戶使用外掛插件下載完整影片，發送到其他對手的網站……」

施仲南接下來解釋GT網的影片串流和加密機制。雖然這些其實是馬仔負責的工作，但施仲南不願意讓馬仔搶去他的表現機會，所以沒讓馬仔插半句嘴。司徒瑋再問到G幣的買賣運作、關鍵字檢索演算法、系統如何自動替八卦資訊定價等等，施仲南都一一搶白作答。

「Charles是我們公司最出色的員工，他的技術力絕對能應付GT網的發展。」在司徒瑋跟施仲南緊密的對答中，李老闆抓住一個空隙插話說道。

「Richard，我就直話直說好了。」司徒瑋微微一笑，搖了搖頭。「Charles的確是位十分熟悉系統的技術人才，可是，我對GT網的重點服務『買賣消息』機制有點保留……或者該說，跟我想像中有點距離。我不敢肯定這模式能持續獲得盈利。」

李老闆頓時呆住，縱使他努力保持笑容，緊繃的嘴角和游移的眼神卻出賣了他的心情。他略帶結巴地說：「這、這還不是GT網的全部，我們準、準備拓展服務……」

「例如？」司徒瑋問。

「呃……」

「例如將G幣和消息買賣包裝成類似金融產品的做法。」施仲南突然說。

「哦？」司徒瑋亮出好奇的表情。

「對、對，就是那種做法。」李老闆點頭說道。

「可以詳細說明嗎？」

「這、這個……」李老闆再度語塞。

「我們仍在設計之中，加上是商業機密，暫時無可奉告。」施仲南再說。「不過我可以透露，將『買賣消息』當成股票價格升跌的話，我們便可以提供像『期貨』或『認股證』之類的產品。二十一世紀是訊息爆炸的年代，GT網的未來，就是將訊息封裝，變成可以買賣的商品。」

「嗯，的確有道理……」司徒瑋摸著下巴，似乎在思考施仲南的話。

李老闆點頭如搗蒜，說：「對對對，這便是敝公司的發展方向，只是由於為時尚早，我才沒有在剛才的簡報說明……」

「那麼，你們能否準備一下，再以簡報形式向我說明？」司徒瑋望向李老闆，說：「你要我簽保密協定也無問題，我保證我不會向第三者透露你們的企業機密。」

「啊，這個……」

「我們還要一點時間整理。」施仲南再次插話。「司徒先生會在香港逗留多久？」

「呵，不用急。」司徒瑋莞爾一笑。「我會在香港停留一整個月，七月中才回美國，你們只要在我離開前準備好就行了。」

施仲南點頭微笑，再瞄了正在諂笑的李老闆一眼。剛才施仲南說的，全是即興創作，GT網根本沒有這種發展計畫。不過他很清楚，為了抓住眼前的黃金機會，死馬當活馬醫，就算信口開河，只要他們再有碰面機會，他便有更多的機會向司徒瑋爭取表現。施仲南猜自己的態度也許太急進，司徒瑋很可能察覺自己的意圖，但他同時猜想美國人一向積極，對方應該不會討厭勇於展現自己能力的人才。

「既然我們之後還會再碰面，我就暫時不追問其他了。」司徒瑋環顧辦公室四周，再笑著說：「說起來，你們的辦公室很乾淨，也跟我想像中有點不同。」

「今天得知您們來訪，自然好好打掃過了。」李老闆一臉不好意思。

「科技公司就是要亂一點才自然嘛。當年我和井上擠在大學宿舍開發軟體，房間亂七八糟。井上那傢伙還老是要聽搖滾樂才能寫出程式碼，整天將音響開至最大，我跟他為此吵過不下數十次。」司徒瑋朗笑道。

「司徒先生不喜歡搖滾樂嗎？」李老闆問。

「我喜歡古典樂。」司徒瑋用右手做了個揮指揮棒的手勢。「明天香港管弦樂團便有一場演奏會，跟北京著名女鋼琴家王羽佳合奏，這其實也是我來港度假的目的之一。」

「香港管弦樂團嗎……我真的不熟。在香港玩古典樂有足夠收入嗎？」李老闆呆呆地問道。

「當然啊！」司徒瑋失笑道：「香港管弦樂團是亞洲相當有名氣的樂團啦！成員裡也有不少國際級的樂師。不過話說回來，目前的樂團總監梵志登是荷蘭人，首席客席指揮余隆來自上海，樂團首席王敬是加拿大華人……香港的確缺乏土壤培育專業的樂手。」

司徒瑋的話令施仲南腦海突然閃過一個念頭。可是他不動聲息，繼續保持旁觀者的角色，看著李老闆和司徒瑋談笑風生。他們寒暄了十分鐘，談及香港的美食、風景和天氣等等，從內容中，施仲南知道了多一些訊息——司徒瑋留港期間住在灣仔一棟服務式公寓，除了GT網外暫時沒有其他案子，而那位混血美女叫Doris，是他的私人助理。

「我們今天先聊到這兒吧，」司徒瑋從座位站起來，「很高興跟你們見面。你們再準備好簡報便聯絡Doris，她會替我安排時間。預祝合作愉快。」

司徒瑋再次跟各人握手後，便和Doris離開辦公室。

「呼！」李老闆和Joanne送走客人後，辦公室各人全都吐出一大口氣，彷彿剛才每人都一直憋住呼吸。

「Char——阿南，你剛才說的什麼『金融產品』，有完整的概念嗎？」李老闆一邊鬆開領帶，一邊問。

「當然沒有，但狗急跳牆，想到什麼便說什麼了。」施仲南聳聳肩。

「那麼……阿豪，你接下來兩個禮拜協助阿南完成整套計畫，我們要在七月中司徒瑋回美國前再做一次簡報。」

「咦，為什麼是我？」阿豪驚訝地問道。

「你是『客戶體驗設計師』，自然要負責了。」施仲南笑道。

「哎……」

「阿南，公司能否獲得投資便全看你，事關重大，別搞砸。你目前的工作便全交給馬仔，集中處理那個簡報就好。」李老闆說。「有什麼趕著處理的，便在這兩天跟馬仔交接。」

「ＯＫ。」

施仲南把椅子拉到馬仔旁邊，準備跟他說明工作，可是他發覺馬仔正在瀏覽ＳＩＱ的網頁。

「嗨，你還在看這個？」施仲南問。

「剛才發現了一件小事，因為搞不懂，所以仍在看。」馬仔回答。

「什麼事？」

「ＳＩＱ的團隊裡，沒有井上聰。」馬仔滾動滑鼠滾輪，將網頁從上往下拉，網頁上無論在投資部門還是技術顧問，也沒有井上的照片。

「我想這只列出ＳＩＱ的營運團隊，井上的專長是開發，他應該很討厭跟人接觸吧。」

「這也是，正如我只喜歡寫程式，如果要我當顧問，我一定渾身不自在。」馬仔回答。

「先關掉這個，好讓我跟你說明我目前正在編寫的模組……」

施仲南在跟馬仔談論編程工作內容期間，他心裡其實惦記著另一件事。

——如何籠絡司徒瑋，登上ＳＩＱ的Portfolio網頁。

他知道這種千載一遇的機會，不少人一輩子也不可能碰上，只有庸碌無能之徒才會任由它擦身而過。他想起求學時期淨遭老師和同學白眼，好幾次被嘲諷好高騖遠、不切實際，如今讓自己一吐烏氣的關鍵就在眼前。

施仲南不相信因果業報。「殺人放火金腰帶，修橋補路無屍骸」，在現今的社會裡，「善良」從來不是用來衡量一個人的成就的指標。只要能滿足私利私欲，他才不關心他人的死活——尤其是那些跟他無關的人。

2

「噠噠噠噠噠……」

阿怡發瘋似的按下門鈴，可是阿涅寓所裡只傳出一連串吵耳的電鈴聲，沒有其他動靜。當她相信阿涅真的外出了而不是像初次見面時在家倒頭大睡後，她掏出手機撥打阿涅給她的號碼，結果還是跟以往一樣，直接被送到留言信箱。

「我、我是阿怡，有很重要的發現……我現在在你家門口，嗯、請你盡快回來……」

留下口齒不清的訊息後，阿怡也不管地面骯髒，坐在阿涅家門前的階梯上，焦躁地等待阿涅。儘管這唐樓梯間昏暗，一個人坐在這環境多少有點恐怖感，阿怡卻沒餘暇多想，心裡就只有小雯手機裡那封可怕的電郵。乘車來西營盤途中，阿怡一直沒有再拿出小雯手機查看，除了因為她怕自己不懂操作，會誤刪那封犯人的來信，更重要的是阿怡不願意面對那封信背後的事實。

小雯在自殺前，曾跟那個散播言論、引起網路霸凌的犯人對質。

「妳有勇氣去死嗎？」阿怡記得那封信的第一句話。那簡直就是將小雯推出窗戶的無形之手。

在幽暗的梯間，阿怡愈想愈遠，情緒愈來愈激動。她覺得手袋裡就像藏著用來殺死小雯的兇器，彷彿一股惡意正從那支紅色手機蔓延出來，要將阿怡整個人吞噬。

神差鬼使下，阿怡從手袋掏出小雯的手機，當她意識到自己的動作時，她已輸入完那個密碼圖形。因為她之前沒有關掉電郵程式——她根本不懂得如何關閉——手機登入後映進眼簾的便是那段惡毒的文字。然而，這時候阿怡已有心理準備，她按捺著震顫的內心，仔細閱讀畫面上的資訊，嘗試了解這個軟體的介面。她模仿他人用手指拉動螢幕的手勢，卻意外點到畫面上一個嵌在圓形中的「5」字。

「咦？」

信件在阿怡的指尖赫然展開，此刻她才明白那個5字代表什麼——在第一封信和最後一封信之間，有五封來回的郵件隱藏了。換言之，小雯在死前曾跟犯人有過對話。

雖然阿怡一向不太懂使用高科技產品，但她漸漸摸清操作方法，直覺地點了點最上方的信。

寄件者：kid kit <kidkit727@gmail.com>
收件者：aungamanman@gmail.com
日期：2015年5月5日17:57
主旨：（無主旨）

區雅雯：

我一直在看著妳，別以爲十五歲便能博取同情，我會向世人揭開妳的面具，讓他們知道眞正的妳多麼醜陋。妳還未受夠懲罰，我要妳無法再笑出來。

kidkit727

畫面亮出這串郵件的第一封信，由kidkit727主動寄給小雯。阿怡急促地呼吸，失措地閱讀著這段充滿挑釁意味的文字。

「我要冷靜、冷靜下來……」阿怡在心裡對自己說道。她很清楚，這時慌亂於事無補，只有冷靜才能從細節找出抓住犯人的線索。

阿怡不知道這封信是不是來自真正的犯人——她記得阿涅說過，在花生討論區貼文章的kidkit727的電郵地址是什麼Y字頭俄羅斯公司的，跟這封信的寄件者不一樣。不過，從內容來看，這確實跟討論區文章的作者很相似，那種惡毒的語氣如出一轍。

而當阿怡看到信件的時間郵戳時，她感到一陣暈眩。

五月五日下午五點五十七分。

那正是小雯自殺前十分鐘。

寄件者：Nga-Man <aungamanman@gmail.com>
收件者：kid kit <kidkit727@gmail.com>
日期：2015年5月5日17:59

主旨：Re：

你是誰？

你爲什麼有我的email？

你到底想做什麼？

第二封是小雯的回信。阿怡從短短的句子中感到小雯的恐懼，而在六個禮拜後的今天，她僅能冷眼旁觀，眼巴巴瞧著妹妹自殺前如何孤獨地抵抗躲在黑影中的犯人。

寄件者：kid kit <kidkit727@gmail.com>

收件者：Nga-Man <aungamanman@gmail.com>

日期：2015年5月5日18:01

主旨：Re：

附件：IMG_6651.jpg

區雅雯：

妳害怕了嗎？妳也會害怕嗎？呵呵。妳應該要害怕，因爲我準備公開這照片。到時妳只會成爲班級的負累，妳身邊的人都會知道我寫的文章是事實。

kidkit727

「妳身邊的人都會知道我寫的文章是事實」——阿怡確定這kidkit727並非模仿犯，對方正是在花生討論區引發網路霸凌的黑手。這一點轉移了阿怡的注意，令她忽視了信中提及的「照片」，結果當她將畫面向下滑動時，郵件底下亮出的附件預覽圖殺她一個措手不及。

在小小的螢幕裡，她看到小雯的樣子。

照片裡的環境很陰暗，似乎是在卡拉ＯＫ或夜店的廂房，而相片的主角只有兩人，一個是穿便服的小雯，另一個是一位頭髮染成紅色、衣著花稍的十來歲男生。二人在沙發上依偎著，那男生雙臂環抱著小雯，親暱地將嘴巴湊近小雯的唇邊，而小雯雙目半開，似笑非笑地注視著鏡頭後的某個焦點，表情流露出半分陶醉、半分妖媚。

阿怡無法相信妹妹曾置身於如此一個場合裡。小雯和那男生面前的矮桌上放了數個啤酒瓶、幾個杯子、幾包即溶咖啡、兩盤花生、一個骰盅、一支麥克風，旁邊還有香菸和打火機，以及一個黑色的小盒子。阿怡不知道那個小盒子裝了什麼，但她沒有餘暇思考，因為她更在意小雯和男生之間的舉動。男生的手很不規矩，右手手掌托著小雯腋下，手指貼近她的胸脯。阿怡除了訝異於小雯瞞著家人跟這種不良青年來往，更對欣然接受這種對待的小雯感到震驚。她和母親過去經常提點，叮囑小雯注意有企圖的男生，而小雯從沒有半點越軌的跡象，可是照片裡的小雯臉上，掛著阿怡沒見過的女性神態。

阿怡猛然想起kidkit727的文章。

她又跟校外一些不良分子來往，未成年便喝酒，說不定還有嗑藥、援交。

不可能、不可能、不可能——阿怡在心裡不斷重複，試圖擺脫這骯髒的想法，可是那沉睡多時的疑惑，再次因為這照片而浮面。

阿怡無法判斷照片是什麼時候拍的，她只能從小雯的衣服猜是冬天的事，不過是去年的冬季還是前年的冬季就無從稽考。照片裡毫無疑問是小雯，但阿怡覺得相中人好陌生。為了驅除這些不安的想法，阿怡繼續閱讀下一封信。

寄件者：Nga-Man <aungamanman@gmail.com>
收件者：kid kit <kidkit727@gmail.com>
日期：2015年5月5日18:02
主旨：Re：

你爲什麼有這照片？
那不是事實！
只是意外！

讀到小雯的回覆，阿怡心裡五味雜陳。小雯的說法，就等於承認了照片的內容是實情，她的確認識那個不良男生，可是小雯堅稱那是「意外」，那麼恐怕別有內情。無論如何，阿怡從信件中感到，犯人正利用照片來逼迫小雯，更可怕的是對方不是用它作「威脅」——那個人沒有提出任何要求，只是單純地使用它來欺凌無助的妹妹。

寄件者：kid kit <kidkit727@gmail.com>

收件者：Nga-Man <aungamanman@gmail.com>
日期：2015年5月5日18:04
主旨：Re：

區雅雯：

人在做，天在看，我做事對得住天地良心，但妳呢？妳只懂捏造事實、誣告別人吧？

kidkit727

犯人的回信出乎阿怡意料。從看到信件開始，她便認定犯人懷抱著惡意，企圖傷害小雯；可是從這封信的語氣，對方像是自以為站在道德高地，「制裁」小雯不過是執行正義。

「難道對方真的是認為邵德平被小雯冤枉，所以才這樣做？」阿怡愈想愈糊塗，無法理解對方的動機。

寄件者：Nga-Man <aungamanman@gmail.com>
收件者：kid kit <kidkit727@gmail.com>
日期：2015年5月5日18:04
主旨：Re：

你想我死嗎？

看到小雯這句話，阿怡鼻頭一酸，眼淚再也忍不住。從整串對話來看，這句回覆不過是爭吵中的氣話，但阿怡感覺到這話背後的真意。那不是質問犯人惡劣行徑的回嘴，而是小雯站在懸崖邊緣的呼救，是絕望中的遺言。

寄件者：kid kit <kidkit727@gmail.com>
收件者：Nga-Man <aungamanman@gmail.com>
日期：2015年5月5日18:06
主旨：Re：

區雅雯：

妳有勇氣去死嗎？妳不過想重施故技，換取其他人同情吧？但這次妳的同學不會被騙了。妳這種人渣，死不足惜。

kidkit727

最後便是阿怡一開始讀到的信。亦即是小雯生命中最後讀到的信。

阿怡對犯人的恨意，因為這串對話而無止盡地爆發。她知道，只要最後那封信的語氣有點不一樣，內容有多少變化，小雯也有機會避開那絕路。又或者，犯人晚一點回信，讓阿怡先回到家，她也可能察覺妹妹神色有異，小雯亦有可能跟自己哭訴委屈，化解一場危機。可是那惡魔沒有給小雯喘息的機會。他在小雯心靈最脆弱的一刻，狠狠刺了一刀。

「死不足惜」這四個字，烙在阿怡的瞳孔裡，刺痛著她每一條神經。

「噯，妳幹啥坐在這兒？」

這句帶點痞子語氣的話令阿怡從沉思回到現實。她抬頭一看，站在面前的是依舊穿著T恤和七分褲、一副邋遢模樣的阿涅。

「你去了哪裡？為什麼不接我的電話？我不是說過會來找你嗎？為什麼你不等我？」阿怡不由分說，連珠砲發地搶白。她其實不是對阿涅有任何不滿，只是讀過信件後滿腔怒火無處宣泄，不自覺地遷怒於阿涅。

「去了吃午飯和超市囉。」阿涅倒不以為意，提起手上裝滿啤酒、急凍披薩、火腿、麥果營養棒和泡麵的購物袋，打開給阿怡看。

「我說過下班會來找你啊！為什麼不好好留在家！為什麼要我在這兒呆等！」阿怡仍然無理地發火。

「老天，現在不過下午四點，妳今天明明七點才下班的，誰知道妳會早來嘛？」面對阿怡沒來由的怒火，阿涅沒有動氣，只是聳聳肩。

阿怡正想回嘴，卻察覺阿涅話中有話而打住——她從沒提過今天幾點下班，但阿涅卻輕描淡寫地說出來。

「小姐，冷靜點了嗎？」阿涅抓住阿怡怔住的一瞬，說：「妳這麼焦躁，又蹺班來找我，九成是發現了什麼吧？」

阿怡緊張地將手機遞給阿涅，說：「我午休時突然記起小雯的手機密碼，結果看到這些信件……」

阿怡用手指在空中比劃密碼圖形，阿涅單手握著螢幕已自動關掉的手機，用拇指依阿怡指示登入。

「有意思。」阿涅讀著信件，臉上露出一個帶點狡詐的燦爛笑容。他就像使喚傭人似的將購物袋塞給阿怡，邊用左手滑手機，邊以右手從口袋掏出一串沉甸甸的鑰匙打開寓所大門。

「東西放進冰箱。」阿涅踏進玄關，眼睛仍沒有離開手機螢幕，頭也不回地對阿怡說。

阿怡覺得很不是味兒，但看到對方似乎認真地閱讀著犯人跟小雯之間的對話，就依他指示，將啤酒和食物放進廚房的冰箱裡。阿涅寓所的廚房比阿怡想像中乾淨——至少不像客廳那樣子堆滿紙箱和膠袋——而冰箱裡更是空空如也。阿怡猜想，阿涅應該是那種將貯糧吃光才會買的人吧。

從廚房回到大廳，阿怡看到阿涅已坐到辦公桌後，手仍緊握著小雯的手機，仔細地閱讀著。

「妳應該不知道妹妹的Google帳號密碼吧？」阿涅突然說道。

阿怡搖搖頭，反問：「你不是已看到信件嗎？還要密碼幹什麼？」

「手機App的功能有限，有很多資訊是要用電腦才看得到的。」阿涅放下手機，打開身邊一台筆記簿電腦，雙手在鍵盤上飛快地敲打著。

「你有辦法駭進小雯的帳戶嗎？」阿怡再問。

「當然有，但殺雞用不著牛刀。」阿涅笑道。他指了辦公桌前的椅子，示意阿怡坐下，再將電腦螢幕橫轉九十度，讓對方也能看到。

「現今人人喊著重視網路安全，不少服務需要雙重驗證，又經常提示用戶定期改動密碼，但結果還是漏洞百出——甚至該說，比以前更多漏洞了。」阿涅在一個阿怡沒見過的瀏覽器上打開了Google帳戶的登入頁面。「像Google或facebook之類的服務，他們都有提供重設密碼的功能，讓經常忘記密碼的糊塗蟲不用每次聯絡工作人員，等個幾天才能解鎖。」

阿涅點了一下「需要協助」的連結，在畫面指示下按下了「忘記密碼」的選項。

「當用戶無法使用本來的密碼登入，這些網路服務會用另一種方法來檢查求助者是否真的是用戶本人，而這種方法便是——」

「叮咚。」小雯手機傳來一聲清脆的鈴聲。

「——簡訊。」阿涅撿起桌上的手機，讓阿怡看到螢幕。手機畫面顯示剛收到一封簡訊。「Google會傳一封認證簡訊給用戶之前登錄的手機，內容是一串隨機確認碼，而求助用戶只要將那串確認碼輸入……」阿涅將簡訊顯示的數字「971993」敲進筆記簿電腦，「便能把帳戶據為己有。」

電腦畫面上，顯示著提示用戶輸入新密碼的頁面。

「這麼簡單？」阿怡一臉詫異地看著阿涅輸入新密碼。

「就是這麼簡單。Google也好，雅虎也好，臉書也好，大部分讓用戶登錄手機號碼的網站也可以這樣做，只要妳拿到某人手機，或在他的手機動點手腳，妳便有能力支配虛擬世界裡的那個人。電子化生活好像很方便，動一動指頭便能購物、匯款、投資、跟朋友閒聊、社交、求職、甚至直接透過網路工作，但現實就是愈方便的東西愈容易被鑽漏洞，當所有事情彼此相連，妳只要找出最弱的一環，便能輕易擊碎整條鎖鏈。」

阿涅將小雯的帳號密碼重設後，直接打開GMail的網頁版，點開了那串犯人的來信。阿怡看到他在畫面上某個按鈕點了一下，視窗便蹦出密密麻麻的一大片文字，如是者重複了四次。畫面上充滿意義不明的英文詞語，像是「Mime-Version」、「DKIM-Signature」、「X-Mailer」和「Content-Transfer-Encoding」之類，阿怡猜想這跟上次阿涅讓她看的花生討論區的後台紀錄資料差不多。在盯著滿屏白底黑字的頁面之際，阿涅嘴角上揚，露出滿意的表情。

「區小姐，妳挖到寶了。」

「什麼？」阿怡一臉茫然。「你在這些……這些東西看到什麼？」

「妳不知道這『東西』是什麼吧？」阿涅指了指螢幕上像螞蟻般的字串。「電子郵件並不是只有『寄件者』、『收件者』、『主旨』之類的內容，所有郵件也有叫做『Header』——中文應該叫『標頭』——的部分，裡面記錄了很多系統才會使用的文字數據，無論是寄件的程式還是傳遞郵件的伺服器，都會加入一些額外的資料。這些資訊中，有機會包含寄信人的ＩＰ位址。」

這名詞令阿怡恍如觸電。她雖然是電腦白癡，但記性很好，沒有忘掉之前阿涅教她的事情。

「犯、犯人有留下ＩＰ位址？不、不會又是歐洲盧森堡的吧？」阿怡一臉緊張，差點咬到舌頭。

阿涅將畫面上一串文字放大、反白。

Received: from [10.167.128.165] (1-65-43-119.static.netvigator.com. [1.65.43.119])
by smtp.gmail.com with ESMTPSA id u31sm8172637pfa.81.2015.05.05.01.57.23

「香港的。」阿涅笑道。阿怡看到字串中「netvigator」的名字，她也知道那是香港的網路供應商公司。

「那即是已找到犯人所在了？」阿怡眼珠瞪得老大，幾乎想揪住阿涅問個究竟。

「不，雖然這回對方鬆懈了，但還不至於暴露自己的位置那麼愚蠢。」

「為什麼你拿到了ＩＰ位址，又說不知道他的位置？這不是跟你說過的自相矛盾嗎？」阿怡問道。

「因為那傢伙寄的四封信，來自三個不同的ＩＰ。」阿涅邊說邊用滑鼠移動視窗，讓三者並排，反白了三個頁面中的三段文字。

Received: from [10.167.128.165] (1-65-43-119.static.netvigator.com. [1.65.43.119])
by smtp.gmail.com with ESMTPSA id 177sm7175247pfe.22.2015.05.05.02.01.41

Received: from [10.191.138.91] (tswc3199.netvigator.com. [218.102.4.199])
by smtp.gmail.com with ESMTPSA id 361sm8262529pfc.63.2015.05.05.02.04.19

Received: from [10.191.140.110] ((1-65-67-221.static.netvigator.com. [1.65.67.221])
by smtp.gmail.com with ESMTPSA id 11sm588169pfk.91.2015.05.05.02.06.33

「頭兩封信的ＩＰ相同，但和第三封、第四封都不一樣。」

「所、所以他又用了什麼中繼點的技術嗎……」阿怡灰心地說。

「不，如果是用那種方法的話，不會在本港的ＩＰ跳躍的。」阿涅換回GMail的信件頁面，說：「更換ＩＰ其實很常見，例如妳拿一台筆電，在家上網和在圖書館上網，ＩＰ便會不同。但值得注意的是，這傢伙在短短十分鐘裡寄出的四封信卻換了三個ＩＰ，這便很不尋常了。依我看，只有一種情況會導致這結果。」

「什麼情況？」

「那傢伙寄信時是在移動中的交通工具上，他利用沿途不同的Wifi站台上網。」阿涅指著字串。「比如說，他是坐在地鐵上，利用列車到站乘客上下車的一分鐘內，將手機連上月台的

Wifi，收發郵件。」

「雖然那些信件內容很短，但利用列車停站的短暫時間，犯人有可能來得及寫信回覆嗎？」阿怡其實不太清楚Wifi是什麼，但她記得小雯在家裡也是透過這東西無線上網。

「讀信和寫信不用上網的。」阿涅說。「他可以在行車期間離線讀信和寫信，只利用停站的一刻連網來收發郵件，需時不過十餘秒。」

「那有沒有辦法知道是哪個車站？」

「有。」阿涅將電腦螢幕轉回面向自己，似是不讓阿怡看到接下來的畫面。「有日期時間和IP位址，便有方法查出確切地點，就像我之前提過的，警察也是靠這些資料找出某些網民。當然警方用的是正式的方法，要求網路供應商調出登入紀錄，而我用的是『非正式』的。」

阿怡見狀便不過問，她明白這可能涉及非法手段，不知道較好。不到幾分鐘，阿涅便再次將電腦螢幕轉向面對阿怡。

「那些IP來自地鐵站Wifi熱點，頭兩封信寄出的地點是油麻地站，第三封是旺角站，最後一封是太子站。」阿涅淡然地說，一副自己猜想沒錯是理所當然的樣子。「Wifi的登入帳號是一個預付卡號碼，追查不到主人。」

「登入帳號？」

阿涅搔搔頭髮，似是嫌解釋麻煩，但他仍保持相同的語氣，說：「地鐵站雖然有免費免登記的Wifi，但能用的範圍很小，在列車或月台上能連接的站台都要登入的。能使用這家網路供應商的Wifi用戶通常有兩種，一是家中安裝了寬頻，套餐包含了車站Wifi的使用權，另一種是使用同一家企業的手機服務，用戶以手機號碼當成登入名字。手機號碼使用者再分為兩款，一款是月費方案，用戶會登記個人資料，每月付定額月費，第二款是預付卡，用戶在便利商店之類購入電話卡便能使用。」

「用預付卡不用登記個人資料嗎？」阿怡問。她知道小雯也是用預付卡，但她只聽妹妹提過這對用量不多的人來說較便宜，所以她從沒深究。

「不用。」阿涅似笑非笑地說：「香港的電訊條例很寬鬆，購買預付卡不用登記，所以假如妳想取得一個無法追查的電話號碼來為非作歹，在香港比在其他國家容易得多。不少國家購買預付卡要提供身分證明，或是用信用卡付款讓有關部門追查到買家，但香港這邊卻是無跡可尋，因為預付卡都大批大批送到各零售點，妳只要用現鈔付上數十塊錢便獲得一個無人知悉的門號，還可以用它來上網。在美國，配備這種預付卡的手機被稱為『Burner』，就是可以用完即棄、直接燒毀的意思，通常在毒販、黑幫或恐怖分子之間使用。」

「既然如此，」阿怡認真地瞧著阿涅，「便利商店都安裝了監視器，即使追查不到身分，至少會拍到顧客的樣子吧？你有能力查到那什麼預付卡號碼，那該有方法查出那張卡的發售點，再拿到監視器影片……」

「小姐，妳真是當我神啊？」阿涅嘲諷道：「不過，妳說得對，我要做的話可以做到。只是香港有很多沒監視器也能買預付卡的地點，例如深水埗鴨寮街的路邊攤。」

「你未查又怎麼知道犯人是在那種地方買？」阿怡追問。

阿涅沒回答，伸手打開辦公桌的抽屜，取出一個比手掌略小的黑色塑膠盒，打開蓋子，翻過來，數十張如指甲大小的電話卡嘩啦嘩啦的掉到案頭上，堆成一座小山。

「因為換我的話也會在那些地方買。」阿涅拾起幾張電話卡，放在手心把玩。「正如妳也無法從我給妳的號碼追查到我一樣。」

阿怡這刻才明白原來阿涅給她的只是一個免洗門號，調查完成後，阿涅便會丟棄號碼。

她想問阿涅這樣做的理由，畢竟她知道阿涅的住址，即使沒有號碼她也有方法找到阿涅——但這個念頭在腦海閃過後，她幾乎立即想到答案：阿涅只要搬離這個狗窩，他便完全跟自己斷絕了。

「這、這樣的話，我們別追查號碼，直接檢查地鐵站的監視影片吧？就像你說，我們有充分的時間地點資料，只要看看片段，便能直接看到寄信的犯人，然後從進站或離站的八達通紀錄找到目標……」阿怡聽說過警察曾利用監視影片和電子車票紀錄鎖定嫌犯，她想阿涅一定也能做到。

「區小姐，妳知不知道今天有多少低頭族？」阿涅一邊將電話卡逐片放回盒子，一邊說：「就算我能取得地鐵的監視影片，油麻地、旺角和太子是九龍最繁忙的三個車站，要辨認誰在用手機發信給妳妹妹，談何容易？更別提站內有很多監視器拍不到的死角，還有列車裡面沒有任何影像紀錄。對方用這方法寄信，而不是簡單地隨便找家咖啡店匿名上網，正正迴避了被監視器拍攝、被他人認出的可能。」

「那……」阿怡失望地吐出一個字，卻找不到可以接的話。阿涅說的她都明白，只是對難得發現新線索但又走進死胡同感到沮喪。

「不過無論如何，這都省下我很多工夫，要找出他們其中一人變得較容易。」阿涅將裝滿電話卡的盒子放回抽屜。

「『其中一人』？」阿怡疑惑地問。

「kidkit727這名字背後有兩個人……甚至可能三個、四個，但兩人的機會最大。」

「你怎知道？」

「我先說結論吧。」阿涅依然以平穩的語氣說：「寄信和貼文章的傢伙有兩個，一個我姑且稱為『小七』——畢竟他自稱『kidkit727』——另一個是登記花生討論區的信箱帳號

rat10934@yandex.com的使用者，我叫他做『老鼠』吧。『小七』大概是主謀，寫文章、寄信給妳妹妹的都是他，而『老鼠』則提供技術支援。會如此推論，是因為花生討論區貼文的手法，跟寄信給妳妹妹的手法，兩者有明顯的程度差異。」

阿涅拿起桌上一個杯子，啜了一口，再說：「雖然兩種方式都能阻絕追查，但後者比前者跑了不少迂迴路。『老鼠』在討論區貼文的隱藏方式是最有效的，用免洗帳號經過中繼點登記和發文，天王老子也找不了他，但『小七』利用車站Wifi，縱使能隱藏行蹤，卻未免顯得多餘。為什麼他不再用中繼點的方式上網？又或者乾脆用那張沒記認的預付卡上網？為什麼他不用一些更隱密的email服務？這次他還登記了一個新的Gmail帳號來寄信。坊間有好些無法追查的免洗信箱，在寄信後一段時間便自動消失，懂得用中繼點的電腦玩家不會不懂。所以結論是：『kidkit727』其實是兩個人，『老鼠』曾協助『小七』貼文，但他們不是經常共同行動，而『老鼠』指導過『小七』如何用一些不需要特別電腦技術和裝置也能隱藏身分的手法。我相信，那個預付卡帳號也是『老鼠』準備的，他只要私下將Wifi帳密告訴『小七』，教他在人潮洶湧的車站裡上網，便能避過耳目。」

阿怡對電腦技術認識淺薄，但她也明白阿涅所言，覺得很有道理。

「那為什麼你說這能省下工夫？犯人人數變多，不是令情況更複雜嗎？」

「因為接下來我只要集中調查妳妹妹的同級同學中誰用iPhone，那就能篩選出嫌疑者。」

阿怡有聽沒有懂，對著阿涅目瞪口呆。

「同、同學？」阿怡結結巴巴地說：「『小七』是小雯的同學？」

「很可能是同班同學，就算不是的話，也該是去年同班的。」

「你如何知道？因為頭兩封信件是從學校附近的油麻地站寄出，所以你猜犯人是小雯的同學嗎？」

「車站只是輔助證據，明顯的證據是在信件裡。」阿涅在電腦上點開那串郵件的網頁，指著第一封。

「又、又是什麼『Header』嗎？」

阿涅噗一聲笑了出來。「最好Header有透露啦。妳真是沒長眼睛，看清楚第二句話。」

「第二句有什麼問題？」阿怡緊張地瞧著螢幕上的文字。

「『別以為十五歲便能博取同情』——四月十號在花生討論區的那篇文章，標題是『十四歲賤人害我舅父坐監』，而五月五號對方在信件中卻寫出『十五歲』，而妳妹妹正是在兩者之間的四月十七號生日。對方如果不是熟人，又怎會知道妳妹妹四月生日，已經十五歲了？」

阿怡暗吃一驚。她知道阿涅沒說錯，之前報章雜誌都用「十四歲少女A」來描述小雯，群起攻擊小雯的網民也只知道小雯是十四歲，媒體是在小雯自殺後，從警方獲得的消息才改稱「十五歲」，假如犯人不是熟人，在那封信裡自然會說「別以為十四歲便能博取同情」。

「另外，第二封信裡提到『到時妳只會成為班級的負累』，這句也很彆扭。」阿涅用滑鼠拉下畫面。「假如是一般人，這時候多半會說『成為家人的負累』、『學校的負累』或『同學朋友的負累』，這傢伙卻用『班級』作單位．這顯示了寄信人對自身定位的族群界線，再加上對方熟知妳妹妹的生日日期，換言之，對方是跟她同級甚至同班的學生的機會最大。」

「可、可是，就算機會很大，也難以確定犯人是小雯的同學吧？」

「妳有沒有想過對方的動機？」

「動機？不就是為了恐嚇小雯，要她受苦……」

「我不是說對方的『目的』，而是說寄出email的『動機』。」

「有分別嗎？」

「當然有。」阿涅擺出一副理所當然的樣子，說：「或者換個說法，為什麼對方會挑五月五號這天，突然寄信威嚇妳妹妹？為什麼他不多等一些時間，讓那個提供技術支援的『老鼠』幫助，用更隱密的方式發信？」

阿怡頓時語塞，她沒有想到這一點。

「我認為答案很簡單，」阿涅指了指螢幕，「『小七』一時衝動，沒等到支援就直接寄信，而原因在第一封信最後一句透露出來。」

「『我要妳無法再笑出來』？」

「人會在說話或文字裡不知不覺透露了很多額外訊息。『小七』應該討厭妳妹妹，不管是出於私怨還是認定她陷害了邵德平——妳妹妹之前一直情緒低落吧？」

「是的……自從去年我們母親病逝，小雯就變得消沉……每次她稍微恢復，便再次遇上令她困擾的事……」

「那就很合理了。『小七』要妳妹妹受苦，妳妹妹愈沮喪失落他愈滿足，可是信中提到『妳還未受夠懲罰，我要妳無法再笑出來』，對方強調『再』這個字，說明了他確實看到妳妹妹展露了笑容，或是表現出輕鬆的樣子。『小七』看不順眼，按捺不住用信件進行威嚇，務求令妳妹妹不得安寧。」

「就是因為這種理由？」阿怡訝異地問。

「更駭人的惡意，也可能出於更無聊的理由。」阿涅聳聳肩，就像對這種事情見怪不怪。「事實上，以對付妳妹妹為目的的話，這幾封信的內容與手段跟之前花生討論區的文章相比，顯得相當粗糙無謀。附件那張照片便是一例，根本是小孩子玩家家酒。」

阿怡聽到阿涅提起照片，心裡對妹妹的疑惑頓時冒起，可是她對阿涅的說法感到不解。

「小孩子玩家家酒？那不是很明顯衝著小雯而來的威脅照片嗎？」

「區小姐，那我問妳，那張照片有什麼威脅性？」

「不就是指責小雯跟不良分子來往，暗示她品德敗壞，誣陷邵德平才是事實……」

「不過跟一個男生有點親暱地合照罷了，有什麼大不了？」阿涅笑道：「這種程度在普遍成年人眼中算什麼抹黑？如果『小七』要抹黑妳妹妹，揭穿她援交之類的，那該用更誇張、更有話題的照片吧？就像我上次威脅黑道所用的。這種水平的照片，現在公開也沒有意思。」

「說不定犯人還有其他照片呢？」

「假如這照片是在網上看到的，妳的說法也有可能正確，因為『擠牙膏』是爆料的手段之一，先丟出普通的親密照，再來才是裸照、床照，逐步升級可以引來更大的迴響；可是這照片是對方直接寄給妳妹妹的，在這情況下，威脅者沒有必要留手，相反有常識的人都會先丟出最驚人的照片來震懾受害者。所以『小七』就只有這張照片而已。」

阿怡經阿涅提點下，才發覺自己當局者迷，一直只用「小雯的姊姊」的角度來看待那些威脅信。小雯收到信件的那天距離花生討論區的文章已有一整個月，即使對方想再次在網路上炒作話題也未必能成事，這照片亦不如文章的指控那麼煽情——假如它跟文章同時出現，大概能為文章部分內容佐證，但事實上它沒有提供任何新的資訊，在話題冷掉的一個月後才公開，網民的關注程度肯定大不如前。

「綜合剛才所有論述，『小七』知道妳妹妹的生日、每天看到她是否意志消沉，而且一時衝動，用這種半吊子的照片進行威脅，種種跡象顯示對方年紀跟妳妹妹差不多，並且能夠每天觀察她的日常動靜，換言之她的同學們有最大的嫌疑。我們甚至可以推論，當初花生討論區的文章裡那些『聽她的同學說』的消息，根本就來自『小七』自己，將搜索嫌疑者的範圍縮小至妳妹妹的同學，我想，理據算充分。」

「那、那你說什麼iPhone……」

「那便真的是『什麼Header』了。」阿涅笑著將網頁轉回那些密密麻麻的文字，指著其中一句。

X-Mailer: iPhone Mail (11D257)

「iPhone的郵件程式會在標頭加入這句，而『11D257』是版本代號，說明這台iPhone用的作業系統是iOS 7.1.2。」阿涅往後靠在椅背，重複不久前說過的話：「所以，接下來我只要集中調查妳妹妹的同學中誰用iPhone，那就能篩選出嫌疑者。」

雖然阿怡知道阿涅不是一般人，但這刻她更感到佩服，確認對方的能力是真材實料。自己明明盯著那些信件一個多鐘頭，卻不及只瞄了它們幾分鐘的阿涅知道得多。她再次想起莫偵探的推薦，漸漸理解為什麼那位年長的偵探說有解決不了的案件時，會找面前這位無業遊民似的男人幫忙。

「那麼，」阿怡忍住不讓語氣暴露她內心的嘆服——畢竟她很討厭阿涅那股目中無人的氣焰——緩慢地說：「你之後要去逐一跟蹤，檢查小雯每一位同學的手機嗎？」

阿涅「哈」的一聲笑了出來，搖頭笑道：「區小姐，我真搞不懂妳，妳有時頭腦轉得很快，有時卻像蠢蛋一樣問笨問題。妳忘記我之前說過，網路上有一種資訊叫『User Agent』嗎？」

阿怡記得，那是上次阿涅在花生討論區挖出「kidkit727」的登入資料時，說討論區會記錄用戶的電腦資料，稱為「User Agent」。

阿涅打開了新的瀏覽頁面，顯示出小雯就讀的學校以諾中學的校章，以及校園大門的照片。「以諾中學參加了教育局的電子學習學校支援計劃，校方有充足資源架設系統和網路，學校裡有幾台伺服器，為每個科目、每個班級和每個社團設置網路論壇，鼓勵學生利用它們來交流。」

隨著阿涅按下幾個按鍵，電腦螢幕上出現的是一個介面簡潔、以灰色為主調的論壇畫面。他再點下幾個連結，打開一串討論串。

「妳看這個。」

阿怡仔細一看，發現這串文章的標題是「【班務】毛衣訂購回條」。

討論區：3B班
張貼者：3B_Admin（班務管理員）
標題：【班務】毛衣訂購回條
時間：2014年10月10日　16:02:53
以下同學尚未交回回條，見字請盡快聯絡班長：
區雅雯、張敏兒、謝慕童、胡銳嘉

看到文章裡出現妹妹的名字，阿怡暗吃一驚，但當她的目光往下移，更讓她心頭緊緊揪住。

張貼者：AuNgaMan（雅雯）

標題：Re:【班務】毛衣訂購回條
時間：2014年10月10日　20:01:41
我不訂。
但我星期一會補交回條。

「這……這是小雯的貼文？」就像看到妹妹的遺物，阿怡一時感觸起來。

「嗯，這是她的班級的討論區。」阿涅無視阿怡激動的心情，繼續機械化的說明。「雖然以諾中學標榜應用資訊科技配合教學，但他們沒有資訊組，校內的軟體都外判給私人公司開發和維護，管理系統的校務處職員是個蠢蛋，大概校方懶得請人，只找個懂丁點電腦的文員兼任管理員吧。學校的討論區本來只有學生和老師能登入，但我前幾天已駭進去，取得完整的權限了——我連後台紀錄也能拿到。」

阿涅按一下滑鼠，畫面上小雯的留言隨即消失，阿怡心裡不由得顫動一下，彷彿妹妹再次突然離開自己。電腦螢幕上，取而代之的是一個內容密密麻麻的試算表。

「這論壇的後台會保留一切數據，包括已刪除的昔日文章、登入登出紀錄、貼文者的ＩＰ位址和User Agent等等，只要檢查一下，便能拿到大部分學生的手機資料。看，妳妹妹的也留下了。」

阿涅用滑鼠指標指著試算表中的一行：

Mozilla/5.0 (Linux; U; Android 4.0.4; zh-tw; SonyST21i Build/11.0.A.0.16) AppleWebKit/534.30 (KHTML, like Gecko) Version/4.0 Mobile Safari/534.30

「從這行資料可以知道妳妹妹貼文時是用Sony的Android手機，型號是ST21i。」阿涅拿著小雯的紅色手機，在阿怡眼前晃了晃。「有必要的話，我更可以加入一小段不影響網頁外觀的原碼，讓所有之後登入的瀏覽者留下更多系統數據腳印。以諾中學的期末考剛好今天結束，學生們都踴躍透過班級和社團論壇討論暑期活動，今天的孩子用手機比用電腦多，只要有耐性，他們便自然會上鉤。」

「萬一有人沒登入論壇，怎辦？」

阿涅再打開另一個視窗，那是一個推特的頁面，個人頭像是一個笑容甜美的少女。

「現在大部分青少年都會使用社交媒體，例如臉書、推特、微博、Instagram之類，很多人更將近況、照片、影片、交友關係設成公開，寧願要多幾個『讚』也不要隱私……我連駭進系統的工夫也省下，便能掌握他們每人的個性、朋友圈、生活習慣，甚至是私人癖好。」阿涅邊拉動網頁，邊說：「像這個叫『cute_cute_yiyi』的用戶，她是妳妹妹的同學之一，她有每天發推的習慣，寫了不少廢話，還附上無聊的照片。今天很多人會貼開箱文或新玩意的照片，對一個十四、五歲的孩子而言，換新手機——尤其是昂貴的iPhone的話——九成會公告天下。」

「你怎麼找到這個小雯的同學的？」

「在妳今天來之前，我已經開始調查妳妹妹身邊的人。」阿涅拉開瀏覽器的書籤頁，上面秀出一列為數三、四十個的網址。「這些都是和妳妹妹的同學相關的網頁。當然我之前只是打算用來分析妳妹妹的人際關係，沒想到要調查『用什麼手機』如此瑣碎。」

所以阿涅還值得信賴——阿怡心裡想。

「你有找到跟小雯相熟的同學嗎？」

「沒有，我暫時幾乎找不到跟妳妹妹相關的訊息。她同學的網頁裡，除了一句起兩句止的零星悼念文外，都沒有提及她的事情，也沒有她的照片。」

「咦？」阿怡對這個發現有點意外。「她……沒有半個朋友？」

「區小姐，妳身為姊姊該比我更清楚吧？」阿涅白了阿怡一眼，再說：「不過我沒找到照片其實不意外。」

「為什麼？」阿怡焦躁地問。

「因為是朋友的話，便會刪掉照片。妳忘了花生討論區那文章出來後，發生什麼事了嗎？」

阿怡怔了一怔，然後明白阿涅所指。kidkit727貼文後翌日，有網民搜刮到小雯的照片，在網路上公開，源頭自然是同學們的社交網頁。發現這事情後，校方吩咐小雯的同學刪除照片和訊息，防止有心人利用，倒是合理的做法。

「那……你要多久才有調查結果？」阿怡問。

「妳是說找出用iPhone的嫌疑者嗎？」阿涅摸了摸下巴，說：「妳妹妹的同級同學大約有一百二十人，我估計從學校論壇的後台紀錄能掌握七成，餘下三成要仔細確認，尤其集中在同班和過去曾同班的同學。明天是週末兼端午節假期，他們今晚應該比較有空上網，讓我可以在他們學校的網站上動手腳搜集資料……我看明天早上應該能有結果。」

「我明天不用上班，那我在這兒等候名單出來。」

阿怡的答覆令阿涅愣了一愣。

「喂，區小姐，妳跟我開玩笑吧？」阿涅語帶嫌惡，說：「我習慣獨自工作，最討厭被人監督。我既然答應了妳，就不會反口……」

「不，不，我不是不信你……」

「那妳就給我回家等個一、兩天啊！」

「我只是想第一時間知道結果……」阿怡以苦澀的語氣說：「而且我回家後，一想起小雯曾在家裡讀到那些惡毒的信，我就坐立難安……」

阿涅沒回答，只是皺著眉，盯住坐在面前的阿怡。二人一時無語，阿怡捏住襯衫的衣角，思考著該說什麼話來說服對方讓自己留下來，可是每次抬頭跟阿涅的目光對上，她又怕自己一開口只會換來阿涅的呼喝——不，比起呼喝，阿怡更怕聽到阿涅斬釘截鐵地拒絕自己。

不過這回阿涅的回答出乎她所料。

「好吧，隨便妳。妳別騷擾我就行。」良久，阿涅答道。「妳要是打斷我的思緒，我便踢妳出門口。」

阿怡點點頭，然後站起來，往沙發走過去。「我就坐在這兒等。」

阿涅沒理會她，伸手抓起案頭的音響遙控，按下播放按鈕。喇叭傳出帶點迷幻曲風的搖滾樂，阿怡很少聽歐美的歌曲，自然不知道這是著名的滾石樂團的作品。她先是在沙發上呆坐，可是她發覺自己不自覺地緊盯著阿涅，為免惹對方不高興，她從手袋拿出早幾天從圖書館借來的小說，讓自己集中在眼前的書本上。然而，如今她實在沒心情閱讀，眼前的文字都進不了腦袋。阿怡手上的書，是美國作家湯瑪斯．品瓊的作品《固有瑕疵》，故事背景設在上世紀七〇年代的加州，主人翁多克是一位半吊子的嬉皮士私家偵探。阿怡只翻過幾頁，所以她不知道到底身旁的阿涅跟多克相比，誰更像個流氓偵探。

阿怡心不在焉地翻著書本，偶然偷瞄一下在螢幕後一言不發的阿涅，不知不覺待了快四十分鐘。突然一串旋律跑進她的耳朵，抓住她的注意。

「啊，又是這首歌。」阿怡在心裡自言自語。這正是阿涅拒絕委託後，曾在寓所裡調高音量用來趕跑阿怡的那首歌曲。當最後一個音符消失後，喇叭再次傳出一開始那首迷幻搖滾樂曲，專輯再次從第一首開始播放，重複再重複。

阿怡也漸漸沉浸在這個只有米克傑格帶點慵懶的獨特嗓音的空間之中。

「喂。」

阿怡冷不防地被阿涅叫住，猛然回頭望向對方。

「怎、怎麼了？有結果了嗎？」阿怡緊張地問。

「才不過兩、三個鐘頭，怎會這麼快？」阿涅一臉不快地說。「我只是想問妳餓不餓？」

阿怡瞧了瞧牆上的時鐘。時針已跑到七字和八字之間。

「嗯，有點。」阿怡點點頭。

「那正好。」阿涅向阿怡遞過一張二十元紙鈔和一個十元硬幣，說：「妳替我去來記買外帶。我要大蓉加青扣底湯另上，油菜走油。」

阿怡怔了一怔，再無奈地接過鈔票和硬幣。她本來以為阿涅好心問她要不要吃晚餐，但回心一想，有這種想法的自己未免太天真。

「來記……是在屈地街附近那家嗎？」阿怡再次記起之前跟阿涅一起被擄上車的一幕。

「對。大蓉加青扣底湯另上，油菜走油。」

阿涅以不帶情感的語氣重複說道。在廣東話裡，大碗的雲吞麵俗稱「大蓉」，小碗的便叫「細蓉」，「加青」即是多加蔥花，「扣底」是指減少麵的份量，「湯另上」是將湯用另一個碗分開盛的意思。「油菜」是將焯菜澆上蠔油的菜色，「走油」不是不要蠔油，而是指焯菜時不放食油——一般店家會在焯菜加點食油，讓菜葉更顯翠綠，味道更可口。

怎麼吃碗麵也這麼龜毛——阿怡心裡罵道。

阿怡離開阿涅的住所，經過水街沿著德輔道西往來記麵家的位置慢慢走過去。第二街黃昏過後更顯冷清，但一踏進德輔道西，市面便呈現一片熱鬧景象，路上有正趕回家的上班族，有在電車站前依偎不捨的情侶，還有到外面上館子吃晚飯的一家大小。餐廳、超市、廉價的成衣店、電器店、理髮店燈火通明，雖遠及不上銅鑼灣或旺角那般車馬喧囂，這社區也頗有生氣蓬勃之感。

阿怡邊走邊找，十分鐘後終於走到來記麵家門前。跟上次熱鬧的午市相比，晚市的現在顧客稀少得多，只有兩個單身漢客人。

「小姐，要什麼？」阿怡剛踏進小小的店子，站在鍋子後正在煮麵的老闆便朗聲問道。

「一個大蓉加青扣底、湯另上，一碟油菜走油，一個……細蓉。外帶。」阿怡瞄了瞄牆上手寫的菜單，想到自己這個月還是賒借度日，只好點較便宜的。

「細蓉也要湯另上嗎？」老闆問。

「啊……不用了。」阿怡答。

「分開較好吃啊，麵不會被湯泡軟。」老闆單手寫過單子後，一邊接過阿怡給他的錢，一邊笑道：「妳回去要走七、八分鐘，湯和麵一起盛會浪費一碗好麵啦。」

「你怎知道我要走七、八分鐘？」阿怡訝異地問。

「妳是替阿涅買外帶吧？」老闆看到阿怡點頭後，繼續說：「很少人會像他這樣點『加青扣底』了。」

「對，很少人會這麼挑剔。」阿怡附和道。

「不啦。」老闆邊煮麵邊吃吃地笑著說：「現在人人只會要『加底』，咱家『扣底』又不會收便宜一點，哪有人會這樣點？通常吃剩就倒掉哪。倒是阿涅說吃不下丟掉是對廚師的侮辱，所以每次都『扣底』。不是我自誇，我家的麵雖然不是親手打，但都是第三街一家老牌麵廠每天新鮮打好的，多年來保持品質，而雲吞的蝦子，也是每天清晨……」

阿怡聽著老闆吹噓自家的雲吞麵如何出眾，心裡卻想著另一件事。她記得上次阿涅撇下她時，老闆也是跟阿涅一副熟稔的樣子，既然老闆說得出她要走「七、八分鐘」，即是說對方連阿涅住在第二街也知道。

「嗯，請問一下……」阿怡打斷老闆的話，問：「你跟阿涅很熟嗎？」

「不算很熟，不過他是常客，也光顧很多年了……有六、七年吧？」

「他是個怎樣的人？」大概因為老闆說話爽直，阿怡也沒有多想，衝口而出直接問道。

老闆瞄了阿怡一眼，微微一笑，說：「呵，他是我遇過最正直的傢伙。」

阿怡從沒想過「正直」這兩個字能套用在阿涅身上。明明是個狡猾的駭客，對人頤指氣使，一副高高在上的討厭鬼模樣，還能用比黑社會更卑劣的手段威脅古惑仔，這種人連「正直」的「正」字也沾不上邊。阿怡想，勉強要說優點的話，大概可以稱讚阿涅「守信」——可是一天沒調查出結果，阿怡對這評語仍然有所保留。

老闆煮好麵和菜，分成五個盒子裝在膠袋裡遞給阿怡，阿怡便沿路走回阿涅的住所。

「啊呀！」當阿怡走上水街的斜坡時，她猛然醒悟剛才老闆那句「正直」背後的意思。

「他一定是誤會了啊！」阿怡不甘心地想。一個年輕女生替不修邊幅的單身漢買晚餐，還要旁敲側擊打探那男的為人，就算不是「倒貼」，也一定是二人在搞曖昧。

「難怪他當時瞄了我一眼，還加上一個意味深長的微笑啊……」阿怡想。「來記老闆跟阿涅是朋友，自然會替對方說幾句好話，當一個男人沒有任何優點時，『正直』這兩個字大概是最保險的用語吧……」

阿怡這刻才想起，自己一個弱女子居然硬要在一個來歷不明的單身漢家中過夜，未免太過魯莽。阿怡中學時沒半個知己好友，跟男生更是絕緣，圖書館的同事又是女性和已婚的男士居多，這些年來她都沒有跟男性交往的經驗。事實上，她的生活根本無法讓她像一般女孩子一樣嚮往愛情，畢業前每天忙著照顧妹妹，就職後也得替母親分擔家務，更遑論後來母親患病，阿怡只能全心全意將心思放在家人身上。可是命運就是如此諷刺，她重視的家人一個一個離去，如今她孑然一身，連朋友也寥寥可數，只有圖書館的幾位同事而已。

「別想太多。」阿怡搖搖頭，把自己的魯莽、來記老闆的暗示通通拋諸腦後。她很清楚她現在的目標——找出害死小雯的人。為了這個目標，她不惜一切代價。在目睹小雯躺在血泊的一刻開始，她已不再在乎自己、不在乎將來了。

懷著複雜的思緒，阿怡再次走上第二街一百五十一號的樓梯，走到六樓時發現阿涅寓所鋼閘沒關上。她推開閘後的大門，以為阿涅趁她買麵時開溜，卻看到阿涅仍坐在辦公桌後，聚精會神地看著兩台螢幕。房間沒有明顯變化，除了音響傳來另一首阿怡不認識的樂曲——阿涅趁阿怡不在時，更換了唱片。

阿怡將阿涅的麵放在桌上一角，阿涅沒道謝，反而攤開手掌。阿怡愣了愣，壓下肚裡的咒罵，掏出一個兩元硬幣放在阿涅手心。大蓉加油菜只要二十八元。

「『正直』個屁，小氣鬼。」阿怡以阿涅聽不到的聲線自言自語。

阿怡坐在沙發上，三扒兩撥吃掉她的雲吞麵。無論麵和雲吞甚至湯頭都很美味，阿怡也驚覺自己居然還有食慾，她本來以為自己在知道小雯是被人間接殺害後會食不下嚥。相反阿涅一直沒動箸，當阿怡聽到阿涅吃麵的聲音時，已是半小時之後。

喇叭持續流出搖滾樂，阿怡的英語聽力平平，對歌詞中那些「蘇聯」、「黑鳥」、「革命」、「浣熊」之類有聽沒有懂。她再次翻出品瓊的小說，一邊無心地讀著，一邊等待著阿涅突然吐出一句「有結果了」。時間點滴流走，阿怡間中有進廚房倒水喝，也有上阿涅那個門閂很難扣上的洗手間，可是她等到凌晨兩點，仍未等到阿涅的那句話。她本來腰板挺直地坐在沙發上，到了兩點時，她已經半躺在椅背和扶手上，眼瞼半闔地讀著多克和一個叫「大腳」的警探的恩仇。

「啊，不小心睡著了……」阿怡睜開眼睛，發覺自己敵不過倦意，頭靠著沙發椅背打起瞌睡來。可是當她完全清醒後，瞄了牆上的時鐘一眼，卻赫然發覺時間已是早上六點多——她抱著書本，在沙發上不知不覺地睡了四個鐘頭。大廳的燈已關掉，周遭的光線來自窗外初昇的太陽。

阿怡連忙望向辦公桌，桌後空空如也，而客廳另一邊本來打開的臥房房門卻閉上。她猜想阿涅趁她睡著時悄悄地關掉電腦、電燈和音響，回房間倒頭大睡，於是站起身，準備叫醒阿涅，質問他調查進度。然而當她踏前一步時，卻想到自己未免太無情。

「我光坐著也撐不住睡著了，易地而處，我沒有立場追究他吧……」阿怡一轉念，便跌坐回到沙發上。

獨個兒在客廳裡，阿怡又開始胡思亂想。她腦中浮現小雯自殺前閱讀信件的模樣，又想起那張妹妹被不明男生摟抱的照片。到底小雯有多少秘密？kidkit727文章中的「抹黑」，又是否空穴來風？妹妹會不會在家人看不到的時候，換上另一張臉孔？為了驅除那些不安的念頭，阿怡站起來，在客廳踱步，舒緩蜷曲在沙發上睡覺造成的肌肉痠痛。

阿怡再次打量阿涅的住所。大廳各處都堆滿雜物，跟阿怡第一次來訪時毫無不同，就連某幾個垃圾膠袋的位置也沒改變。阿怡是個愛整潔的人，因為母親一直忙於工作，家中打掃的責任便落在阿怡肩膀上，雖然稱不上是潔癖，但她對凌亂的房間老是看不順眼。阿涅的屋子令阿怡渾身不自在，但她覺得最礙眼的，是坐落大廳一隅的兩個大書架。

「真可憐。」阿怡自小愛書，職業又是圖書館員，看到書本七橫八豎地塞在書架上，就替它們感到難過。書架上有些書直放，有些橫躺在直立的書本上，而且有些根本塞不下，書的主人乾脆把它們夾在僅有的空隙中，令書封變形隆起，比其他書脊更凸出於書架外。

阿怡默唸著各個書脊上的書名，發覺自己幾乎完全看不明白——即使她每天與書為伍。架子上主要是英文書，也有少量中文書，更有一些日文書籍。《UNIX: The Complete Reference》、《POSIX Operating Systems Interface standard》、《Network Security: Current Status and Future Directions》、《Public-Key Cryptography》、《Artificial Intelligence: A Modern Approach》[13]……阿怡覺得書名都像外星語，更誇張的是她看到一本甚為殘舊、平放在其他書上面的橙色封面英文書——那本書的封面寫著「Department of Defense Trusted Computer System Evaluation Criteria」，譯成中文便是「國防部可信電腦系統評估準則」，文字上方更印著美國國徽。書架上有幾本書脊印著野生動物素描的同系列作品，阿怡以為那是動物圖鑑，但細心一看，書名還是那些外星語言：《802.11無線網路技術通論》、《Python的Unix.Linux系統管理應用》等等。阿怡看著書脊上那條精緻的蛇，心想：「『Python』該不會是指真的蟒蛇吧？」

這兒實在太骯太亂了——阿怡回頭再看了大廳一眼。阿涅的辦公桌上，還擱著昨晚外帶的三個白色的保麗龍碗子。

阿涅從房間醒過來時，是一個多小時後的八點整。當他打開臥房的門，眼前的光景卻令他愣住。

13.中譯為《UNIX參考大全》、《POSIX作業系統介面標準》、《網路安全：現狀與未來方向》、《公鑰密碼學》及《人工智慧：現代方法》。

「區雅怡！妳幹了什麼好事！」

阿涅扯高嗓門，對正拿著雞毛撢子替書架拂塵的阿怡咆哮道。原本散落在客廳四周的瓦楞紙箱都靠牆疊好，書架前方圓桌上裝滿電子零件的木箱不翼而飛，書架上本來凸出來的書本都被推回原位。辦公桌上那些麥果棒的包裝袋、啤酒罐通通消失掉，本來雜亂的案頭文具都分門別類排好。

「我幹了什麼？」阿怡拿著撢子，錯愕地盯著頭髮比平時更凌亂的阿涅。

「妳幹啥亂動我的東西！」阿涅氣急敗壞地走到阿怡身旁，指著圓桌問：「那些零件呢？」

阿怡後退一步，讓阿涅看看她的腳邊。三個木箱子整齊地疊好，放在書架與牆邊的空隙之間。

「明明有個尺寸剛好的收納空間，怎麼不放進去啊？」阿怡說。

「那是常用的東西！放那個鬼地方，要用時才不順手！」

「你少騙我，」阿怡反駁道：「那些電線和電路板上的灰塵足足有一公分厚，那根本不常用吧！」

阿涅沒想到一向冒失的阿怡，也有觀察力如此細緻的時候——對擅長打掃的阿怡來說，觀察到這些細節並不是特殊才能，只是常識而已。

「那我案頭的東西呢！」阿涅氣沖沖地走到辦公桌後。

「是垃圾的話便丟了。」阿怡說：「你這棟大廈的垃圾桶居然放在一樓，難怪你懶得清理，我光是拿它們也跑了兩趟……」

「我不是說這些！」阿涅質問道：「我桌上有很多不同案子的證據！就像我本來有個塑膠袋放這兒，那是我另一件委託的證據……」

「是這個嗎？」阿怡彎腰，從辦公桌下取出一個沒有蓋子的紙盒，在形形色色的雜物上面就有一個用透明膠袋包著的、本來裝花生的包裝袋。
「妳……沒把它丟掉？」阿涅有點詫異。
「當然沒有，我只丟了你那些麥果棒膠袋、啤酒罐和不知道放了多少天的來記外帶保麗龍碗。」阿怡以不快的語氣說。「我就知道這是你有用的東西。」
「妳怎麼知道？」
「一來你這個袋子用膠袋包好，二來你家裡沒有花生，只有麥果棒。」阿怡指了指廚房。「假如這是你工作時吃的零食，你昨天塞給我的超市袋子裡也該有同款的吧？」
「不夠充分。」阿涅換上平時的語氣，說：「妳難保我一時興起，買了一包花生來吃，再把包裝塞進那個膠袋裡準備丟掉。」
「三來，你案頭沒有花生殼。」阿怡指了指那個包裝袋：「這是帶殼的花生，假如這真是你買的零嘴，為什麼你有空清理花生殼，卻沒丟掉包裝？這理由夠充分吧？」
「嗶——」就在阿涅想繼續挑戰阿怡時，廚房傳來響亮的聲音。
「啊，水燒開了。」
阿怡沒理會阿涅，自顧自地走進廚房。
「妳還擅自動我的……」阿涅跟著她，甫進廚房，便看到阿怡正在將開水倒進茶壺。
「我本來想弄早餐，可是你家連雞蛋和麵包也沒有，只好光泡一壺紅茶了。」阿怡輕輕搖動茶壺。「不過想不到你有這麼好的茶葉，我打開罐子時已聞到香氣。Fortnum & Mason 是什麼牌子？我只留意到罐子上寫著產地是英國。」
「妳有沒有想過那茶葉也是其他案子的證據？」
阿怡聞言露出驚訝的表情，但轉瞬明白那只是阿涅找碴。

「你不會將重要的證據放廚房。」阿怡邊將紅茶倒進兩個杯子，邊說：「我看你的茶具都很乾淨，應該是人家送的吧？」

「不，是我自己買的。」阿涅拿起其中一杯，啜了一口。「只是我平時懶得泡。」

「你這傢伙一定嫌泡完茶洗茶具麻煩。」阿怡想。

二人就站在狹小的廚房裡，默默地喝著紅茶。阿怡覺得，正在喝茶的阿涅跟平日有點不一樣，感覺上表情較從容，沒有平日那麼硬邦邦。

只是阿涅一開口，她便知道自己弄錯了。

「妳下次再擅自動我的東西，我便立即終止調查。」阿涅把茶杯放下，丟下一句轉身離開廚房，往洗手間走過去。阿怡握著茶杯，剛回到客廳便發覺阿涅又沒關上廁所的門，不由得別過臉，坐回昨天一直扭著脖子睡的沙發上。

「有結果了嗎？」趁著阿涅回到客廳，阿怡站起身，問道。

「現在看。」

「現在看？」

「我寫了個機器人程式，它在我小睡時自動搜集資料，替我檢查我還未完成調查的人。」阿涅打了一個呵欠。「它會依我指示，審視妳妹妹同學的社交網站，記錄所有貼文和留言，再分析當中的語意，看看有沒有跟『手機』、『iPhone』之類相關的詞彙。」

「電腦也懂做這種工作嗎？」

「當然不及人腦那麼敏銳。」阿涅坐到辦公桌後，打開兩台電腦。其中一台的螢幕顯示出一堆大大小小的視窗，有一些臉書的頁面，也有以諾中學的網頁，還有一個黑色底、白色的文字不斷從下方冒出的視窗；至於另一台電腦，畫面卻露出一個像監視器影片的畫面——那畫面分割成二乘二的四等份，每一格都是地鐵站月台的一段。畫面裡有不少正在上下車的乘客，密密麻麻的，也有部分人挨著月台上藍色的柱子或坐在旁邊的長凳上，低頭滑著手機。

「咦？結果阿涅你還是檢查了車站的監視影片嘛！」阿怡站在桌子旁嚷道。

阿涅一手按下鍵盤的某個按鈕，螢幕便切換成另一個畫面。「妳別管，那是另一件案子的。」

阿怡猜想阿涅只是不認輸所以才否認，但她覺得這時再揶揄對方，似乎太咄咄逼人，於是話到唇邊便止住。

「那……查到哪些小雯的同學有嫌疑？」

「讓我整理一下。」阿涅打開了一個試算表，再從那個黑底白字的視窗複製了一些文字貼上，然後又打開一些社交網站的頁面檢查。

「妳應該慶幸在香港Android手機是主流，」阿涅拉動著試算表，「換成北美的話，iPhone市占率幾近一半，但香港不足兩成……妳妹妹同級一百二十三名同學當中，一百零五人使用智能手機，當中十八人使用iPhone，其餘的都是三星、小米或Sony等等的Android系統。」

阿涅按了幾下鍵盤，畫面上列出一份有十八行的名單，包括了各學生的名字、班別及性別。

「害死小雯的傢伙就在這些名字裡面？」阿怡緊張地問。

「雖然我不會把話說死，但kidkit727九成就是其一。妳對這些名字有印象嗎？」

阿怡盯著看，可是每個名字都好陌生，只能無奈地搖搖頭。

「那妳有沒有聽過妳妹妹提過任何同學的名字？像是洋名或綽號？那傢伙用上種種手段對付妳妹妹，該跟妳妹妹有不少交集，她無意間提起對方的名字並不出奇……」

「我……我想不起來。」

「妳和妹妹平時到底有沒有交流的？好歹她也會在家提一下同學的事情吧？妳連半個名

字也想不到？」

阿怡不斷挖掘回憶中的片段，可是她就是想不起任何名字。她記得小雯以前在晚飯時會聊學校的事情，但她偏偏忘掉了那些人名。

或者該說，阿怡從來沒對小雯所說的那些日常瑣事感興趣，左耳入、右耳出，過往在餐桌上負責回應妹妹的，都是母親周綺蓁。

「有、有沒有照片？我記不起名字，但也許看到樣子，會想起一些線索……」

阿涅見阿怡臉有難色，嘆了口氣，再熟練地操作滑鼠，依名單的資料打開一個個社交網站的頁面，點出一張張十四、五歲的少年少女個人照或合照。不過，阿怡對這些臉孔毫無印象，不管是帥氣的運動型男生，還是佩戴了日式飾物的嬌俏女生，對阿怡來說都是初次看到的陌生臉孔。相反，阿涅能就著每幅照片粗略說明相中人的來歷、過去有沒有跟小雯同班等等，彷彿他才是小雯的家人。阿怡看了十多張照片後，還是一無所獲。

「再來是……這個，杜紫渝。」電腦螢幕顯示出一張校園照，主角是一個長髮、戴眼鏡、外貌有點宅的女生。「沒有社交網站，但學校網站的課外活動頁恰好有她的個人照。」

「咦？這個……我好像有點印象……」雖然阿怡不特別擅長記住他人的長相，但她認得那副跟臉型不相襯的方框眼鏡，和那件不大合身的藍色長袖毛衣。「啊，對了，我在小雯的喪禮上見過這女孩……」

「她到過喪禮？」

「嗯，應該是晚上八點後，獨個兒來的。」阿怡說：「有心來弔唁的，該不會是犯人吧？」

「可能反過來，是怕自己的惡行曝光，別有用心打探一下。」

阿怡怔了怔。雖然她痛恨躲在暗處的kidkit727，但將心目中那個惡毒的形象套在面前這些孩子身上，她又覺得有點難接受。

阿涅在名單中杜紫渝名字旁加了個符號，然後繼續打開其他照片。可是往後幾名「使用iPhone的嫌疑者」阿怡都沒有見過。

「這個是最後了。」阿涅點開一個臉書頁面，上面有一張一男一女的自拍照。他們都穿著短袖的夏季校服，從背景的黑板可以看出拍照地點是一間教室。那男生長著國字臉，頭髮僅比平頭裝長一點點，女生則留了一頭清爽的短髮，雖然長著單眼皮但樣子蠻俏麗。「這女生叫舒麗麗，和剛才妳認得的杜紫渝跟妳妹妹連續三年同班，她們應該……區小姐？怎麼了？」

阿涅察覺阿怡神色有異，不禁叫了對方一聲。

「他、他們也有到過喪禮，而且這女生當時很憔悴……」

「『他們』？」阿涅指著舒麗麗身旁的男生，問：「這男的也去過喪禮？」

阿怡點點頭。

「這男生叫趙國泰，今年跟妳妹妹同班……他似乎跟舒麗麗是情侶。」阿涅轉身檢查另一台電腦上的某個視窗，說：「他用的是三星的手機，不是iPhone。」

「是他們沒錯，我還記得他們曾經到過我家，有一次他們陪身體不適的小雯回來……」

「他們到過妳家？」阿涅眉毛稍稍揚起，阿怡的話勾起他的興趣。

「是的，那是……前年的聖誕節前夕。」

「前年的聖誕節？妳肯定嗎？」阿涅問道。

「應該沒錯，我記得當晚母親規定小雯十點半前回家，但結果十一點還沒回來，電話又不通，我們正開始擔心時門鈴便響了。他們說小雯在派對上不舒服，特意扶她回家。那晚母親還通宵照顧小雯……」阿怡想起往事，再一次黯然神傷。「在小雯的喪禮上，我想這女生也許是小雯的好朋友，可是如今看來，說不定……說不定……」

「說不定就是她發動網路霸凌、以郵件驅使妳妹妹自殺？」

阿怡沒回答，只以複雜的表情盯著照片。剛才阿涅說的「別有用心」一樣可以套用在這個女生身上。

「無論如何，這個姓舒的值得調查，不管她是不是寄信給妳妹妹的傢伙，很明顯從她身上我們可以知道更多關於妳妹妹在學校的事情。」

「要跟蹤她和趙國泰嗎？」

「與其跟蹤，不如像我對邵德平所做的一樣，直接找他們聊聊吧。」

「假如她是犯人，會直接承認嗎？」阿怡納罕道。

「妳真是死腦筋。」阿涅笑道。「妳有沒有跟妳妹妹學校聯絡的方法？或者到訪學校的藉口？」

阿怡想了想，說：「小雯的班導袁老師曾說過，小雯有一些課本留在置物櫃，等著我到學校取回……」

「那正好。」阿涅轉頭望向螢幕，在試算表上瞄了一眼，再伸手抓起案頭一支舊式的按鍵手機。「現在雖然未到九點，但袁老師大概已起床了吧。」

「你要打電話給袁老師嗎？」阿怡轉身撿起放在沙發的手袋，想從手帳找出袁老師的號碼。

阿涅伸手示意阿怡不用找，迅速地按下一串數字，再打開了手機的免提模式。

「喂？」電話響了三下便接通，喇叭傳出一把略帶沙啞的女聲。

「早安，請問是袁老師嗎？」阿涅以阿怡沒聽過的親切語氣，對著手機說：「我姓王，是區雅雯姊姊區雅怡的好朋友。」

「啊、啊，早安，您好。」

「很抱歉，這麼早打電話給您。」

「哪裡哪裡，平日這時間我已在學校了。」袁老師客氣地說：「請問王先生有什麼事情找我？」

「我聽雅怡說小雯有些課本遺留在學校，所以打電話給您，看看能否約個時間取回。」

「啊，是的，是一些參考書。區小姐一直沒跟我聯絡，我也不好意思催促她……區小姐還好嗎？」

「謝謝袁老師關心，雅怡還好，只是需要更長的時間才能接受小雯不在的事實。我聽她提起小雯的課本的事情，就想一直拖著也不是辦法，所以我自作主張找您，看看能否拿回那些書本，了結一件心事。畢竟您們學期完結，快放暑假了吧。」

「王先生您真有心，不過您說得對，我也想早日將雅雯的遺物歸還。王先生您在哪兒高就？我們約個時間，好讓我拿東西給您？」

「袁老師您太客氣了，」阿涅繼續以友善得令阿怡傻眼的態度跟袁老師對話，「我的工作時間不穩定，與其讓您遷就，不如我到學校找您比較方便。我星期一早上到學校找您可以嗎？」

「那沒問題，勞煩您跑一趟。」袁老師在手機問道：「您會一個人來還是跟區小姐一起來？」

「我一個——」當阿涅說出這句時，阿怡衝前越過辦公桌按住他手中的手機，另一隻手則指著自己，用嘴型示意她也要去，否則不放手。阿涅露出一副「怕了妳」的表情，苦笑地點點頭，再對著從阿怡手中掙脫的手機說：「我打算一個人來，但雅怡應該想參觀小雯唸書的校園，緬懷一下。我跟她說說看，也許她到小雯的學校走一走，會更快克服傷痛。」

「嗯，那就好，我也希望區小姐早日走出陰霾。那週一早上十一點半好嗎？」

「沒問題，謝謝您。後天見。」
「嗯，後天見。」
電話掛線後，阿怡劈頭嚷道：「你別想丟下我，我要去。」
「妳別礙手礙腳就行。」阿涅回復平日那種痞子語氣。
「你這人變臉變得真快。」阿怡嘲諷道：「我好歹也是委託人，你就像對袁老師一樣，對我客氣一點不行嗎？」
「妳這笨蛋。」阿涅不屑地說：「對妳客氣一點對調查又沒幫助，我幹啥要做這種無聊工夫？況且我剛才並不是『客氣』，那只是『社交工程』。」
「社交工程？」阿怡沒聽過這陌生的詞彙。
「一流駭客都精通這門技術，就是透過社交手腕獲取系統的切入點，以交談或偽裝偷取帳密，甚至是借他人之手完成侵入。」阿涅冷笑道：「因為天下間最容易擊破的『最弱一環』，就是『人類』。電腦系統能隨歲月發展得更完善，但人性弱點卻永遠無法改變。」
阿怡咀嚼著阿涅這句話。她對將人性視為可以利用的死物感到不快，但她明白阿涅說的是現實——在這個弱肉強食的社會，每個人都分飾著「利用者」和「被利用者」，擅長利用人性弱點的人，都能躋身成功人士的行列。
「對了，為什麼你有袁老師的號碼？」阿怡問。
「我一直在搜集妳妹妹身邊人的資料，自然能拿到。」阿涅若無其事地說：「我之前忘了提起，其實這個姓袁的女人也是調查目標——她也是用iPhone。」
阿怡錯愕地盯住阿涅。她無法想像小雯的老師會設計害死自己的學生。
「妳得好好記住，舒麗麗不一定就是kidkit727，我們這次去調查，更是想碰碰運氣，看看其餘十七個——不，十八個——目標有沒有疑點。先入為主是調查大忌，妳可以作出假設，但要記得，『假設』不一定是事實，妳作出假設，便要更努力去證明這個假設是錯誤，而不是找出支持這個假設的證據。」

阿怡點點頭，明白阿涅的意思。她曾讀過關於邏輯學的書，書裡舉出烏鴉做為例子：因為看過一萬隻黑色的烏鴉便認定「烏鴉都是黑色的」是不合理的，因為只要找到一隻白色的烏鴉，便全盤推翻了「烏鴉都是黑色的」這命題。要證明「烏鴉都是黑色的」，便要反過來，假設「世上有不是黑色的烏鴉存在」，然後證明這假設不可能。

當然，要證明這一點幾乎是天方夜譚。阿怡亦擔心，這次到學校調查，根本找不到任何有力的證據。

沒辦法，只能見一步走一步了——阿怡想。

「我……我想要一份名單，那十八個嫌疑者的。」阿怡指著電腦螢幕裡的試算表。「我回家後會再細看一下他們的資料，說不定會記起某個名字或某張臉孔。」

阿涅斜視阿怡一眼，表情像在說「妳這笨蛋就算『細看』一百遍也不會想到線索」，可是他還是伸手往鍵盤按了幾下，十秒後再從桌下取出一張A4紙。阿怡打掃房間時留意到，阿涅的辦公桌下有一台小巧的印表機。

「拿去。」阿涅漫不經心地遞上名單。

「這一列就是他們的網站連結嗎？就是那些什麼臉書、Insta什麼的？」阿怡指著紙上一個直欄，向阿涅問道。雖然她不熟悉網路，但前陣子她為了小雯時常瀏覽不同的網站，她覺得名單上的連結未免太短，不像是網址。

「妳真麻煩。」阿涅沒有回答阿怡的疑問，自顧自地再按幾下鍵盤，然後將印表機吐出來的第二張紙交給對方。跟之前的名單不同，這一張兩面都印滿文字，密密麻麻的，加起來大約有一百多行。

「這麼多？」阿怡問。

「名單上的是縮短了的超連結，我把瀏覽器中的那個書籤資料夾全印出來，妳自己看著辦，反正是連小學生也懂的配對——妳不會連小學生都不如吧？」阿涅挖苦道。阿涅編寫的工具自動將網址改成超連結再寫進紀錄裡，假如網址是https://twitter.com/cute_cute_yiyi，名單上只會顯示「cute_cute_yiyi」，但用指標一按便能打開相對的網頁。阿怡要求打印出來的紙本，上面自然不會有網址的全寫。

「好了，區小姐，現在妳該滿意了吧？」阿涅再打一個呵欠。「後天早上十一點半我會去妳妹妹的中學調查，妳有興趣便準時到學校大門跟我會合。現在麻煩閣下高抬貴腳，移玉步離開寒舍，容許在下補眠，感激不盡。」

阿怡對阿涅故意裝客氣的誇張態度有點不爽，但她沒有發作。她還有不少問題想問阿涅，例如那十多人之中誰嫌疑最大、阿涅在蒐集各人的資料時有沒有發現他們當中有誰跟小雯關係密切、他有沒有辦法查出小雯到底有沒有做過文章指控的那些壞事……不過，她知道此時難以從對方身上問出更多的情報，加上阿涅遵守承諾，一天之內替她挖出所有嫌疑者，還約定共同到學校調查，阿怡就覺得她也該暫時放手。

走在樓梯上，阿怡雖然覺得身體疲累，但心裡踏實了一點。

「咦？早安。」阿怡剛從阿涅的寓所回到大街，就迎面遇上一位婦人，對方主動跟她打招呼。她細心一看，想起對方就是兩個禮拜前，她初次來訪時遇上的那位女士。

「早、早安。」阿怡微笑著點點頭。

「妳是半個月前來找阿涅的那位小姐吧？」

「是的，我姓區。妳是這兒的住客嗎？」

「不啦，我只是鐘點清潔工，逢週三和週六來替阿涅打掃。」婦人稍稍舉起提著的紅色塑膠桶，阿怡看到裡面放著一些清潔工具。「妳叫我香姐就好了。」

阿怡心想這位香姐做事一定馬馬虎虎，阿涅的房子一副幾年沒打掃的模樣——不過她心念一轉，說不定這不是香姐的錯，阿涅一定不喜歡別人動他滿屋的「垃圾」，香姐可能只替阿涅清潔廚房和廁所而已。

「區小姐，我不礙著妳啦，有機會再見。」香姐嘴角含笑，微微點頭。阿怡心想對方趕著工作，也就隨便一句，跟對方道別。

她覺得香姐的態度怪怪的，但反正是萍水相逢的陌生人，她就沒理會。可是當阿怡走到水街下斜坡時，她再一次明白了。

一個年輕女生，鬢髮凌亂，一副沒睡的樣子，在早上九點多獨自離開一個單身漢的公寓，不被人當成倒貼才怪啊——一想到這兒，阿怡不禁掩臉扶額。

「算了，就讓他們誤會吧。」阿怡暗自想道。阿怡的心思全放在小雯的事情上，那十多張臉孔——包括袁老師的——在阿怡腦海中揮之不去。她一想到那些平凡的臉孔背後隱藏著置人於死的惡意，就不免感到寒慄。

然而另一個疑問更令阿怡感到不安。

到底小雯為何被這種人盯上？

她真的有連姊姊都不知道的真面目嗎？

2015-05-21 星期四

「別擔心」
22:17

「我給你的Wifi帳密來自預付卡，追查不到的」
22:19

「嗯。」
已讀　22:20

「你在給那傢伙的email寫了什麼？」
22:24

「我只想嚇嚇她，說要公開那張照片……」
已讀　22:24

「我那天看到她一臉平常地跟他人談笑，
不由得覺得很憤怒。」
已讀　22:25

「為了教訓她我便寫了那些信……」
已讀　22:25

「你沒有做錯，錯的是她」
22:26

「她玻璃心要自殺是她的事」
22:29

「她咎由自取」
22:30

「但我會不會犯法？教唆自殺好像有罪……」
已讀　22:30

「假如你有罪，那傢伙的罪更重」
22:32

「死有餘辜」
22:33

第五章

1

在香港文化中心的大堂內，施仲南走在人群當中，四處張望。

時間是晚上十點十五分，文化中心音樂廳剛舉辦完王羽佳跟香港管弦樂團的演奏會。文化中心位於尖沙咀海旁，是香港藝術表演的主要場所之一，中心占地超過五公頃，主大樓裡有一個能容納四百人的小劇場、一所備有一千七百個座位的大劇院，以及一間合乎國際標準、設置超過二千個座位的橢圓形音樂廳。縱然香港素有「文化沙漠」的蔑稱，但古典樂演奏會依然有不少捧場客——當然無人知道，這些觀眾中有多少人由衷喜愛藝術，而又有多少人只是附庸風雅，以金錢來換取假裝懂得品味文化生活的虛榮心。

施仲南完全不懂古典音樂。在剛才的演奏會中，鋼琴家和樂團演奏了布拉姆斯的〈降B大調第二鋼琴協奏曲〉、德布西的〈大海〉以及拉威爾的〈波麗露〉，施仲南對樂章大都感到陌生，就只有對〈波麗露〉的旋律有丁點印象。事實上，他對表演毫不在意，他在意的只是如何在觀眾席中找出司徒瑋。

昨天施仲南聽到司徒瑋提起這場演奏會時，他便興起到現場假裝偶遇對方的念頭。他也想過到司徒瑋居住的服務式公寓附近碰運氣，但比起在街上相遇，音樂會的場合似乎較容易打開話匣子。

然而施仲南一直碰不上司徒瑋。他昨天下午用手機上網訂票，卻沒留意這場演奏會有上千位觀眾。因為他在表演前一天才購票，他只訂到最便宜的座位，坐在樓座左側最高的位置，根本看不到靠近舞台的堂座觀眾。他在進場前也試過在大堂尋找司徒瑋，可是他無法在那些穿戴整齊、貌似上流社會人士的人群中找到對方。

音樂會完結後，施仲南搶先離開音樂廳，希望盡快跑到下一層的堂座出口攔住司徒瑋。他深信司徒瑋這種有錢人會買最貴的票，既然樓座的高價座席中不見對方，那司徒瑋鐵定坐在堂座正中央的區域。不過，施仲南對文化中心的佈置間隔不甚了解，他跑到堂座出入口時，不少觀眾已走到音樂廳外面，令他錯過仔細搜索司徒瑋的機會。他只好無奈地走進人群，嘗試在喧囂的群眾中找出目標人物。

可是他在人叢中穿插了十五分鐘，依然一無所獲。

「這沒轍了吧……」就在離場觀眾走了約一半，施仲南準備放棄的時候，眼角餘光掃到一道黑色的身影。在大堂近售票處的一列展覽板前，穿著黑色西裝的司徒瑋正和一名高大的外國男士愉快地交談著，他身旁還有一位穿紅色低胸禮服裙的盛裝美女。

在看到司徒瑋的一瞬，施仲南眼前一亮，立即抖擻精神，將腦袋裡準備好的說詞整理一遍，再緩緩地走近對方，假裝閱覽著司徒瑋身後展覽板上的芭蕾舞表演資料。他暗中打量著司徒瑋身旁的人——那外國人沒結領帶，看來有五、六十歲，似乎是跟司徒瑋有生意來往的人；至於紅衣美女，施仲南乍看以為是他見過的那位Doris，但細心一看卻是不同人，即使這位女性也是擁有姣好臉蛋、儀態出眾的美人兒。當他靠近那三人時，他聽到司徒瑋正和那外國人用英語道別，外國人熱情地說著「你再來香港記得找我喝一杯」之類。

「咦，你不是Richard的部下嗎？」

當施仲南跟司徒瑋目光對上時，對方先打招呼道。施仲南心裡暗暗叫好，畢竟讓對方先發現自己，更容易降低刻意製造碰面機會的突兀感。

「啊！是司徒先生！晚安。」施仲南裝出一副恍然大悟的神情，說：「原來您昨天提起的演奏會真的是這個啊！當時我就不好意思問。」

司徒瑋莞爾一笑，說：「你特意來找我？」

「不，我有一位朋友熱愛古典樂，他拉我陪他，我對樂團和演奏家都不清楚。」施仲南繼續扯謊：「昨天我本來想跟您說，但我始終對古典樂認識不深，萬一我朋友找我聽的是不入流的音樂會，那說出來便糗大了。」

「哈哈，原來是這樣子。你朋友呢？」

「他約了女友，所以先走了。」

「哦，今天是假期，你朋友丟下女友，反而抓你一起聽你沒興趣的古典樂？」

「我算是有點興趣，只是認識不深……但我友人的女友只喜歡陳奕迅，要她靜靜地聽兩個鐘頭古典樂，大概會要了她的命。」施仲南打趣說道。這番話雖然是虛構，藍本倒有其人——Joanne曾說過很喜歡聽演唱會，但覺得聽「沒有歌星的音樂會」是浪費金錢。

「陳奕迅好像曾跟歐洲某樂團辦過演唱會，那你的朋友便可以跟女友一起去看了。」司徒瑋笑道。

「司徒先生對剛才的演奏有什麼感想？」施仲南問道。

「王羽佳的鋼琴實力毋庸置疑，但重點是港樂配合得很好，梵志登的指揮恰到好處，沒有被鋼琴搶去風頭，亦沒有讓樂團蓋過鋼琴的風采。布拉姆斯第二鋼協是首很難控制的樂曲，這晚的演出，絕對不會給不少歐洲樂團的演奏比下去。你覺得如何？」

「啊，我還是入門級，不懂得分好壞。不過我想連我這種門外漢也聽得出來，鋼琴和樂團的合作很出色。」

施仲南對古典樂一竅不通，聽到司徒瑋的評語，只能說些籠統的感想，充撐場面。他知道自己在一夜之間沒可能通曉管弦樂的技巧高低，為了防止弄巧成拙，他編出朋友抓他聽演奏會的藉口，如此一來，即使他說出再愚蠢的意見，也不會引起司徒瑋反感。

「梵志登是荷蘭有名的小提琴家和指揮家，他擔任港樂的音樂總監，就讓表演掛了保證。」司徒瑋滔滔不絕地說：「港樂也是歷史悠久的樂團，也許香港人不大清楚，但港樂其實有超過一百年歷史，比倫敦交響樂團或費城管弦樂團還要早成立，雖然當時稱為『中英管弦樂團』，改名叫『香港管弦樂團』是一九五七年的事情。港樂的指揮也不乏國際知名的音樂家，例如蘇聯傳奇作曲家蕭士塔高維奇的兒子馬克森．蕭士塔高維奇就在港樂當過首席指揮……」

看到司徒瑋口若懸河，興奮地細數古典樂的知識，施仲南心裡就冒出一句「上鉤了」。

「司徒先生，不如我們喝杯咖啡，讓我再向您詳細請教？」施仲南稍稍轉頭，望向文化中心大堂一角的星巴克。

然而，司徒瑋稍稍一怔，露出懷有深意的笑容。

「很抱歉啦，今晚不大有空。」司徒瑋邊說邊以手臂繞過女伴的背後，親密地攬住對方的纖腰，再向施仲南打了個眼色。那紅衣美女嫣然一笑，表情帶點彆扭，身子卻順從地靠在司徒瑋身上，胸脯幾乎要從低胸晚裝蹦出來。施仲南不自覺地瞄了她的乳溝一眼，再驚覺這會令人留下壞印象，立即將視線放回司徒瑋身上。

面對司徒瑋的回覆，施仲南無法應對。他有想過司徒瑋拒絕邀請的可能，也設計了好幾個死纏活纏的藉口，可是這在他預想之外。正當他企圖拖延一下，不讓這段對話提早結束時，司徒瑋卻先開口。

「不如我們另外約時間吃晚飯？反正我在香港很閒。」

求之不得——施仲南心裡冒出這一句。

「那就最好了。」施仲南從西裝裡袋掏出名片，恭敬地遞給對方。「上面有我的手機號碼。」

司徒瑋從口袋掏出一支BlackBerry手機，爽快地按下號碼，施仲南褲袋裡的手機立即響起來。

「這樣你也有我的號碼了，我們下星期再約吧。」

施仲南沒想過對方如此乾脆，之前還想過要用什麼計謀才拿到這號碼，結果得來全不費工夫。

司徒瑋凝視著名片，說：「我記得你叫Charles，但名片上沒這名字？」

施仲南搔搔頭髮，苦笑道：「老實說，我平時很少用洋名，就連老闆也是叫我阿南罷了。」

「哈，那我也叫你阿南就好了。」司徒瑋朗聲笑道。「事實上，我也有些關於ＧＴ網的事情想問你，我們之後見面再談吧。」

施仲南愣了愣，他沒料到對方原來也有盤算——到底他有什麼事情想問？是特別要問我這個員工嗎？不可以直接問李老闆嗎？

「我……我會對老闆保密的。」施仲南狠下心，說出這句。他不知道這選擇對不對，但他很清楚，有時辦大事要冒險押一記重注。

「你是聰明人。」司徒瑋笑著再打一個眼色，這令施仲南知道自己押對了。

司徒瑋和女伴告別離開後，施仲南站在文化中心大堂一隅，露出微笑。

這太順利了——施仲南將司徒瑋的手機號碼加進通訊錄。這是施仲南預想中的最好情況，而事實上，他也有猜想過能順利跟對方私下會面，因為司徒瑋在北美生活，習慣交朋結友，施仲南自己又是「技術總監」，對方該有興趣多聊一下。

「一切依計劃進行，接下來便要考慮碰面時如何推銷自己了。」施仲南一邊往大門走過去，一邊暗想。他很清楚香港是個弱肉強食的社會，想得到想要的東西，就要靠自己，爭取到底。

「不好意思。」

就在施仲南推開玻璃門的一刻，一個十來歲的少女剛好要走進文化中心，那女生發覺自己擋住對方的去路，輕聲說了句不好意思，再閃身推開旁邊另一扇門。施仲南瞄了那陌生的女孩子一眼，卻霍然想起那個姓區的女生。縱使他知道那個女孩的死跟自己脫不了關係，他卻沒有半點悔意，甚至沒有絲毫同情。

我們活在一個弱肉強食的社會，弱者被淘汰，不過是自然法則下的正常結果——施仲南想。

施仲南很快便忘掉這個女生的事。畢竟他現在的腦袋裡，仍因為和司徒瑋順利見面而充滿多巴胺，心情異常亢奮。然而，他並不知道剛才他跟司徒瑋交談之際，在大堂的另一個角落裡有一雙眼睛一直在注視著他。

當他以為交上好運時，卻不曉得這個躲在暗角的跟蹤者，已經監視他的一舉一動好幾天，為他的命運帶來意料之外的不確定性。

2

星期一早上十一點二十分，阿怡站在油麻地以諾中學大門前，等候阿涅。

這天她本來要上班，但為了調查，只好向主管要求調班。主管對阿怡近來的工作態度頗有微詞，可是幾年來阿怡在崗位上沒犯過什麼大錯，平日做事又勤快積極，加上他知道阿怡家中遭逢巨變，唯有睜一眼閉一眼，口頭上提醒阿怡盡快處理好私事。阿怡也很清楚，她不能老將工作推給同事，只是她現在殫心竭力於找出害死小雯的兇手之上。

在剛過去的週末，阿怡花了不少時間瀏覽阿涅名單中的嫌疑者網頁。那十八人之中，除了在喪禮上見過的舒麗麗和杜紫渝外，其餘盡是陌生臉孔。縱使阿怡像網路跟蹤狂一樣，連臉書中的陳年往事或Instagram裡的昔日舊照也一一挖出來，但結果就如阿涅所暗示，任憑她怎麼努力細看，她都沒找出半條線索。

看畢名單上嫌疑者的社交網頁後，阿怡不死心，決定將阿涅給她那張紙上其餘無關的連結全數檢閱。她想起跟舒麗麗一起出席小雯喪禮的趙國泰，說不定阿涅判斷錯誤，kidkit727或共犯在這些不是使用iPhone的學生之中。有些網址由無意義的數字和字母組成，把它們逐個輸入瀏覽器並不容易，阿怡好幾次將小階的「L」當成「1」、英文字母「O」當成數字「0」，一個網址可能要鍵入兩、三次才能打開，但這無阻她發掘嫌犯的決心。

只是，光有決心，對事情沒有幫助。

週六一整天，阿怡幾乎寸步不離家中電腦螢幕，而星期日她要值早班，下班後她歸心似箭，心思全放在阿涅給她的名單之上。可是瀏覽過上百個網頁，阿怡依然看不出半點端倪，她無法在小雯的同學的社交網站中找到妹妹的身影，頂多只看到一些「疑似」悼念的短文。在趙國泰的臉書上，阿怡就看到這樣的一篇近況更新：

Kenny Chiu
2015/5/21 22:31

再會了。我本來不相信有天堂地獄之說，但現在，我只能祈求那個世界真的存在。希望妳能在那邊好好生活。

永別了。

或許就如阿涅所說，校方下了禁令，同學們都有默契地刪除了和小雯相關的文字和圖片，防止事件被記者和網民渲染鬧大，但阿怡有種感覺，就算老師要學生們這樣做，這些十四、五歲的年輕人也不一定會聽從，況且擁抱網路的世代習慣每天都貼文和貼圖，他們要刪除特定內容應該不輕鬆，總有漏網之魚。所以阿怡不禁猜想，小雯本來就不常出現在這些學生的臉書或推特上——kidkit727的文章中那句「她沒有知心朋友」，再一次像惡魔絮語般在阿怡耳邊呢喃著。

在阿涅記下的百多個網址裡，有些不是學生的社交網站，而是網路討論區的連結。阿怡在鍵入網址後，發現瀏覽器蹦出花生討論區時，心頭不由得一沉。那些都是小雯自殺前網民們針對地鐵事件的討論，大部分阿怡早在兩個月前已看過，如今再讀到這些滿懷惡意的文字，更令阿怡感到痛苦。

而當阿怡打開一條貌似平凡的花生討論區網址時，螢幕上現出來的，卻幾乎叫阿怡窒息。

那是一幅少女的半裸照片。

跟之前的八卦版的討論串不一樣，這帖子位於成人貼圖版。花生討論區有成人資訊的區塊，包括讓用戶談論性話題的交流版，有讓他們交友——不管是「朋友」還是「砲友」——的成人徵友版，亦有張貼十八禁成人色情圖片的貼圖版。成人貼圖版版規列明，圖片不能展露性器官，相中人亦必須年滿十八歲，然而前者可以從照片內容判斷，後者卻沒辦法證明，即使貼文者聲稱照片主角已成年，那女生到底是十八歲還是十五歲，就只有當事人才知曉。

阿怡打開的討論串裡，標題為「本地粉嫩援交少女」，張貼者貼了五張照片，相中人是一個只穿著白色內褲的女生，她跪在床上，展露毫無遮掩的胸部。照片沒有拍到女生的樣子，脖子以上就只有下巴勉強被攝進鏡頭。頭三張照片都是女生在床上擺出不同的、生硬地賣弄裸胸的姿勢，第四張則背著鏡頭，內褲褪到大腿上，露出光溜溜的屁股。第五張最叫阿怡噁心，照片裡除了沒露臉的女生外，還有一個身材臃腫的男人，他將臉孔湊近裸女的左胸，伸出舌頭作勢舔對方的乳頭。那男人的臉上打了馬賽克，就只有嘴巴和舌頭的部分沒有遮蓋。從照片的角度來看，這男人一手抱住少女，另一手拿著手機自拍。胖男人沒穿上衣，雖然照片沒拍到他的下半身，任何人看到這照片時也會猜測，他大概早脫掉褲子了。

阿怡看到這串照片後，眼前一黑，不願意接受妹妹出賣身體的「事實」，反胃感、悲傷和忿恨交錯。然而她冷靜下來，再次將視線放在這些照片之上時，她才察覺自己擺了個大烏龍——那女孩子不可能是小雯。小雯比照片中的女生矮小，胸部要小一點，而且垂在肩頭的頭髮長度也不一樣。最重要的是，阿怡自小照顧小雯，曾每天替年幼的妹妹洗澡，她很清楚妹妹胸口和腰間有多少顆痣，這跟相中裸女身上的特徵完全不同。

阿怡吁了一口氣，開始猜測阿涅為何收藏了這帖子。在阿涅記下芸芸花生討論區的連結中，就只有這一條是成人貼圖版的。阿怡猜，或許這女生是小雯的同學，這些床照跟妹妹的「私人恩怨」有關，但阿怡在第三張相的背景裡，發現臥床一角有一件藍色的校服，這校服和小雯學校的白色制服沒半分相像。

「啊，搞不好那混蛋故意戲弄我……」當阿怡花了半個鐘頭反覆盯著這幾張照片後，突然想到另一個可能。她估計精明的阿涅早料到自己會抓住這些資料不放，為了教訓自己，特意加上一個令她難堪的網址，假如她心情低落質問阿涅，對方便可以大大奚落一番，以此說明「外行人就不要多管閒事、自尋煩惱」之類的歪理。阿怡想，她繼續執迷於這些照片和其餘上百個網頁只會令阿涅奸計得逞，於是她終於關上電腦，讓自己離開沉迷了兩天的虛擬空間。這時已經是星期天的晚上十點。

這一夜阿怡再次夢到小雯，可是夢境卻叫她從沉睡中驚醒。她在夢裡看到一個臉上掛著馬賽克的胖子在一家夜店裡抱著小雯親熱，旁邊還有一群看不清臉孔的男人圍觀，拿著手機拍照和拍影片。露出嫵媚表情的小雯任由那胖子為所欲為，為自己寬衣解帶，更似乎享受著對方在身上各處的揉搓。眼看胖男人壓在妹妹身上，有所動作之時，阿怡急得大聲喊叫，可是躺在沙發上、已被脫光的小雯沒有理會，還對姊姊投下嫌惡的眼神，就像在說：「妳管什麼？妳真的關心嗎？」

阿怡早上起床時，噩夢的片段仍殘留在她的思緒中，教她很不好受。不過因為今天約了阿涅到以諾中學查探，所以她還是抖擻精神，作好心理準備。

然而老天爺就像特別討厭阿怡似的，讓她離家時在信箱裡發現令她煩惱的信。

房屋署寄來「特別調遷」的配房通知書，說已編配好新的住所給阿怡，通知她在七月七號前到新屋邨的辦事處辦手續。信中所列的屋邨是天悅邨，位於新界元朗天水圍。這封信勾起阿怡跟房屋署主任見面的不快回憶，令她這天的心情更為沉重——她決定無視這信，畢竟她有權拒絕兩次編配的房子，只是她難以估計下次和再下次會不會給她送上更偏遠的屋邨。

天空就像配合阿怡的心情一樣，烏雲滿佈，一副快要下雨的樣子，可是偏偏沒灑半滴下來。站在以諾中學校門外，阿怡眺望馬路兩邊，希望看到前來的阿涅，可是她只看到一個貌似拾荒為生的老婦、一個站在路旁正在等車的西裝男，以及兩個看來像退休人士、邊走邊閒聊的大叔。在這個時間，學校區的路上行人不多，即使以諾中學對面是一家叫「天景國際」的四星級酒店，早上十一點多仍未到退房的時間，所以只有一輛旅遊巴士停在路邊，不見那些聒噪的大陸旅客的蹤影。

等了十數分鐘，阿怡看了看手錶，發覺已過了十一點半。她心裡正罵著阿涅不守時，卻突然想到，不知道對方會不會私下跟袁老師通電話改期，放自己鴿子。她趕緊掏出手機，按下阿涅給她的號碼。

「叮咚叮咚，叮咚叮咚，叮咚叮咚叮——」

一串鈴聲從阿怡左方傳出，她回頭一看，便看到緩步向她走過來的阿涅，他手上拿著之前用來撥給袁老師的那支舊式手機，正低頭檢查來電。

「急性子的人可幹不了大事。」阿涅直接按下拒絕接聽的按鈕，走到阿怡身邊，劈頭第一句不是道歉，反而是譏諷對方的話。

「你怎麼仍然穿得如此寒酸！」阿怡沒理會阿涅耍賴皮，因為對方的外表更刺激到她。阿涅依然穿著那條七分褲，上半身則是那件紅色的運動外套，雖然拉鍊拉至領口，但阿怡猜裡面還是一件縐巴巴的T恤。

「我有好好穿鞋子啊。」阿涅舉起右腳，讓阿怡看到他穿上了休閒鞋，而不是平日穿慣的露趾涼鞋。「這身打扮是休閒時尚風，妳不懂的。」

「你跟袁老師說你是我的『好朋友』，我可不想她誤會，以為我跟你這種臭男人交往啊！」

「妳介意什麼？」阿涅冷笑道：「妳認為妳還會跟她來往嗎？抑或妳打算跟她成為閨中密友？她以為妳和什麼男人有關係，跟妳又有何瓜葛？」

阿怡想反駁阿涅的「歪理」，可是面對這個能言善辯的傢伙，她找不到任何能贏過對方的字句，只能呆呆地站在原位。

「今天就是有很多像妳的笨蛋，只在乎人家如何看待自己，以為世界繞著自己旋轉。我勸妳不要讀什麼文學名著了，改看《你管別人怎麼想》和《自以為是的豬》吧。」阿涅一臉鄙夷之色，說：「妳別忘了今天的目的是找出那個躲在網路後面的傢伙，若然袁老師就是

kidkit727，那麼妳還會不會在乎她如何看我們？」

阿怡為之語塞。

「走吧，」阿涅向校門踏前一步，「妳不跟上來，我便乾脆自行調查了。別忘了我今天姓『王』。」

兩人走進學校，向一位校工道明來意，對方便給他們別上訪客名牌，再帶他們到中央大樓三樓的教職員室。以諾中學有三棟主要建築物，分別是東翼大樓、西翼大樓和位於兩者之間的中央大樓。袁老師正等待他們，所以阿怡剛露臉，袁老師便主動離開座位，上前迎接。

「我負責說話。」在袁老師步近時，阿涅對阿怡命令道。雖然阿怡想反抗，但眼見袁老師已來到面前，只好無奈接受。

「區小姐，您好，別來無恙嗎？」袁老師說。「這位是王先生？」

「您好。」阿涅換上一副親切的表情，熱情地跟袁老師握手。「謝謝老師您一直照顧我們家小雯。」

站在阿涅身邊的阿怡聞言不由得愣住，但她立即回過神，裝出同意的樣子。阿涅的語氣就像說明自己是小雯家人，阿怡除了因此感到訝異外，也對他變臉之快而吃驚。她猜，阿涅是特意作弄她，明知她不想袁老師誤會二人的關係，卻故意扮成小雯的未來姊夫。

「雅雯是個好孩子，可惜……」袁老師話到嘴邊，卻沒有說下去，似乎不想勾起阿怡的傷心事。「我們還是別站著說話吧，請跟我來。」

袁老師帶著他們走到一間小小的會客室，房間裡有一張長方形的會議桌，兩旁共有八個座位。房間一角有飲水機，袁老師斟了兩杯茶放在阿涅和阿怡面前。

「這是雅雯遺留在置物櫃的書本。」袁老師將一個白色膠袋和一本小冊子放在桌上，膠袋看來有六、七本書的厚度。

「謝謝。」阿涅接過膠袋。

「另外這是同學們書寫的悼念冊。」袁老師輕輕按著小冊子，說：「雅雯走得突然，同學們一時難以接受，我們就讓他們將心底話寫下來，好讓他們平服心情。」

阿怡翻開以活頁裝訂的悼念冊，只見每頁都有大同小異的慰問語——「永遠懷念」、「一路好走」、「沉痛哀悼」之類。不少留言沒有署名，阿怡不禁猜想，小雯的同學們會不會只是把這本悼念冊當成老師發下來的功課之一，敷衍地寫幾個字了事。二十多頁裡，僅有兩、三頁寫得較長，其中一頁抓住了阿怡目光：

雅雯，對不起。請原諒我的懦弱。知道妳離開後，我一直在想是不是我們的錯。很對不起，對不起，對不起。願妳安息，希望妳的家人能克服哀痛。

文章沒有下款，阿怡無法知道作者是誰，可是這篇留言令阿怡心生疑竇，猜測對方會不會就是kidkit727本人。犯人對害死小雯感到後悔嗎？可是文中的「懦弱」又是什麼意思？從kidkit727寄來的信件中，阿怡才沒有感到一絲「懦弱」。

在阿怡翻閱冊子時，阿涅再次向袁老師致謝，說：「謝謝。拖了這麼久，真不好意思。」

「不，不打緊。」袁老師微笑著點頭：「我明白您們需要一點時間。」

「謝謝您的體諒。」阿涅向袁老師微微鞠躬，說：「希望小雯的事沒有為您們添麻煩，我也明白校方要處理這種情況很不容易。」

「我們有按照教育局的危機處理指引辦事，所以一切也在控制範圍之內。」袁老師悄悄瞥了阿怡一眼，再說：「去年雅雯在地鐵遇上事件，我們已啟動了相關機制一次，四月那篇文章在網路流傳時，我們也成立了處理小組進行協調。除了有一些不明事理的家長指責我們沒能預防事件發生，同學們的情緒大致上平靜，也算不上什麼麻煩。」

「花生討論區那篇文章應該造成很大的波瀾吧。」阿涅說：「恕我冒昧問一句，那篇文章對小雯有很嚴重的抹黑，對她有很多不實指控，校方有對同學們展開調查，尋找涉事者嗎？畢竟這事對校譽影響很大吧。」

阿怡很意外阿涅會單刀直入問這個問題，但她也很想看看袁老師的反應。

袁老師臉色一沉，說：「王先生，您說得對，那篇文章的確造成不少傷害。不過，我們身為教育者，重視的是孩子的將來，我們最優先處理的，是避免加深學生的恐懼和不安，保持正面積極的態度和行為，做為學生的榜樣。同樣地，在雅雯離開後，我們亦秉持相同的精神，去協助同學們克服傷痛，重建他們的信心與安全感。」

「真是辛苦您們了。我也相信學校的制度很完善，只是意外難免，我們只能慨嘆人生總會遇上不幸。」阿涅邊說邊點頭：「對了，我沒記錯的話，袁老師您教的是中文科？」

「是的。」

「我想知道，小雯有沒有在作文功課裡寫了什麼？我也不是想追尋她做那個決定的原因，只是想多了解一下她離開我們之前，有什麼我們不知道的想法。」

「我記憶中沒有什麼特別的……」袁老師低頭沉思，再說：「您們先等一下，我去找一找。我們中學會保留學生的作文功課，選出優秀的文章刊登在校刊，餘下的在新學期才發還學生。不過我想就目前來說，雅雯的遺筆對您們來說更有意義。」

「那麻煩您了。」

話畢袁老師便離開會客室。阿怡確認對方走遠後，轉過頭想問阿湼提及作文功課的目的，是否想確認某些事情，可是她剛開口，阿湼便再次命令道：「有事待會再說。」阿怡只好閉嘴，默默地環視會客室的環境。就在她看到掛在牆上的校徽時，她才赫然察覺，這是妹妹過去三年每天生活的地方，小雯曾在這個校園裡存在過。透過會議室的窗子，阿怡看到L字形大樓另一邊的走廊，有個穿著白色短袖校服裙的學生，正抱著課本，蹦蹦跳的跟同伴邊走邊聊。在她們身上，阿怡彷彿看到小雯的影子。

但小雯已經不在了。

剎那間，阿怡感到鼻頭一酸，可是她忍住淚水。她知道自己坐在這個會客室的意義。她要找出害死妹妹的兇手。這使命讓她堅強起來，她暗暗起誓——在找出犯人之前，決不會再流下半滴眼淚。

阿怡偷瞄了阿湼一眼。阿湼正襟危坐，神態從容，恰如其份地飾演「自殺少女家人的親友」的角色。阿怡這時才發覺，阿湼這天的打扮並不算太糟，雖然七分褲跟運動外套未免太隨便，但這身裝扮其實跟一般人沒大分別。阿湼也有刮乾淨鬍子，消除了那股流浪漢的邋遢感。阿怡回想，大概是先入為主，她一直覺得阿湼不修邊幅，事實上除了初次見面外，每次跟阿湼碰面，對方臉上也沒有留著難看的鬍碴。從剛才他跟袁老師的對談來看，阿湼的外表更使對方卸下心防，阿怡想，假如阿湼穿上正裝，問長問短的搞不好惹來袁老師猜疑，偵探的身分會暴露——畢竟沒有偵探會穿七分褲和運動裝，跟客戶一起進行調查吧。

說不定這又是什麼「社交工程」——阿怡暗想。

不一會袁老師回到會客室，手中拿著一疊對摺的原稿紙，阿怡猜想應該有十數張。

「這是本年的作文功課，共有十份。」袁老師將原稿紙放在阿怡和阿湼面前。阿怡看到稿紙上熟悉的筆跡，睹物思人，頓時有點難過，但她沒有分神，立即伸手翻閱。作文題目都很尋常，諸如〈一年之計在於春〉、〈我的理想職業〉、〈上茶樓見聞〉之類。當中較艱深的題目，大概是〈試就《論語》「三軍可奪帥、匹夫不可奪志」談談你的看法〉。

「小雯的成績不太好？」阿涅瞄到稿紙上的分數和批改，問道。文字寫得工整漂亮的學生往往讓老師留下好印象，作文分數會打得較高，可是即使小雯字寫得不錯，每一份作文也只是六十分上下。

「中等，不算好也不算差。」袁老師微笑著回答。「大部分孩子都未有能力寫出好文章，雅雯的強項在理科，作文寫得不夠好，也能理解。」

雖然袁老師嘴巴上說得動聽，阿怡在稿紙上看到袁老師的評語：「行文尚算流暢，但內容空洞，沒有針對題目寫出重點」、「論述模糊，宜多用心書寫」，其中〈我的理想職業〉一文的分數更是最低，袁老師在空白處寫上「自述文不宜兜圈子，由衷寫出心聲就好」。

「雅雯不擅長寫作。」袁老師看到阿怡在仔細閱讀小雯的文章，說：「她文字運用得不錯，但內容頗淺薄。我想是人生經驗不足，只要……啊，我失言了，很抱歉。」

阿怡很清楚袁老師那句沒完成的話是什麼。「只要假以時日累積人生歷練便能寫好了」——可是小雯已經沒有未來。

「不要緊，謝謝老師您拿這些文章給我。」阿怡微微點頭，以示謝意。她彷彿從稿紙上看到她不熟悉的妹妹，能藉此追憶故人。阿怡這時才想起，小雯自升上中學後便再沒有向她請教學業上的問題，功課溫習全靠自己，所以她不知道近年小雯的成績如何。

「小雯以前在班上乖巧嗎？」阿涅問。

「她中一時還有點調皮——那時候我負責她班的中文科——但後來就漸漸改變了。」袁老師轉向阿怡，說：「大概在中二下學期吧，因為……因為令堂的病，雅雯變得較內向。」

聽到對方提起母親，阿怡心裡一陣黯然。

「她在班上有沒有知心朋友？她曾提過一、兩個名字，但我記不起來……」阿涅繼續裝作區家的熟人。

「這個嘛……她以前常常跟Lily和國泰一起，可是後來似乎就疏遠了……」

「是舒麗麗和趙國泰嗎？這麼說來我便記起了。他們好像曾來過家裡作客，但我倒沒碰過他們。」

阿怡差點受不了阿涅憑空揑造，但想到對方可能在套話，就忍住不打斷他。

「對，就是他們。我不清楚他們之間發生什麼事，但依我看多半是感情瓜葛。現在的孩子都很早熟。」袁老師嘆一口氣。

「感情瓜葛」這四個字，恍如針刺一樣狠狠地扎了阿怡一下。阿怡一直以為妹妹仍是個小孩子，跟戀愛之類無緣，可是如今她無法確定自己的看法正確。她想起kidkit727寄來的那張可疑照片，又想起文章中指斥小雯搶人男友，她愈來愈覺得自己不了解妹妹。

「除了他們之外，小雯還有好朋友嗎？跟其他同學關係如何？」阿涅問。

「嗯……我想不起來，印象中她和其他同學的關係也沒有什麼特別。假如王先生是想問雅雯有沒有被霸凌，我敢保證絕對沒有。」

「不，不，我沒有那種意思，很抱歉讓您誤會了。」

「去年雅雯在地鐵遇上那案子後，班上初時的確有些流言，尤其是男生之間更是說得繪影繪聲，但校方很快作出輔導，孩子們也明白他們的態度會二度傷害雅雯，所以都收斂起來。那篇網路文章出現後，學生們也沒有異常表現，我想也是之前輔導的效果。」

「袁老師，請問可以讓我們跟小雯的同學碰碰面，聊聊天嗎？像國泰和麗麗，他們有出席小雯的喪禮，我們想向他們致謝。」

「啊……」袁老師態度有點猶豫，但隨後說：「好吧，反正期末考後，學生們上午用來補課和核對試題，下午都是自修和社團活動。現在快到午休，我帶您們去教室找他們。」

「謝謝。」阿涅邊說邊將裝參考書的膠袋推給阿怡，示意她負責拿，而自己則將桌上的悼念冊和作文功課疊好，順手帶著。

袁老師陪伴阿涅和阿怡離開會客室，可是剛回到走廊，阿涅卻將袁老師拉到一旁，說了幾句悄悄話。當阿怡察覺時，袁老師卻對她點頭，說有事情要先回教員室處理。

「袁老師有事情要辦？」當走廊裡餘下阿怡和阿涅二人時，阿怡覺得奇怪，問道。

「我不想讓她妨礙我們，所以打發她了。」

「你對她說了什麼？」

「我跟她說妳有病。」

「嗄？」阿怡怔了一怔。

「我說妳一直無法放下妹妹的事，經常失眠，醫生提議可以跟妹妹的朋友傾談一下，解開心中的鬱結。」阿涅回復平時的語氣，說：「老師在場的話，那些孩子一定有所顧忌，這對妳的『治療』沒有幫助。這樣子她便不會礙手礙腳。她已告訴我教室在哪，叫我們待午休鐘聲響起時去找他們就行。」

雖然阿怡對阿涅胡謅自己有病感到不滿，但也能理解他的理由。

「袁老師真體貼……」阿怡說。

「哼，體貼個屁。」阿涅突然露出不屑的樣子，斜視了身後的教職員室一眼。

「咦？」

「先走再說。」阿涅推了推阿怡，往走廊盡頭的樓梯走去。

二人下了樓梯，走到無人的操場一隅，阿涅隨手翻開小雯同學們撰寫的悼念冊，一邊瀏覽內容一邊說：「這種老師簡直混帳，真令人討厭。」

「你說什麼？」阿怡對阿涅的話覺得費解，袁老師明明很親切地回答他們的問題，還有求必應，既拿了作文作業給他們，又允許他們跟小雯的同學見面。

「我說，那種『生物』不配稱為老師，頂多叫做『學店奴才』。」阿涅狠毒地說。

「她哪兒得罪你了？」阿怡對袁老師印象良好，所以聽到阿涅的詆毀，不禁有點動氣。

「嘿，妳這種人真易被矇騙，以為口頭上會說漂亮話的人都心地善良。」阿涅冷笑一聲，說：「這個袁老師表面態度友善，但心裡想的，卻只有自己。只要稍微觸碰敏感的話題，她都第一時間撇清關係，強調校方按照什麼指引什麼機制做事，我呸。那些話更是搬字過紙，直接從教育局的指示引用，我看她已經熟讀那些文件，對不少家長說過相同的話……就像這本悼念冊，裡面只有兩、三篇用心書寫的留言，其餘不過是虛情假意的客套話，既然同學們沒有這個心，又何須弄這種門面工夫？袁老師根本就不在乎，只是像機器人一般依照『標準作業程序』去處理。剛才妳稱讚她體貼，但妳不知道她最初的反應——當我提出希望跟妳妹妹的同學單獨見面時，她說的是『這不大符合規矩』，而不是關心我這要求的原因，或是會否勾起學生們的傷心事。比起學生的情緒，她更在乎學生的家長會否投訴。」

「可、可是袁老師有出席喪禮！你怎可以說她不關心學生啊？」

「她出席喪禮時跟妳說過什麼話？」

「我不大記得，就是慰問之類……」

「她沒有道過歉吧？」阿涅直視著阿怡雙眼，問道。

「好像……沒有。她又沒有錯……」

「就算將孩子視為獨立個體，身為老師，沒察覺學生行為有異，不該為自己的疏忽而感到內疚嗎？即使無法阻止妳妹妹自殺，她也該向妳致歉吧？我不是要她叩頭認錯，但假如一個人有多少同理心，自己教導的孩子不幸自殺了，至少會流露出丁點愧疚——但她剛才完全沒有。千錯萬錯，都是他人的錯。我很清楚，她這種人不會打從心底說對不起，因為她只將『老師』當成一份普通的職業，替『僱主』擋掉麻煩，是『員工』的責任。我們身邊就是充斥著這種自以為『安守本分』的傢伙，卻不知道自己已變成不懂思考、自甘墮落的廢物，令這個社會愈來愈腐爛。」

阿怡無法反駁。雖然阿涅這番話宛如某些反社會主義者的論調，但她無法否定。

「不過，如此一來，袁老師就不會是kidkit727。」阿涅換了語氣，緩緩地說。

「為什麼？」

「她不會讓自己——和學校——惹上如此大的麻煩。假如她真的跟妳妹妹有什麼血海深仇，她也不會利用網路抹黑製造輿論，因為這會連累她的工作。對她來說，她希望學生們都像工廠的原料，毫無個性地注入相同的模具複製成相同的人偶，再送進名為社會的機器裡，成為不起眼的齒輪。因為她也視自己是這樣的一枚齒輪罷了。」

一時間，阿怡內心五味雜陳。她覺得阿涅的說法未免太極端，但她的確從來沒有以這個角度去思考。她自小便接受了「努力念書、努力工作，在社會當個有用的人」的說法，認定這才是理想的人生，但如今經歷了母親和妹妹急逝，她不禁想到底「當個有用的人」有何意義。

「……你向袁老師要小雯的作文幹什麼？」為了變換心情，阿怡問道。

「妳知道嗎？即使是言不由衷的文章、虛構的創作，作者還是會在字裡行間流露出個性。」阿涅說話時仍繼續翻閱悼念冊。「不過對行外人來說，花一百年也看不出這些細節吧。」

阿怡不知道對方是不是兜圈子嘲弄自己，不過為了避免對號入座，她只好默不作聲。

「時間差不多，我們到教室外等吧。待會妳負責打招呼，但之後由我發問，妳別亂說話。」阿涅闔上悼念冊，將小雯的作文當作書籤似的插在冊子當中。

阿涅帶領阿怡往學校的東翼大樓走過去，在梯間和走廊上拐彎轉角沒有半分遲疑。阿怡對阿涅如此熟悉環境感到訝異，本來想問他是否曾經來過，但回心一想，對方九成是先從網路取得藍圖，掌握了校園每一個細節。

趙國泰和舒麗麗跟小雯一樣，唸三年B班，教室在東翼大樓四樓。午休鐘聲響起，學生們紛紛從教室湧出來，不少孩子對站在門外的阿怡和阿涅投以奇怪的目光。當趙國泰和舒麗麗步出教室時，阿怡還沒出聲叫住他們，他們已先注意到阿怡，表情帶點錯愕地向她點頭行禮。

「你們是國泰同學和麗麗同學嗎？我是……」

「妳是小雯的姊姊。」趙國泰打斷了阿怡的話。

「嗯。這是我的朋友，『王先生』。」

「叫我『誠哥』就可以了。我們來學校取回小雯遺下的課本，想到不如跟小雯的同學見見面，問袁老師小雯跟誰最要好，她便告訴我你們的名字了。說起來，你們曾到過喪禮送別小雯吧？謝謝。」阿涅說明後，國泰和麗麗茫然地點點頭。阿怡留意到他們聽到阿涅提及小雯時，眼神有一點變化。

「別、別客氣。」麗麗回答。她的聲音很小，跟她清爽的外型不搭調。

「你們現在去吃飯嗎？不如跟我們一起用餐？」阿涅再度掛起親切的臉孔，說：「小雯走得很突然，可能的話，我們想多從她的朋友口中聽聽她過去在學校的生活。」

麗麗跟國泰對望一眼，似乎有點猶豫，但國泰還是點點頭，說：「好的。不過我們只在學校食堂吃午飯……」

「那正好，怡姊姊也想看看小雯平時吃午飯的地方。」阿涅說。

阿怡不知道阿涅的話是否由衷，但她對此心懷感激。過往小雯就在校園的食堂跟同學一起用餐，難得可以跟妹妹觀看相同的風景、吃相同的食物，阿怡覺得這多多少少能填補心中的遺憾。

食堂在校園西翼大樓一樓，靠近學校正門。以諾中學沒規定學生一定要留在校園吃午飯，不過學校食堂價錢便宜，學生們都樂意光顧。只是由於今天是期末考後、暑假之前的上學日，同學們不用從短暫的午飯時間裡擠出二、三十分鐘來溫習或進行社團活動，於是大部分學生都選擇外出悠閒地用餐，食堂裡只有平日一半顧客，跟往日摩肩接踵的盛況大相逕庭。

食堂的餐點選擇不多，雖然叫做「食堂」，其實不過是個稍具規模的小食部[14]，外加一個放滿桌椅的空間而已，就連餐具器皿都是用完即棄的塑膠製品。阿怡沒有胃口，只點了一份三明治，相反阿涅點有豬排午飯套餐，而國泰和麗麗都要了湯麵。他們坐在食堂一個角落，旁邊有窗子，越過籃球場和樹叢便能眺望矗立在窩打老道、二十多層高的天景國際酒店。當國泰和麗麗吸啜著麵條時，阿怡不由得盯住他們面前的桌面——他們將手機放在桌上。因為學校規定上課時手機必須關上，學生們都會趁午休時開機查看新訊息，國泰和麗麗自然不例外。本來阿怡食慾不振，對手上的麵包感到味同嚼蠟，看到麗麗的iPhone就更令她食不知其味，教她不斷猜想犯人是不是就是面前的這個外表純樸的女孩子。

「你們跟小雯感情很好嗎？」阿涅邊切著豬排邊輕鬆地問道。

「嗯……算是吧。」國泰回答道。不過就連阿怡這麼遲鈍，也察覺他有點不自然。

「我記得你們曾陪身體不適的小雯回家，對不對？」阿怡插嘴道。

阿怡說這句話，本來只是想帶話題，拉近彼此的距離，方便阿涅刺探，沒料到國泰和麗麗表情大變，就像警覺到天敵接近的野生動物。同一時間，她的小腿在檯底下被阿涅狠狠踹了一記，她痛得轉頭望了阿涅一眼，可是對方表情沒半點變化。阿怡猜，阿涅叫她住口別搶白。

「小雯好像很喜歡『一世代』？」阿涅一副輕鬆的樣子，就像沒留意到面前二人神色有異，談起其他話題。阿怡不知道「一世代」是什麼，但在這話題轉變之下，麗麗的表情明顯放鬆下來。

「嗯，我們都很喜歡……最初是我迷上的，然後我介紹給小雯，她也成為歌迷了。」麗麗說。

「他們那首〈What Makes You Beautiful〉真紅，就連我這種大叔也聽過。」聽到阿涅如此說，阿怡才理解「一世代」大概是樂團的名字。

「對啊，還有〈One Thing〉也是！」麗麗精神一振，就像難得有成年人認同自己的品味似的。

「雖然常常有人批評他們只是唱片公司用錢捧紅，但我覺得有些意見太過分了，他們好歹是歌唱選秀節目的季軍，自然有一定實力。」阿涅侃侃而談，一副樂評人的模樣。「說有錢便能令一個組合成為全球焦點的人，未免太天真了。」

麗麗不停點頭，彷彿對阿涅的意見有所共鳴。

14. 類似台灣的學校福利社，但只賣飲料和食品，包括熟食。

「妳喜歡哪一位成員？」阿涅問。

「Liam。」麗麗回答，表情帶點靦腆。

「Liam好像滿多人喜歡的。」阿涅咬一口豬排，再說：「說起來，我有個英國朋友的女兒最喜歡Zayn，為了他退團的事，足足哭了兩天哩。」

麗麗的神情突然黯淡下來。

「啊，抱歉，我不該提Zayn退團這件傷心事的。」阿涅說。

「不，不……」麗麗搖頭，眼眶漸漸變紅。「是小雯……我們以前說過，一世代來香港開演唱會的話要一起去，可是他們真的來香港時，我們卻絕交了……而且小雯還……她還……」

國泰從口袋掏出面紙，給麗麗擦眼淚。

「小雯不會怪妳的。」阿涅說。

「不，不！是我的責任！一切都是我的錯……」

麗麗忽然激動起來，聲淚俱下，阿怡幾乎覺得那是犯人的自白。麗麗的哭聲引來鄰桌的一群女生注意，但她們都詐不知情，只一邊吃飯一邊偷看。

「是我害死——」

「別胡說。」國泰打斷麗麗的話，「怡姊姊，Lily一直後悔自己跟小雯疏遠，沒有跟她一起分擔煩惱，每天都責怪自己。」

阿怡剎那間不懂得如何應對。國泰說的是事實嗎？麗麗只是單純地因為這個原因而痛哭？還是說，她跟小雯交惡，耍手段害死對方後卻又對所作所為感到懊悔？

「國泰，你有玩樂團嗎？」阿涅突然改變話題。阿怡錯愕地瞥了阿涅一眼，奇怪對方為什麼不繼續追問小雯和麗麗的關係。

「咦，啊，是的。」國泰也反應不過來，結結巴巴地回答道。

「我看你的左手手指頭起繭，」阿涅指了指國泰的左手，「吉他？」

「吉他和貝斯也有玩，不過只學了兩年，技術還很嫩。」

「我也學過吉他哩，不過放下多年，現在連和弦都忘光了。」阿涅淡然地說。阿怡想起阿涅家中那支電吉他，不知道他這話孰真孰假。

「誠哥學吉他是玩什麼類型的音樂？民歌？還是歐美搖滾？」國泰問。

「不，日系的。我跟你年紀差不多時，坊間正流行X、聖飢魔II、BOØWY等等。」

「啊！我練的團正是玩日系流行搖滾，翻唱flumpool和ONE OK ROCK的歌曲。」

「這些團我只在網上見過名字，看來我老了啦。」阿涅笑道。

接下來十分鐘，阿涅就跟國泰一直在談流行音樂和樂團，麗麗偶爾插嘴，而阿怡只能默默旁聽。阿怡完全不理解他們在談什麼，但她猜想阿涅這樣帶話題，應該自有主意。

「你們這一代玩樂團比我們那一輩幸福多了，」阿涅吃完最後一口豬排，邊抹嘴邊說：「以前光買一個效果器便要幾百塊，好一點的動輒千多二千元，如今你們可以用電腦甚至手機代替，只要買個接駁器，用軟體模擬什麼效果也能玩出來。」

「誠哥說的接駁器是iRig？教我吉他的前輩不久前提起過，但我們這團只是新手，效果器或什麼軟體模擬都不懂。」國泰搖搖頭。「而且好像說要買台蘋果的Macbook才能使用，那太貴啦。有錢的話，我寧願買支Squier的Telecaster……」

「Squier？副廠品牌雖然較便宜，但不太耐用，幾年便要大修。Telecaster還是選原廠Fender的較有保證。」阿涅說。

笑一下。

「Fender的吉他太貴了，就算我存夠錢，被老爸老媽知道價格後肯定大發雷霆。」國泰苦笑一下。

阿涅似是回應地露出笑容，正要開口卻又突然止住，表情帶點落寞。

「唉。」阿涅一副若有所思的樣子，緩緩地說：「假如小雯還在，今天我就不會來到這學校，沒機會跟你聊吉他。或者本來我們會在將來才相遇，可能是你的樂團在校慶表演，而我和怡姊姊當觀眾，亦可能是你們來家裡作客，小雯介紹我們認識。也許今天我們見面，是小雯在天上安排的吧。」

國泰和麗麗聞言，神色變得黯然。

「小雯平時午飯愛吃什麼？」阿涅問道。

「雞蛋番茄三明治，就是怡姊姊正在吃的那種。」國泰回答道。

阿怡無法掩飾發自內心的訝異，她沒想到她居然巧合地點了小雯平日常吃的午餐。她剛才點這份三明治不過是因為沒胃口，再加上這是菜單上最便宜的項目。她想，或許就如阿涅所說，這是妹妹在天上的安排。

「這三明治份量這麼小，小雯吃得飽嗎？」阿涅再問。

「我想應該還好吧，而且我們有時下課後會去吃下午茶。」國泰說。

「小雯以前在家吃得不少哩……你們正值成長期，多吃一點就好。當然要吃得均衡一點，別像我那麼挑食。」

阿涅語調輕鬆，用叉子將吃剩的豆筴撥到一旁，像是要藏在豬排的骨頭下，國泰和麗麗也被逗笑。阿怡這時才察覺阿涅話術高明之處——他先聊一些不著邊際的話題，比如音樂或吉他，讓眼前的少年少女感到對方跟自己有「共通的語言」，再緩緩切入核心，提起小雯。更令阿怡佩服的是，他就像跟新相識談及一位遷居他國的共同好友，語氣不帶半點悲愴感。如此一來，國泰和麗麗更容易被套話——無論麗麗是不是害死小雯的兇手。

阿怡不動聲色，默默地聆聽著阿涅與國泰他們的對話。阿涅就像擂台上的拳手，以彈跳步圍著對手繞圈，漫談著年輕人有興趣的無聊話題，再偶爾切入，拋出兩記刺拳，有意無意地提起小雯的名字。阿怡看得出，國泰和麗麗在談到小雯時仍有所避諱，但比起剛碰面時已卸下心防。當阿涅跟他們聊到臉書推行實名制和某知名網路歌手涉嫌偷竊等新聞之際，阿怡沒想到阿涅會猛然轟出一記上勾拳。

「說起來，今天網路的力量真大，消息不用半天便人人皆知。」阿涅換上愁容，「就像花生討論區上指責小雯的那篇文章，一下子便炸開了鍋。」

國泰和麗麗對望一眼，再向阿涅微微點頭。

「老師不准我們談論事件，所以學校裡滿平靜的——表面上。」國泰說。

「同學們一定私下議論紛紛吧。」阿涅說。

「嗯……誠哥，那文章說的都不是真的，小雯才沒有……」

「我們也知道。」阿涅微微點頭。「不過那些都是很嚴重的指控呢。你們知不知道小雯在學校有沒有惹到誰，令對方懷恨在心，趁機抹黑小雯？」

「一定是郡主！」麗麗突然說。

「郡主？」阿怡問。

「我們班裡有一位大小姐叫黎敏，她有一群姊妹淘，每天她都被這些跟班簇擁著，上課下課都像公主出巡似的，所以綽號郡主。」國泰解釋道。「她們就像班級領袖，主導著風向，尤其在女生之中更有權威，郡主和她的同夥要對付某人的話，其他人就不敢跟目標搭話，怕自己會變成下一個被盯上的目標。」

「所以班上有霸凌嗎？」阿涅問。

「那又不算是……」國泰搔搔頭髮。「我從來沒聽過她們動手動腳，或是偷偷丟掉人家的書本文具之類，大概只是刻意孤立某人，偶然指桑罵槐地丟出一些難聽的話。這程度算不上什麼欺凌吧？班上大概有比她們更頑劣的傢伙哩……」

「不過去年郡主提議班級旅行去迪士尼，女生裡就只有小雯投反對票，結果以一票之差改去馬鞍山郊野公園。」麗麗一臉不快地說：「郡主是個大嘴巴，最愛搬弄是非，她九成因為旅行投票一事對小雯心懷怨忿，他人問起小雯的事，她便抓住機會報復，亂說一氣抹黑小雯……」

「可是沒證據便不要一口咬定啊。」國泰插嘴說。「她們平時沒有特別找小雯的碴，而且郡主也有送別小雯，我想她本質不至於那麼壞……」

「送別小雯？」阿怡愣了一愣，問：「你們說的這個『郡主』同學，她有到過小雯的喪禮嗎？」

國泰和麗麗露出奇怪的表情。國泰反問道：「沒有嗎？我們當天離開殯儀館時，看到她獨個兒站在大門外啊。」

「你們有沒有跟她打招呼？」阿涅問。

國泰搖搖頭。「我們本來就不熟，加上麗麗一向不喜歡她，彼此即使看到也裝作沒看見吧。」

「她那天有穿校服嗎？還是穿便服？」阿怡追問。

「校服。就是因為穿校服，我們才會留意到。」

「來送別小雯的，就只有你們和那個叫杜紫渝的同學啊？」阿怡邊說邊回想，生怕自己大意記錯了。

「杜紫渝？不是郡主嗎？」麗麗說：「那個女孩子是長頭髮還是短頭髮的？」

「長頭髮，大約這麼高，戴著一副方框眼鏡的。」阿怡用手比劃著記憶中女學生的身高。

「那的確是杜紫渝……」麗麗沉吟道。

「國泰，怎麼了？」

阿涅的話抓住阿怡的注意——她這時才察覺國泰的臉色有異。

「沒什麼，只是我不知道小雯跟杜紫渝交情這麼好。」國泰答道。阿怡覺得，這答案背後還有多少隱情，可是國泰不說。

「嗯。無論如何，來送別過小雯的同學，小雯都一定會感恩的。剛才你們說班級旅行，原來現在的學生可以選迪士尼做為候選地點嗎？我以為學校旅行頂多會選那些什麼『有益身心』的戶外活動青年營……啊，我可不是說迪士尼『無益身心』喔。」阿涅輕輕帶開話題，再次聊一些不重要的事。

餐桌上的話題不斷，從旁人角度來看，四人似乎融洽地閒聊著，只是阿怡和阿涅這兩個穿便服的成年人有點突兀，他們恍似是國泰和麗麗的老師，正在進行師生交流。因為麗麗提起迪士尼，勾起阿怡一段幾乎遺忘的回憶：某天父親從電視新聞看到香港迪士尼樂園動工興建，就說將來要帶家人去遊玩，然而父親卻沒等到開幕便離世。阿怡記得當時母親還說門票一定很貴，父親就豪爽地回答「貯一下就好」。阿怡對樂園興趣不大，不過看到父親如此雀躍，自然也感到窩心。

不知道小雯記不記得這段往事呢——阿怡心想。那時候，小雯只有三歲。

「啊，午飯時間差不多完結吧。你們要回去上課了？」阿涅瞧了瞧牆上的鐘，說道。食堂裡的學生已走得七七八八。

「上星期剛考完期末考，這兩個禮拜下午都是自由活動。」國泰說。「我們還可以多坐一會……」

「不行啊，」麗麗轉頭瞧著國泰，「你要到音樂室跟音樂社的學長們練吉他，我也要練球啊。」

「練球？」阿怡問。

「她是排球隊的。」國泰說。

「想不到妳是運動健將。」阿涅對麗麗笑道，麗麗回報一個羞澀的微笑。「既然你們有活動，我們也不好耽擱你們。今天讓你們花時間陪我們兩個大叔大嬸吃飯聊天，實在太感謝了。」

阿涅對兩個年輕人微微鞠躬。

「誠哥不用客氣，我們也很高興能跟小雯的家人見面……算是補償了一些遺憾。」國泰說。

阿涅從口袋掏出一支原子筆，再撿起桌上一張沒用過的紙餐巾，寫上一串號碼。

「這是我的手機。」阿涅將紙餐巾遞給國泰。「難得跟你們滿投緣的，將來有空，或者有什麼煩惱想找個人分擔，就儘管打電話過來吧。我們也很希望從你們身上多了解一下小雯，她雖然走了，但永遠活在我們心裡，能夠知道小雯過去的瑣事，怡姊姊也會高興的。」

「嗯。」國泰接下餐巾。「你們現在回去嗎？」

阿涅張望一下，說：「我們還會多待一會，溜達一下，看看小雯生活過的校園吧。」

國泰和麗麗點點頭，禮貌地道別後，離開食堂。他們是最後離開的學生，他們走後，食堂裡只餘下阿涅和阿怡，以及另一桌幾位正在吃飯的校工。

「阿涅，我們接下來要做什麼？」阿怡轉頭問道，卻意外地看到阿涅板起臉，一副老大不高興的樣子。

「區小姐，」阿涅皺起眉頭，瞅著阿怡，語氣冰冷地說：「我說過由我負責說話，假如妳再自作主張，破壞調查增加我的麻煩的話，我就立即罷手。」

「我、我幹什麼了？啊，你怪我插嘴了？」阿怡想起檯底下那記狠踹。「我不過想起他們曾陪伴過小雯回家，希望藉此拉關係……」

「我就說外行人別插手。」阿涅沒有大嚷，但聲線帶著威嚴。「十四、五歲的孩子很敏感，就像小動物一樣容易受驚，拜託妳這種毫無察覺他人內心能力的遲鈍笨蛋少開口當幫忙。妳居然一坐下便丟炸彈，害我花盡九牛二虎之力才能拉回來，以免他們把我們當成敵人，可是到頭來只勉強敲出一點端倪，結果還是沒問到核心。」

「核心？」

「就是妳多嘴提起的那件事。」

「他們扶不舒服的小雯回家，是什麼核心事件了？」阿怡不甘示弱，回嘴反問道。

「所以我最討厭無知卻又自以為是的蠢貨。」阿涅從口袋掏出小雯的紅色手機，按了幾下，將螢幕放在阿怡眼前。「妳很想知道這照片的來歷吧？」

阿怡倒抽了一口氣，螢幕上展示的是kidkit727寄來的那張小雯被不明男生摟抱的照片。

「數位相機剛普及的時候，日本電子工業振興協會制定了一種稱為EXIF[15]的規格，讓每張數位照片記錄影像以外的資料。」阿涅稍稍收回手機，邊按邊說：「今天的手機沿用這規格，

15. 可交換圖檔格式（Exchangeable Image File format）。

拍照時會在照片原始檔案加入EXIF，而這資料包括拍攝的相機品牌、型號、快門速度、感光值、光圈等等……」

阿涅將手機再次放在阿怡面前。

「……還有拍攝的日期和時間。」

在小雯的手機螢幕上，一個方框顯示著幾行的文字，其中「圖像拍攝時間」一欄寫著「2013/12/24 22:13:55」。

阿怡盯住手機看了兩秒，才發現這日期的意義——國泰和麗麗扶小雯回家，正是前年的平安夜。

「這、這照片是、是在麗麗他們陪小雯回家那、那天……」阿怡被這事實嚇呆，只能結結巴巴地吐出這句話。

「而妳剛坐下便丟出這個話題，令我無法套話。」阿涅瞪著阿怡，說：「人其實是一種缺乏理性的生物，判斷一件事情是否重要，往往不是出於理智，而是視乎感覺。就像剛才，只要國泰他們認同我們是『同伴』，他們便會不自覺地主動說很多話。可是，妳一開始就提起前年聖誕節的事情，而那時候他們仍未信任我們，即使我用一個鐘頭令大家熟絡了，我一旦觸及此事，他們亦有可能勾起妳意外埋下的『我們不過是陌生人』的印象，回復防衛心態，我的誘導便前功盡棄。妳看，妳是不是搞砸了？」

「我……我怎知道那麼多啊？你……你明明一早知道這事卻不告訴我，怎可以怪罪我？」阿怡反駁道。她想起在阿涅家通宵等結果的早上，從照片認得國泰和麗麗時提起前年聖誕的事，阿涅一再詢問，說明當時阿涅已知道兩者有關，卻隱瞞不說。

「因為妳會露餡啊！讓妳知道kidkit727寄來的照片的拍攝日期和國泰麗麗他們唯一一次到

妳家的日子吻合，妳能冷靜地保持笑容，以『和藹可親的怡姊姊』的身分跟他們坐上一個小時嗎？」

阿怡啞口無言。她明白阿涅是對的，而且阿涅一再強調由他主導帶話題，就是為了避免自己犯錯。

「對……不起。」阿怡靜默半晌，終究吐出一句道歉。縱使她討厭阿涅的態度，但她也有自覺，知道這回責任要算在自己頭上。

「唉，算了。」阿涅沒有咄咄逼人，雖然他也沒有表示接納阿怡的歉意。「區小姐，妳委託我調查，就請妳信任我，依照我的指示讓我用我的方法工作，這樣子才能有效地找出妳想要的答案。」

「嗯……明白了。」阿怡點點頭。「所以說，國泰和麗麗也有參加那場派對，假如小雯真的有援交、嗑藥的話，他們應該知情……」

「援交？妳以為那張照片裡，妳妹妹正在援交嗎？」

「不是嗎？你是說，那個紅髮的不良青年是小雯的男友？是kidkit727說什麼『搶人男友』的當事人？」

阿涅稍稍皺眉，盯著阿怡雙眼，再慢慢地說：「區小姐，妳有心理準備聽壞消息嗎？」

阿怡愣了一愣，但她點點頭，畢竟她一早已有接受任何殘酷現實的覺悟。

阿涅點開小雯手機上的那張照片，再放大其中一部分。

「妳看到什麼？」

阿怡低頭瞧著手機螢幕，看到阿涅放大的，是照片中矮桌上的一堆凌亂物件。啤酒瓶、杯子、即溶咖啡、花生、骰盅、香菸和打火機。

「你想告訴我小雯抽菸？」阿怡問。

「不，這個。」阿涅指著桌上散落的數包即溶咖啡。「到夜店或卡拉ＯＫ消遣自然會點飲料，就算想喝咖啡，也該由店子提供。妳不覺得這幾包咖啡粉很古怪嗎？」

「啊！那、那是毒品？搖頭丸什麼的？」

「答對了一半。假如是搖頭丸或迷幻藥，藥頭們才懶得將它們偽裝成咖啡，把藥丸扮成糖果更方便。弄成即溶咖啡的樣子的藥只有一種——迷姦藥。」

阿涅的話猶如響雷，令阿怡呆住。

「這是不少古惑仔和不良分子的手段。」阿涅沒理會阿怡一臉驚呆，不徐不疾地繼續說：「他們在卡拉ＯＫ或酒吧裡對意圖侵犯的女生灌酒，好讓自己為所欲為，但很少女孩子會喝至不省人事，頂多只有半醉，於是這些禽獸便會祭出這法寶，訛稱咖啡可以解酒。女生們看到是完整密封包裝的即溶咖啡，通常都不虞有詐，放心用熱水沖來喝，當然喝下後很快便會失去意識。事實上，這些包裝早被動手腳，先剪開頂部，加進藥粉，再用機器封口，細心看的話會發現這些咖啡包比本來的短了一小截，但在燈光昏暗的廂房裡，一般人才不會留意。」

「所、所以，小雯她、她拍那照片時……」

「應該被人下了藥。」

「那她……」阿怡不忍心把問題說完。

「可能之後被性侵了。」

阿怡感到窒息。她本來以為發現妹妹援交嗑藥會是令她最痛苦的假設，但原來現實可以殘酷數十倍，足以輾碎她的靈魂。她無法作任何反應，剎那間她感到自己掉進深淵，無止盡地沉沒在黑暗與悲哀之中。

「區小姐，我說的是『可能』。」

阿涅的這句話就像佛陀垂下地獄的一根蜘蛛絲，令阿怡從蒼白的思緒中回過神來。

「可……能？」

「因為妳說那天晚上十一點，國泰和麗麗扶妳妹妹回家了。古惑仔對迷昏了的女生下手，不會這麼快放人的。」

阿怡不由得舒一口氣，同時了解阿涅方才責備自己的理由。假如她沒有搶白壞事，阿涅可能已從國泰和麗麗口中套出小雯被下藥至回家之間的事實，而因為kidkit727也有這照片，阿涅便有辦法從一個新角度切入，順藤摸瓜，以此偵查kidkit727的身分。

「我……我們有沒有方法補救，再次問國泰和麗麗那晚發生什麼事？」阿怡心焦地問道。

「機會溜走後便無法抓回，我們只能等下一個機會。」阿涅放下小雯的手機。「橫豎妳已經知道這當中的細節，我姑且再告訴妳其餘的事吧。那照片裡的卡拉ＯＫ在旺角山東街瓊華中心，我已另外找熟悉那地區的人調查，看看能否挖出這個紅頭髮小子的背景。」

「你從照片中的裝潢認出是哪一家店？」

「不，現代的手機在拍照時除了會加入EXIF外，還會加上全球定位系統數據記錄位置，而瓊華中心只有一家卡拉ＯＫ，要確認毫無難度。不過事隔一年半，那家卡拉ＯＫ今天亦已結業，即使找到當時的店員，對方也未必記得碰過什麼特別事情。換言之，國泰和麗麗是我們獲悉當天真相的最佳途徑。」

一股挫敗感湧上阿怡心頭。

「小雯她喜歡那個什麼一世代樂團嗎？」阿怡問。她想起自己失言後阿涅轉移視線而帶起的話題。

「一世代不是『樂團』，是『偶像組合』。她在家裡沒有貼什麼海報嗎？」阿涅反問。

「沒有。」

「噢。」阿涅再次打開小雯的手機，向阿怡展示一張唱片封套，上面有五個相貌俊俏的西方男生。「妳妹妹的手機裡只有一世代的唱片和樂曲，而舒麗麗不時在臉書分享一世代的消息，只要談這個，她便會減少戒心。國泰玩樂團也是，在我看到他手指上的繭之前，我已從他的推特知道他是個吉他手了。妳那天問我要了妳妹妹同學的資料，妳回家後沒有看到嗎？」

阿怡怔住。雖然她花了差不多兩天瀏覽小雯同學的社交網站，但她從沒有留心看這些孩子的興趣或日常記事。她只在留言裡尋找關於妹妹的隻言片語，希望在照片中找到小雯過往的身影。

「對了，手機裡沒有簡訊嗎？小雯有沒有跟同學通信？」阿怡問。她赫然想到，社交網站上沒有妹妹的足跡，也許她和同學們會私下傳信。

「手機裡沒有任何簡訊。」阿涅用手指邊按動手機螢幕邊說：「就連電訊商的廣告也沒有，妳妹妹似乎將它們都消除了。她有安裝LINE，可是我檢查過，裡面沒有加任何聯絡人，也許之前有加過，只是後來連同通訊紀錄一併刪掉。考慮到她在事發期間的心理狀態，她害怕接觸他人，於是將聯絡人或簡訊刪掉也不無可能。」

「LINE？」

「一種即時通訊軟體……類似簡訊的。」阿涅答道。阿涅的眼神就像在說「對了，我忘掉妳缺乏這種現代人應有的常識」。

「啊！」看到小雯手機機背上的圓孔，阿怡想起一件事。「手機裡應該有照片？有沒有線索？」

「只有幾張，我檢查過照片檔案編號，就像簡訊和LINE一樣，妳妹妹動手刪去大部分了。餘下的照片裡，有她的同學的，只有一張。」

阿涅點開相簿，將他提到的照片遞給阿怡看。那是小雯和麗麗的合照，兩人都穿著校服，背景是學校走廊一角。從角度看來，那是麗麗伸長手臂的自拍照，兩人臉孔湊得很近，而且都笑得很燦爛。照片中麗麗的髮型跟今天阿怡看到的不一樣，那時候頭髮較長。

「這是前年六月拍的，她們當時應該還是中一生吧。」阿涅說。

阿怡看著照片中的妹妹，不由得感到鼻酸。她不知道自己多久沒見過小雯的笑靨了。

「這……這麼說，麗麗應該不是kidkit727吧？」阿怡抬起頭，對阿涅說道：「她跟小雯這麼要好，在喪禮上又哭得這麼傷心，剛才也快要哭出來，這孩子應該不是我們要找的犯人吧？」

「也許她是個演技高明的女生。」阿涅聳聳肩。

阿怡對阿涅的說法感到有點難接受。

「演技？她不過是個十四、五歲的小女孩……」

「別小看今天的小鬼，尤其在我們這個病態社會，孩子們自小被迫學習在充滿狡詐成年人的森林裡的生存之道。父母為了讓子女進入名校，逼不足六歲的孩子在面試時戴上虛偽的假面孔，扮作乖巧有禮的小屁孩，回家後卻故態復萌，變回呼喝家傭的小皇帝。」

「這樣說未免太偏激吧……」

「這是事實。」阿涅不爽地說。「剛才國泰說過，學校禁止學生討論妳妹妹的事，根本就是自欺欺人的虛偽做法。不准談就代表事情沒發生嗎？為了消去不安因素、維持學校穩定，就掩著耳朵、蒙起雙眼，演出一場場春風化雨、程門立雪的對手戲嗎？上梁不正下梁歪，老師都示範了什麼叫偽善，孩子們看在眼裡，怎會不有樣學樣？」

阿怡為之語塞。

「總之在找到決定性的證據前，別相信任何人。」阿涅邊說邊將小雯手機塞回口袋。

「決定性的證據在哪兒？」

「不知道，不過我知道我們接下來要跟誰聊聊。」

「誰？」

「郡主同學。」

「因為麗麗和國泰在喪禮當天看過她，所以她有嫌疑？」阿怡問。

「不，因為她在殯儀館被目擊，再加上這個。」阿涅從另一邊口袋掏出一支白色的智慧型手機。阿怡對他身上藏了多少支手機感到好奇，而這支的尺寸相當迷你，只比名片大丁點，但厚度卻差不多有兩公分。阿涅在觸控螢幕上點了幾下，再放到阿怡眼前。畫面裡是臉書的網頁，上面有一張照片，一個梳妹妹頭、穿白色洋裝、五官別致得像個洋娃娃的美少女正拿著一支手機對著鏡子自拍，背景大概是這女生的臥房，四周充滿粉紅色的裝潢佈置。阿怡正想問阿涅這漂亮的女孩是不是郡主，卻猛然發覺照片有點眼熟。

「咦？我見過這照片……啊！」

阿怡想起她為什麼對這照片有印象——她就在昨天看過。「郡主」黎敏手上用來自拍的手機，是一支iPhone。

「這女生是那名單上十八個iPhone使用者之一。」阿涅說。阿怡驚覺阿涅記憶力之強，他顯然聽到國泰提起郡主的名字時已發現這事實。

「所以……所以她是頭號嫌犯，麗麗還說她跟小雯有過節……而且她在喪禮當天前來打聽，便是因為擔心自己暴露身分……」

「妳又來了。記得前天早上我跟妳說過什麼嗎？」

阿怡愣了愣，隨即想起阿涅查出那十八人名單後說的話。

——「先入為主是調查大忌，妳可以作出假設，但要記得，『假設』不一定是事實，妳作出假設，便要更努力去證明這個假設是錯誤，而不是找出支持這個假設的證據。」

「嗯……明白了。郡主可能是犯人，也可能不是。」阿怡點點頭。「不過，她現在在哪兒？剛才國泰說過今天下午沒課堂，學生都各自進行課外活動。」

「四樓的活動室，就在樓上。」阿涅指了指天花板。「郡主是戲劇社的，今天她會跟其他社員排練，預備一個月後的聯校戲劇表演。」

「你怎麼知道？」阿怡詫異地問。

「我不像腦袋裝草的某人，要暗記十八個學生的資料並不困難。」阿涅沒放過這個挖苦阿怡的機會，繼續說：「而且明知今天要進虎穴，我自然掌握一切可能有用的資訊，準備用盡方法抖出這些小鬼的真心話，不像某人只在意同行的人穿什麼衣服，會不會影響陌生人對自己的觀感。」

阿怡本來想替自己辯護，畢竟她不像阿涅是位專業人士，自然沒有「掌握資訊」的能力，但她還是把話吞下肚子。她知道現在不是鬥嘴的時候。

阿涅帶著阿怡步往戲劇社的社團活動室。從食堂往樓梯要經過一段L字形的走廊，一路上他們遇上很多學生，對方都對這兩名陌生人行注目禮，不過留意到他們別在胸前的訪客名牌後就顯得失去興趣。阿怡猜想，這家學校平日可能有不少家長、記者或政府官員來訪，學生們對外來者見怪不怪。

「妳妹妹有多少零用錢？」轉進梯間時，阿涅問道。

「你要知道這個幹什麼？」阿怡感到奇怪。

「妳別管，答我就好。」

「每星期三百元。」

「包含交通費和餐費？」

「嗯，不過小雯會在家吃早餐。」阿怡答。為了讓妹妹養成節儉的美德，阿怡和母親商量過小雯升中後的零用錢數目。她們計算過，使用學生票的交通費約十五塊一天，餘下二百多元就充當午餐和雜費開銷，週末要花錢，就得從平日的零用裡儲起來。阿怡不知道小雯有沒有偶然跟母親討些額外零花，不過母親離世後，小雯沒有跟姊姊多拿一分一毫。

二人來到四樓的活動室，大門沒關上，裡面有十多個學生。房間頗寬敞，足有三個教室大小，裡面排了左右兩排約三十行的座椅，而房間前端的座位被推到一旁，騰出一個大半個教室大小的空間，學生們都聚集在那邊。有三個男生站在空間正中，其餘的人在旁或站或坐，目不轉睛地瞧著他倆。

「是的，夏洛克先生，三千個金幣，三個月歸還。」

「三千個金幣可不是小數目啊，利息怎樣計？」

阿怡聽到「夏洛克先生」這名字，一開始以為這些學生們在演《福爾摩斯探案》，可是多聽幾句台詞，才認得這是莎士比亞的《威尼斯商人》。阿怡讀過《威尼斯商人》好幾遍，這幾個男學生的對白似乎跟原著劇本有點不一樣，她猜可能是為了調節長度而改編過。

「Cut，節奏太卡啦！」當「夏洛克同學」對「安東尼奧同學」唸完最後一句台詞後，旁邊一名站立著、貌似導演的女生嚷道。「你們別一邊演一邊硬背台詞！自然點！全部人休息五分鐘，然後再排一次！」

阿涅抓住這時機，敲了敲活動室的門，引起眾人注意。一個有點胖的男生趨前查問。

「請問有什麼事？」

「不好意思，三年B班的黎敏同學在嗎？」阿涅換上一副親切的表情問道。

男生回頭大喊一聲「郡主」，然後回到同伴身邊，一位女生向阿怡走過來，雖然對方穿著校服，臉上不施脂粉，但阿怡認得這個梳妹妹頭的女生便是之前在照片中見過的郡主黎敏。

「妳好。」阿涅對走近的郡主禮貌地打招呼，說：「妳是三年B班的黎敏同學，對嗎？」

「是又怎樣？」

郡主外表清純可愛，可是一開口便顯現強悍的個性。她的措詞舉止，都像沒有將阿涅和阿怡當作長輩，阿怡猜想她平日一定是習慣了用這種語氣使喚跟在自己身邊的女孩。「公主病」這三個字，浮現在阿怡的腦海裡。

「可以借一步聊幾句嗎？我們是區雅雯的家人，這是她的姊姊。」阿涅以旁人聽不到的聲調說道。

郡主聽到阿涅的介紹後，帶著詫異的表情往後退了半步。在阿怡眼中，這些小動作彷彿是犯人露出馬腳的證據。

「啊……找我有事？」郡主像是對阿涅有所防範，語氣不大友善。

「嗯。」阿涅點點頭，再望向房間另一邊。有幾個學生正在偷瞄他們，大概是好奇為什麼有陌生的訪客找上郡主。

郡主跟阿涅和阿怡走到房間一個無人角落，角落放了一張長桌子，桌上散滿雜物，包括各式小道具和戲服，也有好些文具和紙張，阿怡還看到桌上有好幾份封面印著「威尼斯商人／以諾中學戲劇社」的劇本。郡主盯著阿涅，一副等待對方開口的模樣。

「打擾妳不好意思。」阿涅隨手將悼念冊放在桌上，騰出雙手，從褲袋掏出皮夾，一邊取出兩張鈔票一邊說：「小雯曾向妳借了兩百塊，對不對？我們在她離開後才知道，原來她有時會問同學借錢周轉，畢竟她零用不多。雖然她人不在，債仍是要還的。」

「咦？沒、沒有啊？」郡主怔住。

「沒有？我們在小雯的遺物中看到她向同學借錢的紀錄，雖然那一頁沾了水，字有點糊，但我應該沒弄錯。」

「沒有，真的沒有。」

「妳是黎敏同學吧？」

「沒錯，但我沒借過錢給區雅雯。」

阿涅抓住皮夾，裝出一副困惑的樣子，說：「啊……那麼班裡有沒有另一位名字有『敏』字的同學？」

「嗯……有，有一個『張敏兒』。」

「噢，那可能是她吧。她跟小雯熟嗎？」

「我不知道。」郡主像是恨不得快點終結對話，回答都十分簡短。

「嗯，那我們再找這位張同學吧。」阿涅點點頭。「因為小雯以前常常提起妳，所以我看到借款紀錄中那個『敏』字，便猜想是妳了。」

「她常常提起我？」郡主一臉錯愕，視線在阿涅和阿怡身上來回游移。

「是啊。小雯說班裡有一位戲劇社的女同學，將來一定會成為明星。可是小雯不擅交際，有時會言行不一，令人對她有所誤會……說起來，她曾對我傾訴，說她令妳難堪了，我便教她找機會好好向妳道歉。」

「道歉？」

「咦，結果她沒有嗎？我還以為她鼓起勇氣跟妳說過了。她去年提過什麼學校旅行投票，大夥兒想去迪士尼，可是她投了反對票。我沒記錯的話，提議者便是黎同學妳吧。小雯其實也想去迪士尼，可是她這個姊姊是個吝嗇……是個講究原則的人，不會補貼額外開支，小雯迫於無奈才反對。」

阿怡聽到阿涅信口胡謅，幾乎想插嘴否認，可是她知道對方正在套話，只好靜觀其變，勉強微微點頭和應阿涅。

「她為什麼不說出來？入場費什麼的我借給她就成啊！」郡主聲調變高，眉頭略皺。

「她當時大概已跟好些同學借了錢，債台高築，當然不敢提出來了。」

郡主的表情變得複雜，像是有點不忿，又像有點後悔，只是阿怡不知道這悔意來自沒去成迪士尼，還是來自因為這種雞毛蒜皮的小事而害死了小雯。

「既然她沒說，那我就代她跟妳說一句抱歉吧。」阿涅一臉誠懇地說。「而且早陣子小雯的事一定帶給妳們這些同學們不少麻煩，對不起。」

「這個……還好吧。」郡主似乎想不到如何應付一位對自己低聲下氣的成年人，只好隨便說句話敷衍過去。

「我一直在想，小雯會不會在學校得罪了誰，結果害自己被抹黑。」阿涅以平淡的語氣說。「黎同學妳跟小雯同班，有沒有想到誰會這樣做？」

郡主臉色一沉，雙臂交疊胸前，說：「我不知道。」

「妳們同學之間沒有談論過這事嗎？」

「老師禁止我們討論，所以誰向記者或陌生人說三道四我一概不知情。」

郡主擺出一副不欲多言的態度，更令阿怡感到可疑。正當阿怡猜阿涅會以話術操弄對方，引導洩露更多心聲時，阿涅卻作出出乎阿怡意料的回應。

「啊，那就算了。我們也不妨礙你們排練，打擾妳了。」

阿涅點點頭，向郡主告辭。阿怡不明所以，但她應承了阿涅不插手，只好附和著，同樣向郡主點頭道謝。郡主垂下雙手，禮貌地點頭，不過阿怡猜她這動作毫不由衷，心裡一定恨不得這兩個麻煩鬼快點離去。

「對了，」阿涅剛轉身踏出一步，突然回頭對郡主說：「妳有來喪禮送別小雯吧？」

郡主整個人愣住，身子微微一震，呆然地瞧著阿涅兩秒才說：「沒有，你認錯人了。」

「喔，抱歉我弄錯了。再見。」

阿涅與阿怡離開活動室，沿著露天走廊走到四樓另一端。阿涅停下腳步，站在石欄杆前，掏出那支白色手機，似乎在檢查訊息。越過欄杆，阿怡看到下方有一個球場，一群穿運動服的女學生正在打排球。

「她就是犯人吧？」確認身旁沒有閒雜人等後，阿怡對阿涅說。

「不知道。」阿涅聳聳肩，將手機放回口袋。

「不知道？那你為什麼這麼快放過她？繼續質問她啊！」

「沒用的。」阿涅搖搖頭，模仿郡主交叉雙臂的樣子。「那女生的防衛心很強，不是三言兩語便能突破的。而且在場還有一票無關的學生，糾纏下去只會適得其反，更不能問出任何事情。」

「那怎麼辦？」

「下次再找她聊聊便可以了。」

「她防衛心那麼重，我們再找她，她也不一定願意跟我們見面啊？」
「見面是一定願意的。」阿涅邊說邊揚了揚手上的東西。阿怡以為他指的是手上的悼念冊，可是仔細一看，發現他拿著的是另一件東西——那是封面印著「威尼斯商人／以諾中學戲劇社」的劇本，而且下方的空白處更有以手寫的兩個字「黎敏」。
「你偷了她的劇本！」阿怡嚷道。
「別胡說，我只是剛才將東西放在桌上後，『大意地』把這劇本當成妳妹妹的遺物所以帶走了。我之後還會很體貼地再次來到學校，親自交還給對方。」阿涅笑道。就在他們跟郡主走到房間角落時，阿涅已看到桌上放著黎敏的劇本，於是耍了點小手段，掏皮夾時利用手上的悼念冊和作文功課掩護，蓋在劇本之上，離開時順手牽羊偷走了這份裝訂成A5大小、不過二、三十頁的小冊。
「呵，原來她演女主角波西亞。」阿涅一邊翻郡主的劇本，一邊遞給阿怡看。「看來她滿認真的，在這麼多對白旁寫上了批注和修改。如此一來她更會願意『贖回』這劇本了。」
阿怡覺得阿涅的說法就像勒索犯，不過在這情勢下，她也覺得這是最好的做法——因為她幾乎確信郡主便是kidkit727。
「剛才她聽到小雯的名字時，很明顯動搖了吧？」阿怡問。「你臨走一刻還特意刺激她，說在喪禮上見過她，就連我也看得出，那反應顯示她有所隱瞞啊。」
「妳說得對，但那還稱不上決定性的證據。」
「那還不夠決定性？」
「好吧，現在妳提出理據，我替她辯護，看看妳的『決定性』有多『決定性』。」阿涅闔上劇本，跟悼念冊和作文功課放在一起，抬頭對阿怡說道。

「她對我們很抗拒，神態很不友善。」

「任何十四、五歲的小女孩遇上素未謀面的陌生人問長問短，都不可能大方友善的。」

「當她聽到妳說小雯想跟她道歉時，她變得急躁，一定是因為害死了小雯感到內疚。」

「感到內疚和有沒有害死妳妹妹是兩回事，她可以因為其他事情感到內疚。」

「她對你問及誰想抹黑小雯一事有所避忌，她的反應證明她是犯人。」

「學校下了禁令，她自然不願意談，更何況我們彼此不認識，萬一我們向老師提起，她便有可能被責罵。以諾中學的校規滿嚴的。」

「好，就算這些都說得通，最重要的是她對來過殯儀館一事撒謊啊！」阿怡丟出她心目中最具「決定性」的事實。

「說不定撒謊的是麗麗和國泰喔。」

阿涅冷冷地回答，卻讓阿怡愣了愣。自從阿涅解釋了那張卡拉ＯＫ照片的玄機，阿怡便捨棄了麗麗是犯人的想法，因為她覺得會扶小雯回家的不該是壞人。

「你仍然認為麗麗是『演技高明』的女生？」阿怡問。

「我們都不知道。」阿涅說：「只是，假如麗麗有心誤導我們，我們便不能盡信她的話。試想一下，妳秘密地害死了昔日好友，好友的家人來問東問西，妳便將矛頭移到另一個表面上有嫌疑的人身上，尤其那目標曾跟妳的好友多少有過齟齬——是不是很合理？」

「這……」面對阿涅的說法，阿怡接不上話。

「當然，以上都只是假設。我不是要證明麗麗或郡主是或不是kidkit727，我只是想說，目前作結論仍太早。」

阿怡想了想，再對阿涅點點頭。她自覺太心焦了，自從踏進校園後，她便感到心裡有股莫名的躁動。

也許我受不了跟犯人身處同一空間的感覺吧——阿怡心想。

「走吧，臨走前我還想找一個人聊聊。」阿涅說。

「誰？」

「那個曾到過喪禮的杜紫渝。剛才吃飯時妳提起她的名字，國泰表現得有點不自然，也許她跟妳妹妹有點瓜葛，知道一些我們不知道的事。」

阿怡想起國泰當時的表情。

「嗯。你一定查過她的背景吧，她現在在哪兒？是什麼社團的？」

「嘿，跟妳一樣。」

「我？」阿怡微微怔住。

「她是圖書館員，這時間她應該在圖書館當值。」

以諾中學的圖書館位於西翼大樓五樓，就在戲劇社的活動室正上方。五樓整層有一半是圖書館，而另一半是化學實驗室，阿怡經過時看到偌大的水槽、實驗桌和桌上一台台本生燈，不禁回憶起自己的中學歲月。她唸的中學的圖書館也是跟實驗室相鄰，每次到圖書館借書她也透過窗子看到相若的風景。

甫踏進圖書館，阿怡感到原本緊繃的精神剎那間放鬆下來。有點歷史痕跡的木製書架、高矮不一但整齊地排好的書本、盛滿準備上架的書刊的手推車，都讓阿怡覺得很親近。入口旁邊有借還書的櫃台，櫃台前方稍遠有兩張長桌，越過桌子便是一排排書架。除了貼牆的書架延伸到天花板，其他的書架都只有五層，比一般人身高略矮，這設計讓陽光從偌大的窗戶射進室內，節省電燈所需的能源。在櫃台左方靠牆處有另一張長桌，上面放了四台電腦，各自附有鍵盤、滑鼠和十七英寸的螢幕，桌子盡頭還有兩台附帶掃描功能的鐳射印表機。

也許學生們都參加了不同的社團活動，圖書館這刻有點冷清，無論是櫃台前的桌子還是電腦桌都空無一人，阿怡放眼看過去，只看到一個站在右方展示架前翻著《Newton牛頓科學雜誌》的瘦削男生，以及坐在櫃台後正在讀小說的長髮女孩。阿怡認得這女生就是曾到過小雯喪禮的杜紫渝。

「妳好。」阿涅先跟杜紫渝打招呼，對方抬頭，看到不是學生的阿涅和阿怡顯得有點意外，不過目光落在他們胸前的訪客名牌，反應就和走廊上那些學生沒大差別。

「您好，請問有何貴幹？」杜紫渝禮貌地問。她的聲線很柔弱，鼻梁上架著厚厚的眼鏡，加上微微駝背的姿態，令人懷疑她是因為身子不好，無法參加體育系的社團而當上圖書館員。阿怡也有這種感覺，尤其她看到對方在白色校服上穿上一件藍色長袖毛衣，不禁忖度圖書館裡的冷氣有沒有大到要穿毛衣的程度。不過她回心一想，也許杜紫渝不是因為寒冷才穿毛衣——好些上圍豐滿的女學生，穿上貼身的校服後身段一覽無遺，由於顧慮被男同學打量，於是不顧冷暖終日穿上深色毛衣遮掩身材。阿怡自己沒經歷過這種青春期的煩惱，因為她根本無暇理會他人的目光，每天都記掛著下課趕回家分擔母親的家務，和照顧年幼的妹妹。

「妳是三年B班的杜紫渝同學嗎？我們是區雅雯的家人，這位是她的姊姊。」阿涅說。

杜紫渝愣了愣，露出訝異的表情，呆住數秒後才懂得點頭示意。

「您……們好。」

「杜同學有到過喪禮送別小雯吧。我們今天到學校取回小雯的遺物，順道跟來過喪禮的同學道謝。」

「不客氣。」杜紫渝點點頭，但表情還是帶著幾分狐疑。「您們怎麼知道我的名字的？」

「那天來送別小雯的同學不多，約略描述一下長相便知道是誰了。」阿涅一副理所當然的樣子，語調中沒半分遲疑，聽起來就像是事實似的。「妳跟小雯很熟嗎？她很少在家裡提起學校的事。」

阿怡有點奇怪為什麼阿涅以兩種截然不同的方式接近郡主和杜紫渝，他對郡主謊稱小雯說過對方的事，在杜紫渝面前卻恰恰相反。然而她細心一想就覺得這頗合理，麗麗提過郡主因旅行一事和小雯有過磨擦，阿涅便以此作餌誤導郡主，但他們對杜紫渝和小雯之間有什麼關係一無所知，自然不能以相同手法套話。

「不算熟。」杜紫渝搖搖頭，神情有點落寞。「她下課後不時來圖書館做家課，所以我們碰面機會很多……我想，雖然我們沒說過幾句話，但她不幸走了，同學一場，道義上我該去送別一下。」

「謝謝妳那麼有心。」阿涅微笑著致謝，再問：「小雯平日在班上如何？跟同學相處融洽嗎？」

「嗯……沒什麼特別的，還好吧。不過去年『那件事』發生後，我們都不太懂如何應對。區雅雯她好像沒受影響，但同學們因為怕觸及話題，就少了跟她說話。『後續事件』發生後，老師更禁止談論，班上就更少同學接近區雅雯了。」

阿怡明白「那件事」指的是地鐵猥褻案，「後續事件」便是花生討論區的文章。

「那時期她課後常常留在圖書館嗎？」阿涅問。

「我不大清楚，我不是每天當值……但發生事情後，我每次當值都看到她。」杜紫渝指著長桌遠離圖書館入口的一個座位，「她每次也坐在相同的位置。」

阿怡依循杜紫渝所指，望向空空如也的座椅。她突然有種錯覺，彷彿看到穿著校服的小雯坐在那兒，伏在桌子上用原子筆寫家課。小雯自小坐姿不好，喜歡趴在桌上寫字，鼻子幾乎貼著筆記簿，阿怡好不容易才讓她改掉這壞習慣，只是陋習難以根除，小雯集中精神時仍會不自覺地跟檯面愈湊愈近。

種種回憶再次被勾起，阿怡心底有點悸動。她這刻才察覺原來自己遺忘了很多片段。

「不好意思，我想取回手機。」一把聲音從阿怡和阿涅身旁傳來，二人回頭一看，發現說話的是剛才在看《Newton》的男生。

「嗯，請。」杜紫渝從男生手上接過學生證，在掃描器上掃過條碼，然後從櫃台下取出一支手機，送到對方手上。男生說了句謝謝後便一邊滑手機一邊離開圖書館。

「進圖書館要寄存手機嗎？」阿涅問。

「不，我們有充電服務。」杜紫渝指著櫃台下一個像蜂巢的小木架，每格都附上編號，大小剛可以放手機，而木架旁有一堆電源線。大部分電源線連接著一個灰色的、十多個USB接頭幾乎全插滿的排插板，還有一條接上一個獨立的黑色充電器。「我們學校參加了什麼電子學習計畫，所以每個教室都有這種小木架和充電器，讓同學們替平板和手機充電。後來連圖書館和社團辦公室也增設了。」

「喔，這真是學校的德政啊。」阿涅邊點頭邊盯著那個小木架，像是很欣賞似的。「剛才是用學生證來認領手機，以免搞混嗎？」

「嗯。圖書館已經電子化，我們用電腦處理借書紀錄，所以顧問老師委託替學校編寫系統軟體的公司將程式改一下、加入新選項就成，充電服務的手續跟借書還書一樣。」

「現在當圖書館員，還要熟悉電腦操作呢。」阿涅說。

「其實比以前輕鬆多了，至少我們不用在借書卡上蓋上還書日期的印章，聽說有學姊試過弄錯日期印章，結果那天借出的書本的期限全部弄錯了。現在還書日期在借閱一刻已自動以email通知同學，而且系統會在歸還限期前發簡訊提醒。」

「既方便又環保哩。不過對某些電腦白癡來說，他們認為蓋印簡單一百倍吧。」阿涅瞥了阿怡一眼，像是譏笑她。阿怡有口難言，因為她答應了阿涅不插話，可是這刻她很想抗議，這種流水作業式的工作跟她每天在中央圖書館做的差不多，她搞不懂的只是那些日新月異、介面繁複的網上服務罷了。

「杜同學，妳知道小雯有沒有什麼心願未了？」阿涅言歸正傳，再次向杜紫渝問及小雯的事。「我們不知道她在學校有什麼事情沒放下，想趁機會替她完成遺願。」

杜紫渝沉默數秒，還是搖搖頭，說：「抱歉，我不知道，我們真的不熟……」

「那不打緊，請別放心上。」阿涅說：「小雯走得突然，離開前一直被謠言折磨，所以我們想盡可能替她多做一點事。」

杜紫渝沒回答，只是默默地點頭。

「我聽說老師下了禁令不准同學們談論這些謠言，但我猜大家還是會暗中討論吧……對了，有沒有同學特別不喜歡小雯的？」

杜紫渝一臉不解地瞧著阿涅，像對這個問題感到詫異。

「我一直想，小雯或許在學校跟同學結怨，才會被抹黑，惹上一堆流言……」阿涅嘆一口氣，說：「我認為冤家宜解不宜結，假如小雯真的開罪了某人，唯有化解在世者的心結，小雯才能安心上路。」

「這……」杜紫渝欲言又止，只說了一個字卻又沒說下去。

「怎麼了？妳想起班上有討厭小雯的同學嗎？」

「我不大清楚，但我覺得舒麗麗似乎跟區雅雯有多少嫌隙。」杜紫渝聲音很小，就像對說同學壞話感到不自在。「她們以前很要好，形影不離，可是後來完全沒交流，就像刻意迴避對方……這轉變也太突兀了。」

「妳覺得舒麗麗會在小雯背後造謠抹黑她嗎？」

「我不知道，只是我見過不少好朋友反目，做出可怕的事情，更何況這年頭人人也懂在網路散播謠言，任何人都能輕易歪曲事實、誣蔑他人……」

阿怡對杜紫渝提起麗麗的名字感到錯愕，就像呼應著阿涅那句「說不定撒謊的是麗麗和國泰」，她驟然失去之前對麗麗的好感和信任。

「妳也說得對哪。」阿涅以略帶憂愁的語氣說：「小雯以前待在圖書館時，有沒有跟其他同學交談之類的？可能的話，我也想拜會一下他們。」

「她總是一個人的。」杜紫渝說：「雖然也有一些同學習慣在放學後逗留在圖書館做功課或溫習，但數量不多，而且大家都自顧自的。平日圖書館滿冷清的，課後會來的大都是來看看雜誌、或者借用充電服務的學生——教室下課後便鎖門，手機沒充夠電的便會來了。」

聽到杜紫渝的說法，阿怡深感共鳴。阿怡鍾愛閱讀，可是今天的閱讀人口愈趨減少，看書變成小眾趣味，年輕人寧願花時間在社交網站上哈啦打屁，閱讀缺乏內容的廢話，也不願意翻開書本。事實上，現代人每天在網路上閱讀的文字量驚人，美國有機構就做過調查，發現一般人每天被網路灌輸超過五萬字的資訊，份量相當於一本小說。

「我們可以參觀一下圖書館嗎？我想看看小雯離開我們之前平日看到的風景。」

「嗯，請隨便。」

阿涅向杜紫渝點頭致謝，便跟阿怡離開櫃台前，杜紫渝也繼續讀她手上的小說。阿怡走到小雯平時慣坐的位置，撫摸著桌面，彷彿自己就站在妹妹身旁。一段埋藏內心的回憶再次被喚起，阿怡記得小時候在家中的摺疊桌上，她便是這樣子教導小學二年級的小雯做家課。

「叮咚叮咚，叮咚叮咚——」

一串電話鈴聲劃破圖書館裡的寂靜。阿怡從逝去的追憶躍回現實，她抬頭發現阿涅不在附近，獨個兒站在房間另一個角落的書架前，檢視著正在奏出音樂鈴聲的手機。

「不好意思。」阿涅對注視著他的杜紫渝說了一句，便匆匆步出圖書館，阿怡正想該不該跟著他，卻看到阿涅擺擺手，示意她不用跟過來。阿怡沒想到阿涅會乖乖遵守圖書館內不得講手機的規定，不過她看到杜紫渝的視線，便知道阿涅仍然披上那副「社交工程」專用的偽裝，飾演著小雯家中的一位好好先生。

被阿涅的手機鈴聲喚醒後，阿怡沒有再讓自己沉浸在回憶當中。她知道這次來學校的目的，不是單純懷念小雯，而是盡力找尋真相。她坐上小雯平日坐的椅子，抬頭望向四周——她以為自己會觀察到什麼線索，但結果映進眼簾的不過是尋常的學校圖書館風景。阿怡看到最近座位的書架放的是史地類圖書，而往下一個書架便是語言文學類，依中文圖書分類法排列。在左方電腦桌旁的牆上有一塊告示板，上面貼著「中學生好書龍虎榜」的宣傳海報、圖書館代訂雜誌的通告以及館藏新書資訊之類。那面告示板上唯一跟圖書無關的，是一張校務處發出的通告，提醒同學們用電腦時注意保安，慎防密碼外洩，不過阿怡猜不論是「新書資訊」還是「電腦安全」，學生們都不會留意上面的內容。

環顧著四周，阿怡忽然感到一股莫名的孤寂。她想起在球場中鬧烘烘的排球隊，想起活動室裡大聲吆喝的戲劇社導演，圖書館裡的寧謐宛若創造出與世隔絕的天地。可是，這股幽寂感覺冰冷，就像置身沒有生氣的陵墓。她不知道是圖書館裡的裝潢還是窗子射進來的光線令她產生這種錯覺，而她更不知道這是否來自心底裡對妹妹的思念。

小雯她生前就是待在這環境裡，默默地逃避他人的目光，低頭寫著家課嗎——阿怡想。

「妳待夠了沒有？是時候走了。」

阿怡猛然回頭，發覺說話的是阿涅。她完全沒察覺阿涅已回到圖書館，還悄悄地走到她背後。她從座位站起來，對著空蕩蕩的桌面，心裡默唸一句「再見」，就像跟昔日的小雯道別。

「杜同學，謝謝妳告訴我們小雯的事。我們先走了。」阿涅對杜紫渝說。對方放下手中的小說，微微點頭，示意不用客氣。這時候阿怡才看到杜紫渝正在讀的是湊佳苗的《告白》，她不禁思考這本小說是否適合中三學生閱讀。

「阿涅，杜紫渝說麗麗跟小雯結怨，你認為那是真的嗎？麗麗是害死小雯的人？」離開圖書館後，阿怡在無人的梯間邊走邊問。

「區小姐，妳真容易受人擺布啊。」阿涅說。「杜紫渝說妳妹妹跟她的好朋友反目，並不代表那個人會想致他人於死地。」

「那你有沒有發現什麼線索？」

「有線索，不過未能引導出結論的線索，說出來也沒有意思。反倒是妳有什麼想法？」

「我對杜紫渝有什麼想法？就是一個喜歡閱讀的內向女孩，坦白說我對她滿有好感的，畢竟我也是圖書館員，大家背景相近……」

「我不是說姓杜的。」阿涅停下腳步，回頭直視著阿怡雙眼。「妳今天聽過妳妹妹的同學的對她的看法，親身走過她生前走過的路、待過她待過的地方、見過她見過的景色，妳認為真實的她跟妳心目中的她是否相同？」

阿怡不理解阿涅的話，直愣愣地瞧著他。「小雯當然是小雯啊？」

「算了，當我沒問過。」阿涅撇撇嘴，一副懶得對牛彈琴的態度，轉身繼續走。阿怡不知道自己說錯什麼話換來阿涅的冷待，只在心裡嘀咕，暗罵這個自高自大的臭男人。

「我們還要跟誰見面？那名單上其餘用iPhone的學生嗎？」阿怡問。

「不，夠了，我們現在先離開這校園。」

「不用再調查？」

「調查還是要的，但先離開再說。」

「那我們去跟袁老師說一聲……」

「不用。」阿涅斬釘截鐵地拒絕。「妳跟她說一句『我們走了』，她既不會高興，也不會欣賞妳有禮貌，搞不好還會想這兩個瘟神怎麼還賴著不走。」

「袁老師才不會……」

「好吧，妳自己去跟那女人說，總之我現在就要回去。妳要不要跟來，隨便妳。」

阿涅丟出殺手鐧，阿怡便不得不從。對她來說，袁老師的印象遠不及向阿涅打聽調查進度來得重要。

二人在校門將訪客名牌交還校工後，沿著窩打老道向彌敦道走過去。一路上阿涅走在前方，阿怡緊隨其後，雖然有幾次想追問阿涅調查下一步是什麼，她結果還是沒能開口。

「先在這兒喝杯咖啡吧。」二人來到彌敦道，差不多走到近碧街的地鐵站入口時，阿涅指了指身旁一家咖啡店的招牌。這家叫「Pisces Cafe」的咖啡店位於一棟大廈二樓，大廈入口旁豎著直立的廣告架，上面寫著營業時間和畫著一個箭頭。咖啡店用了一個很像星巴克的標誌，綠色的圓形中有兩尾魚，一般人看到都會覺得有抄襲之嫌，但大概沒有人會把它誤當成真正的星巴克。

登上樓梯，來到咖啡店門前，阿怡發覺這家店的確在模仿星巴克，裝潢、色調都有點相像，門口旁有收銀機和放茶點的櫃台，連點餐都像星巴克是自助式。油麻地和旺角一帶租金高昂，咖啡店獲利不多，除非是大型連鎖店否則難以在大街上經營，所以彌敦道九成的咖啡店都開在二樓或三樓。

「中杯裝的冰拿鐵。」阿涅走到櫃台前跟店員說道。他沒有問阿怡要喝什麼，不過阿怡也料到他才不會好心替她點飲料。阿怡看了餐牌一眼，發覺價錢不便宜，一杯咖啡索價三十元以上，最便宜的熱茶也要二十元。這個月她仍是靠Wendy借來的八百塊度日，本該量入為出，可是為了從阿涅身上敲出情報，只好忍痛花這二十塊買一杯成本不到兩元的熱茶。

大概因為未到下午三點，咖啡店裡顧客不多，阿涅拿著冰拿鐵，挑了一張近角落的方桌。阿怡將熱茶放在檯面，坐在他對面。

「阿涅，你現在可以告訴我今天的調查結果吧？」阿怡著急地問。

阿涅咬著吸管，啜了一口拿鐵，再緩緩地從口袋掏出那支白色的迷你手機，邊滑邊說：「其實我之前沒告訴妳，今天來學校還有一個目的。」

「什麼目的？」

「確認kidkit727是妳妹妹的同學。」

「你不是一早推斷出這事實嗎？」阿怡對阿涅的說法感到不理解。

「之前的是推論，我現在說的是客觀證據，」阿涅將視線從手機移到阿怡身上，「『決定性』的證據。」

阿怡想起方才見過郡主後，她跟阿涅的那場小辯論。

「妳記得我上次說過，從kidkit727寄來的郵件中，確認他是利用地鐵站的Wifi站台上網吧。」

「嗯，你說那叫什麼ＩＰ位址。」

「上次我說，ＩＰ位址就像妳到銀行或醫院領取的號碼牌，妳每次進去便會拿到一張新的，以此確認服務身分，對不對？」

阿怡點點頭。

「可是我隱瞞了另一件事，使用Wifi連接網路時，還有另一串編號會被電訊商記錄下來。用那個『醫院』或『銀行』的例子來說的話，就是妳拿出身分證，對方確認妳的身分後，才派發那張稱為『ＩＰ位址』的號碼牌。」

「身分證？」

「身分證，獨一無二的身分。」阿涅指了指他手上的手機，又指了指櫃台附近的公用電腦。「每台能利用Wifi連網的機器，都有這樣的一組固定號碼，叫做『MAC位址』，全名是『媒體存取控制位址[16]』，它會在機器出廠時分配到這機器的網路組件上。簡單來說，香港市面有一千萬支智能手機，那就有一千萬個MAC位址，像人類的指紋一樣，每個MAC位址都不同。」

「那又如何？」

「我在檢查kidkit727在地鐵站以Wifi連上網路的ＩＰ位址時，其實已取得那支iPhone的MAC位址，網路供應商有儲存這筆資料。3E06B2A252F3。」阿涅面不改色，背誦出一串混合英文字母和數字的編號。

「３Ｅ……」

16. 媒體存取控制（Media Access Control）縮寫為MAC。

「3E06B2A252F3。理論上，只要找到使用這個MAC位址的iPhone，便找到kidkit727。」

阿怡驚訝得差點站起來，脫口嚷道：「那我們快回學校想方法檢查那十八個人的iPhone的什麼MAC位址啊！」

「已經檢查過了。」

「咦？」

「先給妳上一課無線網路技術入門。」阿涅說：「妳知道什麼是Wifi吧？」

「就是一種讓手機或平板電腦無線上網的技術。」阿怡答。從阿涅口中知道kidkit727利用地鐵站的Wifi連線寄信給小雯後，她昨天特意在圖書館找了一本介紹無線上網技術的入門書來讀。雖然今天一般人查資料都習慣使用網路，阿怡仍然偏愛從書本上獲取知識。

「那麼，當妳按下手機或平板，指示它連上Wifi網路時，中間發生什麼事？」

阿怡呆然地瞧著阿涅，完全答不上腔。她看過的入門書只談及如何應用。

「我就知道妳對這全不了解。不過老實說，今天大部分智能手機用戶也不了解，只知道從長長一串Wifi網路中挑出自己要連接的名字，按下後便能上網。」阿涅指著櫃台後一張告示。「妳看到那兒寫著什麼嗎？」

阿怡回頭，看到牆上的告示寫著「免費Wifi服務」，下方有另一行小字「ID：PiscesFreeWifi」。

「簡單說，假如妳想用這家咖啡店的免費Wifi上網，妳只要打開手機，選擇名字叫PiscesFreeWifi的網路，那便完成。」阿涅將小雯的手機放在桌上，讓阿怡看到畫面上的一串名字：「PiscesFreeWifi」、「CSL」、「Y5Zone」、「Alan_Xiaomi」……而在「PiscesFreeWifi」旁邊寫著「已連接」。

「這些『CSL』、『Y5Zone』等等的，就像『PiscesFreeWifi』一樣，是我們附近的一些站台。妳可以將它們想像成一根根天線，這些天線各自連接到地下的光纖網路線，妳用手機上網，就是進行『手機——站台——地下光纖網路線』的連接。這部分明白吧？」

阿怡點點頭。

「再來便是一般人不會在意的部分了。妳有沒有想過，為什麼手機上會出現『CSL』、『Y5Zone』、『PiscesFreeWifi』等名字？」

「手機會從某處收到這些名字？就像收音機，調對頻道便能聽到聲音？」

「答對一半。站台會廣播自己的名字和其他資料，當妳的手機進入這站台的訊號範圍，兩者便能收發訊息。妳沒答對的一半是，妳的手機也會主動發出訊息，即使沒有連上任何網路，它也會向附近的站台傳送資料。」

「咦？不是你在手機按下連接時才連上的嗎？」

「不，在那之前機器們早已交流不少訊息了。事實上，即使手機已連接上某個Wifi網路，它還是會每隔一陣子發出訊號，收集附近的其他站台資料。這種手機發射的訊號叫Probe Request，就像在說『我是一台手機，請問附近有沒有可以跟我交談的站台？』，而站台聽到這訊號後，便會發出Probe Response，就像回答『您好，我叫PiscesFreeWifi，是可以連接的站台』。如此一來，妳才能在手機上看到它的名字。」

「好，我明白了。但你幹嘛要我明白這些？」

阿涅將那支白色的迷你手機放在桌上，跟小雯的紅色手機並排，說：「因為在學校時我的手機一直冒充站台，記錄了附近所有手機Request訊號。剛才忘了說明，Probe Request的資料裡，包含MAC位址。」

阿怡低頭一看，發現白色手機螢幕上排滿一行行文字，而正中有一行反白，顯示著「3E:06:B2:A2:52:F3」。

「剛才kidkit727的手機就在我們身邊。」阿涅輕描淡寫地說。

「那、那是……麗麗？」阿怡驚訝得口吃起來，她想起在食堂時麗麗放在檯面的iPhone。

「根據時間紀錄，這個MAC位址從我們到教室找麗麗後便經常收到，不過不一定是她，也可能是當時在場的另一人，甚至是樓上樓下的人——Wifi訊號可以穿透牆壁和地板。」

阿怡猛然察覺阿涅的暗示。他們剛才見過的三個使用iPhone的嫌疑者，都一直和他們相距不遠——郡主在四樓的活動室、杜紫渝在五樓的圖書館，而且她們可能也在食堂吃過午飯，只是阿怡沒有留意。而當她和阿涅找郡主和杜紫渝時，排球隊就在大樓下方的球場練習，麗麗的手機自然仍在範圍內。

「所以犯人是麗麗、郡主或杜紫渝……」

「不一定，但訊號最早在教室收到，所以我們的確要集中調查妳妹妹的同班同學。」

「為什麼不一定？」

「有兩個原因。」阿涅啜一口冰拿鐵，再說。「一，我們無法排除真正的kidkit727碰巧身處西翼大樓的某處。因為我們沒遇上，便將目標減小至我們曾交談的對象，這是欠缺思慮的結論。」

阿怡點點頭，不過她心裡覺得，還是那三人的嫌疑最大。

「第二，這會是一盤冷水，」阿涅苦笑一下，「MAC位址不像指紋，是可以修改的。」

「咦？」

「只要使用某些程式，MAC位址便能以人手修改，而事實上，iPhone 5S後的機型，配合

iOS8的話，它在發出Probe Request時的MAC位址有可能隨機改變，只有在連接上Wifi站台時才會使用真實的位址。蘋果公司宣稱這樣做是為了保障客戶隱私，但不少企業對手認為這不過是蘋果想壟斷資訊的一種手段。」

「那剛才的調查根本沒意義啊！」阿怡失望地嚷道。

「不，不，不。」阿涅淺淺一笑，說：「我剛才在學校收到『3E06B2A252F3』這串位址，已經令調查獲得一大進展。首先妳要明白，就算新的iPhone有隨機改變MAC位址功能，它巧合地編出跟『3E06B2A252F3』相同的機會率，只有二百八十兆分之一。妳可以想像到現實裡這機會率跟『不可能』同義吧。」

「但你剛才說，這什麼位址也可以使用人手改動啊？」

「對。我們的對手之一是『老鼠』——那個真正擅長電腦技術、躲在『小七』背後支援的傢伙。假如他比我們想像更聰明，那MAC位址可能是陷阱，是用來誤導偵查的手法。他可能指導過『小七』如何使用軟體修改MAC位址，就像他教對方利用地鐵站上網寄信來隱藏身分，換言之『小七』寄那些信給妳妹妹時，可能暫時改動了他的iPhone的MAC位址，我之前從網路商拿到的，正是『小七』佈下的陷阱。那軟體很簡單，只要有老手指導，就連妳也能在五分鐘內學懂。」

「那我不就說得對嗎？」阿怡困惑地問。

「妳還未明白。我們面對兩個可能：假如『老鼠』沒有替『小七』修改MAC位址，那麼我們便能從手機確認誰是『小七』。」

「假如有修改過呢？」

「假如有修改過，那拿著『3E06B2A252F3』手機的人，便是『小七』想陷害的人——為什麼他不修改成另一個完全無關的編號？我猜妳有讀過推理小說吧，妳把它換成『指紋』便容易理解了。」

阿怡聽懂了阿涅的解釋。假如小雯收到的信是兇器，那kidkit727當時留下的MAC位址便是指紋。犯人有預謀作案，他大可以使用一些「不存在的人的假指紋」——以MAC位址而言，就是一串隨機亂數。可是，現在他們發現兇器上的指紋跟學校某人吻合，這便代表即使是陷阱，真凶也一定跟指紋的主人有關。

就算kidkit727不是小雯的同班同學，也一定跟班裡的同學關係匪淺。

而且他可能有心誣陷某人，讓對方頂罪。

「那……無論如何，我們也該找出這個『3E』什麼的機主吧？」阿怡問。「因為他一是犯人，一是被犯人存心陷害的人，不管哪一個都對我們的調查有幫助？」

「這說法沒有錯，不過我還有其他手段可以用。」

「什麼手段？」

「區小姐，我說過很多次，妳別管我用什麼方法調查，總之結果令妳滿意就好。」

阿怡無奈地努努嘴，拿起杯子喝了一口已經放涼的茶。

「你這台手機比小雯的迷你多了，但竟然能夠冒充站台套取人家的資料。」阿怡伸手指推了阿涅放在桌上的白色手機一下。

「它能做到的遠比妳想像的多。」阿涅露出賊笑。「與其說它是手機，不如說它是一台微型電腦，它的硬體軟體都大幅改動過。」

「它能做什麼？」

阿涅摸著下巴，沉默數秒，再說：「好吧，姑且讓妳開開眼界。妳看看那邊。」

阿怡循阿涅指著的方向望過去，相隔兩張桌子外，有一個年約二十歲的女生，正拿著平板電腦瀏覽網頁。她背對著阿怡，所以阿怡能越過對方的肩膀，看到平板上的畫面。

「怎麼了？」阿怡問。

阿涅撿起白色手機，輕輕一推，從手機底部推出一個小小的鍵盤。阿怡這時候才明白這迷你手機有兩公分厚的原因，而阿涅拿著手機，拇指飛快地移動，像是在操作什麼。

「貓、狗、兔子，妳給我選一個。」阿涅邊按鍵盤邊說。

「什麼？」

「貓、狗或兔子。」

「兔子吧。」阿怡不理解阿涅的問題，隨便說了兔子。

「留意那女生的平板。」阿涅說。

阿怡再次望過去，看到那女生正在看新聞網站。當對方按下畫面的一條連結時，阿怡差點將正在喝的茶噴出來。

那個網站上顯示一張白兔的照片，而新聞標題寫著「英國發現守護聖盃的殺人兔子」。看到這新聞的女生愣住，用指頭拉動一下螢幕，似乎對這頁面覺得很奇怪。她往回後退一頁，再按一次連結，那兔子的照片卻沒再出現。

阿怡回頭望向阿涅，只見他得意地笑著，並且將手機螢幕轉向阿怡——上面正是剛才出現在那女生平板上的兔子照片。

「你駭進那女生的平板了？」阿怡小聲地問。

「當然。」

「這麼簡單？」

「就是這麼簡單。」

「怎做到的？」阿怡以為駭客要用上很多工具或儀器，又或者像電影一樣，要潛入機房接上一堆電線，才能做到剛才阿涅所做的事。

「Wifi。免費的公共Wifi充滿破綻，不過更重要的是現代人根本毫無自覺，缺乏安全意識。」阿涅笑了笑。「像妳這種對電腦一無所知的人反而好一點，今天太多人以為自己駕馭科技，卻不知道自己正在操縱著超過自己能力所及的機器。」

「免費的Wifi充滿破綻？」阿怡對剛才發生的事情很好奇，畢竟阿涅就像表演魔術，示範了攻破網路安全是如何容易。

「妳猜我是如何令那女生的平板顯示出那『殺人兔子』頁面？」阿涅反問。

「你控制了她的平板！」

「不，沒有。」阿涅笑道，再指了指櫃台後那張寫著「PiscesFreeWifi」的告示。「我控制的是她所連接的Wifi站台。」

「咦？」

「這叫『Man In The Middle中間人攻擊』，簡稱MITM。駭客用的技術其實很多很單純，說穿了比三流魔術還要簡單，只是披上科技外皮，一般人便覺得深不可測。」阿涅瞄了還在用平板的女生一眼。「我剛才讓我的手機冒充成PiscesFreeWifi的站台，因為我的訊號較強，所以那女生的平板便自動接上我的機器，而我同時連接上真正的PiscesFreeWifi，於是我便成為一個隱形的中間人。妳知道瀏覽網頁時，電腦做了什麼？」

阿怡搖搖頭。

「用最簡單的方法說明的話，就是當妳打開一個網址，妳的電腦便會將網址送出去，遠方的伺服器收到妳的要求，便將對應的文字和圖片送回妳的電腦，不過妳的電腦要跟伺服器溝通，要先經過中間的Wifi站台。就像圖書館，有客人想借《哈利波特》，跟站在櫃台的妳說明，妳於是走到某書架取出書本，再交給那位讀者。妳就是Wifi站台。」

這個例子阿怡一聽就懂，畢竟這是她每天也遇上的工作。

「而現在我做的，便是穿上圖書館員制服，在入口弄了一個假的櫃台。客人以為我是館員，告訴我想讀《哈利波特》，我知道後便脫掉制服，走到真正的櫃台，向妳要求同一本書。妳把書給我後，我再轉交給那位客人，那對妳和那個讀者來說，都不會察覺當中有異。」

「但這樣子你便知道他要借的是《哈利波特》了。」

「對，那個讀者的隱私便會完全暴露。而且更好玩的是，假如我耍一點手段，對方點的是《哈利波特》，我卻換成只有書皮是《哈利波特》、內容是《索多瑪一百二十天》的小說……」

阿怡恍然大悟。剛才那女生按下連結後，阿涅便攔截了那個要求，然後將「殺人兔子」的數據傳送給對方。以阿涅的例子來說，如果那個讀者對《哈利波特》一無所知，那麼在讀到那本動了手腳的小說後，他搞不好會真的以為《哈利波特》描寫的不是發生在霍格華茲魔法學校的神秘冒險，而是在西林古堡縱慾學校裡上演的變態罪行。阿怡又想到，若然剛才的新聞不是荒謬的殺人兔子，而是較合乎現實的內容，那女生很可能不會察覺異常，將阿涅偽造的消息當成真實。

「啊！」阿怡高呼一聲，再壓下聲音說：「那假如剛才她登入網上銀行，你便能得到她的帳號和密碼，甚至可以作出虛假的指示，要她轉帳一筆金錢到你的戶頭……」

「銀行的話還要多做幾個步驟，例如偷渡偽冒銀行頁面來避過驗證，但妳說得對。」阿涅聳聳肩。「妳給我十分鐘的話，我連那個女生叫什麼名字、住在哪兒、在哪裡上班、感情生活如何、最近有什麼煩惱、內衣穿什麼尺寸等等都能查出來，給我一個小時的話，我甚至有方法誘導她的想法、改變她的行為。所以我跟妳說，妳不懂電腦其實也有好處，至少妳不用擔心因為網購了某些情趣用品而被他人知道妳有什麼特殊性癖。」

阿怡感到背脊一涼。她早聽說過網路隱私問題嚴重，可是她一直以為只是像小雯遭遇的不幸那樣子，照片和資料被人惡意公開，而且是萬中無一的案例。阿涅讓她察覺到，現代人以為自己住在隱密的房子裡，卻不知道那只是玻璃屋，天曉得有多少雙眼睛看過屋中人的私人生活。

看到面前這個男人一臉不在乎地啜著冰咖啡，阿怡就更感到心底發毛。到底自己有多少隱私被阿涅查探過了？即使自己沒有使用一般人常用的網路服務，阿涅還是知道她的銀行存款數字，也清楚她的上下班時間。阿怡聯想到，也許對方知道的遠多於此，在他面前，自己根本沒有秘密可言。

而唯一讓阿怡覺得安慰的是，此刻這個可怕的男人跟自己站在同一陣線。

「啪。」阿涅突然伸手，撿起放在桌上的小雯手機，連同那支「駭客手機」一起塞進外套的左邊口袋。阿怡不知道他這樣做的用意，只見他表情一變，再次掛上剛才在學校使用的親切笑容。

「記住，別插嘴。」

阿涅丟下這一句後，稍稍站起向咖啡店入口招手。阿怡轉頭一看，赫然看到國泰就在櫃台旁，對方正大步向著他們走過來。

「誠哥、怡姊姊。」國泰有禮貌地打招呼，放下書包卻沒有坐下，說：「我先去買喝的。」

阿涅點點頭，可是阿怡還是一臉訝異。待國泰走到櫃台點咖啡時，阿怡匆匆坐到阿涅身旁，抓住他問道：「為什麼他在這兒？怎麼他好像跟我們約好的樣子？」

「我不是說過嗎？『我們只能等下一個機會』。」阿涅笑道。「為了彌補妳的失誤，我留了一手，只是沒想到這麼快便奏效。」

阿怡想起在食堂跟國泰和麗麗告別時，阿涅遞上了手機號碼。

「啊！剛才在圖書館你的手機響，是他打來的……」

「他約我們在這家咖啡店見面，說還有一些關於妳妹妹的事情想告訴我們。」

阿怡對阿涅沒告訴她實情感到氣惱，假如剛才她賭氣，沒跟阿涅共同行動的話，現在便只有他跟國泰私下會面，教自己蒙在鼓裡。

「別亂插話。」阿涅沒讓阿怡再說話，而阿怡轉頭看到國泰正拿著一杯冰咖啡，回到他們桌前。

「不吃點東西嗎？」阿涅問剛坐下的國泰。「我像你的年紀時，下課後都會餓得可以吞下一頭牛。」

「不，今天……今天沒胃口。」國泰微微一笑，可是連阿怡也看出這笑容有點勉強。

國泰坐下啜了一口冰咖啡，然後稍稍低頭，一副想開口卻又不懂如何開口的模樣。良久，他瞧著阿怡，問：「小雯她……有跟你們提起我嗎？」

阿怡不知道該不該如實作答，阿涅卻先開口：「沒有。」

「這也對吧……我想，她仍未原諒我。」國泰一臉哀愁道。

「你們之間遇上什麼問題嗎？」

「我……我們曾經交往過。」國泰頹然地說。「可是半個月便分手了。」

阿怡差點不能相信自己的耳朵，無法想像妹妹曾經談過戀愛。國泰證實了袁老師提過的「感情瓜葛」，只是阿怡從來沒察覺小雯有交男友的跡象。更重要的是，她害怕kidkit727散佈的謠言是事實，小雯搶了人家的男友——如果這是真的，搞不好文章後半那些關於援交、嗑藥的描述也並非虛構。

「你們怎麼開始的？」阿涅問。

「我跟Lily小學時已經是同學，家也住得近，是青梅竹馬的玩伴。」國泰語氣平穩，可是帶著幾分苦澀。「小雯跟Lily中一時同班，座位相鄰，漸漸成為密友，而我也因為Lily的關係經常跟她見面。我們約定逢星期五下課後都來個小聚會，在這家咖啡店吃下午茶聊天，有時再逛逛旺角，那時候真的好快樂……升中二的暑假我們三人也時常一起去玩，然後……我……我漸漸喜歡上小雯了。」

阿怡努力回想，可是她無法想起前年夏季小雯平日的生活模樣。對在中央圖書館上班的阿怡來說，暑期是工作特別繁重的時期，除了學生不用上學，平日上午有更多人使用圖書館，更有好些年長者享受免費冷氣消磨時間，她和同事的休息時間也因而減少。阿怡想不起那個夏天小雯是否經常外出，畢竟她上班已很累，回家也鮮少跟妹妹或母親閒話家常——事實上，她驚覺自己對那段日子的記憶近乎空白，每天公式化地起床、上班、回家跟家人吃飯、睡前讀讀小說、入睡。單調而重複的生活，就像純粹將時間兌換成金錢，目的只為增加銀行存款支撐家庭，過程毫不重要。

「升上中二後，Lily入選排球隊，課後時常要練習，於是放學後都只有我跟小雯在一起。大約在十一月初，我對小雯表白，她好像有點吃驚，但翌日便答應跟我交往。」國泰繼續說。「我當時以為自己是世上最幸福的人了，可是，不到一個禮拜，小雯的態度逐漸冷淡。我以為我做錯了什麼事、說錯了什麼話，但她總是不肯回答。兩個星期之後，她跟我說覺得性格不合，還是分手好了。我當時完全不理解，極力挽留她，但她的語氣變得好可怕……」

「好可怕？」

「我覺得她是發自心底地討厭我了。我從來沒見過她這種表情，然後我也按捺不住，罵她對感情不認真，之後不歡而散。」

「所以你說小雯因為這件事一直沒原諒你嗎？」

「不，不，」國泰一臉愁容地搖搖頭，「那不過是小事……都是我太笨了。我跟小雯分手後，她就像跟我和Lily絕交似的，那時候我失魂落魄，還好Lily一直鼓勵我……於是我跟Lily在一起了。」

阿怡本來覺得國泰是個老實可靠的男孩，可是聽完這一番話後，對他的印象打了折扣。她不是怪責對方和小雯交往，而是覺得他用情不專，跟妹妹分手不久又喜歡上另一個女孩。不過阿怡又想，也許只是自己太落伍，追不上時下年輕人的愛情觀——搞不好這種速食的愛情才是王道，國泰沒有腳踏兩條船，已經是個乖乖牌。

「你們直到現在還是情侶嗎？」阿涅淡淡地問道。

「嗯，不過當中也有過風波，就是當我知道事情的原委時。」國泰深深嘆了一口氣。「去年五月，我留意到小雯有點不對勁，從老師那邊打聽到她媽媽因病去世了……我覺得這時候應該拋開心結，盡道義去關心一下、支持一下。我曾經應承過Lily不會再為小雯操心，但小雯喪母，正常人也需要朋友安慰啊。當我告訴Lily我們一定要跟小雯重修舊好，Lily卻依舊不願意……我以為她是不肯原諒小雯之前傷了我的心，到頭來被蒙在鼓裡的人，是我。」

「麗麗跟小雯之間也發生了什麼事情吧？」阿涅問。

「誠哥，連你也聽得出來了，我真是個大蠢蛋……」國泰一臉懊惱。「Lily禁不起我再三追問，說出真相：原來當小雯答應跟我交往後，她便找Lily報告戀情，而我卻不知道原來Lily從小喜歡我。Lily當時發飆，用狠毒的話責備小雯橫刀奪愛，說要跟這種陰險小人絕交。大概出於自責，小雯不久便跟我提分手了。為了這個原因，小雯和Lily一直迴避彼此，而我知道真相後，也不知道該怎麼辦。結果我還是偏袒Lily，任由她們互相不瞅不睬……」

雖然像是小孩子玩家家酒，但阿怡也明白小雯他們三人當時面對的困難。十三、四歲的孩子最愛鑽牛角尖，他們之間的友情亦很脆弱，再小的事情也足以做成裂痕，要修補卻難若登天。她猜午飯時麗麗可能有衝動向他們坦白，但國泰為了保護女朋友，不讓她承受責難，於是阻止了她，寧可之後私下約阿涅見面說明一切。

「所以小雯突然走了，你們都很後悔。」阿涅說道，語氣沒有半分怪責的意思。

國泰點點頭，眼眶有點紅。

「怡姊姊和誠哥今天找我們，一直沒提這件事，我就猜小雯沒有告訴家人她和我交往過，這就更令我難受。如果怡姊姊妳要罵我就罵吧，不過請妳不要怪Lily，都是因為我太遲鈍，沒察覺到她們的心情才會令小雯走上這條路……在她最需要我們時，我們卻沒有伸出援手，是、是我、我的錯……」

一滴眼淚從國泰眼角滑下，他開始哽咽，話說得不清。阿怡沒料到這個男孩會在她和阿涅面前流淚，一時手足無措，直到阿涅用手肘碰了她一下，指了指她的手袋，她才懂得掏紙巾給國泰。看到國泰難過的樣子，她差點想告訴對方，真正害死小雯的傢伙叫kidkit727，他根本不用負責。

國泰低頭擦眼淚後，三人都沉默了好一會。阿怡是因為阿涅指示所以不敢說話，而她猜阿涅不作聲，是在等待國泰回復精神，好讓他進行下一輪套話。
「國泰，」就在三人之間的沉默變得有點突兀之際，阿涅再次打開話匣子，「剛才你說答應過麗麗不會『再』為小雯操心，是因為你在跟麗麗交往後，試過在某事上關心小雯嗎？」
國泰稍稍一怔，然後點頭，說：「是的。那次有點危急，所以我完全無視Lily意思……」
「是指平安夜瓊華中心卡拉ＯＫ那一次？」
「誠、誠哥你知道了？」國泰聲調驚惶，同時一臉疑惑。「小雯告訴了你？我以為小雯不會說出去，更何況當時她應該不清楚經過……」
「她沒告訴我，我只是碰巧知道一些片段，再猜出一點端倪罷了。小雯發生什麼事，我和怡姊姊都不清楚。」阿涅說。
國泰瞧了瞧阿涅，又看了看阿怡，像是無法立定主意說不說出自己所知的事。猶豫了好一會，他咬了咬嘴唇，說：「既然我坦白說了小雯跟我交往的事，我想我將這件事說出來也沒關係吧。」
阿怡吞一下口水。
「那是前年的聖誕節前夕。本來我以為會跟小雯一起過的，沒想到變了Lily。」國泰說得很慢，就像不願意回想起當時三人陷入的窘境。「當時我好討厭自己，即使跟Lily約會，心裡仍在意小雯，我覺得自己是個爛人。那天黃昏我和Lily逛街，晚上準備去吃日本菜，結果在街上碰到音樂社的前輩，對方提起小雯。」
「那位前輩也認識小雯嗎？」阿涅問。
「不算認識，但我們以前練習時，小雯和Lily來過參觀，所以前輩知道我們是好朋友……當然他不知道我們之間的麻煩。那一天他看到我和Lily牽著手，大概猜到幾分，就是不知道

Lily和小雯鬧翻了，所以完全沒在意地說小雯的事情。他說在朗豪坊看到小雯跟一群男生女生走在一起，而前輩認得那幾個男生之中，有兩個是Band界惡名昭彰的混蛋，樂器玩得超爛，搞樂團純粹為了容易對女生出手，傳聞他們還會遊說女生下海援交……」

阿怡聽到「援交」二字，頓時想起那篇文章的指控。

「小雯跟他們相識嗎？」阿涅再問道。

「不知道啊。」國泰皺著眉，顯然因為此事而苦惱。「我打死也不信小雯會跟那種人來往，但他們那天的確一起就是了……我跟Lily吃飯時一直心緒不寧，最後終於忍不住，趁著上洗手間打電話給小雯。我打了兩次小雯才接，但她當時口齒不清，答非所問，我唯一聽得出來的是她在一家卡拉ＯＫ。我擔心她出事，於是對Lily說不可以放任小雯不管。」

「你的前輩說明小雯跟那些人一起時，麗麗在場嗎？」

「在，她聽到一切。」

「她不在意嗎？」

「那陣子Lily剛跟小雯絕交不久，我們平常都不會談起小雯，所以前輩說見到她時，我們都有點尷尬，之後若無其事地繼續當天的節目。不過我覺得Lily跟我一樣在意，因為她晚上連最喜歡的海膽壽司也沒吃完。」

「那你跟小雯通電話後，對麗麗說要找小雯？」

國泰點點頭。「小雯的語氣太怪異了。我本來以為Lily會叫我不要理會，但她卻同意了，只是補上一句『可是以後別再管她了』。我們匆匆結帳後，便跑到瓊華中心那家卡拉ＯＫ找小雯。」

「你怎知道地點是瓊華中心？」阿涅眉毛稍稍揚起，一臉好奇地問。

「我掛線後回想起當時聽到的背景音樂，那首許志安的新歌只有一間卡拉ＯＫ連鎖店有得唱，而旺角區只有瓊華中心一家分店，於是我們便決定先到那兒碰運氣。」

阿涅嘴角微微上揚，似是很欣賞面前這小伙子的頭腦。

「你們在那家店裡找到小雯？」阿涅問。

「不，說來也捏一把汗。」國泰吁一口氣，說：「十點半左右，我和Lily剛到瓊華中心附近，就在街上看到小雯被兩個男人一左一右的攙扶著，向西洋菜街走過去。我立即上前攔住他們，那兩個傢伙竟然還惡人先告狀，警告我別惹是生非，不過我大聲高呼一句『你們要對未成年少女做什麼』，引來路人注意，他們便丟下小雯跑掉了。」

「小雯當時神志清醒嗎？」

「她迷迷糊糊的，像是被灌酒或下藥了。」國泰提起這點時依然極之氣憤。

「幸虧有你啊。假如你沒有及時趕到，天曉得小雯會被帶到哪兒了。」阿涅語氣頗有嘉獎之意。他再問：「接下來你和麗麗送小雯回家？」

「嗯，我們扶她到麥當勞坐了一會，再搭計程車送她回樂華邨。在車上小雯稍微清醒，嘴巴一直在嚷著什麼，好不容易我才聽得懂她在說『別告訴我媽媽』。於是我們便推說小雯在派對上身體不舒服了。」

知悉事情的真相後，阿怡心裡五味雜陳。一方面她慶幸小雯被國泰拯救，另一方面，她擔心小雯在卡拉ＯＫ裡到底吃了多少苦、被人佔了多少便宜。她突然想到，說不定母親知情——當晚周綺蓁通宵照顧小雯，這種事情可瞞不過人生經驗豐富的母親的法眼。

「這件事除了你和麗麗外，還有沒有人知道？」阿涅直搗核心，觸及事件的關鍵處。阿怡在旁緊張地聆聽，知道這關係重大，因為kidkit727寄了那張卡拉ＯＫ照片，假如沒有外人知曉的話，那麗麗是kidkit727的嫌疑便大增了。

「這……這也有點小意外。」國泰不安地瞧了瞧阿涅，說：「照道理，這件事應該只有我和Lily知道，可是後來學校裡傳出風聲，說我們的年級有女生在聖誕前夕被不良分子搞上了，尤其在高年級學長的圈子裡談得更熱烈。由於沒有透露女生身分，所以老師們都沒有行動，只有校長在早會時說過幾句『謹言慎行』之類的廢話。我向音樂社的前輩打探，聽說那兩個借玩樂團把妹的混蛋之中，其中一人的表弟在我們學校就讀，說不定流言便是出自他的口。」

阿怡對這答案感到失望，可是她瞥見阿涅微微頷首，彷彿國泰的說法正合他的心意。

「誠哥、怡姊姊，今天你們說過我和Lily到過喪禮送別小雯，要向我們道謝，但我只感到愧疚，因為我們辜負了小雯，欠她太多太多了……」國泰一臉愁苦地說。「在小雯失去母親時，我們沒有安慰她；在她遇上地鐵色狼後，我們沒有陪伴她；在網路上那篇文章瘋傳時，我們沒有站在她身邊支持她……我們一直只考慮自己，擔心氣氛尷尬、擔心彼此心存芥蒂，結果我們永遠失去和好的機會了……我們沒資格當她的朋友，更沒有資格獲得你們的一句謝謝……」

「國泰，事情已過去了，別太為難自己。」雖然阿涅下了「封口令」，阿怡看到國泰一副泫然欲泣的樣子，按捺不住插嘴說道。「我很感謝你鼓起勇氣，說出這些事情……我肯定小雯在另一個世界知道，她也不會怪責你的。你多多保重，還有要好好照顧麗麗，這樣子小雯也會高興。」

「可、可是……」國泰就像無法釋懷，對阿怡那些老掉牙的說法通通聽不入耳。

「如果你覺得自己有負於小雯，那就永遠背負這份內疚吧。」

阿涅的話讓阿怡暗吃一驚，國泰也抬頭瞧著阿涅，奇怪一直親切的「誠哥」為什麼會突然變得如此無情。

「人啊，就是一種既善忘又自私的動物。」阿涅語氣平靜，表情跟之前沒兩樣，但阿怡隱約覺得他暫時卸下了面具。「尋求他人原諒，不過是一種利己主義的投影，因為得到對方的諒解，自己就可以灑脫地大步向前走了，但說到底，那不過是偽善。你覺得小雯不會原諒你嘛，那你就背負著這份愧疚，無時無刻記住你曾經虧待了一位好朋友，而且你永遠無法補償。你餘下的人生永遠無法擺脫這罪惡感，你可能會不時反省當年為什麼沒多走一步、多說一句話，後悔得心裡絞痛，但你同時要記著，你有責任好好活著，因為你只有透過傾聽自己的內心、做正確的決定，來消滅心裡的苦、贖自己的罪。這份沉重的愧疚會成為你的血肉，也會成為你是一個好人的證明。」

阿怡和國泰驚訝於阿涅的話，但國泰很快收起愁容，用力地點頭。「嗯，誠哥，我明白了，謝謝你。」

「明白就好。」阿涅換回從容的表情，微微一笑，拿起杯子喝了一口。阿怡一直覺得阿涅歪理連篇，但剛才這番話，她也不肯定是道理還是歪理——至少，她覺得比她說的有力多了。

「對了，」阿涅放下杯子，「我還有一件事想問你。你認識杜紫渝嗎？」

「她啊……同班同學，當然不會不認識。」國泰的臉色一沉，像是被阿涅的話刺了一下。

「我們在食堂提起杜紫渝時，你好像想說什麼。」阿涅輕描淡寫地說。「我覺得有點奇怪罷了。」

阿怡想起國泰說「不知道小雯和杜紫渝交情這麼好」的一幕。

「杜紫渝……誠哥，你之前問過我和Lily，小雯有沒有惹到誰，會被對方抹黑之類，Lily說是郡主，但我覺得，真正要提防的是杜紫渝。郡主和她的姊妹淘沒錯是大嘴巴，但如果說會抓住機會打小報告的卑鄙小人，一定首推杜紫渝。」國泰語氣變得冷峻，提到杜紫渝的名字時，更是一臉不爽。

「她跟小雯有什麼過節嗎？」阿涅問。

「沒有，但這傢伙有很惡劣的往績。」

「她幹了什麼？」

「這要從一年級談起。」國泰稍稍收起他的不愉快表情。「中一時，我念B班，小雯和Lily讀A班，而杜紫渝是她們班的班長。當時一年A班有一個叫小憐的女生，因為個性隨和、成績優秀，很受同學們歡迎，連我的班上都有人單戀她，但她拒絕了所有追求，有傳聞說她和高年級學長交往，大概不是籃球隊的明星，就是辯論隊的隊長。」

中一便談戀愛，現在的孩子真早熟——阿怡暗想。

「後來……應該是一年級下學期，大約五月發生的吧。小憐被老師抓到，她跟一位高年級學生躲在屋頂親熱。事情鬧得很大，小憐被迫『自願退學』，但因為另一方是已經考完公開試等畢業的學生，所以老師們沒有什麼可以做。」

「校方沒有報警？即使是自願，十三歲的女孩子仍被視為兒童，親熱什麼的也會被當成猥褻定罪。」阿涅問。

「沒有，因為學校怕弄成醜聞嘛。不過說『猥褻』也太嚴重了，因為我聽說不過是接吻而已。」

「啾一下算什麼醜聞？」阿涅奇怪地問。

「因為跟小憐交往的高年級生是位學姐啊。」國泰說：「我們是教會學校，在某些事情上很保守的。」

阿怡和阿涅恍然大悟。

「杜紫渝跟這件事有什麼關係？」阿涅問。

「向老師打小報告的人就是她。」國泰語氣帶點不忿。「我某天有事要到教員室交作業，偶然看到訓導主任跟杜紫渝在一角說話，神色凝重。我聽到對話內容：『妳有親眼看到？』『是。』『屋頂？』『沒錯。』當時我不知道他們談什麼，但幾天後事情曝光，我便知道他們談的是小憐和學姐。據說訓導主任像審問犯人般質問小憐，用難聽的話罵她，同學們知道後都覺得很反感。今天是什麼時代了，人家外國還容許同性婚姻哩！這不是侵犯人權嗎？不過比起老師，我們更討厭杜紫渝。」

「難怪你說比起那位郡主同學，杜紫渝更有可能抹黑他人，因為她有前科。」

「嗯嗯。」

「但她跟小雯沒有不和吧？郡主至少試過因為旅行投票一事而不滿小雯啊。」

「她跟小憐也沒有過節啊，那為什麼要害對方？小憐又沒幹什麼傷天害理的事情。」國泰忿忿不平地說：「我在電視看過，說有種人自命正義，打抱不平，實際只是偏執狂、道德魔人，非得剷除所有不合意的『罪惡』不可；小憐偷偷跟學姐親熱，在杜紫渝眼中就是死罪。她一定是打聽到前年聖誕傳聞的主角就是小雯，得悉片面之詞，對小雯產生偏見，於是暗中對人說小雯跟不良青年來往……」

「小憐後來怎麼了？有聽過她的消息嗎？」

「好像到澳洲升學了。她家裡本來就蠻富有的，父母為了斷絕她跟學姐的關係，直接將她送走。」

阿怡沒想過會聽到這種戲劇化的事件，而且她更沒想過那個像書呆子的杜紫渝會是國泰口中的正義魔人。她記得午飯時國泰說過班上有「比郡主一夥更壞的同學」，她猜當時國泰心中想的一定就是杜紫渝。

「所以我聽到你們說杜紫渝出席了小雯的喪禮，覺得很詫異。那傢伙平日對人漠不關心，會去小雯的喪禮，一定是貓哭老鼠。」國泰悻悻地說。

「不過無論是麗麗說的郡主，還是你說的杜紫渝，都只是個人臆測而已，對吧？」阿涅說。

「那的確又是……」

「國泰，謝謝你跟我們說了這麼多關於小雯的事。」阿涅微笑著說。「無論郡主和杜紫渝因為什麼理由來小雯的喪禮，你們都是少數來送別小雯的同學，我看，這也是一種緣分。就算小雯離開了我們，她永遠活在我們的心裡。」

阿怡附和地點頭，雖然她知道阿涅話中有話。在kidkit727心裡，小雯大概也是永遠活著——只是以仇恨對象的身分活著。

國泰跟阿涅他們告辭時是下午四點十五分。他說排球隊的練習在四點半結束，要回學校接麗麗。

「我擔心Lily今天會胡思亂想。」國泰離開前，留下這樣的一句話。阿怡很清楚他指的是今天麗麗跟她和阿涅見面的事。

看著國泰離開咖啡店的背影，阿怡思緒一片混亂。在校園期間，她幾度認定某人是kidkit727，可是如今她感到迷惘，每個人都似乎有嫌疑。在態度上，「郡主」黎敏表現出犯人的特徵，對阿怡和阿涅很不友善；在動機上，「犯人是舒麗麗」的說法卻更站得住腳，正所謂愛的反面就是恨，昔日好友反目——尤其因為感情問題而反目——會令人做出殘忍的事情。然而，國泰最後對杜紫渝的指控也教阿怡意外，不由得猜想這個外表柔弱的圖書館員會不會有另一張不為人知的面孔。最令阿怡頭痛的是，也許犯人在這三人以外，是小雯的其他同學，只是一連串巧合令他們誤中副車，錯將焦點放在這三個女孩身上。

「妳還想待多久？今天就到此為止吧，我要回去了。」

阿涅從座位站起來，一臉不在乎地對阿怡說。

「到此為止？我們不繼續調查嗎？」

「區小姐，幸好妳不是公司老闆，否則妳的員工一定被妳操死了。」阿涅站在桌子旁，微微彎腰，低頭對阿怡說：「妳不過付了我八萬多，別想占用我全部時間。」

「那你有沒有結論——」

「妳真麻煩。」阿涅打斷阿怡的話。「結論嘛，我有九成肯定妳要找的人就在今天跟我們見面的人裡面。不過別問我理由，我在拿到『決定性』的證據前才不會翻開底牌。」

阿涅不認真的態度令阿怡無法確定這是真話還是用來打發自己的託詞。

「可是——」

「我真的要回去，不然芭芭拉要死啦。」

「芭芭拉是誰？」阿怡詫異地問。

「我那棵萬年青，我今早出門前忘記澆水了。調查有進展我再聯絡妳吧。」阿涅話畢，頭也不回地離開咖啡店。阿怡覺得阿涅不過是找藉口逃跑，她記得阿涅家中窗前那棵觀葉植物，可不像少澆一天水便會死的品種，更重要的是，她不認為阿涅是個會替盆栽起名「芭芭拉」的男人。

阿怡回到家才想起阿涅帶走了從學校取回的一堆物品——包括小雯的參考書、作文功課、悼念冊和偷回來的劇本等等。不過阿怡並不在意，因為到學校取回小雯的遺物只是藉口，真正的目的在於鎖定嫌疑者。她再次回到電腦螢幕前，打開瀏覽器，從阿涅之前給她的名單上找尋麗麗、郡主和杜紫渝的網頁。她期望在見過這些「嫌犯」後，再細心觀察她們的社交網站會看出更多的線索。

在麗麗的臉書頁面上，阿怡看到很多一世代的新聞轉貼——她週末進行相同的「偵查」時都一一無視——以及不少菜餚的照片，當中又以日式料理較多，阿怡估計那是跟國泰約會時所拍下。阿怡其實不理解替晚餐拍照有什麼意思，不過她看到似乎很多人也這樣做，猜這是在網路流行的做法。郡主的臉書則充滿自拍照，猶如偶像明星的網頁，每則貼文的讚好數目比麗麗的多上百倍，而且照片下的說明文字都用上大量可愛的表情圖符，阿怡很難想像那個高傲的郡主真人能以這種可愛的語氣說話。杜紫渝只有一個部落格，裡頭都是讀書心得，之前阿怡檢查時因為沒看到生活記事，她就直接跳過；如今再看，除了知道杜紫渝偏愛村上龍、張愛玲、卡洛斯．魯依斯．薩豐、吉莉安．弗琳等作家的作品外，她仍然無法在這些簡短的心得文裡看出半點跟小雯有關的跡象。

雖然阿涅說調查有進展會主動找阿怡，但事隔兩天，阿怡的老毛病又發作。她這兩天上班都心不在焉，腦袋裡只有麗麗和郡主等人的影子。她再次咀嚼阿涅的話，發現對方可能有意誤導，因為阿涅說的是犯人在他們當天碰過面的人裡面，換言之，kidkit727可能是袁老師或趙國泰，甚至可能是帶他們到教員室的校工、戲劇社的眾人、在圖書館看《Newton》的男生或咖啡店裡平板被駭的陌生女性等等。阿怡愈想愈糊塗，也因此愈渴望阿涅跟她解惑。然而阿涅音信杳無，過去兩天阿怡就只得乾著急。星期三這天下班較早，阿怡離開圖書館後，不自覺地坐上電車，準備前往阿涅家中追問進度。

不過當電車駛到中環時，阿怡又後悔了。

小雯的事件令阿怡方寸大亂，終日感到焦躁不安，可是她骨子裡是個很理性的人，明白欲速則不達的道理。她記起在小雯學校裡，因為自己沒聽從阿涅的叮囑差點壞了大事，不由得想是不是該放手讓阿涅處理較好。阿涅那句「妳委託我調查就請妳信任我」言猶在耳，現在再去打擾，似乎於理不合。

阿怡內心交戰多時，電車已駛進西營盤的範圍。最後理性戰勝了感性，她放棄了跑上第二街那棟唐樓追問駭客偵探的調查進展，選擇在屈地街的電車站下車。

「橫豎來到西環，吃碗麵當晚餐吧。」阿怡心想。她想起來記雲吞麵的美味，這陣子節衣縮食，實在沒吃到什麼又便宜又好吃的東西。她打開錢包，確認一下餘下的鈔票足夠多撐一個星期——距離發薪日還有一個禮拜——然後橫過馬路，往來記麵家走過去。

「老闆，勞煩你，一碗細蓉。」阿怡坐在櫃台旁的座位。這時來記一位客人也沒有，阿怡走進店子時，老闆還盯著牆上一台小小的電視在看新聞。

「好，細蓉一碗……」老闆走到鍋子後煮麵，再回頭問：「妳不用替阿涅買外帶嗎？」

他果然認得我——阿怡心裡暗暗叫苦，不過也想來得正好，可以趁這機會澄清誤會。

「不，今天我只是自己來。我和阿涅連朋友都稱不上，不過是工作上有丁點關係。」

「工作嗎……」老闆用長筷子撥弄著鍋子中的麵條，汆燙十數秒後移到冷水沖洗一下，然後回鍋再煮。「這樣子啊。妳真幸運，他願意接受妳的委託。」

阿怡聞言怔住，她只說「工作關係」，可是老闆卻知道她的委託人身分了。

「阿涅跟你提過我的事？」阿怡緊張地問。她以為偵探有保密委託人身分的義務。

「沒有，不過跟阿涅有『工作關係』的，十居其九是委託人吧。」老闆笑了笑，將麵條瀝乾，再繼續煮雲吞。

阿怡心裡暗罵自己愚蠢，剛才她的發問正好證明了老闆的猜測正確。不過既然打開了話匣子，阿怡決定乘勢打探阿涅的底蘊。

「老闆你知道他的職業嗎？」

「略知一二吧，就是專門替人解決疑難雜症。」

「你剛才說我很幸運，是因為他很少接受委託嗎？」

老闆停下動作，怔怔地瞧著阿怡，再噗哧一笑，繼續準備湯頭。

「小姐，妳似乎不清楚阿涅有多厲害啊？他啊，是個『猛人』。」

「『猛人』？」

「黑白兩道也不敢惹的『猛人』。」

阿怡此時才明白「猛人」是黑道俚語中形容狠角色的那個「猛人」。

「阿涅……是黑道老大嗎？」阿怡戰戰兢兢地問道。她知道駭客會幹非法勾當，可是混黑道又是另一回事。

「不、不，」老闆朗聲大笑，「是比黑道老大更厲害的傢伙，明明不是道上的，卻連一眾老大都敬畏三分，黑道吃了阿涅的虧，就只能摸摸鼻子嘆一句倒楣。另外聽聞他跟西區某警司有點交情，條子也得低聲下氣求他幫忙，黑白兩道也吃得開，除了『猛』之外我想不到更合適的形容詞了。」

阿怡霎時想起當天被金髮男和紋身男擄走的情境。在來記門外，她聽到老闆對阿涅說「哪個笨蛋有眼不識泰山居然槓上你」，理由就是如此。

「妳看到這疤痕嗎？」老闆從爐灶後伸長脖子，用手將頭髮撥起，露出左邊額角上一道約兩公分的傷疤。「幾年前有幾個古惑仔來搗亂，說我的雲吞有問題，吃得他們老大肚子痛。我以為他們來勒索保護費之類，可是我連個『錢』字也未說，他們便發飆推倒店裡的桌椅，櫃台也被砸爛了。我開業二十多年，這種風浪當然見過，若然只是一次也能啞忍，可是這些臭傢伙居然隔個禮拜又來一次。第三次時我按捺不住，不自量力地阻止他們，結果臉上掛彩，要到醫院縫上六針。」

「你沒有報警？」阿怡不知道老闆突然提起往事有何用意，但她順著話題問道。

「有，可是沒作用嘛，我這傷是混亂中跌倒弄成的，那些古惑仔很聰明，只破壞物件，沒有對我出手，警察只能當作刑事毀壞案處理，比起殺人放火，調查的次序自然放到後面。」老闆轉身邊將雲呑放進鍋子邊說：「然而奇怪的是，那些古惑仔後來沒再來，就像他們老大消了氣，又或者是良心發現之類。我差不多半年後才知道原因。」

「原因……阿涅？」

「嘿。」老闆點點頭。「雖然阿涅一直沒說，但我從一些熟識黑道的友人探聽到，那個老大走路了，據說是一個『局外人』令他失勢的。而且我那時才知道，什麼雲呑吃壞肚子只是藉口，原來有商人看中我這店子，要陰招逼我對生意灰心，只要我關門大吉，出售店面，他們便能收購整棟大廈，夷平再建高樓豪宅，賺它幾十億。」

「你怎麼知道那個『局外人』就是阿涅？」

「阿涅曾問過我那些古惑仔的特徵、砸店時說話的內容，當時我還不知道阿涅的職業，只以為他好奇心有點重而已。我知道真相後問過他，他既不承認也不否認，只說了句『要是來記關門，街坊都會覺得很可惜』。」

阿怡覺得老闆未免太神化阿涅，但她回心一想，阿涅的確有能力從一些常人覺得無關痛癢的細節中找出有用的線索，而且他之前就在阿怡面前將兩個古惑仔嚇得半死。

「江湖內外不知多少人想請阿涅幫忙，但他鮮少應允，酬勞再多也請不動他，可是他有時又會隨興而為，好管閒事，所以我說小姐妳真走運，他肯接妳的委託。妳有看過金庸的《天龍八部》嗎？阿涅就像那位少林掃地僧，隱世高手，從不插手江湖事，可是若然出手的話，就連慕容復父子加上蕭峰父子也不是他的對手……」

縱使阿怡有讀過《天龍八部》，她可無法將武俠小說的人物套用在阿涅身上。老闆似乎是個武俠迷，話匣子一打開，就滔滔不絕地談《天龍八部》的劇情，又提及電視劇各個版本的差異，什麼當年的虛竹和尚變了後來的蕭峰，以前的蕭峰又成為了中國大陸的蕭遠山，聽得阿怡一頭霧水。

就在阿怡只能以點頭和微笑來敷衍老闆之際，對方端上一碗香氣四溢的雲吞麵。餡料飽滿的雲吞配著嚼感十足的麵條，加上鮮甜的大地魚湯，令阿怡三扒兩撥地將這碗細蓉解決掉。老闆替阿怡倒了一杯暖茶，更讓阿怡覺得這頓飯堪稱人間至味。

喝過茶後，阿怡掏出鈔票結帳。來記店面小，雖然晚市顧客不多，她也不想占著座位不走。

「老闆，大蓉加青，油菜。」就在阿怡等老闆找贖零錢時，一個顧客走進來記，對老闆說道。

阿怡聽到「大蓉加青」，不由得愣了愣，回頭看看說話的人是不是阿涅——然而她轉頭一看，那人更令她感到意外。

「咦，區小姐？」

站在門旁那個一頭灰髮、年約五十的男人，是Wendy的堂姑丈莫偵探。

「莫先生？」

「真巧啊……」莫偵探坐在阿怡旁邊，頓了一頓，再說：「啊，妳是來找阿涅吧，那又不算巧。」

「不，我今天不是來找阿涅的。」阿怡否認道。阿怡想，從她決定到來記吃麵的一刻開始，她今天到西營盤就不算是來找阿涅吧。

「哦。但妳知道這家麵店，一定是阿涅介紹的吧？幾年前他帶我來吃過一次之後，我便上癮了，每次經過西區都要吃一碗才滿足。」莫偵探笑道。「今天很多麵店為了節省成本，偷工減料，大蓉只放六顆雲吞，但這兒用料十足，細蓉四顆大蓉八顆，真是老香港的傳統口味……」

「你今天在西區有工作嗎？」阿怡迴避使用「調查」、「偵查」等字眼，畢竟她不知道偵探業有沒有行規，不能在公眾場合暴露身分。

「就是妳的委託啊。」

「我的？」

「阿涅要我替他查一些細節，我今天便來給他結果。」莫偵探邊說邊從桌上的筷子筒取出免洗筷，「他說我將妳的案子丟給他，我就有義務提供一些『售後服務』。不過這傢伙很龜毛，明明是個電腦專家，卻要我親自跑一趟，說什麼網路上傳送文件不安全……」

「他要你調查什麼？」阿怡緊張地問。

「那個紅頭髮的不良青年啊，就是妳妹妹照片中的……」

阿怡整個人從座椅彈起，向老闆和莫偵探匆匆告辭後，急步往第二街一百五十一號走過去。

「噠噠噠噠噠噠噠噠噠噠——」

一口氣衝上六樓後，阿怡死命按住門鈴不放，只是那串吵耳的鈴聲仍無法充分表現她焦灼的心情。不一會，白色木門輕輕打開，鋼閘後露出阿涅不快的面孔。

「區小姐，我不是說過我會主動——」

「我剛碰到莫偵探。」

阿涅眉頭一皺，再嘆一口氣，打開鋼閘讓阿怡進入屋內。

「他跟妳說了什麼？」阿涅邊說邊回到辦公桌後。

「你說過會找熟悉旺角的人調查那紅髮小子的底細，」阿怡不客氣地坐在阿涅對面，「那就是莫偵探吧。」

「嗯。」

「他查到什麼？」

「他沒告訴妳？」

「我聽到他說你找他查那傢伙後，便從麵店衝過來找你了。」阿怡理直氣壯地說。「就算他告訴我那不良青年姓甚名誰，我也不知道他跟小雯或kidkit727有何關係，只有你才能將碎片併合成完整的結果。」

阿涅蹺起二郎腿，雙手放在腦勺子後，說：「妳的想法很正確，可是，那邊是死胡同，那傢伙跟kidkit727應該沒有瓜葛。」

「為什麼？」

「他去年三月便被關到大嶼山的更生中心裡，至今仍未放出來。」

阿怡愣住。更生中心是香港懲教署管理的設施，全港共有四所，用來關押十四歲至二十一歲的年輕犯人，屬於低設防監獄。

「那個混蛋叫張啟迪，去年年初因為偷竊和傷人被捕，大概在卡拉ＯＫ事件後一個月。他就是國泰口中那兩個借玩樂團把妹扯皮條的敗類之一，他的表弟跟妳妹妹同校，據說在他被送進更生中心前，他的表弟常常跟他廝混。」

「那個表弟叫什麼名字？跟小雯同班嗎？」

「他表弟叫Jason，比妳妹妹高一年級，不過他去年已『轉校』了。」阿涅聳聳肩。「以諾中學似乎很喜歡無聲無息地逼『壞分子』自動退學。」

「那這個Jason……」

「區小姐，我仍在調查當中，妳就別追問到底吧，這令人十分困擾。」阿涅身子前傾，右手托腮，一臉不爽地說。「妳真是我遇過最煩人的委託人。」

阿怡本來想繼續追問，可是阿涅一副無可奉告的樣子，令阿怡死了心。

「妳回去吧，我說過，有進展的話我會聯絡妳的。」

阿怡無奈地站起身，往玄關走過去。這時候她才留意到，才不過幾天，阿涅的房子已回復到原來的凌亂狀態，雜物和垃圾膠袋隨便塞在大廳一角。她往廚房偷瞥一眼，發現那天早上她用過的茶壺和杯子，原封不動地擱在流理台上，她猜想裡面仍盛著泡了多天的茶葉。

「阿涅，你怎麼不——」

正當阿怡想臨走前吐槽一下阿涅的邋遢個性，譏諷一下莫偵探來他家談公事卻連茶也不端一杯，卻猛然察覺有點不對勁。

「莫偵探來，就是為了告訴你這個張啟迪和Jason的事？」阿怡站在大門前，向仍坐在辦公椅上的阿涅問道。

「對啊。」

「你說謊。」

阿怡斬釘截鐵的話，令阿涅亮出警戒的表情。

「我說謊？」

「對，莫偵探告訴我，他替你調查『一些』細節，假如只是調查一個人，他才不會這樣說，該說『一件事』或『一個人』。」

「莫大毛說話用詞我可管不到，誰知道他說『一些』還是『一件』啊？」

「那不是重點。」阿怡回到辦公桌前，雙手撐著桌面，說：「重點是，他還告訴我你要他親自跑一趟，說網路上傳送文件不安全。假如你只找莫偵探調查這個紅髮傢伙，在知道對方身分、發現被關在更生中心後，他根本不用花時間來西營盤，那些資料只要透過電話說明就成了。他親自來送『文件』，就代表有『實物』要交給你——到底你還要他調查什麼？那『文件』又是什麼？」

阿涅默默地瞧著阿怡，阿怡倒沒避開，跟阿涅對視。二人相視數秒，阿涅輕輕嘆了一聲，拉開抽屜，取出一支ＵＳＢ隨身碟。

「妳的確是我遇過最最麻煩的委託人。」阿涅邊說邊將隨身碟插進電腦。

「那是什麼？」阿怡問。

「妳自己聽。」

阿涅按了幾下滑鼠，電腦喇叭傳出聲音。

「莫先生，我很感謝你的通知。不過我想先說一下，我從你口中聽說事情後已第一時間解僱了Victor那傢伙，我亦仔細詢問過他洩漏的資訊，確認過不會構成任何法律問題。」

「麥律師，請你放心，我本來就沒打算追究任何法律責任，只是想知道一些細節而已。假如我的委託人想追究，我今天就不會來跟你見面了。」

「這就萬事好說。Victor剛畢業，涉世未深，做事不分輕重，所以才會犯這種錯……今天的年輕人好吃懶做，上班老是玩手機，真教人頭痛。」

「所以Victor怎麼跟那個女學生認識的？」

「我們事務所不時到各社區會堂辦免費法律講座，會後經常有人向我們尋求大大小小的法律意見，我都吩咐見習生和助理們處理。Victor說，那女生就是這樣子跟他搭話的……Victor他一向沒女人緣，所以有年輕的女學生搭訕，他就忘掉自己的專業操守。現在回想，那女的大概是存心打聽消息，才會接近Victor吧。」

「Victor向她透露了多少資料？」

「基本上都是已公開的，包括第一次審訊中邵德平的所有證詞，未公開的就是我們本來準備用來替他辯護的策略，例如他和妻子的關係、對他有利的疑點等等。我相信這些資料都沒有侵犯到任何人、包括做爲我的客户的邵德平的任何隱私。」

「麥律師，你眞的不用再三強調……況且你已經炒了Victor魷魚，爲此事負上責任了吧。」

「對，對。」

「Victor跟那女生見過幾次面？」

「他說大約三、四次。他說，對方告訴他打算將來唸法律，有畢業進了法律學院的學姊提點她，教她多接觸一些現實的案子，了解一下律師的工作，將來大學入學面試便很有利。」

「他這樣就相信了？」

「對，眞是個頭腦單純的笨蛋，完全沒考慮過對方背後有記者操縱之類。所以我對辭退他不感到可惜……對了，莫先生，你的委託人是誰？不會是某家想翻舊帳的報館吧？」

「麥律師，我跟你一樣，有替客户保密的義務。不過請你放心，我敢保證你告訴我的事不會對公眾公開。」

「這就好。」

「Victor有沒有提起這個女生的名字？」

「嗯……叫什麼來著……啊，對了，那個姓氏蠻特別的，姓舒，叫Lily舒。」

2015-06-22 星期一

「麻煩了，剛才區雅雯的家人來過學校，
他們還東拉西扯的問了一堆問題……」
已讀 16:28

「他們是不是知道我幹了什麼？」
已讀 16:31

「抱歉剛才開會中」
17:14

「他們問了什麼？」
17:15

「主要是區雅雯生前在學校的事之類……」
已讀 17:17

「他們一定是知道我們做過的事！」
已讀 17:17

「他們會不會已經報警了？」
已讀 17:18

「我很擔心。」
已讀 17:18

「或者他們只是到學校跟老師或校長見面吧」
17:41

「他們不可能知道你是誰」
17:42

「你想太多只會令自己煩惱」
17:43

「好吧……」
已讀 17:50

「你今晚有沒有空？我想跟你見面再說。」
已讀 17:55

「今晚和明晚都有點困難，最近公司很忙」
18:02

「有很大的客戶」
18:03

「我晚點再找你」
18:03

第六章

1

施仲南站在旺角上海街朗豪坊旁的街角，心裡既驚且喜，同時有一點擔憂，害他不時四處張望，留意街上的人群。

時間是傍晚六點四十五分，日期是六月二十五日，星期四，亦即是施仲南在文化中心「偶遇」司徒瑋的五天後。自從上次獲得這位ＳＩＱ董事的手機號碼，施仲南便不時留意手機，生怕錯過對方來電，然而等了多天，司徒瑋並沒有打電話給他，也沒有傳過半條簡訊。頭兩天施仲南仍能按捺住，猜想司徒瑋待有空才找他，可是等了四天，音信全無，他便愈來愈心急，連馬仔也察覺他神色有異。他想過主動致電對方，畢竟司徒瑋親口說過相約見面，亦似乎想打聽ＧＴ網的內部事情，可是對方是「人上之人」，施仲南始終有點顧慮，不敢貿然按下通訊錄中那串數字。

就在他仍在躊躇著該不該打電話時，司徒瑋卻忽然找他。看到來電號碼後，施仲南匆匆忙忙裝作上洗手間，離開辦公室眾人視線範圍，緊張地按下接聽的綠色按鈕。

「阿南？我是司徒瑋。」手機傳來司徒瑋那種略微帶著外國人口音的廣東話。

「司徒先生您好！」

「上次提過一起吃晚飯，今天晚上你有空嗎？」

施仲南稍稍怔住。他瞧了瞧手錶，時間是下午四點半。

「嗯，嗯，有空，有空。」雖然施仲南晚上有約，可是他很清楚輕重緩急，知道哪一邊更重要。

「好，那我們今晚七點見吧！到尖沙咀吃杭州菜如何？」

「啊……杭州菜很好，不過我怕我會遲到，我六點半才下班，那時段交通繁忙，很難叫計程車，地鐵又擠，搞不好要等兩、三班才能搭上。」

「你沒開車？」

「我沒車，在香港養車不便宜。」施仲南苦笑道。他光是房租已耗上六成薪金，買車的話，停車場的租金恐怕要花掉那餘下的四成。

「那我來你公司附近接你吧。六點四十五分，朗豪坊酒店側門，上海街那邊ＯＫ嗎？」

「啊，不用勞煩司徒先生您……」

「反正我現在到九龍塘創新中心赴約，離開時往尖沙咀正順路，不麻煩。六點四十五分見囉。」

就像西方人的爽朗作風，司徒瑋沒讓施仲南回絕便掛了線。

雖然施仲南對司徒瑋沒架子的作風甚有好感，但他可不是因為客氣才想拒絕對方順道接載他的提議。他關心的只是自己——萬一被同事撞破，發現他跟公司的潛在投資者私下接觸，他在公司裡的地位便岌岌可危，到時別說出人頭地，搞不好要直接捲舖蓋，加入失業大軍。在網路上他能夠輕鬆隱藏身分，可是現實中卻無法使用假名或戴上面具來保護自己。

為了減少被識破的機會，施仲南特意待到六點四十分才離開公司，急步從公司所在的山東街和廣東道交界走到朗豪坊。他離開時，馬仔、阿豪和Thomas仍在加班，他要提防的只有李老闆和Joanne——他們在六點前先後下班，施仲南估計，二人刻意分開走，欲蓋彌彰，九成是去「幽會」。施仲南想，假如李老闆真的和Joanne有約，為了避開同事耳目，他們應該不會在旺角逗留。即使公司各人出現在朗豪坊附近的機會很微，施仲南仍不敢掉以輕心，不時察看街頭街尾有沒有熟悉的面孔。

當然，伴隨著緊張的心情，他更感到興奮。

施仲南年幼時曾被祖父母帶給相士批命，對方說他的八字顯示他「非池中物」，將來必有一番成就。所以，縱使他求學時期受過不少白眼，他都堅信自己比別人優秀，成績名列前茅之餘，他更自詡頭腦非凡，擅於察言觀色。他隱隱感覺到，司徒瑋對他的態度跟對李老闆的不一樣。到底有什麼不同他倒說不出來，只是覺得談吐舉止之間，司徒瑋似乎嘗試拉攏自己。

每想到這兒，施仲南都不明所以。一個是身價數十億美元的國際級菁英，一個是寒酸小公司的掛名技術總監，自己何德何能，值得對方拉攏？

就在他一邊察看四周、一邊思考著司徒瑋的態度時，一輛黑色轎車在他身旁停下來。

「嗨，等了很久嗎？」從車廂後座的窗子探頭出來的，正是司徒瑋。

施仲南立時回過神，可是看到車子的瞬間，他心裡頓時冒出一聲驚嘆。考獲駕照多年的施仲南雖然沒有車子，但一如不少香港男性一樣，對擁有一輛名車甚為憧憬。豪宅、名車、醇酒、美人，這些都是香港社會典型成功男士的證明。施仲南沒錢買名車，卻鍾愛觀看跟汽車有關的網站和電視節目，英國BBC製作的《Top Gear》他從沒錯過半集。當司徒瑋說要來接他，他就猜想對方開什麼車子，既然對方是跨國企業董事級數的人物，來港至少租賓士或奧迪才配合身分。可是，施仲南眼前的不是這種名車，亦不是講究氣派的勞斯萊斯或盡出風頭的法拉利，而是更切合司徒瑋科技菁英身分的特斯拉S型。

特斯拉是美國開發的純電動轎車，完全不用汽油，引擎由鋰電池組驅動，被稱為未來的主流環保汽車。特斯拉S型是該公司的高級車款，雖然性能、外觀、內飾未必及得上其他名廠出品，它的價錢卻有過之而無不及，最便宜的版本也要六十萬港幣，假如換上大容量的電池，以及加上一堆懸掛系統或自動導航組件等等，車價動輒過百萬。

「怎麼愣住了？」司徒瑋笑道。車門打開，施仲南連忙點頭致謝，走進車廂。他甫坐下，向前一看，他不是先留意到特斯拉S型那著名的「像平板電腦可以瀏覽網路的巨型駕駛儀表板」，而是發覺坐在司機席負責開車的是混血美女助理Doris。

「車裡有什麼不對勁嗎？」司徒瑋跟施仲南握手，笑著問。

「沒、沒有，只是我第一次坐特斯拉。」施仲南也不顧舉動失禮，像走進玩具店的孩子般，四處打量著車廂各處。

「這款不錯，馬力可比跑車，加上四輪驅動，穩定可靠……不過在香港，加速度再高也無用武之地，畢竟城市道路限速，沒得發揮。」司徒瑋笑道：「阿南你是車迷？」

「嗯，雖然無法擁有，但也可以看看雜誌照片過過乾癮。」

「嘿。」

在接下來的十數分鐘路程中，司徒瑋跟施仲南聊汽車經，從各大車廠歷史到產品的性價比都有談論。施仲南覺得，美國人果然是「汽車民族」，假如說古時武士都會物色駿馬當坐騎，汽車就是今天美國人的良駒了。

「可惜香港地狹人多，不像美國汽車那麼普及。」施仲南說。

「沒車的人生太無趣了。」司徒瑋攤攤手，像為自己的美國人身分感到自豪。「從汽車可以看出車主的個性，就像衣服一樣，讓人了解你的品味。」

「可是香港人只能透過手機顯出這種個性。」施仲南笑道：「買不了車，便瘋狂換手機，就像衣服換季似的。」

「嘿，這倒是。香港人口約七百萬，手機用戶卻有一千七百萬以上，即是平均每人有多於兩支手機，這數字冠絕全球。香港人換手機的頻密程度，就跟美國愛車人士換車的速度差不多……」司徒瑋頓了頓，再說：「不，我想應該比美國的車迷更瘋狂。」

「呵，換手機便宜得多嘛。」

「也對。」司徒瑋轉頭瞧看車窗外的景色，若有所思地說：「不過不管花多少，只要有消費，這個世界的經濟才得以存續，我們這些投資者才能製造財富。」

施仲南依循司徒瑋的視線望向尖沙咀廣東道上林立的名店，以及街上那些衣著光鮮、滿身闊氣的顧客。他一向覺得尖沙咀就像香港的縮影：這個社會，認錢不認人。不管你的財富是辛苦累積而來，抑或是巧取豪奪憑著剝削他人而賺取，只要有錢就能獲得他人敬重。就算你不同意這種勢利的社會法則，在這個城市生存，你也必須服從於這規條。

「不想成為被剝削的一群，就只有成為剝削他人的階層」——施仲南想起不久前阿豪說過的這句話。

轎車駛進北京道，在iSquare國際廣場對面停車。施仲南跟隨司徒瑋下車後，Doris便開車往漢口道駛去。

「她不跟我們一起吃飯嗎？」施仲南稍稍猶豫後，問道。

「又不是公務，Doris當然不用老跟著我們。」司徒瑋笑著反問：「還是說，比起跟我吃飯，你更想跟她約會？」

「不、不，當然不是。」

「就算是也沒有什麼不對啊。」司徒瑋朗聲笑道：「Doris是美女，哪有正常男人不動心？」

「司徒先生……您跟她……」施仲南欲言又止，不知道問這個問題會不會太唐突。

「沒有，她只是我的助理而已。」司徒瑋亮出不在意的表情，說：「中國人不是有一句俗語嗎？『兔子不吃窩邊草』。她在工作上能幹，我就不想令我們的關係受損，影響她的效率。反正我認識不少比她更標致更性感的女人，而且她們跟我的工作毫無瓜葛，不會妨礙我的事業。」

施仲南不由得想起李老闆和Joanne——他猜，這種氣度的差異，斷定了李老闆一輩子也不可能成為下一位司徒瑋吧。

二人走進iSquare商場，往電梯的方向走去。當司徒瑋按下電梯的三十一樓按鈕，施仲南愣了一愣。iSquare國際廣場是棟綜合式商場大廈，有服飾店、電器行、精品店、銀行、各式餐廳和一家配備IMAX系統的戲院，而二十樓以上都是高級餐廳，層數愈高檔次也愈高。一千多二千港幣一頓晚餐，可不是施仲南這種受薪階級吃得起。

「今晚我做東，別跟我爭。」司徒瑋似是看穿施仲南的心事，輕描淡寫地說。

「啊，謝、謝謝。」施仲南想過說點門面話，可是他的錢包不爭氣，萬一司徒瑋同意讓他請客就自找麻煩，所以只好爽快地接受——天曉得待會吃的是什麼山珍海錯？

電梯門打開，映進施仲南眼簾的是以米黃色雲石為主、裝飾糅合中式與西式的高級中菜館門面。牆上刻著「天鼎軒」的招牌，站在櫃台後的是一位身穿紫色貼身制服的女接待員。那年約二十餘歲的接待員身材不輸模特兒，臉蛋更是姣好，不難想像這家天鼎軒讓她擔當接待工作的理由。

「晚安，司徒先生。這邊，請。」

女接待員甫看到司徒瑋便主動打招呼，畢恭畢敬地領他和施仲南走進餐廳。施仲南沒到過這種高級菜館，不過他猜，女接待員連顧客名字都不用確認，大抵司徒瑋之前已光顧過不止一次，是餐廳的貴賓。

當接待員帶他們到座位時，施仲南更確定自己的猜想沒錯。

他們被帶到一間獨立的廂房，房間有兩面落地窗戶，可以眺望維多利亞港東面的景色。廂房不算大，大約能夠容納一張十二人圓桌，可是如今只有一張放了兩套餐具的方桌子。施仲南相信這是天鼎軒的ＶＩＰ房，房門旁邊站著另一位穿相同紫色制服、外表同樣俏麗的女服務員。

施仲南這時暗暗慶幸自己有穿西裝、結領帶，假如只像往日一樣只穿一件襯衫，未免太失禮。自從司徒瑋到過公司參觀後，李老闆下令各人每天要穿「合適的服裝」上班，說「專業團隊該有專業形象」云云。施仲南猜，老闆大概擔心司徒瑋突擊訪問，會發現眾人「不專業」的真相。

司徒瑋伸手示意，請施仲南坐下，自己再坐到離廂房入口較遠的座位。

「這房間的燈光很講究。」司徒瑋對施仲南說：「即使這兒燈火通明，我們仍能透過玻璃欣賞香港的城市夜景，不會被室內的光線影響，這設計師很用心。」

施仲南聞言遠眺窗外，剛剛西沉的太陽正散發餘暉，為維港兩岸的摩天大樓披上一襲紅衣。街上五光十色的霓虹燈逐漸亮起，似為這個城市的晚間舞台展開序幕。施仲南曾經聽說過，日本江戶時代的將軍坐鎮城樓，高高在上地眺望萬家燈火，也許現代人不過是在複製那份虛榮感，讓有錢人產生自己睥睨天下的錯覺。

接待員離開房間後，服務生上前向司徒瑋遞上菜單，可是司徒瑋沒接，向施仲南問道：「你有沒有什麼東西不吃的？例如海鮮？」

「沒有。」施仲南搖搖頭。

「那就好。」司徒瑋回頭對服務生說：「兩客御鼎套餐。」

服務生微笑著點頭，收回菜單，禮貌地離開廂房。她步出門口，便有另一位長髮女服務生進來，不過這位服務生穿的不是紫色制服，而是結領帶的黑色西式套裝。

「司徒先生，今晚想點什麼酒？」她邊說邊向司徒瑋遞上酒單。

「嗯……」司徒瑋托了托眼鏡，目光掃過酒單上的文字。「Buccella Cabernet Sauvignon 2012。」

「Buccella Cabernet Sauvignon 2012，好的。」

施仲南猜想這位大概是侍酒師。對方重複了司徒瑋的選擇，看到司徒瑋略微頷首，便微笑著離開房間。

「阿南你不會不喝紅酒吧？」司徒瑋一副猛然想起的樣子，對施仲南問道。

「喝，當然喝……不過我對紅酒認識不多，更沒試過中菜配紅酒。」

「我以為香港的婚宴都是中菜配紅酒呢。」司徒瑋說。「那你一定要好好嚐一下，布凱勒酒莊的卡本內蘇維翁品質不輸歐洲任何同等級的葡萄酒，我誠意推薦。」

「不輸歐洲？這酒不是法國產的嗎？」施仲南本來猜，資產值超過數十億的司徒瑋喝的紅酒一定是法國波爾多的。

「不，美國的。布凱勒酒莊在納帕谷，跟矽谷一樣位於加州。我和井上創辦同位素科技初期，辦過幾次到納帕谷的員工旅遊，反正車程不用兩個鐘頭，十分方便。阿南你到過加州嗎？」

「別說加州，我連美洲也沒去過。我最遠只去過日本罷了。」

「那你有機會一定要去一下……」

就在司徒瑋介紹加州名勝景點之際，侍酒師推門進來，手上捧著一個深色的瓶子，瓶身貼著一個白色的橢圓形標籤，上面以美術字體寫著阿拉伯數字「2012」，標籤頂部附著一個紅色的火漆印，整體給人一種簡約的感覺。

「Buccella Cabernet Sauvignon 2012。」

侍酒師再次重複酒名，並讓司徒瑋檢查標籤。司徒瑋瞧了瞧，點點頭，侍酒師便退往餐桌旁的側桌，掏出開瓶器，仔細地拔出瓶塞。她往司徒瑋的酒杯斟了小半杯，司徒瑋便輕輕舉起酒杯，朝燈光瞧了瞧那紫紅色的液體，往杯口用鼻子嗅了嗅，再淺淺嚐一口。

「嗯。」司徒瑋點點頭，侍酒師便替施仲南斟了半杯，然後再為司徒瑋的杯子添至平滿。

施仲南沒見過這種喝紅酒的正式禮儀，平日只會到超市買回家再大口大口的灌下肚。他心想幸好這回是吃中菜，中菜配紅酒本來就不成正統，大概沒有什麼特定的禮節，假如今晚吃的是法國菜，他一定狼狽不堪，甚至讓司徒瑋對自己留下壞印象。

「來，試一下。我一直覺得這酒跟杭州菜很配，加州產的比歐洲的酸度較低，而且它獨特的醬果香氣不會喧賓奪主，影響菜餚的風味……」

施仲南嚐了一口，可是他不知道如何形容——因為他根本不知道法國產的味道如何。當然，他再不懂也嘗得出這酒香醇可口，理解司徒瑋鍾情它的部分理由。

當司徒瑋滔滔不絕地談論紅酒知識時，穿紫色制服的服務員捧著銀盤子走進廂房，替兩人上菜。

「杭州龍井蝦仁。」

施仲南本來以為吃中菜都是大盤大盤的讓各人分吃，沒料到服務生端上的，卻像法國料理般每人一份，小盤子上的蝦仁晶瑩剔透，裝飾菜擺盤更是美輪美奐，教人食指大動。

繼龍井蝦仁後，一盤盤精緻美味的料理逐一送上餐桌。像蜜汁火方、乾炸響鈴、西湖醋魚、東坡肉之類的傳統杭州菜固然沒有缺席，跟杭州關係不大的鮑魚、海參、花膠等珍貴海味，也以別樹一格的方式烹調呈上，佐以黑松露、蘆筍等西式食材，頗有新派融合料理的風範。每盤美食份量不多，可是款色層出不窮，令施仲南想起日式的懷石料理，當然，觀乎上菜次序和盤飾手法，這頓飯更像西餐。

在進餐過程中，司徒瑋爽朗健談，可是話題只集中在三個範疇：食物、汽車和旅遊。施仲南很想知道幾天前對方那句「你是聰明人」的背後意義，不過他一直忍耐著，完全沒有談及GT網或SIQ投資等等。他了解到一旦主動提起工作上的事情，便很容易暴露他意欲巴結的目的，為了不讓自己處於下風，他只能等待對方先說，到時再順水推舟，見步走步。

結果遂其所願，司徒瑋終於主動提起在文化中心相遇一事；可是，對方的話卻超出施仲南的想像。

「阿南，你根本沒有熱愛古典樂的朋友吧。」吃罷以燕窩製作的涼糕甜點，司徒瑋邊喝紅酒邊說。

「嗯？」施仲南以為自己聽錯，稍稍怔住。

「我說，你星期六那天其實是獨個兒到文化中心，而且你去那兒的目的不是為了聽演奏會。」司徒瑋搖著酒杯，語調平淡地說。

施仲南沒想到對方一語道破自己的心事，心臟一下子亂跳，他幾乎以為心跳聲響亮到坐在餐桌對面的司徒瑋也能聽見。為了壓下內心的慌張，他打算堅持之前的相遇純粹巧合——可是他剛要開口，便隱約察覺這不是「正確」的答案。

「嗯……是的，我是特意到文化中心找您的。」施仲南把心一橫，直白地回答道。

「很好。」司徒瑋滿意地笑了一下，說：「你的判斷很正確。重要的是，你知道什麼時候該隱瞞，什麼時候該坦白。商場上謊言和手段司空見慣，我從不介懷，只是，明知對方知道自己的底牌還硬要撒謊，那便是一種侮辱了。」

司徒瑋的回答令施仲南放下心頭大石。

「那我再問你，」司徒瑋放下酒杯，「『把G幣和消息買賣包裝成金融產品』的說法不過是你臨時胡扯，事實上你們公司沒有這計畫吧？」

「……是的。」施仲南點點頭。

「阿南，你愛看足球嗎？我說的是Soccer，不是美式足球。」

施仲南不知道為什麼司徒瑋突然改變話題。「不常看，但間中有留意歐洲的聯賽。」他回答。

「不是說十個香港人中九個愛看足球嗎？」司徒瑋笑道。「那你知不知道一流的前鋒和普通的前鋒有什麼差異？」

施仲南不知道對方這問題的用意，所以搖搖頭。

「是把握機會的能力。」司徒瑋說：「舉例說，A隊的前鋒十次射門才有一次成功，B隊前鋒只要五次便能製造一次入球，那在一場隊友製造了七次射門機會的比賽中，前者頂多和對手賽和零比零，而後者至少有機會贏一比零。這個比喻可能過度簡單化，但我想說的重點是，一流的人才能在短時間認清情勢，分析利弊，然後把握機會，爭取最大的利益。一名前鋒可能在某場比賽突然走運，連進五、六球，但真正的人才能夠在聯賽中每場比賽都穩定發揮，無時無刻抓住任何進球機會。精明的教練只會選後者當正選球員。」

司徒瑋頓了一頓，輕輕用食指指了指施仲南，說：「你們公司裡，只有你具備這種把握力。」

「過、過獎了。」

「當我故意找碴，質疑你們公司的經營模式能否獲利時，你們老闆Richard半句話也答不上來，不但毫無急智，就連基本的應變能力也欠缺。你的其他同僚亦礙於華人傳統觀念中的主從關係，不敢自作主張貿然代上司解圍，寧願少做少錯，就只有你當機立斷，明白當時最重要的是抓住我這尾大魚，不惜瞎掰毫無根據的點子，甚至裝模作樣說什麼『商業機密』來挽回我對你們公司的興趣。」

施仲南此刻才知道，原來司徒瑋當時並非真的對GT網有意見，而是存心刁難，以此試探。

「你那胸有成竹的姿態很成功，我幾乎上當了。」司徒瑋繼續說。「假如Richard沒有把心底話都寫到臉上，我真的以為你們在設計什麼『消息期貨』的荒唐玩意。老實說，這點子蠻蠢的，八卦消息不是實物，它可以無限量複製，沒有供求關係，當成貨物來玩槓桿式投資交易會成功才怪。不過天底下存在更荒謬的金融產品，例如信貸違約掉期就像賭局甚至騙局，可是它是企業間的有效財金工具，而且加上華麗的包裝，你還可以將它賣給平民百姓……當然，二〇〇八年後，這些平民便知道真相了。」

二〇〇八年投資銀行雷曼兄弟因為次貸危機而破產，其後揭發他們將信貸違約掉期包裝成債券讓合作的香港、台灣和新加坡銀行向一般客戶推銷，導致那些客戶的財產化為烏有。

施仲南差點想告訴對方，他和阿豪目前在李老闆指示下努力將這個「荒唐點子」湊合起來，日夜趕工，準備半個月後再次呈交給司徒瑋過目。他自己很清楚，什麼「消息期貨」只是胡謅，要將它具體實現、寫成合理的報告，大概是天方夜譚。這幾天他和阿豪都在煩惱如何收拾這爛攤子，愈深入設計便愈覺得這真是餿主意。

「撇開那個胡來的點子不談，你當天的表現可說是九十分以上。」司徒瑋笑著說：「於是我做了第二個試探，而你也不負所望，合格了。」

「第二個試探？」施仲南反問。

「你以為我為什麼特意在你們面前聊古典音樂、透露星期六聽演奏會的行程？」

施仲南猛然醒覺，一切都是司徒瑋的設計。他本來為自己成功堵截司徒瑋而沾沾自喜，如今才發現這在對方計算之內。

「這一頓飯，便是我送你的賀禮。」司徒瑋舉起酒杯。「每次我遇上兼具決斷力、行動力和把握力的人才，我都會請對方好好吃一頓飯，喝一瓶好酒，這些人才當中，不少成為ＳＩＱ的重要合作夥伴。」

就像押中馬票一樣，施仲南心裡頓時冒起一份滿足感，內心不斷高聲吶喊。即使對方沒有明確承諾什麼，他也相信，自己已經走對了路，成功巴結這位科技界名人。

「不過你也別太興奮。」司徒瑋沒等施仲南回話，繼續說：「我習慣依據表現而決定花多少錢在這『賀禮』上，這瓶卡本內蘇維翁不過在二百美元價位，過去我曾為一位年輕人開了一瓶一千塊的。假如你沒有說什麼鬼『期貨』、『認股證』，想到一些實行性更高的點子，那我們現在可能在ＩＣＣ的一百樓餐廳了。」

ＩＣＣ全名環球貿易廣場，位於西九龍柯士甸，是全港最高的摩天樓，樓高一百一十八層。一百樓以上有六星級酒店及高級餐廳，消費自然不便宜。

施仲南有點後悔當初沒想到比金融產品更好的主意，不過這心情一閃即逝。只要抓住眼前的機會，他日別說到ＩＣＣ吃飯，就連買下杜拜哈利法塔高層辦公室也不是夢。

「司徒先生，您怎麼確認我不是真的到文化中心聽演奏會，跟您偶然相遇？」施仲南問道。

「今天我們碰面後，您半句關於音樂的話題都沒提，假如你真的想裝到底，至少吃飯時找機會聊一下吧。」司徒瑋吃吃地笑。「你還想知道什麼？儘管發問。」

「SIQ為什麼看中我們公司？」施仲南問。「如果您真的認為GT網的經營模式無法賺錢，那SIQ沒理由有興趣投資，即使我表現再好，也於事無補。」

「你知道什麼是『梅特卡夫定律』嗎？」

「好像是跟網絡有關的？」

「對。『梅特卡夫定律』指出，一個網絡的價值，跟用戶數的平方成正比。即是說，擁有五十個客戶的網絡，比擁有十個客戶的，價值高出二十五倍，而不是五倍。這道理應用在網路服務上，便說明了為什麼大企業不斷併購類型相同的小公司，有五十個用戶的服務吃下只有十個用戶的，用戶數目雖然只增加了百分之二十，價值卻增加約五成。」

「這和GT網有什麼關係？」

「你還沒聽出來嗎？」司徒瑋露出一個意味深長的微笑。

施仲南靈光一閃，想到答案。

「SIQ在美國投資了類似的企業？」

「答對。」司徒瑋直視著施仲南雙眼，說：「詳情我不說太多，但你們公司的『消息買賣』機制跟我們另一項重點投資項目十分相似。我們預計它會發展成另一個Tumblr或Snapchat，所以我們先下手為強，趁早插手全球各地類似的小企業。」

「就像Groupon吃掉uBuyiBuy？」

「正是。」

二〇一〇年初，有兩位香港年輕人看中團購網站服務的潛力，推出名為「uBuyiBuy」的團購網，結果半年後公司便被全球最大的美國團購服務企業Groupon收購。當時Groupon正進軍亞洲，一口氣買下香港、台灣和新加坡的同類公司，大幅擴充業務。

「你還有什麼問題？」

「嗯……ＳＩＱ是不是要在香港開分公司？」

施仲南的問題，令司徒瑋稍稍怔住。

「為什麼你會有這想法？」

「因為剛才我們坐的是特斯拉。」施仲南答。「司徒先生您說您來港度假，按道理在香港該租車，可是特斯拉這款電動車並不熱門，香港的租車行沒有出租。假如這是您問香港朋友借來的，您在言談間應該會透露，可是您對那台車子的說法，就像是自己擁有的。您家在美國，但在香港卻有自己的汽車，我唯一想到的可能性，便是ＳＩＱ即將在香港開設分部，那輛特斯拉Ｓ型是公司名下的資產。說不定您今天到九龍塘創新中心，就是代表ＳＩＱ跟相熟企業打招呼吧。」

「看來我做錯了——」司徒瑋輕輕敲了一下桌上的酒瓶，「我該開一瓶五百元的。」

施仲南聽到這句委婉的稱讚，心裡連聲叫好。

「ＳＩＱ準備進軍中國，所以先在香港設立子公司，當作亞洲總部。」司徒瑋直認不諱。「中國有不少新創公司，創業者都很年輕，想法不輸歐美的人才。中國近年經濟增長放緩，ＳＩＱ便更想抓住機會，投入資金，從中國發掘有潛力的新興科創企業……不過我這趟來港真的不是為了這件事。ＳＩＱ今天的掌舵人是凱爾，我只偶爾當一下說客或『獵頭人』。」

在今天的會面之前，施仲南有仔細閱讀背誦ＳＩＱ的資料，所以他知道司徒瑋所言非虛。他在Youtube找到不少ＳＩＱ的訪問與記者會影片，可是受訪的和主持會議的，全都是五十來歲、留八字鬍的凱爾昆西。

「既然ＳＩＱ進軍中國，司徒先生應該會走出台前，擔任亞洲區的旗手吧？」施仲南說：

「我猜身為西方人的昆西先生在歐美會較具親和力，但在亞洲，黑頭髮黃皮膚的執行長應該讓人覺得更易於溝通？」

「你說得對，不過我不打算復出了。」司徒瑋聳聳肩。「我對目前的生活十分滿意，周遊列國，享受美酒佳餚，毋須為投資成敗費心，頂多偶然動動眼光，替公司出點主意。要我一下子再躍到大前線衝鋒陷陣，我吃不消。凱爾已經開始物色亞洲區的執行長人選了。」

「那井上先生呢？」ＳＩＱ的三位創辦人裡便有兩張亞洲臉孔，施仲南覺得不動用這先天優勢有點笨。

「嘿！」司徒瑋朗聲大笑，說：「井上那傢伙啊，天曉得他現在人在哪兒，在幹什麼好事。」

「咦？」施仲南呆住，問道：「井上聰先生不是ＳＩＱ的董事之一嗎？」

「他在ＳＩＱ只有虛銜罷了，他已缺席董事會會議多年，對ＳＩＱ的發展漠不關心。這傢伙是個天才，可是對企業行政毫無興趣，個性乖僻，寧願躲起來做研究。我已有好幾年沒見過他，而且也沒有他的聯絡方法，不過若董事會要找他，他卻能夠搶先用電子郵件之類的方式聯絡我們，就像一直緊貼公司動向似的。我有時懷疑，他是不是駭進了公司的系統，監視著我們所有人的活動……」

「他有這麼厲害？」

「他不厲害，同位素又如何憑一堆專利發跡？」司徒瑋失笑地說。

「發明專利是一回事，駭進系統是另一回事啊。」

「你聽過Kevin Mitnick這個人嗎？」

施仲南搖頭。

「凱文．米特尼克目前在美國經營一家電腦保安諮詢公司，替企業測試系統，檢查有沒有漏洞讓駭客有機可乘，在業界頗負盛名。」司徒瑋舉起右手食指，像在空氣中劃下一條時間軸。「可是，在二〇〇〇年以前他是最惡名昭彰的駭客，曾是美國電腦罪案的頭號通緝犯，全球不少企業與政府系統都被他闖進過，盜取了不少機密資料。」

「哈，您就像在說井上先生也是……咦？」施仲南話到一半才察覺對方話中有話，連忙住口。

「我可沒有說過任何事情喔。」司徒瑋打了個眼色。

施仲南沒再深究下去，畢竟他知道，有些事情可不能放在檯面上講。他想起他在網路上讀過的資料，說井上聰曾參與制訂好些網路安全協定，假如說井上本身有電腦入侵的知識和經驗，實在不足為奇。

「還是別提那傢伙吧。」司徒瑋說：「你還有什麼問題想問我？」

施仲南正想開口賣弄一下，說自己也懂得好些駭客技巧，有入侵某些系統的經驗，卻發覺司徒瑋三番四次要他發問，應該別有用心，很可能是「第三個試探」。於是他再仔細思索一下現時所知的一切，找尋那條「正確的問題」。不一會，他想到了。

「按照司徒先生的說法，」施仲南一臉謹慎，「因為ＳＩＱ在美國有投資類似我們ＧＴ網的項目，所以我們公司獲ＳＩＱ注資可說是十拿九穩，對不對？」

「對。」

「那麼，請問我如何為您們效勞？」

司徒瑋聞言，亮出十分滿意的笑容。施仲南從之前的對答，整理出最合理的結論：既然ＳＩＱ注資ＧＴ網是板上釘釘的事實——反正對ＳＩＱ來說，一、二千萬港幣不過是九牛一毛的小數目——那麼司徒瑋要求他們弄什麼新報告不過是門面工夫，亦不需要從自己身上打聽什麼內部消息。可是司徒瑋主動約自己吃飯，那就代表自己對ＳＩＱ這次的案子有某些價值。

「ＳＩＱ入股你們公司後，Richard自然會繼續當執行長——」施仲南聽到司徒瑋以「執行長」這種正式職稱來稱呼李老闆，差點忍不住笑意，「可是我們無法確認他能否配合母公司的發展，準確執行給予他的任務。我需要一個具備觀察力和應變力的員工，適時匯報進度，讓我們了解公司的運作是否順利。」

「即是說，要我當『線民』？」施仲南笑道。

「這說法太負面了。叫『非正式內部觀察員』較動聽。」司徒瑋也回報一個笑容。

「往後謹遵閣下吩咐。」施仲南站起身，伸出右手。司徒瑋亦站起來，跟對方握手，象徵達成協議。

二人之後邊喝酒邊閒談，話題同樣離不開美食和汽車，可是施仲南此刻的心情跟一個鐘頭前迥然不同。他知道他一直以來等待的機遇已經出現，他的計畫正朝著落實執行的方向邁進。

「差不多該回去了。」司徒瑋瞄了瞄手錶，說道。時間已是晚上九點半。「本來我想跟你去酒吧續攤，可是我明天早上有約，還是作罷。」

施仲南略微失望，不過他曉得自己毋須心急，因為他已拿到ＳＩＱ的入場券。「您回美國前我們還有機會私下吃飯嗎？」施仲南問道。

「我們之後再聯絡吧，反正我有你的號碼。」司徒瑋揚了揚手上的BlackBerry手機。

「叩、叩。」廂房的門傳來敲門聲。自從上過最後一道菜後，廂房的門便關上，服務生也沒有進來，施仲南猜，這一定是高級菜館讓貴賓們有一個私密的環境談公事的慣常做法。

「啊，Doris妳來接我了。」

從門外走進來的，不是服務生或侍酒師，而是司徒瑋的女助手Doris。Doris沒作聲，只默默地站在門旁，聽候上司差遣。

「阿南你住哪兒？」司徒瑋問。

「我家在鑽石山。」

「啊……本來我想說，如果你住港島便順道載你回家。」司徒瑋摸了摸下巴。「我租住的公寓在灣仔。」

「不用司徒先生費心了，我搭地鐵就好，很方便。」iSquare地庫便有尖沙咀站的入口。

「那好極了。」

三人離開菜館，步出門口時，穿紫色制服的服務生們和穿西裝的經理還恭敬地送行。施仲南本來想問為什麼不用結帳，但他看到Doris便明白，她一定在接老闆前已經打點妥當。

施仲南跟他們分手後，踏著雀躍的腳步，通過車站的票閘，走進列車車廂。雖然過了繁忙時間，列車上有不少空位，他仍一如平日選擇站立，倚在車門旁邊。他從公事包取出手機，打開電源，按下指紋解鎖，簡單回覆了用餐時錯過的訊息，再思考如何趁司徒瑋留港期間進一步拉近他們之間的關係。

他覺得這一晚簡直完美，沒有事情可以破壞他的好心情。

然而他錯了。

他一邊回味這晚的奇遇，一邊漫無目的地瞄向車廂兩端，在望向車尾的方向時，一個坐在車卡中央右側的男人令他覺得不對勁。他瞥了第二眼後，內心從困惑變成不安。

他見過那個男人。

三個鐘頭前，即是他在上海街等待司徒瑋的時候，他因為害怕行蹤曝光、被同事或李老闆知悉，所以不時張望四周。他認得車上的那男人，對方當時站在街角一家賣雞蛋仔小食的店門外，拿著報紙貌似等朋友的樣子，跟自己相距不到十公尺，和現在的距離差不多。

——是巧合嗎？

列車來到旺角，施仲南要轉乘觀塘線的列車，當他下車後不時偷望身後，而他赫然發覺那男人跟他一樣，站在月台上。

——我被跟蹤了嗎？

施仲南不敢做出太大的動作，怕打草驚蛇。為什麼有人要跟蹤自己？是老闆知道他跟SIQ的要員私下會面嗎？還是對方是商業間諜，想摸清跟司徒瑋見面的人的底蘊？

還是說——

施仲南突然想到另一個可能。

他下意識地摸摸剛放進口袋的那支手機。

是警察？——施仲南內心閃過這念頭。

不對，真的是警察的話，對方只會直接找上我家——他在心裡自問自答。他知道即使他的「惡行」曝光，警察也不可能勞師動眾派便衣警探跟蹤自己，畢竟他又不是什麼犯罪集團首腦。

在旺角站上車的乘客頗多，施仲南在車廂的人群中失去了那男人的蹤影。當他在鑽石山站下車時，往月台兩旁一看，卻沒看到那男人。他回家途中不時張望，也確認沒有人跟蹤自己。

「是我太多心了吧？」

回到獨居的寓所後，施仲南暗忖。

他搖搖頭，努力將這件事忘掉。這晚上明明是自己事業發展的里程碑，值得好好享受細味，假如讓一個無關的陌生人破壞掉，實在不值得。

「叮。」

手機傳來訊息通知。

他解下領帶，坐進舒適的電腦椅，喚醒在待機模式沉睡的電腦，關掉顯示著系統提示的洋蔥瀏覽器視窗，再登入每天下班也瀏覽的花生討論區，並且瞧了瞧手機。

——改明晚七點見？

看到她的訊息，施仲南不由得再次聯想起那個男人的面孔，彷彿那人就像幽靈，躲在家裡某個暗角，正窺視著自己的一舉一動。

2

「……往北角列車即將到達，請先讓乘客下車……」

月台廣播的女聲令阿怡回過神來。站在油塘站的月台上、正在等候轉乘列車的她再一次恍神，自從在阿涅家裡聽過莫偵探那段錄音後，她這幾天腦袋一放空，便不自覺地思考著那件事。

——舒麗麗就是kidkit727。

阿怡記得阿涅一早提過，事件的原點——那篇引起波瀾的文章——有「嫌犯請律師辯護的味道」，更提過會另外跟進。她沒想到的是阿涅會差使莫偵探代勞，而她更沒料到麗麗利用那個律師的助理打聽案情細節。得知這個事實後，阿怡驚覺犯人不單是衝著小雯而來，更是處心積慮，在邵德平的案件完結後刻意狙擊小雯，蒐集材料，利用網路引發霸凌。

但最出乎阿怡意料的是阿涅的反應。

「好了，妳聽過錄音，可以回去吧？」

阿涅彷彿對錄音中麥律師的證詞不感興趣，只冷冷地丟下一句。

「回去？這錄音不是證明了犯人的身分嗎？你為什麼不告訴我調查已有結果？你想等我發薪水後再敲詐我一筆嗎？」阿怡忍不住發飆。

「……這仍不是『決定性』的證據。」

看到阿涅一副拖拖拉拉的態度，阿怡氣得幾乎爆炸。舒麗麗使用iPhone，與犯人發信的手機吻合；為了男生與小雯反目，向小雯報復的動機相當充分；平安夜卡拉ＯＫ事件中她是少數知悉內情的關係者之一；麥律師的助手更指證她獲得了邵德平案件中不為人知的內容細節。無論從哪一個角度來看，麗麗就是kidkit727，人證、物證、動機無一欠缺，阿怡完全不能理解這「仍不是決定性證據」的理由。她唯一想到的是阿涅因為面子問題，接受不了這結果——他用了一票高科技手段縮小範圍，眼見快找出目標，卻想不到莫偵探走狗運撿現成的破了案，簡單地找到關鍵證人。

阿怡和阿涅爭論了好幾分鐘，始終不得要領，最後只得到阿涅承諾再找麗麗調查的話會帶上她。她回家途中仍怒氣沖沖，當晚久久不能成眠。

這幾天阿怡老是思考著麗麗、國泰和小雯的事。到底麗麗對小雯的恨意有多深？即使小雯已跟她和國泰斷絕來往，退出糾纏不清的三角關係，她仍然要用種種手段懲戒小雯。阿怡回想當天碰面的情境就感到不寒而慄——假如麗麗流淚是因為後悔自己做得太過火，意外令小雯自殺，那她尚有一絲人性；可是若然那是因為猜到國泰會私下透露三人的關係，為了撇清責任特意預先演戲，裝出內疚的樣子，擠出幾滴鱷魚淚，那這個十來歲的小女孩就相當恐怖。

星期天早上，阿怡剛回到中央圖書館準備值班，沉默多天的手機卻突然響起來。

「明天中午十二點半，以諾中學門口。」

縱使沒有來電號碼，阿怡也認得是阿涅的聲音。聽到對方一口命令式的語氣，阿怡不禁光火。

「你這是什麼意思？呼之即來揮之即去？你不會先問我有沒有空嗎？」

「妳明天休假，當然有空了。假如妳不想來就更好，少一個拖後腿的傢伙，我做事更方便。」

阿怡氣得臉上一陣紅一陣白，可是她卻無法反駁阿涅的說法。

「好，我去。」阿怡回復冷靜，但仍反詰對方道：「你這次用什麼藉口約國泰他們見面？我們不是要在校門堵人吧？」

「還書。」

「還書？你是說要歸還劇本給郡主嗎？」

「不。」阿涅的聲音稍微遠離話筒，似乎正回頭翻手邊的東西。「上次袁老師交給我們那袋參考書裡，混進了一本學校圖書館的借書，我猜妳妹妹把它放在置物櫃，袁老師處理書本時沒有察覺吧。我已跟袁老師通過電話約好時間，我之後會聯絡國泰，隨便找個藉口再約他們在學校吃午飯。」

「小雯從圖書館借了書？是什麼？」

「《安娜．卡列尼娜》，上冊。」

阿怡感到相當訝異。在阿怡的印象裡，小雯是個連輕小說也嫌厚的女生，除了課堂指定的讀本外從沒有自發借閱任何小說，她無法想像妹妹會對托爾斯泰或俄國文學有興趣。

翌日中午十二點多，阿怡再次來到妹妹的學校校門前。和一星期前不同，這天天清氣朗，奶白色外牆的天景國際酒店矗立在以諾中學對面，反射的陽光將校園外圍的樹木映照得綠意盎然。然而，阿怡的內心比一週前更陰沉，因為她不知道面對麗麗時該作什麼反應。

「我該直接攤牌，質問她為什麼要傷害小雯？還是不動聲色，再觀察一會，旁敲側擊看看她是否真誠懺悔？」阿怡心裡充滿疑問和矛盾。雖然她決心要找出kidkit727，可是如今卻無法決定下一步。她明明痛恨著那個迫使小雯走上絕路的惡魔，但她一想起小雯和麗麗合照中的笑靨，就沒辦法貫徹心底那股怨念，對這個妹妹的昔日好友做任何事情。

在街頭站了十分鐘，阿怡仍未等到阿涅，然而以諾中學的午休時間已到，穿校服的男生女生成群結隊從校門走出來。就在阿怡忍不住要打電話給阿涅之際，手機傳來短短的一聲響鈴聲，她發現剛收到一則簡訊。

「我有事要晚一點到，妳先進去。我約了國泰在圖書館碰頭。」

阿怡看到簡訊後，眉頭一皺，可是她只能無可奈何地依阿涅指示行動。她走進校園，看到上星期見過的那位校工捧著保溫壺正在吃午飯，於是向他道明來意。

「啊，是區小姐嗎？袁老師說您將書交給我就可以了。」那位年約六十、體態略胖的校工放下飯壺，笑容可掬地對阿怡說：「袁老師臨時有事，抽不出空。」

「她有什麼事？」阿怡有點錯愕。

「明天要發期末考的成績表，之後便放暑假，可是電腦出問題，之前輸入的分數都沒了，老師們要趕緊在明天前用人手輸入和核對。從今天早上開始，教員室便陷入大混亂啦⋯⋯聽說連外聘的科技公司也沒轍，說資料救不回來。」

「哦⋯⋯」阿怡想假如阿涅這專家在場，說不定他有方法解決。

「區小姐，書呢？」

校工的話讓阿怡怔了怔，她不知道該如何說明。如果說拿著書的阿涅未到，對方會不會阻止自己進入校園？可是阿涅約了國泰和麗麗在圖書館碰面，她現在不去的話，他們會不會等得不耐煩而離開？

——社交工程。

阿怡突然想起阿涅說過的那個裝模作樣的專有名詞。

「不如讓我親自將書送回圖書館吧。」阿怡脫口說道，再拍了拍手袋，暗示書在裡面。「給你的話，你待會便要跑一趟，剛才你說學校電腦出問題，老師們都很忙，我想你今天也要處理一堆額外雜務，對不對？」

「嗯，也是啦。」校工微笑著點點頭。「本來我和工友們輪流吃午飯，他們也被校長和主任差使處理急務，害我不能離開崗位。您知道圖書館在哪兒嗎？」

「是五樓吧？」阿怡向上指了指。

「嗯嗯，勞煩您了。」

「你記不記得上次跟我一起來的那位王先生？他肚子痛，現在附近的公廁方便，隨後就到。他來時可以告訴他我上了五樓嗎？」

「沒問題。這陣子很多人腸胃不適呢，天氣轉熱，很多餐廳處理食物都不小心啦……」

阿怡沒等對方說完，便邊點頭邊轉身往梯間走過去。她心想自己這回的「社交工程」應該算不錯，而且她還將阿涅說成「大便男」，有一丁點阿Q式的勝利感。

「等等！區小姐！」

校工的叫嚷令阿怡一驚，心想是不是露了餡。她緩緩轉身，卻看到對方向自己遞出一個名牌。

「妳忘了別上訪客名牌哪。」校工親切地說。

阿怡向校工道謝，一邊別上名牌，一邊急步走上樓梯，逃離對方視線範圍。她覺得自己始終不是當騙子的料。

來到五樓，阿怡發覺今天圖書館比上次人多，雖然亦只有四、五人。然而，阿怡猜那幾個高年級學生來圖書館不是為了看書，因為他們都聚集在電腦桌旁，正在操作鐳射印表機，似乎在列印一些課外活動使用的文件或單張。在借還書的櫃台後坐著的，仍然是上週阿怡見過的杜紫渝，不過這回她沒有讀小說，只是坐在椅子上瞧著正在用印表機的學生們。當她回頭看到站在入口的阿怡時露出詫異的表情，但她仍禮貌地向阿怡點頭打招呼。

「妳好。」阿怡看到國泰和麗麗仍未到，便跟杜紫渝攀談起來。「妳不用吃午飯嗎？」

「我們分兩段時間吃。」杜紫渝帶點靦腆地說。「今天我只要在午飯時間值半小時的班，下午有其他同學負責。」

阿怡想起上星期一杜紫渝在午休後仍在圖書館當值，猜想他們的輪班制不是固定的。

「您今天也有事來學校嗎？」杜紫渝問道。

「小雯有一本圖書館的書忘了歸還，我今天來是還書的。」阿怡說。她知道她可不能說「我今天是來揭穿舒麗麗的真面目的」，所以只能說一半真話。

「我不記得她有借過書，我猜不是在我當值時借的吧。」杜紫渝說罷，直愣愣地瞧著阿怡，但阿怡不曉得這異樣的沉默代表什麼。二人相視無語，這突兀的氣氛持續了數秒，阿怡才恍然大悟——杜紫渝正在等她將書拿出來交給自己。

「啊，書現在不在我手上。」阿怡露出尷尬的微笑。『王先生正帶著書過來……就是上星期跟我一起的那個人……』

「噢。」杜紫渝點點頭，然後將視線再次放回聚集在印表機旁的學生身上。阿怡想，她可能擔心他們會錯誤操作，弄壞機器。

「喂，我收到通知說我欠圖書館錢，搞什麼啊？」

阿怡轉頭一看，不禁怔了一怔，而說話的人看到阿怡也立即愣住——站在阿怡旁邊、挨著櫃台向杜紫渝抱怨、一臉不爽的女生正是「郡主」黎敏。郡主身後還有兩個女學生，雖然她們外表跟其他女生分別不大，但從花稍的髮型和貼滿裝飾的手機可以看出她們才不是文靜聽話的優等生。

她們就是「郡主的婢女」吧——阿怡暗想。

「是？」杜紫渝轉向郡主問道。

「我說我收到通知，說我欠你們錢。」郡主沒有理會阿怡，對杜紫渝說。

杜紫渝按了幾下鍵盤，看著櫃台後的電腦螢幕，說：「啊，對，妳之前用印表機輸出文件未付款，欠我們一百三十五塊。學年要完結了，所以妳要在今天清還……」

阿怡留意到櫃台上貼著一張小小的告示——「暑假期間圖書館不開放，請同學們在學期完結前歸還所有借書及結清欠款」。

「我哪有欠錢！」郡主擺出一副不輸人的姿態。「我從沒用超過限額！每人有五十張免費配額吧？」

「免費配額是黑白的，但紀錄上妳之前用了彩色輸出，三元一張，印了四十五頁。」杜紫渝沒有動氣，緩緩地說：「妳是不是按錯了選項，將黑白文件使用彩色列印了？」

「我才沒有這麼糊塗！」郡主似乎對被杜紫渝小看感到惱火，「圖書館的印表機又不是今年才安裝，我怎可能這次才會弄錯？分明就是你們出錯！」

「是啦，人家又不像妳，人如其名叫『愚蠢』的『愚』，別以己度人，像妳這種蒙古症患者才會犯這種低級錯誤。」郡主身旁的「婢女甲」插嘴說。

「如果妳不付的話，我便要向老師報告了。」杜紫渝稍稍露出不快的樣子。

「嘿，妳這廠長就只懂向老師打小報告！快去啊！」放狠話的是「婢女乙」。阿怡不知道「廠長」是什麼，不過從語氣看來，大概是她們圈子裡的罵人話。

「區區百多元我不是付不起，但我就是不會付我不該付的錢！」郡主咄咄逼人地說。

「我不管，規矩就是規矩，」杜紫渝沒理會威嚇，「總之妳不付，我責任上就要通知老師，讓他向妳父母說明。」

「妳敢拿我爸媽來壓我——」

看到她們在吵嘴，阿怡只能往後退開。她有想過自己身為在場唯一的成年人，應該插手調停，可是她胸前正別著「訪客」的名牌，她猜她一插話，便會招來郡主和婢女們的冷言冷語。

就在阿怡退到長桌子旁、圍在印表機前的學生們也注意到郡主引發的小騷動時，麗麗和國泰推門走進圖書館。

「啊，怡姊姊，妳好。」國泰禮貌地向阿怡打招呼，麗麗也微微鞠躬。

跟麗麗打照面的一剎那，阿怡無法反應過來。阿怡感到一股複雜的情緒從心底湧起，她既想狠狠摑麗麗幾個巴掌、抓住對方的衣領質問她為什麼要如此惡毒，但又無法付諸行動，畢竟麗麗也許因為錯手害死小雯亦飽受心理折磨。阿怡想起阿涅對國泰說過的那番話——或者讓麗麗背負一輩子的罪惡感，會比起現在痛打對方一頓是更大的懲罰。

「怡姊姊，誠哥呢？」國泰的問題打斷阿怡的思緒。

「他……正趕過來。」阿怡努力讓自己平服心情，再以平靜的語調回答。

「嗯。」國泰轉頭瞄了正在爭吵的郡主和杜紫渝一眼，奇怪地問：「她們怎麼了？」

「好像是因為印表機的使用費用出差錯而爭論。」阿怡說。為了讓自己暫時忘掉麗麗和小雯的恩怨，阿怡向國泰問道：「你們使用影印機或印表機不是付現的嗎？」

「一般來說都是付現，但有時電腦室或圖書館沒有當值同學，我們就只能讓系統記帳。」

「怎確認是誰欠繳了？」

「我們每人也有電子帳戶，跟使用學校網頁的討論區一樣，我們要用印表機便要登入，先在電腦輸入用戶名字和密碼……」

砰！

一聲巨響令圖書館眾人都停下正在進行中的事情，郡主和杜紫渝止住爭執、國泰和阿怡中止了談話，而那幾個正在偷瞄郡主發飆的學生將視線移到房間另一處——穿著運動外套的阿涅氣喘如牛地站在入口，剛才的巨響來自他撞開圖書館大門。

「阿——阿誠，怎麼了？」阿怡沒想到阿涅會一副氣急敗壞的樣子，她以為他會像上次一樣慢條斯理。

「替、替我打內線電話給袁老師，叫她來圖書館。」阿涅無視阿怡，走到櫃台前，上氣不接下氣地對杜紫渝說道。杜紫渝不知道原因，但她照著辦。

阿涅走到阿怡身旁，拉過一張椅子，軟癱在座位上。阿怡想問他發生什麼事，但阿涅喘著氣，擺擺手，示意讓他先休息一下再說。

不到一分鐘，袁老師匆匆趕至。

「王先生，區小姐，怎麼了？」袁老師問。剛才杜紫渝在內線電話約略提及阿涅異常的情況。

阿涅呼吸稍順，站起來走到櫃台前，放下一本書。阿怡看到那是托爾斯泰的《安娜．卡列尼娜》上冊，她更從綠色的封面認得那是台灣遠景出版社在上世紀八〇年代出版的版本。目前在市面能買到的都是其他出版社的新譯版，然而這種絕版世界名著卻很容易在學校圖書館發現。

「我、我大意了，之前居然沒看到……」阿涅說話時仍抖著大氣。「剛才坐車過來時，隨手翻閱一下，發現裡面夾著這個……」

阿涅翻開書本，在大約一百頁的位置上，插著兩張對摺的米黃色紙片。他將紙片打開，平放在櫃台上，讓阿怡和袁老師看到紙上的文字。

陌生人你好：

你看到這段文字的時候，我可能已經不在了。

最近，我每天都想到死。

看到手掌大小、邊緣印有卡通圖案的信紙上頭三行文字，阿怡已熱淚盈眶。

「這、這是小雯的筆跡……」阿怡哽咽地說。

袁老師一臉錯愕，而國泰、麗麗、郡主和其他人也緊張地湊過頭來，想知道信紙上的內容。

「小雯不是沒寫遺書，只是我們沒有找到。」阿涅說。他將兩張信紙並排攤平，好讓阿怡仔細閱讀。紙上都是單面書寫，每頁有十三行，每行寫了最多二十個字。

陌生人你好：

你看到這段文字的時候，我可能已經不在了。
最近，我每天都想到死。
我好累，好累了。
我每晚都作噩夢，夢裡我走在一片荒野上，然後被黑色的東西追趕。
我不斷逃跑，不斷呼叫，但沒有人來救我。
我很清楚，沒有人會來救我。
那些黑色的東西把我撕碎，它們一邊將我分屍，一邊發笑。
笑聲很可怕。
但最可怕的是，在夢裡我也在笑，我想我的心也壞掉了。
我每天都覺得有成千上萬雙不懷好意的眼睛在瞪我。
他們都認爲我該死。
我無處可逃。
我最近上學和回家時也會想，假如車站月台沒有閘門，我只要等列車駛來，向前跨出一步，事情便能夠了結。

或者我死了更好，反正我只會拖累別人。

每天在教室裡，我也會偷看她。

她表面上沒什麼，但我知道她恨我。

我還知道她暗中做了什麼。

說我搶人男友、嗑藥、援交的，就是她吧。雖

「後面呢？」阿怡焦急地問。她翻過信紙背面，確認上面一片空白後，再像個瘋婆子般不斷翻《安娜．卡列尼娜》上冊的書頁。

「沒有後面了，就只有這兩頁。」阿涅一臉凝重。「我看到這半封遺書後有個想法，但現在只能講運氣了。」

阿怡和眾人都不明白阿涅的意思，只見他離開櫃台前，跑到一排書櫃後。越過只到阿涅肩膀高度的書架，阿怡看到阿涅掃視著，似乎在找尋某本書，最後視線落在某一點，再匆匆回到各人身旁。他走回櫃台時，手上多了一件東西。

《安娜．卡列尼娜》下冊。

阿涅將書放在櫃台上，迅速地翻頁。當他翻到一百二十六頁時，阿怡便知道他說的運氣是指什麼——在那一頁裡，有一片同樣是米黃色的、對摺的信紙插在書頁之間。阿怡按捺著抖顫，伸手撿起紙片，緩緩打開。

「幸好它沒有被其他人當成廢紙丟掉。」阿涅小聲地說。

然而，當各人看到信紙的內容後，卻感到迷惑。

了。

我寫上名字，不是要控訴什麼，反正你不認識我，我也不認識你。

我只希望，世上有一位陌生人，能聽我訴苦，讓我證明我曾經在這世上存在過。

哪怕你看到這段文字時，我已經不在了。

「句子連不上？」國泰問道。夾在上冊的遺書第二頁最後一句，是「說我搶人男友、嗑藥、援交的，就是她吧。雖」，但第三頁開頭卻只有一個「了」字。

「中間應該有缺頁？」袁老師嚷道。

阿涅拿起下冊，用拇指掃過書頁，可是他來回掃了三遍，書裡就是沒有夾著任何紙片。

「《安娜．卡列尼娜》有沒有中冊？」阿涅向杜紫渝問道。

「沒有……」在杜紫渝回答前，阿怡已搶白道：「這版本只有上下兩冊……」

「這樣子……」阿涅低頭沉吟一句，再抬頭向杜紫渝說：「快，看看小雯的借書紀錄。」

「借書紀錄？」袁老師問。

「既然遺書上半部是在外借的《安娜．卡列尼娜》上冊裡找到，那就說明小雯是在圖書館外將信紙插進書本裡的。我們很難想像她會只借上冊，將半封信夾在這本書裡面，再到圖書館將另一頁放在下冊之中——我猜，她借了好幾本書，將遺書分別插進它們裡面，再將它們歸還，只是一時大意，只還了下冊和其餘的圖書，忘掉上冊。換言之，遺書中間的部分在另外一本或幾本書裡的機會很大。」

「為什麼小雯要這樣做？」國泰皺著眉，問道。

「不知道。」阿涅搖搖頭。「也許她不想我們在她自殺後立即看到遺書內容，於是用這種迂迴的方法留下遺言。將信件分開放在數本書裡，大概是想增加被發現的機會吧，畢竟今天很少學生看書，假如那本書一直沒有人借，多待幾年，看到紙條的人大概也不知道她的新聞，不會將信件跟遺言聯想起來了。」

阿怡聞言感到心痛。她沒想到小雯寧願將遺言告訴毫不相識的「陌生人」，也不願意留給姊姊片言隻字。

「小雯她寫這些句子時內心一定很矛盾吧。」阿涅繼續說。「她一方面不想讓其他人了解她的心情，但又想有傾吐的對象……於是她只能使用這種方法，將僅有的思念向不知道是否存在的陌生人傳遞……」

「找到紀錄了。」杜紫渝打斷阿涅的話，一邊瞧著螢幕一邊說：「她只曾借過《安娜．卡列尼娜》上下兩冊，沒有借別的書。」

「沒有？」阿涅和阿怡異口同聲地反問。

「沒有……」杜紫渝按下幾個按鍵，說：「她是在四月三十號課後借這兩本書，其中下冊在五月四號上午歸還……應該是第三節課前的休息時間。」

小雯是在五月五號自殺的——阿怡聽到杜紫渝的話後，不禁悲從中來。她不知道妹妹在被kidkit727用電子郵件欺凌前已萌死念。

「她以前有沒有借過其他書？」阿涅追問杜紫渝，但杜紫渝搖搖頭。

「借閱紀錄上就只有這兩筆。」她答道。

「我的確沒聽過小雯說有從圖書館借書閱讀的習慣……」國泰說。

「啊！」阿怡高呼一聲，說：「會不會在小雯的其他書裡？例如那些參考書——」

「袁老師，那我們先回去了，麻煩妳留意一下，看看遺書的其他部分會不會掉落在小雯的置物櫃裡或什麼地方。」阿涅對袁老師說。

「請放心，我會仔細找一遍。」

阿怡緊緊捏住那三頁遺書，向袁老師鞠躬致謝，雖然她此刻心亂如麻，根本不曉得自己在做什麼。

「我們改天再約吧。」離開圖書館前，阿涅低聲對國泰說了一句，對方點點頭。

阿怡和阿涅將訪客名牌交回大門的校工後，兩人匆匆地沿著窩打老道往油麻地地鐵站的方向跑過去。阿怡六神無主，手裡仍捏著那幾張米黃色的信紙，心裡已將跟麗麗對質的事通通忘掉——對她來說，比起跟犯人對質，找出妹妹的遺言更為重要。

而且，在讀過妹妹的遺言後，阿怡更感忐忑。在那封不完整的遺書中，小雯提及她知道抹黑她的人是誰，知道對方痛恨自己。

小雯知道麗麗就是幕後黑手——阿怡想到此處便感到心痛。

「嗨！這邊。」

阿怡突然被阿涅叫住。她回頭一看，才發現阿涅站在天景國際酒店的側門前，指著通往大廳的自動門。

「我們不是去你家看看參考書裡有沒有小雯的信嗎？」阿怡問。「還是說你有開車，車子停在酒店的停車場？」

「別問，總之先跟我來。」阿涅急步走進酒店內，阿怡雖不理解但也只好跟隨。

二人行色匆匆地經過酒店大廳，走進電梯。出乎阿怡意料，阿涅沒有按下地下停車場所在的B1按鈕，反而按下6字。不用一分鐘，電梯門打開，阿涅領著阿怡沿著走廊往左邊走，來到六〇三號房間外。房門掛著「請勿騷擾」的牌子，但阿涅沒有理會，從外套口袋掏出門卡，輕輕在門鎖前掃一下，門鎖上的紅燈變成綠色，再傳出微弱的開鎖聲。

而門後的光景叫阿怡瞠目結舌。

在踏進房間的一剎那，阿怡有種非現實的感覺。雖然六〇三號房間和香港一般四星級酒店房間差不多，雙人床、平面電視、衣櫥、小書桌、小冰箱等等均平平無奇，但此刻床上放了兩台連接著不同顏色電線的手提電腦，書桌上除了酒店預備的一盤歡迎水果外還有幾個便當盒大小的黑色箱子、兩台螢光幕和一個附觸控板的鍵盤，地氈上凌亂地鋪滿粗細不一的纜線，其中有幾條更接上掛在牆上的四十二吋平面電視。垂著窗帘的窗前豎著三副三腳架，左邊和右邊分別架著鏡頭一長一短的兩台攝影機，中間的架設著一個像衛星訊號接收器的圓盤裝置。一個膚色黝黑、眼神凌厲、看來比阿涅年長幾歲的男人坐在書桌前，他身穿灰色Polo衫和黑色牛仔褲，頭戴罩耳式耳機，聚精會神地盯著螢幕，阿涅和阿怡進入房間後他只瞥了一眼，稍稍揚手示意，完全沒有分神。

阿怡以為這景象只會在間諜或警匪電影才能看到，這個酒店房間就像湯姆．克蘭西筆下中情局特工監視敵人的基地。

「有沒有動靜？」阿涅一邊走近窗前，一邊對那男人問道。

「暫時沒有。」男人回答。

「這兒我接手就好，你先回去吧。」

那男人放下耳機，提起腳邊一個黑色背包，往門口走過去。當他跟阿怡擦身而過時，他對阿怡點點頭，可是卻沒有開口，彷彿早知道阿怡會跟阿涅一起來到這兒。

「他是誰？」那男人離開房間後，阿怡向阿涅問道。

「他叫鴨記，算是我的後勤支援部隊。」阿涅坐在椅子上，代替叫「鴨記」的男人原來的位置，盯著螢幕。

「鴨記？」阿怡對這個可笑的名字感到奇怪，以為自己聽錯。

「他以前在深水埗鴨寮街擺攤賣電子零件，所以綽號『鴨記』。」阿涅面對著螢幕說：「不過別以為他是小販，他今天已是幾家電腦零售店的店東了。」

「那你們在這兒搞什麼？」阿怡走到阿涅旁邊，問道。

「嘿，看到這環境妳還要問？」阿涅賊笑一聲，「當然是監視啊。」

「監視？監……咦！」阿怡話到一半便止住，因為她看到阿涅面前螢幕的影像——那是以諾中學西翼大樓五樓圖書館。她一個箭步衝到窗前，稍稍撥開窗帘，發現三腳架上的攝影機鏡頭正對著窗外的以諾中學。這個房間正好對著西翼大樓，由於相隔數百公尺，阿怡用肉眼無法看到細節，但她確定眼前正是圖書館的窗戶。她身旁這支高倍率鏡頭，清楚拍攝到圖書館裡的實況。

「別碰到腳架。」阿涅命令道。阿怡放下窗帘時，手肘輕輕撞到攝影機，力度雖然輕微，但阿涅眼前的畫面已出現搖晃。

「這到底是怎麼一回事？你在監視誰？」阿怡環視四周的監視儀器，感到極其詫異。

「妳委託我找出kidkit727嘛，當然是為了這個目的嘍。」阿涅淡然地回答道。

「犯人不就是麗麗嗎？人證物證動機俱在，繼續監視她有什麼意義？」

「我不就跟妳說過，那不是『決定性』的證據嗎？」阿涅稍稍回頭，瞄了阿怡一眼，再勾了勾食指示意她到自己身旁。「我現在就是要給妳『快定性』的證據。」

「什麼？」

「看不看得到螢幕裡的情況？」

阿怡瞧了瞧螢幕。透過圖書館的窗戶，她可以看到幾排書架，而越過書架可以看到接近入口的櫃台。袁老師、國泰、麗麗、郡主和婢女，以及那些本來正在用印表機、後來湊熱鬧看八卦的高年級生仍在圖書館，杜紫渝亦仍然待在櫃台後。袁老師正在跟國泰和麗麗說話，另一邊郡主和婢女們似乎還在跟杜紫渝理論中。從阿怡他們離開圖書館到現在不過四、五分鐘，眾人還未離去。

「妳認得志文出版社的《罪與罰》封面嗎？」阿涅問。

「當然認得，就是用杜斯妥也夫斯基的肖像做封面的版本。」

「以諾中學的圖書館有兩本《罪與罰》，一本是遠足文化去年出版的新譯本，一本是一九八五年的志文版。」阿涅頓了一頓。「待會有人會走到書架前，捨新版不取而拿起舊版——這傢伙便是kidkit727。」

阿怡不明所以，但阿涅說罷便戴上耳機，像暗示著討論中止。阿怡只好忍一忍，心想且看阿涅葫蘆裡賣什麼藥。在螢幕裡，袁老師先一步離開圖書館，而郡主好像拗不過杜紫渝，從錢包裡掏出鈔票，狠狠地擲在桌上，和婢女甲乙頭也不回地走掉。那幾個高年級學生隨後離開，其中一人手裡拿著一疊紙，阿怡相信他們已印好要用的文件。國泰和麗麗坐在一張長桌旁的兩個座位，麗麗似乎在擦眼淚，而國泰正在安慰她。一分鐘後，麗麗在國泰攙扶下離開，圖書館裡只餘下杜紫渝一人。

而接下來的光景令阿怡愕然。

杜紫渝走出櫃台，來到窗前的書架旁，在第四層取下一本書。即使螢幕的解析度不高，阿怡也認得封面上那個長大鬍子的男人，便是俄國文學三巨頭之一的杜斯妥也夫斯基。

然而，教阿怡驚訝的不止於此。

杜紫渝從書架拿下《罪與罰》後，迅速地翻頁，從其中一頁取出一張對摺的、米黃色的紙片。她將紙片塞進口袋，將書放回原位後，再急步回到櫃台後。

「區雅怡小姐，她便是妳要找的人。」阿涅取下耳機，對著目瞪口呆的阿怡說道。

「那、那、那是小雯遺書的缺頁？」阿怡緊張地問，一步一步往門口的方向後退，就像準備衝到學校要杜紫渝將小雯的遺筆交出來。

「妳先冷靜下來，」阿涅從座位站起，拉過另一張椅子，按著阿怡的肩膀讓她坐下，「那遺書是假的。」

「假、假的？但那明明是小雯的筆——」

「那是我仿冒的。」

阿怡難以置信地瞪著阿涅。

「為什麼你要做這種殘忍的事情！」阿怡脹紅著臉，高聲嚷道：「小雯一聲不吭走了，難得我以為她有留下一字一句……」

「因為只有這樣做才可以找出kidkit727。」阿涅面無表情地答道。「區小姐，我由始至終都沒有忘記妳的委託，就是找出寫那篇文章的人，相反妳一看到遺書便方寸大亂，忘掉初衷。妳要明白，只有這個方法才能得到『決定性』的證據。」

「……只有這方法？」

「妳之前說的什麼人證物證，通通都只是間接證據而已。」阿涅不徐不疾地說。「我們根本沒有辦法從什麼人證物證找出kidkit727的真正身分——那個人在花生討論區貼文，消除了一切足跡，在地鐵站寄信給妳妹妹，也沒有留下任何確切的證據。即使我有辦法取得kidkit727的手機、駭進她的郵箱，也不一定找到她寫文章或寄信的實證。更甚者，即使我確信kidkit727使用某支手機寄信給妳妹妹，我也無法確認機主就是kidkit727本人。用另一個例子說明的話，我可以駭進任何一個人的手機，然後寄出恐嚇信，那只要妳找不出我有駭進那支手機的證據，妳便會冤枉好人，認定那機主是恐嚇犯。從一開始我便知道蒐集證據什麼的，都不可能找出目標人物。」

「那你為什麼還要蒐集證據？」

「用來縮小目標範圍。將嫌疑者的數目減少到一定程度後，我們便可以進行第二步——佈置陷阱令目標人物自投羅網，由她自己證明自己就是kidkit727。我們上星期到訪學校，就是為了觀察環境，構思如何安裝陷阱。我之前不是告訴過妳，這種部署手法叫『踩線』嗎？」

阿怡想起當天被古惑仔擄走後，阿涅提過的那個名詞。

「你上星期便想到用假遺書？」阿怡問。

「我在接受妳的委託當天已經想到，如何實行則是上星期決定的。妳妹妹沒有留下遺書，這會是一個用來操縱嫌疑者心理的好手段。」

「但你為什麼能仿冒小雯的……」

阿涅沒讓阿怡說完，從桌下一個手提包裡拿出一疊稿紙。那是小雯的作文功課。

「有這麼多樣本，好好觀察，花幾天練習，寫出幾張字跡相近的紙條不難。而且妳先入為主認定那是遺書，即使字跡只有八成相似，妳也會覺得那出自妳妹妹的手筆。我需要的，便是妳在嫌疑者面前確認遺書的真偽，只要親姊姊金口一開，對方便會相信了。」

阿怡突然理解到，她再一次成為阿涅的棋子。縱然她現在明白阿涅目的的正當性，也不禁對二度被矇騙感到不滿。

「那《安娜．卡列尼娜》和《罪與罰》又是怎麼一回事？」

「當然也是我安排的。」

「你之前潛入了學校佈置？」

「沒有，一切都在妳的眼底下發生。」阿涅一臉不在乎地說：「首先是，我上星期順手牽羊的，不止有郡主的劇本，我還從圖書館偷了一本書。」

「咦？」

「就在國泰打電話給我的時候。我本來想好好選一本，不過手機響，只好匆匆決定用俄國文學。我當時將《安娜．卡列尼娜》上冊塞進外套裡，就是商店小偷常用的那種手法。」

「小雯沒有借過這本書？」

「沒有。」

「我就想小雯一向不怎麼看書，為什麼會借托爾斯泰的作品……」

「我準備好假遺書後，便打電話通知妳再訪學校。」阿涅繼續說。「我說書在袁老師給我們的參考書堆中找到，但我對袁老師說書是在妳家中找到的，這樣子雙方也不會覺得突兀。《安娜．卡列尼娜》上冊是引子，下冊是餌，《罪與罰》便是魚鉤——」

「啊！那麼說，夾在第二和第三本書裡的遺書，是你剛才走到書架後才佈置的！」阿怡倏然明白阿涅的手段。

「正是。當我跑去拿下冊時，我先將現在在杜紫渝口袋裡的那張假遺書第三頁夾進《罪與罰》，再取《安娜．卡列尼娜》下冊，一邊將假遺書第四頁插進書裡，一邊回到在櫃台旁的你們的身邊。因為書架遮擋了你們的視線，這詭計毫無難度，幾秒便能完成。」

阿涅轉身伸長手臂按下床上一台手提電腦的鍵盤，小小的螢幕裡便出現一段過去的影片——同樣是透過窗子拍攝的監視片段，畫面裡的阿涅走到剛才杜紫渝到過的位置，他的眼睛像在掃視書架找尋書籍，可是他的手卻俐落地從書架上抽出兩本，將手心裡藏著的某紙條插進其中一本，放回書架後，再迅速地將另一張插進手上的書裡面，然後回到櫃台前。

「當我判定目標人物是妳妹妹身邊人後，我便決定利用假遺書引對方不打自招。」阿涅說：「我說過，kidkit727一直用不同方法隱藏身分，那麼，這正正就是她的弱點。假如妳妹妹的遺書裡有透露kidkit727是誰的線索，那傢伙一定會想盡辦法消除那些腳印，以免自己曝光。kidkit727讀到妳妹妹那遺書的幾頁，一定大驚失色。」

阿怡打開手上已捏得縐巴巴的假遺書，再仔細讀一遍，明白阿涅的意思。「她表面上沒什麼，但我知道她恨我」、「我還知道她暗中做了什麼」這些句子，在犯人眼中固然是對自己的指控，而在最後一頁那句「我寫上名字，不是要控訴什麼」更是起爆劑，kidkit727看到，自然認定小雯在另一頁裡有寫上自己的名字。

「對kidkit727來說，她不確定缺頁上寫的會是自己還是他人的名字，但她不會冒險，尤其她過去用了不少手法隱藏行蹤，不想功虧一簣。」阿涅說話時眼睛仍放在螢幕上，繼續監察杜紫渝的舉動。「於是她便會找機會搶奪那藏在《罪與罰》裡的第三頁。」

「即是說，會去翻譯小說的書架上找尋缺頁的人便是犯人？」阿怡問。「但杜紫渝可能是出於好奇，所以才會去找啊？」

「妳以為我為什麼能斷言kidkit727會從書架上取出我放置了假遺書的某一本書？」阿涅瞟了阿怡一眼。「在我們離開圖書館前，杜紫渝已經招供了。」

「什麼？」

「妳還沒注意到嗎？我說《安娜．卡列尼娜》上冊是我上星期偷的，那為什麼學校有借書紀錄？」

阿怡霍然驚覺阿涅做了什麼。

「你、你駭進了學校的電腦系統，加入了假的借書紀錄！」

「對。」阿涅笑了笑。「以諾中學採用電子借閱紀錄，書後的借書卡沒有日期蓋印，我省下不少造假的工夫，只要動動指頭便能改變每本書的狀況。看，這就是現在圖書館系統中妳妹妹的借書資料。」

阿涅在桌上的鍵盤按了幾下，移過另一台螢幕讓阿怡看到。在那個畫面上有一個列表介面，正上方寫著「姓名：區雅雯／班別：3Ｂ／學生編號：A120527」，而下方的列表有三行：

889.0143／《安娜．卡列尼娜》上冊／遠景／2015-04-30～2015-05-21／＊逾期＊

889.0144／《安娜．卡列尼娜》下冊／遠景／2015-04-30～2015-05-04／已還

889.0257／《罪與罰》／志文／2015-04-30～2015-05-04／已還

「當杜紫渝在櫃台後看著螢幕上的三筆記錄，卻說出『她只曾借過《安娜．卡列尼娜》上下兩冊，沒有借別的書』時，她就證明自己是kidkit727了。」阿涅用指頭敲了敲螢幕。

阿怡感到窒息。剛才杜紫渝一臉從容，還擺出一副熱心幫忙的姿態，然而實際上她正對著阿怡他們說假話，把他們當作猴子般耍。阿怡無法相信人性如此醜陋，一個十五歲的女生城府如此深密，能夠面不改色地欺騙陌生人。

「叮。」正顯示著小雯借書紀錄的畫面傳來一下短促的提示聲。

「哦，有趣。」阿涅突然說道。

畫面裡的視窗標題變了紅色，角落還出現四個文字——「編輯模式」。在阿怡眼前，小雯的借書紀錄中有一行的顏色反白，然後一個視窗彈出。

〔889.0257／《罪與罰》……〕的紀錄已刪除。

阿怡連忙將視線放回監視畫面，只見杜紫渝坐在櫃台後神色凝重地操作著電腦。

「這畫面的借書紀錄跟學校的同步，妳剛才看到的改動，就是同時間在圖書館發生的。」

「她在毀滅證據……」阿怡本來還在想當中可能有些誤會，畢竟她對同為圖書館員、喜愛閱讀的杜紫渝有幾分親切感，可是如今對方的一舉一動，都在說明這個表面文靜內向的女孩實際上便是害死妹妹的惡魔。

「嘿，她蠻聰明的，一不做二不休，這樣便神不知鬼不覺了。」阿涅漠然地說。

「但、但麗麗她應該才是犯人……」阿怡仍無法接受眼前的事實，畢竟過去幾天，她都認定麗麗因為嫉妒，設計對付妹妹。

「妳還不願意相信嗎？妳這死腦筋真是比騾子還要頑固。」阿涅吐槽道。「我已經特意安排有嫌疑的人一起接受這試驗，妳還要懷疑嗎？假如麗麗是kidkit727，在看到假遺書後一是驚惶失措，一是裝作冷靜盤算下一步，而不是坐在一旁默默流淚。」

「你安排他們接受試驗？」阿怡大惑不解。

「妳以為我為什麼要選今天中午杜紫渝當值時約國泰和麗麗在圖書館碰面？郡主又為什麼會來到圖書館？」

「慢著！你找藉口約國泰令他帶麗麗到圖書館我能了解，但郡主不就是碰巧——」

「我辦事才不會倚賴『運氣』和『巧合』。」阿涅自負地說。「郡主欠圖書館費用，是我駭進系統後修改的。」

「咦？」

「以諾中學的電腦系統很方便，會自動發電子郵件和簡訊給學生，我只要動一動手指，便能讓郡主收到欠款通知，告訴她見字後立即到圖書館處理，否則追加罰款。現在的學生們一到午休，第一件事便是打開手機查看訊息，要她在指定時間現身，易如反掌。」

「……那麼說，你是特意遲到的？」阿怡問道。她想像到阿涅準時到達的話，便不可能做出拿著遺書衝進圖書館令眾人注意的效果。

「對。我今天一早便跟鴨記在這房間監視，確認劇本中的每一個環節都順利運作。萬一有學生跑去借走《安娜．卡列尼娜》下冊或《罪與罰》，我便會立即修改妳妹妹的借書紀錄，想方法令計畫回到正軌。不過臨近暑假，借書明天便要歸還，才沒有學生會借這些大部頭經典文學小說啦……」阿涅嘴角揚起。「另外，為了讓我們能夠再次到圖書館，我還不得不做出令老師們叫苦連天的壞事哩。」

阿怡瞪大眼睛，她猜到阿涅所指的事情。「學、學校的期末考成績資料，是你駭進去動手消除的？」

「當然，不這樣做的話，袁老師只會到門口接過書本，我們很難找藉口進入校園，所以不得不要狠招，令袁老師分身不暇。說起來妳也沒令我失望，雖然演技略嫌生硬，但妳也能騙過守門口的校工老李，不用我動用後備方案。」

「你知道我在校門——啊！」

阿怡的話止住，是因為阿涅按下鍵盤，讓原本顯示著小雯的借書資料的畫面亮出另一個視窗——那是以諾中學的校門實況。

「我將安裝了鏡頭的車子停在馬路對面，另外還在學校正門的花槽裡放了偷聽器，你們的對話我聽得一清二楚。」阿涅指了指耳機。「在妳走進校園後，我便在外面待機，叫監視中的鴨記一確認眾人齊集便給我訊號，我會一口氣衝上五樓演接下來的戲。」

阿怡驚訝於阿涅的計策周密，但心裡仍有好幾個疙瘩。

「假如杜紫渝是kidkit727，那她怎麼得到那張平安夜的照片？她如何知道當晚發生在小雯身上的事？」阿怡問。

「kidkit727根本不清楚卡拉OK事件，她在花生討論區的文章裡只提及『跟不良分子來往』、『喝酒』，在寄給妳妹妹的黑函裡更只是附上照片，文字上沒提半句。我認為，她反過來是單純『看圖作文』，因為看到照片，聯想到一些壞事，即使沒有半點實證也能裝作知情，信口胡謅……反正只要其他人信以為真，她便達到目的。」

「但照片……」

「照片應該是經由那個Jason流入她手裡吧。」

阿怡想起莫偵探查出那個紅髮敗類的表弟Jason就是跟妹妹同校。

「杜紫渝跟Jason相識？」

「不知道，但是否相識也沒關係。」阿涅敲了敲螢幕。「這小妮子有心的話，很容易偷取不少同學的資料。妳記得圖書館有手機充電服務吧？」

「你的意思是，她趁Jason將手機寄存在圖書館時，偷偷拷貝了照片？」

「差不多。」阿涅掏出小雯的手機，將機身底部充電插孔面向阿怡。「手機的充電孔也是資料傳輸埠，當插進ＵＳＢ線時，只要懂得一點技術，就能輕鬆偷取手機裡的資料。這手法叫Juice Jacking。」

「杜紫渝懂這技術？」

「不知道，但她背後那位『老鼠』一定懂。」阿涅令阿怡記起「小七」和「老鼠」的代號。「我認為事情是反過來，杜紫渝很可能因為個人癖好或其他原因，利用圖書館的充電服務暗中蒐集不少同學的隱私，因為得到照片才確認傳聞的主角就是妳妹妹。國泰說過高年級的學生圈子裡對那事件談得很熱烈，我相信Jason不會不拿照片跟哥兒們分享，只要其中一人拿過手機到圖書館充電，杜紫渝便能取得照片。說起來，妳該慶幸這照片沒有什麼『賣點』，缺乏廣泛流傳的價值；在美國發生過不少校園性侵案，事後女生的影片和照片在學校流傳，後果糟糕得多。」

「這只是你的猜測吧？」

「沒錯，我現在無法確認杜紫渝真的利用這方法取得照片，但我百分之百肯定有人利用圖書館的充電服務盜竊手機資料。」

「為什麼？」

「因為我是行內人。」阿涅從口袋掏出一個黑色的充電器，放在桌上。「圖書館裡除了那個灰色的排插板外，還有這款能偷取資料的充電器。一般人自然無法分辨，但其實類似的儀器在本地流通的型號不過數款，要一眼看穿並不困難。」

阿怡隱約記得，圖書館裡那個蜂巢似的木架子旁，就如阿涅所說的有這樣一個獨立的充電器。現在回想，那獨立的充電器的確突兀，排插板明明還有空插座，為什麼有一條電源線要接上額外的充電器？

「那莫偵探的錄音又怎麼解釋？那個麥律師的助理證明了打聽案情的女生是麗麗……」

「那個女生說自己叫舒麗麗，不代表她就是舒麗麗嘛。」阿涅對阿怡死纏爛打感到有點煩厭。「kidkit727是個對消除行蹤十分在意的傢伙，妳認為她會用真名嗎？那個向Martin Mak下屬打聽消息的女生到底是冒充麗麗的杜紫渝還是另有其人、假如是杜紫渝的話她有沒有喬裝接近對方等等通通不重要，就像我剛才所說，要找出kidkit727就只有讓她自證身分，其餘一切頂多用作鞏固推論的間接證據而已。」

即使阿涅解開了這兩個疑團，阿怡仍覺得不滿意。

「郡主又如何？」阿怡問道。「國泰和麗麗說過她曾在喪禮那天到過殯儀館探頭探腦，那是心虛的表現吧？難道國泰他們說謊或看錯嗎？」

「有種人叫刀子嘴豆腐心，流行用語叫傲嬌，平日渾身帶刺，實際上善良得很。」阿涅從手提包掏出小雯班級的悼念冊，打開其中一頁。「妳讀讀這篇。」

阿怡接過冊子，看到之前曾經看過的一篇悼念文。

雅雯，對不起。請原諒我的懦弱。知道妳離開後，我一直在想是不是我們的錯。很對不起，對不起，對不起。願妳安息，希望妳的家人能克服哀痛。

留言沒署名，但阿怡猜到阿涅的用意。

「你想告訴我這是郡主寫的？」阿怡一臉狐疑。

「妳自己比對一下。」阿涅給阿怡遞上之前偷來的《威尼斯商人》劇本。阿怡一開始摸不著頭腦，但來回看過悼念冊上的文字以及劇本中的批改後，阿怡察覺到兩者的字跡十分相似，例如「的」字的右邊比左邊寫得長，「我」字都省掉右上角的一點等等。

「這……」阿怡無法相信那個不可一世的郡主會寫這種謙卑的留言，可是字跡上就連阿怡這個行外人也覺得吻合。

「妳想說郡主寫這個不是出於真心吧？的確我們無法證明，但我認為恰恰相反，這篇留言比她平日的態度更真實，因為寫悼詞不用署名，她根本毋須弄虛作假。如此一來，她出現在喪禮場所外面就可以理解了，她其實想送別妳妹妹，只是最後礙於面子，或是瞄到國泰和麗麗，於是放棄。」

「那她為什麼平日要裝出一副不客氣的姿態？」

「區小姐，妳沒有經歷過中學生活嗎？妳沒感受過同儕之間的自我認同壓力嗎？這個年紀的孩子，有多少個可以不在乎他人眼光、我行我素地過活？當所有人都同意『二加二等於五』時，妳敢力排眾議，冒著被他人排擠孤立而大聲反對嗎？假如郡主的姊妹們覺得郡主是個弱者，她肯定不到一天便會被貶為『庶民』咧。國泰也好、郡主也好，全都掛著不同厚度的假面具，為了成為他人眼中的理想形象，他們都在勉強自己。本來成年人該告訴他們要有自信、由衷地做自己就好，可是我們這個病態社會只在乎教育能否製造出一批批服從權威、配合主流、具備相同學識與能力的機器人，而這些機器人又將下一代塑造成另一批機器人。」

阿怡無法回答，因為她的確沒有經歷過這種壓力。她不是天生豁達，只是以前生活太逼人才會不自覺地無視了他人目光。她冷靜地一想，發覺阿涅對郡主的判斷可能沒錯——國泰說看到郡主時，對方只有一個人，那些婢女沒有在身邊。大概只有自己一人時，人才可以卸下偽裝，做回自己。

「可、可是郡主她在悼念冊裡留下這種話，她一樣有可能被其他人認出字跡——」

「悼念冊是活頁簿，學生們寫好後各自交給袁老師，才不用擔心內容會被他人看到。更何況一般人哪會在乎悼念冊上他人的留言是真心話還是客套話啊？」

阿怡為之語塞。

「我……沒想到這劇本能用來證明郡主的心情……」阿怡喃喃地說。

「我也沒想到。」阿涅聳聳肩。「本來我打算將它用作其他計策的道具，結果推斷出kidkit727就是杜紫渝後，這些額外的準備都派不上用場了。」

阿涅的話令阿怡察覺到一絲不對勁。她細心一想，更發現阿涅今天的設計有一個說不通的地方。

「你今天的陷阱，完全是衝著杜紫渝而做的，就像借書紀錄那件事，除了杜紫渝外，其他人根本無法接觸。你到底何時開始懷疑她的？」阿怡皺著眉，問道。

「上星期在圖書館跟她見面後，我就有八至九成把握她是妳要找的目標了。」

「什麼？那不就是我們從國泰口中知道小雯和麗麗的瓜葛以及卡拉ＯＫ事件之前？」阿怡大吃一驚。

「對。我當時只是想從國泰口中獲得更多資料，確認麗麗『不是』kidkit727。」

「你怎會懷疑杜紫渝的？那時候國泰還未告訴我們杜紫渝害那個什麼小憐退學的事！」

「妳當時跟我一起，但妳完全沒有發現只有杜紫渝說出奇怪的話。」

「奇怪的話？」

「我當天對袁老師、國泰、麗麗、郡主和杜紫渝都問了一條差不多的問題，妳記得吧？」

「『小雯有沒有惹上誰』、『誰跟小雯有仇會抹黑她』之類的？」阿怡問道。

「對。那妳記得他們的答案嗎？」

「袁老師保證班上沒有霸凌，麗麗說是郡主，郡主答不知道，杜紫渝說是麗麗，國泰則說是有前科的杜紫渝……你是因為杜紫渝說是麗麗，所以認為是她？但當時我們仍未知道莫偵探的錄音……」

「妳弄錯重點了，他們說是誰也沒關係，重要的是當時他們如何理解我的問題。」

阿怡被阿涅弄得頭大。

「麗麗說的是『郡主是個大嘴巴，最愛搬弄是非……他人問起小雯的事，她便抓住機會報復，亂說一氣抹黑小雯』；郡主說的是『老師禁止我們討論，所以誰向記者或陌生人說三道四我一概不知情』；國泰說的是郡主『對小雯產生偏見，於是暗中對人說小雯跟不良青年來往』；而袁老師直接把我想問的問題當成班級欺凌。」阿涅頓了一頓。「然而，杜紫渝當時說的，是『我見過不少好朋友反目，做出可怕的事情，更何況這年頭人人也懂在網路散播謠言，任何人都能輕易歪曲事實、誣蔑他人』。」

「這些話有什麼問題？」

「區小姐，我們在學校問『誰抹黑小雯』，目的是要找出誰？」

「當然就是kidkit727，那個發文和寄信逼死小雯的兇手啊！」

「可是對妳妹妹的同學而言，問『誰抹黑小雯』，找的是另一個人。」

「另一個人？」

「向邵德平外甥爆料，說妳妹妹搶人男友、跟不良分子來往、在單親家庭長大的某位同學。」

「但邵德平根本沒有外甥——啊！」

阿怡此刻終於弄清楚阿涅的意思。從小雯的同學角度看來，阿怡在學校追究責任，就是想查出文章中那句「聽她的同學說」所指的人——那個向邵德平外甥透露內幕消息的同學——是誰，因為他們都不知道真正的作者就在他們之中。

「麗麗說『他人問起小雯的事』、郡主用上『記者』和『陌生人』、國泰說『暗中對人說』等等，言下之意都是假設某同學向特定人物爆料，可是杜紫渝卻不是，她將我的問題當成『誰在網路上抹黑小雯』，於是強調了『這年頭人人也懂在網路散播謠言』。會誤會這點的人只有知道邵德平外甥不存在的kidkit727，當我聽到杜紫渝如此答我時，她便成為我的名單中的首席嫌疑者。」阿涅用食指敲打正在顯示著杜紫渝的螢幕邊框一下，「然後剛才她的『自白』，證明了我的判斷無誤。」

聽罷阿涅抽絲剝繭的解釋，將這兩次到校調查的過程像洋蔥般一層一層撕開，阿怡終於接受杜紫渝就是kidkit727的事實。她心裡充斥著對杜紫渝的忿恨和對小雯的哀慟，然而這刻她同時感到無力，那股「找到犯人又如何」的矛盾感再次油然而生。

「區小姐，妳要找的人我替妳找到了，假如妳沒有任何疑問的話，這次的委託已經完成。」阿涅以不帶感情的語氣說道。

「我……我該做什麼？我該去質問她嗎？該將她的惡行公諸於世、當著眾人面前臭罵她嗎……」阿怡吞吞吐吐地問道。

「這由妳自己決定。」

阿怡落寞地瞧著螢幕，看著坐在櫃台後一臉木然的杜紫渝，彷彿只要盯著這副面孔，她便會得到啟示。

然而她沒想過，她這沒由來的想法是對的。

一位短髮女生走進圖書館，跟杜紫渝點點頭，一邊說話一邊走到櫃台後，坐上對方本來坐著的位置。杜紫渝從櫃台後走出來，從容不迫地離開圖書館。

「是同學吃完午飯來換班吧……咦？」阿涅突然把話止住。

「怎麼了？」

「她往右走。」阿涅離開座位，一邊說一邊走到窗前。畫面裡杜紫渝離開圖書館後，向右邊走過去。「往食堂和校門都該向左走的。」

阿怡盯著螢幕，可是杜紫渝的身影很快消失。阿涅抓住安裝了長鏡頭的攝影機，打開觀景螢幕，低頭看著畫面，然後用手將攝影機作水平移動。桌子上的螢幕畫面同步緩緩向右橫移，阿怡發覺阿涅的手很穩定，不一會杜紫渝便再次出現在畫面裡。杜紫渝往走廊兩邊瞧了瞧，打開圖書館旁的實驗室的大門走了進去，然後又探頭探腦，像是確認房間裡沒有人，再往右邊走過去。雖然角度有點偏，但阿涅的鏡頭仍能拍到走近黑板前第一張實驗桌的杜紫渝，清楚地看到她的舉動和表情。

「她到實驗室做什麼？」阿怡奇道。實驗室空無一人，大概實驗室助理也去吃午飯了。雖然阿怡提出了這樣一個疑問，但接下來她便了解原因。

令她怒不可遏的原因。

杜紫渝走到實驗桌前，撿起一個小盒子，再從口袋掏出一張紙——那張米黃色、對摺的假遺書。她稍稍頓了一頓，然後像是掃除迷惘似的，打開了小盒子。這時候，阿怡才知道那是一盒用來點本生燈的火柴。杜紫渝迅速劃過火柴，小小的火苗在她眼前亮起，她便將假遺書一角移到火苗上，讓火舌吞掉那張小小的紙片。就在紙片差不多燒完前，她將餘燼丟到桌上某處。由於角度所限，阿涅都看不到桌上有什麼，但他猜那該是用來放燃燒廢物的小盤子。

「真不賴，她毀屍滅跡的手法真俐落。」阿涅以半帶嘲諷半帶佩服的語氣說道。

然而阿怡沒有理會阿涅的諧謔話，因為此刻她五內翻騰，心如刀割。她看到杜紫渝的表情。

那是一道淺淺的微笑。

在目睹那微笑的瞬間，阿怡的理智斷線了。

「啪！」阿怡從座位跳起，執起桌上水果盤的水果刀，跨步向房門走過去。

「喂！」阿涅回頭見狀，立刻躍過臥床，抓住阿怡手臂。

「放開我！我要去殺掉那婊子！」阿怡大力掙扎。「那女人在笑！她完全沒有半點悔意！她甚至懶得打開那頁假遺書，就直接燒掉！假如那是小雯真正的遺筆，那就從此消失，沒有人能知道小雯的遺言了！這惡毒的婊子不配活在世上！她不止逼死小雯，還要剝奪她留在世上的一點一滴、抹殺她的存在……嗚……」

阿怡歇斯底里地喊叫，聲淚俱下，不住扭動手臂企圖擺脫阿涅。

「妳給我放下刀子！妳要去殺人我不管妳，但妳不能用這房間的刀！」阿涅目露兇光，大聲嚷道：「警察會查出兇器來源，妳要殺人是妳的事，別帶麻煩給我！」

阿怡愣了一愣，一咬牙將刀子丟在地上，再嘗試往房門走過去。

「我把刀子丟了！你怎麼還不放手！我要去為小雯報仇……」

阿涅換回平時的表情，緩緩地說：「妳真的要報仇嗎？」

「放開我！」

「我問妳，妳真的要報仇嗎？」

「是！我要那賤人死無全屍！」

「妳先冷靜下來，我們好好談一下。」

「談？談什麼？你想叫我報警嗎？說什麼讓那女人受法律制裁嗎……」

「不，法律對付不了杜紫渝。」阿涅冷漠地說。「雖然在香港慫恿自殺是刑事罪行，但在這個案子裡不適用，因為慫恿自殺要有明確的動機和手段，比如說提供自殺的方法和意見，妳妹妹收到的信件裡，杜紫渝只是辱罵對方，沒有威脅或唆使妳妹妹自殺。」

「那不就是！只有殺死那女人才能為小雯討回公道……」

「妳從來沒問過我為什麼叫『阿涅』。」

冷不防地阿涅丟出這句，令阿怡稍稍鎮靜下來。

「什麼？」

「妳不知道我叫『阿涅』的原因。」

「我哪管你叫阿貓阿狗……」

「我叫阿涅，是因為我在網路用『涅墨西斯』作代號。」

「那又——」

阿怡突然止住。她從書上讀過，知道「涅墨西斯」的意思——Nemesis是希臘神話的復仇之神的名字，是古人將「復仇」這概念神格化而塑造出來的神明。

「調查委託只是我用來打發時間的興趣，我的正職是替人復仇。」阿涅放開手。「收費不便宜，但保證滿意。」

「你說真的？」

「妳記不記得妳第一次來找我時，跟我一起被黑道擄走？」

「怎會不記得？」

「妳想知道我為什麼惹上他們嗎？」

阿怡狐疑地瞧著阿涅雙眼，猜度對方是否有什麼企圖，但她仍微微點頭。

「我有客戶被人用不正當的手法騙取了一千萬，於是委託我進行報復，從那家公司的老闆身上榨取超過二千萬元，連本帶利歸還。那老闆無法循合法途徑追討，只好動用黑道的人脈，直接對付我。結果如何妳也很清楚了。」

「……二千萬？」阿怡對這數字感到吃驚。

「二千萬是小數目，我幹過更大票的。」阿涅露出獰笑。「對一般守法的公民而言可能有點難以想像，但使用法外手段擺平事件、以牙還牙的委託相當普遍，尤其今天我們的社會空有文明外皮，骨子裡卻實行著弱肉強食的叢林法則。我平日對付的多是涉黑的商人，這回就稍微降低標準，替妳復仇。」

「我不要錢，我只要……」

「我知道。我也曾幹過更骯髒的勾當。」

阿涅的表情勾起阿怡的記憶。她記得之前見過這表情一次，就是在黑道的車子上，阿涅恐嚇那三人時。阿怡一直以為阿涅當時只是唬人，可是如今回想，也許他真的安排了同夥伺機對付那司機的孩子，又或者會偷偷在目標人物的水裡放致命的寄生蟲。見識過阿涅調查杜紫渝的過程後，阿怡知道這深謀遠慮的男人不會單純用言語嚇唬對方。他是個行動派。

「你……收費多少？」阿怡壓抑著對杜紫渝的怒火，問道。

「妳這案子，五十萬吧。」

「我沒有這麼多錢，你很清楚。」阿怡冷冷地說。

「跟委託調查不同，委託我復仇是後付的，妳現在一毛錢也不用出。我之後會替妳量身訂造一個妳能應付的付款方案。」

「你能夠令杜紫渝得到應有的報應？」

「我能夠令『杜紫渝和她的同夥』都得到應有的報應。」

阿怡倒抽一口氣，她只想到向kidkit727報復，卻沒想起躲在她身後出謀獻策的rat10934。阿涅口中的「量身訂造付款方案」很可疑，阿怡想像到被賣身甚至販賣器官的可能，但此刻她的心已被復仇的惡鬼緊緊攫住，為了替小雯報仇，她願意犧牲一切。

「好，我要委託。」

阿涅露出笑容。在這剎那，阿怡彷彿在阿涅的眼神裡看到一絲異樣的神采。這眼神令她想起曾幾何時在書上讀過的某段描述，確切的字眼她已忘掉，只記得是「閃耀著燐火般的眼神，能令人感到靈魂被吸進瞳孔裡」之類。那段文字的描述對象是沙俄時期在宮廷呼風喚雨、令一眾貴族又愛又恨的「狂僧」拉斯普丁。

也許我現在將靈魂賣給了像拉斯普丁一樣的魔鬼吧——阿怡暗想。

但她對這決定毫不後悔。

2015-06-29 星期一

「今天區雅雯的家人又來了，
而且更找到遺書，嚇死我。」
已讀 15:32

「遺書？」
15:54

「嗯，不過我把最重要的一頁處理掉了。」
已讀 15:55

「上面寫了什麼？」
15:56

「我不知道，我燒掉了。」
已讀 15:57

「我怕看到內容後會胡思亂想，所以沒打開。」
已讀 15:57

「你會這樣想就太好了」
15:58

「今晚可以出來嗎？」
已讀 16:12

「爸今天到北京出差，十天後才回來，
這陣子我不用瞞著他偷偷外出。」
已讀 16:14

「如果你要加班就算了吧。」
已讀 16:16

「應該OK」
16:25

「七點老地方見」
16:26

第七章

1

「阿南，這個『復歸紅利』到底是啥？」阿豪指著筆電螢幕上的一行文字問道。

在GT Technology的小小會議室裡，施仲南和阿豪正在編寫用來向司徒瑋報告的文件。李老闆透過司徒瑋的助理約了對方下星期再訪公司，換言之施仲南他們必須趕緊完成工作。

「就是用戶定期購買G幣後，系統會每月發放利息，但那些新增的G幣要在三個月後才能取用。」施仲南正埋首用試算表計算模擬數據，頭也不回地答道。

「弄這個有意思嗎？我以為這東西只有保險業在用。」

「你別管，多塞一、兩個點子，這簡報看起來才充實。」

「這太牽強吧。」阿豪似笑非笑地說：「司徒瑋可不是門外漢，一眼便能看穿，到時他問及細節，別叫我負責解釋。」

「行啦行啦。」

過去一個多星期，施仲南每天都跟阿豪準備第二次簡報的材料，開會討論對策。阿豪不熟悉金融財技，施仲南自己亦只略懂一二，二人唯有硬著頭皮，死馬當活馬醫，商量如何將「八卦期貨」或「G幣權證」之類弄得有模有樣。施仲南想到可以將消息分類，讓用戶以較便宜的G幣預先購入相關類型文章的閱覽權，並且可以將這個權利自行定價售予其他用戶，乍看之下，的確跟股票市場的權證有幾分相似，當然他自己也懷疑這做法行不行得通。阿豪的想法更單純，他提出以G幣「訂閱」指定用戶的選項，即是用戶可以用較低的G幣金額來購買某人提供的資訊。施仲南聽得出，這不過是模仿Youtube的訂閱功能再加上付費而已。李老闆幾乎沒參與過討論，他放手讓施仲南他們處理，每隔數天開會，對施仲南提出的方案來者不拒，而且每次都以相同的話作結：「總之能令SIQ投資就行。」

施仲南想過限制G幣的流通量，藉此增加那些「期貨」或「權證」的價值，可是G幣本來就是用來吸引用家以真正的金錢來購買八卦消息的過渡性虛擬物品，限制它只會減少用戶瀏覽GT網的意欲，得不償失。他不斷想出類似的新點子，可是每一個都跟增加GT網獲利能力的原意相反，只能一一放棄。

然而，自從上星期四跟司徒瑋私下會面後，他的想法便作出一百八十度的轉變。

既然SIQ鐵定注資GT網，那這份報告不過是門面工夫，純粹是給司徒瑋用的下台階。所以，施仲南明白自己毋須顧忌，只要將簡報拖長就好——如今這報告的真正用途是用來誆騙李老闆，讓他以為什麼「復歸紅利」之類的鬼話足以令司徒瑋回心轉意。施仲南很清楚自己的上司學識有多膚淺、自尊心卻有多強，假如他和阿豪把毫無道理的計畫說得頭頭是道，李老闆縱有懷疑亦不會作聲，以免暴露自己的無知。

施仲南感到一切都在掌握之中，近幾天跟阿豪整合計畫細節時也變得馬虎，但求盡量把報告填滿內容。然而，他心裡有另一把聲音，告訴他要乘勝追擊，把握機會達成他的野心。

結果他趁昨天香港特區成立紀念日假期，主動打電話給司徒瑋，想約他再次見面。

「Hello。」電話響了兩下便接通，可是傳來的不是司徒瑋的聲音。施仲南認得這把女聲屬於助理Doris。

「我、我是GT Technology的施仲南，請問司徒先生在嗎？」施仲南隨機應變，保持著平穩的語氣問道。

「司徒先生現在不方便接電話，請您留下口訊。」

「嗯，麻煩妳。」施仲南嚥下一口口水。「我有關於GT Technology的事情想跟司徒先生商量，希望能跟他再見面談一談。」

「好的，我會轉告司徒先生。」

「啊……謝謝。」對方回答得簡明扼要，施仲南除了道謝外想不出其他的話。

他沒料到接電話的不是司徒瑋本人，本來他已準備好說詞，部署好接下來的每一步。現在只好轉攻為守，被動地等候司徒瑋回電。

直至今天上班，施仲南仍未收到司徒瑋回覆，他心裡咒罵著Doris，猜想她將他的口訊忘掉了。他暗暗決定下班後再次致電司徒瑋，不過，午休後他和阿豪再次回到會議室製作簡報文稿和幻燈片時，他的手機傳來令他振奮的鈴聲。

「我去接接電話。」施仲南對阿豪說罷，轉身離開會議室，步出辦公室外的走廊。

「喂，我是阿南。」

「嗨。抱歉昨天沒有回覆，Doris的字跡太潦草，我一直以為是另一位Charles找我。」司徒瑋在電話另一端笑道。「今早聽她說你想跟我見面，是有什麼事嗎？」

「嗯，我現在不方便詳談……」施仲南壓下聲音，回頭瞄一下辦公室的門口，生怕阿豪或其他同事在偷聽。

「對，對。那麼你今晚有沒有空？到酒吧喝一杯？」

「無問題，我幾點都可以。」

「那我們約九點吧，我晚飯另外有約了。」司徒瑋說：「我到旺角接你？」

「不，不用麻煩您，您告訴我地點我自己去就好。」施仲南再次想到被同事撞破的可能。

「那家酒吧是Members Only的，你不是會員可進不去。」司徒瑋頓了一頓，再煞有介事地說：「而且我有東西想給你看，我們還是先在旺角會合吧。」

施仲南覺得奇怪，可是為了避免司徒瑋再次爽快掛線，害自己在街上神經兮兮地找尋同事或老闆的身影，他連忙嚷道：「我剛想起我下班有點小事要跑港島鰂魚涌一趟，或者我們約在鰂魚涌見？」

「ＯＫ，那九點……九點在太古坊等吧？」太古坊是位於鰂魚涌的著名商業區，美國ＩＢＭ的香港辦公室也設立在那兒。

「好的！謝謝！」

施仲南特意選擇鰂魚涌，純粹是為了減低遇上同事的機會，畢竟公司裡沒有人住港島，就算他們碰巧到港島赴約，到銅鑼灣或中環的可能性亦遠較到鰂魚涌大。

按捺著內心的得意，施仲南回到會議室，阿豪仍對著電腦敲進一堆他不甚了解的名詞和數據。

「女朋友嗎？」冷不防地阿豪問道。

施仲南愣了愣，花了幾秒鐘才意會阿豪指的是剛才的電話。

「嘿，你知道我是光棍一條啊。」施仲南以微笑掩飾內心的緊張，一臉不在乎地說。

「呵，不是女友來電嗎？即是『那個』不是你的女友……想來也是啦，看樣子也不像。」阿豪仍沒抬頭，邊打鍵盤邊聊。

「只是舊同學約我下星期吃飯罷了。」施仲南隨便找個藉口搪塞過去。

「我不是說電話。」阿豪微微抬頭，露出鄙夷的笑容。「那囡囡年紀那麼小，不便宜吧？」

「你說什麼啊？」

「前幾天我到又一城看電影，在美食廣場看到你和一個十來歲的女生約會。」阿豪揚起一邊眉毛，說：「PTGF？」

施仲南怔住，沒想到阿豪曾在街上碰到自己。

「別胡說，」施仲南皺一皺眉，「那是我妹。」

PTGF是「兼職女友Part-Time Girl Friend」的縮寫，也是援交的代名詞之一。

「你有妹妹嗎？怎麼一直沒聽你提起？」阿豪問。

「你少管我。」施仲南改變語氣，笑著說：「被你和馬仔知道我有個可愛的妹妹，萬一老是纏著我要我介紹，我便煩死了。」

「我呸，我又沒有戀童癖，那麼幼齒我才吃不下，更何況你妹又不是特別漂亮……」阿豪吐槽道。

「你這傢伙狗口長不出象牙。」施仲南坐到阿豪身旁，改變話題道：「別說廢話了，你把用戶數的預測數據弄成趨勢線圖表沒有？」

「在這兒，但我覺得這數字太難看了……」

阿豪開始解釋圖表的缺陷，可是施仲南根本聽不進去。他沒料到那晚被阿豪碰上了。被阿豪看到只是小事，可是施仲南對自己毫無警覺感到不是味兒。他想起一個禮拜前跟司徒瑋吃飯後，在地鐵裡發現的那個可疑男人。

「我今天有要事，要先走。」晚上七點，施仲南對仍埋首文件中的阿豪說。

「喂，這樣子趕不及下星期完成啊。」雖然阿豪如此說道，他也沒有阻止施仲南下班的意思。

「週末我回來補進度就好。」

「先聲明，別指望我週末加班，我已安排好節目啦。」阿豪笑著說：「上吊也要喘口氣。」

施仲南比了個ＯＫ手勢，笑了笑，提著公事包離開辦公室。

經過繁忙的旺角街頭，施仲南搭地鐵來到港島東部的鰂魚涌。鰂魚涌位於北角東面，是香港早期有名的工業區，香港開埠初期太古洋行便在此地建立船塢、糖廠和汽水廠。香港經濟轉型後，這個區域亦隨時代演化，船塢重建成大型住宅屋苑太古城，而糖廠則被商業大樓群組成的太古坊取代，兩者遺留下來的，只有「船塢里」和「糖廠街」兩個街名。為了應付大量上班族，太古坊周邊有不少餐廳，而因為這區有不少舊式住宅，所以在橫街巷弄裡亦有廉價的街坊食店。施仲南本來想光顧糖廠街一家叫The Press的美式餐廳，可是他瞄了瞄門口的菜單，發覺光是前菜已索價百多元，他自問口袋的深度不足以應付，只好鑽進鄰街，到一家店面不太光鮮的中式麵館祭五臟廟。

吃過餃子和拉麵後——餐點意外地美味——施仲南待在店裡，靜候著約定時間的到臨。他不斷盤算著跟司徒瑋見面後的各種應對，期望這次亦像上回那般順利。麵館晚上顧客不多，夥計們悠閒地坐著看電視，他們沒興趣留意那個坐在角落、神色凝重的陌生上班族。

八點五十分，手機鈴聲把施仲南從沉思中喚醒。

「我已到鰂魚涌，現在在英皇道。」手機傳來司徒瑋的聲音。「你在哪兒？」

「我在海光街。」

「海光街……」施仲南聽到司徒瑋身後傳出短促的電子音，猜測他正使用汽車導航找尋目的地。「那我在海光街和糖廠街交界等你。」

施仲南匆匆結帳，急步離開店子。他沿著海光街往糖廠街走過去，預想會看到司徒瑋那輛黑色的特斯拉S型，可是當他差不多走到街尾時，一輛火紅色的跑車映進眼簾，站在車旁的不是別人，正是司徒瑋。

「司徒先生，這是……」施仲南跟對方握手時，視線卻放在旁邊的跑車上。

「我說我有東西給你看嘛。」司徒瑋臉上掛著一個大大的笑容。「你認得這車款嗎？」

「當然！Chevy Corvette C7！」施仲南忘了放手，說話時仍不住打量身旁的名車。

雪佛蘭科爾維特可說是美國國寶級的超級跑車，C7是最新的車型。它的馬力和外型不輸德國的保時捷或義大利的法拉利，而更重要的是在香港雪佛蘭很少，物以稀為貴，不少車迷對它更為傾心。

「這是我跟一位朋友借的，我們先去兜兜風吧！」司徒瑋說。他的表情就像向玩伴炫耀新玩具的孩子。

施仲南坐進副駕駛座，心情興奮，跟之前的特斯拉相比，這次更令他雀躍。光是那個印著科爾維特雙旗徽號的鎂合金框架座椅，已令他感到這跑車與眾不同。比起歐洲跑車的優雅，美國雪佛蘭的跑車就是帶著一份狂野氣息，而這種支配感正是施仲南一直追求的。

「今天晚上Doris休假，又難得只有我跟你兩個男人，所以我便開這輛出來了。」司徒瑋坐進駕駛座。科爾維特跟大部分傳統跑車一樣，只有雙門雙座。「我想你也明白，假如讓Doris開車，我坐在她身旁總是有點彆扭吧。」

「嗯，女性開Corvette有點怪。」施仲南點點頭。科爾維特陽剛味極重，女司機一向少見。

「這個還好，只是假如我讓Doris開Corvette接載，人家看到會以為是男朋友奴役女朋友了。」

施仲南覺得今天的司徒瑋比上次更親切，心裡暗暗稱好，因為這顯示對方已接納自己，當作同伴。司徒瑋今天的衣著也較不拘禮節，灰白色的襯衫上沒結領帶，外套是深藍色輕便夾克，下半身則是卡其色長褲配深棕色皮鞋，令他的外表比實際年齡年輕好幾歲。這身打扮看似隨便，但仔細看便會發現剪裁手工不凡，加上左腕上那只Jaeger-LeCoultre手錶，更讓人知道這男人非富則貴。

就在司徒瑋戴上安全帶時，施仲南突然察覺一點。「咦，這輛Corvette是右駕的？」

「當然，左駕車在香港拿不到牌照，」司徒瑋噘噘嘴，「除非你是外交官，或是中國的『有勢力人物』。」

香港依循英國交通規例，汽車都是右駕，方向盤在右邊，但美國和中國等等卻是相反的左駕。

「但我記得雪佛蘭沒有生產右駕的C７？」

「有錢就行。」司徒瑋笑道：「事實上，這輛C７是我的香港朋友託我當中間人才買到的，我在美國替他打點，找車行向雪佛蘭訂購原裝零件並且將左駕改裝成右駕。之後只要付運到港，由車主向政府的運輸署申請登記和檢驗，它便可以在香港的路上行駛。」

「這不便宜啊？改裝費、運費和汽車登記稅加起來，搞不好比車價還要高？」施仲南問。

「是『一定』比車價高。」司徒瑋托了托眼鏡，輕描淡寫地說：「但加起來還是很便宜。六十萬左右的車，加上運費雜費之類只要百餘萬，今天在香港買間四百呎[17]的房子動輒要五、六百萬元，一百萬算得上什麼？」

施仲南回心一想，的確如司徒瑋所言。

「對我這位商人朋友來說，這輛C７不過是玩具罷了，像Pagani Zonda那種才算得上是名

17. 四百平方英尺大約等於十一坪。

車啊。」司徒瑋再補充一句。

「幽靈之子」Zonda是義大利車廠Pagani生產的頂級跑車，車價高達二千萬港幣，被譽為「超跑中的超跑」。這遠超過施仲南想像，雖然他一直知道香港是個貧富懸殊的社會，只是這刻才有實質體會。透過車窗，他看到街上有不少剛加完班、穿著廉價西裝、挽著公事包的上班族，他們紛紛對這輛雪佛蘭行注目禮，而施仲南卻坐在車廂裡，聽著司徒瑋以「玩具」來形容這輛得花掉自己四年薪水才買得起的進口名車。施仲南覺得，彷彿他上了車和外界隔絕，就比那些路人高人一等，脫離那可悲的階層，邁向人生的新階段。只是他知道自己一下車，便會打回原形，跟站在不遠處的加油站職員以及在旁邊書報攤顧攤的老頭毫無分別。

「開車咯。」

司徒瑋踩下油門，引擎傳來響亮而動聽的聲音，轟散了施仲南內心的愁緒。

汽車沿英皇道經過太古城轉上東區走廊，駛過東區海底隧道的交匯處後，施仲南便能目睹維多利亞港東部的夜景。啟德郵輪碼頭和觀塘一帶閃著象徵繁華的燈火，海上一片漆黑，但假如仔細觀察的話，會發現大大小小的船隻正緩緩地劃過海港。這一晚東區走廊的汽車不多，司徒瑋愈開愈快，而科爾維特的馬力強勁，在高速公路上加速，施仲南不止看到窗外的景色急速飛過，更從背上感到加速度帶來的壓迫感。

「從靜止加速到時速一百公里不用四秒。」司徒瑋向施仲南講解道。「可惜東區走廊限速七十公里，想享受C7的快感，還是要到北大嶼山公路，那邊可以開到一百一十。當然，要完全領會Corvette的馬力，美國的公路也不足夠，那兒頂多只能開到時速八十五英里，即是一百四十公里左右。」

「Corvette最快可以開到多少？」

「三百。」司徒瑋笑道。「只有在私人賽道才可以一嘗這極限……不，還有澳洲。澳洲有公路不限速，我開過二百。」

「我有生之年也想試一下。」

「總有機會的，呵。可惜這不是我的車，不然我可以讓你開一段，過過癮。」

因為週四晚交通順暢，不用數分鐘車子已駛到金鐘，離開高速公路轉入市區。

「嗯，今天沒塞車……稍微繞遠路吧。」司徒瑋說。

施仲南不曉得對方的意思，只見車子駛進皇后大道中，穿過林立兩旁的名店。然而，不到一分鐘他便明白司徒瑋繞遠路的用意——開著火紅色的超級跑車，在滿布歐洲奢侈品品牌的商店間遊走，引來街上那些穿得花枝招展、正往蘭桂坊夜店玩樂買醉的千金闊少的豔羨目光，恍惚之間令人產生身處巴黎或紐約曼哈頓的錯覺。

這真是貴族的玩意啊——施仲南暗忖。

車子在上環轉進荷李活道，回頭往中環駛去。施仲南以為他們的目的地是蘭桂坊，可是司徒瑋將車停在雲咸街中央廣場旁邊一棟大樓前，跟蘭桂坊一眾酒吧夜店，相距一街之遙。

「到了。」司徒瑋拔出車匙。「你可以把公事包留在車裡。」

「不，我帶著就好。」施仲南回答。

二人下車後，司徒瑋跟一位站在大樓電梯外、身材壯碩、穿黑色西裝的外國男人打招呼，對方本來緊繃的臉亦露出笑容。他將車匙交給那像棕熊一樣的外國人後，對方便恭敬地按下電梯按鈕，示意請他和施仲南進去。

「那是Egor。」司徒瑋在電梯關門後對施仲南說：「別把他當作代客泊車的小弟，他是這家私人酒吧的保安主管，能不能進去，全看他的心情。」

「這不是會員制的酒吧嗎？」施仲南問道。

「能通過Egor『審核』的，便是會員。當然男女的標準可不一樣。」

施仲南猜到司徒瑋的意思。那外國人會憑男性的派頭判斷社會地位，像施仲南這種毫無闊氣的外表，一輩子也別想獨個兒進去。相反，女生只要標致俏麗，能讓男「會員」多喝兩杯，Egor自然樂意讓她們通過。

電梯門再次打開後——電梯裡除了一樓外只有一個按鈕，施仲南猜是專用電梯——一家流曳著慢板爵士樂、燈光柔和、以木製裝潢為主調的酒吧呈現在施仲南眼前。接近電梯口有一張長長的吧檯，兩名酒保在檯後調製飲品，再往裡面則有十多張矮圓桌和高腳桌，有些圓桌旁設置單人座的沙發，高腳桌旁則放了沒椅背的高腳椅。大廳盡頭是一扇落地窗，窗外有一個陽台，透過玻璃圍欄可以看到鄰街五光十色的招牌和絡繹不絕的遊人。酒吧裡顧客不多，大約有十餘人，有的三三兩兩占著小圓桌，也有人坐在吧檯前喝悶酒。

穿西裝背心的女服務員領著司徒瑋和施仲南到角落的座位，再問二人點什麼酒。

「今天要開車，Jack & Coke就好了。」司徒瑋想也沒想便說道。

「嗯，我也是。」施仲南沒喝過Jack & Coke，只是他想這是最安全的做法——他不知道點馬丁尼會不會太做作，點啤酒又會不會太寒酸。

「這兒真是個好地方。」施仲南一邊張望一邊說。他以往去過的都是塞滿男男女女、喧鬧無比的一般酒吧，不少更轟著嘈雜的搖滾樂，或是由ＤＪ混音的電子舞曲。相反這一家酒吧不止有格調，顧客更不多，令人能放鬆心情享受杯中物。這環境不管是談公務或跟朋友小敘都合適，就連跟其他酒客搭訕也顯得輕鬆自在。

「假如上星期我們續攤，我便會帶你來這兒了。」司徒瑋說。

「司徒先生經常來？」

「也不是。有需要時便會來。」

「有需要？」

「就是——」

當司徒瑋說話時，服務生捧著兩個高身的哥連士杯來到旁邊。她將杯墊放在二人面前，再在上面放上兩杯以威士忌和可樂調成的Jack & Coke。

「是離開才結帳的嗎？」施仲南正想掏皮夾，好讓自己做一次東，可是服務生卻沒放下帳單。

「直接掛在我的帳上了。」司徒瑋笑著示意對方收回錢包。「先乾杯，預祝合作成功。」

施仲南跟對方碰杯，再啜一口酒。

「好了，你說有事找我？」司徒瑋沒拐彎抹角，直接問道。

施仲南放下酒杯，說：「我和同事阿豪——就是『用戶體驗設計師』——最近都在整理新的文件，準備下星期向您報告。」

「好啊，那有什麼問題？反正你這份報告再不濟我也會答應投資了。」

「問題是Richard他完全沒有參與。」施仲南還是不大習慣用Richard來稱呼李老闆，說話時差點咬到舌頭。

「哦？」

「他對我們提出的計畫毫無概念，只要求我像上次一樣，找一些點子令您對公司有興趣。」施仲南皺著眉說：「我認為這是個嚴重問題。Richard當初創辦GT網，嘗試用新方法搶占網路論壇的市場，跟花生討論區那些業界老字號對著幹，不論成敗，至少顯出一點氣魄。

可是現在他眼裡除了錢，什麼都沒有了。」

「是這樣嗎？」

「我認為公司目前的方向歪掉了。」施仲南嘆一口氣。「ＧＴ網員工雖少，但之前的分工尚算妥當，Richard做為老闆，致力於籌集資金，我和馬仔負責拓展技術層面，阿豪則擔當用戶的窗口。然而自從Richard參與那個ＶＣ計畫，他便盲目地將籌集資金凌駕於ＧＴ網本身的業務上，這未免本末倒置。」

「你這樣說也有道理。」

「就像目前，既然公司有機會獲得ＳＩＱ投資，Richard該親自策劃新的經營方向和發展，而不是拍拍屁股將工作丟給下屬。」

「你覺得Richard為什麼會如此決定？是單純因為他不了解你提出的方案，還是其他原因？」司徒瑋微笑著反問道。

「嗯……」施仲南欲言又止，停頓幾秒鐘後，終於立定主意，說：「他跟Joanne交往了。」

「那位秘書？」

施仲南點點頭。「辦公室戀愛不是問題，可是若然妨害工作，那就很不妙。尤其Richard是決策者，公司都由他領頭，他沉迷兒女私情就是失職。」

「這樣啊……」司徒瑋喃喃自語，拿起酒杯，一副沉思的樣子。

施仲南偷瞄著司徒瑋的表情，猜想這番話有沒有效果。李老闆的確沒有參與施仲南和阿豪的會議，不過施仲南說的只是部分事實——因為李世榮完全無法理解施仲南提出的「期貨」點子，所以選擇信任下屬，放手讓施仲南自由發揮，自己則跟進馬仔正積極開發的影片串流和手機App項目。而李老闆和Joanne的關係亦從沒曝光，他們不但沒有在辦公室裡有任何親密舉動，甚至頗為避忌，施仲南的指控不過是空穴來風。
「真令人失望。」片刻後，司徒瑋吐出一句。
施仲南聽到對方的話，暗自竊喜，心想這回計策得逞，不料司徒瑋下一句話，卻令他從天國掉進地獄。
「阿南，你令我太失望了。」
施仲南直愣愣地瞧著司徒瑋，不懂得如何反應。
「我要你當內應，好好觀察公司內部，可不是叫你打這種小報告。」司徒瑋淡然地說：「尤其目前ＳＩＱ仍未注資，你就跟我說這個，不覺得太莽撞嗎？換你是我，你會做什麼？在簡報時以投資人身分狠狠訓斥Richard，批評他領導無方，還是乾脆放棄入股？」
司徒瑋的語氣不慍不火，可是施仲南再笨也知道對方不高興。施仲南猜想這回自己可能過火了，可是第一著棋已下，就沒法子回頭，是成是敗也得繼續走下去。如今只有賭一把，調動手上的籌碼，扭轉局面。
「請您先看這個。」施仲南從公事包取出一份由六、七頁Ａ４紙構成的文件，放在司徒瑋面前。
「這是什麼？你從公司偷取的內部文件嗎？」司徒瑋的語氣帶點冰冷，說：「阿南，你別一錯再錯啊。」
「不，這是我在工餘時間寫的。」施仲南強忍著不安，竭力維持本來的聲調說：「自從上星期跟您見面後，我便花長時間研究ＳＩＱ的投資紀錄，以及網路上相關的新聞——不論是經濟版上的記事，還是部落格的小道消息，我都沒放過。」
司徒瑋表情略帶疑惑，但沒有插嘴，讓施仲南繼續說。

「我統計了ＳＩＱ最近一年的投資項目，跟網路社交服務有關的只有八項，而當中性質最接近ＧＴ網的，是這個。」施仲南翻開寫滿英文的文件，指著其中一行文字。「這個叫『Chewover』的網站。它在設計上和一般論壇差不多，但它具備獨立的貼圖、影片及音訊串流功能，網站亦會依據文章的點閱率和評分來增加貼文用戶的經驗值，經驗值高的用戶會擁有額外功能，甚至能獲得金錢回報，就像Youtube用戶可以從廣告收入分紅一樣。我認為這便是ＳＩＱ投資ＧＴ網，打算將其併合的美國網站之一。」

「之一？」

「是的，之一。」施仲南再指著文件另一處。「我留意到ＳＩＱ在注資Chewover的同時，入股了另一家不起眼的公司。這家叫『ZelebWatch』的公司經營同名的新聞網站，集中報導美國明星和上流社會名人的八卦，創立初期只是複製轉載主流娛樂雜誌消息的『內容農場』，但後來不但成立了兼備狗仔隊的編輯部，還高價向網民購買拍到名人隱私的照片或影片，規模已跟一般小報沒有分別。」

施仲南抬起頭，直視著司徒瑋雙眼說：「ＳＩＱ會將Chewover和ZelebWatch合併。」

「你從哪兒得到這個結論？」

「因為您打算讓ＳＩＱ注資ＧＴ網，那就是最好的證明。假如這兩個網站合併，性質便跟ＧＴ網有九成相似。」

「你這份文件就是用來解釋這一點？」

「不，這是ＧＴ網的前景和發展分析，以及配合剛才的假設所作出的未來五年的部署與市場戰略。」

施仲南看到司徒瑋的表情有點變化。雖然轉變只有一瞬，但他沒有錯過這帶著重大意義的提示。

「我認為，ＧＴ網會發展成一種新式的娛樂媒體，顛覆我們習以為常的媒體生態。」施仲南說：「ＧＴ網的特色在於文章會因為是否熱門而令價格浮動，假如我們將Ｇ幣視作一種可以兌換成現金的積分，那就等同於讓用戶充當八卦記者，以此謀利。Youtube便是好例子，在它出現前，『廣播』必須由大企業及政府控制，投資相當龐大，可是Youtube打破壟斷，任何人只要有一台電腦，甚至只有一支手機，也能成為Youtuber，建立自己的頻道發布影片，觀眾夠多更能藉廣告費維生。在世界各國已有不少成功的專職Youtuber，例如一位綽號PewDiePie的瑞典青年，他去年便憑他的遊戲實況頻道賺了四百萬美元，今年的金額似乎還會繼續增加。」

司徒瑋一邊聽一邊翻閱文件。

「假如我們將『電視台』換成『娛樂媒體』，那ＧＴ網的未來便顯然易見了。」施仲南口若懸河，彷彿這是他最後的表演機會。「Youtube證明了『全民皆為導演』的成功，那我們就可以推論『全民皆為狗仔隊』亦能成功。我預見的是，憑藉ＧＴ網，有用戶成立追蹤個別名人或某類型明星的頻道，取代現有的娛樂報章雜誌。過往，娛樂雜誌倚賴多人合作才能製作出版，例如有追訪跟蹤的狗仔隊、撰文和排版的編輯、負責印刷和運輸的工人，以及零售的報販，可是在科技發展下，以上種種都能由一般人完成，我們隨身攜帶的手機不輸以前的專業相機，在網路發表的文章不用特意排版印刷，電子交易令顧客可以直接付款給內容提供者。ＧＴ網會令專業狗仔隊、記者和編輯業餘化和個人化，八卦雜誌將會衰落消失。這是第一步。」

「第一步？」司徒瑋問：「即是還有第二步？」

「對，第二步便是出現新的合作模式。」施仲南點點頭，繼續說：「Youtube裡有些頻道會互相合作，不同Youtuber會到他人的影片中客串，甚至共同拍攝短片。換到ＧＴ網上，同類合作亦很可能發生，知名的頻道主──或者我該用『主編』來描述他們──會吸引其他人合作，亦有可能像ZelebWatch那樣子付錢予能提供消息、照片或影片的一般用戶。我們到時只要提供讓他們更容易合作、交流、發放新聞的工具，就能進一步增加市場占有率，提高網站的盈利。」

「你的看法蠻有意思，」司徒瑋雙眼仍放在文件上，「不過這和你向我報告Richard的事有什麼關係？」

施仲南吞下一口口水，鼓起勇氣，說出那句藏在心裡兩星期的話。

「我認為，我會比李世榮更適合擔任GT網的CEO。」

司徒瑋抬頭，表情略微訝異，但仍保持著一貫的沉穩。他仔細打量施仲南，就像第一次碰面一樣。

施仲南極力不讓自己在臉上流露半分怯懦。在大學期間，施仲南已有創業的理想，他為了走捷徑，以小博大，委身於小公司就職，期待有朝一日找到具眼光的投資者，資助自己成立心目中的企業。不過，兩個禮拜前司徒瑋到訪，施仲南偶然受一番話啟發，改變了他的目標。

香港管弦樂團的總監是荷蘭人，客席指揮來自上海，樂團首席是加拿大華人──司徒瑋在閒談中提到。

「我根本不用找投資者資助創業，只要把公司『偷』回來就行了。」這念頭當時在施仲南腦海中閃過。

與其由零打造一家新公司，不如直接將現有的企業搶奪過來。香港管弦樂團由誰創辦不要緊，重要的是現在的領導者是一個叫梵志登的荷蘭人，他主宰了樂團的風格、方針、發展，香港管弦樂團就是這個男人的靈魂的體現。

——我只要想方法除掉李世榮，吞下GT網執行長一職就成。

當這個想法浮現後，施仲南便盡全力朝這目標進發。他聽聞司徒瑋一個月後離港，於是抓緊機會到文化中心堵截對方，死纏活纏的要跟對方傾談，甚至不惜抹黑李老闆，就是為了未來的部署。

「ＳＩＱ入股ＧＴ網後，會成為大股東，司徒先生具備董事會的一切權力——」施仲南心跳加速，但他的語氣仍帶著自信，「包括撤換執行長的權力。」

司徒瑋默然不語，雙臂交疊胸前，眉頭略皺，但施仲南看得出，那臉容表達出來的不是嫌惡，而是陷入兩難的煩惱。

「阿南，你比我想像中大膽得多。」良久，司徒瑋說道。「這不是壞事，我一向覺得，做大事的人就是要夠狠，凡事拘泥只會錯失機遇……不過，你要知道，布魯圖斯最後不得好死，得到權力的是屋大維。」

「但李世榮不是凱撒，他頂多是共和國的一個地方總督而已。」

司徒瑋聽到他的回答後莞爾一笑，令二人間的氣氛緩和不少。施仲南慶幸自己有讀過凱撒被布魯圖斯行刺的古羅馬歷史，明白司徒瑋的比喻所指，也勉強對得上一個帶點睿智的回應。

「以往ＳＩＱ的投資項目裡，撤換執行長的例子不是沒有，只是很少很少，而且都是入股多年後才發生的事。」司徒瑋說：「事實上，大部分ＶＣ都不會動用這個權力，我們寧可虧損撤資，也不想在人事上插手干預。投資者運用權力不當，不但會影響該公司的士氣，亦會為ＶＣ帶來負面形象，而且無人能夠保證，由我們委任的執行長能扭轉公司的敗績，轉虧為盈。ＳＩＱ入股後，Richard沒錯會因為出售部分股權而獲得一筆為數不小的款項，但假如我們立即換走他，他一定感到被出賣，連帶你的同事們情緒被波及，萬一他另起爐灶，挖掉本來的員工，那就更不利我們的發展。ＶＣ投資的不是企業，而是企業裡的創意和人才。」

「假如我能夠穩住公司的人員呢？」

「光是那位秘書小姐，你便無法挽留吧？」司徒瑋笑道。

「Joanne不過是Richard的助理，在公司營運上可說是毫無價值，隨便請個畢業生便能取代。」施仲南認真地說：「公司裡面，真正令ＧＴ網運作的，是我、馬仔、阿豪和Thomas四人。事實上，由我領軍的話，剛才您說的問題大都能輕鬆解決，因為我不是空降的陌生執行長，而是從原有員工中起用的舊部，這不但不影響士氣，更令同事覺得您們知人善任，增加對公司的歸屬感。假如我能確保其餘三人繼續為公司效力，司徒先生您願不願意考慮我的建議？」

司徒瑋沒有回答施仲南的問題，只從桌上撿起文件，仔細閱讀，不時用手搓揉下巴，似在思考對方的提案。施仲南正襟危坐，靜候這位未來董事會成員下決定。二人不發一言足有十五分鐘，施仲南心裡忐忑，彷彿這一刻鐘比一整天還要長。不知不覺間，施仲南已把眼前的酒喝光，可是他不好意思再點一杯。

良久，司徒瑋托了托眼鏡，放下文件。

「你說你和同事正在準備下星期向我演示的簡報？」他問道。

施仲南點點頭。

「內容是什麼？」他再問。

施仲南將他硬塞進報告的方案和點子一一說明，包括那些「可轉讓的閱覽預購權」、「付費訂閱」，以及連他自己都覺得無稽的「復歸紅利」等等。司徒瑋邊聽邊笑，就像施仲南說的是笑話似的。

「好，」司徒瑋沒讓對方將所有計畫內容說完，「夠了。Richard完全沒提出異議，也實在遜了點，真不知道他當初如何想出ＧＴ網的概念。好吧，我接受你的建議……」

就像放榜得知自己名列前茅，施仲南頓時心花怒放，幾乎想站起來高聲歡呼。不過他察覺司徒瑋的話沒說完，所以沒插嘴，等對方繼續說下去。

「……但我要你接受一次考核。」

「考核？」

「你這分析內容不錯，不過這只是初稿。」司徒瑋用食指點了點桌上的文件。「我要你給我編寫一份完整報告，不止包括ＧＴ網的技術內容、發展前景，我還要有財務報表、成本核算分析、市場報告、經營計畫等等，這文件我會同時交給ＳＩＱ的行政部門檢討審視。你還要準備一次正式簡報，向我說明報告的內容。」

雖然施仲南手上沒有公司的財務資料，但他想假如他向李老闆說需要相關資料來完成報告——那份以「用Ｇ幣玩金融財技」為主軸的報告——對方一定二話不說雙手奉上。

「沒問題。那請問我這簡報何時進行？」

「就在下星期我再訪你們公司的時候。」

施仲南愣了愣。

「您、您要我到時跟李世榮攤牌？」

「不。」司徒瑋啜了一口酒，說：「我要你趁著簡報會的機會，展示自己的能力。依你所說，Richard根本對你胡扯的『Ｇ幣期貨』毫無頭緒，他九成會讓你負責簡報，那你就乾脆向我提出新的報告。先聲明，我不會放水，假如報告內容無法令我滿意我會直接批評，但相反地，如果你的報告得到我的認同，我便會直接表示你的新報告導致投資成功。之後你藉此架空Richard，發動兵變也會更順利。」

施仲南沒想到這一步，但他回心一想，這的確是最有效的策略，能同時打擊李世榮的威信和爭取同事的支持。反正李老闆老是將「令ＳＩＱ投資就行」掛在嘴邊，施仲南突然祭出私下完成的簡報又能獲投資者嘉許，就更加凸顯上司的無能。

然而，施仲南無法確定他的簡報能獲得司徒瑋青睞，稍有差池，他就得面臨腹背受敵的絕境——既失去同僚的支持，亦得不到司徒瑋的認可，李老闆更有可能察覺他懷有異心，他搞不好翌日便收到解僱信。

「我不會勉強你。」司徒瑋微笑著說：「你也不用答覆我，只要我下星期到你們公司聽簡報時，看看會聽到哪個版本，便知道你的決定了。」

「嗯……」施仲南心裡七上八落，一方面他知道終點近在眼前，另一方面他知道要達到目的便得讓自己暴露在風險之下。假如他放棄這念頭，乖乖的弄什麼「Ｇ幣財技」簡報，公司會獲得大額資金，自己的薪水和職級亦會大大提升，這有百利而無一害；但他理解到，要攆走李世榮，這是最有效、最直接的方法。若然執行這計畫，他必須抓住目前的一刻，盡力增大勝算。

「……司徒先生，您剛才沒有給我這份初稿評語，甚至沒有說我對Chewover和ZelebWatch的看法對不對。我想，您至少該告訴我的方向是否正確，這樣才公平吧？」

「嘿，你這小子跟我討價還價了。」司徒瑋嘴上責難施仲南，神態卻很輕鬆。「礙於保密協定，我不能對你說任何關於Chewover和ZelebWatch兩家企業的事情，不過你剛才說的第一步和第二步，的確符合我對ＧＴ網的未來的看法。事實上，還有第三步。」

「第三步？」

「你記得前年的波士頓馬拉松爆炸案嗎？」

施仲南點點頭。二〇一三年四月十五號下午兩點五十分，正在舉行馬拉松比賽的波士頓街頭遭受炸彈襲擊，賽道終點附近的觀眾區有兩枚土製炸彈爆炸，導致三人死亡、近二百人受傷。案發三天後聯邦調查局鎖定犯人為一對來自俄羅斯車臣、以難民庇護身分定居美國的兄弟，而在翌日的追捕過程中，兄長中槍死亡，被逮獲的弟弟聲稱是為了報復美國在伊拉克和阿富汗發動軍事行動禍及當地平民而犯案。最後犯人被判死刑。

「那你知道哪一家媒體在爆炸發生後反應最快、資訊最多最準？」司徒瑋再問。

「CNN？」

「不，是BuzzFeed。」

施仲南對這答案感到非常意外。BuzzFeed是一家紐約的網路媒體公司，於二〇〇六年成立，主力泡製網路熱門話題、輕鬆的花邊新聞及無聊的心理測驗，諸如「百大最重要貓咪照片」、「明星到星巴克點什麼飲品」和「你內心的馬鈴薯是哪一種？」等等。施仲南亦經常在網路上看到他人轉載這網站的趣聞。

「BuzzFeed不是主流媒體啊？」施仲南問。

「對，當時不是。」司徒瑋聳聳肩。「但事實就是，BuzzFeed贏了漂亮一仗，當其他老牌媒體如紐約郵報[18]還在誤傳死亡人數為十二人時，BuzzFeed已在網頁上公布了正確資訊，還附上大量現場照片和波士頓警方的聲明。他們的報導手法跟傳統媒體不同，傳統媒體會派出記者到場搜集資料採訪，但BuzzFeed用的是網路，推特、臉書、Youtube等等就是他們的資訊來源，而他們的工作就是在紐約的辦公室裡核實每條訊息和照片的真確性，相互比較，整合出現場真相。當時，紐約時報[19]一位記者還在推特感嘆道『自己居然要從BuzzFeed才找得到最新的

18. 紐約郵報（New York Post），一八〇一年創刊，現在是美國新聞集團旗下的一份小報。

消息』。」

施仲南對此一無所知，畢竟他不是美國人，沒有瀏覽外國新聞網站的習慣。

「BuzzFeed之後便不再被當成花邊新聞網站，而是一家不可小覷的新式媒體。就連總統幕僚也深明此理，今年三月，BuzzFeed的記者在白宮新聞簡報室獲編配座位，跟路透社、法新社、CBS新聞等等看齊。」司徒瑋頓了一頓，再說：「而BuzzFeed的成功，背後跟另一個網站有關。」

「另一個網站？」

「Reddit。」

Reddit是一個有十年歷史的美國網路討論區，就像台灣的批踢踢，網民可以張貼文字或連結，其他用戶便能回應及投正反票以示支持或反對該帖文。網站裡分成數十萬個稱為「Subreddit」的版面，每個Subreddit也有各自的主題和版規，例如電影、音樂、健康、科技、國際新聞、笑話等等。Reddit擁有來自世界各地的三千六百萬位註冊用戶，他們在一萬多個活躍的Subreddit中發表文章和留言，每月吸引超過二千萬人瀏覽。據估計，Reddit公司市值高達五億美元。

施仲南身為GT網的「技術總監」，自然不會沒聽過Reddit的名號，可是他只曾以遊客身分逛過幾次，讀過一些文章。他記得在GT網的靈異群組裡有人寫過「親身經歷」的鬼故事，然後另一用戶留言指內容不過是翻譯自Reddit驚悚創作版NoSleep，施仲南當時曾按下連結看過原文出處。

「爆炸發生後不用十五分鐘，Reddit的『新聞』版裡已有用戶開了相關的討論串。」司徒瑋說。「在現場的人不斷提供情報和照片，不在場的人則利用網路轉貼從其他通路收到的消息。當時有用戶將波士頓馬拉松參賽者的完成時間網頁連結上載，讓很多非本地的網民知道自己的親友躲過一劫而鬆一口氣。討論串裡的某些照片很駭人，像有斷肢的倖存者被抬離現場，但這些正正顯示了『現實』，比我們從電視看到的影片更真實。雖然沒方法證實，但所有人都相信，當時BuzzFeed的編輯們也有留意Reddit這討論串，從中獲取第一手消息。」

「所以，您說的『第三步』是……」施仲南隱約猜到司徒瑋舉出這例子的含義。

「對，我認為這就是下一波的新聞革命。」司徒瑋嘴角上揚。「GT網不會單純聚焦於八卦或娛樂新聞，而是『所有』新聞。很久以前，為了滿足民眾對新聞的渴求，報社會在傍晚印製晚報，而有突發事件時更會出版號外；當電視出現後，民眾有更直接獲得新聞的途徑，於是報章的功能逐漸改變，變成提供深入調查報導和評論，而晚報和號外亦從市面消失。網路的出現，再度為新聞媒介帶來翻天覆地的改革，正如你所說，『個人』能夠取代『企業』，我們預見的是一個『全民記者』的時代。當民眾能夠直接取得沒加修飾、整理的資訊，能目睹事件最原始最真實的一面，具權威性的報社、媒體將失去光環。你知道剛才說的爆炸案的犯人是誰嗎？」

「好像是移民到美國的一對兄弟？」

「對。但你知道他們是被誰找出來的嗎？」

施仲南搖搖頭。

「是Reddit的用戶最先從現場照片鎖定嫌犯的。」

施仲南聞言稍稍怔住。「網民找出犯人？」

19. 紐約時報（New York Times），一八五一年創刊，是影響力最大美國報章之一，跟《華爾街日報》齊名。

「聯邦調查局當然不會承認。」司徒瑋笑道：「但在局方公布通緝照片前，網路上已經有不少人在Reddit指出『兩名背著背包、分別戴著黑色和白色帽子的男人』是最可疑的人物了。透過網路，民眾跟警方的起跑線一樣，資訊和情報都接近相同，他們甚至沒有警察要面對的麻煩——網民都樂意交流、提供訊息，每個人都可以充當偵探，通過討論找出最合理的推論，而警方和FBI卻要用有限的人手去逐一查證。」

施仲南一直以為這種情節只會在電影或小說中出現。

「現代人已經忘掉『新聞』的本質了。」司徒瑋繼續說：「新聞就是讓民眾理解社會上發生的事情的手段，是滿足人們對這世界的好奇心的事物，而更重要的是，新聞是讓我們能平穩無憂地生活的武器。記者揭發政客醜聞，不是為了讓民眾多一個茶餘飯後的話題，而是教人們知道他們的權利正被侵害，他們的共同財富被某些自私黑心的傢伙挪用；報導凶案的嫌犯，就是為了讓民眾警剔和防範，彰顯公義天理。網路正正喚醒了這一代業已麻木的民眾，重新正視自己的權利、自己的義務、自己的環境。他們不會再接受填鴨式的資訊灌輸，盲目接受官方喉舌的片面之詞，變成自發參與，用自己的雙目雙耳去判斷何謂真、何謂假。」

司徒瑋搖了搖酒杯，讓溶得七七八八的冰塊發出清脆的聲音，再說：「我想你現在明白吧，這就是我認為GT網值得投資的理由。當全民皆為記者，第一手消息能在這個網站中獲取，民眾就自然樂意付款。對創投基金公司來說，這就是最理想、回報最高、最有效率的投資。」

聽過司徒瑋一席話，施仲南理解到自己的眼光還是太淺太狹隘。在他眼中欠缺營利能力的GT網，經過司徒瑋分析後，他才發現這是蘊藏巨大財富的原石。施仲南一直自命才識過人，傲視群倫，中學和大學時被孤立不過是因為同學妒賢嫉能，而他亦利用優異的畢業成績狠狠打了那些狗眼看人低的傢伙的臉；可是，在司徒瑋面前，他發現一切不過是假象——成績好不過是紙上虛榮，見識廣不過是同儕太不堪。他跟不少上班族一樣，理想遠大，終日奢望自己能登上更高的舞台，成就一番世界級的大事業；但結果大部分人卻高估自己的能力，令理想流於空談，二、三十年後變成終日自怨自艾、慨嘆時不我與的人生輸家。

在這一瞬間，施仲南心頭湧現一股久違的謙卑感。他知道眼前的這個男人是個真正非凡的人物，不是因為對方衣著得體、佩戴名錶、開高價跑車，而是因為真材實料，擁有過人的眼界和靈活的頭腦。本來施仲南巴結對方，純粹是為了篡位奪權，可是如今他發現他能從這個男人身上學到更多。

「司徒先生，您認為雲端運算對未來的網路生態有什麼影響？」

施仲南決定抓住機會，向司徒瑋請教未來的科技發展藍圖。司徒瑋也沒有保留，有問必答，二人從雲端運算談到大數據，再從穿戴式裝置聊到中國的防火長城。他們的談話內容大部分跟ＧＴ網的投資簡報無關，只是施仲南想藉此擴闊自己的眼界。

「不好意思，我要上一上洗手間。」談了差不多一個鐘頭後，施仲南敵不過尿意，於是向司徒瑋說道。

「在那邊。」司徒瑋指了指吧檯旁的角落，施仲南看到牆上掛著洗手間的指示牌。

洗手間裡空無一人，施仲南解決後，在洗臉盆洗了一把臉。他瞧著鏡中的倒影，看到脫胎換骨的自己。雖然他仍未成功篡位，但他知道這棋局已接近終盤。剛才跟司徒瑋的閒談裡，施仲南已經想到好幾個——不，好幾十個——新意念，能夠使ＧＴ網發展成劃時代的網路服務。他知道自己視野不如司徒瑋，亦缺乏一位頭腦及得上井上聰的搭檔，不可能像他們白手興家創立同位素科技與ＳＩＱ，但他深信自己會是一個超卓的副手，能在對方的指導下成就另一番事業。

想到這裡，他不由得笑了。鏡中的影子就像附和自己，展現相同的笑容。

從洗手間回到大廳，施仲南才察覺酒吧的顧客比他進來時多了不少，他太專注於跟司徒瑋的面談，對周遭的變化置若罔聞。吧檯只餘下兩、三個空位，圓桌也差不多滿座，陽台外更有幾位長外國臉孔的酒客正愉快地邊聊邊抽雪茄。當他經過一張高腳桌時，一位穿黑色洋裝的妙齡女郎恰好跟掃視周圍的他四目交接。雖然二人相視不到一秒便別過眼，但這位年輕的女性讓施仲南留下深刻印象——她令他想起某位日本少女偶像，柳眉杏眼瓜子臉，加上朱唇微翹，足有八分相似，就是她的一頭長直髮跟那位少女偶像的波浪鬈並不相像。她穿著一襲黑色圓領露肩的連身裙，裙襬及膝，沒暴露太多肌膚卻流露出一份性感，跟她的娃娃臉有著強烈反差。坐在她旁邊的是一位年約二十餘歲的短髮女生，這位女性相貌亦算出眾，但即使她穿上低胸V領粉色貼身短裙、臉上抹上最流行的韓式美妝，也無法彌補她和同伴之間外表上的差距。

「我看你酒杯已空，順便替你再點了一杯。」施仲南回到座位時，服務生剛好放下兩杯新的Jack & Coke，舊的杯子和杯墊已被拿走。

「謝謝。」施仲南笑著道謝，但他的心思仍在剛才對上眼的女生身上，不自覺地偷瞥了後方一眼。

「認識的人嗎？」司徒瑋問。

「啊，不，不，只是覺得有點像日本明星而已。」施仲南連忙打醒精神，他不想再給司徒瑋留下壞印象。

「哪一個？黑色的還是粉紅色的？」

「黑色的。」

「哦。」司徒瑋嘴角微微上揚，彷彿看穿施仲南的心事。「原來你喜歡這種型。」

「嗯……也是啦。」施仲南啜了一口酒，掩飾自己的尷尬。他不知道這對話的方向會否導致另一個危機。

「去搭訕啊。」

施仲南差點嗆到，他沒想到司徒瑋會說出這種輕浮的話──他不由得思考，這會不會是對方要自己完成的另一個「考驗」。

「阿南，放輕鬆一點。」司徒瑋笑著說：「今天就別一直談公事吧，難得來到酒吧，應該鬆弛一下神經，談談風花雪月，找點樂子……」

「貿然搭訕，只會被打槍吧。」施仲南婉拒道。被打槍事小，讓司徒瑋看到自己出糗事大。

「十個到酒吧的女人，九個想被搭訕。」司徒瑋賊笑一下。「尤其坐在吧檯或高腳桌前的，這是歡迎搭訕的訊號，因為男人可以輕鬆接近，站在旁邊打開話匣子。依我看，那兩個女的一晚便能得手。」

「司徒先生，我不是您，女生不會對我有興趣。」施仲南苦笑道。施仲南不是沒試過在酒吧把妹，只是當年遭到奚落，留下相當不快的回憶，自此他決定不再在酒吧搭訕。

「放屁。」司徒瑋斬釘截鐵地說。「這跟身分財富外貌無關，你沒半點自信，當然會失敗。」

「好吧，那我先請她們喝酒……」

「天哪，你真的不行。」司徒瑋制止了正想揚手呼喚服務生的施仲南，再說：「你知道在酒吧請女生喝酒是什麼意思？那等於說『我沒有女人緣，想用一杯酒換妳跟我聊五分鐘』。」

「我以為那是最正常的酒吧搭訕方式。」

「算了，跟我來。」司徒瑋一副啼笑皆非的樣子，拈起酒杯從座位站起來。雖然施仲南感到意外，但他也沒有多想，伸手拿起自己的杯子，緊隨其後。

「打擾兩位一下。」司徒瑋走到那兩位女生桌旁，無視她們略微詫異的目光，說：「我從紐約來，對香港不太熟悉，但我這位同事信誓旦旦的說他在雜誌看過妳們的照片。我才不相信在這個七百萬人的城市裡這麼容易碰上名人，於是跟他打了個賭——請恕我冒昧問一句，妳們是不是模特兒或電影明星？」

「當然不是啦，你的同事太過獎了。」兩個女生被司徒瑋的問題逗樂，笑不攏嘴。

「看，Charles，你欠我一頓飯。」司徒瑋回過頭，向施仲南邊說邊打眼色。「妳們有不錯的餐廳可以介紹給我嗎？價格再高也無所謂，因為買單的是這傢伙。我不指定地點的話，他九成會帶我到三流餐館，然後騙我說是隱世名店。」

施仲南沒想到，司徒瑋短短幾句便順利跟這兩個女生攀談起來，對方亦很熱絡地介紹中區的法式餐廳和日本料亭。他留意到司徒瑋不經意地將酒杯放在桌上，聊著聊著更自然地坐在短髮女生旁的空位上。這顛覆了施仲南一貫的想法，他以為在夜店把妹一定要講派頭、請喝酒，相反司徒瑋毫不造作的態度更易勾起女生的興趣。

「對了，我叫Wade，這是Charles。」談了約五分鐘，司徒瑋對兩位女生自我介紹說。施仲南不知道司徒瑋有「Wade」這個洋名，猜想也許就像他的「Charles」一樣，純粹是按場合使用。

「我是Talya，拼法是T-A-L-Y-A而不是T-A-L-I-A。」短髮的女生說，再指了身旁的黑衣美女，「她是Zoe。」

「真巧，我在美國有一位同事也叫Talya。她父親是英國人，但母親來自一個家道顯赫的猶太家族，所以父母替她取一個猶太名字……」司徒瑋頓了頓，凝視著Talya說：「妳不會一樣是來自什麼名門望族吧？」

「不是啦。」司徒瑋哄得Talya咯咯笑，連Zoe也展現如花笑靨。「Wade你在美國從事什麼職業？」

「跟網路相關的。」司徒瑋輕描淡寫地說。「Charles跟我一樣，不過他在香港工作，是很厲害的技術總監。」

施仲南察覺到Talya和Zoe對「技術總監」這四個字有反應，她們看自己的眼神跟之前迥然不同——在之前幾分鐘的談話裡，女生們只注視著風度翩翩、談吐幽默的司徒瑋，施仲南完全沒插話的餘地，恍如透明人一樣。

「不過是家小公司罷了。」施仲南擠出一個笑容，對他看中的美女說道。他不知道這是司徒瑋做球給他，特意強調他的「技術總監」虛銜，抑或是司徒瑋的慣常伎倆，轉移視線刻意隱瞞自己的身分——畢竟「價值數十億美元的企業創辦人」的名堂太誇張，既可能會嚇跑女生，亦可能被見錢眼開的淘金女糾纏不休。

接下來的一個鐘頭，施仲南領略到在其他女生身上得不到的滿足感。雖然他們四人之間的閒聊不過是一堆沒營養的屁話，包括哪一家夜店較好玩、遇過什麼名人八卦、哪家餐廳好吃，以及司徒瑋順口胡謅的美國笑話，但令施仲南感到滿足的是女生們對這些廢話的態度——他很清楚自己說的話一點都不有趣，女生們就是亮出一副很感興趣的樣子，附和著他一起訕笑，眼神裡淨是豔羨。施仲南想，假如只有他自己一人，大概聊不到十分鐘便冷場，然而司徒瑋很懂得接話題，就像是天生的搭訕高手，令氣氛十分融洽，彷彿是認識已久的老朋友的聚會。

「我知道一個滿準的心理測驗，妳們要不要玩玩看？」

每當話題稍冷，司徒瑋便會祭出類似的話，令女生們再度投入。他說話時焦點都放在

「不是名門望族」的Talya身上，施仲南自然沒錯過機會，努力向被冷落的Zoe獻殷勤。

「選藍色的話，代表妳在朋友圈子裡其實不太受歡迎。」在某個選顏色的心理測驗中，司徒瑋對選藍色的Zoe說。

「藍色也分深藍和淺藍，我猜妳選的其實是接近白色的淺藍吧。」施仲南替對方打圓場道。司徒瑋在之前說選白色的Talya擅長交際。

Zoe被施仲南逗笑，可是二人之間的對話並不熱絡。談笑間，施仲南對Zoe的印象愈來愈好，除了外貌正合他的喜好外，個性隨和，談吐亦很溫文有禮。他少有地動真情，躊躇著是否展開攻勢，打動佳人芳心。

「啊，我要再點一杯。」Talya喝光了面前的酒。她向服務生揮手，可是十一點後顧客不少，服務生應接不暇。

「我直接跟酒保點。」Zoe離座說道。施仲南看到她面前的酒杯也空了。

吧檯前站滿酒客，Zoe擠進去，可是身材嬌小的她引不起酒保的注意。施仲南猶豫著該不該上前幫忙，司徒瑋卻已離座走到對方身邊，跟酒保說話。不久，Zoe捧著兩杯蜜露綠色的瑪格麗特跟司徒瑋回座。

施仲南為自己的遲疑深深後悔。Zoe和司徒瑋回座後，四人的座位改變了，本來坐在施仲南和Talya之間的司徒瑋，如今坐在兩名女生之間——Zoe似乎在吧檯對司徒瑋留下良好印象。司徒瑋的焦點亦從Talya轉到Zoe身上，而Talya因為換位坐到施仲南身旁，主動跟他說悄悄話。

「你是技術總監，有見過賈伯斯或蓋茨嗎？」

在這之後，施仲南感到一切都變了調。表面上四人間的氣氛依舊熱絡，但Zoe不時跟司徒瑋眉來眼去，發出銀鈴般的笑聲，而Talya身子靠近施仲南，讓他瞄到V領下的乳溝。施仲南保持著之前的友善態度，可是心裡感到不是味兒。

「我差不多要回家了。」十二點五十分左右，Zoe說。

「時候還早啊。」施仲南說道，期望能有更多的時間跟對方拉關係。

「Zoe她住得遠，回到家已經兩點啦。」Talya插嘴道。

「住哪兒？」司徒瑋問。

「元朗。」

「我開車送妳吧。」

「謝謝。」

Zoe連想也沒想便答應，臉上更泛起紅暈。施仲南看在眼裡，了解到事情已無可挽回。要怪就怪自己沒有當機立斷。

司徒瑋站起身，向服務生打了個手勢，對方見狀點點頭，按了一下夾在衣領的麥克風，口中唸唸有詞。施仲南猜那不是要結帳——畢竟司徒瑋是熟客，帳款大概直接從信用卡扣除——而是讓服務生通知Egor，請他叫泊車小弟開司徒瑋的車到門口。

Talya和Zoe往電梯走過去，施仲南正想跟著，卻被司徒瑋叫住。

「你忘了公事包。」

施仲南這時才記起放在矮圓桌旁的公事包，連忙回去拿起。

「啊，謝謝。」

「不甘心嗎？」冷不防地，司徒瑋問道。

「什麼？」

「我搶了你的心頭好。』司徒瑋朝電梯前兩個女生的方向努努下巴。

「沒關係，司徒先生您喜歡Zoe的話，我當然——」

「不，我不特別喜歡。」司徒瑋聳聳肩。「我只是想讓你知道單有野心並不足夠，還要用對方法，才能達到目的。」

施仲南怔住，半晌說不出話來。

「你以為我為什麼一開始要冷落Zoe，胡扯什麼心理測驗說她不受歡迎？就是為了操弄她的情緒，之後攻破對方的心防。擺佈人心不單單能用於把妹，商戰環境中它亦是關鍵武器，假如你想取代Richard成為執行長就要懂得箇中道理。在酒吧裡失手，頂多只是錯過一個床伴，但在商場中被反將一軍，賠掉的可能是你多年辛苦建立的事業。」

「明、明白了。」施仲南料想不到這也是司徒瑋的「考驗」之一，為自己的失策感到懊悔。他不是不懂擺佈人心的伎倆，只是一來不敢班門弄斧，二來不知道他的方法在Zoe身上是否適用。

「你也不用繃太緊。」司徒瑋換回輕鬆的語調，說：「Talya身材滿辣的，你今晚便將就一點用一下吧。」

「『用一下』？」施仲南直愣愣地瞧著司徒瑋。

「打包帶回家啊。她挺中意你，你不是看不出來吧？」

「她們不是這種玩咖吧？」

「我之前不是說過一晚搞定她們嗎？」司徒瑋嘴角微揚。「我不管你，但我肯定Zoe今晚不會回家了。」

在電梯裡施仲南內心忐忑，縱使他只跟Zoe認識不到三個鐘頭，他不相信她會如此輕易跟認識一晚的陌生男人上床。他認為將Zoe跟他以往遇過的女生相提並論是一種侮辱。

可是，當他走到街上時，他知道自己錯了。

「這是你的車？」Zoe和Talya對著司徒瑋的雪佛蘭科爾維特目瞪口呆，走到車旁不住打量，就像看到糖果的小孩一樣。施仲南從Zoe的表情看出，他的女神也不過是凡夫俗子，會在金錢和名譽地位前屈服，甘願付出身體來換取虛榮。

對，這才是理所當然的現實啊——施仲南一邊暗想，一邊為自己方才的天真想法而苦笑。

司徒瑋從Egor手上接過車匙，對施仲南說：「對了，你之前問我是不是經常來這酒吧……」

施仲南想起被打斷的那一席話。當時司徒瑋說「有需要便會來」。

「……這也是『需要』之一。」司徒瑋打了個眼色，用拇指指了指貼在擋風玻璃前欣賞車廂內部的Zoe。

施仲南眼睜睜地看著司徒瑋替Zoe打開車門，再回到駕駛座的一邊上車。

「不好意思，只有兩個座位。」司徒瑋透過車窗說：「Charles，下星期見。」

目睹火紅色的跑車遠去，施仲南百感交集。他立誓將來要出人頭地，要成為載著美女丟下他人的大人物，而不是被丟下的遜咖。

「我們接下來要續攤嗎？」

Talya問道。施仲南看到對方臉色紅潤，走路略微搖晃，說話雖然清楚，但看來已有七分醉意。她在那杯瑪格麗特之後，再喝了一杯長島冰茶和一杯內格羅尼。

不吃白不吃——施仲南想到。Talya不是他喜歡的類型，但他出於報復心態，決定依司徒瑋所言，今晚「用一下」這大胸女。

「我家有酒，到我家喝吧。」施仲南說。

「好，你的車呢？」
「我……沒開車。」
「哎。」Talya皺一下眉，但隨即展露笑容。「沒關係，那我們坐計程車。Taxi！」
Tayla站在路邊揮手，可是街上根本沒有計程車，施仲南懷疑她比自己想像中更醉。
「喂，Charles，你開什麼車？」
施仲南沒想到她會再問相同的問題，感到有點厭煩。
「我就說我沒開車。」
「我知道你今天沒開車，我是問你平時開什麼車啊。」
「我沒車。」
施仲南衝口而出說出這句後，他從Talya的反應看到，自己說錯話了。
「你沒車？」Talya一臉訝異。「你的美國同事Wade也開那種跑車了，你身為技術總監至少有一、兩台賓士吧？」
「美國同事？我們不在同一家公司工作，我們是……合作夥伴。」本來施仲南可以撒謊，但他心裡有氣，於是乘著酒意直話直說。
「你不是跨國科技企業的技術總監嗎？」
施仲南恍然大悟。他猜Talya一定誤會了他的工作——司徒瑋用「同事」稱呼他，所以Talya才會以為施仲南一樣在美國公司擔任技術總監，調來香港分公司辦事。
「是香港本地的公司。」
「老天，你說『小公司』時我以為你只是謙虛！」Talya一臉不可置信的樣子，大聲質問道：「你的公司到底有多大？你有多少部下？」

「六人。」

「你只有六個下屬！」Talya板著臉高聲嚷道。「你不過是個小小的部門主管！」

「不，我的公司只有六個人，我只有一個部下。」

Talya直眉瞪眼，彷彿發現施仲南是騙子似的。

「混蛋！幸好老娘警覺性高，不然就被你騙上床了！」Talya無視街上的人圍觀，指著施仲南鼻子罵道。

「臭婊子，我才對妳這種老太婆沒有興趣！」眼看對方大庭廣眾下撕破臉皮，施仲南不甘示弱，狠狠還擊。

「死窮鬼，不會照鏡也懂撒泡尿瞧瞧自己吧！你沒錢誰鳥你！」

「妳這種貨色就算倒貼老子也不稀罕！」

然而這場罵戰不到半分鐘便完場。一輛計程車駛過，Talya揮手截停，上車後再向施仲南撇下兩句髒話便揚長而去。

「他媽的。」施仲南沿著蘭桂坊向皇后大道中走去。路上滿是買醉的酒客、獵豔的玩家、性感的女郎，眾人臉上掛著不同含義的笑容，就只有施仲南一人擺臭臉。

「待我他日飛黃騰達，這女人又會像條發情的母狗對我豎起屁股……」施仲南忿忿不平地想。當他走到位於戲院里的地鐵站入口時，才發現禍不單行，尾班車已開，車站職員正在拉上閘門。

他一屁股坐在入口的階級上，心裡憋著一口悶氣，好想盡情發洩。

可是他漸漸冷靜下來。

他從公事包拿出之前給司徒瑋過目的文件，想到這才是他目前最著緊的事。被橫刀奪愛，被當眾奚落，不過是等閒事。

他把文件塞回公事包，眼角瞄到放在角落的手機。他順手將它取出，打開看了看。

「居然沒半條訊息……」他暗忖。他在通訊錄名單中點了一下，按下一串文字送出，心想現在凌晨一點多，但對方應該還未睡。

他將手機塞進口袋，從戲院里步往畢打街，站在路邊等候計程車。不一會，一輛車頂燈號亮著的空計程車駛近，他揮手後，車子在他跟前停下。

「鑽石山龍蟠街。」甫坐上車子他便說道。司機冷漠地點點頭，默默地按下碼錶按鈕。計程車出發後，施仲南掏出手機，看了螢幕一眼，發現之前送出的訊息顯示為已讀，可是沒有回應。直到車子駛進海底隧道，手機依然沉默，他感到有點奇怪。他曾經吩咐過對方，看到他的訊息後必須回應。

在等待期間，他想起阿豪下午說的屁話。

——「我呸，我又沒有戀童癖，那麼幼齒我才吃不下，更何況你妹又不是特別漂亮……」

沒來由地，施仲南心底泛起一絲不安的預感。

2

杜紫渝睜開眼，映進眼簾的依舊是沉默的白色天花板。她往左瞄了瞄床頭的鬧鐘，短針落在八與九之間。微風拂起粉藍色的窗帘，早晨柔和的陽光伴隨著窗帘的起伏或強或弱地照在杜紫渝的小腿上。

真平靜啊——杜紫渝想。

由於暑假已開始，杜紫渝沒有調鬧鐘，讓自己睡到自然醒。事實上，平日清晨六點總有鴿子飛到房間的冷氣機平台外休憩，所以往往鬧鈴未響，杜紫渝已被鳥兒的鳴叫吵醒。今天鴿子們卻像了解她的心情似的，難得地沒有打擾她安眠。

「安眠」，真是久違的名詞啊──杜紫渝再想。

過去兩個月，杜紫渝幾近精神崩潰。她完全沒料到區雅雯會自殺。

那天當她寄出最後一封匿名信後，久久沒收到對方的回覆，她便以為自己「勝利」了。她當時猜想，區雅雯一定是消極地刪去了郵件，眼不見為淨，像鴕鳥般將頭顱埋在沙子裡，以為這樣便可以逃避現實。她要區雅雯知道，凡事皆有因果，上天會假借凡人之手，去令惡人受到教訓。

只是她沒想到區雅雯那時候已不在人世。

杜紫渝在網路上在看到區雅雯自殺的新聞的瞬間，腦袋空白一片。她以為死者不過是同名同姓的傢伙，又或是弄錯了什麼，可是再三讀過那則短短的消息後，她猛然察覺自己的所作所為。區雅雯是在讀過她的信後自殺的。縱使她沒有親手將對方推出窗口，但她也感到這份罪責的重量。

──我殺了人。

那一刻，杜紫渝心裡冒起兩把互相對抗的聲音。

──「那不是妳的責任，妳又沒有用槍指著她逼她跳樓。」

──「妳別自欺欺人，妳在信中叫她去死，她便真的去死了。」

杜紫渝不斷為區雅雯的死訊找藉口，可是那把名為「理智」的聲音逐漸壓下其他的情緒，不斷重複著相同的指控──

「妳殺了人。」

當杜紫渝回過神時，她已在洗手間抱著馬桶嘔吐。

她從不知道人命如此沉重。

那天父親也像今天一樣，北上出差，偌大的家裡只有杜紫渝一人。杜紫渝家住九龍城廣播道，是九龍屈指可數的高尚住宅區。廣播道全長約一公里，起點始於聯合道和竹園道交界，但由於它是一條環狀道路，就像銜尾蛇一樣，廣播道的終點接在起點旁，在筆架山山麓上畫出一個心形的區域，區內還有兩條貫穿南北的道路馬可尼道和范信達道。它曾是香港各家電視台與電台總部所在之地——就連那兩條道路亦以外國的無線電發明家命名[20]——但隨著這些機構陸續遷出，如今這社區只餘下香港電台和商業電台兩家企業，以及大量價值不菲的豪華寓所。杜家住在一棟每層僅有兩個單位的住宅大廈的十樓，家裡只有父女二人，可是房子卻有千餘平方尺，客廳連接著向東的陽台，主人房附有獨立衛浴，在香港這是不少上班族夢寐以求的生活環境。

不過，就在區雅雯自殺那天，這沒半點生氣的房子只令杜紫渝更感到窒息。即使她將家中所有電燈打開，再打開電視機和音響，她仍改變不了一個事實——這個家裡，只有她一個人。在她最慌張、最焦慮的一刻，她連個傾吐的對象也沒有。以前家裡尚有一位叫Rosalie的菲律賓女傭，在杜家工作多年，杜紫渝當她半個家人，可是去年五月父親解僱Rosalie，改為聘用鐘點女傭，杜紫渝就更覺孤獨。

那天晚上，杜紫渝按捺著惶恐不安的情緒，以顫抖的手指傳送訊息給她唯一可以信任的人。她的「兄長」。

「那女的死了！！！」

「咔嚓。」玄關傳來的開門聲打斷了杜紫渝的回憶。每天早上九點，姓黃的鐘點女傭都會來打掃，黃昏六點會再來一趟，替杜氏父女煮晚餐。在杜紫渝不用上學的日子，她更會烹調簡單的料理讓杜紫渝中午吃。然而，杜家的早餐則不在這個女傭的工作範疇之內，每天早上，杜紫渝習慣隨便吃個麵包充飢，而父親更是提早出門，在上班之前光顧餐廳。

曾幾何時，杜家的早晨有過不同的風景。

早餐曾是杜紫渝每天最期待的時刻——菲傭Rosalie在廚房忙碌地煮早餐，父親邊喝咖啡邊看電視新聞，母親則挑三揀四地嫌女傭煮的太陽蛋不夠好。即便這不是什麼和樂融洽的模樣，杜紫渝覺得，這至少是父母跟自己難得同桌共聚的機會。杜紫渝的父親經常出差和加班，晚上難得見一面，而母親以前就經常不在家——結果六年前，她留下簡單的字條，說自己要跟這個沉悶的丈夫訣別，便再沒回過家了。

杜紫渝的父親是一位工程師，畢業後一直在同一家頗具規模的建築公司工作，至今已晉升至行政人員，薪水相當可觀，廣播道的豪宅更是他在樓市低潮時購入，帳面上獲利甚豐。不過，就如妻子的留書所指，他的個性木訥少言，多年來只重視事業，活像個工作狂。他年近五十才成婚，杜紫渝暗中猜想，母親跟父親一起也許只是覬覦他的財富，結果發現金錢無法帶給她生活上的刺激，最後還是離開這悶蛋，在其他男人的懷抱中尋求不切實際的幸福。

不過，最令杜紫渝感到不可思議的是母親離家後，父親幾乎沒有任何反應。

父親沒有表現出任何情緒波動，仍舊有規律地上班下班，生活一切如常。杜紫渝猜，也許對這個男人而言，妻子或家人通通不重要。幾年前離世的姑母對她說過，父親根本沒有興趣

20. 馬可尼道（Marconi Road）以義大利諾貝爾物理學得主古列爾莫．馬可尼（Guglielmo Marconi）命名，而范信達道（Fessenden Road）則因紀念加拿大發明家范信達（Reginald Aubrey Fessenden）而命名，他於一九〇六年作出人類歷史上第一次無線廣播。

結婚，只是來者不拒地接受了母親的追求。

也因此，杜紫渝對這個男人的感情相當複雜。她一方面感受不到家庭溫暖，只覺得自己不過是跟父親分享同一個住所的同居人，另一方面她亦很感激對方，畢竟父親提供了溫飽、照顧她的日常需要。在物質生活上，杜紫渝比不少人豐足，但心靈上卻遠比他人貧乏。

每次她在街上看到父母帶著孩子，一家團欒的模樣，便不禁幻想自己若然生在平凡家庭裡，個性會有什麼轉變，遭遇有否不同。

「早安。」起床梳洗過後，杜紫渝到廚房斟水喝。正在清潔抽油煙機的鐘點女傭看到她便主動打招呼。

「早安。」

「要吃新鮮麵包嗎？」女傭指了指桌上一個膠袋。

「不用了，昨天的還沒吃完。」杜紫渝邊說邊從冰箱取出一個裸麥核桃麵包，再放進微波爐稍微熱一下。

女傭微微一笑，眼神頗有嘉獎之意，彷彿對杜紫渝的節儉很是欣賞。可是，杜紫渝這樣做並不是基於什麼好教養，她只是不願意多花父親一塊錢——她不想自己變成像母親一樣的女人。

隨著年紀愈長，杜紫渝愈對自己的外貌感到害怕。每天在鏡子裡，她看到自己的樣子一天比一天更像母親。杜紫渝的母親是位美女，三十多歲時仍經常在街上被當成大學生搭訕，笑起來臉上的小酒渦更讓人心生好感。杜紫渝不止繼承了母親的梨渦，還遺傳了一雙桃花眼，縱使她不想承認，自己有著跟母親相同的美貌。因為「水性楊花」的母親只為他人帶來不幸，所以杜紫渝對自己的外表深感嫌惡，為了遮掩這些特徵，她刻意戴上跟臉型不相襯的方框眼鏡，又刻意磨平自己的感情，平日鮮少露出笑容。

「我說，妳這年紀的女孩子就該打扮一下嘛。漂亮又沒有罪。」兄長曾如此勸告過她。對杜紫渝來說，兄長是唯一的心靈支柱。

拿著麵包和杯子，杜紫渝回到臥房。她習慣躲在自己的房間裡，畢竟空蕩蕩的客廳只會讓她更覺孤單。事實上，她的房間比不少低收入家庭的房子還要寬敞，除了臥床、衣櫥、書桌等傢俱外，還放了一張躺椅和一台小几桌，讓她平時舒適地閱讀喜愛的小說。她將杯子放在書桌上，再順手將一旁的小說放回書架。昨天她又取出這本已讀過好幾遍的日本翻譯小說，稍微重溫結局。她會這樣做，是因為她的閱讀部落格中難得有訪客留言。

版主大大您好！我最近才有幸讀完這部作品，感到十分震撼，想看看其他讀者的感想，結果找到版主大大您的部落格了。讀罷您的文章，忍不住冒昧回應一下：您的感想文寫得太好啦！完全說出我的心聲。兩位主角的關係眞是悲哀，尤其結局更教我掉淚。不過我實在無法接受作者要男主角最後自殺的安排，假如說他跟女主角是秘密戀人，我還覺得合理，但他們就不像是啊？爲什麼他連性命都不要，願意爲女主角犧牲？是贖罪？但他根本沒有罪責嘛？期望版主解惑，指點一下。謝謝！

小芳　於　2015/06/30 20:13

留言談及的，是東野圭吾的某本著名作品。杜紫渝不特別喜歡東野圭吾，但這部小說卻是她至愛之一，所以她在部落格的心得文也寫得比較仔細。她的文章是去年春天放上網路的，結果事隔一年多，才有第一篇回應。杜紫渝的部落格一向沒有什麼人氣，畢竟香港閱讀人口不多，她從網站統計得知，點閱的有不少是台灣人——杜紫渝從ＩＰ位址紀錄知道，這位「小芳」也是台灣讀者。

自從昨天讀到這留言，杜紫渝便開始思考如何解答。她想跟小芳說明主角之間的不是「男女間的愛情」，而是昇華至另一層次的感情，可是她又覺得這很難三言兩語用文字解釋清楚。杜紫渝在某些事情上很龜毛，她無法容忍自己隨便敷衍作答，覺得既然有知音人，就得好好溝通。

在咬著麵包、目光掃過書架的這一刻，杜紫渝對自己平靜的心情感到有點訝異。她覺得這幾天自己好像脫了一層皮，將煩惱和痛苦一股腦兒丟掉，迎來煥然一新的靈魂。也許這是因為時間沖淡了一切，也許這是因為暑假到臨令她不用每天看到區雅雯在教室中空置的座位，也許這是因為部落格微不足道的留言轉移了她的視線，不過她猜，最大的原因在於她親手燒掉了區雅雯的一頁遺書。

遺書的出現令她方寸大亂，在眾人面前，她只能裝出平常的樣子，冷靜地思考應付方法。她至今仍對自己急中生智感到慶幸，全靠兄長不時鼓勵，她才能化險為夷，沒讓區雅雯遺書中最重要的一頁曝光——雖然她沒看過內容，但她想那一頁上很可能寫上了自己的名字。

杜紫渝曾在書本讀過，人類在文明發展過程中，會利用外在的儀式來引發內在的改變。原始部落的祭禮、古老的宗教儀式等等，都是基於相同理由，人是要「進行某個動作」，才會真正覺得「思想上有某個變化」，比如群族中的地位升遷，或是獲得神明的眷佑。杜紫渝想，或者「焚毀遺書」正好是她除罪的洗禮。

前天晚上她跟兄長見面時，兄長還稱讚她終於解放了自己。她很清楚，區雅雯也是兄長心裡的一根刺，只是他沒有表現出來，免得她失去僅有的心靈避風港。

「我不就跟妳說過，妳要學得自私一點，臉皮厚一點嗎？」兄長曾對她說。「這個社會很殘酷，示弱的人只會遭到無情的打擊。那個姓區的絕對不是因為妳做了什麼才會死，假如被人罵兩句便跳樓，那我們每天大概會看到成千上萬個自殺者了。她會死，是因為她不夠堅強，是因為她寧願選擇死亡去逃避承受這個荒謬社會的壓力。」

縱使這說法像歪理，杜紫渝還是好幾次因為這些鬼話獲得丁點救贖。

伸手拿起水杯時，杜紫渝差點不小心將水濺到昨天收到的成績單上。這次期末考她的成績退步了，名次從第十三名掉到第十七名——這是理所當然的事，因為考試期間她都無法集中精神溫習。杜紫渝對這成績感到失望，不過她已不像以前執著於學業成績優劣。直至去年她都名列前茅，即使父母從沒施加壓力，她卻一直逼自己努力唸書拿高分數——從小她便有一種錯覺，認為學業優秀，父母便會關心自己。當母親離家出走後，唸小學的她更一度以為只要拿到第一名母親便會回家。縱使後來她知道這不過是一廂情願的妄想，她仍無法放開力爭名次的念頭，而她不知道這壓力正蠶食著她的心靈，逼得她透不過氣。

令她改變想法、放開懷抱不再執著於名次的，也是兄長。

想通以後，杜紫渝也有點慶幸，她不像其他同齡的學生需要為如何向父母交代煩惱。杜紫渝的父親對她的成績置若罔聞，考得好固然沒有獎勵，考得差亦沒有任何責備。他這次出差已兩天，連一通電話也沒打回家過。

「嗶。」就在杜紫渝想起父親沒致電時，她的手機傳來一聲鈴聲。她打開一看，發現剛收到一則學校系統發出的簡訊。

以諾中學圖書館提醒您，您的借書《１３．６７》將於三天後到期，如欲查詢或續借請使用線上系統：http://www.enochss.edu.hk/lib/q?s=71926

杜紫渝對這封簡訊感到不解。學校圖書館暑假期間不開放，系統理應不會發出通知，而且她很清楚自己沒有未歸還的書本。更重要的是，縱使這訊息和平時收到的沒兩樣，書名一欄卻變成亂碼，她不由得猜想是不是出了什麼問題。她按下連結，手機彈出瀏覽器，頁面載入了好一陣子還沒有完成，等了約二十秒，瀏覽器亮出的卻是以諾中學網站的首頁。

「學校聘請的資訊公司正在維修系統嗎？」看著網頁上學校的校章和校門照片時，杜紫渝心想。她聽說學校因為電腦出問題，差點來不及發出成績單，老師們費了不少工夫才將全校所有同學的各科分數重新輸入。

杜紫渝點進圖書館的頁面，登入帳號後，確認借書紀錄中項目數字為零。為了知道有沒有其他同學收到類似的簡訊，她點進了討論區。學校網站的討論區裡有圖書館的版面，不過一向冷清。

標題：【借書】收到亂碼的還書通知？

剛點進版面，杜紫渝便看到這篇新文章。發表時間在昨晚，留言有四篇，內容都是說收到莫名其妙的還書簡訊。看到其他人也遇上相同情況，杜紫渝便不再在意。她準備關上手機，趁早上到鄰近的樂富廣場的書店買幾本新書時，卻因為慣性地點了「回到文章列表」的連結而令她看到意外的文字。

標題：【閒聊】昨天發生的事

雖然標題沒有寫明是什麼事件，但杜紫渝胸口一揪，稍稍感到不妙。她緊張地點開文章。

討論區：圖書館
張貼者：WongKwongTak2（火腿德）
標題：【閒聊】昨天發生的事
時間：2015年6月30日　21:14:13
聽說昨天中午在圖書館有過小騷動，好像跟3B班「那件事」有關的，有沒有人知道詳情？

首篇文章沒有什麼內容，杜紫渝猜純粹是一個八卦的同學聽到風聲，所以白目地開串發問。一般來說這種離題的帖文很快會被管理員刪掉，不過不知道是系統正在維護無法刪文，還是管理員和老師都剛好沒空上線，這新帖不但保留在討論區當眼的位置，更有不少同學七嘴八舌地回應。

——如果是和「那件事」有關的話，就不能提吧？
——火腿德又是你！XD
——同學們有知情權啊！老師要自欺欺人多久？
——樓上不怕被點名嗎？暑假一樣可以抓你回校輔導喔～
——支持言論自由！（不要抓我！）
——管理員還沒刪文，真是天大奇蹟。

和班級討論區不同，個別班級討論區的管理員由班長兼任，圖書館版面的管理卻由助教負責，比起整天窩在網路上打屁的學生們，成年人並不熱中於處理這些版務工作，管理上較懈怠。杜紫渝迅速掃過這些沒營養的對話，心想自己似乎想太多之際，卻在頁底看到長長的一篇留言——令她感到不安的留言。

張貼者：LamKamHon（阿漢社長）
標題：Re：【閒聊】昨天發生的事
時間：2015年7月1日　01:00:48

我當時在場。昨天中午我和棋藝社的同學到圖書館印暑期活動的單張，目睹了整件事。來龍去脈我不大清楚，但似乎是「那位學妹」的家人在圖書館發現遺書了。我瞄了一眼，沒看完全部內容，但好像不是什麼好話，大概是抱怨某位同學對她不好之類，至於她是不是以死控訴我就不胡亂推測了。

我不是想反抗校長老師的指示，只是覺得既然那是事實（我親眼看到的事實），我說出來也沒有什麼錯，任由謠言醞釀發酵只會更糟。假如袁老師能開誠布公，跟同學說出真相就更好。

不過我猜這串很快便會被刪吧。

杜紫渝倒抽一口涼氣。她以為燒掉遺書缺頁後，事情便告一段落，沒想到會生出這樣的枝節。她對棋藝社社長有多少印象，對方當時的確在場，而且這位學長算是學校的名人之一，在學界不同種類的棋賽中拿過一些獎項，加上成績優異，說話很有分量。因為這身分，杜紫渝相信其他同學不會質疑這篇回應的真確性。

但他人相信的話，便麻煩了。

杜紫渝好不容易才毀屍滅跡，確定區雅雯的遺書不會將矛頭指向自己，結果還是阻止不了「班中有謀害區雅雯的同學」一事可能暴露。一想到這裡，杜紫渝便感到焦慮，剛吃掉的麵包就像要從胃吐出來。她倉卒地打開平日跟兄長用來通信的LINE，點了兄長的名字，在輸入欄鍵入文字：

不好，學校討論區有人在談論

然而杜紫渝沒完成句子，拇指按在螢幕上，思考著該不該給兄長寫這條訊息。她聽他提過公司有什麼重要的客戶，工作順利完成的話便能升職加薪之類。兄長的話她都有聽沒有懂，唯一確定的是他最近很忙，要專心處理工作。杜紫渝覺得，這實在不是要兄長替她分憂的時機。

「其實也沒有什麼大不了吧。」杜紫渝想。兄長曾在她面前入侵學校討論區，取得管理員權限，她本來想是否該通知他，要他偷偷刪除這問題文章；但冷靜下來後，她發覺情況不算壞，犯不著畫蛇添足。區雅雯的遺書裡指控某人，不過是片面之詞，就算自己的名字曝光，也沒有證據證明自己跟對方的死有關。她信任兄長傳授的電腦技術，知道不可能從那些郵件追溯到自己身上。相比之下，舒麗麗更像是會對付區雅雯的人——同班同學之中，至少有五、六人知道舒麗麗疏遠區雅雯的原因，只要將舒麗麗和趙國泰的情侶關係公諸於世，正常人都會猜區雅雯自殺是被情敵所害，沒有人會想到背後操盤者是自己。

就像找到情緒的出口，杜紫渝內心再度平靜下來。她打開手提電腦，進入自己的閱讀部落格，登入帳號，準備好好回答「小芳」的問題。她一邊打字，一邊思考該在午飯前還是午飯後去書店。她知道她能藉著閱讀穩定心情。

暑假的第一天，杜紫渝安然度過。

而她沒想到那「枝節」會在第二天開始失控。

張貼者：ChuKaLing（玲玲朱）
標題：Re：【閒聊】昨天發生的事
時間：2015年7月2日　03:14:57
花生討論區居然有人重提舊事了！
http://forum.hkpnuts.com/view?article=9818234&type=OA

翌日早上，杜紫渝打開電腦，再次登入學校討論區，目的是想看看那串帖文被管理員刪除了沒有，結果文章不但仍在，更有令她驚訝的新回應。她戰戰兢兢地按下連結，瀏覽器彈出新分頁，左上角正是她熟悉的花生圖案。

superconan發表於2015-07-01 23:44

十四歲女自殺背後有黑手？

我花生小王子、鍵盤高手高手高高手超級柯南又來給諸位爆料揭秘，今天要爆的是三個月前在這版「一文掀起千尺浪」、叫各位花生友嗑花生嗑個不亦樂乎的那篇「十四歲賤人害我舅父坐監！！」的內幕。善忘的諸位可以先按以下連結溫故知新：

http://forum.hkpnuts.com/view?article=7399120

話說該篇伸冤文出台後，爲民請命、鋤強扶弱的一眾花生友自然伸張正義，力陳那個十四歲小賤人如何惡毒、含冤入獄的文具店店東又如何無辜，各路人馬仗義出手挖那小賤人的姓名住址學校照片，力求替天行道，警惡懲奸。最後天網恢恢，那小賤人跳樓自殺，花生友再一次爲民除害，可喜可賀，可喜可賀。

哈，其實各位花生友心有戚戚，大家都不敢說出心底話吧？今天就讓我花生八奇之首超級柯南，爲大家說一句眞心話。

你們、都是、殺人兇手。

我超級柯南縱橫花生數載，結下不少梁子，大大小小幹架也幹了數百場，但從不落井下石、自命正義，因爲口中老嚷著正義之名的往往是狗熊而非英雄。今次我就不點名，可是哪位花生友有份將那十四歲女生推往鬼門關，諸位心中有數。別管那店東有沒有做過，就算他眞的被誣告，那女生罪不至死吧？

好，言歸正傳，反正我這次也不是要數落諸君，而是爆料。

各位先看一下以下連結：

http://forum.hkpnuts.com/user?id=66192614

這就是那篇「十四歲賤人害我舅父坐監！！」的作者檔案，kidkit727兄（或kidkit727姐）。各位可以看到，K兄（或K姐）發表文章數只有1，回應數爲0，初次登入日期爲四月十號，最後登入日期也是四月十號。K兄（或K姐）是新花生友並不出奇，也許他（或她）就是爲了替舅父伸冤才會註冊貼文，不過他（或她）在貼文後沒再登入、沒有加入諸君的討論，共同商議制裁小賤人的大計，未免有點古怪。我動用過我超級柯南的超級搜索能力，在網路上亦無法找到跟「kidkit727」這名字相關的網頁，無論電子郵箱、臉書、微博都不見影蹤。我的疑問是，懂得借用花生大軍的人，犯不著藏頭露尾，他或她現身的話，花生友自會更落力協助。K君的做法，實在令人聯想到當中有貓膩。

所以我超級柯南想說的是，諸位其實不是殺人兇手，只是被人利用的蠢蛋廢物。

想必諸君此刻對在下咬牙切齒，認爲在下胡說八道吧？

嘿，我花生小王子、鍵盤高手高手高高手超級柯南自然留有一手。我昨天收到一封PM[21]，報料人告訴了我一個重點內幕。諸位記得K君的文章中，說入獄的人是他的舅父吧？各位，入獄那位兄台根本沒有姊妹。既然沒有姊妹，又何來外甥？報料人相當可靠，各位花生起底軍團的戰友如果不相信，大可以用自己的方法查證，我敢說結果會跟我上面說的一樣。

既然K君跟入獄那位先生非親非故，何解洋洋灑灑寫上千字文，為一位陌生人辯護澄清？會不會是醉翁之意不在酒，在乎十四歲女生與花生大軍之間？

嘿嘿嘿！諸位聰明絕頂的花生友，現在你們感覺如何？感覺如何了？

杜紫渝邊讀這篇怪裡怪氣的貼文邊感到背後竄起陣陣寒意。觀乎行文用詞，她相信這個superconan是花生討論區的老版友——網路上有不少這種自以為幽默的白目，每天虛耗光陰在大大小小的論壇上打嘴砲，彷彿他們除了跟互不相識的網民筆戰外沒有其他生存意義。雖然這篇文章充斥著字義不明的冷嘲熱諷，但杜紫渝無法漠視戲言中的銳利攻擊，尤其對方點明邵德平沒有外甥這事實。

當初兄長跟她設計煽動網民攻擊區雅雯時，曾討論過冒認什麼身分來發表文章。杜紫渝從麥律師事務所的見習生口中得悉邵德平的親屬和交友關係，知道邵德平沒有外甥，可是兄長說這比起偽裝成任何一個真實的人更理想。

「渝，我們以那傢伙的老婆或朋友的名義來貼文的話，只要本人出來否認，那就令文章的可信性大減了。」兄長當時這樣說。「另外，作者的身分必須要令人情緒上認同，隨便掰一個『後輩』或『朋友』，力度遠不及『親人』那麼有效。虛構一個外甥沒錯有點冒險，但我賭邵家的人不會透露實情，尤其邵德平還在獄中，他老婆和老媽才不會笨得跟記者說三道四。」

「為什麼不會？」

21. 討論區的私人訊息（Private Message）。

「因為對邵德平的處境沒有幫助嘛。他都放棄自辯，選擇坐牢了，這時候翻案對自己一家都沒有好處。」

「不怕有人查出邵德平的家族關係，質疑文章作者的身分和動機嗎？」

「我們只貼一篇文便消失，記者想找作者也找不到，退一萬步來說，就算邵德平真的表明不知道作者是誰，那只會讓事件變成羅生門，對我們來說還是有百利而無一害，最低限度，我們能點起火頭。妳該記得我們的目的吧？」

「嗯，就是懲戒區雅雯。」

杜紫渝當時覺得兄長的話很有道理，可是如今發覺，他們算錯了重要的一環。區雅雯一死，事情便變了調。

superconan的文章中提及PM他的報料人，杜紫渝不由得猜測會不會跟圖書館遺書事件有關。縱使她不認為學校裡有人跟邵德平相識，這篇新文章正好在發現遺書兩天後貼出，時間上未免太巧合。她努力保持冷靜，思考各種可能性——她猜，或許某人一早已知道邵德平沒有外甥，只是覺得事過境遷，沒有機會再提，而遺書出現勾起這個人向外公開情報的念頭，於是跟這個什麼「超級柯南」聯絡上。

不對，好像有什麼不對——杜紫渝覺得這推論有點不對勁，可是她說不出原因。

她猶豫了一陣子，撿起手機，輸入一串文字。

快看花生討論區！有人翻舊帳了!!怎辦？

http://forum.hkpnuts.com/view?article=9818234&type=OA

縱然她不想打擾埋首工作的兄長，她目前只能向他求助。

訊息傳過去後，杜紫渝緊緊盯著小小的手機螢幕，等待兄長的回覆。她知道兄長正在上班，不一定有空看到她的求救，但她只能祈求他早點看到。等了一分鐘，她連訊息「已讀」的標示也沒收到，只好先回頭將焦點放在電腦裡的花生討論區內，可是她每隔幾十秒便會瞄向手機，查看兄長看過訊息沒有。

五分鐘後，杜紫渝看到訊息下方的已讀標示亮起，立即撿起手機，焦灼地等候兄長的回覆。這幾分鐘裡她如坐針氈，左手緊緊握拳，連指甲陷進手心留下一道道血痕也不自知。再等了差不多五分鐘，她終於收到回應。

不用擔心，只是個白目

杜紫渝見字，立即緊張地鍵入新訊息。

可是對方查出了那個人沒有外甥的事啊！

按下送出後，她再次擔憂地等待回覆。然而這次不用半分鐘，手機便響起新訊息的鈴聲。

眞的不用擔心，這傢伙的文章從來沒人當眞

你看看那篇文的回應

superconan的文章只有兩篇回應，一篇以髒話還擊叫他去睡——留言者可能是「跟作者結下梁子的花生友」之一——另一篇更只留下一串苦笑的表情圖案，暗示只有笨蛋才會相信這篇鬼話。杜紫渝知道兄長是花生討論區的長年用戶，猜想他認得superconan這名字，而他人的冷淡回應，正好證明兄長所言非虛。可是，她始終覺得不能掉以輕心。

今晚能見面嗎？

杜紫渝提出要求。她和兄長通常一個禮拜只見一次面，但她擔心事態嚴重，覺得有必要當面聊一聊，有備無患，為最壞的發展作打算。

抱歉，今晚有公事
最近很忙，週末也要上班

看到回覆，杜紫渝察覺自己很不中用，在焦躁之中反省到自己的軟弱。兄長不久前才因為她心情平服了而欣慰，此刻自己卻像驚弓之鳥般，將兄長當作汪洋中的浮木般死命抱著不放。為了讓兄長集中精神工作，杜紫渝簡單地回應了一句同意，結束對話。她很清楚，兄長在工作上努力爭取出人頭地的機會，不是單單為了賺大錢。

「渝，我會在妳畢業前讓妳離開那個家。」

兄長曾對她許下這個承諾。

「我沒辦法像那個男人一樣讓妳住在千呎大宅，不會有女傭替妳打點一切，但我保證妳能快快樂樂地生活。」

杜紫渝已經想不起那時候她如何回答兄長，她唯一記得的是那一份感動。

知道自己在世上不是孤身一人的感動。

縱使心裡仍舊充滿疑慮，杜紫渝不斷嘗試說服自己這「枝節」很快會消失。花生討論區每天有數百篇新文章，不受注目的很快會被擠到第二、第三頁，是網路論壇典型的「貧者越貧、富者越富」的情況。從只有兩篇回應看來，雖然superconan是老用戶，但他在討論區人望不高，版友都懶得理會，這文章很快會沉到文章列表深處。

可是杜紫渝無法確定事情朝這方向進展。

杜紫渝明白她再擔憂也無濟於事，她只好嘗試忘掉那篇怪文章，將注意力放在其他事情上。下午她埋首在昨天新買的小說裡，可是即使她本來對這本傑佛瑞．迪佛的新作十分期待，此刻卻無法投入故事之中。

「怎麼了，飯菜有問題嗎？」晚上七點，當杜紫渝坐在餐桌前吃著晚餐時，準備離開的鐘點女傭問道。杜家廚房夠大，能容納香港並不普及的洗碗機，她不用負責收拾。

「啊？啊，不，沒有。」杜紫渝不知道自己剛才對著飯菜發呆。在她面前有一道香煎鯧魚、一道西蘭花炒牛肉，加上一碗消暑的冬瓜玉米排骨湯，儼如小菜館的一人套餐。

「我看妳沒碰那鯧魚，以為有什麼問題。」女傭笑道。「平時妳都先吃魚嘛。」

「沒事，我剛好在想事情罷了。」杜紫渝擠出一個笑容。

今天她一直坐立不安，老是想著花生討論區那個「超級柯南」的文章，不時放下手上的書本，到電腦前查看有沒有新回應。每次看到文章掉到列表第二頁，她都感到鬆一口氣，然而偶然有一、兩個「柯南又發神經」或顏文字回應將文章推回前列，卻教她心跳加速。杜紫渝沒想到，這件事令她困擾到露出跟平日不同的表情，連鐘點女傭都能看出來。

「呼——呼——」

翌日早上杜紫渝被客廳傳來的吸塵器聲音吵醒。她瞄了瞄鬧鐘，發現已是上午十點。她忘了自己何時睡著，只記得自己在床上輾轉反側，飽受困擾。那股業已消退的罪惡感再一次湧起，而且她更害怕花生討論區的用戶會咬住事件不放。她很清楚網路霸凌、人肉搜索的威力。

她抓起手機，期望看到兄長上班前傳來問候，可是連廣告簡訊也沒半則。她躊躇了一會，最後鼓起勇氣，打開瀏覽器，點進學校的討論區圖書館版。看到文章列表時，她心情略微振奮，因為「火腿德」留下那串「【閒聊】昨天發生的事」已消失無蹤，她猜想管理員終於出手刪文。抱著類似的期盼，她從書籤頁點開花生討論區，心想「超級柯南」的文章可能已沉到十頁之後——可是映入眼簾的，是遠超過她想像的壞消息。

zerocool發表於2015-07-03 01:56

re：十四歲女自殺背後有黑手？

我想了好久，還是決定貼出來。長文請見諒。

先聲明一下，我是老牌花生友，不過這是新帳號。請不要檢舉我開分身，我這樣做是有苦衷的。

我的工作有點特殊，職稱是「資訊科技保安顧問」，用花生友也看得懂的話來說，就是駭客。不過別誤會我是罪犯，我是受企業聘用，合法地用盡方法鑽他們系統漏洞、再向他們報告的「白帽駭客」。簡單來說，就像銀行請專業鎖匠來嘗試爆破金庫、測試安全水平一樣。

公開這身分其實沒什麼大不了，但我開分身是因爲另一個理由。基於工作需要，我不時接觸網路上的非法資訊，穿梭於好些灰色或黑色的網站。我經常使用P2P分享工具[22]去下載各類檔案，不過不同於一般人用來抓盜版影片或音樂，我在意的是在網路流傳的隱私數據，像電訊公司洩漏的用戶名單、政府部門流出的文件之類。我曾抓過不少這類資料，雖然我沒有利用它們作任何非法用途，但承認獲取它們已可能令我惹上官非，所以我這次只好開分身回應。

我上個月使用一個叫P.D.的P2P檔案分享軟體發掘這類資料時，抓到一個殘缺的硬碟備份檔。檔案類型我省下不說（以免有花生友嘗試找），總之我用方法將檔案部分解凍後，發現是一堆私人文件，好像是某人不愼安裝了「加料版」的P.D.，備份檔遭竊取流傳。坊間有不少被駭客改動原碼的「加料版」檔案分享軟體，一旦安裝了這些可疑版本，就等於替電腦開了後門，私人檔案會不知不覺地外流。

因爲我發覺抓到的只是個人電腦的備份檔，所以我就沒理會，畢竟我對人家的隱私沒有興趣（類似的備份檔案我每隔幾天便會抓到一個）。不過，當我昨天看到樓主的文章，勾起我一絲印象，於是我再次挖出那個備份檔，對照一下，才發現令我驚訝的事。

在那個備份檔裡，有一個純文字的檔案，內容跟四月那篇「十四歲賤人害我舅父坐監」一模一樣。當初我以爲是有人將花生的文章拷貝下來轉貼到其他網站所以沒有理會，但我昨天再看時，發現我弄錯了。

那篇文章在花生上貼出來的日子，是四月十號，但我手上這個檔案的建立日期，是四月

22. 點對點（Peer to Peer），即是無中心伺服器、用戶與用戶之間直接連線的網路體系。

九號。我想過也許花生上的文章只是轉載，但我確認過，最早在網路發出這文章的地點的確是花生。換言之，我可能抓到貼文的那個K君的硬碟備份檔了。

由於樓主指K君可能是有心加害那自殺的女生，提出一些疑點，令我頗爲掙扎，不知道該不該將這件事公開。但我想事涉人命，責無旁貸，我還是應該將我知道的說出來。因爲那個備份檔不完整，我要花更多時間才能將所有資料解凍，假如我判斷過樓主所言屬實，我會再在這兒開另一個分身貼文。版主不用花工夫查我IP，你們一定查不出來，我好歹是專業的「資訊科技保安顧問」，開分身避追查只是基本技能而已。

杜紫渝讀到這篇長長的回文，幾乎要昏倒，幸好她仍躺在床上，才沒有倒下。她立即按下綠色的LINE圖示，心焦如焚地向兄長報告。

你有有沒有用叫P.D.的檔安分享工具？

杜紫渝連錯字也沒改，只希望兄長早一秒收到訊息。然而等了三分鐘，訊息仍是未讀。

有很重要的事！

杜紫渝再寫上。兄長曾對她說過，上班時別打電話給他，用LINE傳訊息就好，所以如非緊急，她都不想打電話。

再等了五分鐘，仍然沒有回音。

事情很麻煩！可能

就在杜紫渝鍵入第三則訊息中途，「已讀」的標記亮起，令她吁一口氣。可是兄長接下來的回應再次教她焦急起來。

怎麼了？P.D.？我有用喔

看到這回應後，杜紫渝確信這個「資訊科技保安顧問」並非憑空捏造。刪去先前輸入到一半的文字後，她鍵入新的內容。

快看昨天花生討論區那一串！

她現在只能依靠兄長。兩分鐘後，她再次收到兄長的回覆。

別擔心，小事一樁

杜紫渝看傻了眼，她沒料到在兄長眼中這仍然是「小事」。

小事？？對方拿到你的檔案了啊？！

「已讀」標示過了很久才出現，杜紫渝感到胃痛——她不知道是因為憂慮還是因為自己仍躺在床上，錯過了平日吃早餐的時間。

不一定是我的
我對我家的防火牆很有信心
說不定某人的電腦時鐘調慢了一天
於是拷貝下來的檔案日期才有誤

杜紫渝沒想過這個可能性。雖然言之成理，但她還是隱隱覺得不妥。不怕一萬，只怕萬一。

你有沒有將我給你的其他檔案放在同一個硬碟？那些檔案曝光，我們就完了！

杜紫渝向兄長問道。

哪些檔案？

看到兄長漫不經心的回應，杜紫渝不禁動氣。

就是你叫我在學校偷偷蒐集的資料啊！其他同學手機中的照片、通訊錄、簡訊之類的備份檔啊！假如有人在花生公開你的身分，你還可以用什麼電腦時鐘慢了一天做藉口，但萬一他們發現我們的關係，確認你和區雅雯不是毫不相識的陌路人，那我們就脫不了罪啊！！

杜紫渝從沒有對兄長說如此重話，但比起自己，她更擔心兄長會受牽連。區雅雯死後，她曾想過最壞的可能——她寄給對方的恐嚇信被發現，追查到自己身上。假如發生這種事，她會獨攬所有罪責，以免拖累兄長。

為了懲戒區雅雯，兄長協助她蒐集了學校裡不少同學的資料。他給她一個小小的黑色匣子，只要偽裝成充電器，插上手機的充電孔，便能備份那支手機所儲存的資料，包括照片、影片、通訊紀錄、簡訊、日程表等等。杜紫渝經常趁他人不在意時，在教室和圖書館的手機充電箱裡偷偷動手腳，以此偷取他人的隱私。他們這樣做，是因為他們本來想證實關於區雅雯的一則傳聞，以此做為懲罰手段。

就是那則已被遺忘的「聖誕前夕某女生被不良分子搞上」的傳聞。

杜紫渝在學校說話不多，但她總是豎起耳朵，聆聽其他人的閒言閒語，無論在教室裡，還是在走廊中，她都會悄悄記住他人的交談內容。她幾乎確認傳聞中的女主角就是區雅雯，可是沒有證據，於是兄長便提出使用這種「特殊」手段。杜紫渝憑此知道不少同學的秘密，諸如某同學暗戀某學妹、某學長腳踏兩條船、某某跟某老師特別要好等等，她更知道哪幾位同學暗地裡從事援交。她看過不少同學跟戀人的親密照和影片，有好些的露骨程度更足以讓男方分手後當作威脅材料。不過，她始終找不到傳聞中區雅雯被不良分子搞上的證據，頂多只有一張在夜店或卡拉ＯＫ被人摟抱的照片，比起她蒐集過的其他影片，可說是小巫見大巫。

杜紫渝有將蒐集到的資料拷貝給兄長。她得到的照片、簡訊數量不少，所以兄長也拿到一份拷貝，幫忙找尋跟區雅雯有關的資訊。杜紫渝如今擔心，這些檔案會直接暴露她和兄長的關係，即使她堅持害死區雅雯只是她一人的責任，他人也不會相信，最終令兄長陷入麻煩。她還未成年，即使被追究刑責，懲罰也較輕，但比她年長十歲的兄長就不會有這種待遇了。

那些檔案啊
別在意
我應該放在另一個硬碟
你還是別自己嚇自己吧
我要開會，之後再談

兄長傳回來的訊息依舊氣定神閒，教杜紫渝又氣又急。她對兄長唯一的不滿，就是有點受不了對方自負的個性——雖然在某些情況下這也是她欣賞的長處之一，無論處境如何惡劣，兄長總能相信自己，沉著應對。她之後送出的訊息一直顯示為未讀，她只好接受兄長沒空的事實。

在那個「資訊科技保安顧問」的回文之下，還有數個留言，不過都只是「留位等吃花生」或「期待你挖到真相」之類的無聊附和。有一篇的留言者可能是「超級柯南」的對頭，他寫上「比起只懂出張嘴的廢物『焦急屌爛』，ZeroCool大大完美示範什麼叫做帥」。杜紫渝心煩之下，姑且搜索一下「zero cool」這名字，結果發現這是一九九五年某齣以駭客為主題的好萊塢電影的主角代號——雖然這也是《侏羅紀公園》作者麥可．克萊頓年輕時以筆名約翰．蘭格所寫的一部小說的書名，但她相信前者才是那個「保安顧問」取名的理由。用上這樣的假名字，除了說明對方知道那部電影外，沒有留下任何線索。

「今……今天晚上妳不用來為我煮晚餐了。」差不多中午時，杜紫渝對在玄關正在穿鞋、預備到下一家工作的鐘點女傭說。

「哦？妳約了同學嗎？」

「嗯。」杜紫渝點點頭，繼續撒謊。「我參加了學校的讀書小組，這幾天都有活動，我會跟同學們吃過晚飯才回來。」

「啊，我還準備好材料了，買了小羊排。」女傭回答道。

「妳帶回家給孩子吃吧。」

「這樣不太好……杜先生知道的話會罵我打釜頭[23]啊。」

「放冰箱太久肉也會壞掉，浪費不好。」

「那的確是……」女傭嘴巴上說著不願意，表情卻滿高興。「妳這讀書小組辦多少天？」

「這幾天都有活動，我在家吃飯的話，會提早一天告訴妳。」

女傭點點頭，然後回到廚房從冰箱取出羊排，愉快地離去。杜紫渝謊稱有課外活動，其實只是不想一個人待在家裡，她害怕自己獨自在家會胡思亂想鑽牛角尖，待在人多嘈雜的商場和餐廳裡，反而能分散注意力，增添幾分安全感。兄長曾叮囑她，要是覺得心浮氣躁，最好到外面走走。

這天下午，她搭車去了九龍塘又一城商場，晚飯後待在一家咖啡店裡，直到十一點才回家。廣播道位於樂富廣場和九龍塘又一城兩座消閒購物中心之間，雖然前者離她家較近，可是那邊的咖啡店和餐廳都很早打烊，為了能在外面待久一點，今天她選擇了後者。平日她多約兄

23. 粵語，指廚師私扣買食材的金錢，中飽私囊。

長在樂富碰面，畢竟又一城喧囂稠集，假日更是人潮洶湧，光是餐廳等入座也可能耗上半個鐘頭，除非有特殊情況——例如要到又一城的蘋果商店買電腦或手機零件——她喜歡跟兄長在樂富廣場的星巴克約會，那兒的環境更令她自在安心。

杜紫渝其實比不少同齡的女生有理智。和兄長一樣，她很懂得判斷形勢，危急時找出對自己最有利的選擇，就像在圖書館發現區雅雯遺書的一刻，她立即知道自己該怎麼辦才能繼續隱瞞事實。她知道目前老盯著花生討論區的回應，不斷更新網頁等候新的壞消息只會叫自己瘋掉，於是她選擇了改變焦點的做法，到外面逛一下。她很清楚情緒超過負荷時會導致什麼惡果。

然而，她再理智也敵不過外來的情緒騷擾。

「叮叮咚咚叮叮咚咚叮叮咚咚——」

睡夢中，杜紫渝被手機鈴聲吵醒。朦朧間她以為是鬧鈴的聲音，可是睜開眼後發現天未亮，瞧了瞧鬧鐘，才知道是凌晨三點半。手機沒顯示來電號碼，看著手機螢幕上「滑動來接聽」的圖案她不由得睡意全消——她不知道是不是兄長出了事。固然一般人在這個情況下，更可能會猜想是不是出差的父親遇上意外，但比起那個猶如陌生人的父親，杜紫渝更關心兄長。

「喂？」杜紫渝對著手機說。

手機沒有傳出聲音。

「喂？」她再說。

「嘟。」

通話掛了線。

杜紫渝猜可能是撥錯號碼，稍稍放下心頭大石，準備轉身繼續睡，可是手機突然再度響起。跟之前一樣，沒有來電號碼。

「喂？」杜紫渝有點惱怒。

另一邊依然沒有回應，但她聽到有微弱的呼吸聲。

「是誰？」她大聲地問。

「殺人兇手——」

對方丟下一句話便掛了線。杜紫渝整個人僵住，坐在床上動彈不得。那是一把女性的聲線——但也可能來自小男生——清楚地說出「殺人兇手」四個字。

剎那間，杜紫渝無法繼續保持理性。不知怎的，她的手機號碼暴露了。某人知道她幹的事。她連忙打開通訊錄，決定不管是否深夜，也得打電話向兄長求助。然而她還未按下名字，名為「波浪」的鈴聲三度響起，就像要刺破房間裡的寧謐幽暗。

「你是誰？你想幹什麼？你再打來我便報警！」杜紫渝對著電話大嚷。

「操你！嘿嘿。」

對方只罵了句髒話，冷笑兩聲便掛了線。杜紫渝在驚恐之餘，發現聲音跟之前的不一樣，這是一把成年男性的聲音。

呆看著手中的電話，杜紫渝只覺得後頸冒出冷汗，身體不停顫抖。不過手機就像不願意放過她似的，轉瞬間又再響起來。她這次沒有接聽，直接按下按鈕，遏止了那奪魄魔音。

「叮叮咚咚——」

才掛斷一個來電，另一個立即補上。杜紫渝沒多想，按下手機的電源關機。

待手機螢幕變暗後，杜紫渝直愣愣地瞪視著臥房中的陰暗。除了從窗射進的微弱街燈燈光外，房間中一片黝闇，她覺得自己似是浮游在某個充滿惡意的空間之中。縱使氣溫不低，她將自己整個人捲進被子之中，嘗試以此平服情緒——可是，窗外的風聲、鬧鐘秒針的擺動聲就如魑魅魍魎的啼哭，教她不得安寧。直至天亮，她都無法再睡。

「咔嚓。」玄關傳來令人安心的開門聲。杜紫渝天亮後稍微闔眼，處於半睡半醒之間，鐘點女傭來工作的聲音令她清醒過來。

望向昨晚半夜丟到地板上的手機，杜紫渝仍感到心底發毛。她伸手撿起，猶豫著該不該打開，但結果還是理智戰勝了恐懼，按下開關鈕。畢竟她要向兄長求助的話，也得使用手機。

手機開機後，意外地沒有響起來，可是杜紫渝發現語音信箱裡收到四十多個口訊。她不敢收聽這些留言，因為她知道，凌晨四點至早上九點這五個鐘頭裡，父親或兄長也不可能留下四十個口訊。

由於事態嚴重，杜紫渝決定不管會不會打擾兄長工作，也要打電話給他。這時候，她更渴望聽到他的聲音，只有他親口說一句話，自己的內心才會平靜下來。

「嘟……嘟……」

響了二十秒，還是沒人接。

杜紫渝看看鬧鐘，猜想兄長應該不會一上班便被抓進會議室開會，但她回心一想，確實也不能排除這個可能。在缺乏支援下，她只好硬著頭皮，打開花生討論區的網頁，找尋昨晚被滋擾的原因。她直覺上認為那個叫zerocool的傢伙會是罪魁禍首。

結果她一點進那串文章，便看到令她眼前一黑的留言。

admin發表於2015-07-04 07:59

re：十四歲女自殺背後有黑手？

版主公告：版友acidburn貼出內容包含他人隱私，違反第十六條版規，故封鎖帳號。如欲上訴請洽PM版主。

＊花生討論區僅為交流平台，與所有由用戶提供的文字、圖像、影片、聲音或任何類型檔案無關，用戶須負上發布該等訊息的全部法律責任，特此聲明。

「他人隱私」四個字令杜紫渝頭皮發麻。她回溯整串留言，發現有一篇發表於昨晚三點十五分的留言被刪除，只留下發表者「acidburn」的名字。而在那篇的留言下，有各式各樣的回應。

——z大大太神了，鐵證如山，這傢伙果然就是幕後黑手。

——zerocool和acidburn的名字都取自電影《Hackers》吧？

——竟然有電話號碼！誰去打打看？

——我打了，接電話的是個女的！兄弟快上！

——那名字看來是男的啊？

——可能是床伴，正好讓我也爽一下～

——反正我失眠，我也玩玩看。

——記得撥號前按133隱藏來電顯示[24]！

24. 香港的電話有自動顯示來電號碼功能，但只要在撥打的號碼前加上「133」，對方便看不到致電者的號碼。

類似的回應從凌晨三點二十分延續到五點多，約有十多二十篇。杜紫渝感到被惡意包圍，雖然留言內容較像頑童起鬨作弄某人，但她從個別留言裡看出潛藏在字裡行間的陰險和殘酷，彷彿她是件死物，被他人恣意折磨也是活該，怨不得人。

她一開始不明白「鐵證如山」指的是什麼，但當她看到acidburn被刪除的留言上一篇回應，她不由得呆住。

kidkit727發表於2015-07-04 03:09

re：十四歲女自殺背後有黑手？

我是zerocool。我在解凍的檔案碎片中找到這帳號的密碼了。我百分之百肯定這傢伙跟事件有關。

杜紫渝沒料到kidkit727的帳號會被盜用——本來被盜用也沒有什麼大不了，反正她和兄長沒打算再登入這個純粹用來整治區雅雯的免洗帳戶，可是現在卻不能同日而語。zerocool能從網上找到的備份檔案中挖到這帳號的密碼，就證明了這檔案的主人是kidkit727。

她再按下手機的通訊錄，打電話給兄長，可是他依然沒有接。無計可施之下，她唯有傳訊息給他，寄望他快點有空看到。

「怎麼了？身體不舒服嗎？」當杜紫渝走進廚房時，女傭問道。她很清楚對方為什麼這樣問——剛才她照鏡，發現自己臉色慘白，更因為連續數天的精神繃緊和睡眠不足，形容枯槁，神情憔悴。

「不，只是睡不好。」杜紫渝強裝笑容，然後一如以往從冰箱取出充當早餐的麵包。回到房間，她瞥見手機亮出收到新訊息的通知，連忙丟下手中的杯子和麵包，往畫面按下去。

怎麼了？

此刻對杜紫渝來說，兄長的寥寥數字亦足以支撐她那滿布裂痕的心靈。

你有寫下kidkit727的密碼嗎？花生有人盜用，成功登入了！快看那串！

杜紫渝焦急地問道。她待了差不多十分鐘才收到回覆。

我看到了
別自亂陣腳，我應該沒有寫下密碼
我會留意形勢
有什麼事矢口否認就好
這樣的證據算不上什麼

兄長的回應依舊老神在在，叫杜紫渝不知道他是真的胸有成竹，還是在吹牛免得自己擔心。

能接電話嗎？

杜紫渝鍵入短短一句。

抱歉，老闆在我身旁

今天好忙，要見重要客户

我晚點打給你

等了差不多五分鐘，她才收到這樣的回應。兄長冷淡的回應令她感到氣惱，可是此刻她心中的恐懼壓過怒氣，她現在只想讓兄長知道事情的嚴重性。她再鍵入新訊息，可是已讀的標記一直沒有冒出。

就在杜紫渝快要崩潰之際，她狠狠摑了自己的臉龐一記耳光，抖擻精神。她知道自己要堅強一點，不要拖兄長的後腿。她想，兄長過去再忙也會盡快聯絡自己，他今天只能匆匆寫兩句，證明他正處理很重要的工作。

他說晚點打給我，便一定會打——杜紫渝想。

整個早上，杜紫渝都在電腦前注視著花生討論區的動靜。她沒有再接到騷擾電話，而討論區也暫時沒有新留言。她想過該不該冒充一般人加入討論，帶一下風向譴責網民的行為，可是她一來怕這造成更大的反彈，二來擔心技術不如兄長的自己會留下足跡——兄長曾說過，在網路上暴露行蹤的人，往往都是按捺不住才露馬腳，唯有沉得住氣、低調行事的人才會逃過法眼。

回應中，因為有人說「那個名字看來是男的」，杜紫渝猜曝光的不是自己的名字，也許是兄長的，也許是完全沒關係的人的，只是zerocool誤會了。她不理解為什麼zerocool會拿到她的手機號碼，然後又當成兄長的。她唯一能確定的，是zerocool拿到的備份檔鐵定是兄長所有，假如說那檔案裡不但有她以前撰寫、用來煽動群眾針對區雅雯的文章，物主又有她的號碼，而且還有花生討論區的kidkit727的帳密通通都是巧合，那就連三歲小孩也騙不過。她猜，或許zerocool從備份檔抓出通訊錄之類，又誤打誤撞將她的號碼錯認成兄長的，導致這結果。她知道兄長會把她的號碼放在通訊錄首位。

「……妳沒事嗎？」

杜紫渝被身後猝然傳出的聲音嚇了一跳。她回頭一看，說話的是站在房門旁的鐘點女傭。

「我敲了好幾下門妳也沒回應，我擔心妳不舒服昏倒了。」女傭說。

「啊，沒事沒事。」杜紫渝闔上電腦——她怕對方看到畫面內容——擠出笑容說：「我太集中了。」

「我已做好家務，要回去了。」女傭說話時，眼睛往已闔上的電腦偷瞄，像是對杜紫渝的動作很好奇。「妳今天還有課外活動嗎？要不要我替妳準備晚餐？」

「不，不用了。我待會要外出。」

「那就好。我明天休息，後天才會再來……妳真的沒問題嗎？」

「沒問題。」

杜紫渝今天沒打算也沒心情外出打發時間，她現在只在意討論區的發展，以及等待兄長的來電。她拒絕女傭的原因有兩個，一是不想讓對方留意到她正因為花生討論區的事而困擾，二是她知道對方不是跟她站在同一陣線上。

她知道父親暗地裡要對方回報自己的一舉一動，尤其是跟兄長有關的。

她亦知道跟她熟稔的菲傭Rosalie被父親解僱，正是因為Rosalie同情自己。

一直到黃昏，兄長仍沒有致電給她，就連LINE訊息仍未讀過。杜紫渝每次檢查手機時，內心都很矛盾——她一方面希望收到兄長的訊息，另一方面她又害怕看到簡訊上那個寫著「42」的圖符。那四十多個惡意留言，如今仍在語音信箱裡等候她釋放。

雖然她沒胃口吃晚餐，但她還是決定外出吃一點東西。兄長說過，心情差劣時更要讓自己吃飽，因為肚餓會令人失去正確判斷事情的能力。父親一向反對吃泡麵之類的即食食品，雖然家裡有白米、蛋和青菜之類的食材，但杜紫渝實在沒心情做飯。

「杜小姐，外出嗎？」搭過電梯，離開寓所大樓時，守門的警衛似笑非笑地打招呼道。杜紫渝點點頭，沒有回答便推開大門離開。她知道警衛也被父親收買，是眼線之一。

廣播道是住宅區，幾乎沒有餐廳——除了香港電台大樓的員工餐廳外。要吃飯的話，一是步行十分鐘到樂富，一是到浸會大學和浸會醫院所在的聯合道一帶。之前一天杜紫渝想身處人多的環境好讓自己別胡思亂想，可是今天她卻害怕他人的目光，於是往聯合道一方前進。

廣播道和聯合道交界有一個小小的公園，杜紫渝小時候常常捧著圖畫書，坐在樹蔭下閱讀，而Rosalie就跟其他菲傭閒話家常。經過公園時，杜紫渝不由得望向茂密的樹叢，回想往事。

「殺人兇手——」

冷不防地，一把女聲從杜紫渝耳邊響起，令她驚訝得幾乎窒息，心臟要從喉嚨跳出來。她猛然回頭，卻只看到一個穿管理員制服的男人背影，正沿著廣播道緩步走上斜坡，二人相距差不多有十公尺。杜紫渝愣在原地不斷張望，嘗試找尋聲音的主人，可是路上除了那個男人外沒有半個人影。

「我……聽錯了？」杜紫渝暗自想到。她搖搖頭，撫著仍起伏不停的胸口，心裡不斷叫自己鎮定下來。「一定是附近大廈二樓傳來的電視聲……」

因為這意外，杜紫渝比之前更沒胃口。她走進浸會醫院旁的建新中心外的一家西餐廳，隨便點了一客義大利麵，心神不寧地等待服務生送上餐點。

「殺人兇手——」

同樣的女聲再次響起，嚇得杜紫渝幾乎從座位跳起來。因為聽到第二次，杜紫渝確認自己沒有聽錯，那一聲「殺人兇手」，語氣和聲調跟昨晚收到的騷擾電話幾乎一模一樣。她慌張地掃視著餐廳裡的每一個人，可是鄰桌座席上只有一個大學生外表、正默默地喝著羅宋湯的男生，而在她前方四公尺外圓桌的一對情侶則旁若無人地說悄悄話，不像是說話的人。餐廳入口旁的櫃台後有一個女服務生，但她正指著菜單向一個似乎想買外帶的老頭說明菜色價錢，沒瞧杜紫渝半眼。

就在這當兒，服務生送上義大利麵，可是杜紫渝沒心思用膳。她繼續打量著身旁的大學生，又不時偷瞄那對情侶中的女生，看看對方有沒有偷瞥自己。她猜想，也許在她不知道的情況下，自己的名字和住址已在網路曝光，有好事之徒不滿足於用電話騷擾，還跑到她家附近戲弄她——

「殺人兇手——」

然而，同一句話第三次響起的瞬間，杜紫渝才發現一個新事實，而這事實讓她陷入極端的混亂。剛才她聽到那句「殺人兇手」時，她身旁的男生、前方的情侶、站在廚房入口旁摸魚滑手機的服務生、櫃台後的女生和正在接過外帶餐盒的老頭都沒有任何反應，就像聽不到任何聲音一樣。

杜紫渝此時才了解，餐廳裡只有她聽到這句話。

她不斷想像能解釋這現象的原因，例如餐廳裡的所有人都是共謀，串通好作弄自己，可是她知道這不可能，因為她也只是剛才才決定光顧這一家餐廳。杜紫渝不相信鬼神幽靈之說，所以唯一的可能，亦是她不願意接受的可能，便是她產生幻覺，聽到不存在的聲音。

換言之，她快瘋了。

「小姐？小姐！」

杜紫渝猛然從座位站起，在櫃台丟下一張百元紙鈔，無視女服務生的叫喚，在餐廳眾人的注目下跑到街上。她頭也不回地一口氣衝回家，回到家後再將家中所有電燈和大廳的電視打開，並且把電視的聲量調到最大。她連衣服也沒換，直接跳上臥床，大被蒙頭，彷彿這是她唯一的安心之所。

在被窩裡，她想起昨晚一串的惡意電話，想起superconan和zerocool的文章，想起剛才那些幻聽。在混亂的思緒下，她期待著兄長早點打電話給她，但同時懼怕響起的電話是另一次惡毒的騷擾。

「叮咚。」

被子外傳來一串鈴聲，教杜紫渝打從心底發顫。她像荒原上提防著捕獵者的野鼠般探出頭來，卻發覺響起的不是手機，而是門鈴。她猶豫了好一會，不確定該不該去應門——她甚至有想過也許門鈴聲也是幻覺——可是門鈴沒有停止的跡象，一直「叮咚」「叮咚」的響不停，就像跟客廳的電視機傳出的話聲相呼應。杜紫渝最後硬著頭皮，披著被子，走到玄關。

她將眼睛放在防盜門眼上，卻看到認識的臉孔——大樓的夜班警衛。

「什麼事？」杜紫渝沒放下門鏈，將大門打開一線，問道。

「杜小姐，晚安。」警衛微微一笑，說：「有住戶投訴，說妳家的電視聲音太大，所以我來查看一下。」

杜紫渝回頭看看牆上的掛鐘，原來已是十一點半。她走到沙發旁，撿起遙控器，將聲量降到最低。

「這樣子就好了吧？」杜紫渝問。

「不好意思。」警衛的態度仍很客氣。「沒什麼事情嘛？杜先生出差前，曾吩咐我們多留意一下妳的狀況……」

「費心了，沒事。我要休息了。」

「好的，晚安。」

杜紫渝關上門後，帶上門鎖，望向燈火通明卻感受不到絲毫暖意的客廳。警衛的話叫她反感——她知道父親囑咐警衛留意自己，並非擔心她一個未成年女生在家，而是防止她乘機帶兄長回來。平日絲毫不會顯現情緒的父親，就只有牽扯到兄長的事情時會露出嫌惡的表情，去年Rosalie趁他不在時讓兄長進屋，結果不久便被辭退，即使父親從沒明言，杜紫渝也很清楚中間的因果關係。不過她亦不是不能理解，畢竟對父親來說，兄長只是個毫無瓜葛的陌生人而已——某程度上，她也是。

這一夜，杜紫渝不清楚自己睡了多少個鐘頭。她一直處於現實與夢境之間，手機像是響過無數次，有時傳來兄長的聲音，有時卻是以淒厲女聲說著「殺人兇手」四個字，但她在半夢半醒之間檢查手機，卻沒看到任何通話紀錄。固然，她也無法確認她是否真的檢查過手機，那也可能只是夢境罷了。

翌日她清醒時，已是中午。除了窗外偶然傳來汽車駛過的聲音，房間十分平靜，彷彿這個世界就只有她一人，一切煩惱、紛爭都是他人事。可是，當她看到放在床邊的手機時，抑壓在內心的一連串困惑宛如連鎖反應般引爆。

「怎麼兄長一直沒找我？」杜紫渝想起這一點。昨天因為發生太多怪事，她腦袋一時轉不過來，可是睡過一覺後，便察覺情況有異。她打開手機，發覺兄長不單沒有來電，就連昨天最後傳的LINE訊息，對方也未看。

懷著忐忑不安的心情，她打開電腦，進入花生討論區。

她不知道自己將會看到這幾天以來的最大震撼。

crashoverride發表於2015-07-05 02:28

re：十四歲女自殺背後有黑手？

我又換了ＩＤ，但我想這是最後的貼文，之後我便會隱姓埋名，變回原來的一個普通花生友，繼續跟大家胡扯打屁。我實在不想再插手這醜惡的事件了。

我已經解開了那個備份檔的八成檔案，有很驚人的發現。我在一組資料夾裡，找到很多照片和從手機擷取的通訊紀錄，可是相中人都是一些中學生，通訊紀錄也是學生們的無聊對話。我再調查一下，從部分照片看出那些學生穿的校服，正是兩個月前自殺的那個女生的學校的。

我不知道為什麼這個男人有這麼多的學生資料、不知道他用什麼方法取得、更不知道他蒐集這些資料的動機，我只知道這些檔案都應該是學生們的隱私，因為裡面還有些不能公開的照片和影片。我懷疑這男人跟死去的女學生有某些私人關係，而樓主（柯南版友）提出的疑點亦不能忽視，也許事件比我們想像中更邪惡，當中涉及刑事罪行。

我已經將那些學生的檔案整理好，連同一封講述來龍去脈的信件，以匿名方式交給警方。我相信他們會調查。事實上，我連那男人的姓名和工作地點的資料也交給了警方，他們要找他「協助調查」不會是難事。

我上次的貼文因爲涉及個人隱私被版主刪除，但我這次還是要再犯禁。我在另一個資料夾裡，找到這個男人的照片。我知道有些花生友不相信我說的是事實，但我現在貼這照片出來，他日這男人被抓，報章公開案件之時，你們便可以比對一下這照片和新聞照片中的是否同一人。

（附檔：0000001.jpg）

文章下方有一張小小的照片，一個穿藍色襯衫的男人對著鏡頭展露笑容，背景像是某家咖啡店。杜紫渝知道那是樂富廣場的星巴克，因為這照片的拍攝者便是自己——那是某天她跟兄長約會時，一時興起替對方拍的。

看著螢幕上的照片，杜紫渝覺得背上有一群螞蟻正沿著脊椎往上爬，牠們經過脖子後方，爬上後腦勺，再鑽進頭皮之內。她趕緊打電話給兄長，可是無論她打多少次、電話響多久，始終沒有人接聽。

六神無主之際，她再次將視線放回電腦螢幕上。在兄長的照片下方，還有其他人的回應。

——呼呼呼，我聞到陰謀的味道。

——這男人會不會跟那個自殺的女生有不可告人的關係？例如援交。

——一定是了，可能肉金談不攏，用這招逼對方自殺。

——喂，邏輯不通呀。做不成恩客便借刀殺人？

——我覺得有可能。既然那自殺女生有出來「賣」，很可能這男人是個癡纏狂，交易過一次卻成爲火山孝子，平日大概貢獻不少，最後察覺對方只是貪圖自己的財富，另結新歡，於是趁機爆料，表面上是替那個被誣告的店東伸冤，實質上是想公開那女生不可告人的副業，兼引網民口誅筆伐。這就是典型的一拍兩散，既然得不到妳的愛，就乾脆要妳受苦。

——用上這種方法害人眞變態！

不是的、才不是這樣——杜紫渝看到網民七嘴八舌胡亂忖測，將兄長想像成衣冠禽獸，她只能在心裡替兄長辯護。她很想註冊新帳號，殺進留言串中，逐一反擊那些不實言論，可是她不知道這樣做會不會適得其反。因為嚴重睡眠不足和承受龐大心理壓力，杜紫渝此刻失去正常的判斷力，無法確認怎麼辦才對。

該到兄長的家找他嗎？

還是該到兄長的公司找他？

看著討論區熱絡的討論，杜紫渝覺得自己就像困在一個房間裡，看著火焰從角落的地毯開始燃起，再逐漸蔓延，而她卻無力阻止，也無法離開。這串「十四歲女自殺背後有黑手？」已成為站內熱門話題之一，每隔數分鐘便有一則新回應，將文章推回首頁。

「嘟……嘟……」

當杜紫渝打了無數次電話、傳送無數則訊息後，她終於放棄。她察覺到兄長沒接電話、沒看訊息，事態並不尋常。

下午四點，花生討論區的一則留言給予她答案了。

star_curve發表於2015-07-05 16:11

re：十四歲女自殺背後有黑手？

見報！

http://news.appdaily.com.hk/20150705/realtime/j441nm8.htm

【即時新聞】警方拘捕男子　涉嫌盜取大量學生資料

一名二十五歲男子，涉嫌以非法手段截取油麻地一間中學的學生資料，包括手機通訊紀錄等等，今晨於家中被警方拘捕。

警方表示，昨日收到匿名通報，指該名任職資訊科技公司的男子盜取多名未成年學生個人隱私，網絡安全及科技罪案調查科探員認爲案情嚴重，迅速拘捕疑人，並撿走兩台電腦。警方表示，盜取他人資料是嚴重罪行，一經定罪，最高判監五年。

據了解，網上流傳嫌犯與兩個月前觀塘樂華邨女學生自殺一案有關，警方稱有待調查，暫時不予置評。

兄長被逮捕了——想到這一點時，杜紫渝腦袋一片空白。討論區裡呈現一片祭典似的模樣，網民紛紛留下「天有眼」、「活該」、「五年實在太短」等等的留言，但杜紫渝只想到一點。

自首。

她自首的話，便可以分擔兄長的罪名。畢竟自己才是始作俑者，兄長做的一切，純粹是為了她。

不過，杜紫渝無法肯定自首是明智的決定。現在她的腦袋就如糨糊，靈魂被恐懼蠶食，光是忍住不讓雙手繼續顫抖已教她筋疲力竭。就在她還在猶豫之際，一則新留言讓她稍稍舒一口氣。

misterpet2009發表於2015-07-05 16:18

re：十四歲女自殺背後有黑手？

你們別高興得太早，依我看，這傢伙很容易脫罪。他沒有主動發放手上的資料，那是zerocool用不正當方法取得的，換言之，就算警察在他的電腦找到檔案，他亦可以用相同的藉口開脫，說是從網上找到的。要證明一個人偷取資料很困難，以前有案例，一名男子被控在網上發放色情影片，但因爲他跟家人同住，控方無法證明當時使用電腦的是他而不是他的老婆，所以無法入罪。

差點誤事了——杜紫渝想。她回心一想，兄長一直在說的，正跟這位版友說的一樣：沉住氣、低調、矢口否認。兄長被警察拘捕了，不一定會被檢控，就算上到法院，控方也可能因為證據不足而撤控。警方迅速動員，不是因為「唆使自殺」或「誹謗」，而是「電腦犯罪」；只要他們一天沒找到兄長跟以諾中學的關係，案情就有很多可以斟酌的空間。

沒找到關係的話——

杜紫渝猛然察覺，自己就是關鍵。她再一次發抖，喉頭湧起一陣刺痛——她今天一直沒進食，胃酸湧上食道，但她現在對自己的身體毫不在乎。

「他們找不到我的，他們找不到我的……」就像詠唱咒語，杜紫渝低聲說道。她從來沒有自言自語的習慣，但現在她不自覺地將心裡想的說出來。她蹲坐在椅子上，雙臂環抱，身子前後晃動，目不轉睛地瞧著螢幕。

「兄長和我連姓氏都不同，他們找不到我的……」

時間一分一秒過去，杜紫渝能做的，就只有呆在電腦前，默默地觀察著事態發展。她等待著兄長保釋的消息，不過她不知道兄長會否找她——就連她都察覺到自己是關鍵，兄長不會沒想到，那麼他就不會主動聯絡，以免關係曝光。

夕陽西下，杜紫渝已差不多對著電腦七個鐘頭。討論區的祭典狀態仍未中止，版友們繼續興致勃勃地討論兄長是否有罪、動機是什麼、用什麼手法拿到這麼多學生隱私、他和區雅雯有什麼不道德的關係。大部分都是無意義的廢話，可是，有一段對話抓住了她的注意。

——這傢伙會不會有共犯？

——我是那個共犯的話，現在當然躲起來了。

——你當香港警察是廢物嗎？香港這麼小，怎躲？

——我說那種人去死不就好了？乾脆躲到地府去啊。

死？

「渝，妳記著，就算生活再苦也不要放棄生命。將恨意發洩在他人身上吧！我們活在這個荒謬的社會，每天面對著大大小小的不平事，無時無刻受盡折磨。既然上天對我不仁，我就對人不義，就算與全世界為敵我也不在乎。唯有堅強的人能在這個社會生存下去。」

杜紫渝想起兄長說過的一席話。

然而這刻並不適用。

自己的存在，會否危及兄長？

兄長自小吃苦，今天難得有一技之長，事業上略有起色，若然被烙上罪犯的印記，前途便毀於一旦……

「……這兩個角色雖然不是戀人，但他們是更緊密、更密不可分的共生體，我們不能以世俗的眼光來看待。我想，作者想強調的是二人之間的『羈絆』，也因此，爲對方而死的男主角並不會將自己的死視作犧牲，在他眼中，自己的生命和對方的生命根本就是同一事物……」

杜紫渝想起幾天前她在部落格回答小芳的話。

晚上九點二十六分，一則新留言出現在已有近百個回應的「十四歲女自殺背後有黑手？」的帖子之下。

spacezzz發表於2015-07-05 21:26

re：十四歲女自殺背後有黑手？

我認識被捕的男人，他是我的同事，沒想到他是這種人，眞是知人知面不知心！我有內幕可以爆：他提過他有一個中學生妹妹，我曾碰見過他們在一起。我記得他妹妹穿的校服，跟那個自殺女生的學校的很相似！我猜一定有關係！

看完這段留言後，杜紫渝反而沒再顫抖。

因為她不再迷惘了。

2015-07-05 星期日

「快回覆啊！很麻煩啊！」
12:48

「你在哪裡？那個人說已報警了啊！！」
13:10

「！」
13:15

「情況失控了！你快上花生看看！」
13:31

「你在不在啊？？」
14:01

「我好擔心啊！！！」
14:42

「你見字立即打電話給我吧」
15:13

「求求你」
15:14

「哥」
15:14

第八章

1

「這邊沒問題，你替我盯住那個姓施的就好。」站在街燈下，阿涅對電話裡的鴨記說道。他掛線後回到車廂裡，車裡只有阿怡一人，她正聚精會神地凝視著螢幕。

自從確認了「小七」和「老鼠」的身分後，這幾天阿涅和阿怡緊盯著杜紫渝的一舉一動。阿涅開了一輛廂型車，連續幾天停留在杜家附近。這是一輛車身特長、車頂稍高的白色福特Transit，雖然香港道路上最常見的客貨車是豐田Hiace，但Transit也不算罕有，而且一般人都不會留意停在路邊的客貨車。然而，為了消除僅有的不確定因素，阿涅每天將車子停在廣播道的不同位置，以防有精明的居民或盡責的大廈管理員對這一輛陌生的廂型車留下印象。今天，他選擇的據點在廣播道和范信達道交界。

外觀上，這輛福特Transit平平無奇，車身有點髒、車頭黑色保險槓有幾處小凹陷、載貨車廂的窗子密封，就如同典型提供租賃服務的商用客貨車；可是車廂裡卻別有洞天，數天前阿怡甫走進車裡便被車內環境嚇一跳。

很多螢幕。

載貨的密封車廂中，左右兩邊的牆上掛著六台大小不一的電腦螢幕，靠近車頭的角落有一個金屬架子，每一層都塞滿形形色色的電子器材，露出大量按鈕、接頭和指示燈。車廂內壁鋪上了像海綿的隔音物料，而在右方的四台螢幕下有一張兩米長的工作台，上面放著幾台筆記本電腦、鍵盤、滑鼠，以及一些阿怡沒見過像是控制器的裝置，另外還有幾個星巴克紙杯和一些小吃零嘴。工作台前有三張獨立座椅，電線鋪滿一地，台下有好幾個瓦楞紙箱，角落有一個裝著紙杯和便當盒的垃圾膠袋。車廂裡的凌亂程度跟阿涅第二街的狗窩差不多，而且還隱隱有股臭味——不過，阿怡同時想起在天景國際酒店看到的一幕，她猜想這是阿涅的「流動工作站」。車內的裝潢讓她想起電視台的採訪車，只是阿涅的車子外面不像採訪車貼著標誌，乍看與尋常客貨車沒有分別。

起初阿怡對待在這個狹小的空間感到不自在，但幾天下來她已適應這髒亂的環境，尤其她看到「成果」，知道自己的心願即將達成，就算要她埋伏於垃圾堆中她也沒有怨言。

「阿涅，你說……今晚便會完結了？」

阿涅剛回到車廂，阿怡便問道。她的雙眼仍緊盯著螢幕中的杜紫渝，而她從沒想過，短短數天之內，這女生會變成如斯模樣——髮鬢凌亂、面如槁木、雙唇乾澀，一雙眼珠空洞無神，就像深深陷進眼窩之中。

「對，今晚便會完結。」阿涅打了個呵欠，再坐在阿怡身邊的椅子上。他的語氣平淡得教阿怡覺得不可思議，彷彿他壓根兒不覺得這個復仇計畫是一回事。

即使這計畫會令一位少女失去生命。

「你打算如何整治杜紫渝？」在阿怡目睹杜紫渝在實驗室燒掉那頁假遺書當天，她跟阿涅仍待在天景國際酒店六〇三號房間時，她向阿涅問道。

「妳要她一命賠一命吧？」

阿涅的答案叫阿怡感到意外。她以為阿涅是為了阻止自己殺人才故意提出代為報復，可是此刻阿涅卻明確地說出要杜紫渝以性命抵償罪責。

「你……是個殺手？」阿怡支支吾吾地問道。

「要對方填命，不一定要『謀殺』。」阿涅搖搖頭。「比如說，杜紫渝自殺就功德圓滿了。」

「你、你的意思是我們將謀殺偽裝成自殺？」阿怡說話時聲音抖震，即使她內心充滿著對仇人的殺意，但將這意念宣之於口、化成實質的計畫，她理智上仍無法配合。

「不，我說的是自殺，真正的自殺。」阿涅直視著阿怡雙眼：「比起我們親自動手，妳應該更想看到杜紫渝像妳妹妹一樣，自行了結生命吧？」

阿怡吞下一口口水。

「如何做到？」

「不知道。」阿涅聳聳肩。「但我會找出方法。」

「哼，最好有這麼簡單逼她自殺的方法啦。」阿怡對阿涅的說法嗤之以鼻。

「妳弄錯了，區小姐，我不是『逼』她自殺。強迫、威脅一個人自殺，其實跟謀殺沒有分別。人類比其他生物高等，在於我們擁有自由意志，而且知道自己擁有自由意志。我們懂得邏輯推理，了解凡事有因必有果，要為自己的決定負責。我不會逼杜紫渝自殺，但我會製造出自殺的選項，放在她面前，讓她選擇。這樣子對妳來說，才是真正圓滿的復仇。」

阿怡無法理解阿涅的話，但她無意繼續刨根究底。只要阿涅能替她達成願望，她才不管用的是自由意志還是非常手段。

那天晚上，他們跟蹤杜紫渝，看到她和一個成年男性約會。那男人大約二十來三十歲，中等身材，像個上班族。雖然當時無法知道那男性的身分，但阿涅推斷那就是杜紫渝的技術支援者「老鼠」先生。

「中午才驚險地燒毀了那頁『遺書』，除非她是個天才犯罪專家，否則事後只會趕緊找同夥商量，擔心自己有沒有露馬腳，以及需不需要做某些補救。」阿涅解釋道。

看到杜紫渝和那男人的互動，阿怡感到莫名的忿怒。跟在學校時亮出的表情完全不同，杜紫渝在「老鼠」面前露出少女該有的自然神態，眼神裡盡是傾慕。阿怡猜，「老鼠」大概是杜紫渝的情人，而看到這一幕更叫她惱火——她認為杜紫渝惡貫滿盈，沒資格獲得幸福。

可是，翌日下午阿涅的一通電話卻令她略微感到意外。阿涅當晚跟阿怡分別後，獨自跟蹤那男人，查出對方的身分。他是杜紫渝的「兄長」。

「等等，為什麼這個『老鼠』不是姓杜，但卻是杜紫渝的哥哥？」阿怡在電話問道。

「他們的關係有點複雜……這次運氣好，我輕易查出他的背景。下次再跟妳說詳情。」

「所以說，他們不是親兄妹？」

阿涅回答。

阿怡覺得阿涅的語調比平日爽快。也許比起調查，他更鍾情復仇——阿怡暗忖。

兩天後，阿怡上班途中再收到阿涅電話。

「今天下午到廣播道商業電台大樓外找我。」

「什麼？」阿怡之前從阿涅口中得知杜紫渝家在廣播道，可是她不明白阿涅叫她到場的用意。

「我已做好部署，妳想參與行動，今天下午就過來一趟。」

「我下午……嗯，我會請半天假。」阿怡本來想說下班才過去，但阿涅主動告知，她不知道拒絕的話會不會再被對方瞞著行事。「不過你竟然讓我到場？」

「因為事關重大，我禁不起妳這笨蛋自把自為胡亂插手破壞計畫。」阿涅像是嘲諷阿怡道：「和調查事件不一樣，這次我們做的事一旦曝光，可不容易擺平。」

阿怡的心沉了一下。她瞧了瞧身旁的乘客，還好沒有人在意她在說什麼，而她亦自忖剛才沒說出任何露餡的話。事實上，縱使阿涅曾說明「這不是謀殺」，她亦察覺計畫違反法律和道德的本質，知道必須慎重行事──連她手上這支手機也是阿涅三天前給她的，說這樣子通話才「安全」。

下午四點，阿怡來到九龍城廣播道商業電台門外。廣播道一向行人不多，阿怡從專線小巴下車後，環視四周也沒看到阿涅。當她打算打電話給對方時，手機卻早一步響起來。

「馬路對面白色的客貨車。」

阿涅短短丟出一句後便掛線，阿怡抬頭一看，發現在馬路對面一棟私人屋宛前，一棵相思樹樹蔭下的公共停車位上，正好有一輛白色的福特廂型車。她橫過馬路，走到客貨車旁，車子的側門隨即打開，從裡面探頭出來的正是阿涅。阿怡還沒來得及反應，已被阿涅拉進車廂。

「啊？」

因為車裡燈光昏暗，阿怡花了數秒眼睛才能適應，與此同時卻因為身處這個異常環境而大感詫異，環視周遭一陣子才理解這是阿涅的流動基地。最令她感到驚訝的，是掛在車廂內壁的數台螢幕裡顯示著杜紫渝的身影，對方坐在一張躺椅上，拿著一本小說正在閱讀。

「這是實時影片。」阿涅示意著阿怡坐進其中一台螢幕前的椅子，再說：「她現在在自己的房間，妳可以透過二號和三號螢幕觀察她一舉一動，其餘這三個螢幕分別拍攝著她房子的其他地方。」

「你用什麼方法拍攝的？你不是說過她住在十樓嗎？」阿怡驚訝地問。廣播道一帶都是住宅，阿涅不可能像在天景監視學校圖書館一樣，租幾個單位來安裝長鏡頭。

「航拍無人機。」阿涅從身旁撿起一台約手掌大小、有四個螺旋槳的灰色飛行器。「將幾台停泊在杜家對面大樓的窗台頂或冷氣機平台上，調好角度，便能將室內拍得一清二楚。有必要的話，更可以趁無人或對方睡著時飛進室內作近距離拍攝。雖然這款無人機飛行時始終會發出一點聲音，但假如對方熟睡或爛醉，要作仔細調查或拍幾張照片也很容易。」

阿怡猛然察覺，當天被古惑仔抓上車後，阿涅用來威嚇金髮男的照片就是用這方法偷拍的。阿涅根本沒有闖進對方的家，只是用科技去製造曾經站在睡著的對方跟前拍照的假象。

「你遙控了一架無人機進她的房間？」阿怡指著二號螢幕問道。二號螢幕的畫面明顯是從室內拍攝的，連房間裡的書架和房門上的細節也拍得一清二楚。

「不，那是她的筆電鏡頭。」阿涅輕描淡寫地說。「有必要的話，我還可以擷取她的手機前後鏡頭拍到的畫面……不過她家窗戶很多，窗帘也沒放下，這次航拍機的覆蓋範圍已夠全面，那就不用了。」

阿怡沒料到阿涅說的「部署」是指這種侵入式的監視，她以為只是跟蹤對方，確認目標每天外出習慣之類。看著螢幕裡的房間，她不禁聯想到阿涅可能連杜紫渝更衣的過程也沒錯過，懷疑他是否借計畫為名滿足個人的偷窺欲望——可是她回心一想，自己的目的是要杜紫渝償命，在這個大前提之下，杜紫渝被變態男人偷窺也不過是微枝末節而已。

「你部署好攝影機，監視她的一舉一動，那下一步是什麼？」阿怡問。

「就如同我之前所說，製造條件將那『選項』放在她面前。」

阿涅沒有明說，但阿怡懂得他指的是「自殺的選項」。

「怎麼製造條件？」

「對妳來說，最理想的自然是以其人之道還治其人之身，比如讓她遭網路霸凌之類……」阿涅頓了頓，再說：「不過我今天叫妳來主要不是談這個。我說過下次見面時會跟妳談杜紫渝的家庭關係吧？」

阿怡點點頭。一想到杜紫渝跟她哥碰面時的表情，她心裡便感到刺痛，無法原諒這兩個奪去妹妹性命的傢伙。

阿涅移過工作台上的一台筆電，按下鍵盤，螢幕亮出幾張照片，分別是一個年長的男士和阿怡早幾天見過、那個跟杜紫渝約會的男人，後者所占的較多。

「這是杜紫渝的父親，」阿涅指著其中一張照片，上面有一個五十餘歲、神情端肅、穿黑色西裝的男人，「他在建築公司任職高層，這是他在公司網頁的照片。這幾天他剛好北上出差，為我們提供了絕妙的復仇機會——杜宅只有他和女兒居住，換言之，下星期他回來之前，杜紫渝都是一人在家。」

「杜紫渝的母親呢？」

「幾年前拋夫棄女，離家出走了。」

阿怡聞言稍感意外，她沒想到住在高尚住宅區的富有人家妻子也會捨棄家庭——然而她回心一想，也許這才合理，就是有錢人才會如此任性。

「然後這便是『老鼠』先生，」阿涅指著另一張照片，「他畢業於理工大學電腦系，在一家小公司擔任程式員，目前獨居……」

阿涅說明杜紫渝兄長的個人資料時，不斷按下滑鼠，螢幕上亮出一幀幀對應的照片，像是對方離開寓所的偷拍照、進出地鐵站的情況，以及公司所在的商業大廈外觀等等。阿怡看著這些照片，漸漸察覺不對勁。

「等等，」阿怡注意到一個細節，打斷阿涅的話，「這張照片背景裡的菜館，門口貼著端午節粽子的海報，那不是兩個禮拜前的事嗎？你怎可能在過去兩天拍到這照片？」

「這不是我拍的啊。」阿涅爽快回答。
「那你怎麼得到這照片？」
「我耍了點手段，從某家偵探社的電腦『借』來的。」
「偵探社？」
「我說過這次運氣好吧。」阿涅微微一笑。「我那天跟妳分別後，跟蹤這傢伙到他所住的大廈外，結果看到有趣的一幕——有人躲在一輛黑色的車子裡用長鏡頭偷拍他，確認他的回家時間。我一看就知道有同業盯上他了。」
「咦？」阿怡愣了愣。
「香港大部分偵探社都曾委託我協助，那個車牌號碼我見過不止一次，連是哪一家偵探社我都知道。只要是合作過的偵探社，我都有埋下一些入侵電腦系統的後門，所以我能夠瀏覽他們的調查報告。剛才說的資料、還有妳看到的照片，通通是現買現賣，從那家偵探社的電腦挖來的。」
阿怡記得莫偵探提過，偵探遇上解決不了的麻煩都會找阿涅。
「誰委託了偵探調查他？」阿怡問。
「杜紫渝的父親。」阿涅用指頭敲了敲筆電螢幕。
「為什麼他要請人調查自己的兒子？」
「誰說他們是父子？」
「他們不是父子？」阿怡訝異地問。「那杜紫渝跟她哥沒血緣的了？但你上次在電話裡又說……啊！他和杜紫渝是同母異父的兄妹？」
「不，他們是同父同母的親兄妹。問題是，杜紫渝的父親不是她的親生老爸，杜紫渝本來就不姓杜。」

阿怡一臉意外，想接話卻又不知道從何問起，只好等待阿涅說明。

「杜紫渝母親以前是個美容師，曾和一個不務正業的男人同居，育有一子一女，據說她十七歲便跟著對方。後來她年過三十，大概發現女人的青春不應浪費在這種沒出息的男人身上，輾轉認識了這個姓杜的男人。」阿涅再指了指螢幕中的照片。「十年前，她丟下家人，只帶著五歲的幼女嫁入杜家，孩子改從繼父姓氏，就是杜紫渝。」

「她疼愛女兒多於兒子，所以只帶杜紫渝改嫁？」阿怡不知道「改嫁」一詞是否正確，因為那女人本來就沒跟同居男友結婚。

「如果她疼惜女兒就不會二度出走啦。依我看，這女人當年沒放棄女兒只是出於私利，畢竟帶著個五歲的可愛小女孩，很容易博得男人同情，這種手段我也會出賣。」阿涅亮出一副嗤之以鼻的樣子。「這段婚姻維持不到五年，杜紫渝的母親故態復萌，遺下字條跟另一個男人跑了，聽說對方是個股票市場的投機客，簡而言之，就是個現代賭徒。那個情夫的財產不一定比她丈夫豐厚，生活也不一定比較穩定，但肯定的是對方不會是個悶蛋。」

「那杜紫渝……」

「只好和繼父一起生活。雖然沒有血緣關係，但法律上他有責任照顧她。」

阿怡沒想到杜紫渝的背景如此複雜。

「她父親聘請偵探是想調查妻子的下落嗎？」阿怡問道。

「杜紫渝的母親在拋棄女兒和第二任丈夫數年之前已拋棄了大兒子，妳認為從他身上可以調查到那女人的下落嗎？」阿涅不屑地笑道。「事實上，這個被背叛的男人在妻子離開多年後才發現那個兒子的存在，自己的繼女瞞著自己跟親兄一直有來往，近年更關係密切，我猜他一定感到不是味兒。」

「你從偵探社的報告中知道這些情報？」

「不，我是從杜家的前任女傭口中得知的。」阿涅打開另一張照片，相中人是一個約五十歲的南亞裔婦人。「她叫Rosalie，來港二十多年，說得一口流利廣東話，之前一直在杜宅工作，杜紫渝老爸婚前獨居時是鐘點女傭，婚後便改成全職，照顧杜紫渝一家三口的日常生活。去年被辭退，目前在何文田一個家庭擔任女傭。只要透過仲介公司就很容易查出這些外傭的動向，確認Rosalie所在後，我再假扮成學校社工，訛稱杜紫渝最近有些情緒問題，於是找上她問一些家庭細節。」

阿怡本來想問對方怎會如此輕率透露人家的家事，但她想到阿涅一定又用上什麼社交工程技巧，以高明的話術籠絡人心。

「剛才你說杜紫渝瞞著父親，與兄長來往？」阿怡問。

「對杜紫渝來說，真正能交心、傾訴的親人只有哥哥吧，繼父不過是個陌生人……然而近朱者赤、近墨者黑，杜紫渝似乎受她那個有點小聰明的大哥影響甚深，在對付妳妹妹一事上，她的兄長還擔當了出謀獻策的軍師角色，否則單憑杜紫渝一個中學生，才不會想到隱藏身分、蒐集情報、煽動網民種種手段。」

聽罷阿涅的說明，一股莫名的憤怒自阿怡心底油然而生。她一直沒想到這一點——「小七」是小雯的同學，即使因為片面的正義感偏激地認定小雯是壞分子、需要予以懲戒也好，沒有「老鼠」的幫忙，小雯才不會走上絕路；然而這個「老鼠」是杜紫渝的大哥，是個成年人，他居然沒有在杜紫渝走歪時導正對方，更和妹妹一起密謀，運用自己的專業知識協助妹妹以正義之名行惡，這就無法原諒。

杜紫渝的家庭背景亦教阿怡暗吃一驚。相當諷刺地，她想起花生討論區那篇文章中那段「在單親家庭長大，沒長輩管教她，所以性格變得更頑劣」，那恰恰是杜紫渝本身的寫照。她無法得悉那個繼父何故委託偵探社調查女兒的兄長，但她猜背後的理由可能很單純，就是察覺那傢伙對杜紫渝有壞影響，擔心孩子會變得更偏激、更極端。阿怡想，換著自己是杜紫渝的繼父，她也可能用相同的方法，摸清對方的底細，抓住把柄或弱點用來威脅對方，逼二人斷絕來往。

「聽那個菲傭的語氣，」阿涅往後靠在椅背上，「她應該滿關心杜紫渝，畢竟她看著對方長大，多少有像母親的感情。說不定她繼續留在杜家的話，杜紫渝有多一位能傾吐的家人，就不會跟兄長鬧出這樣一場荒謬劇……」

「你跟我說這麼多，是想告訴我這並非杜紫渝的錯嗎？」阿怡反感地嚷道。

「考慮誰是誰非不是我的工作，我的責任只是替妳執行復仇計畫。」阿涅淡淡地回答。「我以為妳會有興趣想知道多一點杜紫渝的背景，畢竟她是妳的『殺妹仇人』吧？」

阿怡頓時語塞。不知道從何時開始，她不再關心杜紫渝這個人是誰，只將對方視作一個符號，是罪惡的化身。她只一心想要杜紫渝受苦，要她受盡折磨，卻忘掉這復仇計畫背後有何意義。

「就算杜紫渝缺乏母愛，這也不是她走上歪路的藉口。」阿怡心想。阿怡很快克服心底裡的一絲動搖，再次狠下心腸，誓要貫徹她目前復仇鬼的身分，要杜紫渝血債血償。

接下來的一個多小時裡，阿怡和阿涅默默地注視著螢幕上的杜紫渝。阿怡曾開口再問阿涅接下來有什麼行動，阿涅卻丟下一句：「妳嫌悶可以回家，復仇不是泡方便麵，不會三分鐘便有結果。」

阿怡碰了這樣一個軟釘子，只好閉嘴。她不知道的是，阿涅雖然掛著一副撲克臉，此刻卻思考著各種策略，將已知的事實與未來的發展連結起來，形成一個錯綜複雜的網路。這幾天他腦袋裡一直在計算著往後遇上的種種可能，分別盤算著不會被杜紫渝和施仲南看穿的計謀——對阿涅來說，調查真相比算計他人來得輕鬆，可是他鍾情於後者，設置圈套帶來的緊張感和挑戰性，遠比解謎來得有趣。

「嗶嗶——」

就在阿怡懷疑繼續觀察杜紫渝有何用途時，阿涅面前的筆電突然發出短促的電子鈴聲。

「哦，來了。」阿涅邊說邊站起，走向車門。

阿怡以為阿涅終於要執行下一步，連忙抖擻精神。阿涅打開車門，阿怡才曉得那句「來了」指的是什麼——站在車外的，正是阿怡在天景酒店見過的那個鴨記。他拿著星巴克的紙杯，瞄了車內的阿怡一眼，表情沒有變化。

「今晚便拜託你了。」阿涅對鴨記說道，再往車外走去。

「什麼？」阿怡見狀，插嘴問道。

「換班啊。」阿涅說話時，鴨記已取代阿涅坐上他原來的座位，移過筆電，鍵入幾句阿怡看不懂的指令。「我一個人當然不可能二十四小時監視對方吧？」

「那我……」阿怡不知道自己該不該留下——她根本不知道監視杜紫渝、掌握她的作息後有什麼行動。

「妳要待通宵我不管妳，不過車上只有男用尿壺，妳要方便的話就自己想辦法。」

「等——」

阿怡話沒說完，阿涅已關上車門，車裡只餘下阿怡和鴨記。阿怡想追出去，可是她搞不懂車門開關，弄了好一陣子才成功打開，待她步出車外時，已看不到阿涅身影。
「區小姐，請妳關上門。」阿怡身後傳來鴨記低沉的聲線。「別引起他人注意。」
阿怡聞言，只好依他所說回到車裡。
雖然阿怡討厭阿涅，但至少跟對方相處過一段時間，懂得如何應對，可是鴨記就只有一面之緣，跟陌生人沒有分別。此刻和這個男人共處一個狹小空間，阿怡感到有點尷尬。
「區小姐。」
冷不防地鴨記主動搭話。
「是、是？」
「廣播道和聯合道交界的公園有洗手間，妳有需要可以用那個。」
「啊……謝謝。」
鴨記說話時頭也不回，視線一直放在面前幾個螢幕之上。短短一句話令阿怡對這個壯碩的男人添了幾分好感，雖然對方依舊面無表情，像個機器人一樣。
阿怡瞧瞧手錶，發覺時間不過是黃昏六點半，待在密封的車廂裡，令她失去時間的感覺。她坐回本來的座椅，跟鴨記一樣瞧著螢幕，觀察杜紫渝的舉動。好幾次阿怡想打開話匣子，但鴨記身上彷彿傳來一道「請別妨礙我工作」的氣場，令阿怡打消念頭。
「那是誰？」阿怡從另一台螢幕上看到，一個婦人從玄關走進杜家。
「鐘點女傭，替杜紫渝做飯。」
鴨記言簡意賅，沒說半句多餘的話。
阿怡看到那婦人在廚房煮菜，不一會便捧著兩個盤子，放到餐桌上，再走到杜紫渝的房間叫她。當阿怡看到婦人替杜紫渝盛飯時，才意會那兩菜一湯的晚餐是杜紫渝的一人份——以前在區家，同樣的一尾煎魚、一盤炒菜、一窩湯，已足夠餵飽她們母女三人。目睹這一幕，阿怡心裡更忿忿不平，暗罵杜紫渝生活無憂無慮、衣食豐足，卻無事生非迫害小雯。阿怡從來不仇富，可是此刻心裡也不其然滋生對有錢人的憤恨。

杜紫渝飯後回到房間，先用了一會電腦，再坐回躺椅上繼續看小說。透過螢幕，阿怡看著杜紫渝的一舉一動，可是她完全不理解這種監視有什麼用途。

「今晚不會有進展。」鴨記就像看穿阿怡心事，突然說道。

「不會有進展？」

「妳先回去也沒有損失，明天再來吧。」

鴨記雖然木訥少言，但阿怡覺得他比阿涅像個正常人，至少容易溝通一點。她猜鴨記應該沒騙她，於是點點頭，決定暫時撤退，畢竟她也有點餓，難得今天剛收到工資，結束多天的節衣縮食生活，可以吃一頓飽的——連杜紫渝這罪人也可以吃如此豐富的晚餐，阿怡一想到自己一直吃泡麵度日，就心有不甘。

「那我先回去了。」阿怡站起身，往車門走過去。步經鴨記背後時，她不經意地瞄了對方面前的筆電一眼，發現畫面顯示著花生討論區的版面，眼尖的她更看到文章列表中，有一個特別的標題。

十四歲女自殺背後有黑手？

「咦？」阿怡不自覺地喊了一句。

鴨記回頭瞧了阿怡一眼，眼神像在問她怎麼了。

「這……沒什麼，我先走了。再見。」

阿怡擠出一個笑容，告別鴨記後，直奔樂富地鐵站。和阿涅相處多時，對方的行事模式她心裡有底，在完成計策之前他才不會透露內容。阿怡猜，阿涅的復仇計畫下一步早已開始了，只是暫時沒對自己說明，她估計，花生討論區那篇文章就是計畫的一部分。鴨記是阿涅的搭檔，阿怡知道對方再友善，在工作上是不會讓步的，直接問他那是什麼文章也不得要領——想知道那文章是什麼，就只有靠自己。阿怡放棄吃大餐的念頭，直接回家，一邊用筷子吃著泡麵一邊在電腦打開花生討論區，找尋那篇名為「十四歲女自殺背後有黑手」的文章。

然而，她花了足足一個鐘頭也找不到。

她瀏覽過討論區的好幾個版面，也翻到列表的十多頁後，卻遍尋不獲。本來她以為文章被其他熱門話題蓋過，掉到數頁之後，可是翻到一星期前的舊文仍不見蹤影，而她幾乎確定剛才在鴨記的電腦螢幕上看到的是列表首頁。阿怡開始懷疑自己有沒有看錯，那會不會不是花生討論區，而是外表相似的其他討論區，可是阿怡是網路新手，才不曉得如何找尋其他網路論壇。

無計可施之下，阿怡唯有放棄。她想，明天下班後當面問阿涅就好，他不答的話就追問到他肯回答為止。

因為這天阿怡早退，翌日雖然值早班，為了補足工時，她工作至圖書館九點閉館才下班。離開圖書館時她打電話給阿涅，知會對方她現在動身再到廣播道，但阿涅接聽後卻說出另一個地點。

「我在又一城停車場P2，M區。」

「又一城？」

「P2，M區。」

阿涅說罷便掛線，讓阿怡一臉茫然地站在街上。她思考了一會，判斷阿涅言下之意是「假如妳想來便到又一城的停車場找我」，畢竟若然阿涅不想她在場，他不會說出明確的地點。

阿怡來到九龍塘又一城停車場時已差不多十點。又一城停車場有三層，共有八百多個停車位，這晚差不多全滿，但阿怡仍能順利地依照阿涅的提示找到那輛福特廂型車。她剛來到車旁，車子的側門便應聲滑開，從昏暗的車廂裡露臉的正是阿涅。

「為什麼你將車子開到這兒了？」阿怡上車後，甫關上門便問道。

阿涅沒有回答，只努努下巴，指了二號螢幕一下。車裡的螢幕畫面跟前一天阿怡看到的沒大差異，大部分仍顯示著從窗外拍攝的杜宅，唯獨二號螢幕不一樣，變成商場內一家咖啡店的風景。阿怡定睛一看，發現鏡頭焦點所在的一張沙發上，舉著書本在閱讀的不是別人，正是杜紫渝。

「那是杜紫渝？」阿怡問。

「嗯。」阿涅隨意地回答道。「她下午便來到又一城逛書店，七點在美食廣場吃了一客韓式石鍋拌飯，之後便在這家咖啡店看書。」

「你怎麼拍攝的？在人多的商場裡開航拍機？」

「鴨記正貼身跟蹤她。」

阿怡仔細再看，發現鏡頭大概放在桌子上，畫面左側還拍到一個失焦的咖啡杯。

「你們不是輪流監視的嗎？」阿怡再問。

「特殊情況。」阿涅坐回椅子，語氣帶點彆扭地說：「杜紫渝下午離家，和平日步行到樂富的行程不一樣，她在路旁等候往又一城的小巴。因為無法確定她會不會轉乘鐵路到其他地區，我逼不得已丟下車子，坐上同一輛小巴跟蹤，再聯絡鴨記替我開車跟我會合，然後交換行動。」

「你跟杜紫渝坐上同一輛小巴？她沒有認得你嗎？」

「我有喬裝。」阿涅聳聳肩。「不過老實說，我得承認我有點低估她。我以為一個十五歲女孩承受著這種壓力，只會窩在家裡煩惱，沒料到她反過來獨個兒到外面散心減壓，而且還在外面待這麼久。雖然我有應付的手段，但始終有點出乎我的意料。」

「壓力？她有什麼壓……」阿怡靈光一閃，想起昨天看到的討論區畫面。「啊！是花生討論區的新文章？」

阿涅挑起一邊眉毛，端詳著阿怡的表情，再微微一笑，說：「鴨記不可能露口風，所以是妳無意間瞄到的吧？」

「嗯，」阿怡直認不諱，「我看到列表有一條好像叫『少女自殺背後有黑手』的文章標題，你昨天又說要讓杜紫渝遭到網路霸凌，那兩者就互相吻合……」

阿涅移過工作台上的一台筆電，放在阿怡面前。

「既然妳眼尖看到，那就沒辦法了。」

筆電螢幕裡，顯示著花生討論區的一串貼文，標題醒目地寫著「十四歲女自殺背後有黑手？」。雖然開串文章語無倫次，但阿怡也看懂那個叫superconan的版友的意思——他知道邵德平沒有外甥，懷疑kidkit727的文章別有內情，暗示網民被唆擺利用。在一堆其他版友反擊嘲諷的簡短屁話之後，一個叫zerocool的「資訊科技保安顧問」提出驚人的佐證，表示可能意外獲取kidkit727的硬碟檔案，插手調查真相。這篇新回應引起不少網民叫好，縱使zerocool的立場跟superconan差不多，眾人對他們的反應卻南轅北轍，畢竟在網路上態度比內容更受重視，網民寧願聽取包裝得漂亮的屁話，卻不肯接受以髒話修飾的勸言。

杜紫渝看到這兩篇爆料文的話，一定心慌意亂——阿怡想。

「你……你向花生討論區的網友告密了吧？」阿怡問道。「告訴開串的那個『什麼柯南』邵德平沒有外甥的人便是你吧？還有，那個抓到什麼硬碟備份檔的人是你的同夥？我才不相信這麼巧合，這邊剛有人翻案，那邊就有人提供證據……」

「妳弄錯了，區小姐。」阿涅指了指討論串，說：「我沒有告密，也沒有抓到備份檔案的同夥——在這串裡發言的所有網民都是我。」

阿怡愣了愣，一時間聽不懂阿涅的話。

「『所有人』都是你？」

「對。什麼『超級柯南』是我，什麼『ZeroCool』是我，就連插科打諢，留下無聊廢話嚷著『留位吃花生』的也是我。」

「你駭進了花生討論區？但你冒他人名義發了這麼多回應，那些真正的用戶不會不發覺的啊？」

阿涅伸手按下筆電的幾個按鈕，畫面上亮出另一個視窗。

「妳比較一下。」

阿怡看到新視窗一樣是花生討論區的網頁，可是她仔細一看，發現有些微但顯著的差別——新打開的花生討論區，沒有「十四歲女自殺背後有黑手」的討論串。同樣的文章列表，在左邊原有視窗裡「十四歲女自殺背後有黑手」夾在「我月入一萬想買樓」和「【有片】港大中文系系花蘭桂坊醉酒實錄」之間，但在右邊視窗那篇談樓價的文章之後便是港大某女生的八卦。

「沒……有？」

「這討論串根本不存在，是偽造的。」阿涅說。

「偽造的？即是沒有人知道邵德平沒有外甥、什麼保安顧問無意間得到可疑的備份檔，通通都是謊言？」

「對，全是假的。」阿涅點點頭。「但杜紫渝以為是真的。」

阿怡有聽沒有懂，狐疑地瞧著阿涅。

「妳記得什麼是『ＭＩＴＭ中間人攻擊』吧？」

阿怡頓時想起之前在咖啡店裡鄰座女生平板上的那隻殺人兔子。

「你駭了杜紫渝家的Wifi，讓她看到假的討論串？」

「對。」

難怪我昨天在家找不到這文章——阿怡想。

「但你用什麼方法駭進杜紫渝家的Wifi？你說過要冒充站台的話，訊號便要比原來的強……」

「我沒有冒充站台，而是直接將她的站台『佔領』了。」阿涅以拇指指了指擱在工作台上的一架無人機，「無人機不單能航拍，還可以搭載無線裝置，讓我入侵她的Wifi路由器。我趁天黑開了一台停在她房間外壁的冷氣機平台上，就能收到她家的站台訊號，進行遙控攻擊。今天的Wifi路由器有不少漏洞，即使用上ＷＰＡ２[25]標準加密密碼，只要用戶貪方便開啟ＷＰＳ[26]，駭客便能輕易繞過檢查，頂多花一、兩個鐘頭就能夠突破保安。之後我只要用暴力法進入路由器的管理系統，將ＤＮＳ[27]指到我設立的假貨，我便能控制她家電腦的所有——」

25. WPA全名為Wi-Fi Protected Access，是一種無線網路保安標準。ＷＰＡ２為第二代。
26. 全名為Wi-Fi Protected Setup，一種方便用戶將無線裝置連接上路由器的標準設置。
27. 全名為網域名稱系統Domain Name System，用作轉譯網址與實際ＩＰ位址。

阿涅看到阿怡不解地瞧著自己，苦笑一下，放棄繼續說明。「總之，我現在就是杜紫渝家和真實網路之間的中間人，控制著她看到的、聽到的一切，相對地，假如她要貼文章、寄信之類，我也能從中攔截、修改。」

「但你為什麼這樣做？」阿怡問。「要煽動網民、製造網路霸凌，犯不著大費周章偽冒他人寫文章啊？」

「有幾個原因，但最主要的是，要短期內完成妳的委託，我就不容雜音干擾。妳以為群眾如此容易煽動的嗎？別相信這種政客常用的白爛藉口。操縱輿論、擺布群眾很容易出差錯，需要長時間策劃，但操縱一個人的情緒卻是小菜一碟，當妳能控制一個人接收哪些資訊，便能控制他的情緒。」

阿怡想起阿涅曾在咖啡店裡說過，給他一個鐘頭的話，他甚至能誘導鄰座那個女生的想法、影響她的行為。

「可是你真的能夠完全隔絕她接收到的資訊嗎？她看到這些文章，當然會打電話給她的兄長求助啊？那樣子不就露餡了？」

「她打不到。」

「為什麼？」

「中間人攻擊的手法並不限於Wifi。」

阿涅說罷從座椅轉身，伸長手臂敲了敲金屬架上一個跟便當差不多尺寸的盒子的面板。

「這東西叫ＩＭＳＩ[28]攔截器，不過坊間更常用的是它的別稱『魔鬼魚Stingray』，它能夠偽裝成手機網路的發射站，攔截一定範圍的所有手機訊號。『Stingray』是美國公司哈里斯通訊[29]的產品名稱，因為它是市場上的第一代產品，後來就成為其他公司開發的同類型儀器的通稱。」

「偽裝手機網路發射站？」阿怡問：「即是說，就像你能控制杜紫渝的Wifi，你連她能撥出什麼號碼、接什麼電話都能控制？」

「難得妳這次一點就通。」

「這東西坊間有賣？這不危險嗎？豈不是說世上所有用手機通話的人都有可能被竊聽？」阿怡訝異地問道。

「有在賣，但平民難以入手，只有政府、軍方、警察在用……」阿涅頓了頓，再說：「啊，當然還有駭客和罪犯。不過我這台不是什麼商用現成貨，而是自組的。」

「那個鴨記造的？」阿怡想起阿涅提過，鴨記是電腦店店東。

「零件沒錯是從鴨記那邊取得，但韌體來自我的老師。」

「你老師？」阿怡不知道「韌體[30]」是什麼，但她對「老師」這兩個字更好奇。

「帶我入行的駭客，鑽通訊保安漏洞是他的專長。」阿涅說。

「這東西真的能攔截電話訊號？」阿怡對這個小盒子的功能有所懷疑，她認為現代科技不會如此兒戲。

「不然我怎麼知道妳的手機號碼？」

「咦？」

「妳之前每次接近我家，我便是靠它知道妳在附近。」

28. 國際行動用戶辨識碼International Mobile Subscriber Identity。

29. Harris Corporation，總部位於佛羅里達州的科技企業，標準普爾500指數成分股之一，亦是一家美國國防承包商，為美國政府及軍方生產通訊設備。

30. 用作控制硬體的低階軟體，通常是針對特定裝置而編寫。

阿怡想起委託阿涅調查初期，他總是對自己的行蹤瞭如指掌，就連這兩天她走近這輛廂型車，阿涅也能早一步察覺，主動開門呼喚。

「你攔截了我的手機？」

「我攔截了我家附近的『所有』手機。」阿涅毫不在乎地說：「我在我家屋頂和附近三棟唐樓安裝了四支連接另一台『Stingray』的天線，鄰近居民所有手機號碼我都一清二楚，只要有陌生手機進入範圍停留超過一分鐘，我的電腦都會自動記錄下來。妳第一次找我時我已暗中抓下妳的手機的資料，妳之後一進入我家方圓一百公尺範圍，我便會收到通知。再者，從手機訊號的強弱，我連妳在街上哪個位置都知道。」

「位置？怎可能？」

「三角定位原理，跟衛星導航一樣。妳想知道的話，上班時自己查書。」

阿怡對阿涅的話半信半疑，但細心一想，又發覺似乎有憑有據。阿涅除了三番四次預知她跑到他家附近，更熟知埋伏自己的黑道的動靜，甚至掌握了對方身分——阿涅曾說過，只要拿到某人手機或在對方的手機動點手腳，他便有能力支配虛擬世界裡的那個人，相比之下，純粹確認對方身分、挖出對方的隱私用作威脅，不過是雕蟲小技。阿怡猜，當天阿涅用來擊潰那個紋身漢的床照，大概是從這個途徑輾轉取得。

「你說你能防止杜紫渝打電話給她的大哥，或是攔截對方打給她的電話，但他們彼此失聯不會覺得奇怪嗎？難道你甚至有方法偽冒聲線，假扮成他人跟他們分別通話？」

「我有改變聲音的工具，不過就算能完全模仿他人的聲線，也難以還原對方的語氣和口音吧，對熟悉的人而言，一聽便知道有問題了。」阿涅瞥了螢幕裡仍在咖啡店看書的杜紫渝一眼，再說：「然而現代人已習慣使用即時通訊軟體，以文字做為媒介交談，這就讓我們有機可乘。」

阿涅撿起工作台上的一部平板電腦，喚出一個介面跟LINE差不多的軟體，放到阿怡面前。畫面上顯示著二人互傳訊息的對話，一開始阿怡不明所以，但看過數段，赫然從內容發現對話者是杜紫渝和她的兄長。

「這是杜紫渝和她兄長的對話？」

「對，不過，這個『兄長』是我。」阿涅獰笑道。

「你連這個也能辦到？」阿怡驚訝地嚷道。「怎可能？」

「唉，看來我不從頭說起，妳只會像壞掉的錄音機不斷喊著『為什麼』、『怎可能』吧。」阿涅搖搖頭，語氣帶點輕蔑但不至於令人反感。「首先，我在我們再訪學校翌日已經去了廣播道『踩線』。當天我確認了杜家的位置，晚上便放出無人機，進行監視和入侵杜家Wifi，同時使用Stingray攔截附近的所有手機訊號，篩選出杜紫渝的那一支，如此一來，準備工夫便妥當。」

阿涅將阿怡眼前的筆電移到自己面前，在鍵盤輸入一串指令，再將螢幕轉向阿怡。

「前天早上，我利用Stingray傳送這一封簡訊到杜紫渝的手機。」

以諾中學圖書館提提您，您的借書《１３．６７》將於三天後到期，如欲查詢或續借請使用線上系統：http://www.enochss.edu.hk/lib/q?s=71926

「這是什麼？」阿怡問。

「以諾中學圖書館的還書通知。當然這是假的，目的是要她按下連結。」

「按下連結做什麼？」

「我在以諾中學的網頁裡動了手腳，只要杜紫渝在手機打開連結，瀏覽器便會連接到一台伺服器，在她的手機上安裝偽冒軟體。」

「偽冒軟體？」

「這叫做『Masque Attack化裝攻擊』，就是將一些真正的程式換成外觀相同的惡意軟體。」阿涅舉起平板，指著畫面中的LINE圖示。「這個圖示和真正的LINE沒分別，打開後的樣子、功能也一樣，一般人無法知道這其實是假的程式。杜紫渝登入她手機上的『偽冒LINE』，我便拿到她過往所有來往訊息的紀錄，她傳新的訊息，我的電腦就能夠作出攔截，我亦可以偽裝成她的通信對手。」

「就像『中間人攻擊』的原理？」

「就是。」阿涅眨眨眼，像是對阿怡能說出「中間人攻擊」五個字感到好笑。「網路以文字為主要溝通媒介，人們習以為常後，便不會質疑電子世界裡的訊息是否真實、躲在文字背後的又是否他們想像中的那個人。這也是今天出現不少網路詐騙的原因。」

「可是杜紫渝收到假的還書通知，她不會懷疑嗎？」

「我在偽造花生討論區的爆料串前，以相同方法先弄了假的學校討論區文章，假裝其他學生也收到同樣的錯誤通知。而且，我還加了一篇談論那天我們在圖書館引起的小騷動，杜紫渝看到有人問及妳妹妹的事，自然不會繼續注意還書的簡訊。」

阿涅為了增加那篇只有杜紫渝才能看到的假討論串的可信性，特意檢查以諾中學的系統紀錄，調查當天在圖書館使用印表機的高年級學生的身分，知道棋藝社的社長在場，冒充對方留言回應。事實上，杜紫渝看到那串討論後沒有第一時間找兄長叫阿涅有點意外，但同時令他更了解杜紫渝和兄長的信賴關係，好讓他調整接下來的部署。

「我知道杜紫渝不可能無視圖書館版那礙眼的聊天，她一定會定時追蹤，留意有沒有人——例如郡主——插話，說出更多關於遺書的事，於是那就成為引導她去品嘗『主菜』的誘餌。」阿涅繼續說明。「第二天我以另一名學生的名義，轉貼了我剛才給妳看的花生討論區的假討論串的連結。」

「然後她便上鉤，以為自己的惡行曝光……」阿怡開始明白計畫的來龍去脈。「她昨天先讀到那個柯南的爆料，今天再看到有人說拿到他們的硬碟檔案，而你用那什麼化裝攻擊和魔鬼魚機器，阻斷了她向兄長求助的一切可能……」

阿怡看著螢幕裡的杜紫渝，此刻她才發覺，雖然對方一臉平靜地讀著小說，眉宇間隱然流露著些微不安，掩飾著心事重重的樣子。

「等等，」阿怡突然想到一點，「杜紫渝現在不在家，她不就有機會接上真正的網路？萬一她發現花生討論區沒有那串文章，事情不就敗露了？又或者她大哥這時候打電話給她，阿涅你這台魔鬼魚的天線能攔截身在咖啡店的她的手機嗎？」

「所以鴨記現在貼身跟蹤她啊。」阿涅指了指螢幕。「他的背囊裡有一台低功率的Stingray，能攔截半徑十公尺內的訊號，另外也有一台用作偽冒Wifi站台的筆電，進行中間人攻擊，確保杜紫渝繼續被孤立。當然，假如她忽發奇想，跑去使用咖啡店的公共電腦上網，或是使用公眾電話打電話給兄長，那我們就有點麻煩，鴨記到時只能隨機應變，想方法加以妨礙。不過她九成不會這樣做，因為她根本沒懷疑過自己的手機有問題——現代人誰會放棄自己的手機不用，跑去使用投幣的公眾電話？老實說，今天大部分人身上連零錢都沒有，他們都使用八達通之類的電子貨幣啦。」

阿怡沒想到阿涅早有準備，也漸漸理解為何他說雖然杜紫渝跑到又一城教他感到意外，卻也有應付的手段。

「目前杜紫渝還滿鎮定的，畢竟『她的大哥』我在LINE說不用擔心，不過她內心已有所動搖。」阿涅說道。「她真正的大哥仍蒙在鼓裡，埋首在工作之上，應該一時三刻不會留意妹妹這邊出了狀況。如此一來，基本布局已完成，接著便是下一階段了。」

「下一階段？」

「妳想參與的話，今晚就別回家。」阿涅露出狡詐的眼神。

阿怡不知道阿涅的用意，但她察覺她今晚必須留下來。

不久，螢幕裡的杜紫渝收起書本，從座位站起來，鏡頭也搖搖晃晃的，跟著杜紫渝離開咖啡店。杜紫渝走到沙福道的小巴站排隊候車，而阿怡從畫面看到，鴨記就站在她隊伍前方，相隔一位乘客。小巴站站著不少準備回廣播道的居民，而在等候的同時，阿怡察覺到鴨記和阿涅不簡單之處——一般來說，跟蹤他人應該留在目標人物的後方，可是鴨記此刻卻比杜紫渝排得更前。阿怡猜這有兩個好處，一是假如鴨記排在杜紫渝身後，萬一小巴滿座，剛巧在鴨記和杜紫渝之間中斷，鴨記就無法跟對方同車，繼續監視，而排在前方的話，可以找藉口禮讓其他乘客上車，讓自己順利坐上杜紫渝會乘坐的班次；二是更攻於心計的一步，試問誰會想到站在前方的人正在跟蹤自己？然而鴨記卻大膽地先讀了杜紫渝的行動，知道她準備坐小巴回家，於是搶在她前面排隊。

「我們也該出發了。」阿涅站起，往車頭走過去。這時候阿怡才看到車廂前方放儀器的架子旁有一扇狹長的滑門，阿涅拉開後，便能擠進駕駛座。

「妳留在後面繼續看就好。」阿涅從駕駛座回頭說罷，便關上滑門。

車子搖搖晃晃的發動，但阿怡沒理會，只繼續觀察畫面裡的杜紫渝。鴨記和杜紫渝坐上小巴，分別坐在前方和後方。十五分鐘後，阿涅將車子開回廣播道一個停車位，回到車廂裡，而鴨記他們仍在路上。再過數分鐘，杜紫渝下車，但鴨記仍文風不動坐在小巴上。

「她已經回到我們這邊的Stingray攔截範圍。」阿涅像是向阿怡解釋道。阿怡也理解鴨記為什麼沒跟隨下車，因為小巴不像巴士，乘客可以隨時請司機停車，假若杜紫渝喊「有落[31]」後鴨記一同下車，這很容易引起對方注意。

五分鐘後，杜宅的監視畫面裡傳來杜紫渝的身影。與此同時，鴨記也回到「流動基地」，跟阿涅會合。

「辛苦你了，要你兼顧這邊。」阿涅邊接下鴨記遞過的背囊邊說。這天晚上，原來的分工是阿涅監視杜紫渝，鴨記監視施仲南，可是杜紫渝的行動令阿涅不得不放棄另一邊。

「不打緊。」鴨記依舊以平淡的語氣回答。事實上，對鴨記來說這邊的跟蹤更能顯出他的本事——畢竟他本來負責監視的傢伙，這幾天不是在公司加班，就是窩在家裡準備文件。

阿怡有點猜不透鴨記和阿涅的關係。鴨記對阿涅好像很敬重，不過那也可能是搭檔間的信賴。她想起來記老闆談及阿涅的表情，也想起莫偵探對阿涅的態度。在阿怡眼中，阿涅不過是個能力超凡的討厭鬼，她無法了解他們怎樣跟這個怪人建立信賴關係。

鴨記離去後，阿涅對阿怡說：「椅背能夠往後調節，妳可以先睡一下。」

「睡一下？你不是說進行什麼下一階段嗎？」

「時候還早。」阿涅邊說邊從工作台下一個膠袋掏出一條麥果棒，再埋首筆電之上。

31. 在香港乘搭小巴的專用術語，乘客喊出粵語「有落」，司機便會停車讓其下車。另有衍生出「燈位有落」（訊號燈的位置下車）、「街口有落」（街角下車）等等。

阿怡不明所以，但她決定姑且聽從對方的話。車廂環境昏暗，加上連日的情緒波動，阿怡感覺疲累，在盯著螢幕裡的杜紫渝的同時，不知不覺間闔眼睡著。朦朧中，她感到有人搖動她的左肩，惺忪間睜開眼，看到阿涅一如她睡著前的模樣，坐在左邊的椅子上。阿怡正奇怪阿涅為何這麼快喚醒她，舉起手腕瞄了一眼手錶，卻看到時針已跨過「三」字——她渾然不覺自己睡了快四個鐘頭。

「清醒了沒有？」阿涅問。阿怡揉揉雙眼，環視四周。監視螢幕中仍舊是杜宅的景色，不過顏色變成單調的淡綠色，對準杜紫渝房間的三號螢幕亦一樣。

「行、行動了？」阿怡反問。

「嗯。」

「我們要做什麼？潛入杜宅嗎？」

「不，我們要打電話。」

「打電話？」

「半夜的騷擾電話。」

阿怡聽罷睡意全消，質問道：「騷擾電話？你要我留下來就是做這種幼稚的惡作劇？」

「本質上的確是惡作劇，但卻不幼稚。」阿涅聳聳肩。

「怎……」

「先別問。」阿涅在阿怡面前放下一個座檯麥克風，再按了幾下面前的電腦鍵盤。在三號螢幕裡，臥床上的杜紫渝忽然動起來，伸手從床頭取過手機。

「夜視鏡頭只能拍到這程度，將就一下。」阿涅說。阿怡這時才明白畫面變成單調綠色的原因。

「喂？」

杜紫渝的聲音突然從電腦喇叭傳出。阿怡轉頭緊張地瞧著阿涅，比手勢問他該做什麼。

「妳不按下麥克風的按鈕，她聽不到這邊的聲音的。」阿涅忍住笑意，可是語氣像在嘲諷阿怡滑稽的模樣。「不過第一通電話就別說話。」

「喂？」喇叭再次傳出杜紫渝的聲音，這時阿涅按下鍵盤，喇叭傳出短促的「嘟」一聲，表示通話完結。

「再來便由妳出場。」阿涅看到杜紫渝放下手機，便再次按下鍵盤，再指了指麥克風。

「萬一她認出我的聲音……」阿怡有點猶豫。

「我動了手腳，機器會先改變聲調，她認不出來的。」

杜紫渝再次撿起手機，喇叭隨即傳來一句「喂？」，語氣有點不快。

「我該說什麼？」阿怡抓住麥克風，手指放在按鈕上。

「妳想說什麼就說什麼，總之別提『妹妹』或任何洩露身分的話，愈精簡愈好。」

阿怡在猶豫之間按下麥克風按鈕，可是未想到該說什麼。然而阿涅那句「妳想說什麼就說什麼」宛如驅使她行動的咒語，她咬一下下唇，說出簡短的一句話──

「殺人兇手──」

阿涅在阿怡丟下一句後便按下鍵盤掛線，臉上掛著像是嘉許對方的笑容。阿怡看到畫面裡的杜紫渝整個人僵住，而她也意外地對剛才說出的四個字感到滿意。她一直想親口對那個害死妹妹的傢伙罵一句殺人兇手，如今她不但做到，更令對方因為這四個字而驚惶失措，可謂一石二鳥。

「很好，不過欠一點調味，不妨粗鄙一些。」阿涅伸手移過麥克風，三度按下鍵盤。

「你是誰？你想幹什麼？你再打來我便報警！」就連阿怡也聽得出，杜紫渝心底的焦躁正越過喇叭傳進這狹小的車廂內。

「操你！嘿嘿。」阿涅裝出阿怡沒聽過的下流語氣，罵了一句髒話。他沒等杜紫渝作反應便掛了線。

阿涅接連第四、第五次按下鍵盤，可是杜紫渝先是拒接電話，之後還關上手機。

「噢，Game Over。」阿涅笑著聳聳肩。

看到阿涅的輕佻的樣子，阿怡不禁有點氣，但同時頗為疑惑。

「這些騷擾電話到底有什麼意思？」阿怡問。

「妳看看杜紫渝現在的樣子？」

阿怡轉頭望向畫面，發現杜紫渝縮在床上一角，用被子包緊自己，似乎受到相當大的打擊。她沒想到對方會如此恐懼。

「一般人接半夜的騷擾電話，頂多只會導致心情不好，但她不是。正所謂『平生不做虧心事，夜半敲門心不驚』，她就是因為做了虧心事，所以我們只要敲敲門，就能敲碎她那裝出來的鎮靜。」阿涅說。「而且這些電話是用來帶出下一步的引子。」

「引子？」

阿涅敲打幾下鍵盤，再移過筆電，讓阿怡看到螢幕。畫面上依然是那個偽冒的花生討論區，在「十四歲女自殺背後有黑手」的討論串裡，多了幾筆新回應。

——竟然有電話號碼！誰去打打看？

——我打了，接電話的是個女的！兄弟快上！

……

「杜紫渝看到後，便會察覺這些騷擾電話的來源。」阿涅在電腦觸控板上拉動頁面，再說：「加上這個，她更會相信網民已經確認那個逼妳妹妹走上絕路的kidkit727擁有不可告人的動機，而且身分快要被揭穿了。」

在那些偽造的起鬨留言上方，有一則回應與眾不同，那名字勾起阿怡的不快回憶。

kidkit727發表於2015-07-04 03:09

re：十四歲女自殺背後有黑手？

我是zerocool。我在解凍的檔案碎片中找到這帳號的密碼了。我百分之百肯定這傢伙跟事件有關。

「這……這也是偽造的留言吧？」阿怡問。

「當然。」

「但萬一杜紫渝檢查kidkit727的登入紀錄，又或者真的再登入kidkit727的帳號，會不會察覺……」

「嘖，我既然能偽造討論串，就能偽造任何網頁，包括登入紀錄頁面嘛。」阿涅皺皺眉，彷彿受不了阿怡發問蠢問題。「而且就算退一萬步來說，杜紫渝也不會登入，她現在恨不得跟kidkit727這帳號一刀兩斷，又怎麼會自尋煩惱，多此一舉登入討論區了？」

阿怡將視線放回監視螢幕上，看到杜紫渝依然蜷縮在被窩裡，偶然發出抖震。阿怡想，也許就如阿涅所說，這串騷擾電話比想像中更有效。

「接下來做什麼？」阿怡問。

「杜紫渝大概會維持這樣子直至天亮，我要趁這段時間準備多一些用來誤導她的假回應。」阿涅拉過一台筆電放在自己面前。

「那我該做什麼？」

「好好欣賞杜紫渝這副德行吧，這不是妳的目的嗎？妳妹妹以前也可能因為看到網路上對她的抹黑，晚上一個人受同樣的苦啊。」

阿怡心頭一揪。自從她和小雯沒睡上下舖後，她就不知道妹妹的睡相。也許，在小雯自殺前的一個月，她每晚也像杜紫渝一樣，蜷伏在被子裡，覺得自己正被不明來歷的陌生人凌遲處死。

接下來的三個鐘頭裡，阿怡大部分時間盯住杜紫渝，但也有假寐片刻。她不知道阿涅如何能不眠不休地執行計畫，但她猜想，他可能早習慣了這種無規律的生活作息。

阿怡在早上六點二十分離開廣播道，坐地鐵頭班車回家，稍作梳洗後上班。阿涅告訴她「結局的高潮」還要多待兩、三天，不用心急，於是她決定不再濫用事假額度，準備下班後再跟阿涅會合。

在阿怡離開廣播道前，阿涅問了她一個問題。

「演戲演全套，我會令杜紫渝的手機收到一堆騷擾語音訊息。」阿涅以帶點慵懶的聲線問：「妳想她收到多少個？」

阿怡精神不足，對阿涅這個無聊的問題不感興趣，於是隨口說了個數字。

「四十二吧。」

「呵，『生命，宇宙及萬事萬物的終極答案』嗎？可惜原文裡的『老鼠』是『Mouse』不是『Rat』，不然就有夠應景了。」阿涅笑道。

阿怡不曉得阿涅胡扯什麼，但她懶得追問。她不知道阿涅說的玩笑話取材自道格拉斯·亞當斯的科幻小說《銀河便車指南》，縱使她在圖書館裡見過這本書不下數十次。

下班後，阿怡再到廣播道。因為這天她值早班，下午四點多便能離開圖書館，到達廣播道時不過五點。阿涅依然穿著相同的衣服，在車裡監視著，然而螢幕裡的杜紫渝明顯跟昨天有所不同。即使阿怡不是什麼心理專家，也看得出杜紫渝憂心忡忡，臉容憔悴，被煩惱困擾得心神不寧。杜紫渝坐在電腦前，緊張地盯著螢幕，又不時撿起手機檢查，似是等待著什麼訊息。可是她每次檢查手機後，都露出失望的表情。

「有什麼進展？」阿怡問。

阿涅遞過平板電腦，上面有杜紫渝和阿涅的LINE對話。

「她試過打電話，但我轉到空號，她以為兄長沒空接。這是之後的對話。」

阿怡看到對話裡有「老闆在我身旁」、「今天好忙」、「我晚點打給你」之類的字句。

「某程度上我寫的也是事實啦，她兄長最近工作繁忙，幾乎每天也要加班——這大概是香港I.T.業界的常態吧，工時長、待遇差、前途不明朗。說不定我做了件好事，讓他集中精神工作，不用整天分心回覆妹妹的訊息……」阿涅語帶嘲諷地說道。

「我想看你寫的那些花生討論區假留言。」阿怡以命令式的口吻說。雖然阿涅覺得有點奇怪，但還是將筆電放到阿怡面前。

「今天她看到的新留言，基本上妳今早已全讀過了。」阿涅說。

阿怡沒理會阿涅的話，仔細閱讀整條討論串。她上班時靈光一閃，心生疑竇，在讀過留言後她更確認所想沒錯。

「你又騙我了？」阿怡對阿涅問道。

「騙妳什麼？」

「你說過要令杜紫渝被網路霸凌，但這些假文章都是針對她的兄長而不是她啊？」阿怡一直隱隱覺得不妥，直到今天她才明白原因。

阿涅嗤笑一下，搖搖頭。「原來妳說的是這個。我之前說的是，最理想的復仇是以其人之道還治其人之身，比如網路霸凌——霸凌只是手段，重要的是目的。」

「目的？」

「妳是要杜紫渝受苦，她有沒有受霸凌不過是其次吧？」阿涅理所當然地回答道。

阿怡無法反駁。

「我知道這樣做比單純要她遭到霸凌來得有效。每個人都有不同的軟肋，找出適合的弱點再戳下去，往往更快得到結果。」阿涅聳聳肩。「妳可別忘了妳的最終目的。」

阿怡曉得他說的是要令杜紫渝自殺。

「妳看到杜紫渝現在的樣子嗎？」阿涅指著螢幕。「昨天她仍能夠裝冷靜地看書，今天她已經丟下書本不管，只在意網路和手機，證明她開始心慌了。只要今晚我們再下一城，妳的目的就差不多能達到。」

「今晚我們要再打騷擾電話？」

「不，我就說過那只是引子。妳等會就知道了。」

阿涅故作神秘的笑了笑，再次說出像啞謎般的話。

差不多到七點，杜紫渝有所行動。

「她又外出了？」阿怡看到杜紫渝離開寓所，匆忙地說：「她再去又一城嗎？我們要不要叫鴨記支援？」

「不，她應該只是到附近吃晚飯罷了。這程度我們只要開車尾隨就好。」

「你怎知道？」

「她沒帶包包，衣服鞋子也隨便穿。」阿涅說：「妳平時離家下樓買個飯盒，跟妳上班穿的衣著也有所不同吧？」

阿怡覺得阿涅所言有理。阿涅將拍攝著杜紫渝所住大廈正門的畫面調至他們面前的螢幕，而當杜紫渝來到街上，沒站在路旁候車，徒步往聯合道走過去，就更證明他預測正確。

「嗯……她橫過了馬路……她不是要去樂富廣場，而是去浸會醫院那邊。」阿涅從座位跳起來，一邊打開往駕駛座的滑門一邊說：「很可能是聯合道建新中心。這邊餐廳少，要預測目標行動變輕鬆。」

阿涅將車子開到廣播道近聯合道交界，再次停車，回到車廂裡。

「我們先在這兒『開第一槍』。」

「開槍？你不要是幹什麼危險的事吧？」阿怡猶如丈八金剛，完全不曉得阿涅在說什麼。

「哎，妳真是想像力平庸。那是比喻，是比喻。」阿涅苦笑一下，從工作台下取出一個手機大小的黃色盒子。盒子其中一面上有數排鈕釦大小的黑色圓形，組成蜂巢般的形狀，阿怡不知道那是按鈕還是什麼。

阿涅走到工作台盡頭靠近車尾的位置，伸手往車廂內壁一拉，阿怡才發現原來那兒有扇窗，只是玻璃給換成不透明的鋼板。阿怡湊近阿涅，探頭跟著對方在窗縫往外看，只見隔著一條馬路，杜紫渝正沿著廣播道斜坡走下來，快要走到公園門口。

「別湊過來妨礙我，妳看螢幕就好。」阿涅推了阿怡一下。

「螢幕才看不——啊。」阿怡本來想抗議螢幕仍拍攝著杜宅，回頭一看才發現二號螢幕的畫面跟剛才她從窗縫看到的差不多，正顯示著杜紫渝緩步走近。她想起幾天前再訪學校時，阿涅說過他用車子的攝影機拍攝著學校大門，如今想來，當時停在學校門前的大概就是這輛廂型車，車外九成接了隱蔽式鏡頭。

「接下來妳便會看到成果。」阿涅一邊用電線將他那支迷你手機接上那個古怪的盒子，一邊說。就在阿涅按下手機螢幕的一剎那，阿怡看到杜紫渝整個人愣住，驚訝地回頭，再往四邊張望。

「發生什麼事？你用什麼擊中她嗎？」阿怡問。

阿涅關上車窗，轉身面對阿怡，再按下手機的觸控螢幕。

「殺人兇手——」

阿怡怔了一怔。就像耳語似的，她聽到昨晚她對杜紫渝說的那句話，不過聲調跟自己的聲音略有不同。

「這是喇叭？」阿怡指著那滿布圓點的盒子，問道。

阿涅沒有回答，舉起盒子，在阿怡面前擺動。

「——人兇——」

乍看是尋常的動作，阿怡卻被阿涅嚇了一跳。她發覺只有盒子正對著自己時，她才聽到聲音。

「這是……」

「這東西叫導向式擴音器。」阿涅解釋道：「簡單來說，就像手電筒可以將光線集中在一點之上，這儀器可以將聲音集中在一個很狹窄的範圍，只有跟擴音器處於相同直線的人才能聽到聲音。原理是利用超音波不會在空氣中擴散的特質來『鎖住』我們想傳遞的聲音頻率，詳情我就跳過，總之剛才杜紫渝就像聽到有人在她耳邊罵了句『殺人兇手』。」

阿怡不知道這種先進科技產品的存在，阿涅這小盒子令她大開「耳」界。

「一槍並不足夠。」阿涅放下盒子，跳回駕駛座。

車子尾隨杜紫渝駛到建新中心外，阿怡從螢幕看到她走進一家叫「獅子山餐廳」的店子後，阿涅便將車子駛進旁邊的金城道。從駕駛座回到車廂，阿涅從工作台下一個鐵箱裡取出一件縐巴巴的灰色襯衫，披上後再穿上一條不搭調的棕色長褲。

「你做什麼？」阿怡問。

阿涅完全無視阿怡，繼續自顧自地換衣服。穿上一雙殘破的黑色皮鞋後，他取出一頂附著灰白色假髮的帽子，蓋到頭頂上。他又從鐵箱拿出一面座檯鏡，仔細瞧著鏡中的自己，將兩團棉花塞進嘴巴，分別藏在腮幫子兩邊，令他的臉頰略微臃腫。接下來他用白色的塗料抹在眼眉和鬍碴上，再戴上一副老氣的金邊眼鏡。

剎那間，阿涅看起來老了快二十歲，活像個六十歲的老頭。他瞇著眼，半皺著眉，眼角的皺紋比平時深刻幾倍，加上上唇微張，稍稍露出門牙，兩邊的法令紋更教人看不出他的真實年紀。

「我去去就回。」阿涅換上一把低沉的聲線，對阿怡說道，然後離開車廂。阿怡猛然想起，阿涅昨天說過他曾喬裝跟蹤杜紫渝，大概就是用類似的技巧。

阿怡回頭望向二號螢幕，看到阿涅正走進餐廳，可是鏡頭拍不到餐廳裡的情形。就在她正要納悶的時候，筆電螢幕上一個搖搖晃晃的視窗畫面抓住她的注意，細心一看，才察覺視窗裡映著、帶點古風的棕色木製櫃檯正是獅子山餐廳裡的環境——阿涅身上帶著一個隱蔽式攝影機。

「先生，一位嗎？」

筆電喇叭傳出聲音，阿怡從畫面確認那句話來自餐廳服務生。

「啊呀，我想買外帶哪。」

就在阿涅說出這句話時，鏡頭轉到左方——阿怡看到，坐在角落的正是杜紫渝。

「先生想點什麼？」

「哎喲，你們有沒有三明治啊？」

「三明治啊，我們有這幾款。」

「不好意思哪，我眼不好，看不到菜單……」

就在阿涅跟服務生一答一合之際，畫面裡的杜紫渝忽然抬頭，神色緊張地環顧四周。阿怡瞧向旁邊，才發現工作台上的手機和那台導什麼擴音器都不見了。

「……那茄牛治[32]就好了啦。」

「好的，一客茄牛治，二十八元。」

阿怡幾乎沒聽到畫面外阿涅和服務生的對話，她只盯著杜紫渝。縱使阿涅身上的攝影機拍得不夠清晰，但她也看得出杜紫渝臉上的表情已由緊張轉為驚惶。杜紫渝一時望向前方的一對情侶，一時定睛瞧著鄰桌的男生，就像他們是厲鬼惡魔似的，正伺機勾魂奪魄。阿怡此刻明白阿涅這招的可怕之處——假如杜紫渝夠清醒，察覺自己聽到旁人聽不到的聲音，大抵會以為自己瘋了。昨晚的騷擾電話沒錯不過是一場胡鬧，但就如阿涅所說，那只是引子，現在的手段才是真正的殺著。

「先生，你的茄牛治。」十分鐘後，喇叭傳來這一句。

「謝啦。可以給我幾張紙餐巾嗎？」

畫面中一名服務生剛為杜紫渝送上一盤義大利麵，然而杜紫渝在服務生離開後仍沒有碰餐具，繼續打量其他人。接下來發生的事十分急促，忽然間，杜紫渝按著餐桌站起，渾身發抖，臉色蒼白，面容扭曲。她邊環顧四方邊走到櫃台，丟下一張紙鈔，頭也不回衝出餐廳。

「小姐？小姐！」

阿怡望向另一台螢幕，看到杜紫渝逃出餐廳後，在路上狂奔，很快便離開鏡頭範圍。與此同時，阿涅大力的開門，將裝著餐盒的膠袋丟到工作台上，二話不說擠回駕駛座，開車追上去。

杜紫渝回家後，阿涅和阿怡再次來到她家附近一個停車位守候。阿怡想杜紫渝差不多要崩潰了——她看到對方回家後發瘋似的將所有電燈和電視打開，再一頭躲進被窩之內。

「看，我沒騙妳吧。多有效。」阿涅一邊脫下喬裝的衣服一邊說。

「嗯……嗯。」阿怡不知道如何回應。阿涅再次令她眼界大開，可是她不甘願稱讚這個男人。

「這是前菜，」阿涅用濕紙巾抹去眼眉和下巴上的白塗料，「明天便是主菜。」

「明天？」

「杜紫渝的反應比我想像中大，既然如此，為免夜長夢多，明天我便會走最後一步。妳喜歡的話可以留在這兒繼續欣賞杜紫渝這樣子，但換作我的話，今晚便回家好好睡一覺，留點精神明晚看結局。」阿涅說罷，打開餐盒取出三明治，咬了一口。「這家餐廳的三明治附帶薯

32. 即番茄加鹹牛肉（corned beef）三明治。

條，不錯。可惜沒有番茄醬。」

由於阿怡昨晚只在車上斷斷續續的睡了幾小時，今天又在圖書館勞動了一整天，身體十分疲累，只是精神上知道這是替小雯報仇的關鍵時刻，才憑著意志前來觀看杜紫渝接受制裁。聽到阿涅的說法，她便決定先回家，準備翌日進行最終復仇。

然而這晚阿怡睡得不好。她不知道是因為興奮，還是因為不安，半夜好幾次轉醒。杜紫渝驚恐的樣子不時浮現腦海，而那張臉孔卻不時從杜紫渝變成小雯的。難過、憤怒、驚懼的情緒交替襲來，到她完全清醒時，已是早上八點，臨近上班時間。

「阿怡，妳這幾天還好嗎？」午休時，在圖書館的休息室裡Wendy對阿怡問道。「我看妳好像很累似的？是身體不舒服嗎？」

「沒事，有心了。只是這幾天有點私事要處理……」阿怡勉強露出笑容。「明天開始應該會好起來了。」

「哦……」Wendy搔搔頭髮，說：「沒事就好，我看妳氣色一天比一天差，有點擔心啦。上個月妳也說過類似的話，我怕妳遇上什麼大難題。別怪我雞婆，要是我能幫忙的就告訴我，就算要借錢也無問題……」

「……謝謝啦。」

因為Wendy的話，阿怡不禁反思——過了今天事情就真的了結嗎？或者該問的是，即使復仇成功，她心裡的那根刺就能拔掉，重拾昔日的平靜生活嗎？

阿怡不敢想下去。事到如今，已無回頭的選擇。

2

晚上七點，阿怡壓下心裡的忐忑，再度踏足廣播道。這天阿涅將車子停在杜紫渝家樓下不遠處，跟大廈入口相距不過三十公尺，但由於路邊種著幾棵大樹，停在樹蔭下的廂型車也不甚顯眼。當阿怡步近車子，車門再一次提前滑開，只是探頭出來的阿涅跟以往有點不一樣，他正在講電話。他示意阿怡坐到之前坐慣的座位上，自顧自地離開車廂，帶上車門。阿怡本來有點好奇阿涅在跟誰談話——她不知道是不是又有突發情況——但當她轉頭看到牆上的監視螢幕後，她便無法移開視線。

她沒想到杜紫渝會變成這副模樣。

阿怡獨自待在車裡，仔細瞧著螢幕中頹然乏力、沮喪失神的杜紫渝。畫面中的杜紫渝坐立不安，一時站起來在房間中踱步，一時坐在電腦前惘然地盯著螢幕，有時又焦灼地拾起手機，按動幾下後，用力丟到一旁。她蹲坐在椅子上時身子搖晃，神態恍惚，目光空洞，乍看還會以為是患上精神病的病人。阿怡留意到杜紫渝雙臂震顫，只是她不知道那是出於憤怒還是恐懼，抑或兩者皆是。她唯一能確定的是杜紫渝正陷入嚴重的焦慮不安，加上那張人不人鬼不鬼的臉孔，她知道對方昨晚睡得不好，甚至沒有睡過。

昨天的詭計竟然如此有效——阿怡暗忖。數天前在同一個螢幕上，她看到杜紫渝像個普通女孩子安靜地坐在椅子上看書，沒想到才不過幾天便落得這悽慘下場。本來，阿怡以為看到杜紫渝這副德行會令她感到痛快，但實際目睹時卻沒有絲毫快感。阿怡心底的愁苦與抑鬱沒有消退，而她更隱隱聽到來自靈魂深處的質問：「妳以為復仇的果實真的甜美嗎？」

——不，我不是為了痛快才決定復仇，我只是要為小雯討回公道……

「啪。」

阿涅打開車門的聲音打斷阿怡的思緒。他剛跟鴨記通完電話，吩咐對方繼續留意施仲南的手機通訊——他們在施仲南的手機上，同樣使用了Masque Attack。

「阿涅，你說……今晚便會完結了？」阿涅甫坐下阿怡便問道。

「對，今晚便會完結。」阿涅打了個呵欠，滿不在乎地回答。

阿怡很清楚這句話背後的意思——杜紫渝今晚便會自殺。事實上，看到杜紫渝現在的容貌神情後，阿怡覺得這女生突然拔出刀子自刎也並不稀奇，畢竟「絕望」兩個字就掛在對方的臉上。

「你做了什麼，令她一天之內變成這模樣？」阿怡察覺到，杜紫渝不會單單因為幻聽而落膽至此。

「沒什麼，就只是往她的『軟肋』狠狠刺下去。」

阿涅將筆電挪到阿怡面前。視窗裡依然是花生討論區上那條偽造的討論串，但回應數比昨天增加了幾倍。最先抓住眼球的，是回應中有杜紫渝兄長的照片，而阿怡仔細閱讀內文後，更感到無比驚訝。

「這、這篇新聞也是假的吧？」阿怡讀到題為「警方拘捕男子；涉嫌盜取大量學生資料」的一篇回應時問道。

「當然。」阿涅伸手按下筆電的觸控板。「我連新聞網站的假頁面都弄好了，即使杜紫渝點進連結也不會露餡。」

「你偽造這種罪名，杜紫渝會信以為真嗎？」

「什麼偽造罪名？被捕一事雖假，但罪行是真的啊。」阿涅皺皺眉。「之前不就給妳看過嗎？」

「你是指杜紫渝在圖書館用那什麼充電器偷取那張拍到小雯的照片？」

「不啦，我是指這個啊。」

阿涅遞上平板，上面顯示著阿怡曾看過的通訊紀錄。

——你有沒有將我給你的其他檔案放在同一個硬碟？那些檔案曝光，我們就完了！

——哪些檔案？

——就是你叫我在學校偷偷蒐集的資料啊！其他同學手機中的照片、通訊錄、簡訊之類的備份檔啊！假如有人在花生公開你的身分，你還可以用什麼電腦時鐘慢了一天做藉口，但萬一他們發現我們的關係，確認你和區雅雯不是毫不相識的陌路人，那我們就脫不了罪啊!!

「難得杜紫渝主動透露這種黃金情報，我自然不會放過。」阿涅露出賊笑。

「你拿到這些檔案？」

「沒有。」阿涅攤攤手。「拿來也沒有意思，反正我知道她將偷來的資料拷貝給了兄長，那就足夠讓我大做文章。我只要以zerocool的身分胡扯什麼『那是學生的隱私』、『有不能公開的照片』之類，杜紫渝便會對號入座。就算我寫的東西細節上跟她偷來的資料不符，判斷力低下的她才不會想到我只是虛張聲勢，只以為自己錯過了那些細節。」

「你又怎麼拿到她哥的這張照片？這不像是偵探社的偷拍照……」阿怡瞄了筆電一眼，再問道。

「我不就說過，我在杜紫渝手機上安裝了偽冒的LINE，連她過往的通訊紀錄都到手了嘛。那張照片是她拍的，她用LINE傳給兄長，我自然能拿到了。做到這地步，杜紫渝鐵定不會懷疑網路上的種種全是假話。」

「可是，這就是杜紫渝的弱點？」阿怡有點不解。「即使她以為親兄被捕，害她心煩意亂，也不可能令她自尋短見吧？」

「人啊，只有兩種情況下會放棄生命。」阿涅換上嚴肅的語氣，說：「第一種很常見，就是承受很大的痛苦。也許是肉體上的痛——例如癌症病患——又或者是精神上的痛，像抑鬱症之類。自殺的動機可能是逃避痛苦，也可能是以死控訴，期望自己的死能令他人產生愧疚之心。嚴格來說，這是非理性的手段。」

「世上有理性的自殺嗎？」

「有，就是犧牲自我來達成某目的。客觀上不一定理性，但從自殺者角度來看，是一種合理的決定。這就是第二種情況。」阿涅瞟了阿怡一眼。「假如現在妳和妹妹被困火場，身邊只有一副氧氣筒，妳會自己使用還是讓妹妹用？」

阿涅的話叫阿怡心裡一沉。如果能換回小雯的將來，她恨不得自己當天能代替妹妹，從二十二樓的家裡躍出窗外。

「我說過我不會逼杜紫渝自殺。我要她理性地選擇，由她自己決定了不了結性命，所以我不會容許她單純為了逃避痛苦而自戕，而是要她明確地、清晰地面對死亡的恐懼，體會放棄生命的一刻所帶來的絕望感，並且理解到這是出於自我意識、是自由意志下的結果，不是和稀泥、半吊子隨便一了百了的胡鬧死法。」阿涅頓了頓，再說：「可是我不是什麼善人，既然這是一場復仇，就自然要製造對她不利的條件。」

阿涅拉動筆電畫面，展示出假討論串中一則稍長的回應。

——你們別高興得太早，依我看，這傢伙很容易脫罪。他沒有主動發放手上的資料，那是zerocool用不正當方法取得的，換言之，就算警察在他的電腦找到檔案，他亦可以用相同的藉口開脫，說是從網上找到的……

「我要杜紫渝相信，她是危害兄長的關鍵一環。我利用他們的疏離關係，引導她得出『只要警察沒找上她，哥哥就有機會脫罪』的荒謬結論。這固然不是事實，但只要她誤以為這是事實便行。而待會我會讓杜紫渝看到這則留言……」

阿涅按下鍵盤，螢幕上亮出新的視窗，上面有一段文字。

我認識被捕的男人，他是我的同事，沒想到他是這種人，真是知人知面不知心！我有內幕可以爆：他提過他有一個中學生妹妹，我曾碰見過他們在一起。我記得他妹妹穿的校服，跟那個自殺女生的學校的很相似！我猜一定有關係！

「……這樣子，杜紫渝便必須正視目前的兩難——她自身的存在正危及兄長。她愈愛慕哥哥、愈顧慮對方的話，她就愈容易動搖。」

「你知道有人見過他們在一起？」阿怡指著那段文字，問道。

「不，那是胡扯的，但總之此刻杜紫渝相信是事實就行。」

「可是，就算她以為兄長會因自己入獄，那也不過是『盜取隱私』這種小罪名啊？犯不著犧牲性命來——」

「假如是刑事案件，事情便會落在媒體的鎂光燈之下，大眾會詳加審視。杜紫渝擔心的是兄長會因為妳妹妹一事遭網路公審，空穴來風地將他標籤成因愛生恨的變態，毀掉他的人生。在這個前提下，向警察和盤托出迫害妳妹妹的真相也於事無補，『自首』不會是選項之一。」阿涅打斷阿怡的疑問。

阿怡漸漸理解這思考脈絡。她很清楚被逼成為公眾焦點有多大壓力，而她知道煽動網民欺凌小雯的杜紫渝亦很清楚這點。

「加上這幾天我們施計令她精神壓力大增，她更容易鑽牛角尖，將死亡視為可以解決問題的選項。」阿涅淡淡地說。「在情緒不穩、睡眠不足時聽到喊著『殺人兇手』的耳語，足以令人失去現實感——一個人身處貌似日常的異常環境之中，心智就很容易受影響。」

直到此刻，阿怡才真正明白之前那些騷擾電話、偽裝幻聽的用途。那些手段並非用來令杜紫渝受苦，而是要影響她的判斷力，在孤立無援的環境下迎接終極考驗——「為了至愛的兄長，妳願不願意犧牲？」

然而，有一件事阿怡並不知道，阿涅也無意詳述。為了限制杜紫渝的思考方向，阿涅還下了另一道藥引。

在杜紫渝閱讀部落格留言的，便是阿涅。

在見過Rosalie，了解杜紫渝的家庭背景後，這次的計畫已在阿涅腦海裡成形，當天晚上他便在杜紫渝的部落格裡以「小芳」之名寫下這藥引。他要杜紫渝重讀那本小說，反覆思量主人翁的心情，在她的潛意識裡，植入「為他人自殺是合理的」這念頭。他固然無法肯定這能否成功，但根據經驗，他知道多做一重工夫有利無害。這不是什麼催眠術或精神控制能力，不過就像廣告，有時一句宣傳口號、一幅商品圖片，便足以影響一個人的最終決定。

「好好觀看杜紫渝人生最後的一段時光吧。」阿涅將座位的椅背向後調節，往後一仰，一邊撕開一條麥果棒的包裝袋一邊說。「這是妳的復仇，妳就有責任看到最後。」

接下來幾小時裡，阿怡默默地注視著螢幕，觀察著生命之火逐漸熄滅的杜紫渝。阿涅罕有地給阿怡遞過一條麥果棒，可是阿怡沒有胃口，她的內心正翻騰著。即使恨不得手刃仇人，阿怡仍有一般人的良知，對奪去他人性命感到不安。人類能夠想出邪惡的意念、說出歹毒的言語，但要正眼看待由它們衍生出來的殘酷，大部分人卻做不到。阿怡好幾次想向阿涅提出先回家，著對方完事後再通知自己，然而阿涅那句「妳有責任看到最後」就像咒語，綁住阿怡雙腿，令她坐在座椅上目不轉睛地盯著杜紫渝，無法向身邊的復仇者提出要求。

晚上九點多，阿涅將那條「我認識被捕的男人」的回應更新至假網頁上，讀過留言的杜紫渝身上出現明顯變化——阿怡看得出，縱使她依舊滿臉愁苦，眼神卻不再游移，嘴唇也不再震顫。阿怡彷彿覺得杜紫渝會突然打開窗子，從十樓飛墮街上，可是對方待在椅子上繼續盯著螢幕，一個多鐘頭後仍沒有動作。

「她……會繼續這樣子到什麼時候？」阿怡問道。

「區小姐妳真絕情，囚犯行刑前也有足夠時間祈禱，妳卻連丁點時間也不願給予。」阿涅獰笑一下。阿怡其實沒有這個意思，她只是難以忍受這種折騰，無止境的等待叫她如坐針氈。

「我才——」

阿涅將工作台上的座檯麥克風挪到阿怡眼前，打斷對方的話。

「妳等不及的話，可以親手放下壓垮駱駝的最後一根稻草。」

「什麼？」

「妳記得那台導向式擴音器吧？我有一架無人機配備了相同的裝置，它現在透過打開了的窗戶正對著杜紫渝。假如她再次聽到『幻聽』，慫恿她為兄長犧牲，她大概會很快行動。」

眼前的黑色麥克風彷彿滲出一股寒氣，那個紅色按鈕就像惡魔一樣，正向阿怡招手。

阿怡有衝動一口氣按下按鈕，再次吐出幾句「殺人兇手」或其他惡毒的話語，可是她的肩膀只能微微一顫，無法提起手指按下去。她不知道她提不起來的，是她的手臂、是她的勇氣，抑或是那份行刑者的責任感。

「妳想快點完事也好，反正我之後還要跟進一堆雜事，讓妳得到真正的復仇。」

阿怡愣了愣。

「真正的復仇？」

「妳以為我為什麼要用這麼迂迴的方法對付杜紫渝？」阿涅淺淺一笑，說：「妳試想一下，杜紫渝因為這原因自殺，自然不會留下遺書，而她今晚死後，我撤回所有無人機、消除一切入侵痕跡、還原她的手機程式，她的兄長便無從知道親愛的妹妹自殺的原因。幾天前還活蹦亂跳的妹妹，突然莫名其妙地死了，而自己完全看不出端倪，他這輩子會懊惱得要命，後悔自己為什麼在乎工作多於妹妹，即使將來飛黃騰達，也換不回妹妹一命——這對妳來說不是最完美的復仇嗎？」

阿怡大大吃一驚。她了解阿涅的用意後，赫然明白阿涅當初那句「保證滿意」並不是空談。他不止向杜紫渝報復，更大的目的是要複製阿怡的不幸，讓杜紫渝的兄長承受。他了解阿怡受過的痛苦，而且深知這痛苦的精髓，再毫不留情地還諸始作俑者身上。阿怡在阿涅身上感到前所未有的黑暗氣息，她幾乎懷疑，面前這傢伙是人類還是惡魔，她是不是像浮士德一樣將靈魂賣了給梅菲斯特。

不，是「涅墨西斯」——阿怡突然想到。阿涅人如其名，就是復仇的化身。

阿怡盯著麥克風，猶豫著該不該依身旁的復仇代理人所言，按下按鈕，將身處懸崖邊的杜紫渝輕推一把。她對到了這節骨眼自己仍然無法狠下心感到詫異，畢竟這幾天她一直想致杜紫渝於死地。

「我……我該說什麼？」阿怡將指尖放在按鈕上，再次向阿涅問兩天前問過的問題。

「什麼也可以，比如妳最擅長的那句『殺人兇手』，又或者『妳有勇氣去死嗎』、『妳這種人渣死不足惜』、『是時候完成去年沒做完的事』……」

阿怡聽到阿涅引用杜紫渝寄給小雯的信件的內容，喚起她的恨意，加強了她行刑的動力。但她稍一定神，發覺有句話不太對。

「『是時候完成去年沒做完的事』？去年發生什麼事？」

「沒什麼大不了，」阿涅嘁嘁嘴，「就是杜紫渝自殺未遂而已。慫恿試過尋死的人再自殺並不困難，基本上妳隨便說些挑釁的話都能成事。」

阿涅的話令阿怡僵住。

「她試過自殺？」

「對。」

「你怎知道？」

「她割腕後留下疤痕了。」

阿怡轉頭緊盯螢幕，可是無法在這種解析度下看清杜紫渝的手腕。

「妳不用仔細看。」阿涅以不帶感情的聲調說：「這畫面看不清的，更何況她穿了長袖衫。」

「那你怎麼知道？」

「因為她穿長袖啊。」

「穿長袖就等於遮蓋割腕疤痕嗎？」阿怡以為阿涅再次戲弄她。

「不是她現在穿的。我說的是她在學校穿上了長袖毛衣。」

阿怡記起杜紫渝在圖書館的樣子。

「那是為了掩飾身材才穿吧？女生都這樣——」

「掩飾身材只要穿背心毛衣就行了，哪有女生在這種大暑天穿長袖毛衣？」阿涅打斷阿怡的話。

「你不過是猜測！」

「區小姐，妳認為我設定復仇計畫前，不會先摸清楚目標的底細嗎？」阿涅不屑地說。「我第一次看到杜紫渝，已經九成肯定她有割腕自殘或自殺的經驗，也因此我能以此為藉口，輕鬆地從Rosalie口中打聽更多消息，畢竟能知道這種私密事，就只有當事人曾傾吐的學校社工嘛。」

「你從那菲傭身上探聽到什麼？」阿怡焦急地問道。

「去年五月某天晚上十二點左右，有人瘋狂地按杜宅門鈴，大聲地拍門。當天杜紫渝老爸有事夜歸，家裡只有Rosalie和杜紫渝，Rosalie便以為主人忘了帶門匙，結果開門後卻發現是杜紫渝的哥哥，對方二話不說衝進屋內。杜紫渝母親出走後，杜紫渝不時要求Rosalie陪她跟兄長見面，而Rosalie亦應承了杜紫渝向杜先生隱瞞，所以二人相識，不過對方從未試過魯莽地找上門。Rosalie當時不知所措，但當她走到浴室時，才理解對方硬闖的理由——杜紫渝正在割腕自殺，手腕上有好幾道傷口，洗臉盆上留下斑駁的血跡。」

「他、他來阻止她？」

「杜紫渝自殺前傳了訊息道別。不過她大概低估了割腕的難度，兄長趕到她仍未死得成。」阿涅聳聳肩。「有趣的是，杜紫渝的父親這時剛好回家，縱使他是個冷靜的成年人，也大概難以理解眼前的光景吧——繼女自殺，落跑的妻子原來有個兒子，而女兒一直瞞著自己跟這個大哥見面，最混帳的是連菲傭都知情，自己卻被蒙在鼓裡，呵。」
「之後他們送了杜紫渝到醫院嗎？」
「沒有。」
「沒有？」阿怡再次吃一驚。
「據說傷口不深，很快就止血，杜先生便禁止他們報警，又將杜紫渝兄長趕出家門，吩咐寓所的警衛將他攆走。Rosalie一個月後也被辭退，這算人之常情吧。」
「可是為什麼不送女兒到醫院？她自殺未遂啊！這男人到底在想什麼？」
「很合理，因為他們不是親父女。」阿涅輕描淡寫地說。
「不是親父女便讓對方自生自滅？」
「不，妳誤會了。因為不是親父女，所以報警的話，有可能會被拆散。」
阿怡因為阿涅的說法跟她所想的完全相反而怔住。
「根據香港法律，父母或監護人有責任照顧及看管十六歲以下的孩子，假如沒能做到，就犯了忽略罪。即使法庭不一定判刑事罪，社會福利署亦可能介入，剝奪該成年人對孩子的監管權。在杜紫渝的個案裡，父親跟女兒沒有血緣關係，母親亦不在家，假如妳是法官，會不會懷疑繼父別有用心？別忘了杜紫渝還有個已成年的親兄，她大可以離開杜家跟大哥同住。」
「杜紫渝父親對她有不軌——」
「那又不一定。也許他真的是個『韓伯特』[33]，但也可能只是害怕習慣的生活起變化。杜先生雖然是公司高層，但他本職是工程師，搞不好有什麼亞斯伯格症，智商雖高卻不擅表達感

33. 韓伯特・韓伯特（Humbert Humbert），小說《蘿莉塔》（Lolita）主人翁，對小女孩蘿莉塔產生慾念，為了親近她而跟她的母親結婚。

情。」阿涅笑了笑，說：「不過，世人的目光如何，會不會硬將某套看法加諸他身上，妳我心知肚明。」

阿怡倏地明白杜紫渝繼父委託偵探調查的理由，比起讓不明來歷的偵探窺視女兒，自然是監視那個跟自己毫無血緣的男人來得合理，也一樣能掌握對方是否有計畫及能力——或財力——破壞自己的家庭。

「杜紫渝為什麼要自殺？」阿怡有點難以接受杜紫渝曾尋死的說法。在她的心目中，kidkit727該是頭惡魔，不可能曾經軟弱地屈服於死亡之下。

「家庭問題啦、學業壓力啦、情緒抑鬱啦……不過導火線嘛，還是老掉牙的那個。」

「哪個？」

「在學校被排擠、被孤立之類。」

「杜紫渝在學校被霸凌？」

「假如妳認為『霸凌』就是肢體衝突、毀壞私人物品之類的，那就沒有。但假如將精神傷害、言語暴力也計算在內，那就是霸凌。」阿涅嘴角微揚。「老實說，動手動腳的欺凌已落伍了，沒有孩子會笨到使用留下罪證的方式來對付看不順眼的同學。孤立、說閒話、譏笑、嘲弄等等手段不但沒有成本，即使被老師逮到，也容易開脫，甚至有不少成年人會認為被欺負的對象不夠堅強、玻璃心，要受害者負責任。」

「杜紫渝被排擠的原因是……」

「妳也知道啊，就是國泰提過的那件事嘛。」

頓了一秒，阿怡想起事件來。國泰說杜紫渝向老師打小報告，害那位跟學姐談戀愛的女同學被退學。她記得那女孩子叫小憐。

「國泰也提過，小憐在學校很受同學歡迎吧。這樣的孩子因為『大人的理由』被迫退學，原因一旦曝光，妳猜同學們會不會對告密者反感，然後孤立、排擠對方？」

「你如何知道杜紫渝遇上這些事了？單憑國泰的說法去猜測？」

「我調查妳妹妹的人際關係時，已多少了解班上的小圈子分佈，要留意到某人被排除在所有圈子外並不困難。而且……」

阿涅移過筆電，按下鍵盤，打開一個視窗。

「……我之前說過吧，以諾中學的討論區後台保留了所有舊討論串，包括被管理員刪除的。」阿涅說罷，將筆電放回阿怡面前，畫面顯示著一篇短短的文章。

討論區：2B班

張貼者：2B_Admin（班務管理員）

標題：林小憐「被自願退學」的眞相

時間：2013年9月13日　16:45:31

因爲杜紫渝再次被委任當班長，所以我不能繼續沉默了！大家記得1A班的林小憐吧？她今年轉校了。不過她不是自願退學，而是「被」自願退學，因爲她被目擊和一位六年級的學姐接吻，於是被勸諭退學！告密的人就是當時1A班的班長杜紫渝，她向老師打小報告，小憐才會被逼走！

我們先不要評論同性戀對錯，我只想問我們還可以接受這樣一個「東廠女太監」當班長嗎？讓這個偏執狂、道德魔人繼續掌握特權嗎？杜紫渝做班長，我們要打醒十二分精神不要行差踏錯，否則下一個被退學的人可能是你或我！

別被她外表欺騙，須知道，無聲狗比亂吠的瘋狗更可怕！

「兩年前，這篇爆料文只在討論區貼出了三個鐘頭，校方便介入刪文，不過時間上大概已足夠被看到的人備份並且私下傳閱。杜紫渝因此事辭任班長，不過她這樣做仍無法平息眾怒，結果被全年級同學排擠、攻擊了大半年，最後崩潰，跑去割腕了。」阿涅語氣冷漠，就像陳述一件芝麻小事一樣。

阿怡看到文章中那句「東廠女太監」，頓時想起再訪學校當天，郡主的同伴曾用過「廠長」來嘲罵杜紫渝，來源大概便是這文章，將「東廠」加上「班長」當成蔑稱。

「既、既然這樣，那也不能怪別人嘛！」阿怡心底有股莫名的躁動，害她變得有點口齒不清。「自己是道德魔人，管這種閒事，被欺負也是咎由自取……」

「不是她告密的。」阿涅平淡地說。

「咦？你說什麼？」

「杜紫渝沒有向老師打小報告。」

「可是國泰說……」

「以諾中學對駭客來說，是一家很『友善』的學校。」阿涅突然改變話題。「教務會議紀錄、課外活動報告、學生成績和操行資料等等，通通都有電子複本，上載到學校的伺服器裡。」

阿涅伸手按下鍵盤，打開一份寫得密密麻麻的文字檔案。

「這是訓導主任就『林小憐退學事件』撰寫的報告，用來向校長、校監和校董會交代。」阿涅捲動頁面，說：「這兒提到，訓導主任收到消息後，向1A班班長杜紫渝求證，因為告發者供稱杜紫渝也是目擊者之一。國泰偶然聽到的對話，並非杜紫渝向老師告密，而是老師詢問對方事件細節。」

阿怡想起，國泰複述的對話是「『妳有親眼看到？』『是。』『屋頂？』『沒錯。』」，的確不代表杜紫渝正在打小報告。

「就算她沒有告密，她也有供出小憐的事，一樣不值得同情——」

「她是班長，老師查問下，她有責任如實相告吧？況且當時她也不可能知道校方會對小憐作出什麼懲罰，假如她因為『同學一場』隱瞞事實，那就是徇私。」

「同學們排擠她時，她沒有辯解嗎？」

「就如妳所說，因為她的確有供出小憐的事嘛。辯解又有何用？而且到時還要向他人交代誰才是真正的告密者，那她就真的成為出賣他人的卑鄙小人。」

「那真正的告密者是……」

「『一A班舒麗麗』。」阿涅指了指螢幕上的文件。「真巧，也是我們認識的傢伙。國泰大概不知道她才是告密者吧，他一提起小憐的事便義憤填膺，假如他知道女友才是真小人，不知道會鬧出什麼風波，嘿。」

雖然這時聽到舒麗麗的名字教阿怡有點意外，但她其實不在乎向老師打小報告的是麗麗還是郡主，抑或是小雯的其他同學。

「既然杜紫渝也受過欺凌，那她煽動他人攻擊小雯就更不值得原諒！這算什麼？見不得他人好，於是將自己受過的苦加諸無辜者身上？因為聽過片面之辭，以為小雯生活不檢點，認定她誣告邵德平，就濫用私刑，製造更大的事故嗎？」阿怡像機關槍般搶白道。

「嗯，也是啦。」

阿涅聳聳肩，平淡地回答了一句。阿怡本來以為他會再搬出什麼歪理，可是對方只淡然地表示同意。看到阿涅的樣子，阿怡覺得有點不對勁。

「你想說什麼？」阿怡以質問的語氣問道。

「啥？我沒有想說什麼啊。」

「不，你有事情沒說。」

阿涅摸了摸下巴，掃過一堆鬍碴，沉默了幾秒再說：「區小姐，妳要知道，我的宗旨是不確定的事情是不會向委託人報告的。即便如此，妳也要聽我猜測的一些瑣事嗎？」

「快說！」

「杜紫渝可能不是因為什麼『正義感』或『偏執』而對付妳妹妹，而是有更合理的理由。」

「『合理理由』？煽動群眾對付小雯這個手無寸鐵的小女孩，有什麼理由稱得上『合理』？」阿怡怒氣沖沖地說。

「有，跟我們正在做的一樣，『報復』。」

阿怡怔住。她循著阿涅的視線，瞄向身旁的筆電。瞬間，阿怡感到一股電流直奔腦袋，她想到阿涅指的是什麼，但她不願意接受。

「你、你想告訴我，兩年前在學校討論區揭發杜紫渝告密的，是……小雯？」

阿涅沒有回答，只伸手將螢幕上的指標移到那篇文章的張貼者名字上。

「發表這篇文章的帳號，是二B班的管理員，換言之就是當時剛當上班長的杜紫渝，由於她不可能抹黑自己，即是說有人盜用她的帳號了。因為不少設備電子化的關係，以諾中學的學生經常需要登入——例如使用印表機——只要有心偷看，要知道某人的密碼十分容易。」

阿怡想起學校圖書館裡那張提醒學生防止密碼外洩的通告。

「我以前就說過以諾中學的系統管理員是個草包，他在遇上這事情後，只懂得刪文，不曉得利用後台紀錄去追尋ＩＰ位址，找出犯人。我說是『犯人』，不是因為他爆料，而是因為他偷取他人的帳密；前者有沒有犯校規也很難說，但後者雖然輕微，卻是赤裸裸的電腦犯罪。」

「那篇的ＩＰ位址在……」

「咖啡店Pisces Cafe。」阿涅說出阿怡熟悉的名字。

「可是那咖啡店在以諾中學附近，會用那兒的Wifi上網的又不止小雯一個——」

「我說過，後台紀錄不止ＩＰ，還有一筆叫User Agent的資料。」

阿涅按下鍵盤，畫面上秀出一串文字。

Mozilla/5.0 (Linux; U; Android 4.0.4; zh-tw; SonyST21i Build/11.0.A.0.16) AppleWebKit/534.30 (KHTML, like Gecko) Version/4.0 Mobile Safari/534.30

「我上次也給妳看過，Sony的Android手機，型號是ST21i。」阿怡從口袋掏出小雯的紅色手機，像上次一樣，在阿怡眼前晃了晃。

「那、那可能是有同學使用相同型號——」

「User Agent不止記錄手機型號，連作業平台更新編號、瀏覽器版本號碼都一一保存，即使是型號相同的手機，也往往有些微差異，至少我沒看到妳妹妹的同學之中，有人的手機連這些細節都跟她一模一樣。」阿涅扶著工作台，稍稍轉身面向阿怡，再說：「文章的張貼日期是二〇一三年九月十三號，時間是下午四點多，那正好是週五的放學後，跟妳妹妹逢星期五到咖啡店聚會的日子吻合。假如說當天有另一個她們的同學，拿著不知從何得到、相同型號相同更新版本的手機，碰巧到Pisces Cafe發佈這篇攻擊杜紫渝的文章，那未免巧合得太可笑。」

「但杜紫渝她不會知道——」

阿怡的話只說了一半便愣住，因為她忽然想到答案。她想抗議杜紫渝不可能知道User Agent和IP等資料，但一個男人的樣子在她腦中閃過——杜紫渝的兄長也懂好些駭客技術。

「客觀看來，kidkit727的確像是為了報復而在花生討論區貼文攻擊妳妹妹啦，就連一些用詞也別有用心，杜紫渝在這篇被說成『無聲狗』，她在花生那邊的反擊文也用上相同的措辭。因為有此前科，杜紫渝認定妳妹妹再次捏造事實，誣告邵德平，她就更義無反顧地與兄長合作製造這場騷動。不過我無法抓到『老鼠』先生替妹妹駭進學校的討論區後台的證據，他能否從而認出妳妹妹是犯人，這一點純屬猜測。」阿涅聳聳肩，「所以就算有不少佐證，我也無法證明杜紫渝是為復仇而對付妳妹妹。」

「我還是無法接受！小雯才不會寫這種文章、激烈地攻擊他人……」阿怡搖頭嚷道。

「我沒說文章是她寫的喔。」

「什麼？剛才你又說——」

「我說文章是從妳妹妹的手機發出，不代表文章是她寫的吧。妳忘了誰跟她一起到咖啡店嗎？」

當天跟國泰碰面的片段再次浮現在阿怡眼前。國泰說過，升上中二後麗麗因為課外活動經常缺席聚會，只有他跟小雯二人到咖啡店，加上他對杜紫渝的敵意，阿怡漸漸察覺到阿涅話中的意思。

「犯人是國泰？」阿怡問。

「嗯。文章特徵上是出自國泰手筆。」

「特徵？國泰的用詞有什麼特別嗎？像是『道德魔人』和『偏執狂』？」阿怡記得當天

國泰也用上這些名詞來罵杜紫渝。

「這些也是，但更明顯的是『筆跡』。」

「電腦上的文字哪有什麼筆跡？」

「區小姐，妳以為網路上的文字沒有特徵嗎？有很多啊。舉例說，杜紫渝是個學院派，就連寫給妳妹妹的恐嚇信也正經八百地寫上上款和署名，用LINE傳訊息會好好打上全形標點符號，省略號亦多餘地寫足六點，她的中文老師大概會很欣慰。相反她哥傳訊息就講求效率，懶得打句號，但又與眾不同地會打全形逗號，不少懶人乾脆用空格代替。有些人每寫完一個段落會留下一行空行，有些人習慣用半形標點，那些人之中又有人會在使用後加上半形空格，有些人喜歡以個別粵語字代替書面語，有些人又會很龜毛地使用古老的漢字代替常用俗字，總之每個人打字都有不同的習慣，我們甚至可以從錯別字來判斷對方是用哪種輸入法。就是因為認為網路貼文不會留下真實的筆跡，大部分人都不去留意這些細節，反而更容易暴露身分。」

阿涅指了指筆電螢幕上那篇攻擊杜紫渝的文章，再說：「這篇文章有一個特徵，就是每段開端都會縮排加上空格，而且那是三個全形空白鍵。這跟妳妹妹的風格不一樣，她在討論區和信件裡，都沒有這習慣，相反這跟國泰在臉書和討論區的一貫做法吻合。妳妹妹習慣使用短句換行，假如由她寫這篇文章，大概會寫成十多個段落。」

「所以國泰陷害小雯，用她的手機……」

「妳別發傻了，就算寫文章的不是妳妹妹，她都一定知情，大概是順著好朋友的意思，鬧著玩似的協助對方實行這懲治杜紫渝的行動吧。」阿涅冷漠地說，語氣就像諷刺阿怡這時仍想找藉口替妹妹開脫。「所以假如杜紫渝是為了報復而對付妳妹妹，只能說她掛萬漏一，誤將從犯當成主犯。」

阿怡腦海突然變得一片空白。她不知道自己該繼續找理由，反駁阿涅的推論，還是該忘掉阿涅這番話，詐作不知情。自從小雯死後，她一直將憎恨kidkit727視作心靈唯一的支撐，以找出害死小雯的犯人做為精神寄託。她每晚輾轉難眠、每天食不下嚥，原因就是杜紫渝奪去了她唯一的家人，也因此她確認對方的身分後，能把恨意和憤怒化成復仇的動力。

而現在，她心底的某把聲音卻告訴她，她失去繼續恨對方的理由。

杜紫渝兄妹做過的事，小雯和國泰也做過，甚至該說杜紫渝所做的，不過是小雯他們種下的結果。假如阿怡自詡現在她對杜紫渝的作為是正確的話，那杜紫渝對小雯所做的一切也不見得錯誤。阿怡覺得自己踏上一個可憎的迴圈，讓這股仇恨延續下去。

但她不甘心就此收手。

她瞧了瞧監視螢幕，杜紫渝仍像個木偶般坐在電腦前，神情木然。縱使阿怡失去怨恨對方的立場，但她就是無法原諒這個為了自保、能夠面不改色地燒掉小雯假遺書的傢伙。

「阿涅你知道這些事多久了？」悵惘中，阿怡抬頭問道。

「部署這場復仇計畫時已確認九成了。」

阿涅的回答令阿怡感到心頭一陣苦澀。她再一次確認，面前這男人是隻無血無淚的惡魔。

「既然你明知杜紫渝背後有此般理由，為什麼仍要替我復仇？是為了錢嗎？我憎恨害死小雯的人，認定他們十惡不赦，但現在我不就成了我痛恨的對象？我跟他們有什麼分別？」

「分別是去年杜紫渝獲救，而妳妹妹死了。」

阿涅冷冷的一句話，敲響阿怡心中的最後一根弦線。

「雖然妳現在感到困惑，」阿涅將手腕架在膝蓋上，身子前傾，「但假如我上個禮拜告訴妳這些事，令妳放棄報復，在不久的將來妳便會後悔，因為妳會發現身邊已沒有半個親人，而杜紫渝兄妹還活得好好的。妳會埋怨自己的命運如何不公，質疑當天為什麼愚蠢地中止了計畫，甚至遷怒於將事實告訴妳的我身上。」

「我、我才不會這樣想！」

「妳會，但我不是針對妳，世上所有人也會這樣想。」阿涅以阿怡從沒見過的嚴肅眼神瞧著對方。「人總不願意承認自己是自私自利的生物。我們滿嘴仁義道德，表面上容不下丁點惡念，可是一旦失去了餘裕，就會祭出什麼『物競天擇』的理由，為自己所作所為開脫，這就是人性。更糟糕的是，人喜歡找藉口，連承認自私的勇氣也沒有，自我催眠找個感覺良好的下台階，說穿了不過是偽善。簡單的問一句，妳為什麼要復仇？」

「當然是為了替小雯討回公道──」

「什麼『為了妹妹』？這是『妳的復仇』。因為妳承受著失去家人的痛苦，所以要找尋發洩怒火的對象，讓自己得到解脫，別將責任推到妹妹身上，妳復仇是『為了自己』。妳妹妹已經不在了，妳憑什麼代替她發言？妳怎知道她想『討回公道』？將理由塞進不能作聲的死者之口，妳會不會太狡猾了？」

「別裝出一副熟悉小雯的嘴臉！」阿怡憤怒地大罵。「我是她姊姊，當然知道她受過多大的苦、何等心有不甘地捨棄生命！相反你這個外人憑什麼說三道四？明明連小雯都沒見過面！」

「對，我沒見過妳妹妹，但並不代表我不了解她。」阿涅撿起工作台上的小雯手機，按了幾下後，遞給阿怡。

「你又想說什麼從手機可以認識機主的鬼話吧！我才不──」

阿怡的話止住，因為她在螢幕上看到一段文字的開頭。

陌生人你好。
你看到這段文字的時候，我可能已經不在了。

「你、你為什麼將假遺書的內容打進小雯的手機裡？」阿怡嚷道。
「『遺書』的確是偽造的，但我沒說過『遺言』是假的。」阿涅緩緩地說：「雖然有多少斷章取義，為了達到目的將內容刪減合併，但那封遺書的內容，通通出自妳妹妹的手筆。」
阿涅從阿怡抖顫的手中取過手機，滑動螢幕幾下，再將它放回阿怡手上。
「從這兒開始看吧。」

2014/6/14 23:11
媽媽已經走了一個月。
每次想起她，我都覺得心裡有一個洞。
一個無法填補的洞。
每天放學回家，總覺得家裡好冷。
我知道這份寒意來自我心裡的洞。

文字來自一個臉書近況欄，用戶名字叫「Yee Man」，頭像是一朵白百合。
「這……這是小雯的臉書？」阿怡瞠目結舌，緊張地問。「但名字……」
「當然不是真名。妳繼續看便會了解。」
阿怡滑動螢幕，焦急地往下讀。

2014/6/19 23:44

我不如姊姊那麼堅強。

她是個很厲害的人，我猜，沒有事情能在她的心裡鑽洞。

自小媽媽便告訴我，要以姊姊做榜樣。

可是我不是姊姊，我學到的，只有表面那份堅強。

我一輩子也追不上她。

第二篇更新是上一篇的五天後。在這個藍色白色相間的畫面上，阿怡讀到她從未察覺的小雯的心情。她對小雯稱讚她堅強感到訝異，因為在母親去世後那段時期裡，她不過是模仿當年守寡的母親，為了支持家人硬撐下去。她很想說，自己心裡也因為母親猝逝而被鑽了一個洞，她不過是裝作那個空洞不存在而已。

2014/7/2 23:51

我每天回家做的第一件事，便是打開電視。

我沒有興趣看無聊的節目，只是這樣做能令自己產生家裡有其他人的錯覺。

爲了減少在家裡孤獨一人的時間，我寧願留在學校圖書館。

即使我不喜歡讀書。

不過姊姊有時上夜班，要九點後才回家，而學校圖書館五點便關門了。

在她回家前，我總想起以前的日子。

以前媽媽忙著上班，姊姊會在家。後來到姊姊忙上班，媽媽會在家。

可是如今我沒有家人了。
沒有人說話，沒有人回應。
我只有從電視流出來的影像和聲音。

阿怡完全不知道這回事。她只記得有天回家時，發現小雯待在小房間裡，家中的電視卻亮著，她薄責了小雯幾句，著她要節省電費。阿怡從不曉得電視亮著背後的原因，如今想來，她不知道小雯是否顧慮到那些微電費，往後回家沒再打開電視——自己是否無意間摧毀了小雯逃避孤寂不安的避風港？

跳過幾篇沒重點的流水帳後，阿怡終於理解妹妹在臉書上寫這些內容的理由。

2014/10/3 22:51
我有時想，這樣子寫近況很蠢。
因爲我沒有加朋友，文章也設定成只有自己看到。
明知沒有人看到，我這樣做不就跟那些自怨自艾的可憐蟲一樣嗎？
不過我又想，這有點不同。
我聽說臉書這類社交網站，有「管理員」，他們可以看到任何不公開的資料。
假如將心情寫在日記本上，就只有自己看到，但寫在這兒，或者那些管理員能碰巧看到我的近況。
而且他們不知道我是誰，我也不知道他們是誰。
我們都是陌生人。

如果你現在看到這段文字，即使你不能回應，我也有點高興。
因爲我比那些自怨自艾的可憐蟲強一點點。

「小雯這臉書帳號……沒有告訴其他人？」阿怡喃喃地說道。

「似乎是了。名字也取了偽名，大概是不想認識的人找到。」阿涅說：「她大概將它當成樹洞，讓自己在上面宣洩感情。」

「她說『管理員』會看到她寫的內容，真的嗎？」

「任何社交網站，管理員想讀到某些內容都能做到，畢竟他們肩負維護系統的責任，用戶遇上技術問題，他們要解決便自然要取得權限。問題是，不同的企業有不同的內部指引，不一定容許管理員隨意閱覽用戶的隱私，而更重要的是，臉書在全世界有十億用戶，光是香港已有四百多萬，每天分享上千萬篇近況更新，妳妹妹的文章碰巧被好管閒事的管理員看到的機率，大概比被天上掉下隕石擊中的可能性更小。」

阿涅頓了一頓，再說：「不過對妳妹妹而言，這個陌生人是否存在根本無關係，因為她要的不是回應，只是想要一個聆聽對象。人啊，有時對陌生人透露的會比對家人說的更多。」

阿怡感到難受，她沒想到小雯寧願跟外人傾訴，也不願意跟自己詳談。她迫不及待，繼續閱讀這些除了阿涅之外無人讀過的日記，當她看到十一月某篇短短的近況時，她的心不由得往下沉。

2014/11/13 01:12
我覺得自己好骯髒。

這是小雯在地鐵被猥褻後的首篇文章。阿怡讀到這短短的一句，才首度感受到妹妹的想法——自那件案件發生後，她一直安慰妹妹，說她可以成為妹妹的依賴對象，又或者出氣地咒罵犯人會受到制裁，但她從來沒有讓妹妹說出自己的感覺。

阿怡沒有嘗試聆聽小雯的心裡話。

2014/12/5 23:33

今天老師再次跟我談起那件事。

我不想談，但她硬要我談。

我現在不敢在學校食堂吃午飯，因爲有些不認識的同學會對我指指點點。

我受夠了。

媽媽，我好想妳。

讀完十二月這一篇日記後，阿怡更感到喉頭哽咽。她明白了小雯記下這段文字時的感覺。小雯不想跟老師談，可能是羞於啟齒，再述案情。最後一句更讓阿怡心酸，小雯需要的傾吐對象，是母親周綺蓁。

讀到這一句話，阿怡不禁反思為什麼小雯沒有向自己求助，然後再想到，從何時開始姊妹間有了隔閡？

2015/2/16 23:55

陌生人你好。

我發覺我已經沒有可以傾訴的對象了。
今天姊姊告訴我，我要上法庭作供。
我知道我會被對方的律師盤問、侮辱。
我感到一陣噁心。
姊姊說她會支持我。
雖然她說這句話時臉帶微笑，但我很清楚這是裝出來的。
我覺得自己很沒用。
我這輩子一直拖累家人，拖累姊姊，拖累媽媽。
我知道，媽媽是我害死的。
因爲家裡窮，她爲了我和姊姊才打兩份工。
她是因爲工作太辛苦，搞垮了身子才會死的。
如果我沒出生，媽媽便不會死。
是我的錯。

「不對……不對啊！為什麼她會以為是她的錯……」阿怡讀到小雯自責的話時，不由得叫嚷起來。她壓根兒沒想到妹妹有這種想法，將母親的死當成自己的過錯。她從來沒想到一向開朗的小雯會有這種消極思想。

「妳自幼看著妹妹長大，所以有個錯覺，以為妹妹是個不懂事的孩子。」阿涅說。「但孩子會成長，會思考，有時想到的答案可能很偏激，但客觀而言，妳不能說她無理。」

「但……但……但我和媽媽從來沒有這樣想！我們從沒抱怨——」

「那換個說法，假如妳妹妹沒出生，家裡的開支是否減少了？妳是否有更多的時間去學習和享受青春？妳媽是否可以少打一份工？妳是否可以唸預科、甚至大學？」

阿怡為之語塞。她不知道阿涅曾調查她的背景，連她放棄升學，毅然投身職場的往事也知曉。

「妳別再想，先繼續讀下去吧。」

2015/2/26 17:13

終於告一段落了。

二月末的一篇短短記事，標誌著區家在風波中獲得短暫喘息的時期。阿怡記得那天是邵德平第二次上庭的日子，因為對方改口認罪，小雯不用作證。然而接下來便是風暴的開端。

2015/4/11 23:53

爲什麼？爲什麼？爲什麼？

爲什麼？爲什麼？爲什麼？

爲什麼？爲什麼？爲什麼？

爲什麼不放過我？

這是上天給我的懲罰嗎？

即使不看日期，阿怡也猜到這段是小雯何時寫下的——就在kidkit727在花生討論區貼出文章之後。她仍然為那個週末自己的無知而深深後悔，她沒有察覺小雯正受著嚴重的困擾，獨個兒面對猶如海嘯般的網路攻擊。

2015/4/15 01:57

學校裡對我指指點點的人更多了。
而且他們的眼神好恐怖。
他們都相信那個人的外甥所寫的。
還有那些可怕的指控……
我沒有嗑藥，也沒有援交。
但我知道同學們都不相信我。

小雯在臉書留下日記漸漸變得頻繁，而且阿怡更留意到，發佈的時間從晚上十一點變成凌晨。在小雯死去兩個月後的今天，阿怡才從這些文字第一次感受到小雯的恐懼——到底那陣子小雯是否夜不成眠，一個人承受著無盡的壓力？那時候趁著妹妹睡著，自己偷偷用家裡的電腦上網閱讀網民刻薄的謾罵時，小雯會不會其實躲在身後，無奈地看著自己的背影？小雯當時表現出來的倔強，會不會是出於擔心姊姊，責怪自己再次令姊姊受到困擾？

阿怡無從得知。她只知道，她沒有像她對小雯說過的，成為妹妹可以依賴的對象。

2015/4/18 01:47

我在洗手間聽到其他人在談論我。
或者他們是對的。
我只會連累他人，是災星。
我沒有交朋友的資格。
我沒有快樂的資格。
我沒有生存的資格。

雖然小雯語氣自責，但「資格」這兩個字，反倒像鐵鎚一樣，狠狠的往阿怡的心靈敲打過去。她好想捉住妹妹的肩膀，用力地告訴她她有一切的資格，沒有人能阻止她快樂地活下去，就算她交不到朋友，姊姊會傾注心力去愛她、去支持她。阿怡已經不想探究為什麼小雯心裡充滿這些負面想法，只對錯過了說出心底話的機會而感到無比悔恨。

2015/4/25 02:37

陌生人你好。
你看到這段文字的時候，我可能已經不在了。
最近，我每天都想到死。
我好累，好累了。
我每晚都作噩夢，夢裡我走在一片荒野上，然後被黑色的東西追趕。
我不斷逃跑，不斷呼叫，但沒有人來救我。

我很清楚，沒有人會來救我。

那些黑色的東西把我撕碎，它們一邊將我分屍，一邊發笑。

笑聲很可怕。

但最可怕的是，在夢裡我也在笑，我想我的心也壞掉了。

「這……這真的是小雯的遺言……」阿怡忍住嗚咽，右手緊緊捏住手機。她不知道，原來阿涅偽造的遺書的首頁，竟然一字不漏從小雯真實的日記裡抄寫過來，而且小雯寫下這段的日子，距離五月五號她自殺有十天以上，換言之，小雯不是一時衝動尋死，她在四月已萌死念。可是阿怡沒能察覺，甚至誤以為妹妹的情緒變穩定了。

2015/4/27 02:22

我想我要崩潰了。

無論在學校、在街上、在交通工具上，我也感到窒息。

我每天都覺得有成千上萬雙不懷好意的眼睛在瞪我。

他們都認爲我該死。

我無處可逃。

我最近上學和回家時也會想，假如車站月台沒有閘門，我只要等列車駛來，向前跨出一步，事情便能夠了結。

或者我死了更好，反正我只會拖累別人。

「啊！」讀到這段記事的最後一句，阿怡猛然察覺她一直弄錯了一件事。自從她發現kidkit727在寄給小雯的信件後，她一直以為妹妹是因為對方的挑釁而選擇自殺。可是，看到這一段文字，綜合前面的數段日記，阿怡才真的了解妹妹的想法。

kidkit727的信件的確是令小雯自殺的催化劑，但關鍵不是最後一封信件中那些「妳有勇氣去死嗎」或「死不足惜」的嘲辱，而是第二封信的其中一句話。

——「妳只會成為班級的負累」。

阿怡此時才明白小雯的心結是自覺拖累別人。她認為自己拖累了母親、拖累了姊姊，考慮到她和麗麗與國泰的三角關係，更可能認定自己拖累朋友。猥褻案、網路抹黑等等都鬧得學校雞犬不寧，小雯大概覺得，自己就像多餘的拼圖，她的存在只會為完美的世界帶來不必要的污點。

而且，阿怡的確從沒對妹妹表示過她對自己如何重要。

2015/4/29 02:41

我只想在離開這世界前，跟我的好朋友道歉。

或者我該說「前好朋友」。

每天在教室裡，我也會偷看她。

她表面上沒什麼，但我知道她恨我。

她該恨我的。

因爲我的魯莽，傷了她的心。

那件事之後，我們沒再說過話了。

我沒有資格當她的好朋友。

或者這是好事，因爲我不會再連累她了。

下一篇記事證實了阿怡的想法。小雯說知道恨她的女生，其實是指麗麗。假遺書中出現的兩句，不過是阿涅截取挪用而已。

2015/5/1 03:11

我不在的話，同學們應該鬆一口氣。

他們不用掛上面具做人，在我面前演戲。

老師禁止在班上討論，但我知道他們暗中談得更熱烈。

他們嫌我害班上變得不平靜，令他們不舒服。

尤其是那位女同學，她一定恨不得我退學。

我無意間聽到她對她的跟班們說我不該回校。

好幾次我跟她對上眼，她都比我更快避開彼此的眼神。

她一定好討厭我。

我還知道她暗中做了什麼。

說我搶人男友、嗑藥、援交的，就是她吧。雖然我沒有證據。

搬弄是非、向那個人的外甥爆料的，不是她就一定是她的跟班們。

她們都是大嘴巴。

不過無所謂吧。

反正我快順她們的意，消失在她們眼前了。

「這兒說的是……郡主？」阿怡喃喃地說。

「那個妳妹妹以為向『邵德平外甥』爆料的人嗎？多半是。」阿涅說：「郡主說妳妹妹不該回校，不一定出於惡意，也許單純受不了妳妹妹終日被人背後說閒話。她的跟班們很可能每天在她面前加油添醬地搬弄是非，假如她真的不如外表那般橫蠻，心裡一定很難受，明明同情妳妹妹卻又不能明言。」

阿怡拉動畫面，發現接下來是最後一篇日記。日期是五月四號，小雯自殺前一天。

2015/5/4 03:49

陌生人你好，這或者是我跟你最後說的話了。

我太累了，不再想在他人面前裝作若無其事了。

尤其是姊姊面前。

我知道，她也在裝。

與其兩個人辛苦地裝下去，不如痛痛快快地結束，撕破那虛偽的臉孔更好？

我走後，姊姊一定能得到幸福的。

陌生人先生，我叫區雅雯，是之前令網上鬧得沸沸揚揚的那個女學生。

假如你不知道我是誰，只要上網搜查一下便會找到了。

我寫上名字，不是要控訴什麼，反正你不認識我，我也不認識你。

我只希望，世上有一位陌生人，能聽我訴苦，讓我證明我曾經在這世上存在過。哪怕你看到這段文字時，我已經不在了。

「妳走了，我不可能得到幸福啊！」阿怡痛不欲生，對著手上的紅色手機疾呼，可是這句話無法透過任何科技，傳送到當天寫下這段話的小雯的耳朵裡。她不在乎阿涅像玩字謎般將部分句子抄寫到遺書裡，引杜紫渝誤以為小雯說的「寫上名字」是揭露對方，也不在乎是否有陌生人曾經讀過妹妹充滿悲情的日記，她只想讓小雯知道，沒有姊姊會因為妹妹自殺而獲得幸福，小雯的死，只為她帶來無窮的悲傷。

她不能否認那段日子每天都不得不裝作若無其事，每天都為小雯的事情發愁，但這些憂慮跟失去小雯的痛苦相比，幾乎可以說是一種幸福——至少，她有一位值得讓她擔憂的親人。

「阿涅……你一直知道這些小雯的日記？」阿怡咬著牙，按捺著心中的躁動，向阿涅問道。第一次到學校調查時，阿涅已經仔細檢查了手機兩天，換言之他很可能兩個星期前已讀過這些記事，縱使不知道文中所指的各同學是誰，他都已經知道小雯尋死的原因。

「嗯。」

「但你一直瞞著我？」阿怡語帶慍怒，似乎快要爆發。

「妳沒問，我自然不會說。」阿涅擺出一副理所當然的樣子。「人總是盲目地追求『答案』，然而即使得到終極的解答，到頭來卻發現自己根本不了解『問題』。區小姐，妳一開始委託我的，是『找出撰寫及發佈花生討論區攻擊妳妹妹的文章的人』——妳從來沒有要求我調查『杜紫渝的動機』或『妳妹妹自殺的原因』。」

「可、可是你明知道——」

「妳想說我明知道這些文章對妳很重要，我卻不說嗎？」阿涅沒讓阿怡發作，搶白說：「對啊。可是就算我『知道』妳願意付出一切來換取妳妹妹的遺言，那也只是我的『主觀見解』，既然妳沒問，我為什麼要多此一舉地去證明一件我沒責任確認的事情？假如妳渴求的是『事實的全部』，妳最初的委託內容便有所不同，然而妳想要的所謂『真相』，不過是用來滿足妳主觀願望的部分事實，那我當然沒義務將一切告知。再者，妳妹妹用這種方法記事，就是為了死後不讓家人和朋友讀到她的日記，我尊重妳妹妹的意願，妳有什麼不滿？」

阿怡再次被阿涅的歪理壓倒，無法反駁。

「我說啊，」阿涅繼續說，「我已經好心給妳一堆提示，讓妳能察覺妹妹生前的心情，假如妳當時問我，我自然如實告知。我不是責怪過妳對妹妹的交友關係一無所知嗎？我不是問過妳『妳認為真實的妹妹跟妳心目中的妹妹是否相同』嗎？但我的提示就像東風吹馬耳，想來我真是愚蠢。現在我好歹告訴妳了，妳還要怪我沒早點說出來？」

回想起之前阿涅的確對自己說過類似的話，阿怡錯愕之餘，同時亦感到悔恨。雖然她無法完全認同阿涅的說法，但她了解到自己實在忽略了最重要的事——無論在小雯生前，還是小雯死後，她都沒真正正視妹妹的感受，沒有真正探究妹妹的內心。

「我曾問過妳妹妹有多少零用錢吧。」阿涅以平淡的語氣說道。「當時我便知道，妳和妳妹妹雖然親近，卻互不了解對方的想法。」

「什麼？」

「妳妹妹每個星期只有三百塊零用，扣掉交通費和午餐費後，剩下來的哪夠今天一個中學生日常開支？妳也很清楚近年物價暴升，以前二十多元可以買一個飯盒，今天三十塊也不過只夠妳吃一碗陽春麵。妳以為妳妹妹真的愛吃三明治當午飯嗎？她不點最便宜的菜色，哪來閒錢跟國泰和麗麗到咖啡店喝下午茶？」

「小雯才不是個好高騖遠的孩子！她才不會像那些貪圖虛榮的小鬼，寧願餓肚子也要買名牌手機……」阿怡抗議道。

「誰說什麼名牌了？我說的是很尋常的中學生群體生活。朋友們約聚會，自己就算手頭拮据，也會省吃儉用，顧慮朋友的心情，不想潑冷水。這不是人之常情嗎？」

「她要加零用錢可以跟我說啊！」

「妳妹妹除了在意朋友的心情外，還顧慮到家中的財務，所以她才不會向妳討錢。」阿涅像是嘲笑阿怡冥頑不靈，輕輕地哼了一聲。「妳家以前家計上有多大的困難妳自己很清楚，不過妳別以為妳妹妹少不更事，她實在將一切看在眼裡。就是知道母親和姊姊辛苦，才會培養出這種勉強自己不『拖累』他人的個性，而妳這個愚昧的姊姊，又從來沒體會妹妹的心意，將一切視作理所當然。」

「你、你這只是猜測、只是猜測……」

「對啊，只是猜測，但別忘了是妳要我說出我沒驗證過的推論的。」阿涅板起臉孔，再說：「還有一世代的事也是，妳妹妹大概也不是歌迷，純粹是為了跟麗麗有共同話題，才讓自己去聽他們的歌曲。妳為了找妹妹的手機，應該翻過她的所有物品，假如她真的是粉絲，至少會有一些精品或唱片，那後來我和麗麗談起一世代時，妳不會茫無頭緒。我從這些蛛絲馬跡推斷妳妹妹顧慮朋友，可不是空穴來風吧？」

阿怡回想起找尋手機時，書架上確實沒有看到任何音樂雜誌或唱片，完全不像一個十四、五歲的少女樂迷應有的樣子。

「區小姐，」阿涅稍稍嘆一口氣，換回淡然的表情，「這樣說可能惹妳不高興，但妳跟我是同類。我們都鍾愛孤獨、享受孤獨，相比起無聊的交際，我們更願意將時間投放在我們認為『必要』的事情上，就像妳為了照顧家人放棄校園生活，寧願花時間多看幾本書而拒絕同事的邀約。我們可以無視世俗，我行我素。可是，妳要知道妳妹妹不是妳，她會感受到朋輩壓力，會在乎如何在群體裡從俗地生存，模仿他人的樣子，裝作有共同興趣。她大概也是因為這原因，才會答應跟國泰交往吧，沒料到反而造成傷害了。」

「你說什麼？」阿怡愣了愣。「你的意思是，她根本不喜歡國泰，卻答應跟他交往？」

「今天大部分孩子被告白、決定交往，有多少個是兩情相悅的？大都是覺得『不討厭』，抱著一試的態度。同學們都談戀愛了，自己也姑且接受吧，這也是朋輩壓力啊。尤其在妳妹妹的情況，她可能想藉此機會改變一下……」

「什麼『小雯的情況』？」

阿涅摸了摸下巴，猶豫了數秒，再說：「以下說的只是忖測。妳妹妹喜歡的大概另有其人。」

「誰？」

「她的手機裡捨不得刪除的同學合照只有一張，妳認為還有誰？」

阿怡驚訝地瞪視著阿涅，結結巴巴地說：「舒、舒麗麗？小雯她喜、喜歡女孩子……」

「將妳妹妹說成同性戀未免有點武斷，依我看，她可能正在迷惘著心裡那份感情，到底是哪一種喜歡。不過假如這是事實的話，一切不是很合理嗎？因為喜歡麗麗，於是投其所好一起迷樂團，不惜午飯省錢也要跟對方課後相聚，但同時知道二人不可能在一起，所以被國泰告白後，期望『糾正』這份『不正常』的心情而答應交往，結果沒想到反而傷害了自己心愛的人，最後只能退出。」

阿怡感到血液衝腦，被這個假設弄得有點暈眩。事實上，她不反對同性戀，假如小雯告訴她喜歡的是女孩子，她在驚訝過後也一樣會接受；令阿怡無法接受的是，她不知道小雯有著這種煩惱，從沒察覺妹妹需要一個能傾談這種重要話題的對象。她猜想小雯可能因為在小憐身上看到自己的影子，於是樂意和國泰合作懲戒杜紫渝，也可能察覺到麗麗平日在言談中亮出恐同的姿態而自知感情無望。說不定那天小雯被騙到卡拉ＯＫ，就是被那個叫Jason的學長趁虛而入，在苦無傾訴對象的情況下，被哄騙一起遊玩，才險遭毒手。

「我……我一直以為自己是個好姊姊……為了小雯，我犧牲學業，就是希望她可以走一條平坦的前路……」

「妳又來了。」阿涅露出不快的表情。「『為了妹妹』？妳有問過她的意願嗎？為了她犧牲自己，她會高興嗎？她會不會因為妳的『偉大情操』，背負太多期望而喘不過氣？今天有不少人犯這種毛病，老是一廂情願地自把自為，說穿了不過是無窮的控制欲，強加自己的標準在他人身上。妳有沒有想過，對妳來說家人到底是什麼？」

阿涅從阿怡手上取過小雯的手機，按了幾下，說：「妳妹妹的手機裡，跟同學的合照只有一張，但除此之外，還有一張合照。」

「啊！」

看到照片的阿怡不由得發出驚呼。那是一張自拍照，小雯的臉孔占了畫面的左方，而右邊剛從浴室出來、拿著毛巾正在擦頭髮的人，正是阿怡自己。阿怡身旁是正在準備晚飯的母親，她們似乎正在談話，沒察覺小雯偷偷拍照。從家中的背景看來，阿怡估計這是小雯中一時，剛買手機不久後所拍的。照片裡，小雯露出得意的笑容，乍看會以為這笑容是出於偷拍成功的滿足感，但阿怡此刻感受到小雯拍照時的真實心情——小雯露出笑容，是因為她記下了她所鍾愛的家人的一刻，將這平常的生活光景化成影像，保留起來。

小雯珍視家人，即便是最平凡的日子、吃著最寒酸的飯菜，她也能由衷地高興起來。

阿怡淚珠盈眶，心中滿是疚悔。看過這張照片、讀過小雯的臉書後，她不禁想到，對小雯來說自殺的決定也許跟自己放棄升學一樣，純粹是為了對方作出犧牲。阿怡一直覺得妹妹個性開朗，可是如今想來，也許那只是小雯為了給予母親和姊姊溫暖，刻意展現出來的模樣。她更察覺到當初自己誓要找出kidkit727的真正原因——她固然痛恨那個躲在暗角煽動他人攻擊小雯的卑鄙小人，但她心底更痛恨的，是自己。

她知道自己是妹妹最親近的人，在小雯遇上這些困難時，自己卻無法保護妹妹，甚至無法察覺小雯萌生自殺的念頭。她辜負了母親臨終所託，她辜負了妹妹對自己的信賴。她一直在找藉口，期望將小雯自殺的責任推諉到他人身上，可是她心底很清楚，追究責任不過是徒勞。煽動者要負責、網民要負責、小雯的同學要負責、學校要負責、社會要負責，但最需要負責的，是她這個失職的姊姊。

為了生計，阿怡忘掉了更重要的事。本來，賺錢只是手段，目的是支持家庭、讓家人活得快樂。這個功利的社會卻令人忘本，彷彿賺錢才是目的，於是人們成為金錢奴隸。人們忘記了，金錢的確在生活上很重要，但比它重要的事物，往往更不容失去。

雯雯是個纖細的孩子——阿怡想起母親無心的一句話。因為纖細，所以更敏銳，善於理解他人卻鮮少被人理解，不自覺地藏了一堆心事。小時候照顧妹妹的片段再次浮現，恍惚間，在昏暗的車廂裡，年幼的小雯正站在阿怡跟前，噘著嘴、以小手撫摸著姊姊的臉龐。

「姊姊別哭。」

「嗶嗶——」

突兀的電子音刺穿阿怡的回憶，將她拉回現實。

阿涅回頭望向工作台上另一台電腦，皺一下眉，再在鍵盤上按下幾個按鍵。

「在這節骨眼上……」阿涅吐出半句話，再回頭望向監視螢幕。杜紫渝離開了筆電鏡頭能拍攝的範圍，而在窗外無人機的鏡頭裡，她站在窗前，卻因為背光的關係，阿涅和阿怡都看不清她的表情。

「怎麼了？」阿怡問道。

「杜紫渝的大哥來到附近了，大概察覺到妹妹發生了什麼事。哎，真敏銳。」阿涅指著電腦螢幕上一串數字。「他的手機進入了Stingray的攔截範圍。」

阿涅的手指在鍵盤上飛快舞動，阿怡眼前的數個螢幕裡，除了顯示著杜紫渝房間的，通通變成廣播道的街景。她不知道阿涅在附近部署了多少架無人機，也不知道部分畫面是否來自屋宛的防盜鏡頭，但她只見畫面不斷切換著，而阿涅雙眼在這些螢幕上來回遊走，像在找尋什麼。因為時間已是凌晨一點多，街上甚為冷清，既沒有路人，就連行駛中的車子也不多。

「這個。」阿涅突然說道，一號螢幕的畫面同時鎖定不動。畫面中一輛計程車駛近，阿怡定睛一看，才發現畫面右方正是杜紫渝寓所大廈的入口。計程車停下後，一道人影從車上奔出，即使畫面不清晰，阿怡也認得那是杜紫渝的大哥。

「沒時間了。」阿涅伸手移過麥克風，放到阿怡面前。「妳要復仇的話，現在就要行動。」

阿怡以不可置信的表情瞪視阿涅，說：「你告訴我這一切，不是為了阻止我報復嗎？」

「阻止？我為什麼要阻止妳？」阿涅視線仍放在數個螢幕上，頭也不回地說：「妳妹妹自殺的原因、她有什麼隱情，都跟妳這場復仇毫無關係。杜紫渝和她大哥有計畫地蓄意煽動網民攻擊妳妹妹是事實，妳妹妹因為收到杜紫渝的信、促成她當天自殺也是事實，妳因為妹妹的死受到傷害亦是事實。既然他們心懷惡念，令妳受到傷害，妳要以牙還牙、以眼還眼，我固然不會阻止。」

映著大廈入口的螢幕裡，杜紫渝的大哥正跟大廈的警衛爭執著，前者似乎要硬闖，後者正嘗試攔阻。

「區小姐，我說妳復仇是為了自己，可不是出於貶意，純粹是闡明事實。」阿涅繼續說：「我討厭的是偽善者，對於出於一己私欲、為了滿足自己而行事之人，我沒有任何特殊感情。在妳的委託上，我甚至認同妳對杜紫渝的恨意，尤其她為了自保，當著我們面前說謊，然後又冷酷地燒掉假遺書，絲毫沒有在乎她在妳妹妹自殺一事上擔當加害者身分。妳要對她幹什麼，我毫無意見。再者，由始至終我只是妳的復仇代理人，就像刀子不過是一件工具，如何運用、因為什麼理由而使用，全由妳決定。」

阿涅的話重燃阿怡心底的一絲恨意，可是此刻她無法下決定。她再次想起小雯自殺前收到的信件，那些惡毒的字句，就像令河堤崩潰的最後一滴水，既然如此，阿怡現在送上最後一根稻草，也不過是一報還一報。螢幕上，杜紫渝的兄長推倒了警衛，衝進電梯，電梯關門前警衛仍沒來得及爬起來。

阿怡抓住麥克風，手指放在按鈕上。她望向二號螢幕，杜紫渝仍站在窗前，夏天的風令長髮在臉前飄揚。阿怡彷彿感覺到杜紫渝的脆弱，知道自己只要輕輕一碰，對方就會像個搪瓷娃娃般從十樓掉到地面，摔得粉碎。站在窗前的杜紫渝也似是回應著阿怡的假想，雙手按著窗緣，身子前後搖擺，就像要讓涼風吹散自己的存在。

「電梯快到十樓了。」阿涅說。

阿怡緊盯著杜紫渝，心想說不定自己不按下按鈕製造幻聽，杜紫渝也會跳下去。瞧著弱不禁風的杜紫渝的身影，阿怡突然發現，窗前的杜紫渝比平日高大，窗緣差不多到她的大腿上。不，她沒有長高，那是因為她站在躺椅上面——阿怡赫然明白。

就在這個念頭閃過的瞬間，阿怡按下麥克風的按鈕，送上最後一句話。

「別幹傻事！」

畫面上的杜紫渝霍然止住身體的搖晃，訝異地環顧四方。不到十秒之後，她回頭望向房門的方向，似乎聽到從玄關傳來的急速門鈴聲，以及兄長的叫喊。她連跑帶爬地離開房間，消失於畫面之外。

「嗨，妳怎麼搞反了？」阿涅對阿怡說道。

「……放棄……放棄就好……」阿怡手心冒汗，緊緊捏住麥克風，怔怔地看著螢幕裡空無一人的房間，含糊不清地說道。

「中止計畫？」

「嗯……我們收手吧……」

阿涅聳聳肩，伸手在鍵盤上按下消除入侵Wifi和手機證據的指令，遙控還原各個系統。

剛才，阿怡在杜紫渝身上，看到小雯的影子。她猛然察覺到，縱使自己再恨一個人，她都無法眼巴巴的看著對方步小雯後塵，以這種形式迎向死亡。她回憶起當天小雯躺在血泊裡的慘狀，想起自己如何歇斯底里地哭喊著。即使那是仇人，她都無法讓自己再次身處同樣的環境裡。

阿怡終於聽清楚來自心底的聲音。

她知道，就算自己承受再悲慘的命運，將不幸加諸別人身上並不會為自己帶來幸福，反而只會延續這份不幸，令仇恨以另一種形式殘留在世上，啃蝕更多善良的靈魂，叫更多人感到悲傷。

——「幸福的家庭家家相似，不幸的家庭各有不同。」

阿涅回收無人機的時候，阿怡在螢幕裡瞥見杜紫渝兄妹的最後一幕，令她不由得想起《安娜．卡列尼娜》開首的著名句子。他倆跪坐在杜宅的玄關前，大門打開，二人擁抱著，杜紫渝身子不停顫抖，似在號泣。阿怡想到，假如那天自己提早十分鐘回家，也許自己也會抱著小雯，跌坐在家門前大哭。在他們身上，阿怡看到小雯自殺當天的另一個可能性。

遺憾的是，這可能性只能出現在阿怡的思緒中。

「嗚……」

阿怡坐在椅子上，開始流淚，不久從掉淚變成啜泣，再從抽泣變成嚎啕大哭。小雯過世後，阿怡每次哭泣多少也帶著恨意，哪管是對煽動者的仇恨、對社會的憤怒，還是對命運不公的不忿；然而這一刻，她的淚水裡只有傷悲，純粹是因為失去小雯而哭，為了妹妹的不幸而哭。阿涅給她遞過面紙，可是阿怡哭得太慘，幾乎要從椅子掉下，阿涅免為其難蹲在對方身旁，讓阿怡埋在自己的胸口痛哭。

縱使阿怡不情願向阿涅示弱，縱使對方是自己打從心底討厭的傢伙，可是在這一刻，阿涅身上那件髒兮兮、縐巴巴的運動外套還是令阿怡感到安心。

也許，習慣孤獨的人也有需要他人撫慰的一刻吧——良久，阿怡想到。

2014-05-18 星期日

「渝，我不知道你什麼時候才能看到這訊息」

03:17

「但我要讓你知道」

03:18

「我永遠在你身旁，不會背叛你」

03:18

「就算與世界為敵我也不在乎」

03:19

「所以，求求你不要再割腕」

03:19

「不要死」

03:20

「我會分擔你的痛苦，聆聽你的傾訴」

03:20

「終有一天我會帶你離開那個無情的男人」

03:20

「請你暫時忍耐一下」

03:21

「大哥永遠愛你」

03:22

「就算與全世界為敵，我也愛你」

03:23

第九章

在GT Technology Ltd.的狹小辦公室內，李世榮正緊張地搓著手，踱著方步。即使他知道身為老闆應該在員工面前顯出自信以穩定軍心，骨子裡他實在無法鎮定下來。司徒瑋即將再訪公司，GT網的前途就繫在這一場關鍵的簡報上。然而，看到施仲南的樣子，他就難以安心。李老闆不擅於觀人，但就連他也看得出，這幾天施仲南睡眠不足，眼下掛著兩個黑眼圈。

「阿南，你還好吧？待會的簡報你當主力，成敗得失就看你……」李老闆說。

「放心吧，我胸有成竹。」施仲南微微一笑。

雖然施仲南一臉自信，李老闆仍不禁擔憂事情能否順利進行。他昨天聽過施仲南的報告，對內容感到一頭霧水，完全搞不懂那些「復歸紅利」、「G幣權證」是什麼意思，它們對網站營運又有何幫助。他好幾次提出疑問，可是施仲南搬出更難懂的術語，似是疑非地證明這些點子能夠吸引司徒瑋，結果李老闆只能放手讓對方處理。這場報告中，阿豪幾乎全程坐冷板凳，只在結末負責一段以用戶角度操作G幣交易的示範。

「喂，你真的OK吧？」在李老闆問Joanne有沒有訂好朗豪坊的高級餐廳，準備待會邀請司徒瑋共進午餐時，阿豪悄悄地向施仲南問道。他看得出這幾天對方因某些事情分了心，報告末段收尾的部分做得十分馬虎。

「當然OK。」施仲南再次向阿豪保證。

「你最近心不在焉的，沒事吧？」

「沒，只是一些私事而已。」施仲南說：「放心，明天我們就會成為首家被SIQ入股的本地科技公司，一登龍門，身價十倍，你該擔心的是到時要接受一堆記者訪問。」

「記者要訪問也只是找李老闆罷了，干我底事？」

「你是『客戶體驗設計師』，記者們自然會請你聊幾句嘛。」

施仲南笑著說，令阿豪不知道這是否玩笑話。縱使阿豪覺得施仲南精神不大好，但他也看得出對方眼神裡的那團火焰。相比之下，李老闆更無大將之風，阿豪想，假如現在來的不是司徒瑋而是ＳＩＱ另一位幹部，搞不好會以為施仲南才是老闆。

「叮咚。」

清脆的門鈴聲拉開了最後一戰的序幕。Joanne不敢怠慢，立即走到門口迎接客人，李老闆也不管面子，一同前往。施仲南和阿豪從座位站起來，緊隨其後。

「司徒先生！歡迎，歡迎。」

「Richard，不好意思啦，晚了點。剛才交通出了點狀況……」

「不打緊，不打緊。」

李老闆和司徒瑋站著寒暄了兩句，便邀請客人們進會議室。施仲南趁此時向Thomas和馬仔打手勢，示意他們一同出席會議。

「南哥，我們也要？」馬仔緊張地問道。「我要幹什麼？我什麼也沒有準備……」

「你們只要坐著聽報告就好。」施仲南說：「這樣子才能顯示我們公司上下一心，叫司徒瑋留下好印象。」

馬仔和Thomas點點頭。他們不知道，施仲南心裡的另一番盤算。

接下來的報告，對象不止是司徒瑋，他更要Thomas和馬仔在場，欣賞他的宏圖大計——他決定發動兵變。

在會議室的電腦裡，他已準備好第二份報告。他知道阿豪和李老闆會因為內容有異而大感驚訝，但他們不會在司徒瑋面前點破。只要自己拿到簡報電腦的遙控器，李老闆就無法阻止他這場革命。

會議室勉強容得下八個人，施仲南關門後，走到投射螢幕前，心情十分忐忑，但同時帶著七分興奮。他放眼掃過眾人，感到各人的視線全投放在自己身上，尤其司徒瑋更是認真地瞧著自己，似是等待他給予最終答案：「你準備打安全牌還是冒險挑戰？」

然而，這時施仲南察覺到一點異樣。他望向司徒瑋身後。

「啊，忘了說，」司徒瑋彷彿注意到他的視線，扭頭向身後瞄了一眼，再環視眾人，「Doris臨時請假，這是我另一位助理，Rachel。」

施仲南向站在司徒瑋身後的Rachel點點頭，對方也稍微頷首示意。施仲南對Doris今天缺席有點失望，雖然這位Rachel外表尚可，但跟Doris那種混血美女相比，明顯輸上一截，而且乍看之下，這位助理也不如Doris精明幹練，神態略帶呆滯，有點難想像到對方能擔任司徒瑋的二號副手。

施仲南不知道的是，對方此刻跟他一樣，心裡滿是疑問。

她不知道為什麼自己突然多了一個叫「Rachel」的洋名，更不知道為什麼面前這幫傢伙以「司徒先生」來稱呼坐在自己前方的男人。

對她來說，這個男人就只有「阿涅」這一個名字嘛。

*

那天晚上，當阿怡決定放棄向杜紫渝復仇後，她從廣播道回到樂華邨已接近凌晨三點。

阿涅沒有狠心地要她自己回家，在回收所有設備、還原所有系統之後，他開車送阿怡回去。一路上二人沒有對話，阿怡亦無法從阿涅的表情上看出到底他是否不高興——畢竟多天的部署，就在阿怡一聲令下完全中止。

「你……認為我應該貫徹報復行動嗎？」下車前，坐在助手席的阿怡問道。

「區小姐，我說過我只是代理人，純粹是一件工具，如何用只看妳決定，我沒有意見。」阿涅將手臂架在方向盤上，「況且，我沒說過我不會收費。妳欠我五十萬。」

雖然是意料中事，阿怡仍因此感到心裡一沉。

「別奢望我會因為行動中止就給妳打折。」阿怡正想開口，阿涅卻搶先說道。「也別想逃避責任，妳跑到天涯海角，我也有辦法找到妳。」

「我才不會逃……」

「我姑且相信妳。」阿涅直視著阿怡雙眼。「假如妳覺得生無可戀，準備一死了之，也請妳在還債後才自殺，別要我和鴨記替妳打白工，我會準備好妳能應付的『方案』。後天七月七號星期二妳不用上班，那天早上十點到我家，我再跟妳算帳。」

阿涅不懷好意的笑了笑，害阿怡心裡起了個疙瘩。她想她不能怨人，畢竟當初被仇恨蒙蔽，承諾交易的人是自己。事實上，從阿怡放棄報復的一刻開始，她已有種置生死於度外的覺悟——家人都不在了，孑然一身的她已失去人生意義。假如阿涅要她賣身從事特種行業還債，她也只能認命。她唯一希望的是阿涅不會要她割一個腎出來，要割就乾脆割兩個——她可不願意拖著殘軀、生不如死的過活。

「明白了。」阿怡無奈地回答。

阿怡下車後，阿涅透過車窗叫住她。

「我不會少收半塊錢，不過今晚的行動以這種形式告終，實在有夠掃興。我會免費讓妳參與第二波行動，但這次可不由妳作決定。」

「等、等等！」

阿涅話畢便開車離去，留下阿怡佇立原地。剛才阿涅說話時，表情跟在天景酒店慫恿阿怡交易時一模一樣，眼神流露著異常的光芒。阿怡已經不想再插手干涉杜紫渝兄妹的生活，但她從阿涅的神態看到他似乎另有打算。

星期二早上，阿怡遵循阿涅吩咐，再次來到第二街一百五十一號外面。她猶豫地踏上樓梯，走到六樓後，正要按下門鈴時大門卻率先打開，門後是依然穿著紅色外套、七分褲和拖鞋的阿涅。阿怡猜，他一定是用什麼「魔鬼魚」探測到她的手機訊號，知道她來到附近。

「妳滿準時嘛。」阿涅邊說邊打開鋼閘。

「阿涅，」阿怡沒回應對方，因為她更在意上次告別時阿涅說的「第二波行動」。「杜紫渝的事情就算數吧，我不想對她……嗯？」

阿怡沒把話說完，是因為阿涅沒有讓她走進屋裡，反而自己走出昏暗的梯間，關上大門和鋼閘。

「我們要去哪兒嗎？」阿怡問。

「嗯。」阿涅推了擋在門外的阿怡一下，說：「樓梯狹窄，妳別擋路。」

阿怡無奈地走下樓梯，不知道阿涅葫蘆裡賣什麼藥。當她經過五樓，往下再走幾級時，卻聽到阿涅在身後叫住她。

「這兒。」

阿怡回頭一看，發現阿涅正掏出鑰匙，打開五樓房子的大門。五樓的單位外面跟阿涅六樓的差不多，一樣有一道鋼閘，閘後有一扇木門，不過款色不同之餘，感覺上更陳舊，木門外有貼過揮春的痕跡，紅色的紙屑仍黏在白色的門板上。

「咦？這單位也是你的？」阿怡詫異地問。

「這整棟唐樓也是我的。」阿涅漫不經意地回答。

阿怡暗吃一驚，心想難怪每次到訪也沒碰過其他住客，畢竟在房價失控飆漲的今天，再小的地皮也能建成有名無實的蚊型豪宅，一般業主才不會任由房子空置，老早將這破落殘舊的唐樓賣給發展商重建了。當阿涅打開大門，亮著電燈的瞬間，阿怡更感驚訝——眼前是一個簡樸時尚的小客廳，縱然傢俱只有一張米色沙發和一個茶几，配色和牆紙以及木地板卻十分搭調，更重要的是客廳中沒有任何雜物，一塵不染，跟樓上的單位有天壤之別。阿怡環顧客廳四周，沒看到窗子，天花板上安裝了像辦公室的日光燈和中央空調系統的出風口。玄關以外的三面牆上各有一扇門，事實上，阿怡覺得比起客廳，這空間更像醫務所的候診室。

當阿怡想著其中一扇門後會不會是手術室，她是不是要割什麼器官出來還債時，阿涅帶她走進右邊的房間。門後的房間比客廳大一倍，同樣沒有窗戶，但傢俱較多，有一張沙發、一張長長的梳妝台、數張椅子以及一個偌大的壁櫥，房間角落還有一道打開了的玻璃門，阿怡瞄到門後是一個小浴室。阿涅拉開壁櫥其中一扇門，裡面掛著十多二十套女裝衣服，衣服下方就有一排排抽屜，最下方還排著一雙雙高跟鞋。

「這件……唔，腿短，還是算了。」阿涅抽出一件白色女裝襯衫、一件炭灰色外套和一條黑色及膝裙，回頭瞧了阿怡一眼，再扭扭頭放回裙子，改拿旁邊一條黑色長褲。「妳穿幾號鞋？」

「咦？三、三十八。」阿怡搞不懂情況，只好如實作答。

「歐洲碼三十八嗎……即是英國碼五號或五號半。」阿涅彎腰，提起兩雙黑色的高跟鞋。「妳看看哪一雙較合就穿哪雙。」

阿涅將衣服和鞋子塞到一臉迷惘的阿怡手上，再指了指梳妝台，說：「好好化個妝，整理一下頭髮。我十五分鐘後回來。」

「等、等等！」阿怡叫住正準備離開的阿涅，吞吞吐吐地問：「這、這是什麼意思？我……我要賣身下海嗎？」

阿涅愣了愣，再爆出笑聲。「我呸，妳要臉蛋沒臉蛋，要身材沒身材，要妳賺皮肉錢來還我五十萬？恐怕我等三十年也沒收到！更何況哪種特殊行業會在早上十點營業的？哪來客人？」

「可能是拍A、AV……」阿怡記得圖書館裡就有好幾本探討日本色情電影行業生態的書本。

「區小姐，」阿涅掩面失笑，「這兒是香港又不是東京。假如我現在是要妳去拍小電影，妳認為我不會要妳將身上那些在女人街賣一百元四件的廉價內衣，換成抽屜裡的高檔貨嗎？」

阿怡覺得這句話好像有點道理，但在她想再提出反論時，阿涅已離開房間。無計可施之下，阿怡只好換上阿涅給她的衣服，坐在梳妝台前化妝。衣服大致上合身，她不由得猜想阿涅是不是經常打量她的身材，所以能夠拿出符合她的尺碼的衣服。她拉開抽屜，發現裡面的化妝品種類繁多，光是唇彩便有四十多款，粉餅也有五、六個。因為平日她都只塗一點口紅便上班，面對這大量工具，阿怡只能搔搔頭髮，硬著頭皮刷上腮紅。她完全不知道該化什麼妝才跟身上的套裝合襯。

十五分鐘後，阿怡身後的房門打開，她正想抱怨阿涅強人所難要她化妝整理頭髮，卻赫然看到進來的是一個陌生人。對方穿著一襲海軍藍色西裝、紅色領帶，鼻梁上架著一副無框眼鏡，十分氣派。

「你是……」

「老天！妳這是哪門子的化妝？猴子屁股嗎？」

對方出聲後，阿怡才驚覺面前這西裝筆挺、儀容講究的男人就是阿涅。阿涅刮乾淨了鬍碴，用髮膠梳理好頭髮，換掉那身地痞衣服，外表上判若兩人。

「阿、阿涅？」阿怡只能瞠目結舌地吐出對方的名字。

「不是我還有誰啊？」阿涅皺皺眉，就像對阿怡大驚小怪的態度感到可笑。而阿怡從對方說話談吐，確認這的確是阿涅。雖然有說「人靠衣裝馬靠鞍」，她沒料到衣服和打扮會讓人的觀感相差如此巨大，不過她回想起數天前阿涅在她面前喬裝成老頭，假如她沒有看到換裝過程，她大概也會因為那落差而大吃一驚。

「你……」

「妳先給我坐下，這妝會露餡啦。」阿涅按著阿怡肩膀，著她坐回化妝台前的椅子，自己再拉過一張椅子，坐在她面前。

「別動。」阿涅從抽屜取出一片卸妝棉，伸手抹掉阿怡臉上那過火的腮紅。阿怡看著湊近面前、毫不邋遢的阿涅，感到三分彆扭、三分靦腆，還有四分不明所以。

「你、你連替女生化妝都懂？」阿怡的臉孔被阿涅扶住，口齒不清地說。

「不算懂，但至少比妳這個男人婆強。」

阿涅的尖酸語氣令阿怡稍稍感到心安，畢竟外表不一樣，骨子裡仍是她認識的那個阿涅。

「閉上眼。」阿涅取過眼影盒和刷子，替阿怡刷上淺棕色眼影，然後掏出眼線筆，按著眼皮畫上上下眼線。用睫毛夾和睫毛膏整理過後，阿涅取過腮紅，重新替阿怡刷上，再取出一瓶唇彩，簡單的為嘴唇作最後的修飾。

「頭髮沒救的啦，幸好妳頭髮不長，隨便弄一下也不算太難看，勉強過關吧。」阿涅伸手撥弄一下阿怡的頭髮，再將桌上的化妝品放回抽屜。阿怡回頭望向鏡子，不由得驚呼一聲——鏡中的自己，猶如一位在中環上班的行政人員，臉上的化妝不但讓她看起來漂亮，更重要的是令她顯出一份自信。

「別顧著照鏡，自戀狂。」阿涅走到房門前，示意阿怡跟著她。「妳原來的衣服、手袋全留在這兒就好，什麼都不用帶。」

每次聽到阿涅刻薄的話，阿怡都好想吐槽，可是目前的狀況實在太意外，她仍無法正常地思考。自己為什麼要換衣服？阿涅為什麼喬裝？他們要去哪裡了？

回到客廳，阿涅沒往玄關走過去，反而走到沙發後的那扇門。他打開後，阿怡越過他的肩膀看到那邊通往另一道狹窄的樓梯。他們走到梯間，阿涅帶上門，再指了指向下的梯級。

「這兒是……」

「後門。」

二人走到一樓，打開一扇厚重的鋼門後，阿怡發現自己身處一條小巷，她回望左右兩端，小巷一邊是密封的石牆，另一端有一道關上的藍色鋼閘。她抬頭一看，雖然勉強看到天空，身前身後卻是大廈，她猜這應該是大樓與大樓之間的狹縫。阿涅走到小巷右方，打開牆上的另一扇門，阿怡跟他走進一條通道，只見環境跟方才不一樣，燈管明亮，通道的牆壁很乾淨，感覺上經常打理。拐過一個彎角後，阿怡才知道自己身在何處——那是跟第二街相鄰、水街一棟大型住宅大廈的停車場。

阿怡倏然想到，難怪當初自己老是無法堵住阿涅。一個月前，她為了求阿涅接受委託，每天都在第二街等候對方，然而阿涅居住的唐樓有第二道樓梯和後門，他自然可以瞞過自己進出。人家說「狡兔三窟」，阿怡猜說不定阿涅家裡還有第三條通往外面的秘密通道。

「抱歉讓你久等啦，都是這傢伙的緣故。」

阿涅走近一輛黑色的高級轎車，站在車旁的正是鴨記。鴨記今天的打扮同樣教阿怡意外，因為對方穿上了黑西裝，戴手套，就像替有錢人開車的職業司機的模樣。

鴨記沒有回答阿涅，只是微微點頭，坐進駕駛席。

阿涅坐上後座，阿怡卻愣在車旁，不知道該坐在鴨記旁邊的副駕駛座還是阿涅身旁。

「妳還呆在外面幹啥？放聰明點好不好？」阿涅探頭示意，叫阿怡坐進後座。阿怡只好依對方所說，懷著滿腹疑惑走進車廂。阿怡關上車門後，鴨記便開車，隨即離開大廈停車場，往西區海底隧道出發。

「我、我們現在去哪裡？要做什麼？」阿怡問道。

「冷靜一點。」阿涅蹺著二郎腿，懶洋洋地倚在座位上，加上一身西服，看起來倒像個闊少。「我上次不就告訴過妳嗎？讓妳參與行動嘛。」

「啊！」阿怡恍然大悟。她猛然理解，他們的打扮是為了瞞騙他人，執行某項計畫。

「阿涅，我就想告訴你，我不想參……這是？」阿怡正想向阿涅說明意向，阿涅卻遞過一台平板電腦，塞進阿怡手中。畫面上是一個陌生男人的半身照。

「這次行動的目標人物。」阿涅漫不經心地說：「他叫施仲南。」

「他跟杜紫渝有什麼關係？」

「毫無關係。」

「咦？」阿怡愣住，一面不解地瞧著阿涅。

阿涅取過平板，一邊按一邊說：「我只是出於好管閒事的心態決定要整治這傢伙，今天本來打算單獨行動，不過前天對杜紫渝的計畫這樣子結束，我想妳也有種『不完全燃燒』的感覺吧。說到底，讓我發現這廝的人是妳，加上他和妳尚算有多少瓜葛，我就姑且讓妳參觀一下。」

阿怡有聽沒有懂，正想追問，阿涅卻將平板放回阿怡手上。螢幕顯示出一個分割成四份的監視影片畫面，阿怡對它有點印象。

「啊！這是之前我們搜尋利用地鐵站Wifi站台寄信給小雯的人時，你在電腦看的那段影片嘛！」阿怡記得很清楚，那天她還替阿涅打掃和泡茶，對方回到辦公桌後打開電腦，其中一個螢幕就是顯示著這個擠滿人的月台。

「妳留意左上角那一格。」

左上角的畫面裡，下方寫著「3」和「4」兩個阿拉伯數字，而中央正映照著乘客上下車的情況。阿怡留意到其中一扇門有點異樣，幾個乘客下車時都回頭望向車廂，有人更掏出手機往車廂裡拍攝，只有一個男人例外，頭也不回地步往手扶梯的方向。她仔細一看，發現這個男人跟阿涅剛才給她看的照片似乎是同一人。

「這是那個施什麼南？」阿怡指著螢幕問。

「對。」

「那又如何了？」

阿涅伸手在畫面上滑動，螢幕裡的人物和列車像快鏡般跳過，不一會，影片速度隨著阿涅放手回復正常。

「現在妳看看左下角的那一格。」

阿怡低頭一看，不知道該留意什麼，正想著是否該找尋杜紫渝的身影時，卻看到施仲南再次出現在月台上，站在一根柱子旁邊候車。

「你要我留意這個男人？他回到月台了？」

「很好，妳還有丁點觀察力。」阿涅以嘲弄的口吻說。「他下車後沒有離站，也沒有轉乘東鐵線，只在站裡繞一圈，便回到月台上等車。期間他沒有跟任何人接觸，所以不是什麼約了朋友碰面交收物件之類，也沒有使用站內的洗手間，我再三檢查過那段時間的所有站內影片，確定上述事實無誤，他只是漫無目的地溜達。最後我從他再上車的班次追蹤到，知道他在鑽石山站下車，確認拍到他離站的監視影片，再從八達通紀錄查出他的身分——就像妳上次所說，我可以從車站影片和離站紀錄找出一個人的資料，但前提是我必須鎖定某人，而不是大海撈針般在數千個乘客中找出某個正在滑手機的傢伙。」

「他回到月台又如何了？杜紫渝寄信給小雯時他是證人嗎？但現在再看這影片也——」

阿怡突然止住說話，視線聚焦在影片的背景上，因為她察覺到不對勁的地方。香港鐵路各站的月台都以不同的顏色做為主調，方便乘客辨認，減少下錯站的機會，畫面裡的月台柱子是天藍色的，但阿涅說過，杜紫渝寄信給小雯，是在油麻地站、旺角站和太子站——它們的顏色分別是灰白色、紅色和紫色。天藍色的車站，是九龍塘。

九龍塘站跟杜紫渝無關，但跟小雯有關。

阿怡赫然望向右下角標示著影片時間和日期的數字。她因為自己大意沒看到這麼明顯的線索而懊惱，同時也因為隱約察覺到阿涅暗示的事實而吃驚。右下角所標示的日期，是二〇一四年十一月七號，時間是下午五點四十二分。

這是小雯被猥褻侵犯的日子。

阿涅從阿怡的表情看出對方已察覺到事實，於是再伸手拉動畫面，讓影片倒回數分鐘。就在施仲南下車不久，阿怡看到穿校服的小雯在一個中年婦人攙扶下離開車廂，之後是被一個魁梧男性架著下車的邵德平。

「簡單的智力問題——」阿涅微笑著說：「在發生事端的車廂裡，會裝作漠不關心，盡快開溜，避過風頭後回到同一個月台登上晚幾班列車的人，最大可能是誰？」

「真、真正的色狼？」阿怡交替看著平板和阿涅，呆然地答道。

「難得妳這次答得毫不含糊。」

「所以邵德平是無辜的？」

「可以這麼說。」

「但他認罪了啊？」

「所以他的律師Martin Mak是個庸碌的傢伙。」阿涅嗤笑一聲。「明明手上拿了一堆好牌卻不懂打，為了避免麻煩勸被告接受認罪協議，這種人根本不配稱為律師，該叫做訟棍。」

「什麼好牌？」

「不就是花生討論區那篇文章的內容嘛，雖然邵德平形跡可疑，例如當場想逃跑，但說是因為膽小而做出的錯誤決定也一樣合理。」

「可是根據證人供詞，他當場說過『只是不小心碰到小雯』，這不正好承認他做過嗎？」阿怡無法接受阿涅的說法，畢竟她一直認定邵德平就是令妹妹受苦的壞蛋。

「我就說那律師無能。妳當初拿給我的資料裡，包括妳妹妹的口供，當中就有合理答案——妳妹妹指有人摸了她的屁股一下，她以為對方不小心碰到，但隔了一陣子，那隻手開始肆意地抓她的屁股，還猖狂地掀她的裙子。為什麼警察和律師都沒有質疑過，一開始那隻手的主人和之後那個亂摸的色狼不是同一人？在擠沙丁魚似的車卡裡，根本無法確認嘛。假如辯方提出這點，在疑點利益歸於被告的條件下，邵德平肯定獲判無罪。」

阿怡訝異地瞧著阿涅。「所以邵德平真的是不小心摸到小雯一下，然後因為另一人碰巧接續犯案，令邵德平背了黑鍋？」

「不一定是『碰巧』，可能邵德平不小心摸到妳妹妹時，站在身旁的施仲南察覺到妳妹妹的反應，才會起色心。」阿涅聳聳肩。「說碰巧的，大概是當天他們都穿著顏色差不多的衣服，令那個大媽錯認了手的主人，而邵德平又愚蠢地以為對方指責自己之前不小心碰到妳妹妹的屁股一下，跟對方開罵，吸引了所有人的注意，替施仲南送上完美的掩護。結果一方認定對方是色魔，另一方認定自己被誣告，真正的犯人卻大模厮樣離開現場。」

「但、但你這說法只是猜測吧？」

「對，當然只是推論，」阿涅取過平板，「所以我另找佐證了。」

阿涅打開了另一段影片，將平板遞過去，讓阿怡看到螢幕。畫面裡是尋常的地鐵車廂風景，鏡頭跟一般人視線高度差不多，拍攝到一眾擠在車廂裡抓住扶手和鐵柱的乘客，以及在他們身後坐在座位上正在打瞌睡或滑手機的人。靠近鏡頭的是一個戴眼鏡的年輕男性，他一手扶著柱子，另一手似乎也在滑手機，只是畫面拍不到。阿怡正想問阿涅這傢伙又有什麼關係時，她才發現自己的焦點弄錯了——在畫面右方稍遠、靠近車門的位置，她看到那個姓施的男人，他正抬頭看著車廂另一端的電子告示牌；而更叫她驚詫的是夾在施仲南和車門之間有一個穿校服的女學生，看樣子只有十三、四歲。那孩子的表情困窘，臉孔朝向車廂外，施仲南的右手正緊貼著她的屁股，有所動作。

「他、他的手……」阿怡瞪著平板，不由得吐出一句。

「鴨記跟蹤他半個月，」阿涅指了指正在開車的鴨記，「結果發現這傢伙是個慣犯，每隔幾天便會下手，獵物都是這年紀的女學生。他還會提早上下班，配合學生上學和下課的時間，選最擠的車卡來『打獵』。我不想稱讚他，但他的觀察力真的滿優秀，選上的女生都會啞忍他的侵犯，而且他似乎能夠察覺到旁人的視線，稍有風吹草動便住手，所以一直沒有被抓——去年妳妹妹一役，大概是他少有的大意吧，不過他仍能全身而退。鴨記要用這個特製的傢伙，才成功拍到罪證啦。」

阿涅拿出一副粗框眼鏡。阿怡看到眼鏡腳上有一個小圓孔，似乎是針孔鏡頭。跟一般偷拍用的眼鏡不同，這個的鏡頭跟眼鏡鏡片的方向成九十度，能拍到佩戴者左右兩邊的影像。

阿怡將視線放回平板上，發現接下來還有第二條、第三條片段，拍攝手法差不多，內容亦幾乎一樣，只是受害者換了人。

「為什麼你沒有當場阻止他啊！」看到施仲南伸手潛進一個女生的裙子裡的畫面時，阿怡對鴨記吼道。她在這些少女的臉上，看到小雯當天受過的苦，不其然同情她們起來。

「因為他做事有分寸，不像妳。」阿涅插嘴說。「光逮到這混蛋在地鐵使鹹豬手不是我的目的。」

「目的？你們——」

「啊，先別說，我們差不多到了。」阿涅望向街上。車子剛駛經旺角登打士街，差不多到ＧＴ網所在的惠富商業中心附近。從西營盤到旺角，使用西隧的話，只要約十分鐘的車程。

「到了？啊，你還沒告訴我我要幹什麼！」阿怡緊張地問。「你要對這個施仲南做什麼嗎？」

「妳真多問題。」阿涅皺皺眉，瞪了阿怡一眼。「總之待會妳跟著我，別說話，我會負責一切交談，妳只要站在我身後，當自己是我的助手便成。妳今天只負責『看』就好。」

車子停在山東街，二人下車後，鴨記便開車離去。阿怡跟著阿涅走進一棟商業大廈，乘電梯到十五樓，期間一直在意自己的外表、走路的姿勢會不會露餡。

「記住，別說話喔。」電梯門打開前，阿涅再說道。阿怡從他的表情看到一絲笑意，感覺上，阿涅就像準備上台表演的演員一樣。

「司徒先生！歡迎，歡迎。」

「Richard，不好意思啦，晚了點。剛才交通出了點狀況……」

阿怡對阿涅的語調感到吃驚，但只能忍住。阿涅裝出一種特殊口音，有點外國人說粵語的味道，但又不至於太誇張。那丁點的不自然令阿怡差點懷疑面前的人是否阿涅本人，畢竟從外表到談吐都和他認識的阿涅不一樣。

這傢伙不是個演員，是個騙子──阿怡想起方才的心裡話。

她隨著阿涅走進那間小小的會議室時，看到那個姓施的男人──他正和另外兩個職員說話，似乎在示意他們一同開會。

在目睹施仲南真人的瞬間，阿怡有種面熟的錯覺。她知道她剛看過照片和影片，自然會認得對方，可是她覺得自己好像還在某處見過對方。因為這種奇異的感覺，阿怡幾乎忘掉對這色狼的恨意──發生在小雯身上種種壞事的起因，追本溯源，正是來自這人渣的一己私慾。

「Doris臨時請假，這是我另一位助理，Rachel。」

在會議室裡，施仲南對阿怡行注目禮時，阿涅替阿怡解圍。因為阿涅沒告訴她這回用什麼假名，所以她對「司徒先生」的稱呼感到彆扭，也對這個臨時掰出來的「Rachel」覺得莫名其妙。她不知道阿涅取這名字有什麼含義，但她知道自己必須記得她現在叫Rachel，否則他人叫喚自己時，她反應不過來就有麻煩。

「嗯，我們開始吧。」施仲南站在投射螢幕前，展現出自信的笑容，按下遙控器的按鈕。八十吋的投射螢幕上，亮出「GT Technologies Ltd.」的字樣，下方寫著施仲南的英文名字「Charles Sze」以及職銜。這份簡報應用了企業家蓋伊・川崎的10/20/30黃金法則，即是以內容有十頁、報告不超過二十分鐘、字體尺寸為三十點來進行簡報。「我叫Charles，是GT Technologies的技術總監。今天由我負責向司徒先生說明敝公司的計畫、發展以及能為ＳＩＱ帶來利潤的理由。」

施仲南按了一下按鈕，換上下一張投影片。李老闆和阿豪看到後，不由得心頭一震，因為這頁的內容跟他們昨天看過的不同。之前他們看到的，是一句口號「We Trade more than Gossips」——「我們買賣的不止於八卦消息」——然後施仲南再講解如何導入新的虛擬貨幣交易方法，製造財富；然而現在他們看到的，是「The Revolution of News」。

「『新聞的革命』。」施仲南說：「上個月司徒先生到訪，已聽過ＧＴ網的基本營運模式、盈利方法，今天我便會進一步說明敝公司的未來發展，以及如何落實這些改革。」

施仲南看到李老闆緊張地跟阿豪耳語，阿豪卻搖頭表示不知情。他知道自己這一著會令李老闆吃驚，但他更肯定對方不會打斷自己——這場簡報，可不容許半點瑕疵，身為老闆此刻打岔，只會令人留下壞印象。

接下來的投影片，施仲南開始敘述ＧＴ網的潛力與新聞工業的關係，大部分都是上星期從「司徒先生」聽來的，但加上這幾天在家中鑽研，說起來也頭頭是道。為了展示自己不是只懂鸚鵡學舌，施仲南花了很多時間研究外國的資料，分析本地網路媒體的發展狀況，雕琢簡報的內容。他每晚睡不到四個鐘頭，上班時自然精神不足。

聽著施仲南的報告，阿怡始終搞不懂阿涅的用意。她多少理解這家叫G什麼的公司是香港某網站的經營者，他們以為阿涅是什麼投資公司的要員，正向他推銷，說他們的網站將會取代傳統的新聞媒體，希望吸引資金；可是，她仍無法明白阿涅到底有什麼目的，乍看之下，這不過是一場很正常的商業會議。

然而這場「正常」的會議在施仲南再次按下按鈕後驟然變得「異常」。

「GT網本身已具備新聞網站的特質，以這一篇消息做為例子……咦？」

施仲南準備的下一張投影片，本來是一幅從GT網擷取的螢幕快照，可是這刻用作展示投影片的軟體整個關掉，切換到一個瀏覽器上，顯示著GT網的介面。李老闆和參與會議的成員都以為這是施仲南安排的簡報程序之一，但他們看清楚網頁內容後，卻不由得愣住。這篇閱覽費用為「G幣0元」的消息，標題寫著「【有片有圖】稚嫩學生妹開發技巧」，而在標題下方，正以馬仔剛開發完成、仍在進行測試中的串流外掛程式播放著一段影片。

「那、那是南哥你？」馬仔盯著螢幕，不自覺地將心底話說出口。

影片中，站在地鐵車廂中的施仲南緊貼著一位少女，右手不斷搓揉對方的臀部。這正是阿怡剛才在車上看過的首段影片，只是女孩的臉上打了馬賽克。

施仲南花了幾秒才反應過來，連忙再按遙控器，可是影片仍繼續播放。施仲南猥褻少女的影像持續了約十秒，便換成另一段，內容一樣是阿怡剛才看過的、施仲南侵襲另一位女孩子的經過。

「這、這一定是哪裡出錯了——」施仲南慌張地說，再轉身抽出投射螢幕旁一個架子上的鍵盤，焦急地按下幾個按鍵，只是影片沒有停下來的跡象。他按了幾下電腦的開關，可是那個輕觸式按鈕沒有反應，他心裡就不住咒罵著今天的電腦儀器都採用電子感應按鈕，不像以前的以物理形式斷電。手忙腳亂中，他想拔掉電腦的電源線，可是會議室的插座埋在架子之後，除非拉開木架，否則他的手根本搵不到。

「我、我、我可以解釋，這影片裡的不是我……」施仲南張皇失措，說話失去邏輯。在場眾人都想，假如片中人不是他，他又可以解釋什麼？

阿怡偷瞄了阿涅一眼，看到他同樣裝出訝異的表情，只是她察覺到他的眼神裡有一絲笑意。當然，就算她看不到這絲笑意，她也很清楚這是阿涅暗中搞鬼，用某種方法駭進這公司的電腦裡，令影片曝光。這影片經過剪輯，剛才阿怡在車上看時，每段也有接近一分鐘，但現在卻將各段最「精粹」的部分濃縮成約三十秒。影片停止時，施仲南的手指仍不斷地按遙控器上的按鈕，他用力之大，令按鈕發出「咔、咔、咔」的響亮聲音。

「Charles，你跟我們開玩笑——」即使李老闆不願意開口，身為「執行長」的他也明白此刻必須解決麻煩。然而他的話沒法說完，隨著施仲南按下按鍵的聲音，畫面切換成那篇消息的第二頁。

「啊！」

吐出驚呼的，是阿怡。雖然她一直在心裡提醒自己要保持沉默，可是看到投射螢幕上的照片，她本能地喊叫了出來。幸運的是，其他人不知道她高呼的理由，因為他們都被眼前的影像嚇一跳，以為司徒瑋的二號副手跟他們一樣因為照片內容而吃驚。

那是一張沒照到臉孔、裸露胸部的女生的照片。女生左邊胸部旁邊，有一個男人將臉孔湊近，伸出舌頭作勢要舔。這是阿怡曾在花生討論區的成人版看過的那張照片，只是如今馬賽克不是打在男人的臉上，而是遮蓋著女生的乳房——照片裡那個沒穿衣服、醜態畢露的胖子，正是眼前的施仲南。阿怡終於理解，為什麼剛才對這個既矮且胖的施仲南有印象，她認得的是那張噁心的嘴唇和渾圓的下巴。

阿怡將視線移到照片下方，看到一段文字的開頭：

這是我薩德侯爵的奴隸三號，十五歲，稍嫌熟了一點

施仲南臉色蒼白，驚懼地瞧著坐在會議桌後的各人，他的樣子跟螢幕上那下流的笑臉形成強烈對比，阿怡不禁覺得這景象荒謬得有點滑稽。會議室裡鴉雀無聲，氣氛掉到冰點以下，阿豪和Thomas面面相覷，Joanne鄙夷地斜視著施仲南，馬仔緊張地望向老闆，而剛才想開口打圓場的李世榮，此刻也只能呆住，任由這怪異的沉默持續。

「Richard，這是什麼？」阿涅以「司徒瑋」的語氣問道。

「我……我不知道。Charles，這是什麼？」李老闆無奈地將問題丟給施仲南。

「這、這……」

「雖然成人網站是門賺錢生意，但SIQ沒有打算染指啊。」阿涅嘆一口氣，再對施仲南說道。「我不知道這是你不小心將個人癖好放進報告，還是有人設計陷害，但無論是哪一種理由，也說明你能力不足。阿南，你這樣子叫我如何信任你？叫我如何說服我的同事任命一個有異常性癖好的人當執行長？」

「執行長？」李老闆轉頭望向阿涅，一臉錯愕。「任命執行長？」

「Richard，那件事你別過問，反正不可能發生了。你真的要問便問阿南吧。」阿涅搖頭苦笑，說：「看來今天這場簡報已經不能繼續，很可惜我明天便要回國，無法親自聽取你們第

三場簡報……我會吩咐下屬跟進，之後再和你聯絡。」

阿涅從座位站起，跟呆若木雞的李老闆握手後，轉身往會議室的門走過去。臨離開前，他回頭對施仲南說：「阿南，好自為之。」

李老闆正想挽留「司徒瑋」和「Rachel」，嘗試扳回一城，卻因為剛才一句話怔住，沒有追上去，反而回望仍呆立著的施仲南。

「為什麼司徒瑋知道你叫『阿南』？」在阿怡跟隨阿涅離開辦公室時，她聽到在會議室裡傳出李老闆質問施仲南的聲音。

二人回到大街，阿怡發覺鴨記已經將車子開到商業中心門前，她和阿涅甫鑽進車子，鴨記便開車離開。

「那個Richard腦筋真不靈光，我要說三次『阿南』，他才察覺我和施仲南曾私下會面的事實。」阿涅一邊解下領帶一邊說。從他的樣子，阿怡看出他應該對這身打扮沒有好感，恨不得早點穿回悠閒的運動外套和七分褲。

「原來施仲南就是在花生討論區貼援交裸照的人嗎？」阿怡劈頭問道。

阿涅瞇起雙眼瞅住阿怡，思考了兩秒再露出明白對方發問背後原因的表情。「妳竟然這麼有毅力，將我那時候給妳的網頁名單全看了？」

「嗯，我還以為那是你為了戲弄我，特意加入成人版的連結……」

「妳又來了，『自以為是的豬』。」阿涅嘲笑道。「我哪來這種閒工夫？我只是將跟調查相關的網頁連結放在同一個資料夾，才會讓妳看到。反正我本來沒預計妳會接觸這邊的案子，那些連結給妳看也沒關係。」

「所以到底是怎麼一回事？你佈局令施仲南在同事面前出醜、揭發他惡行嗎？」

「差不多。」

「這就是你剛才說鴨記沒在地鐵當場阻止那色狼的原因嗎？」阿怡有點不服氣，她不理解為什麼這種懲戒比及時拯救那些女孩更重要。

「區小姐，我問妳，」阿涅沒有被阿怡激怒，緩緩地說：「妳認為鴨記當場阻止的話，施仲南會有什麼後果？」

「當然會被送上警察局啊！」

「假如妳是檢察官，妳認為該以什麼罪狀起狀施仲南？」

「『猥褻侵犯』吧？」阿怡記得，邵德平的罪名大概是這種名稱，那施仲南的應該也差不多。

「對，然後他會在法庭認罪，表露悔意，刑期遞減三分之一，因為案情輕微，頂多關一到兩個月，甚至說不定緩刑或守行為了事。」阿涅面露不悅，說：「這樣子他便逃掉他應受的懲罰。」

「應受的懲罰？」

「施仲南真正的罪名是『以威脅促致他人作非法的性行為』，加上受害者未成年，量刑起點該在監禁四至五年吧。」

阿怡訝異地瞧著阿涅。

「威、威脅？」

「我之前跟妳說過，我從地鐵站的影片和八達通紀錄找出施仲南這個傢伙吧。」阿涅邊將眼鏡除下邊說。「當時我只以為他是令邵德平蒙冤、猥褻侵犯妳妹妹的真犯人，不過因為他冷靜熟練的行動令我產生好奇心，想知道他是不是慣犯。妳每天在我家附近守候、要我接受委託時，我去調查了這傢伙，駭進他的電腦，摸清他的底細。結果，我從瀏覽器紀錄裡發現他不時上載色情圖片到花生討論區的成人版，而且即使照片中的男性樣子被隱去，我也能夠從身體特徵確定那就是施仲南自己。」

「他付錢給援交女生拍色情照片？」阿怡記得花生討論區那篇文章的標題是「本地援交少女」之類。

阿涅遞過平板電腦，按了一下，上面亮出阿怡剛才在會議室看到的GT網網頁。原來剛才的照片之下，還有五、六張露骨淫穢的圖片，只是女生換了人，男主角依然是施仲南。在照片之間有不少文字，第一段是阿怡之前看到部分內容的：

這是我薩德侯爵的奴隸三號，十五歲，稍嫌熟了一點。用了半年，雖然仍會反抗，但大致上順從。我在這裡跟各位同好分享一下心得。

「這不是我寫的。」阿涅面露鄙夷之色，說：「一字一句，全出自施仲南之手，不過他貼出這些圖片和文字的地方，是『暗網』，我將它們抄過來。」

「『暗網』？」阿怡歪一歪頭，再從久遠的記憶中挖出這名字的解釋。「啊，就是你之前說過，用『洋蔥瀏覽器』才可以進入，充滿地下資訊的網路嗎？」

「對。施仲南是暗網裡某個戀童癖論壇的用戶，自稱『薩德侯爵』，經常發表如何要挾援交女生、威嚇她們、令對方淪為自己奴隸的『調教』心得，也會貼上替自己臉孔打上馬賽克的『實戰』照片，以證明自己說的是實話，贏取論壇上其他變態的讚譽。他在花生成人版貼的只是冰山一角，暗網那邊貼的照片和文字露骨百倍。」

「咦？你說過使用『洋蔥』，就無法查出使用者的身分嘛，為什麼……」

「因為我不是從網路追尋用戶源頭，而是直接在施仲南的電腦動手腳，記錄他按下的每一個按鍵，擷取他看到的每一個畫面，他用過什麼軟體、上過什麼網站我都一清二楚。」阿涅失笑道，彷彿覺得阿怡在意技術問題多於地下論壇很可笑。「總之，我發現這傢伙原來不止在地鐵捏女生的屁股，更會挑選那些沒黑道背景、一時貪財找男人援交的女學生，設計威脅對方屈服，繼續為他『服務』。對他來說，地鐵的女生是甜點，威脅援交女生才是主菜。」

「所、所以他寫的這些內容……」

「都是真的。」阿涅指著阿怡看過的那張照片，說：「這女生的確只有十五歲，而且是不情願之下被拍這種照片。」

阿怡倒抽一口涼氣。當初在花生討論區看到這照片時，她心裡就浮現過鄙視這女生的念頭，認為對方太不自愛，受不住物質引誘，年紀小小便出賣身體。她沒想到背後有如斯隱情。

「施仲南是個很具野心和操控慾的男人，更糟的是，他是一個頭腦很好的傢伙。」阿涅繼續說。「他的觀察力很強，很懂得相人，具備成功者的特質，只要他走正途，肯定會成為傑出的人物，可是他卻屈服於自己的黑暗面。我猜他成長時因為身材矮胖、其貌不揚感到自卑，甚至可能有被欺凌的經歷，被女生欺侮奚落之類，結果他沒有克服這心結，反倒找尋比自己更弱小的對象加以剝削。」

阿涅想起初次在辦公室見面時，他對施仲南積極地回答問題感到意外。假如他不是早知道對方的所作所為，大概會對這個對工作熱誠、進取向上的小職員產生好感。

「根據他在暗網論壇發表的『狩獵指南』，他利用LINE和WeChat等等的通訊軟體挑選獵物，確認對方性格上有缺陷、可能被威脅後，便會在交易時偷拍照片和影片，做為將來脅迫這些女孩子的工具。施仲南是個狠角色，一般人會說『假如妳不就範我便將妳的裸照放上網』，他卻是直接將照片丟上成人版，再對受害者說『妳不就範下次公開的便是露臉的照片』。但他最厲害的地方，在於懂得使用『鞭子與糖果』，他會買些便宜的禮物送給受害者，跟對方約會逛街之類，令對方產生錯覺，以為施仲南關心自己。這是斯德哥爾摩症候群吧，畢竟十來歲的孩子涉世未深，比起成年女性容易擺佈。」

鴨記跟蹤施仲南期間，數次目睹他跟被威脅對象約會，二人會上不錯的餐廳，結帳都由施仲南負責。當然約會的終點永遠是賓館，施仲南追求的不是虛偽的愛情，而是少女屈從自己的征服感。

「等等，我還是不明白，」阿怡問道，「你欺騙施仲南的老闆，以為你是投資者，好讓你在簡報裡弄假文章，揭露他的惡行，這樣就算是懲戒嗎？」

「假文章？」阿涅反問。「什麼假文章？」

「就像你之前在杜紫渝身上做過的嘛！什麼佔領Wifi站台，製作假網頁……」阿怡指著平板上的圖片和文字。

「這次是真的。」阿涅朗聲笑道。「妳現在看到的照片和影片，都是在真正的GT網上公開，而且……」

阿涅伸手點了平板角落一下，畫面亮出花生討論區。

「……我還在花生轉載了消息，現在已有一千人看過了吧。」

阿怡低頭一看，發現熟悉的花生討論區裡，有這樣一篇文章：

edgarpoe777發表於2015-07-07 11:01

〔轉〕GT網有色魔自爆（有圖有片）

雖然打碼，但內容勁爆！-http://www.gtnet.com.hk/gossip.cfm?q=44172&sort=1

「這時候應該有比我更好管閒事的網民報警了，警察很快便會找上施仲南。可惜看不到他戴上手銬、蒙上頭套的一幕哩。」阿涅一臉滿足地說。「警方更會查出，上載那些照片和影片的IP位址，就在GT網的辦公室，不會察覺是我動的手腳。他們大概會找理由來說明這情況，例如認為施仲南是個變態——雖然他的確是——喜歡用自己蒐集的色情照片來測試系統，卻不小心將內容公開，暴露自己的罪行。發佈打了馬賽克的裸照不至於犯罪，但礙於輿論，警方不得不調查照片和影片內容真偽，那才是對付施仲南的殺著。」

「你是為了看好戲，才特意弄出這麼大的騙局，特意在會議裡揭發他嗎？你明明可以暗中公開罪證，匿名通知警察嘛。」

「看好戲是事實，但不是主要目的。」阿涅搖搖食指。「我之前以『司徒先生』的身分跟施仲南私下碰面，他提出公司被注資後，我運用投資者的權力，升他當執行長。」

「那又如何？」

「施仲南被起訴後，一旦罪名成立，法官便會索取被告的背景報告，同時讓辯方呈上求情信，證明被告平時備受愛戴、本質不壞之類，做為判刑標準。現在他的老闆察覺他有異心，私下籠絡投資者企圖造反，這封求情信自然飛了，他的同事亦會因為這一點對他的品格存疑。更妙的是，施仲南大概會以為換掉投影片、破壞他大計的人就在同事當中，即使有人仍願意幫忙說好話，他只會認為對方是主謀，同情他不過是貓哭老鼠。我不止要他坐牢，我更要他在眾叛親離、疑神疑鬼之下被關上十多年。」

「十多年？你不是說量刑起點是四至五年嗎？」

「每項罪名四至五年，加起來分期執行便有十多年了。」

「分期？」

「他威脅的未成年援交女生共有六個，假設最後只有三人願意指證他，加起來也該關十二年吧。」

阿怡此時才明白那些照片裡的每一個女生，都是施仲南的威脅對象。事實上，她察覺自己未免太笨，施仲南用「奴隸三號」來稱呼那被拍裸照的女孩，那即是說該有一號、二號，甚至更多更多。

「從他外表可看不出來……」阿怡喃喃地說。「他剛才做報告時，表現跟平常人一樣……」

「妳以為色魔的外貌跟常人有異嗎？」阿涅冷笑一聲。「別那麼膚淺，罪犯從來沒有特徵，他們很可能一樣有正常的職業，有尋常的家庭，而我們接觸的，不過是他們的片面——只是假如妳將那片面當成他們的全部，妳便很容易掉進他們的陷阱。」

「那些女孩子能脫離他的魔掌嗎？」

「當然。」阿涅頓了頓，再說：「妳放過了杜紫渝，但我想這回妳不會對我的手法有異議吧？」

「這種人渣，最好關到死。」阿怡帶點怒氣說道。阿怡知道可不能將小雯的死算到施仲南頭上，可是假如他沒有趁亂侵襲小雯，後續的悲劇也不會發生。說到底，杜紫渝和她的兄長誣害小雯，背後有多項隱情，但施仲南侵犯女生，純粹是為了滿足獸慾。

在阿怡和阿涅對答期間，車子已駛過海底隧道，回到香港島一側。

「對了，阿涅你又用了『中間人攻擊』吧。」阿怡突然說道。

「什麼？」

「我說你在現實使用中間人攻擊，偽裝成什麼投資企業，誆騙施仲南和他的老闆。」阿怡說：「比起虛構一家投資公司，我猜你更可能借用真實的企業，只是從中攔截通訊，冒充成那家公司的要員。剛才你說施仲南是個精明的傢伙，假如你隨便弄一家假公司，很難騙過他吧？」

「哼，假如妳看過我這招這麼多次仍看不透，我就真的懷疑妳智力不足啦。」

看到阿涅不以為意的表情，阿怡有點高興自己能看破對方的招數。車子駛進阿涅家旁邊屋宛的停車場，回到他們出發的地方。

「下車吧，『聰明人』。」阿涅命令道。

阿怡覺得阿涅樣子有點不爽，猜想是因為自己先把對方的策略說出，滅了他的威風。她不知道的是，其實阿涅並非不高興，那只是為免阿怡看穿他的心事特意裝出來的表情。

在阿涅心目中，阿怡是個很特殊的委託人。他遇過不少執著和具行動力的客戶，可是沒有一個的固執程度及得上阿怡。而且，阿怡好幾次令他感到意外，例如她能夠從微小的線索知道莫偵探親自到訪的原因，又或者擅自打掃後跟自己爭辯，逐點擊破他指責對方的理由。他說過阿怡有時頭腦很靈光，有時卻像蠢蛋一樣問笨問題，以阿涅一向刻薄的標準，這其實是他難得說出口的讚譽。在廂型車裡，他說過阿怡跟他是享受孤獨的同類，那也是由衷之言。也因此，阿涅反常地同意阿怡參與多次調查和行動，一方面是對這個個性怪異的女生感到興趣，另一方面，就是單純出於物以類聚的共鳴感。

可是，縱使阿涅願意向阿怡披露不少他戲稱為「商業機密」的偵查手法、行騙技巧，他也不會翻開最後一張底牌。

司徒瑋是他的本名。

在美國創業、經營同位素科技時，阿涅已經是一名駭客。只是當時日常工作占了他大部分時間，所以才鮮少暗中行事。他擅長交涉，能從細節看穿他人的想法，亦善於說服別人，同位素創業初期全憑他才能得到一堆合約；可是，他其實討厭以談判為主的工作，這長處倒像一種詛咒。創立ＳＩＱ後，他的財產更是水漲船高，他發覺自己年僅三十三歲已賺到這輩子花不完的金錢，而ＳＩＱ愈成功，他就愈覺得空虛。

因為某事件，阿涅決定隱姓埋名回到出生地香港隱居，從事非法調查和復仇勾當。他是個獨來獨往的怪咖，價值觀也不同常人，對他來說，數千元的山珍海味，跟來記一碗大蓉差別不大，上萬元的紅酒，不及待在電腦螢幕前邊聽著查特貝克[34]的憂鬱嗓音邊喝的一罐啤酒。他一直在追求的，並不是五感上的滿足，而是更難捉摸的、無法言喻的某種精神上的快感。阿涅並不討厭自私的傢伙，可是假如對方恃強凌弱，目空一切，以為自己能夠隻手遮天，他就有興趣挫對方的銳氣，好好整治這些混蛋。教訓惡棍是他的樂趣。

不過阿涅是一個有原則的人，他相信因果。

阿涅平生最受不了的，是「正義」這兩個字。這不是說他不分善惡，只是他了解到，比起單純由善惡引起的衝突，世上更常見的是因為立場相異而勾起的紛爭。在各種對抗之中，任何一方都打著「正義」的旗號，聲稱自己才是道理所在，即使用上卑污的手段，也美其名為「逼不得已」，以力量壓倒對方，說穿了不過是勝者為王的叢林法則。阿涅對此更有深刻體會，他擁有金錢、地位、力量和才能，幾乎能夠為所欲為，能輕易成為他人眼中的「正義」化身，可是他知道隨便以「正義」為名在他人身上施壓，不過是一種霸凌。

他對自己能使用的狠毒手段十分清楚，即便恐嚇的是黑社會老大、欺騙的是黑心奸商，他都不會以正義自居。他只是以「惡」制「惡」而已，彼此都是一丘之貉。

因為了解到這一點，所以他約束自己，限制自己的行動。

無論是客戶委託、還是自己好管閒事，他都會認真思考該用什麼方式行事，如何才合乎因果報應。對阿涅來說，要毀掉一個人十分容易，在他眼中人性是充滿破綻的不良品，要操弄、擺佈他人易如反掌，但他不會輕率使用這能力。他覺得世上太多人喜歡扮演上帝的角色，為這個社會帶來痛苦與不幸，而他不願意同流合污。

阿涅不時提醒自己，他不是判官。

在為客戶復仇的生意上，他都會仔細判斷客戶的背景、事件的原委，再決定接不接手。他曾經做過不少無情的決定，令某些人有著悲慘下場，但那些人承受的不過是過去施加於他人的痛楚——阿涅最擅長的，是「以彼之道還施彼身」，不多不少的將受害者的傷害還原到加害者身上。事實上，替別人執行這些計畫時，阿涅感到較輕鬆，因為他視自己為一件工具，恩怨情仇也不過是他人的業；可是若然是自己多管閒事的話，就要小心衡量因果，甚至不得不採用迂迴但符合他的價值觀的麻煩做法。

在對付施仲南的行動上，他就遇上這難題。

確認施仲南的惡行後，阿涅決定要解救那些被施仲南脅迫的女生，讓她們復仇，他要令施仲南投獄，親身體會性罪犯在獄中會受到的「特別照顧」，感受一下那些女生每天擔驚受怕

34. Chet Baker，美國五〇年代當紅的爵士樂小號手、歌手。

的痛苦。可是，阿涅發覺施仲南的電腦裡沒有那些女生的資料，頂多只有那些沒照到臉孔的照片。

根據鴨記觀察所得，施仲南有兩支手機，一支日常用，另一支，就專門用作「打獵」。跟被威脅女生聯絡，也是靠這支「二號」手機。施仲南十分謹慎，只會在需要聯絡這些女生時才開機，平日習慣將它關掉電源，放進公事包裡。手機裡沒有多餘的應用程式，他也不會使用它作其他用途——除了用它來替被害者拍照之外。

縱使鴨記跟蹤施仲南，能夠查出跟他約會的女生的身分，可是阿涅想要的是全部受害者的名單。阿涅從電腦中的照片知道受害者超過一名，但他無法確認數字，他更判斷出受到施仲南威脅的女生都有相同的性格，不敢貿然反抗，即使犯人被拘捕的消息上了新聞，那些女生也不一定會主動報警，指證對方。事實上，那些女生甚至可能不知道施仲南的姓名，就算他被捕，受害者也不一定能發現威脅自己的胖子原來就是新聞裡的那個男人，畢竟他的照片不一定見報。

對阿涅而言，這場對決不容有失，假如施仲南最後只因為「猥褻侵犯」被關一、兩個月便獲釋，這傢伙只會變得更暴戾、更陰險，那些被威脅的少女下場可能更慘，更別提陸續出現的新受害者。去年香港就曾發生駭人聽聞的妓女連環謀殺案，一名有特殊性癖好的外籍銀行高級投資顧問，懷疑因為吸毒產生極端行為，先後虐殺兩名南亞裔妓女，將斷頭裸屍藏在家中的行李箱內，再主動報警自首。阿涅了解到這個充滿壓力的大都市是令異常犯罪者變本加厲的溫床，於是決定一是不出手，一出手便要得到完全勝利，要對付施仲南，就要令他至少關個十至二十年，好讓那些女孩無後顧之憂。

「要遙控入侵他的手機嗎？」當時鴨記向阿涅問道。

「不，風險太高。你說過那支手機他只用來聯絡受害者，不常開機，要誘使他打開埋下陷阱的連結、確保順利入侵不容易，而且這傢伙很精明，一個不小心便會打草驚蛇，前功盡棄。我另外想辦法。」

在調查施仲南背景時，阿涅發現對方工作的公司加入了生產力局的投資計畫，正在尋找ＶＣ，考慮過風險和成功的機率後，阿涅決定動用他的真實身分，直接跟施仲南交手。阿怡說得沒錯，這也算是「中間人攻擊」，只是阿涅用的是ＳＩＱ董事的身分來協調，隱瞞他接觸GT Technologies的動機。ＳＩＱ的人員都知道「司徒瑋」半退休的事實，但只有少數幹部知道他身在遠東的大都會而不是美國東岸。然而，就連創始人之一的凱爾昆西也不知道阿涅在香港過著另一種生活，他們每次使用視像會議，阿涅都會換裝，變回司徒瑋的形象。

阿涅有不少同夥，騙子、駭客、打手、龍套，他隨時可以招來十多二十人，但真正被他視作副手的，就只有鴨記和「Doris」，他們是僅有知道「司徒瑋」這身分的同伴。在這場行動裡，Doris負責打點跟李世榮接洽的工作，另一方面，鴨記則負責監視施仲南，盡量搜集那些被害女生的資料。

「這位是我們的技術總監Charles Sze。」

在第一次到訪ＧＴ網的辦公室時，阿涅就對施仲南留下強烈的印象。一百六十公分的身高、包覆在襯衫之下的水桶身材，從外表可說是完全不討喜，但施仲南說話俐落，語調充滿自信，就像反擊著所有以貌取人的世俗眼光，展示自己的另一面。在短短的對話裡，阿涅已把握對方的性格，算計到往後的策略——他本來打算借這次見面做為開端，其後主動在街上「碰上」施仲南，引對方步進陷阱，但他臨時決定更大膽的做法。

他要反過來引施仲南主動找上自己。

因為施仲南態度積極，阿涅故意丟出難題，而對方搶著替老闆解圍，他就確定自己已摸清對方的底牌——施仲南對「司徒瑋」有很大的興趣。於是阿涅特意借閒談透露自己的虛假住址，以及翌日到文化中心聽音樂會的行程。他早料到進取的施仲南不會放過這些千載難逢的機會。

但他料不到的，是阿怡脫軌的行動。

當天從施仲南的公司回到西營盤時，阿涅沒想到阿怡提早下班，坐在梯間一臉凝重地滑手機。他慶幸自己換過衣服，碰巧到超市購物後才回去，否則一身西裝的樣子便可能被她看到。因為在小雯手機裡的新發現，阿涅只好將注意力放到那邊的案子，而阿怡硬要留宿，要求第一時間知悉結果更害他手忙腳亂。翌日晚上，他便要到文化中心回收魚線，可是原本他打算用作準備的時間，被阿怡的要求占用。週六早上跟袁老師通電話、阿怡滿意地離去後，阿涅才能著手聯絡偽裝女伴的同夥，以及補眠幾個鐘頭，為晚上的「演出」作萬全的準備。阿涅可以不眠不休的進行調查和監視，可是若要親身上陣，他就得讓自己精神飽滿，做好沙盤演練——萬一大意留下半句令對方懷疑的話，破壞的不止是行動的完美性，更可能令全盤計畫失敗，讓施仲南逍遙法外。

施仲南在文化中心音樂廳裡找不到司徒瑋是理所當然的，因為阿涅他根本沒進場。他只是在監視對方的鴨記提示下，在適當時間走到大堂的展覽板前，準備「偶遇」。當時還發生了小插曲，阿涅碰見一位多年前在美國矽谷某研討會有過一面之緣的銀行家，考慮到可以利用對方增強自己在施仲南心中的印象，他便以司徒瑋的身分向那個外國人打招呼。施仲南不知道，當自己胡扯著「鋼琴和樂團的合作很出色」時，阿涅也一樣在胡扯。阿涅說的，只是從過去聽過的唱片以及讀過的雜誌報導得來的空泛想法而已。

接下來的一個禮拜，阿涅可說是處於蠟燭兩頭燒的狀態，一方面忙於調查小雯同學的背景和人際關係，另一方面佈局接近施仲南。當阿怡在來記遇上莫偵探，衝上阿涅家中對質之時，阿涅正在作翌日約施仲南晚宴的準備。阿怡老是打亂阿涅的工作節奏，施仲南那邊的設局亦一再出現意外，但阿涅還是穩住局面。

阿涅約施仲南晚宴，目的其實是盜取手機。

「盜取」當然不是字面上的意思，阿涅想偷的，是手機裡的資料——那些被威脅的女生的聯絡帳號、施仲南拍下的照片和影片等等。可能的話，阿涅更希望在對方的手機安裝「後門」，如此一來他便能二十四小時監控對方，甚至在完成行動前阻止施仲南再度令那些女孩子受傷害。因為施仲南是個電腦專家，遙控入侵可能瞞不過對方，但只要阿涅能接觸手機，他就能設下完美無痕的陷阱，神不知鬼不覺地侵佔系統。

然而在天鼎軒晚宴期間，阿涅發現施仲南比他想像中更精明，觀察力更優秀——雖然SIQ在香港開分公司、進軍亞洲都不是事實，但施仲南依據虛假前提推論出這結果，卻合乎邏輯。當晚阿涅有好幾次機會下手偷取手機，最終還是決定讓魚鉤在水中多待一會，不單等候對方咬餌，還要待到對方筋疲力竭，無法反抗之際才一舉釣起。事後鴨記的報告證實了阿涅的預感。

「剛才在地鐵上那傢伙發現我了。」當晚鴨記在電話跟阿涅說。

「連你也失手？情況有多壞？」

「不算太壞，我在旺角站放棄監視。應該不至於打草驚蛇。」

「之後你小心一點，有必要的話喬裝一下。這傢伙可不是省油的燈哩……」

鴨記之後的跟蹤行動，都刻意拉開距離，減少曝光的機會。事實上，跟監了約二十天，鴨記已查出其中一名被施仲南威脅的女生身分——在這段期間，施仲南除了找新的援交女生外，仍不時迫令被要挾的女生作性交易。就在阿涅準備再訪以諾中學，揭破杜紫渝的真面目前的那個週末，鴨記便看到施仲南約了女生到又一城約會，二人上賓館後，鴨記改為跟蹤女方，查出她的住址，再從細節確認她便是「奴隸三號」。那天他還看到施仲南的同事阿豪，一度懷疑他和阿涅對付的不是獨行犯人而是一個集團，但後來判斷阿豪出現不過是偶然而已。

縱使阿涅已得知一位被害者的資料，他沒有改變部署，一來他要的是所有人的名單，二來，他更要取得那些沒有打上馬賽克的照片做為證據。對付施仲南的重頭戲，是在七月二號晚上的「酒吧之夜」。

因為接受了阿怡的復仇委託，阿涅不得不同步進行兩邊的行動，在杜家附近監視期間，同時準備掠奪施仲南手機的計畫。就在阿怡首次到廣播道的「流動基地」當天，阿涅跟鴨記交換任務，讓鴨記監視杜紫渝，自己則化身司徒瑋，和施仲南到中環蘭桂坊附近的酒吧買醉。

「到了。你可以把公事包留在車裡。」

「不，我帶著就好。」

阿涅一直瞄準施仲南公事包中的手機，到達酒吧時假意讓對方將公事包留在車上，可是施仲南沒有上鉤，因為他準備了給司徒瑋過目的報告，必須隨身帶著。即使此計落空，阿涅也沒有動搖，畢竟他算無遺策，早預備好第二個陷阱。比起在天鼎軒的行動，這回阿涅佈下更大的圈套，動用更多同夥——除了酒吧的東主和服務生是自己人外，他更安排了兩位美女做為誘餌。

跟那個在文化中心擔當女伴的紅衣美女一樣，「Zoe」和「Talya」也是阿涅請來的暗樁。和「Doris」不同，她們對阿涅的工作內容、行動詳情並不清楚，只是收取報酬，聽從阿涅吩咐，飾演某種角色。她們很清楚自己幹的多是見不得光的勾當，同時亦了解知道愈少，惹麻煩的可能性就愈低，所以從不過問。

這一晚「Zoe」和「Talya」的任務，就是轉移施仲南視線，令他離開公事包。在施仲南上洗手間時，阿涅的另一名同夥接過他從公事包取出的手機，到酒吧的廂房執行計畫。這計畫有三道關卡，一是在施仲南沒察覺下取得手機，二是在短時間內突破手機的密碼，三是及時將手機歸位。

手機密碼是另一個麻煩。有足夠時間的話，阿涅有方法突破保安，可是這回時間不多，必須速戰速決。而根據鴨記的情報，施仲南的二號手機用的是指紋鎖，阿涅便無法單純靠鴨記偷看密碼來完成這步驟。除了偷手機外，他更要偷施仲南的指紋。

幸好今天指紋鎖的破解法比一般人想像中簡單。阿涅準備了三重保險——當阿涅將跑車交給代客泊車的小弟後，他的同夥便嘗試從門把套取施仲南的指紋；另一方面，阿涅的同夥接過手機時，同時取走施仲南拿過的杯子；加上手機機身很可能留下了機主的指印，只要這三處其一成功取得指紋便可。以前偽造指紋需要造模，花費相當長的時間，但在科技迅速發展的今天，只要拿到適當的材料，就連中學生都能成為一流駭客。阿涅準備了一台掃描器、一台噴墨印表機、一張光滑的相片紙和一瓶含導電物質的墨水，他的同夥掃取指紋後，掃描進電腦，將圖像作鏡像倒轉，再用特殊墨水打印到相片紙上。指紋鎖會將能導電的紋理當成真實的手指頭，用這方法，只要數分鐘便能通過手機的檢查。

偷得手機裡所有資料，以及加入後門程式部署好Masque Attack後，放回手機並不困難，因為施仲南的注意全放在長著一張童顏的「Zoe」身上。雖然「欲擒故縱」是阿涅的拿手好戲，他也不願意讓施仲南過太爽，特意在這晚稍挫對方的銳氣，偷走對方看上眼的女生，再讓「Talya」找碴當眾侮辱這位「技術總監」。

這一晚最叫阿涅意外的，是施仲南的提案。他早看出施仲南野心勃勃，但他沒料到對方這麼冒進，已經作好準備推翻李世榮。知道施仲南的用意後，阿涅從心底笑了出來，因為他可以順水推舟，令施仲南埋首撰寫報告，減少對方察覺手機被駭的機會——阿涅這時候要聚焦在杜紫渝的報復計畫上，能先拖住施仲南這邊，實在求之不得。

當晚唯一的亂子，發生在跟施仲南告別之後。阿涅吩咐同夥監控施仲南和受害女生的通訊，對方卻錯誤地作出攔截，結果施仲南送出的訊息無法傳到「奴隸三號」手上，直到阿涅將車子駛了一圈，跟同夥會合後，才將訊息不作刪減之下送出。幸好最後施仲南沒察覺這五分鐘空白的意義，他在收到女方回覆後，便忘掉這細節，畢竟他那時候更在意奪權篡位的事。阿涅知道，假如鴨記在場便不會出這種漏子，可是當時鴨記正代替自己，在廣播道監視著杜紫渝的一舉一動。

名單到手，阿涅的行動便完成了九成。他之所以堅持查出所有受害者的身分，就是為了能直接聯絡她們，破壞施仲南加在她們心理上的枷鎖。被威脅的援交女生不敢反抗，除了因為斯德哥爾摩症候群外，往往是因為資訊不平衡，無法抽離觀覽全局，判斷利害。她們以為自己從事援交在先，一旦報警求助，自己同樣負上刑事責任；也有人懼怕事件曝光，會遭親人責備。阿涅要做的，便是戳破施仲南的謊言，說明香港沒有法例禁止女性提供性服務，只有操控妓女的人會因為「經營賣淫場所」和「依靠妓女收入為生」等等被檢控，未成年的援交少女只會被視為受害者。誠然，被施仲南要挾的女生之中，總有人顧忌家人、朋友或戀人而不敢聲張，但阿涅有信心煽動大部分受害者揭發事件，向施仲南報復。引發他人的復仇心，是阿涅的強項。

就在剛才那篇令施仲南醜態盡露的帖子在GT網公開時，那六位受威脅女生已同時收到阿涅以匿名方式發送的訊息，告知她們施仲南面臨法律制裁。阿涅沒有讓那些女生知道彼此的存在，他只在訊息點出自己知道對方被脅迫，並且指出這是唯一一個脫離無止境的折磨、狠狠還擊的機會。人是自私的生物，假如知道自己不用站出來，施仲南一樣因為其他罪名入獄，那些女生很可能會逃避作證的責任；但若然以為只有自救一途，再懦弱的人也會變得堅強。阿涅知道，今天下午便會陸續收到回信，唆使她們走進警察局會是他這盤棋局的最後一步。

阿涅領著阿怡，從停車場經過小巷回到他那棟殘破的唐樓時，心裡不由得吁一口氣。過去一個月，他被杜紫渝和施仲南兩樁事件弄得分身不暇，加上阿怡一再為他添麻煩，他不下一次覺得自討苦吃，不過半途而廢不合他的個性，他從沒考慮過放棄。他只曾想過，換成井上的話，大概有更高竿的手法入侵施仲南的手機，減省不少工夫——雖然阿涅對自己的技術相當有自信，但他知道在「天才」井上聰面前，那不過是班門弄斧。早在大學期間，他已見識過對方的神乎其技，井上能以常人不可能發現的切入點短時間內攻破任何平台，就像高明的腦外科醫生對神經系統那般熟悉，並且能透過手術改變系統運作。阿涅在洞悉人心和擺佈他人的能力遠高於井上，但論單純的機械式思維，一山還有一山高，他知道自己有所不及。說到底，井上聰不單是司徒瑋的搭檔，更是他的「老師」，阿涅之所以成為駭客，也是因為對方的指導。

「井上那傢伙啊，天曉得他現在人在哪兒，在幹什麼好事。」

那天阿涅對施仲南說的這句話，可不是謊言。他猜井上跟自己一樣，因為厭倦金錢世界，目前躲在某個大城市的小公寓，過著悠然自得的生活吧。

「把換下來的衣服隨便放就好。」回到五樓，阿涅對阿怡說。「鐘點女傭會處理。」

「鐘點……香姐？」阿怡想起碰過兩次的婦人。

「哦？對，妳們碰過面吧。她一週會來打掃兩次，負責打掃六樓以外的其他單位。」

阿怡恍然大悟。她之前奇怪阿涅的狗窩分明一副無人打理的樣子，卻兩度遇上清潔工，對方還說逢週三週六也會來。假如光是清潔阿涅家的廚房和廁所，可不用來得如此頻密吧。

阿涅離開後阿怡便換回原來的衣服。她本來猶豫著該不該卸妝，但她瞧了鏡子一眼，發現自己的寒酸服裝跟樣子毫不搭調，只好拿卸妝棉擦去臉上那些色彩。

「卡。」

十五分鐘後，比阿怡穿得更寒酸的男人打開房門。阿涅穿回T恤和外套，頭髮濕漉漉的，阿怡猜他隨便洗了個頭，然後懶得吹乾，任由髮型變回平日的鳥巢。二人從主樓梯回到六樓寓所，阿涅從冰箱取出一罐冰咖啡，一邊喝一邊坐到辦公桌後。

「好了，區小姐，是時候談談妳欠我的五十萬。」阿涅躺在椅背上，說道。

阿怡吞了一口口水，挺直腰板坐在桌前的椅子上。

「先問妳一下，」阿涅一邊隨手整理桌上散亂的雜物，一邊說：「妳有沒有想過如何還錢？」

「我、我可以分期還款嗎？每個月付四千塊，十年零五個月便能還清五十萬……」她計算過，生活再儉樸節約一點，扣除必要開支，每個月可以勉強拿出來的數目約是四千元。

「利息呢？」

阿怡怔了怔，但也明白阿涅提的是合理要求。「那……每個月付四千五百可以嗎？」

「嘖嘖，真小家子氣。」阿涅嘟嘟嘴。「我又不是開銀行，分期還款什麼的，我不接受。」

「那……你想我割什麼器官給你，還是買保險後製造假意外索賠嗎？」阿怡不安地將這兩天老是在想的可能性說出來。

「提議很吸引，可惜我不是黑道，對這種手法沒興趣。」

「可是你說過我沒資格賣身下海——」

「妳其實不用想太多，只要將妳應得的五十萬給我就好。」

阿怡盯著阿涅，不明白對方在說什麼。

「應得的五十萬？」

阿涅從案頭遞過一頁A4紙，上面是一份剪報的複印本。阿怡花了好幾秒仍未意會阿涅的用意，但就在她看清楚內文的一瞬，她頓時五內翻騰，沉澱在內心深處的悲傷多年後再度浮面。

「碼頭劇車墜海　工人遇溺身亡」

剪報標題的十二個字，就像鋒利的針刺痛阿怡雙眼，這篇新聞的主角就是阿怡的父親區輝。這是十一年前的報導。

「妳家當年是因為這意外，失去經濟支柱才陷入困境吧。」

「對……」阿怡身子微抖，回想起昔日的困難——同時也想起母親和妹妹仍在世的歲月。

「媽曾說過，因為公證行的問題，保險公司沒撥出賠償，爸的老闆只能酌情給予一點撫卹金……」

「酌情過屁。」阿涅突然板起臉，不快地說：「妳媽被那些混蛋坑了。」

阿怡抬起頭，驚訝地瞧著阿涅。

「妳爸就職的外判公司叫『宇海起卸運輸』，老闆叫鄧振海，當年不過是個小企業老闆，後來搭上了某個政協，結果雞犬升天，他的生意愈辦愈大，去年還拿了什麼企業獎。」阿涅給阿怡遞過一台平板電腦，上面展示著宇海起卸運輸公司的網頁。「他能夠飛黃騰達，全靠卑劣手段，就像妳爸出意外後，他串通公證行和保險公司，硬將責任推到妳爸頭上，不讓公司的信用額受損之餘，亦給了保險公司一個順水人情，省下了等同妳爸六十個月薪水的賠償金。」

「串、串通？」阿怡震驚得闔不上嘴。

「妳媽大概以為老闆會替員工爭取最大賠償吧？哼，那些傢伙根本就是吸血鬼，當自己是奴隸主。在他們眼中，工人就像零件一樣，沒用就可以丟棄，反正有大量替補。」阿涅頓了一頓，換回平常語氣，說：「妳家本來應該得到約七十萬的身故賠償，那麼，從中付我五十萬，妳還有不少餘款。」

「現在還能夠追討回來嗎？」

「當然不可能，十年過去，什麼證據都煙消雲散。」阿涅嘴角微揚。「我要妳跟我合作幹一票，對付那個姓鄧的。」

「咦？」

「我給妳一個復仇機會啊。妳家的不幸，藉由妳雙手擺平，不是很好嗎？在剝削之下，不少工人和他們的家人沒尊嚴地活著，姓鄧的卻腦滿腸肥，據說他還打算巴結官員，瞄準更高的位置。妳看，是時候讓他吃點苦頭吧？」

在宇海的網頁上，附有董事長鄧振海的照片，雖然他穿上了整齊的西裝，卻毫無貴氣，臉上一副皮笑肉不笑的樣子，阿怡彷彿能透過網路聞到一股銅臭味。

「你……你打算怎麼做？」

「暫時未想好，不過既然他讓不少家庭飽受煎熬，我就以其人之道還治其人之身，要他一家淪落也不錯。」阿涅笑著說。

阿涅兩年前調查另一起案子中留意到鄧振海，可是比起社會裡不少惡霸，這傢伙只算是小奸小惡，阿涅也無意管這閒事。後來阿怡找上阿涅，委託他找出kidkit727的身分，阿涅調查阿怡的背景時，意外發現區家和宇海運輸的瓜葛。阿涅是個有原則的人，他不會因為一己之見就以大義為名對付惡人，然而受害者如今因緣際會地出現在他面前，他就想說不定這也是因果，冥冥中注定他要插手干涉鄧振海那廝的事。

「這方案夠吸引吧？」阿涅補上一句。「說到底，當年這姓鄧的一念之差，就令妳今天家破人亡，冤有頭債有主，要他承受後果可沒有錯吧？」

阿涅的話勾起阿怡的怒意，她幾乎脫口說好，然而，一股似曾相識的感覺令她止住。她想起當初被房屋署主任惹怒，她決定不顧一切找尋kidkit727、熱血衝腦的那股情緒。就如向杜紫渝報復時阿涅所說，阿怡清楚自己有憤怒的理由、有復仇的理據，可是經歷過近日種種後，此刻她心裡有另一番感悟。她知道自己沒理由拒絕阿涅的建議，此舉既解決了金錢上的麻煩，也能替死去的父母討回公道，但她心裡就是覺得，答應阿涅的要求的話，失去的會比得到的多。

迷惘中，阿怡想起母親，想起她寧願辛苦工作，也不願意拿政府援助金。

「……不，我不要這方案。」阿怡喃喃地說。

「區小姐，妳有想清楚嗎？」阿涅對阿怡的答案有點意外。「假如妳是擔心危險，我保證不會要妳這種門外漢負責什麼重要……」

「不，我不是擔心做不來。」摸清內心後，阿怡以堅定的眼神瞧著阿涅，說：「我只是不願意繼續在這種復仇的循環裡打滾。我沒有原諒那姓鄧的傢伙，只是我知道我再陷入去的話，我只會愈踩愈深……我不要再迷失自我，要堂堂正正，忠於自己。你對那壞蛋做什麼我管不著，但我不打算參與你的計畫。」

阿涅雙眼瞇成一線，打量著阿怡。

「區小姐，這方案對妳來說，是最輕鬆、最容易接受的一個，」阿涅語氣冰冷，教阿怡想起當天那個反過來威嚇黑道的他，「『其他的』可不是妳這種弱質纖纖的姑娘能應付的。」

看到阿涅嚴肅的表情，阿怡差點想屈服，可是此刻她彷彿感受到母親站在自己的背後，微笑著鼓勵自己。當天在天景酒店被仇恨沖昏了頭，不惜代價選擇了復仇之路，如今就得為自己的決定負責。

「『其他的』再苦，只要是我一個人能負擔的，我也接受。」

阿怡的答覆，再次出乎阿涅的意料。阿涅沒想過，跟過去不少交過手的流氓惡棍相比，這個委託人更難纏。固然在「討伐」鄧振海一事上，阿怡作用不大，只是阿涅的頑固程度跟阿怡不相上下，沒有受害者的首肯，他就不想對這種小奸小惡出手，降低自己管閒事的標準。阿涅凝視著阿怡，手指有節奏地敲在案頭上，思考著自己該繼續說服對方，還是遂其所願。

「妳不願意跟我合作的話，就只有賣身一途啊？」

良久，阿涅說道。

「嗯。」阿怡深呼吸一下，無奈地點點頭。

「假如妳是因為自責忽略了妹妹而決定懲罰自己……」

「不，我是為了自己，因為我不想成為自己鄙視的人。而且你說過，叫我別拿小雯來當藉口。」

阿涅搔搔頭髮，被他人以自己的話來駁斥自己，他可沒遇過幾次。

「好吧。既然妳心意已決。」阿涅再次躺回椅背上。

阿怡心裡嘆一口氣。該來的還是要來。

阿涅拉開抽屜，掏出一件小東西，拋給阿怡。阿怡猝不及防，差點沒接住，仔細一看，發現是一支鑰匙。

「下星期開始，每天早上打掃，一星期洗兩次廁所，還有負責倒垃圾。星期天和公眾假期沒休息。」

「咦？」抓住鑰匙的阿怡有聽沒有懂。

「這麼簡單也記不住？每天——」

「不，你要我……當清潔工？」

「難道要妳這洗衣板身材去當陪酒女嗎？」阿涅瞟了阿怡一眼。「香姐老是搞不懂哪些是垃圾、哪些是有用的物品，所以我不讓她打掃這房子。我姑且讓妳試試，假如我不滿意，再決定是否賣妳到夜店當洗廁所雜工。」

雖然被阿涅虧了一句，但阿怡沒有在意。她對阿涅這個決定感到意外。

「別跟我談勞工法例、最低工資，我不吃這套。」阿涅繼續說：「我算妳二千元薪水一個月，清還五十萬便要二十年，未來妳都得看我面色，必要時還要替我當跑腿。」

「二十年——」阿怡被這年期嚇了一跳。

「不滿嗎？」

「不，這樣子就好……」阿怡擅於做家務，多打理一個房子並不困難，只是她在意另一件事。「你說每天早上，所以我上班前要先來嗎？」

「對。」

「有時可以改晚上嗎？我上早班的話，交通有點……」

「別跟我討價還價。」阿涅板起臉。「我是個夜貓子，習慣晚上工作，我不想妳在我工作時騷擾我。」

「……明白了。」阿怡知道自己也不能得寸進尺。她再度環顧房子四周，思考著每天要花多少時間打掃，推算著要提早多少出門。想起上次一時興起打掃所花的工夫，她不禁面露難色，太早的話，連地鐵頭班車也未開，她不知道能否及時完成，再到圖書館上班。

「哎，當我怕了妳。」

阿涅看到阿怡的樣子，從抽屜掏出另一支鑰匙，再次拋給她。

「這是？」

「四樓的房子。反正三樓和四樓都空置著，妳乾脆住進去好了，這樣子妳便不用擔心打掃後上班遲到吧？」阿涅撇撇嘴，像是受不了阿怡的樣子。「妳從元朗或天水圍過來要花一個半小時，萬一妳精神不足將我重要的東西丟掉，麻煩的也是我自己。」

「元朗？我……啊！」

阿怡這時才想起，今天是房屋署通知到天水圍天悅邨接收新編配房子的限期，樂華邨的家不久便要退回，之後大概要搬到新界北區居住。

「那房租……」阿怡問。

「哼，這兒附近的房子平均月租破萬，要妳付租金的話，恐怕妳下輩子再替我打工也還不完。沒能力應付的事情就別提。」

阿怡不知道阿涅是口硬心軟，繞個圈子替自己解決居住問題，還是真的如他所說，純粹讓自己每天早上為他順利打掃。無論如何，她知道不久便要告別樂華邨的家，自己一定要面對新生活。瞧著手中的兩支鑰匙，她沉默了一會，再下定主意，點點頭接受這份奇異的「還款方案」。

「好了，這樣子都解決了吧？快走，我還有要事等著辦。」阿涅語氣有點倔，邊說邊打開身旁的電腦。

「等等，我還有問題……」

「又怎麼了？」

「施仲南應該不會主動向警方說明，當天對小雯猥褻的是他吧？」阿怡問道。

「他又不是笨蛋，當然不會。」

「那邵德平不就坐了冤獄？」

「對。」

「既然只有我們知道真相，我想，我們是不是應該還他一個清白……」

「區小姐，妳這不是『善良』，而是『愚昧』。」阿涅白了阿怡一眼。「假如邵德平不屈不撓，堅持不認罪，我還會考慮一下幫助他，可是這傢伙選擇了他認為最有利的做法，承認一條虛假的罪名，換取較短的刑期。連他自己也放棄了，為什麼我要為他費心？這種人沒有資格接受幫助。現代人總喜歡找藉口，老嚷著什麼『逼不得已』、『身不由己』，那根本是放屁，我們總有選擇，重點只是我們是否願意承受那個選擇帶來的後果、付出那個選擇的代價。這個社會之所以變得腐敗，就是有不少這種『平庸之惡』，凡事衡量利害先於真偽和對錯，將謊言粉飾成事實。妳幫助這種爛人，就是令正直的人受苦的幫兇。」

阿涅啜了一口咖啡，再說：「況且，若然邵德平當初不認罪，他就有可能被判無罪，令杜紫渝沒有機會弄什麼『伸冤文章』製造事端。在這種推論下，妳還要幫這個傢伙嗎？」

阿怡倒沒想到這點。

「嗯……可是，這樣一來就連小雯沒有誣衊邵德平的事也無法澄清了……」

「這一層妳就死心吧，」阿涅嗤笑一聲，「即使施仲南跑出來認罪，證明妳妹妹不是存心誣告，到時網路上一樣會有不同聲音，質疑妳妹妹胡亂指證，硬把好人當賊辦。」

「等等啊！小雯連法庭也沒上，最初抓人的也不是她……」

「網民們才不理，總之事情出了錯，他們就會找箭靶。」

「網民都是如此橫蠻無理嗎……」阿怡皺起眉頭，一臉不解。

「不是『網民都是如此』，而是『人性就是如此』。」阿涅瞧著阿怡，搖搖頭。「網路只是工具，它無法令人或事物變得正義或邪惡，就像殺人的不是刀子，而是執刀的兇手，還有令那個殺人者動手的惡念。將『網民』標籤起來，只是逃避現實的藉口，人們不願意承認潛藏在人性之中的自私與慾望，就找個名稱當成代罪羊。」

阿怡曾經恨過網路，假如沒有網路，小雯便不用面對那猶如怪物的輿論欺凌。可是，聽過阿涅這番話，她才發覺自己該恨的，是躲藏在網路背後的人性黑暗面。即使沒有網路，心懷惡念的人們依舊會傷害他人，又或者找到其他「工具」，去實踐他們的私心與慾念。

「網路在今天已成為社會不能或缺的骨幹，可是人們依然以落後的角度來評論它——」阿涅繼續說。「當看到好的一面時，就讚頌網路如何偉大，帶給人類文明多大的進步；當看到壞的一面時，就指責網路能造成多大傷害，要如何箝制網路發展。這個時代裡，人們以為自己十分先進，卻不知道骨子裡跟一、二百年前的人的意識形態相差無幾，問題從來不是出在網路上，而是我們身上。妳剛才聽了半場會議，或多或少知道施仲南的公司幹什麼業務吧？」

「應該是類似花生討論區的網站？好像還有什麼目標，說要改革傳統新聞媒體……」

「他們的網站叫GT網，是兼備網上論壇特質的消息交流社群。假如放在一個民智成熟的社會，這網站或許真的能替代傳統媒體，造福人群，可是目前GT網只是個餿主意，容易引出民眾的陰暗面，變成不實謠言、獵奇醜聞的集散地。在資訊數碼化的今天，網路流傳的訊息量龐大到叫一般人吃不消，產生資訊疲勞，失去判斷消息內容的能力，造成反效果——多年前美國作家大衛申克將這現象命名為『資訊迷霧』。在這重迷霧籠罩下，本來協助人們找出真相的資訊，反而變成蠱惑人心的毒品。」

「資訊迷霧？」

「妳記得波士頓馬拉松爆炸案嗎？」

阿怡點點頭，她當年有看到新聞。

「在那起案子裡，網民們合力搜集證據，從現場影片中鎖定了放置炸彈的犯人，協助警方破案。」阿涅頓了頓，再說：「可是，誤中副車的情況也很嚴重。當時有網民發現，一個爆炸案前失蹤一個月、叫桑尼崔帕西[35]的大學男生跟影片中的疑犯外貌相似，於是群眾懷疑他就是炸彈客之一，及後警方圍捕犯人，發生槍戰，有網民截聽警察的無線電通話後，聲稱確認他真的是兇手，就連主流媒體亦轉載這消息。這誤會直到翌日才澄清，而桑尼的屍體在一個星期後被發現，法醫檢查後，判斷他早在爆炸案前已輕生。犯人的真實身分曝光前，桑尼的家人飽受煎熬，不但承受著親人生死未卜的痛苦，更遭到毫無根據、以訛傳訛的惡毒攻擊。整件事出錯的地方，不在傳遞訊息的網路，不在用來交流情報的網站，而在愚昧的人心；因為渴求真相，結果選擇相信不實的線索，甚至本著『分享』精神將謠言散播出去，做成難以收拾的災難。」

雖然阿怡早知道世界各地也有被網路言論抹黑的無辜者，但聽到如此具體的例子，心裡不免緊揪一下。因為小雯的遭遇，她能體會這位大學生的家人的感受。

「網路給予我們一個用來分享知識、增加溝通的機會，」阿涅嘆一口氣，然後繼續說，

35. Sunil Tripathi。

「可是人類天性就是喜歡表達自己的想法，多於嘗試理解他人。我們總是說話太多，聆聽太少，結果害這個世界充滿噪音和雜訊。大概當我們有所覺悟，這個世界才會真正進步，人類才能真正善用網路這個工具吧。」

平日阿怡老是覺得阿涅歪理連篇，可是對方這一席話，她卻深表認同。

「妳還有什麼問題？沒有的話就速速歸家，別妨礙我。」阿涅亮出一副不耐煩的表情。

「有、有，最後一個問題。」在車上聽過阿涅說明施仲南的事情後，阿怡心裡一直有一個疑問。「為什麼你會調查小雯被猥褻當天的監視影片？你就像一開始便知道施仲南這真犯人存在似的……」

「對，我一開始便知道。」

「咦？」

「妳知道對未成年人出手的色魔如何分類嗎？」

阿怡搖搖頭。

「基本上分成兩類，」阿涅豎起兩根手指，「一種是真正只對孩子有興趣的戀童癖，另一種是不論受害者年紀，大小通吃的性罪犯。不過無論前者還是後者，都可以細分成兩個子類——內向型和施虐型。內向型的犯人通常較被動，會瞧準機會才下手，所犯的罪行也多是露體、猥褻；而施虐型的則會主動出擊，目的是令受害人痛苦和害怕，從而得到滿足感。其他類型還有像拿金錢或好處誘騙孩子的誘惑型之類，在這案子裡並不適用，我就跳過。」

「分成這兩個子類又如何？」

「在地鐵上猥褻女生的，可以是內向型，也可以是施虐型，前者目的是偷偷摸一把讓自己產生興奮的感覺，後者的目的則是要令受害者受驚，從而得到快感。然而，無論前者還是後者，在這環境裡都不會選擇看起來會反抗的受害人。內向型的固然不會，施虐型的沒錯想征服有反抗心的獵物，但絕不會在公共交通工具上對這種對象出手，因為對方一旦反抗，自己便會四面受敵。施虐型的會想方法隔離受害者，慢慢享受，就像施仲南帶女生上賓館那樣子。如此一來，邵德平會犯案這件事便很奇怪。」

「為什麼？小雯她遇襲後一直不敢聲張，沒有反抗啊。」

「但邵德平不會這樣想，因為他在上車前，跟妳妹妹在便利店起了小衝突。他在被捕後立即指出妳妹妹跟他在油麻地站起過紛爭，辯稱自己被誣告，而店員證明他說的是實話。沒有色狼會笨得選擇一個剛跟自己打過照面的獵物下手，尤其對方更表現出不怕自己的態度。考慮到這一點，『邵德平被冤枉』的可能性便大增——這大概也是不少網民認為妳妹妹誣陷對方的理由，縱使他們不會詳加分析，但也會有一種『犯人才不會這麼笨』的印象。」

「所以你一開始也認為小雯誣告邵德平？」阿怡有點訝異。

「不，因為從另一個角度來看，妳妹妹能誣告對方的可能性也幾近零。」阿涅稍稍搖頭，答道。「假如真的如邵德平所說，妳妹妹有心陷害，那最早出聲的人便該是妳妹妹而不是那位大媽。妳妹妹可控制不了旁人的反應，若然說她裝出被侵犯的表情、引第三者以為她想謀害的邵德平正在偷摸她，那未免將妳妹妹想得太厲害，而把旁人想得太愚蠢。她真的要誣告邵德平的話，只要找機會抓住對方的手，再大喊色狼便成。所以從結果來判斷，妳妹妹當時真的遇襲，大媽真的喝止了色魔。既然邵德平很可能無辜，妳妹妹也沒說謊，那麼餘下來的答案只有一個。」

「真正的色狼逃跑了……」阿怡恍然大悟。「而且你一開始便察覺到……」

「網民認定妳妹妹誣蔑好人，殊不知自己被人唆擺，幕後黑手kidkit727用盡方法隱藏身分、抹去足跡，目的不是為了替邵德平平反，而是別有所圖；邵德平明明沒有做過，最後卻選擇認罪，導致kidkit727有機可乘；最混帳的是真正的犯人施仲南逍遙法外，而且他更是個惡貫滿盈的威脅犯——」阿涅微微一笑，「我不就曾說過，我接受妳的委託是因為妳這案子比我想像中有意思嘛？」

終章

「阿怡，這些杯子放哪？」Wendy拿著從瓦楞紙箱取出的幾個茶杯，向阿怡問道。

「啊，放在冰箱旁邊的架上就好，麻煩妳。」

七月十二號星期天早上，Wendy協助阿怡搬家。因為阿怡的存款之前已被阿涅掏空，她請不起搬運公司，正在煩惱之際，Wendy卻主動提出幫忙──她告訴主管新住址時，Wendy碰巧聽到。阿怡曾想過婉拒，可是她沒有謝絕他人的餘地，而且這陣子她已受過Wendy不少恩惠，最後還是接受對方的好意。

「哦，區小姐，真是意想不到，那傢伙會讓出一個房子給妳哩。」

這天Wendy找她的堂姑丈莫偵探幫忙，開來一輛小貨車，搬運阿怡已經裝箱打包的家當雜物。

「堂姑丈你說的是誰？」Wendy問道。

「啊，就是區小姐的新房東罷了。那傢伙是個怪人哪。」莫偵探笑道。

Wendy以為阿怡委託莫偵探調查期間，堂姑丈順道當了中間人替阿怡找房子，所以倒沒將事情放心上。

莫偵探幫忙將多個箱子抬到四樓的寓所後，因為有工作所以先離開，留下Wendy幫忙拆箱，整理物品。Wendy對阿怡的新居嘖嘖稱奇，在街上明明看到是一棟破落的唐樓，室內卻是窗明几淨、井然有序的房子。數天前阿怡第一次走進這單位時也一樣訝異，房子裡基本家具齊備，桌椅都以白布蓋好，雖然明顯沒人居住，地板、浴室等等都相當整潔。因為基本的家具電器俱全，舊居的架子、臥床、衣櫥等等毋須搬運過來，而由於它們賣不了多少錢，阿怡便將它們送給有需要的街坊鄰里，當作臨別贈禮。

雖然多少有一點不捨舊居，阿怡知道，這是她開始新生活的契機。她從報章讀到，施仲南被捕後，有多名受害少女出面指證控訴，他面臨相當嚴苛的刑責——不過阿怡沒興趣繼續留意事情發展。她決定忘掉過去，邁步向前，為了連同父母和妹妹的份兒，她要好好的活下去。

「看來之前的租客很愛整潔哩！」Wendy參觀過廚房後說道。「阿怡，妳真走運啊，雖然沒有電梯，但今天在市區找到這樣的好房子不容易啦。」

阿怡只是笑了笑，沒有正面回答。她不想解釋這寓所之前沒有人居住，卻一直有人打理——昨天上午，阿怡到新居添置一些日常用品時，碰巧遇上香姐。

「啊，區小姐，早安啊。」就像她們第一次碰面，香姐從梯間走到街上，剛好跟準備爬樓梯的阿怡相遇。

「早安。香姐妳剛打掃完嗎？打理這麼多房子，真的辛苦妳了。」

「嗯。」香姐笑了笑。「不過以後不用清潔四樓，省不少工夫啦。」

阿怡聞言，知道阿涅一定已跟對方提過自己入住的事。她赫然想起她跟香姐第二次見面的情況，當時自己在阿涅家裡留宿，早上才離開，而且如今更住進四樓，一般人也會誤會二人關係。

「啊，香姐，請妳別誤會，我和阿涅……」

「我知道啊，妳也是他的委託人吧？」香姐愉快地笑著。「他這個人啊，老是裝出一副生人勿近的態度，骨子裡卻是老好人。」

「『也是』？」阿怡本來想反駁香姐對阿涅的評價，可是她更在意她話中那個關鍵字。

「香姐妳也是欠他委託費，所以替他打白工？」

「打白工？」香姐一臉不解。「沒有啊，反過來說，他沒有拿該拿的報酬——」

香姐突然止住，環顧四周，確認街上沒有其他人後，再小聲地說：「區小姐，妳是阿涅的朋友，他還讓妳住下來，我想告訴妳也不打緊吧。阿涅他啊，明明可以拿一千萬報酬，最後卻沒拿半毛錢，全數分給我和其他委託人，妳看，世上哪有如此慷慨的好傢伙？」

「一、一千萬！」阿怡愣住，沒料到香姐是個富婆。

「唏，那筆錢不是我獨吞的啦。」香姐察覺到阿怡的眼神，連忙笑著打圓場。「橫豎開了頭，我也不介意多說一點。我住在上環一棟樓齡五十年的舊樓，鄰居大都是長者，因為政府下令要替樓宇外牆做維修工程，我們二十多戶便合資招聘顧問公司負責統籌，結果我們一眾老人家被坑了，費用由最初的百多萬暴漲到一千萬。雖然說我們簽合約時不小心也有責任，但那天殺的黑心奸商分明有預謀，連我們的棺材本也要騙走，住在我樓上的王伯還氣得心臟病發進醫院哩。後來我無意間跟阿涅提起，沒想到原來他這麼厲害，耍手段連本帶利要那奸商賠掉二千萬，我替他打了四年工，還一直以為他只是那些靠寫手機程式賺錢的什麼SOHO族……我們本來只要拿回本金就好，餘下的給阿涅當酬勞，他卻沒要半分，說那只是『零錢』，叫我們拿那筆錢養老。這個世道，黑心的壞人滿街都是，難得有像阿涅這種現代俠客……」

「那是什麼時候發生的事？」阿怡聽到金額後，想起某事。

「工程是去年進行的，但拿回那筆錢嘛，不過是兩、三個月前的事。」

雖然之後二人繼續站在第二街一百五十一號門外閒聊，阿怡卻沒用心聆聽。香姐口中的一千萬，大概就是阿涅在天景酒店提起的那個例子，亦即是說，阿涅被黑道盯上，是因為他替香姐出手。當初阿怡只覺得阿涅能擺平那兩個古惑仔十分厲害，可是經過這段日子的相處，她不免產生疑問——阿涅要逃過黑道的耳目，一定有不少方法，為何還那麼大意洩漏了他住在第二街的事實？

「我不就說過了嗎？灣仔老虎哥剛接任嘛。」昨天下午，阿怡因為水電費的問題，跑到六樓找阿涅，期間她問及這件事。「我知道那奸商跟老虎哥是哥兒倆，橫豎要給新上場的黑道來個下馬威，香姐那邊又要報復，我就來個鐵索連舟，設計讓他們逐個上鉤。將麻煩的事情湊在一起處理，不是很方便嗎？」

阿涅輕描淡寫的說法，教阿怡再次感到不可思議。她始終無法看透阿涅這個人，他像是個心狠手辣的罪犯，卻比不少人正直；他可以面不改色地想出殘忍的計策，卻屢屢無私地將才能用在協助弱者之上；他深謀遠慮、有足夠能力讓自己立於不敗之地，卻願意置身於不利的下風之中，再扭轉乾坤——阿涅就像違反常人行為心理的一個特異存在。

阿怡亦因此產生奇妙的想法。她不住猜想，阿涅是不是一早料到她會中止對付杜紫渝的計畫，他根本無意讓對方自尋短見。那一晚杜紫渝大哥為何及時出現，對阿怡來說仍然是個謎團，她不禁忖度阿涅是不是偷偷發送了杜紫渝的某條求助訊息給對方，製造出讓阿怡能夠徹底放棄復仇的機會。

當然阿怡沒打算問阿涅。她知道即使猜對，對方也一定不會說出真相。

「哦，阿怡，這是妳妹妹嗎？」Wendy從紙箱取出一個相架，上面的照片，正是小雯手機裡那張照到阿怡和周綺蓁的自拍照。阿怡從阿涅手上取回手機後，心血來潮，跑到一家沖曬店請店員將那照片打印到5R照片紙上。

「是啊。」雖然提起小雯時，阿怡內心仍有多少悲傷，但她已經能面對家人都不在的事實。

Wendy將相架放在身旁的架子上，雙手合十，說：「妹妹妳要保佑妳姊姊啊，我也會好好看顧她的。」

雖然Wendy個性粗枝大葉，在阿怡面前不避諱地提及小雯，但此刻阿怡卻心懷感激。阿怡想，也許小雯真的在某個地方，正在看著自己。

阿怡和Wendy整理雜物期間，Wendy打開了她手機的音樂播放器，讓她們一邊聽音樂一邊打掃收拾。阿怡不知道Wendy是個樂迷，手機裡除了中文歌外，還有韓國流行曲和歐美搖滾樂。Wendy不時隨著旋律唱著似是疑非的韓語，逗得阿怡發笑。

「噢……又是這首。」

就在阿怡將掏空了的紙箱壓平時，Wendy的手機傳來一串她熟悉的旋律。

「哦，阿怡妳也有聽滾石嗎？」正在將衣服放進衣櫥的Wendy問道。

「滾石？」

「妳說這首嘛，英國的樂團The Rolling Stones[36]啊。」

「啊，我只是碰巧聽過好幾次。」阿怡噘噘嘴，想起當初阿涅刁難自己。「這首歌的歌詞真叫人討厭，老是喊著『你不會永遠得到你想要的』。」

Wendy愣了愣，盯住阿怡。「妳說什麼啊？妳沒有好好聽下去吧？」

「聽下去？」

Wendy走到手機旁，將音量調高。阿怡不明所以，但仍細心聆聽喇叭傳來的英文歌詞——當她聽到副歌的後半段，才驚覺自己一直誤會當中的含義。

36. 滾石樂團，是英國舉足輕重的搖滾樂團，同時入選英美搖滾名人堂，專輯銷售突破兩億張。

You can't always get what you want
你不會永遠得到你想要的
You can't always get what you want
你不會永遠得到你想要的
You can't always get what you want
你不會永遠得到你想要的
But if you try sometimes
但假如你去嘗試
You might find
你可能會發現
You get what you need
你會得到你需要的

「啊……Wendy，我有事要出去一下，很快回來。」

「去哪兒？」

「找房東聊兩句。」阿怡微微一笑，指了指天花板。

阿怡走上樓梯時，想起昨天跟香姐聊天的後半段。

「當年是來記老闆介紹我給阿涅啦，那時市道不好，我剛失業，來記老闆說有朋友請清潔工打理整棟唐樓，多虧阿涅才讓我挺過經濟難關。最初遇上他時，我也覺得他脾性很怪啦，不止沒透露姓名，還要人家叫他『阿涅』，我試過叫他『涅先生』就被他斥喝。後來熟絡了，我問他為什麼不喜歡人家叫他『先生』，他說『先生』『小姐』什麼的，不過是一種虛偽的粉飾，表面上尊重對方，骨子裡卻可能瞧不起人，與其口蜜腹劍，不如直呼其名，至少聽起來誠懇一點。他說，人與人之間的關係應該是對等的……」

阿怡走進阿涅六樓的寓所，看到到他正坐在辦公桌後，手指飛快地按著鍵盤。

「區小姐，又怎麼了？」阿涅抬頭問道，手指仍繼續舞動。

「以後別叫我區小姐，叫我『阿怡』。」阿怡走到桌前，說。

阿涅停下手，盯住阿怡。不一會，他撇撇嘴，鼻子噴氣地笑了一下。

「妳和妳的朋友吃過午餐沒有？」

「還沒——」

「我要大蓉加青扣底湯另上，油菜走油，」阿涅邊說邊遞過一張紙鈔，「阿怡。」

阿怡接過鈔票，哼了一聲，擺出一張臭臉，心裡卻沒有不快。

對於自己內心的變化，阿怡沒有感到特別意外。

因為她今早離家時，她已經知道，今天會是她改變人生的一天了。

（完）

後記

這部作品如此「厚重」，實屬意外。

二〇一五年完成了手頭上另一部小說後，我便開始構思《網內人》的故事（固然那時候還沒想到這書名）。當時只想寫一篇八至九萬字、篇幅僅僅跨越出版門檻的作品，皆因《13．67》實在太厚，即使它有厚重的價值，也很不利出版（諸如校對排版工序所需的時間、印刷成本、書籍定價等等），我就想寫一部長度跟《遺忘．刑警》差不多的。題材方面很快決定好，基本大綱、角色人物也輕易完成，我在當年九月赴台出席噶瑪蘭．島田莊司推理小說獎（現改名為金車島田莊司推理小說獎）頒獎禮時，就在會場一角跟皇冠主編婷婷簡介故事內容。「四個月，」我說，「這故事應該花四個月左右就能寫完吧。」

老天，我實在太輕率了。

我赴台前已動筆寫好序章，心想按此節奏，四個月寫八萬字應該很充裕。四個月後我的確寫了差不多八萬字，可是劇情卻在不知不覺間膨脹起來，完成的章節連故事的一半也沒有。我唯有硬著頭皮，向出版社索求更多時間。我也忘了延後了多少次，但我確實愈來愈心焦，篇幅同時愈來愈長。「看來要寫十五萬字才能完成了」、「不好，二十萬字才能將故事說完」、「二十六萬也不夠用啊」……結果最後完稿，突破三十萬字，比《13．67》更長。真糟糕。

會出現這變化，是因為我無法用以往的節奏來撰寫這作品。過去我都聚焦在事件，讓主線帶著故事跑，迴避多餘的內心描述，所以用上二十八萬字便能寫出一部跨越四十六年、包含六段劇情的小說；然而在這部作品裡，我愈寫愈覺得不能這樣做。我需要更多的篇幅，來描寫每一個角色的個性和思緒。雖然這說法好像有點大言不慚，但我希望讀者能夠感受到每一個角色的血肉和靈魂。

《網內人》其實是一個關於「人」的故事。

這作品沒錯是推理小說，謎團和詭計不可或缺，但我希望除此以外，還能傳達每一個人物的立場、他們的想法、他們的喜怒哀樂。即使是推理上用作誤導的紅鯡魚，我也不甘於將他寫成單純的「工具角色」，而希望讀者能感到他也生活在二〇一五年香港這城市裡。

故事裡的人物來自社會各階層，雖然並不能代表香港人的全部，但也算是好幾個不同階級的面相，我嘗試透過劇情呈現他們的差異（成功與否，就交由您們決定）。曾經有記者問我，寫了以「昔日香港」為題的《13・67》後，會不會寫「今日香港」的——我想，本作就是我的答案。

談回寫作進度。完稿期一延再延，結果我連最後的二〇一六年十二月的期限也無法遵守，當時正寫到第八章。那時候感到極度沮喪，因為為了在應承的限期前完成，我愈寫愈草，覺得自己只是「想寫完」一部作品而不是「想寫好」一部作品，違反了自己的宗旨。在得到出版社的體諒、再度延遲截稿期後，我就把心一橫將自己關起來，徹底斷絕聯絡，消除一切雜音讓自己的生活只聚焦於寫作之上。那陣子的精神可說逼近極限，結果三個多月後我終於按自己的步伐完成小說，可是同時害身體出了一堆毛病，體重掉了一大截，至今仍未復原。

別誤會我是個熱血的傢伙，吾友陳心遙兄的電影《狂舞派》那句名言「為了夢想，你可以去到幾盡？（為了夢想，你可以做到什麼程度？）」在我身上不大適用。我只是很平凡地、想寫好一個自己想寫的故事而已。當然我說「寫好」作品，並不等同於「完美地完成」，我自問這小說仍有很多很多可以改進的空間。或許它仍有很多瑕疵，但至少，會是我甘心接受的

「固有瑕疵」。

在《網內人》裡，我想說的東西有很多，不過一如以往，我還是將詮釋的權利留給讀者。由作者在後記一一說明的話，實在太無趣了。只是我想提一下，書中的雲吞麵店「來記麵家」的名字借用自譚劍兄的科幻小說《人形軟件》（台譯《人形軟體》），我曾跟他笑說我們的兩部作品背景是兩個平行宇宙的港島西環。現實中固然沒有這家店子，但也歡迎各位讀者前來港島西區，光顧一下那些街坊小店——雖然我不知道將來還有多少家抵得住高昂的租金倖存下來，而沒有變成房屋仲介、高級餐廳或專攻陸客的藥妝店。

本作能出版，實在要歸功於不少人士，感謝皇冠老闆平雲先生、主編婷婷、責編平靜、版權部芷郁和釋慧，以及出版社上下各位，另外也得感謝版權代理人光磊和他的同事，華文小說能逐步邁向世界，全賴您們（本作尚未出版已售出韓國版權，實在叫我吃驚）。謝謝各位推薦人，感謝我所隸屬的台灣推理作家協會的各位同僚，當然還得謝謝島田莊司老師。沒有島田獎，我們無法走得這麼遠。

最後，謝謝讀到這兒的您。

陳浩基

二〇一七年六月二十日

延伸閱讀

以下為本作中提及的部分科技與電腦相關的資料及簡介，有興趣的讀者可以上網閱覽。（內容大部分為英文）

洋蔥路由（TOR）與瀏覽器

https://www.torproject.org/

有微軟視窗、MacOS、Linux及Android版本供免費下載。

用戶代理（User Agent）

https://zh.wikipedia.org/wiki/用戶代理

檢查自己的User Agent

http://www.whoishostingthis.com/tools/user-agent/

梅特卡夫定律

https://zh.wikipedia.org/wiki/梅特卡夫定律

Wifi Probe Request與Response的架構

〈CWAP 802.11- Probe Request/Response〉

https://mrncciew.com/2014/10/27/cwap-802-11-probe-requestresponse/

Wifi中間人攻擊（M－T－M）

〈藉提供免費 WiFi 誘人使用‧‧淺談黑客中間人攻擊原理〉

https://www.hkitblog.com/?p=28198

〈How to Conduct a Simple Man-in-the-Middle Attack〉

https://null-byte.wonderhowto.com/how-to/hack-like-pro-conduct-simple-man-middle-attack-0147291/

使用ＷＰＳ漏洞入侵Wifi

〈5 Steps Wifi Hacking – Cracking WPA2 Password〉

http://www.hacking-tutorial.com/hacking-tutorial/wifi-hacking-cracking-wpa2-password/

化裝攻擊（Masque Attack）

〈iOS Masque Attack Revived: Bypassing Prompt for Trust and App URL Scheme Hijacking〉

https://www.fireeye.com/blog/threat-research/2015/02/ios_masque_attackre.html

〈Hacking Team targeted Apple and Android devices with Masque Attack hacks〉

http://www.v3.co.uk/v3-uk/news/2421018/hacking-team-targeted-apple-and-android-devices-with-masque-attack-hacks

使用手機充電埠盜取數據（Juice Jacking）
〈Beware of Juice-Jacking〉
https://krebsonsecurity.com/2011/08/beware-of-juice-jacking/

IMSI攔截器／魔鬼魚Stingray
https://en.wikipedia.org/wiki/Stingray_phone_tracker
http://iisecurity.in/blog/imsi-catcher/

手機三角定位原理
〈Cell Tower Triangulation – How it Works〉
https://wrongfulconvictionsblog.org/2012/06/01/cell-tower-triangulation-how-it-works/

使用印表機破解指紋鎖
〈A regular inkjet printer can spoof a fingerprint and unlock a phone in under 15 minutes〉
https://qz.com/631697/a-regular-inkjet-printer-can-spoof-a-fingerprint-and-unlock-a-phone-in-under-15-minutes/

導向式擴音器
http://zao.jp/radio/parametric/index_e.php
http://www.soundlazer.com/what-is-a-parametric-speaker/

國家圖書館出版品預行編目資料

網內人／陳浩基著.
--初版.--臺北市：皇冠文化. 2017.08
面；公分（皇冠叢書；第4634種）
（陳浩基作品集；03）

ISBN 978-957-33-3316-6(平裝)

857.81　　　　106011550

皇冠叢書第4634種
陳浩基作品 3
網內人

作　　者—陳浩基
發 行 人—平　雲
出版發行—皇冠文化出版有限公司
台北市敦化北路 120 巷 50 號
電話◎02-27168888
郵撥帳號◎15261516號
皇冠出版社（香港）有限公司
香港銅鑼灣道 180 號百樂商業中心
19 字樓 1903 室
電話◎ 2529-1778　傳真◎ 2527-0904
總 編 輯—許婷婷
執行主編—平　靜
美術設計—嚴昱琳
著作完成日期—2017年4月
初版一刷日期—2017年8月
初版八刷日期—2023年4月
法律顧問—王惠光律師

讀者服務傳真專線◎02-27150507
電腦編號◎566003
ISBN◎978-957-33-3316-6
Printed in Taiwan
本書特價◎新台幣399元/港幣133元